U0133888

〔英〕温斯顿·丘吉尔

二战回忆录

德国东进

〔英〕温斯顿·丘吉尔◎著
蔡　亮◎译

吉林出版集团股份有限公司 | 全国百佳图书出版单位

图书在版编目（CIP）数据

德国东进 /（英）温斯顿・丘吉尔著；蔡亮译 . --
长春：吉林出版集团股份有限公司，2023.7
（二战回忆录）
ISBN 978-7-5581-7127-7

Ⅰ . ①德… Ⅱ . ①温… ②蔡… Ⅲ . ①丘吉尔（
Churchill，Winston Leonard Spencer 1874-1965）—回忆
录②第二次世界大战—史料 Ⅳ . ① K835.167=5 ② K152

中国版本图书馆 CIP 数据核字（2022）第 005052 号

审图号：GS（2021）134 号

二战回忆录
DEGUO DONG JIN
德国东进

著　　者：〔英〕温斯顿・丘吉尔
译　　者：蔡　亮
出版策划：崔文辉
项目统筹：郝秋月
责任编辑：姜婷婷
出　　版：吉林出版集团股份有限公司（www.jlpg.cn）
　　　　　（长春市福祉大路 5788 号，邮政编码：130118）
发　　行：吉林出版集团译文图书经营有限公司
　　　　　（http：//shop34896900.taobao.com）
电　　话：总编办 0431-81629909　　营销部 0431-81629880/81629900
印　　刷：三河市兴国印务有限公司
开　　本：720mm × 1000mm　1/16
印　　张：32
字　　数：460 千字
版　　次：2023 年 7 月第 1 版
印　　次：2023 年 7 月第 1 次印刷
书　　号：ISBN 978-7-5581-7127-7
定　　价：86.00 元

印装错误请与承印厂联系　　电话：0316-7151807

致　谢

我应该再次感谢丹尼斯·凯利先生、伍德先生、迪金上校、艾伦海军准将、陆军中将亨利·博纳尔爵士、爱德华·马什爵士。我之前的各卷就是在他们的帮助下完成的。我也要感谢其他许多审阅过原稿并且提出了意见的人。

在本卷的写作中，伊斯梅勋爵和其他朋友依然给了我帮助。

我能将某些官方文件的原文复制在本书中，有赖于英王陛下的同意，我再次表示感谢。按法律规定，这类文件的王家版权属于英王陛下政府文书局局长。本书所刊载的某些电文，考虑到保密的因素，应英王陛下的要求，由我根据原来的意思加以了改动，但是并没有改变原来的含义

温斯顿·斯宾塞·丘吉尔

序　　言[1]

本卷仍然只是为第二次世界大战提供材料，一如我之前所写的各卷。我曾是英国首相，并兼任负有特殊的军事责任的国防大臣，因此，我也是以这样的身份去讲述这段历史的。我在军事问题上负有直接责任，所以在讲述和英国有关的战役时，我的叙述比较详尽。至于同盟国的战争情况，考虑到历史的公正性，我认为应该由他们国家的历史学家去讲述，或者将来由另一些写作世界通史的英国历史学家讲述。我只能把盟国的斗争用作背景，在这种程度上去描述战争情况。而且，即便是这样，我也不能做到比例均匀地去叙述各个同盟国的情况。基于上述原因，我只能将本国的历史写得更真实。

我当时用以指挥作战和处理英国政事的一些指令、电报和备忘录，仍然是我讲述这段历史的主要根据和线索。我毫不怀疑在本卷随着事件的发展而引用的这些原始文件，比我在事情水落石出之后所写出的任何著作叙述得更加真实。我同时相信，这些文件资料中可以清晰地呈现当时发生的事情和我的想法。当然，里面有一些意见和预测后来被证明是错的，但是，它们仍可以作为判断我个人在这场战争中的功过的依据，而这也是我所愿意看到的。在当时，我们的知识能力有限，但仍必须解决一些实际问题。我相信，读者在阅读整个文件后，会了解到我们当时这种处境的。

[1] 本册及下册《战争降临美国》在英文原版中同属一卷。——译注

我刊载的一些备忘录，多是政府各部门对我的函电的答复。它们原本篇幅冗长，但是，我不能把整个文件照搬下来，况且，很多时候我也没有这一权力。为了避免造成我的引用会有指责个别人的嫌疑，我很谨慎地处理这些答复资料，尽可能在引用每个文件后做一番概括性的讲解。不过，总的来看，凡是刊载的文件资料都是可以反映出当时的情况的。

本卷仍然会提到大规模的战争。如果将在俄国前线进行的战斗和法兰西的战役放在一起比较，在这两个战场双方投入的师的数量是差不多的。大规模的军队在战线各个据点上死拼，死伤不计其数。相比于这次大战中的其他地区，俄国前线的杀戮战况绝对是最残酷的。但是，我不会随意叙述德国和俄国之间的战斗的，我只能在谈到英国和西方盟国的战争背景时才会谈到这一点。因为，俄国的这段战争历史，特别是1941年和1942年这两年的战事，有关俄国人的痛苦和荣耀，外国人不方便记录。当然，尽管如此，我们还是应该努力用英文记录下这段英雄史实，并以一种客观冷静的心态，仔细地研究它。这一尝试，不应该因为苏联政府已经获得了它应得的荣誉而被人们放弃。

在希特勒进攻俄国之前的一年是一个时期。前半年，大不列颠及其帝国坚持独立奋战，不断投入军力，后半年，受到日本猛烈攻袭的美国成为我们坚定的同盟。自此之后，我开始了和罗斯福总统的电函沟通，联盟行动的基础由此形成。我们不仅制订了联合作战计划，而且推测了战争结果。卷书，正是以整个英语世界的国家建立伟大的有效的同盟合作关系为结尾的。

温斯顿·斯宾塞·丘吉尔

写于肯特郡威斯特罕的恰特威尔庄园

1950 年 1 月 1 日

目　　录

在苏联和美国参战之前，

英国人民经历了艰苦卓绝的鏖战。

第一章　沙漠地带及巴尔干等国

事端频发的1941年——坚实的根基——战争紧要的地方——沙漠中的黎明假象——1月6日，我对战争情况做了预估——班加西的侧翼坚固且有力——埃塞俄比亚之战——关于西班牙的谜团——维希模糊不清的表态——西西里岛领空遭受德军的挟制——巴尔干等国随时面临被践踏的危机——援助希腊势在必行——我们所担负的使命——希特勒在新年伊始的想法——1940年12月31日，希特勒向墨索里尼发出函件——我们在对西班牙的态度上不约而同——在如何对待俄国及非洲的态度上，希特勒所做出的论断——令艾登感到紧张不安的事——有必要对沙漠进军设限——1月8日，史默兹将军的致电——1月10日，将指示电报给了韦维尔将军——韦维尔将军飞至雅典——1月26日，我给韦维尔将军发去函电——1月12日，我回复了史默兹将军的来电

我回想起战事频发的那些岁月时，印象最深的就是1941年的前六个月，再没有什么时期能与这半年间所发生的境遇相比：战事四处告急，问题一个接着一个发生，或是一下子就堆在眼前，不论是我，还是与我并肩战斗的同伴都直接受到了冲击。随着时间的推移，问题逐渐增多加大，可尽管不得不适时地给出决断，却不足以困住我们。到了1942年，我们已经与同盟者之间缔结了强有力的关系，不再孤立无援，虽然我们在军事上受到了非常大的打击，命运却已有了转机。1941 年间，许多问题向我们涌来，每一个问题又都牵扯进来其他的一些问题，而我们就是在它们的关联中找到解决的办法的。某个战场物资匮乏了，就势必要从其他的战场中获得；若是将气力都用在这个地方，那么另一个地方就势必得承担风险。当时的形势是：在物资上，我们的资源并不充裕；各国在对待战事的态度上尚不明朗，十几个强国中，有友善的，有不动声色的，有或许会成为敌国的。此外，就国内而言，我们所要应对的主要是，潜艇战、外敌随时可能袭来的压力，还有一波又一波的闪击战。就中东地区而言，打系列战势在必行。最后，开拓出一条能够对抗德军的战线也非常有必要，我们打算在巴尔干半岛实施这一构想。一直得不到外援，只能独自战斗的我们，就这样度过了很长的一段时期。熬过一场大风浪，我们又陷入了一个新的旋涡，不得不拼命抵抗。每一天，我们都必须奋力战斗，使自己不被卷进海浪里，同时还要履行己责，做到恪尽职守，然而，先前所发生的一些要事并没有了结，在这时，也一并向我们无情地袭来。对于这一篇幅，叙述起来是费力的，难在不能平衡这两点的比例。

* * *

在大不列颠，我们的基础还算牢固。德国试图在 1941 年对我国发动进攻，但是，只要我们在戒备上保持高警惕，并部署好适当的兵力，德国的计划对我们而言未必不是好事，就这一点，我深信不疑。与 1940 年相比，德国的空军力量并没有什么突破，在各战场上的作战实力无明显提升，相反，我国的空军却有显著的长进，战斗机队增至七十八个，比先前多了二十七个，而轰炸机队也由二十七个增到了四十五个。1940 年时，德国人在空战中并没有取胜，到了 1941 年，他们依旧没有取胜的可能。除了空军，我国内部的陆军力量也增强了许多。从 1940 年 9 月开始，在整整一年的时间里，我们正在服兵役的师级部队就从二十六个增至三十四个，此外，还有装甲师五个。就军队本身而言，也有了整体提升，他们训练有素，武器装备也在数量上有所扩充。这一时期，我国国内的自卫队也壮大了不少，比先前的一百万人多出五十万人，且人人配枪。不论是士兵的数量、灵活性、配给，还是演练、协调或防守方面的工事等，都有了极大的改善。希特勒要想进攻我们的国家，就自然得有 定数量的军队，往往需要超出实际应用的数目。若没有一百万人以上的士兵，以及战争所需的补给由英吉利海峡输送到这里来，他便没法儿占领我国。截止到 1941 年，可以看出他所持有的登陆艇数量不少，尽管仍显不足，可我们的优势也不容低估。就空军和海军来说，足以掌控海域及领空的安全，我们坚信，以我们的能力是可以打垮，或者说，使德侵略舰队受到惨痛教训的。据此，可以说，我们现如今绝对加强了 1940 年间所依凭的那些论据。倘若不懈怠，倘若我们保持现有的备战能力，那么等到打起来的时候，不论是内阁还是参谋长，就能安心多了。

尽管支持我们的美国朋友，曾出访过我国的美国将军，甚至整个世界的人都觉得德国攻占我国的可能性非常高，而我们目前的境况确实令人忧心，可我们对此并不担忧，足可以放胆以目前输送船只的力量将全军送至海外战地，并在中东地区以及地中海一带投入战事，展开对敌攻势。是否得胜的要件就在这里，并且，在 1941 年，某些关键性的事件就已经开始发生了。军队在战争里就必须用以作战。要想同敌军在地面上对峙，我们就只能在非洲这片土地上使力了。守卫埃及，守护马耳他岛，是我们的使命，而我们的首个战利品将是意大利帝国的覆灭。现在，我们所描述的主旨及线索就是：在中东地区，不可一世的轴心国正面临着英国的全力抵抗，而我们还将与巴尔干等国以及土耳其建立起防御工事，一致对抗敌军。

* * *

在这一年的初始，我们都沉浸在胜利的喜悦之中，主要是由于非洲北部沙漠地带打了胜仗。1 月 5 日，我们打败了守卫巴尔迪亚的四万军队，并拿下该城。这样，我们便掌握了图卜鲁格。攻克这里就像意料中的那样，只用了两周，其中三万人成了我们的战俘。1 月 19 日，我们又把直属于苏丹的卡萨拉城也控制住了。次日，我们又挺近厄立特里亚城——意大利的殖民地之一。又过了几日，我们占领了敌军的主要驻军地比夏。就在 1 月 20 日这一天，埃塞俄比亚的皇帝，海尔 · 塞拉西归国。不过，我们同时亦在这段时间里频繁地收到一些报告，主要是德国为策划巴尔干之战的相关潜派活动及预备情况。对于战况，我做了一定的评估，并向三军的参谋长做出了说明，对此，也基本上获得了他们的认同。

首相致伊斯梅将军，转参谋长委员会　　1941 年 1 月 6 日

一

1. 在 1941 年的头几个月里，我们要尽可能快地消灭驻扎在北非东部的意大利武装军队，这是海外战场的首要目的。只要歼灭了意大利在昔兰尼加部署的兵力，在尼罗河的集团军就可以委以他途了。不过就其将具体指派做什么，还不是现在可以公开说明的。

2. 拿下巴尔迪亚之后，以它为基础再进一步占领图卜鲁格就变得容易得多。而这两个地方若是能全部攻下，我们就可以凭借海上运输接着支援向西挺近的军队了，至于地面上的交通，则无须再在乎亚历山大港口。如今，已到了将图卜鲁格最大化地利用起来的时候，相关计划应尽快出台。

3. 攻下班加西，令意大利最后的抵抗势力屈服，并不需要耗费驻扎在巴尔迪亚和图卜鲁格西面的太多部队兵力。仅留下随后将编入师级的新西兰旅团，英国第二、七装甲师，澳大利亚第六师也就够了，没准儿还能再加上一到两个英旅团，算起来最多不过是四万至四万五千的兵力。倘若我们把图卜鲁格作为陆上交通的基地，并当作

始发地的话，就可以缓解目前的陆上运输压力，因为，由图卜鲁格那边出发，沿海岸公路向班加西行进只需二百五十英里多的路程，但若是自亚历山大港始发，光前往图卜鲁格就得走差不多四百七十英里。再有，以图卜鲁格为起点的话，就相当于占据了昔日亚历山大的主动权，完全可以以少量的攻击兵力来应对战场需要，然后重新从这里发兵。班加西攻克之后，现阶段的利比亚战役也就随之了结了。

4. 这一切都需要尽快完结，因为随时都有可能发生突变。鉴于我们事实上还把控着制海权，而意大利不论是在车辆和装备的损失方面，还是在精良部队人员的流失方面都付出了惨痛的代价，故虽然昔兰尼加灭亡是迟早的事，但多久才能攻下它还是个必须要考虑的问题。不过，我们倘若能在4月前拿下班加西和它东面的地域，且顺利在那里建立我方陆海基地的话，在总的战略部署上也就达成所需了。

5. 如上所述，尽管我们需要在利比亚和埃塞俄比亚两处同时展开军事活动，但在前一处的行动并不妨碍我们在后一处对意大利进行打击。现阶段，开展对卡萨拉的军事打击计划已有了眉目，可用来调配的部队有韦维尔将军召回的印度第四师部，及尚未召回却在随时待命的印度第五师部，此外，还可以发动在埃塞俄比亚境内的起义，而肯尼亚军队尚可在同时期里采取行动，沿鲁道夫湖朝北行进。驻守在埃塞俄比亚被我们阻截下来的部队还在苦撑，他们必然是觉得，倘若他们意大利军队可以在尼罗河三角洲及苏伊士运河站稳，就可以经由尼罗河及红海顺利地运送战时所需的物资了，由此，可能会随时建议我们停战。不过，这是不可能实现的愿景。另外，除了叫停，还可能出现战况无期限延迟的情况，因为在埃塞俄比亚这样疆域辽阔的国家，交通是十分匮乏的，几乎无法保障大部队的供给，尤其很难补充海上所需。不过这种情况不会持续太久，我们有理由相信，截止到4月末就可以征服或者打败意大利驻埃塞俄比亚的军队。

6. 等我们所相信的趋于明朗时，就可以调集所有在肯尼亚、苏丹及埃塞俄比亚的精兵向北方挺近了，而这些精兵随后便会成为作用于地中海东部之战的备用军。假设现在我们有三十七万的兵力驻扎在中东，其中还包含 W.S.[①] 中的第五和第六号运输船的话，那我们就有盼头了。可以先预留一部分兵力在埃塞俄比亚、昔兰尼加、埃及和巴勒斯坦驻守，并维持当地的治安。这之后，可比拟十个师的大部队就可驻扎在尼罗河流域了，届时，再加上两个由国内调往当地的师级部队，便是十二个师了。如此一来，只要没有什么变数，到 4 月末，这十二个师就都可以派往别处作战了。

二

7. 如今，许多民族都已对希特勒的暴行感到愤慨，对于这些，希特勒都得去施压制服，若再惹恼了西班牙就太不明智了，他自然不会轻举妄动。到了这时候，德国人要是还想着和西班牙人以及他们的政府作对，非要违拗他们的本意一意孤行，借道从西班牙直取直布罗陀海峡的话，无疑是在险中求胜，且毫无把握。不过，倘若德国人经西班牙政府首肯，可以借道西班牙的话，拿下里斯本、阿耳赫西拉斯和休达的火力点就相当轻松了。近日，我国驻马德里海军上校西尔加斯和我国驻西班牙大使有过一次会面，西尔加斯曾住在西班牙很长一段时间，在他看来，对于希特勒借道和争取西班牙政府参战的事情，西班牙政府方面的态度更趋向于拒绝，不想跟我们敌对。在西班牙，韦维尔将军取得利比亚胜利的消息掀起了舆论的热潮，不但已经产生了作用，还将会有更深远的影响。若是西班牙政府不同意德国人的要求，那就意味着德军执意借道西班牙是没法儿在 4 月底前完成的。综

① W.S. 为 Winston's Specials 的简称，即“温斯顿”专号。——译注

合各方意见后可以看出，就这么拖着对我们而言是好事。借此，我们可以将直布罗陀好好地利用起来，使驻扎在中东的军队有时间完成使命，并在结束任务后转战其他地方。不管怎么说，法国及维希的战况已经有了朝着好的方向转变的可能了，这是最紧要的。

8. 现在，上述的种种判断都只是基于臆断，还没有确实的把握。在这种时候，我们决不能失误，要确保在西班牙不生事端，不能让西班牙政府产生比当前更多的敌意，也不能诱使希特勒采取什么极端的手段去对付西班牙。不过，曾让我们忧心的事情并未发生，希特勒尚未利用适宜取道西班牙而挺近直布罗陀的有利条件，不论是气候条件还是政治环境。借此，我们可以凭事实推断出一个值得信服的、相对客观的假设——不到春天，德国不会轻易在西班牙涉险。

三

9. 鉴于德国很可能到春天才会冒这个险，这让我们看到了生机，即：或许在德国的施威下，维希政府会考虑重新参与到北非的战局中去，而在面临德国的实际入侵时也是如此，又或者，维希政府会正式委派魏刚将军达成这样的目的。要是德国占领直布罗陀海峡之前果真发生此事，那机会可就来了，我们可以拼尽全力阻止德国想要占领该地的军事行动，而不必担心时间上的问题。届时，地中海一带的情势将会朝着有利于我们的形势发展。对我们来说，尚可将部队从大西洋口岸送往摩洛哥，还可以使用北非隶属于我们的空军驻地。意大利驻的黎波里剩下的兵力到那时将再也成不了气候，而我们，将极有可能打开地中海8号航线，并把战时军用补给以及后备军通过这条航线送往中东。

10. 正因如此，我们该向贝当和魏刚两位指挥官作保，一旦到了执行他们所认为的那个重要至极的程序时，同时也是我们所热切盼望的那样，也就是我们去帮助他们的时候了，届时，我方会出动陆军的六个师、精良的空军，以及战时所需的海军助援。过去，我们曾令他们认识到了行将发生的危机，即：若是行动推迟到德军穿越西班牙，拿下了直布罗陀海峡，并把控了摩洛哥以北的话，后果将不堪设想。至于维希政府会有怎样的作为，目前只能等待。在等待的时候，我们也要趁海军有余力的时候时不时地将法国管控起来。之所以如此，有几点原因，包括：我们所必须要坚守的原则，要体现出英国和法国仿佛是有冲突的，尤其重要的是，不能使维希政府觉得即便不作为也不会有什么来自我方的危险。希特勒可能也知道，法国快速发展的战事将对我们有利。不过，还有一种可能性，那就是，法国的局势可能等不到西班牙有什么会改变局势的事件发生就先进入高潮了。

四

11. 希特勒如今铆足了劲儿为其随后的行动备战，他会将德国人所秉持的那股拼劲儿淋漓尽致地发挥出来，可以想见，他过不了多久就会采取大规模的行动。或许目前他已经开始筹备着自意大利往南行进，然后再集结空军的势力在西西里岛落脚，要做到这一点并不难。占领西西里岛的计划，也就是“汇流”作战方案，必须加紧了，请参谋长委员会尽快商讨出方案来。不过，在现阶段，还没有足够的理由来支持这项计划是否该在伊比亚有所动作之前就执行。尽管如此，如果不等我们拿下图卜鲁格，就算不能再多向西移一点，不等我们在那里有一个可以继续前进的落脚点，并有足以保卫埃及的坚固阵地，就不能先实施这一计划。

五

12. 如上所述，如果德国延至春天再入侵巴尔干的话，对我们而言是最有利的。基于此，我们更得考虑到德军有可能等不到那时候就会有动作。我们对希腊的空中支援并不多，而他们作战胜利的影响却对我们帮助甚大，对此，希腊方倒没对我们有什么埋怨。不过，假使他们胜利后又碰上什么麻烦，或是和敌军僵持不下的话，必然会要求我们马上增援，所以这一点，我们应该提前想到。对我们来说，可以在短时间内供给上的是五个自中东抽调出来的空军中队，或者还有几个团的炮兵和第二装甲师的坦克力量，也许全部都能派过去，也许只是其中的一部分。目前，第二装甲师已在埃及调适，时间方面还比较宽裕。

用不了多久，朗莫尔中将的空军力量便会增强，如今“暴虐”号已经飞抵塔科拉迪，其他的飞机也陆续到达了，包括四十架“旋风”战斗机，这样，他很快就会拥有百余架“旋风”的实力了。之前，他把空军从亚丁及苏丹撤出来看来是明智的，这令他没有在此次的战役中有什么损失。可能用不了多久，我们就能拿下图卜鲁格，这之后，看来就该为希腊提供更多的空军作战部队了，自然，派遣一部分“旋风”中队是必不可少的。届时，对机场方面的需求将会增大，因此，不得不预先做好准备，先解决好必要的问题。我们得清楚：希腊方面的机场跑道是不是已经延长了，能否满足“旋风”战斗机这样的机型的需要；如果要中转停歇，克里特岛机场的修建情况是怎样的，可否提供这样的方便；再有，第二装甲师需要多久才能前往比雷埃夫斯港，人员上的需求量是多少。

13. 基于我们的预估，要是希腊军攻不下发罗拉可就不妙了。只凭借韦维尔将军现作用于沙漠西边的兵力，恐怕只够拿下昔兰尼加省，没准儿也还够在班加西立足，尽管在空军方面他已经损失了一些战斗力。不过，倘若拿下班加西会让希腊方面不能夺取罗拉的话，可能就会引起希腊人的怨怼和愤慨了，甚至还会迫使他们单方面联合意大利势力，这可就不好了。所以，图卜鲁格被我们占据后，应该想到尼罗河集团军所面临的困境，他们接着往西行进的话可能会十分费力。在埃及西部保住之后，就必须马上对希腊予以援助，这一点，我非常确定。

六

14. 希腊部队进发罗拉之势以及我方增援希腊之事，将会对南斯拉夫的决定有所影响。尽管现在我们还不能就这样判断，可相比执意穿过南斯拉夫来说，德军通过罗马尼亚进驻黑海一带并借道保加利亚的可能性更高，保加利亚是他们过去的盟友，由此地进入萨洛尼卡将更为直接，也更合理。目前就能看出有这种趋向，他们的部队时常会调动一回，流言也变多了。显然，德军的部队开始集中起来，且在力图改善挺进东南欧洲的交通问题。因此，我们不能不有所行动，等敌方攻进保加利亚的时候，我们得保证土耳其人会加入进来。俄国人将会持什么态度，恐怕要受到如下事情的影响：南斯拉夫人能否不落入敌人的圈套并坚持己见；希腊部队是否能拿下发罗拉，并在阿尔巴尼亚站稳脚跟；我们能否与土耳其结盟，使对方成为我们得力的盟友。倘若可以实现，那么俄国人便会看好我们。对俄国来说，不论是德国人进军黑海，还是借由保加利亚入侵爱琴海一带，都是非常大的危害，甚至足以致命。这一点，是有目共睹的。不说其他，对德军的惧怕这一条便会使他们丧失参战的勇气。或许，同盟国之间在巴尔干铺展一条统一战线，再加上英国海陆空三军日趋高涨的声望，会使他们的惧怕缓解一些，可我们不能就此而抱有太大的希望。

七

15. 我们最后所面临的一个问题，就是敌军的入侵、与敌人进行空中战斗、战时对生产方面的冲击，还有我们的西部口岸及西北交通干线所面临的战争损害，这些问题都将是我们所有战备安排的问题。如今，希特勒已经按捺不住想要把大不列颠困死、毁灭的心情了，比以往还要急迫。不过，他不能不考虑我们英国日渐壮大的、可与之抗衡的空军力量，还有满布在欧洲各地的民愤和在他强压下的疾苦大众的不满。这样一来，就算希特勒先生会在东欧大干一场，把俄国给打败了，占领了乌克兰，并通过黑海进军里海，以至于实现了他的部分目标，甚至是赢得了全部胜利，可他取得的这些战绩，也终无法使他安享和平。所以，别的目的都不能成为我们解决这一问题的阻碍，必须先保证国内有足够的粮食供应得上、保证军需用品产量提升，以及不能使敌军进入我们的领土。

* * *

新年之际，希特勒先生也有自己的感触。一周前，他曾致信墨索里尼，将这封信同我的设想做个比对的话，便能发现有趣的地方：显然，我俩不论是在对待佛朗哥将军的态度上，还是在看待西班牙问题的看法上，都有着惊人的相似。

希特勒致墨索里尼　　1940年12月31日

领袖：

……我对全盘局势进行核查后，归结出了如下结果：

1.我们已然取得了西部战事的胜利。然而，想要把英国打垮，还得在最后狠下一番功夫。怎么才能一举灭掉英国呢？我们扩充后的空军打击力和潜艇的攻击力没有产生相应的有效影响，那么，是什么原因让英国人得以逃脱被覆灭的命运呢？

等我们在此次战役中初胜之后，德军就该马上做出针对英伦三岛发起终极攻势的重大部署了。主要是攻下英军集中的地方，尤其不能放过大型的供给站，届时，我们所预估的防空设施将与我们切实的需要相差甚远。

2. 法国

莱法尔现已被法国当局罢免了公职。我确信真实的理由并不像他们正式通知我的那样，应该是，尚在北非的魏刚将军所提出的条件过于苛刻，因而不亚于是在敲诈了；相对而言，维希政府如若抗阻的话，就可能面临失去北部非洲的风险。对于有一个存在于维希政府内部的完备的政治派别，且其成员对魏刚将军的条件是支持的，或者最起码在暗地里是支持的，对于这一观点，我也很赞同。至于贝当这个人，现在还并不清楚他究竟是怎么想的，不过，我并不是在怀疑他本人的忠诚度。我们必须谨慎地对待这些事情，以便随时都能够把握事态的变动。

3. 西班牙

西班牙方面受困于时局，再加上佛朗哥将军又觉得局面还会更加凶险，所以，已经拒绝同轴心国联合。依我之见，佛朗哥将军因为收了民主国家的原材料和小麦，就以不加入战事作为回礼，这也太孩子气了，必将成为他人生中所犯下的一次重大错误。民主国家不会让他安心度日的，等他什么时候用完了所有的小麦，也就该对他兵戎相向了。

就我方而言，已经做好了战斗准备，行动所需的部队人员也都是经过特殊选取和培训的。到了 1 月 10 日，我们就要穿过西班牙边境，2 月初便会直接攻入直布罗陀海峡，想必可以在短时期内获胜。我们只要攻下直布罗陀，就能彻底铲除法国想要在北部和西部非洲发起叛变的隐患。而对于在西班牙所发生的事情，我真是感到遗憾。

所以说，我对于佛朗哥将军的这个决定相当失望，他的作为配不上我们——我和你——在他困难时所给予的帮助。不过，我并没有全然对他丧失希望，即使希望不大，倘若到了最后一刻，他能意识到自己的作为将带来的恶劣影响的话，我仍然希望他即使迟来，也会想法子同我们一起并肩战斗，而我们能否得胜，也将同他个人的命运联系在一起。

4. 保加利亚

同样的，保加利亚在国际关系中也迟迟不表态，一直拖着没有对德国、意大利和日本三国于1940年9月27日在柏林签订的盟约有什么正面的反应。这么做的原因，必是受到了苏俄不断施加的压力。倘若保加利亚王在我们缔结条约时就来寻求庇护的话，如今又怎至于为人所迫。更为不妙的是，权势会影响舆论，舆论又很容易受共产主义的影响，倒向对我们不利的方面。

5. 匈牙利和罗马尼亚

显然，匈牙利和罗马尼亚在此次冲突中的态度是最为明朗的。我对安东内斯库将军十分敬佩，他已经知道，要想使自己在政界有所发展，或者说，让自己有更可观的发展，就得仰仗于我们获得的胜利，据此，他直接而明晰地知道自己应该下什么结论。

在忠诚方面，匈牙利人的表现也当被肯定。德国从12月13日起，就开始频繁借道匈牙利，把部队调至罗马尼亚。而我也获得了匈牙利和罗马尼亚的铁路交通使用权，所以，若德国师团需要借此火速赶往目的地，也是完全可以的。现在，还不是谈论那些筹备中的计划的时候，它们还有待完善，或许将会用到的作战方案也是如此。不管怎么说，我们现在不怕来自侧翼的反扑，以目前的兵力就完全应付得了。

领袖，你必须得稳固阿尔巴尼亚战线，这样，最起码也能控制住部分希腊部队，以及英希联军。

6. 南斯拉夫

目前，南斯拉夫比较谨慎，他们在给自己争取更多的时间。或许，在不发生意外的情况下，就当前的形势而言，他们会选择与我们互不侵犯，并签署相关条约。不过，南斯拉夫目前并无意受三国同盟条约的庇护。由此，我没期望在我们军事上获得足以改变其心理趋势前能收到更好的消息。

7. 俄国

我们必须得提前预料到，在巴尔干的一些国家里，可能会突发内部冲突，不过，只要对其可能引发的影响事先做好准备，找到可以解决的办法，就可以防患于未然了。依我之见，俄国只要有斯大林，就不会对我们发起攻击，再说，我们也保有一定的战斗力，没有遭受过什么重创。领袖，我觉得，这次能否打个漂亮仗，得有一个前提条件，即：应当准备一支实力强悍的部队用以应对东方随时可能发生的变数，它的实力若是足够强大，我们所将应对的突发状况就不会太多。这个前提是我个人觉得最为要紧的。在做全盘思量之余，我还想再补充说明一下：如今，我们与苏联是交好的。不久后，我们便会与对方签署一项贸易上的约定，不论是对哪一方，这都将是有利的，且对我们彼此间尚存的一些争议也是极有助益的，希望用这种更恰当的方式能够处理好这些问题。

事实上，有争议的问题只在芬兰和君士坦丁堡上，我倒不觉得在芬兰问题上有什么实质性的难点，原因是我们没有认定芬兰是归属于我们的，是我们的领地范畴，所以，只关注会不会在这个地方再次发生战争。

相较于芬兰问题，君士坦丁堡若是让给了俄国，或是布尔什维主义得到了保加利亚，那就对我们不利了。不过，这类型的问题也不是不可避免的，倘若我们心怀好意，就不会演变到那种糟糕的地步，也还是可以妥善解决并达成所期的。要是莫斯科方面知道我们的计划是不可能因任何胁迫而改变的话，就更不难解决了。

8. 非洲

领袖，现阶段的非洲战场，我觉得还不适合发起规模颇大的反击。筹备过程没有三至五个月难以达成。如今，气温升高，德国装甲军马上就到一年中没法儿有效投入战事的时候了，事实上，我们要是不为装甲车配上冷却装置的话，就没法儿满足全天候长距离的跋涉，对于长线作战而言，装甲车根本做不到。

在非洲战场，投入更多的反坦克武器将起到决定性作用，尽管意大利军在别的战场会受到牵连，会失去获得这种特殊火力的可能。

我还是觉得近来我说过的那个方法是十分要紧的，即：我们应当尽可能地以空军力量去打击地中海海域的英国海军，撼动其海上之位，在这片战场中，我们没法儿依靠陆军来扭转局面。

领袖，到了 3 月以后才能就其他情况做出有决定性的决策。[①]

* * *

笼罩在东方的乌云，并没有脱离艾登先生的视线，他正严密地监视着。

外交大臣致首相　　1941 年 1 月 6 日

如今，恰逢巴尔迪亚之战取得了胜利[②]，请你允许我致以最诚挚的祝贺！你曾说：“如此多的人交给如此少的人这么多东西，这还是头一回。”不知道我有没有擅自将你的话给篡改了？

巴尔干地区目前在国际上没有引起足够的重视，而这篇备忘录正起到了让我们去关注它的作用。从前几天接到的各方情报来看，德军的目标是攻打希腊，现在，已经在巴尔干地区抓紧时间筹备了。情报中反复提到他们在 3 月初便会采取作战行动，可我不这么认为，德

① 《希特勒和墨索里尼：信函及文件》中 P83 处内容。——原注

② 1941 年 1 月 3 日至 5 日，英军在巴尔迪亚战场上节节告胜，先是突破了巴尔迪亚防线，之后，又迫使驻巴意军降服，并获战俘三万余人。——译注

国人想必会在此之前就采取行动的。今年的这个时候，我们是否肯定会通过保加利亚进行对萨洛尼卡的军事打击，我还不敢妄加决断。不过，德军必然会强加干预，这是肯定的，因为他们不能使驻阿尔巴尼亚的意军全面崩溃。从接到的情报里可以看到，敌方的空军数量已经扩充了，并准备对希腊军采取行动，此外，帕普哥斯将军表示，德军的行动，致使他的行进也被拖缓了。德国人会首先选择控制领空，然后才会在陆地上有所行动，这就是他们的策略，而如上种种情况，恰好也证明了这一点。

让我感到担忧的是保加利亚政府方面的政治态度。以现阶段来看，他们似乎难以把控局面了。德国人有日趋操控他们的报纸的态势，使其不过是在为轴心国的宣传部门传递消息罢了。当前，还有更紧要的事，那就是我们在北部非洲所取得的胜利不能太过影响土耳其或是南斯拉夫人，他们必须得提高警惕，为此，我们正试图尽力确保在政治上能够做到这一点。所有这些问题该不该交由国防委员会来斟酌？还请你详加考量，做出决定。

我在览阅了此备忘录之后，做出了回复，内容如下：

首相致伊斯梅将军，转参谋长委员会　　1941 年 1 月 6 日

随附给外交大臣的备忘录，请查阅。显然，若是路况允许的话，我们必须得顺着比亚海岸线去追击意军，不过这样一来，便得做好增兵希腊的准备，比如将四到五个中队的皇家空军派过去，此外，或许还得加上部分英国第二装甲师。

当前，除了班加西，我还不能将视线转移到其他地方，况且，若是我们拿下了图卜鲁格，那么在班加西东部就不会有太多的意大利精兵了……

或许凭借着一份好运和勇气，我们能够在利比亚海岸线取得称心的战果，可我们也不能忽视打下发罗拉，以及稳固希腊前线这两件要事。

* * *

国防委员会于1月8日经过商议，全票通过了两项议案：一个是站在政治角度使尽办法支援希腊，因为德国军队很可能经保加利亚提前攻打希腊。另一个是我们要如何增援希腊？增援的范围是怎样的？这些得赶快决定，不能超过48小时。此外，我在同一天还接到了史默兹将军的来电，看内容，他是在接到我两天前所发出的备忘录前就拟好了这份电报，而且，其观点也和我的意思不谋而合，而当时，我的意见已经通过了三军参谋长及国防委员的认可，这使我的信心一下子提升了不少。史默兹将军发来的电报内容如下：

史默兹将军致首相　　1941年1月8日

1.我们已经取得了中东方面的胜利，现在，是时候为以后做一番打算了。很快，韦维尔将军就会借着胜利继续发起对图卜鲁格的攻势。然而，的黎波里显然离得很远，他要不要接着推进呢？就算能到达班加西，从距离上看，到埃及边境和从边境到亚历山大港的距离差不多。倘若不论是海军方面，还是别的方面，都足以说明有必要使部队前往推进至班加西的话，那么前移就无可避免。可若没有什么特殊的原因足以证明需要这么做的话，个人觉得占领图卜鲁格就可以了。因为，过了图卜鲁格，我们将面临极大的风险，这就不用多说了。如今，应该在设在图卜鲁格的防御地中驻扎一支适合的防御兵，而其他的部队则应尽快撤离，并派往急需一支强有力的机动军的地方，也就是埃及和中东地区，这样，就可以防患于未然，使敌军无法借道巴尔干各国来反攻我们了。

2. 不过，我的意见是，当前就应该去思考：怎么去搞清楚埃塞俄比亚的局势？倘若我们能攻下埃塞俄比亚，那么，墨索里尼就会声誉扫地，而肆意争夺的法西斯也将受到沉痛的打击。由此，意大利方极有可能不得不退出战场，地中海的整个事态也就会随势而变了。届时，德军将重陷孤立无援之境，不管程度大小，受到重挫是在所难免了。

3. 之所以要尽快搞清楚埃塞俄比亚那里的时局，还另有依据：驻埃意军现已士气大跌，越早了结埃塞俄比亚的战局，就可以越早抽调兵力赶赴中东支援前线。倘若马上自韦维尔将军那里调出部分中东兵力，由北部增强打击埃塞俄比亚的攻击力，同时，再派兵自肯尼亚发起攻击，那么，我们将有望速战速决，一举打败意军。依我之见，假使我们同时从埃塞俄比亚北部和肯尼亚发起攻势，最多需要再各增加一个师。

4. 该计划如能获得许可，我将供以在南方的一个师的军力。这支部队已经准备妥当，尽管他们所配备的轻型捷克式机关枪不够，但只要船一到就马上可以投入战事了。倘若审批结果是准许的话，还请尽快对我的意见给予回复，因为如此多的部队要想由南、北两个方向派往目的地，得花费不少时间。启用这一战略，由南部发起攻击，就势必会使战线拉长，很快将远离肯尼亚，所以，当前在肯尼亚所部署的绝大部分议案只能废弃。然而，要想在厄立特里亚及埃塞俄比亚这种地域辽阔的地方专心作战，不必担心有什么隐患或者陷入没完没了的僵局的话，就势必要实行南北夹击的战略部署，而该计划中，很有必要在北部再增加一个师的兵力，或许这样才够用。虽然，目前有传言说德国的部队正在朝罗马尼亚集中，匈牙利也有不少他们的兵力正在聚拢，可我仍然期望可以调派出一个师级的作战部队。

当前我们所面临的问题是，俄国的态度尚未明朗，还无法预估，土耳其显然对我们是敌对的，由此，我们不清楚德国敢不敢在巴尔干开火。如今，战局业已发生极大的变化，在非洲和希腊的意军已被击败，而侵袭英国的德国空军也没有取胜，所以，大量的德军聚拢在一起，很可能只是想抚慰败下阵来的意大利军，同时诱导英国军队离开本土作战。德国将大举进犯大不列颠，看来是势在必行的。对于全盘战况的实际了解程度，参谋员们掌握得更确切，所以，应该交由他们来权衡。就当前的情况而言，我个人的意思是，为了能更好地自北部发起进攻，需调遣一个师的中东兵力，此外，还需获得一部分空军力量作为驻苏丹部队的助力，以增强我们在该地的实力，这么做未见得会立刻招致什么风险。我们假使能够尽快取得胜利，那么，不论是在意大利，还是在中东地区，都会引发极大的影响。

* * *

海陆空三军参谋长于1月10日对驻扎在中东的各司令官发出了如下警示：这个月底，德军极有可能发起对希腊的攻势。依三军参谋长看来，德国军队的行进线路很可能是：借道保加利亚，顺着斯特鲁马河流域下来，直接挺进萨洛尼卡。这次，他们在人员配给上，可能会有三个师投入战场，作为增援力量，会再辅以二百架俯冲式轰炸机。此外，过了3月，兴许还会另增派三四个师的军力。除此之外，参谋长们还有说明随附：英国皇室愿意全力支援希腊军团。这项决定就是在表明，一旦占领了图卜鲁格，那么中东其余的军事活动便行将不再是首先需要考虑的事了。并且，对于从中东地区调出机械化军队、特种兵团，以及空军力量的建议已经获得了他们的首肯，不过，对于调用的部队给予了一定的限制，即：步兵坦克中队一支、巡逻坦克兵团[1]一个、炮兵团十个、空军中队五支。

我们曾告知过驻开罗的司令官们，德军已经将军队汇集到罗马尼亚了，而这些官员却觉得德军只是在跟我们打精神战，不过是想让我们上当罢了，借以分散我们在中东地区的部队，并防止我们朝利比亚进军。韦维尔将军说，望三军参谋长能够“抓紧时间弄清楚敌军如此调派军队的目的，确是故弄玄虚还是另有企图”。

鉴于复电与事实极不相称，所以，我在阅览后又发了一篇备忘录，内容如下：

首相致伊斯梅将军或者霍利斯上校，并转参谋长委员会

1941年1月10日

明天也就是周六的上午，三军参谋长应开个会，共同就中东司令部传来的那几封电报进行讨论。在这份文件中，附上了我草拟的写给韦维尔将军及朗莫尔空军中将的电函，倘若参谋长们觉得看过之后已无问题与我商议的话，便可马上发给两位军官了。

首相致韦维尔将军　　1941年1月10日

1. 对于德国在罗马尼亚大批量聚集军队一事，在你们眼里，对方只不过是在打精神战，目的是使我们的部队分开作战，混淆我们的视听，然而，我们所得到的情报却与此相反。从我们获取的具体资料来看，在这个月末，敌人就会借道保加利亚，并经由这条线路直接进入希腊边境，然后，再把目光聚焦在萨洛尼卡，对其进行规模不小的军

① 步兵坦克：针对步兵而设计的坦克，用于辅助步兵作战。

巡逻坦克：属于重型坦克，行动缓慢，设有坚固的装甲。这种坦克相较于步兵坦克在速度上更快，火力更足，且坚固的装甲并不笨重，材质相对较轻，作战时使用时，能凸显其机动性。——原注

事打击。在该行动中，敌方不至于投入过多的兵力，可其战斗力仍不容小觑。敌军截止到2月中旬通过保加利亚和希腊边境的部队看起来并不多，在空军方面，约有俯冲式轰炸机一百八十架，另有部分空降部队前往，在陆军方面，仅有装甲师一两支，以及摩托化师一支。

2. 尽管敌方此次进攻的投入不大，可要是任由该部队行进，势必会在希腊引发可能等同于昔日德军攻破色当时对法国所产生的那种影响力。就我们所获取的材料来看，在阿尔巴尼亚的希腊师部，将面临致命打击，对此，我们十分肯定。不过，敌人不就是想借此来最大程度地打击我们吗？他们会借着希腊的彻底失败来抹杀你在利比亚所赢得的光辉，并且，此举还极有可能使土耳其方面改变想法，要是再加上我们对同盟国将要发生的事冷淡以对的话，就不可避免地将导致这样的结果了。所以说，为今之计，就是使你自己的规划顺从于当下所受到的危机，使利益最大化。

3. 尽管在图卜鲁格的军事打击行动上，我们必须确保不为任何事情所干扰，不过，在任务完成之后，应立即把重心放在支援希腊的问题上，至于在利比亚的行动，则应退居次要位置。由此，当你接到电报，便应当立刻着手，在所设定的范畴之内，把准备工作做好，这样，就能在第一时间抽调兵力援助希腊了。内阁国防委员会曾仔细地斟酌过此类问题，而史默兹将军在经过深思熟虑后，也得出了同样的结论，并在其发出的电报中有所表述。

4. 希望你们能依照决策积极有效地行动起来，而对你们的这些要求，我们会负起全部的责任。随后，会有相关人员随你一同出访希腊，这会对你思索怎样圆满地落实如上决策有所帮助。对于出访雅典一事，容不得拖延，当从速进行。

在三军参谋长们经过协商并达成一致意见后，便有了这封电报。不久之后，人们就会知道，在这一时期，我们的目的只是将一些特殊兵团和一些技术兵团派往希腊支援罢了，还不会投入一个集团军的力量。

接到我们的指令后，韦维尔将军和朗莫尔空军中将便朝着雅典飞去了，随后，他们将会晤梅塔克萨斯和帕普哥斯两位将军。在1月15日对我们发回的报告中，他们谈到了这样一则消息：希腊政府方表示，如果我们不能派出足以保证攻势的兵力，就不会开放萨洛尼卡让我们的部队登陆。接到这份报告，三军参谋长随后便在1月17日做了回复，并在复电中表示，要是希腊方面不愿意接受支援，那我们自然不能强求。如此，对于近来和未来局势的看法就不能不有所变动了，我们决定将部队延伸到班加西那里，并在同一时期进行战略调整，准备在尼罗河三角洲争取组建一支有实力的后备军做战略支持。

1月21日，三军参谋长建议韦维尔将军将攻打班加西列为当前最为紧要的事情。就他们来看，倘若能够在该地设立一个稳固的海空军事防御基地，那么陆地上的线路规划便可废弃了，这样，在人力和交通方面也可省下不少。此外，参谋长们还催促韦维尔将军办好两件事：一是要赶在德国空军采取行动前就快速拿下多德卡尼斯群岛，尤其不能让敌军得到罗德岛，不然我们与希腊、土耳其的交通就会受到威胁；二是要整编出战略后备军四个师部，这样就可以对希腊和土耳其做好及时援助的准备了。

首相致韦维尔将军　　1941年1月26日

我过去曾一直希望通过打开和监视地中海中部的那些海峡的航道，使我们的船队可以定期输送兵力，然而，在中部海峡出现德军飞机后，我就只能放弃这一希望了。如今，我们的船只棘手，还要从好望角绕行，这样的局面若不能在年初有所好转，就势必会弱化尼罗河集团军，以及中东战区的军事打击力度，并离我的期望值相去甚远。此外，更令我感到心痛的是，派出运输船队的风险如此巨大，却不足以使我们将这些人员组成所需的战斗力量，因为里面混有大量的后勤人员。接下来，我会竭尽所能地给你帮助，同时，你也必须让我相信，你能做到我所要求的这几点——你在中东能够使每一个士兵都发挥出自己该有的作用，你会尽可能将这些人组建成师级部队，或者组成旅级的军队。至于后勤人员，以及军事机构里做内勤工作的人员，你也会使他们做好内部安保的工作……

从我所接收到的各种资料来看，如今，德军肯定已经在保加利亚的机场落脚，并筹备着进发希腊了。这无疑是一种渗透，不仅是一种可能，且是必定会起到决定性作用的，即：在土耳其民众遭遇德国的直接打击之前就发挥出威慑力。到那时，土耳其人就会被德国人告知：你们若不交出君士坦丁堡，我们就要轰炸你们了。所以，我们得先想到在巴尔干诸国可能会发生的事，德国对他们的打击将足以致命，而他们很可能选择屈就德国人开出的条件。而我们是否能够做出最好的决策，就看你在尼罗河三角洲所组成的战略后备军的实力了，他们越是强悍，我们就越好下判断，而将他们派往欧洲海岸的各项准备越是充足，也同样越会影响我们的决定。

现在我就给史默兹将军回电：

首相致史默兹将军　　1941年1月12日

我们经过三四天的反复考量后，一些观点最终被确定了下来，恰巧在这时候又收到了你在1月8日发出的电报。于是，我便当着国防委员会的面读出了你的这封来电，在场的三军参谋长、三军大臣，以及艾德礼和艾登听后，都表达了相同的意思，这还真叫人震惊。不过，有一点大家还是有不同意见的，即：我们的看法是，运输工具的相对匮乏会导致大部队无定期地放慢自肯尼亚向北挺进的步伐。埃塞俄比亚要是能够顺利起义的话，当朝皇帝便很快就能回到国内。从萨拉到阿戈达特来阻截敌军主力，将是一条很好的路线。你所提及的部队已经上路了。我们应尽可能维持从肯尼亚施压的局面，不过，这不应该耗费我们太多的军力。还请尽早调派一个师级力量，这样的话，他们到达时还有可能以红海作为登陆点。由于现下无法准确地把握局势，最好的办法还是得使这支部队保有流动性，不过，现在还是快点儿调派来的好。

现在，或许图卜鲁格那里的意大利军队已有两万五千人被围困了，所以，对你提出的抵达那里后的方案，我十分赞同。一方面，我们确实不需要以高昂的代价继续进发，只在路况适宜前进时前行就好，这样便可以在离埃及较远的西侧做好战略部署；另一方面，保加利亚和希腊边境的战事随时可能爆发，我们需要将所有能派上用场的部队调去那里。韦维尔将军及其同事们自然是很想继续与敌人作战的，不过，周一或者周二的时候，韦维尔将军就会去雅典了，届时将与希腊人就援助问题进行磋商。不过，目前我们只能说会朝着好的方面筹备，可能不能成功还不敢保证。现在，对我们有利的方面还是挺多的，比如气候、山岳，还有渡过多瑙河，以及通过希腊和保加利亚边境上的布防区。此外，当英国支援希腊的举动被土耳其、南斯拉夫及俄国看到时，恐怕对我们也是有利的。

在埃塞俄比亚驻守的意大利军队很可能被击溃，就这一点而言，不会受到巴尔干诸国的影响。倘若能够成功歼灭意军，就应该把在肯尼亚的一切可用兵力及物资输送到地中海一带。我们希望，南非联邦部队也能派遣到那边去，这样就可以增加夏季战役的战斗力了。目前，我们仍然没有停止绕道航行至好望角，为战区输送支援部队的事宜。对于你所提供的种种帮助，特别是提出的准确判断，我们深表感谢，我们慎重考虑的结果与你所做的判断也是一样的。

第二章　战事延伸

罗斯福总统与我的密切来往更甚——哈里·霍普金斯抵达伦敦——总统同我之间有金贵的联络人——我们在斯科帕湾的行程——关于温德尔·威尔基——“国家的船只，扬起风帆，向前航行吧！”——政治策略及战备计划——我们的选择是如此艰难——对罗马尼亚及保加利亚，德国人是如何计划的——来自苏联的关怀——里宾特洛甫做出的诠释——1月31日，我给伊诺努总统发了电报——我们给予土耳其军事上的支援——土耳其的现代化配备十分匮乏——巴尔干联合战线成立的必要性

我和罗斯福总统的交往因新年而更加频繁了，我给他发了信件，祝贺他新年快乐。

前海军人员致罗斯福总统　　1941年1月1日

如今的新年，我们是在动乱中度过的，我认为自己应该代表英国政府，确切地说是代表整个大英帝国对总统先生说：总统先生，你在上周日发表的那篇宣言，是对美国人民及全世界热爱自由的人而宣讲的，着实令人难以忘怀！我们对这篇宣言的感激和赞誉之情简直难以言表。

未来将会如何，现在我们还不清楚，不过，我们伴随着这号角的感召，正精神抖擞、自信满满地朝前阔步，而且，我们坚定不移地相信你的话，一切说英语的和被同一种理想感召的民族，终将会有好前景。

一位先生在1月10日，带着最高国书要在唐宁街与我会面。在这之前，我还接到了华盛顿方面的电报，上面说他是总统的心腹及私人代理。为此我做了一些部署：去机场接他的人，我派的是布伦丹·布雷肯先生，而会面的时间，我打算定在第二天中午，然后，就我们两个人吃顿午餐。就这样，我见到了哈里·霍普金斯这个在战时有着特殊影响力的人物，而且，此人还将会对未来的战事有足够的影响力。他看上去有些羸弱，精神却很好，这个人，就如同一座即将倒塌的灯塔，能够发散出指引宏大战列舰入港的光辉。他很幽默，总能说出颇有讽刺意味又寓意深刻的话，和这样的人在一起，着实令我总能很开心，尤其是遇上什么沟沟坎坎时。偶尔，他也会说些不受听的话，讽刺挖苦我一下，可依我的经验来看，必要的时候，人们会有这种做法也没什么不可以。

我与哈里·霍普金斯的第一次会面持续了三个钟头，由此，我马上就知道了他的个人魅力在哪里，还有，他身上背负了怎样特殊的紧急使命。现在，伦敦正在遭受敌人猛烈的轰炸，已经到了最为猛烈之际，而地方上的各种难题也随之产生了。即便如此，我还是清晰地感受到了来自我们身边的总统特使的那种热切而闪亮的目光，我们的存亡与他有着极其重要的关联。这时，他抑制着自己的热情，用一种安静的口吻说：

“总统已经做出了与你们一起协力赢取战争胜利的决定，对此，你们毋须置疑。

“他叫我过来，就是为了要跟你们说，不管情形如何，他都会倾尽所能、不计代价地帮助你。除非有什么超出人力可及的事，否则他都乐意给予支持。”

就我对哈里 · 霍普金斯的记述，相信凡是经历过长时间争斗，并有幸跟他有过交集的人都会认同的。通过这次会晤，我和他就成了好朋友，不管再经历何种变数和动荡，都无法阻止我们之间的这种友情，也不能阻碍它继续稳稳地发展下去。在我和总统之间，他是能够联系起我们的最为稳妥和最值得信赖的管道，不过，他的作用当然并不止这一点，在几年中，罗斯福本人还从他那里得到了不少支撑和鼓励。罗斯福和哈里 · 霍普金斯两人，一个是统领一方的共和国首脑，一个是非公职的得力下属，他们联合在一起时所做出的重大决议，足以影响说英语的诸国。自然，霍普金斯也在某些地方印证了格雷的话：“获宠的人无友人。”对于别人想要分享霍普金斯对领导人的影响力，他本人是持记恨态度的，同时，眼里也容不下来自美国的竞争者。不过，他的这些缺憾跟我倒没什么关系。坐在那里的他，身形瘦弱，病症使他看上去孱弱了不少，然而，这并不妨碍他对我们的工作——打垮、摧毁、置希特勒于死地——表达出自己全然而精辟的见解，此外，其他与之无关的图谋、目的和忠诚都不列入此番讨论之中。像霍普金斯这种浑身散发着光芒的人，在美国的历史中绝对是罕见的。

哈里 · 霍普金斯善于捕捉问题的实质所在。过去，我曾有幸参与了美国的一些要会，与会的行政人物一次就有二十位，甚至更多。当全场的讨论陷入僵局，每个人都一筹莫展的时候，往往都是他打破僵局，一语道破什么才是最切要的问题。他会说：“总统先生，这确实就是有待我们解决的关键点，所以，咱们该不该去处理此问题？”就这样，凡是他提出来的问题，都会引起旁人的重视，于是也就没有解决不了的问题了。每次遇到难题时，哈里·霍普金斯都能找到解决的办法，鲜有人能够在投入热情方面及运用智慧方面比得过他。在所有人中，他堪称真正意义上的领导人。他对于强暴行为所怀有的憎恶之情并不亚于他保护贫穷和弱小的人的那份诚挚的关爱，尤其是有什么强暴行为占上风的时候，他的憎恶之情会更加强烈。

*　　*　　*

我国新接任的大使哈利法克斯勋爵，即将到美国走马上任，我想搞一个隆重的仪式好让他风风光光地赴任，所以，我提早就做了这样的安排：派遣“英王乔治五世”号——我们国家最新，也是战斗力最强的战列舰——来护送哈利法克斯及其夫人越过重洋，此外，还将派出几艘驱逐舰来保驾护航。至于我，则会坐着专车北上，在斯科帕湾与他告别。对我来说，这将是一次极好的机会，可以在离任海军部这么久后还能再巡视一下海军舰队，而恰是有了这样的机会，我才得以完成自己预期的计划，也就是说，能够更深入地了解哈里·霍普金斯这个人。

当日，我偕夫人跟他们一块儿抵达了舰队，并共同巡视了船舰及防务工作。夫人动作灵巧地由这艘驱逐舰跳下来，再登上另一艘，没有人能比她更敏捷，而霍普金斯却差点儿掉到海里去。随后，专车载着我返回了格拉斯哥，很多老百姓对我的到来表示欢迎。在那里，我走访了不少工厂，对有关国家安全防御的事务、消防方面的事务及空中防范组织进行了一番视察，其间，见到了当地所有的地方官员并做了即兴演说。这之后，我们又去了泰恩赛德，这与在格拉斯哥的经历差不多。对我来说，得抓紧一切机会去了解霍普金斯，还有他的领导人。这十几天里，我们一直在一起，因为有了他，我发现自己跟再次当选的那个伟大的共和国的领导人在很多想法上，都有着惊人的契合。之后，我又带他去了多佛尔，看看我们放置在英吉利海峡边上的重型炮台。在海的另一头，就是法国的海岸线了，就我方而言，也意味着面对的是德国的海岸。

前海军人员致罗斯福总统　　　　1941年1月13日

我和霍普金斯共度了整个周末，在舰队基地，我们做了一番简短的视察，由此，我们得以在一个相对充裕的时间里商讨各项问题。我感到十分感激，为你所派来的这位非凡的特使，同时，也为你将如此亲信的人送到我这里。

前海军人员致罗斯福总统　　　　1941 年 1 月 19 日

现在，我们最新的战列舰正载着哈利法克斯前往安纳波利斯，你可能已然得知了这一消息。这艘“英王乔治五世”号没法儿在那里滞留超过一天的时间，因此，我不确定你会不会想要参观一下，倘若在这件事上你有自己的安排，还请把你的意见或期望告诉我，就我们而言，一定会按照你的意愿去做的。能有幸接待你，或是你的海军高级将领到船舰上参观，将是使我们为之自豪的事。此外，这艘战列舰抵达切萨皮克湾入海口的时间将是 1 月 24 日的早上 7 点钟。

*　　*　　*

在这之后，还是 1 月间，温德尔 · 威尔基先生也出访了我国，在上一回选举中，他正是总统的对手。同样，他的这次造访，也带了最高一级的介绍信——由总统亲自签署。鉴于他的身份是公众一致推崇的领导人，我们当然相应地做出了妥善的安排，在这方面，敌人也给了我们不少支持，拜他们所赐，伦敦所处的困境便都能使他看到了。温德尔 · 威尔基先生在此期间曾在英国首相的外交府邸契克斯住了一晚，而我也有幸与这位老练且极具魅力的人有过一次长时间的对话。可惜，他竟然在三年后因病离开了人世。

前海军人员致罗斯福总统　　　　1941 年 1 月 28 日

我在 1 月 27 日接见了威尔基先生。在看到你所引述的朗费罗的诗句后，我就深深地被打动了，决定将它装裱在镜框中。对于在岁月中所经历的这一切风浪，它是最好的留念。此外，它也是我们之间亲密友谊的重要标志。这友情来之不易，是在局势异常紧张的情况下建立的，且只能通过电报和思想上的契合联通在一起。

就我所获得的各种情报来看，对于攻打我国，德国人一如既往地在积极部署，而我们也正计划予以回应。另外，从来自东方的情报来看，敌人的陆军和空军已经大批量地推进到罗马尼亚了，而在保加利亚政府的一再姑息下，德国的空军部队业已派出先头部队潜入保加利亚机场了。希特勒想要在英伦三岛制造威胁态势是很自然的，因为，一方面，可以在此挟制住我们，另一方面，亦可为其在东方的行动做掩护。不过，他确实能做到在这两个方面都产生影响力，毕竟他所拥有的兵力足以同时发起攻势。我们将同样会在这两点上予以回击，尽全力阻止敌军，请你不必担心。

我非常感谢你郑重地接待了哈利法克斯，还有对我们如此及时地给予帮助，还有在此间仍在做的所有努力。我为有幸结识霍普金斯这样的人感到十分高兴，能与他会面，是令任何人都感觉荣幸而又振奋的事，他能够跟你如此亲密，看来再自然不过了。此外，在中东地区，杜诺万上校也取得了优异的战绩。我要对你致以最诚挚及最亲切的问候。盼望你的身体已然恢复了。

总统发来一封函电，内容如下：

亲爱的丘吉尔：

这封信，将由温德尔·威尔基向你当面提交。在美国，他对摒弃党派之间的门户分歧确实是支持的。这里有一首诗歌非常适用于我们，我想，它也同样适合你和你的人民：

“邦国的船只，升起船帆，向前行进吧！

“升起船帆，前进，雄壮的联邦！

“身处忧虑的人们，

“正满含希望地凝视着你，

“你的命运，承载着人类对未来的所有期望。”

富兰克林·罗斯福

华盛顿，白宫

1941年1月20日

罗斯福所摘录的这篇诗歌，取自朗费罗诗集中的《建舟咏》，每一句写得都如此美好，对我们的鼓舞非常之大。

* * *

军事和政治很难在某个大规模的战争中被分开而论，就国家领导层而言，往往这两个方面是一体的。不过，只要提及政治方面的问题，军人一般都会把军事考虑奉为最高要素，有些军人甚至会不屑于谈政治。况且，对于“政治”一词，已经有些被玷污了，它更多地混合了党派政治的意味。所以，这就使人们在此灾难频发之际发生了观念性的转变，从而不能正确地理解文献的原意，这样的曲解是因为有了如下的想法：政客们不是为了一己私利就是为了党派自身的兴旺而不管大局，只会秉持己见，弄得军人在他们的干预下，没法儿把自己确定了的、更专业的意见贯彻下去，他们认为，军事方面的思虑是战争中最重要的部分，不应受政客们的影响。不过，在我们英国，军事和政治之间的矛盾和分歧却能减到最小，因为不论是战时内阁、我，还是三军参谋长，都相处得极为和睦，我们向来都密切地保持着一种友好关系，且不会有什么党派间的纷争。

希特勒行将在巴尔干地区，以及地中海一带发起大规模的武装干预，这是有迹可循的：我们在非洲东北部接连战胜意军时，当驻阿尔巴尼亚的希腊军队有望攻下发罗拉时，我们所获得的针对德军部队调遣的情报，以及有关德方战略意图的消息，都清晰地指向了这一点。我在刚进入1月的时候就曾预料到德军的动向：我认为，他们将使其空军进驻在西西里岛，并以此对马耳他岛造成威胁，而我们也再无可能恢复在地中海的交通干线。我担心，敌人会将空军基地建立在班泰雷利亚岛上，这样，他们就可以通过空间站往的黎波里调派部队了，很可能还是装甲部队。尽管事实上，对方觉得没必要占据班泰雷利亚岛，可我们还是确定他们会有其他的计划：在意大利和非洲之间，建立起一条南北相连的交通，与此同时，再使用同一个法子来限制住我们的活动范围，使我们没法儿在地中海的东西两侧采取军事行动。

在这一时期，敌人的威胁开始在巴尔干地区，以及希腊和土耳其诸国中有所显现，这些国家，要么可能由于耐不住希特勒帝国恩威并济式的压力而选择归顺，要么就在反抗中被对方彻底降服。我们得考虑到以下问题：东南欧洲，会不会重蹈覆辙，像挪威、丹麦、荷兰及比利时、法国昔日那样，发生叫人憎恶的事情？巴尔干诸国，以及骁勇的希腊，会不会都逐个被敌人消灭掉？最终被孤立起来的土耳其人，有没有可能在德军的胁迫下，为其让出向巴勒斯坦、埃及和伊拉克、波斯方向的通路？我们要是把巴尔干诸国联合起来，共建一条抵御敌人的巴尔干战线，是不是就可以让德军为其新一轮的攻势付出惨痛的代价，令他们为此番战争后悔不已？倘若巴尔干诸国联合起来抵御德军的攻势，是不是也会对苏俄造成有利影响？在巴尔干诸国，不可能不为相同的利益和侵害所影响，但凡这些国家愿意为这样的利害关系所影响，在估测战争利弊时愿意为这样的关系所支配，那就还有可能也会为同一种情感所左右。既然这些国家大抵抱有相同的利害关系，那我们是不是就可以适当地给予他们一些援助呢？尽管我们在这方面也不充裕，可若是能使他们投身到我们共同的事业中来，那么从日渐增加的储备里给予一点另外的支援倒也无不可。又或许，我们应当考虑与此相反的方式？如：放任希腊和巴尔干诸国的事情不管，甚至也包括土耳其及其他中东国家，只关注自己的事情，保证我们在北非战场能够获胜就够了，至于那些个国家，就让他们等着被消灭好了。

倘若我们真的快刀斩乱麻地做出决定，就只顾着自己的事就行了，那么这一决定无疑可以让我们在精神上不用背负那么多的重担，而且，这一抉择在下层军官的著作中也是早有体现了，他们曾表示：我们已经承受了不少灾难，这么做的确对我们是有利的。然而，不帮助那些国家而只考虑到我们的利益将会有什么样的结果他们并未考虑到，也没法儿凭借他们现有的知识想到。一方面，希特勒要是不用动一兵一卒就令希腊臣服，并把巴尔干诸国归拢到自己可以操控的政治范围内，那他接着就会迫使土耳其打开门户，令他的部队得以从此借道，推进至东面作战，并借此挥军南下，如此，不就得以有机会向苏联妥协了吗？也就是说，他可能以征服了的这些国家作为条件，跟苏联商谈瓜分问题，如此一来，不就将德国和苏联终要面对的矛盾问题顺延至下一个阶段了吗？另一方面，征服了这些国家，他的实力必然增强，那他不就可以借助自己强大的军事力量提早对俄国发起攻势了吗？而这种情况更有可能发生。

在之后的几个章节里，我主要会揭示并深究几个问题：英国王室所采取的措施到底对希特勒在欧洲东南部的军事行动有没有决定性的影响？影响力是不是非常之大？英王政府的作为，是不是首先影响了俄国人的军事行动，继而又左右了其国家的命运呢？

* * *

我在前面的几本书里已经说过，我们曾经在意大利侵略希腊时，适时地对希腊人施以了援手，驻扎在希腊机场的四支空军作战中队也在战争中有过一番不错的成绩。如今，我们的视角也应该转向德国方面了，看看他们都有哪些进展。

里宾特洛甫于1月7日向驻莫斯科德国使团的责任人发出了通知：

> 德国精兵自1月伊始，便开始在匈牙利和罗马尼亚政府都认可的情况下，陆续经由匈牙利驻扎到罗马尼亚了，他们会在罗马尼亚南面

安营扎寨。之所以调派这样的精兵前往，是因为对于多瑙河流域的军事活动及其他各方面的突发事情，以德军现有的实力就足够应对了，而我们当前应该慎重起见的地方就是，势必要把英国人都赶出希腊。因此，我们部署下去的所有军事行动都不是以打击巴尔干诸国，也包含土耳其为目的的，我们真正的目标是令英军难以在希腊站稳脚跟。

关于在会谈时应当如何处理，指示如下：要秉持遇到问题须慎重回答的态度。倘若突然以正式的询问方式被问及，就依当下实际的情况跟对方讲明，这样的提问该出现在柏林。倘若必须得举行会谈，在做出回答时就不能太具体，答案应给得模糊一些。在给出我方看法的时候可直接点出：据我们所获得的可靠情报显示，英国援助希腊的部队已经相继进入希腊，其中包括各个种类的作战兵，这样，就可以唬住对方，使他们相信我们的观点是有理可循的，与此同时，适时地让他们回顾一下一战时期在萨洛尼卡所发生的那场战役也是可以的。至于有关德国军队到底实力如何的问题，则暂且不做正面回答。或许在这之后，我们会有兴致公开部队的真实实力，不仅如此，还可能会以夸大一点的方式来公开，为的是使人心振奋起来。关于这一点，还有待时机成熟了再下指示。

他在同一天又给驻日本的德国大使发去了函电：

目前，德国非常强大的分遣队正在匈牙利及罗马尼亚政府的一致许可下派到罗马尼亚了，请将此消息秘密地告知日本外相。我们把这些军队调派过去是为了在必要时干涉希腊用的，倘若英军落足于希腊，就势必会横加干预，所以，我们必须依战时需要开始布置好部队，以备安全之需。

1月8日，驻莫斯科德国大使舒伦堡发回电报：

这一时期，谣言四起，都在关注派往罗马尼亚的德国派遣队，有传言称，输送到那里的军人可能有二十万人之多。不过，在同一时期，不论是政府、电台，还是苏联的报纸上，均未对此事有何报道。

对于德国部队的派遣事宜，苏联政府必然会非常关注，德军这么做的目的是什么，将会是他们迫切想要知道的，尤其是该事件会对保加利亚、土耳其领域内的博斯普鲁斯海峡和达达尼尔海峡的影响力有多大。我们该怎么对待这件事呢？还请示下。

当日，德国外长回复了该电：

里宾特洛甫致舒伦堡　　　　1941年1月8日

对于德国增派部队到罗马尼亚一事，请你先别跟苏联政府方面有什么沟通。

要是莫洛托夫先生本人，或是别的能够在苏联政府里产生影响力的政要问起你这事的话，就这么说：据你所得到的情报来看，德国这次派遣军队的目的其实是针对英国的，为了预防英军已经派遣到希腊，并可能还将在近期派出更多的兵力驻扎在那里的事情，之所以这么做，主要是为了防止英方之后可能会采取的军事活动。无论如何，英国倘若在希腊境内落足，是德国所不能容许的。在没有得到新的指示前，你先别与他们谈论任何细节。

*　　*　　*

当一月过去一半的时候，俄国人焦虑起来，忍不住在柏林提及了此事。德国大使于1月17日走访了德国的外交部，其间传达了一些信息，就此有了一份备忘录，其主要内容是：

从各种地方得到的消息来看，已经有大批德军在罗马尼亚安营扎寨了，而且还将进驻保加利亚。显然，他们是想要把保加利亚、希腊，以及博斯普鲁斯和达达尼尔两处海峡纳为己有。现在，毫无疑问，英国势必会想尽办法来阻止德军，他们也将寄希望于占有博斯普鲁斯和达达尼尔海峡，并在保加利亚伙同土耳其人攻打保加利亚，这样，保加利亚无疑将变成战场。苏联政府认为，这两处海峡是保护苏联领土不受侵害的安全屏障，所以，倘若有触及其安全的事情发生，就不会坐视不理，对此，苏联政府也曾经多次发表声明，让德国人引起注意。针对目前所发生的事情，苏联政府以为，是时候要向德国人发出警告了，即：凡是出现在保加利亚，以及博斯普鲁斯及达达尼尔两处海峡的国外武装势力，都将被视为是侵犯了苏联的安全利益。

德国外交部于 1 月 21 日召见了俄国使节，并向他们做出了说明：对于英方可能将占领土耳其，及博斯普鲁斯和达达尼尔海峡一事，德国方面并没有收到相关报告。德方认为英国要想进入土耳其，是不会得到土耳其政府许可的。不过，据已取得的情报来看，英国想要在希腊谋得一个可以落脚的地方，并且很快就会采取行动。对此，德国方面是不会改变自己的原则的，那就是，德国绝不允许英国有任何机会踏足希腊。所以，此次德国纠集大量部队进入巴尔干便是如此，为的是不让英国人有机会在希腊落脚。倘若英国涉足这些地区，占据一个落脚点的话，那么势必与苏联方面的权益相违背，所以，德国政府的这一行动，相信与苏联政府的利益相符。①

事情到了这一步，就没有什么新的进展了。

---

① 此处可参看《纳粹—苏联关系》中 P268 和 P271—P272 中的内容。——原注

*　　*　　*

过了几天，我给土耳其总统发了封电报：

首相致身在安卡拉的伊诺努总统　　1941 年 1 月 31 日

总统先生，我不得不直接与你通信，因为不论是土耳其，还是英国的权益都面临着极大的威胁，而且愈演愈烈。近来，据我所收到的可靠情报来看，已经有不少德军驻扎在保加利亚机场了，率先抵达的后勤人员就有好几千人，他们已经开始着手搭建临时驻扎的营房了。毫无疑问，他们这么做肯定是有保加利亚政府，及其皇家空军在背后撑腰。过不了多久，德国就会向保加利亚输送自己的军队，还有空军中队，这也许将发生在几周后。而这些空军中队很快就能作用于战场，因为他们只需从罗马尼亚航空站起飞，然后降落在正在筹备着的保加利亚临时基地便可。到那个时候，倘若你试图阻止德军从你这里经过去往保加利亚，或者不答应他们进军那里的话，就势必会在当晚遭到他们的轰炸，而伊斯坦布尔和阿德利亚诺堡会最先被毁。另外，他们还会派出轰炸机前往色雷斯，直接攻击你驻扎在那里的部队。显然，他们是想不动用一兵一卒就进驻萨洛尼卡，不然，就是想迫使希腊同意跟意大利讲和，这样一来，就可以进一步要求希腊将其自身的和所管辖岛屿的空军基地全部交出来，让意大利接管，如此，英国驻埃及的军队以及土耳其部队，就很难往来通畅了。此外，他们还会阻挠我们在士麦拿部署海军力量，这之后，我们将完全失去对达达尼尔海峡出口的控制力，而他们则可以把土耳其在欧洲的领地从三个方面给围困住。依常理判断，这么做对其攻占亚历山大和埃及也是大有好处的。

我知道，总统先生，土耳其面临生死关头的时候，必然会对敌人宣战，可为什么不是现在呢？倘若到了这个时候还保持沉默，或是不做任何军事上的准备，那么敌人就会生生夺去对保加利亚机场的控制权！

事实上，现在的德国正打算故伎重施，1940 年 4 月和 5 月他们就是这么在法国边境做的，如今，又要依样对付土耳其边境了。不过，这回与在法国的境况不同，那时候德国所要应对的诸如丹麦、荷兰、比利时等国，全都是些不果决、拿不定主意的中立国，而如今，他们所要应对的则是保加利亚——他们的同伙，以及昔日的同盟者。不过，保加利亚当下已经没有什么意志力再抗争了，况且，他们过去也没什么力量反抗。我得重复一次，不是 2 月就是 3 月，这一切没准儿就会发生在我们身上，再者，目前保加利亚机场已经安排好了，随时可以接待德国空军，而且，当这些空军，连同地面后勤人员均可以使用这里时，德国人要想做什么就方便得多了，甚至可以不再调拨更多的军队。对此，我们就这么冷眼旁观吗，等着敌人想什么时候就什么时候将我们置于死地？

事情到了现在这个地步，我以为，要是我们不能保有我们一贯的谨慎态度及对事态发展的预见性，就势必应当接受来自你或是我们的臣民们的斥责，毕竟，我们把太多时间浪费在等待上了。

所以说，总统先生，为了保障土耳其的安危，我建议你我也像德国人那样，在保加利亚机场做好部署。我们的政府所期望的是：在一切准备停当后，就尽可能立即派出不少于十架的战斗机，以及一定数量的轰炸机中队前往土耳其。此外，目前我们尚有空军的五个中队在希腊作战，倘若希腊失利，或者被降服，那么这些中队就可以被派往土耳其并驻扎在机场候命，我们希望，这些久经沙场、日渐强大的空军精英能够由土耳其基地起飞，投入空战。如此一来，土耳其的陆军就能保持实力，发挥专长，并得到我们在空中的支持了，我认为，这是保证土耳其陆军发挥实力所应具备的条件。

其效果还不止这些，倘若英国的空军中队在土耳其机场驻扎，那么不论是即将进驻罗马尼亚领地的德军，还是赖在保加利亚的德国空军迟迟不走，都会受到我们的威胁，届时，我们将会轰炸罗马尼亚油田，以迫使他们撤离。当然，若非经过你的允许，我们是不会在土耳其机场有什么军事活动的。

待到日后，肯定还会出现很多问题。对于俄国方面，我们始终希望他们能与我们保持稳定且亲近友好的关系，然而，目前他们却还在犹豫，倘若俄国最终选择支持德国，那么，能够制约俄国这么做的最有效的方式，就是确保我们的战斗力，即：有随时可以使他们受到威胁的一支足具实力的英国轰炸机队伍，这支部队能从土耳其机场直接飞到巴库油田，并摧毁它，这样，俄国农业所需的石油就会被切断，使之很大程度上不得不遭受重饥荒。当然，尽管这一方式并不能直接阻断他们和德国的联系。

土耳其一旦通过这一方式获得空中保障，或许就能阻止德国进一步去侵占希腊和保加利亚了，同时也可以使俄国不再惧怕德国。倘若我们想要占据这种能够左右时局的位置，就得争分夺秒地去实施，所以，只要你允许，英国王室就会随即发令，将打前站的士兵派往土耳其。届时，他们会按照你的意思身着军装或是便服。

此外，还有一事。预备给你们的高射炮一共有一百门，另配有相应的操作员，他们目前不是已经在送往埃及的途中，就是已经在那里了。到时候，所有操作员是身着军装，还是扮成教练员也全听你的。

对于以后将可能采取的所有措施，包括海军方面，我都与查克麦克元帅商讨过了，等到时机成熟的时候，就可以按计划实施了。

英国和土耳其只要联合起来，结为同盟，那么，我们在取得了在利比里亚的胜利后，便可直接而高效地投入援助土耳其的行动了。到那时，我们日趋强大的军事力量将与你骁勇的军队联结在一起，共同御敌。

* * *

同日，我还做了一份报告，并将它交给了三军的参谋长，内容如下：

首相致参谋长委员会　　　　1941年1月31日

对于我们向韦维尔将军发出的决定，一定得引起重视，在占领了图卜鲁格之后，就得马上关注希腊及土耳其方面的局势。当然，能使部队继续朝班加西进发是最合心意的，对于这一点，我们在之后所发出的电报中也着重提过了。不过，具体实行的时候，还不能动用跟欧洲战场所需相关的部队。依当前形势来看，要想攻占班加西，很可能要到2月底，此事应告知韦维尔将军。比方说，得考虑到那时再出动援助土耳其的空军力量，不过，或许我们也能同时顾及这两个地方。

三军参谋长接到我的报告后，向中东的各个司令又发出了电报，让他们关注我给伊诺努总统发出的电报，此外，还做了一些补充，内容如下：

当前，我们的首要任务是防止德国军队渗透到保加利亚，要尽快拿下班加西，因为我们已经充分意识到，在不妨碍我们在欧洲的利益的情况下，使部队继续向班加西行进的话，可以稳固我们在埃及和地中海海域的舰队基地。对于你在罗德岛执行“下颚”计划一事，我们是十分支持的，因此，我们已为你准备好了三艘“格伦”快速运输舰，甚至把地中海西面的相似行动都搁置了数月。之所以如此安排，为的是阻止德国的空降军比我们先拿下“下颚”，那样的话，我们就不能与土耳其往来顺利了。对于这项作战计划，我们曾给予过指示，你必须及早开始行动。

希腊和土耳其方面的形势至关重要，我们最后还要重复一次，你一定要在心里引起足够的重视，并优先考虑它。

我这时已知道，土耳其的时局已非常凶险。显然，我们在战前与他们签订的条约不一定在这时候仍具效力，毕竟战局已经发生了变化。尽管土耳其在 1939 年战争开始的时候就出动了他们骁勇的精英战队，不过，他们所采取的应对方式，还停留在一战那样的背景下。尽管他们步兵的优秀程度并不输于当年，野战炮队也不可小觑，可他们始终还是在武器装备方面太落后了。现代化武器在 1940 年 5 月就已然被证明是战场上决定胜负的重要因素了，可在土耳其，航空设施极不完备，既没有坦克，也没有装甲车，能够整修这两种车辆的工厂自然也没有，更谈不上有受训可操作它们的人员或士兵了。对于高射炮和反坦克炮这样的现代化武器，他们基本上就没有，而且通信设备也不完善，对雷达也是一无所知。此外，他们虽然天性好战，却似乎并不能自然地接受将现代化武器用于战场。

在另一方面，德国已经在保加利亚站稳脚跟，并将自己武装起来了，他们所用的军用装备数量繁多、类型多样，其中不少都源自法国和低地国家，那是他们自 1940 年以来从战争中累积获得的。得到了相当数量的现代化武器，德国人就可以将他们的同盟国武装起来了。而相对的，我们却只能为他国提供为数不多的武器，还得是以付出其他代价为前提。因为，我们在敦刻尔克战役中失利，并遭到了重创，而本土又急需建立一支能够抵御敌军的作战部队，此外，还要维系中东方面的战局，可我们的城市也面临着时刻遭受敌军闪电攻击的危险，如此，就不得不牺牲掉一些战时需要而只提供必要的援助了。依当前的形势来看，驻守在保加利亚的部队尚比驻守在土耳其的部队压力小一些，因为在土耳其，战事已经相当严峻了，简直到了令人绝望的地步。倘若在这个时候，德国空军或是其装甲部队的分遣队再多投入一点兵力的话，那势必是在雪上加霜，这样一来，土耳其方面就更难抵挡了。

现阶段，战事仍在逐渐升级，我们只能寄希望，或者说，只能做出这样的政策安排——将南斯拉夫和希腊、土耳其联合起来，形成一股力量来御敌，而目前，我们也正全力实现这一政策。对于援助希腊的事，我们刚做了第一步，目前仅派出了为数不多的几支空军中队，当墨索里尼开始对埃及发起攻势时，他们才被派遣至希腊。第二步，我们是想把一些技术部队派往希腊，就这一点，已向三军参谋长发过函电说明了，不过希腊人并不同意这么做，而所提出的拒绝缘由也不无道理。如今，我们也该走第三步了，这次，看样子我们或许能够在班加西及其西部地带，建立起一个沙漠上的既安全又靠得住的侧翼，并且，只要我们能够做到，就一定要把最大的机动部队或者战略后备军集结到埃及去。

这就是我们步入 2 月时的情形。

第三章　闪击战和反闪击战　赫斯

仍在延续的闪击战——德国空军实力如何，是我们必然要估量的——各个部门间所存在的矛盾和不同意见——1940 年 12 月，欣格尔顿法官的调查——1941 年 1 月 21 日，他提出报告——德国预备向俄国发起进攻，并且预备对我们实施轰炸，还企图将我们困住——三个闪击战阶段——我方制造的烟雾以及吸引敌方的篝火——1941 年 3 至 4 月，德国空军将目标转向港口——4 月 12 日，我访问了布里斯托——敌人的射束仍旧为我们所扰——5 月 10 日，伦敦遭到敌方燃烧弹的空袭——大火失去控制——下议院被摧毁——德国的空中舰队被派往东方——对德国雷达的防御能力，我们做了调查——射束战仍在继续——在迪奇莱，我过了个周末——让人意外的奇谈——在苏格兰，鲁道夫 · 赫斯空降"莅临"——对他意图的猜想——德国方面的解说——该怎么应对他，我做出了指示——我让总统知道——6 月 10 日，西门勋爵会见了赫斯——分析出了希特勒的想法——1944 年，斯大林表示出好奇

1940 年就快要过完了，这时候我们仍旧受到敌人闪击战的攻击，我们不知道还要蒙受多少战争的苦难，是时候估计一下将来的形势了。在夜间，人们遭受着敌人没完没了的空袭，工厂也是，这样的状况何时才能完结？这样的袭击会猛烈到什么程度？要想得出结果，就先得评估一下德国空军的战斗力，他们的实际力量是怎样的，相对力量在哪里，还有，我们要尽可能准确地评估出他们将在 1941 年提出什么样的作战方案。

首相致空军大臣和空军参谋长　　1940 年 12 月 2 日

毫无疑问，德国人将在今年冬天扩大自己的空军实力，而到明年春天的时候，将对我们实施更为凶猛的空袭。所以，我们必须精准地判断出德国空军截止到 3 月 31 日和 6 月 30 日前的扩军规模。这个日期倘若不利于我们做出这样的评估测算，也可以用其他的日期代替。在此过程中，最为要紧的是，对德国的实力进行评估时，不能过分夸大。因而需要关注那些具有特定意义的限制性因素，比如：引擎、专用原材料、驾驶人员的培训情况和我们当前轰炸的效果等。另外，对于德国是如何对待已侵占国家的工厂一事，应当予以足够的重视。

就这些要事，我希望情报部门能提交上来一份控制在两三页的报告。在草拟过程中，倘若能与林德曼教授时常交流的话，便会顺畅得多，这样做也可以减少因采取不同运算方式而引起的争执。对于这份报告，我的要求是：书写上要简单明了，内容上要体现出报告所依凭的数据及论证法。生产飞机的部门是否知道这些情况，知道多少，我是不清楚的。倘若各个部门都没有异议，那就太令人满意了。希望我能知道你是如何落实的。还有，这份报告需要在一周之内完成。

* * *

我在林德曼教授及其统计部门的帮助下，开始对这一尚不明朗的领域进行探索：首先，我们对空军部给出的记录做了调查分析，然后将它与经济作战部门和空军情报部门的数据做比对，发现在数据上有些地方相去甚远，也引起了较大的争议，于是，我们又参考了生产飞机的部门的意见。

接下来，我提出，各部门都要把各自不同的观点如实地表达出来，这种方式能更有效地使真相浮出水面。在这三部之中，没有较高官位的人员彼此间相对友善，且协调无碍。有一天，过了中午，我在契克斯把他们聚集在了一起。他们每个部门都提供了自己的数据，并做出了真实的反映，且全都冥思苦想地想要解开疑虑。当时，参与其中的见证人都苦于所持证据前后矛盾，而真相又迟迟不明朗，因此，我认为应该请一位裁判来甄别这些证据，并解开谜团，这个人，应当具备如下特质：不存私心，公正以待，思维敏捷、清晰，不掺杂任何先入为主的概念。所以，我便设法劝服了全部的相关人员，使他们乐于交出具有说服力的证据，并将它们全部拿给那位优秀的裁判来辨别，由他来把真相搞清楚。

首相致空军大臣和空军参谋长　　　　　　　　1940年12月9日

星期六那天，我和空军情报处及经济作战部的相关人员进行了四个小时的研讨，到最后也没能弄清孰是孰非，或许事实上结果就是这两种观点之一。这一问题对我们来说至关重要，它关系到我们对将来战况的整体把握度，同时对我们将如何在战时分派战斗力也有影响。我很想把空军情报处及经济作战部的官员们召集起来协同调查，他们都很友好，对待彼此也很友善，这有利于我们甄别取证并最终找到事实的真相。现在，我们需要一个有能力找出真相的人来做主席，他必须公正严明，熟悉如何从证据中找到问题所在，并对需要核实的部分做到愿意不厌其烦地搞清楚其是否属实。欣格尔顿法官就很适合处理这件事，他有着丰富的作战经验，曾是一名指挥炮兵战斗的军官，而近来，他也帮助过我调查飞机用来投射弹药的瞄准器一事。在当前这一问题上，我不清楚他能否为我们的讨论给出指导意见，并就那些令人困惑的问题提出有益的线索。在这个过程中，我自然会把手头的资料都给他过目。不过，在最终的结果出来前，我很乐意听取你们的建议。

与此同时，我已经写好了一份报告，对星期六在讨论中所知晓的各类情况进行了汇总，相关部门可以以此为参考来探讨研究，要是有什么疑虑，或是需要改正、否定的地方，也都可以提出来。这篇报告的副本，我已经交给情报处的相关人员了，它同时也是我预备查下去的一个纲目。

这篇报告是我集中精力写了很多个小时才写出来的，鉴于其中提到了很多技术方面的问题，故在此书的附录[1]中特别列出，以便那些对这个有着诸多争论的问题想要摸索一番的人能够看到。

首相致空军大臣　　　　　　　　　　　　　　1940 年 12 月 13 日

在德国，估计每月能够生产出一千八百架飞机，按空军情报处的观点来看，这里面用作教练机的不过四百架，他们在前线能够稳住的实力多过我们，是我方的 2.5 倍，就此可以了解到，德国并没有多少教练机。倘若我们改变方式，将教练机全部用于正当所需，不为那些不值当的理由所滥用，把闲置停放在机场的教练机也都利用起来，而假使我们能够做到，那么德国想要凭借其少量的教练机就保持住战场上的实力就将是不可能的。

就我们达成一致意向的那项工作，星期日之前，我会借欣格尔顿法官与我一起吃午饭的机会，请他开始帮助我们展开调查。

* * *

欣格尔顿法官于 1 月 21 日把他做的报告交给了我，此前，他与空军

① 参考附录（3）中的内容。——原注

人员和其他专家一起完成了出色的工作。我们要想借助具体的数字来衡量出德国和英国所具备的空中实力，是非常不容易的。因为两国均没有对此进行过相关规定，所分项目难以统一，如：经过核实后所编成的飞机数目、总计飞机数目、用于作战的飞机数目，以及派往前线的飞机数目，不同数目的飞机分类不同，且均被双方随意依照自己的意图加以规定或是调动。另外，皇家空军本身，还有本土及境外的划分方式也不同。此时，德国空军都在国内驻扎，基于此，我不想让读者为难，故而不愿用一些颇具争议的统计结果来说事。

现在，让我们来看看欣格尔顿法官的结论：就德国和英国的空军实力而言，比例大约是四比三。尽管空军情报处和经济作战部的意见并不统一，前者认为德国实际的飞机数量应不止统计出来的这一结果，而后者的态度却与之相反，不过，对于统计结果他们还是认可的，所以，我们将以欣格尔顿法官给出的估测结果为准，准备展开下一步工作。他在报告里还表示，当前，我们的空军实力正在稳步增长，很快就能与德国旗鼓相当，这着实鼓舞了我，要知道，法兰西之战打响时，我们的飞机比他们的要少一半，而现在，根据他的报告所示，这个比例已经缩小到三比四。另外，联系战后的实际情况，我们了解到，这个比例事实上已趋近二比三了。对我们来说，这已经是极大的进步了，我们尚有不少发展空间：美国派来的大批援助飞机还未抵达，而我们的空军力量也尚未朝着最快的速度发展。

* * *

仅凭空袭就击垮大不列颠是根本做不到的，这一点，希特勒在1940年底就已经注意到了。不管他如何对城市进行猛烈的轰炸，这个国家及其政府都不会放弃抵抗，所以，在大不列颠战役中，他头一回体会到了挫败感。1941年夏季伊始，德国的绝大部分空军部队都在为进攻俄国而做准备，这使得他们无暇倾其所有来空袭我们了，在5月末之前，尽管我们仍旧频繁地受到袭击，他们却显然没有拿出全部的实力。对于希特勒来说，要想集中火力打击俄国，就必须持续不断地接着空袭大不列颠，这种手段更为快捷，也更便于掩人耳目。因此，虽然我们仍要应对其猛烈的空袭，却并不是极为困难的事，因为对我们展开空袭已非德国最高指挥及其统帅的主要目的了。希特勒天真地以为，用六周就可以像摧毁法国那样将苏联拿下，接着就可以集中精力对付大不列颠了。他乐观地认为，只要先派出远程飞机配合潜艇作战就可以封锁这个国家的海域，然后再对其城市进行空袭，如此，就可以在1941年秋的时候，征服整个大不列颠了，因为他相信，这段时间足以使这个顽强的国家禁不起接连不断的袭击而屈服于他。然而，当前的实际情况是：对于陆上的军事活动，德国势必先要实施“巴巴罗萨”计划以攻打俄国，而将用来攻打英国的“海狮”计划暂时搁置。现阶段，他们海军的主要任务是，在大西洋上聚集火力来干扰我们的交通，而空军方面的主要任务则是针对我们的各港口、海口实施空袭。比起对伦敦进行狂轰滥炸、对百姓实施空袭来说，他的计划真是太歹毒了。好在这一计划没能有机会持之以恒，也不能拼尽全力去贯彻，对我们来说，也算是幸运了。

* * *

从1941年开始的闪击战，如今回想起来应该是分成三个部分实施的：

第一部分，主要发生在1941年的1月至2月，鉴于时值气候恶劣之际，敌人没法儿展开攻势，所以我们排除加的夫、朴次茅斯和斯温西三处后，可见其他的民间防护组织都能够趁此机会缓口气，这对我们来说是有利的。早在战争前，帝国防务委员会就建立了涉及所有和港务机构权益相关的港口紧急措施委员会制度，1940年，这些港口紧急措施委员会在历经了一冬的磨砺后，如今都可以做到战胜困难，独立自处，并且把从地区委员会那里获得的外界供给合理分派，而军事运输部也乐于将权力下放一些，为其多提供些权益，使其能够更好地展开工作。此外，采取积极的防御方式来抵御敌军也是不容忽视的，比如：很多地方上都备有烟幕，不过，当地老百姓对这种损害其房屋的抵御方式并不认可，然而这并不说明它是无效的，在之后为保护中部英格兰工业中心的行动中，它确实发挥了重要的作用。再比如：我们为了使敌人的轰炸机无法精准地找到目标而备下的篝火。防御计划中的每一步、每个部分都配合得刚刚好，使我们的整个防御计划逐渐形成了一套完整的系统。

随着气候好转，敌人的闪电轰炸于三月伊始又猛烈地向我们袭来，于是，就到了闪击战的第二部分，我们偶尔也叫它“德国空军于港口漫游”。在这一时期，我们的港口每天都受到敌方空军的一两次猛烈袭击，好在我们的港口并没有因此而被炸毁。敌人自 3 月 8 日起，开始空袭朴次茅斯，一连三天都趁夜发起攻击，我们的船只因而被炸毁。而后，自 3 月 11 日起，敌人又攻向了曼彻斯特及索尔福德两地。随后几天，他们又将袭击目标对准了默尔西河一带，依然采取夜间突袭的方式。到了 3 月 13 日至 14 日，克莱德河首次遭袭，当地百姓非死即伤，总共有超过两千人遇难，船厂因此纷纷停止运作，有些到了 6 月才恢复运转，有些则稍晚，直至 11 月才能正常运营。由于受到火势的影响，约翰 · 布朗造船厂被迫停工了一个月，到 4 月才正式重启，另外，他们公司内部曾于 3 月 6 日起，掀起了一场规模不小的罢工运动，影响颇大。许多工人的家被炸毁了，可他们最后依然决定回到工厂里，并愿意更热情地投入工作，因为他们得靠工作来挽回损失，并找个相对安全的栖身之所。3 月底，敌人再次轰炸了默尔西河一带及中部英格兰、埃塞克斯郡和伦敦这几个地方。

等我们受到最激烈的攻击的时候，已经是 4 月了。敌人在 4 月 8 日将火力集中在了一起，对考文垂实施轰炸，此外，还有一个地方也遭到了同样的打击，那就是朴次茅斯。4 月 16 及 17 日，伦敦受到了猛烈的空袭，伤亡惨重，此番轰炸直接导致两千三百人丧生，且重伤者更是超过了三千人次。到了闪击战的尾声，也就是第三部分，敌人把目标放在了我们的各大主港口上，企图凭着接连不断的轰炸来击垮我们，某些地方甚至被一连轰炸了七天。4 月 1 日至 4 月 29 日，敌人没有停止过对普利茅斯的空袭，城市损失惨重，好在凭借着当地的篝火，敌人未能将我们的船只全部摧毁。到了 5 月，自第一天起，我们所遭受的空袭便达到了最顶峰，一连七夜，利物浦和墨尔西河一带都饱受着空袭的侵扰，期间，有七万六千人失去了家园，三千人非死即伤。我们原本总共有一百四十四个供船只停靠的地方，但在这次轰炸中，有六十九个已经无法再正常使用。假使敌人就这么轰炸下去，那么我们与他们在大西洋的战斗，就势必会难分高下，并且僵持在那儿了，可他们并没有这么做，而是像以往那般转而又去袭击其他的地方了。接着，哈尔又受到了敌人的空袭，在经历了两夜的轰炸后，有四万百姓的房屋被炸毁，粮仓也毁于一旦，且导致我们的海军机械厂几乎两个月都无法正常投入使用。同样遭到袭击的还有贝尔法斯特，它先前就已经被袭击了两回，而到了 4 月，却又一次没能逃脱被空袭的命运。

* * *

我于 4 月 12 日协同夫人一起参加了法学博士学位授予仪式，当天，我是作为布里斯托大学名誉校长参与其中的，分别为美国大使怀南特先生、哈佛大学校长科南特博士和澳大利亚总理孟席斯先生颁发学位证书。天黑后，我们没有在任何地方入住，只是将专车停在了一条野外的侧线上，就那么过了一晚。当晚，布里斯托城正遭受着猛烈的空袭，我们全都听见也看到了。到了早晨，专车驶进站台，接着，我们又换了车直接抵达下榻的饭店，在那里，我看见了很多高级官员。没有停留太长时间，我便又立刻动身去视察这座城市了，准备走访那些受难最为严重的地方。尽管老百姓正处在水深火热之中，但他们的意志是坚不可摧的，我看到不断有生还者被救出，空袭服务团的工作人员正精神饱满地从废墟中搜寻、救人。在某个休息站里，我还看见一幅凄惨的场景：很多上了年纪的女人坐在里面，一副还没从惊吓中回过神的样子，在这次轰炸中，她们已经无家可归了。当我步入休息站时，这些女人纷纷抹去泪水，为国王和自己的国家呐喊起来。

随后，我又坐车巡查了那些被炸得最为严重的地方，花了差不多一小时的时间。接着，我又去了布里斯托大学。原定授予学位的仪式并没有因敌人的袭击而终止，仪式所需的所有步骤都严格地按照应有的规范进行着，场面着实叫人感动：就在布里斯托大学旁边，一座高大的建筑物还在火中焚烧；几个主要人员虽然身穿新礼服，但不难看出，里面的制服经过主人一晚上的艰辛奔波已经完全湿透了，并有多处污渍。

在仪式上，我做了发言：

“一直以来，大家都承受着敌人强烈不息的炮火的威胁，今天，在场的各位，很多都曾彻夜坚守在自己的岗位上，能在这种境遇中相聚，无疑体现出了你们超凡的意志力：冷静、坚持、忍耐、英勇且无畏。古罗马及现代希腊所为人知晓和相信的那些精神品质，也同样展现在了你们身上。

“鉴于处理总部事务的需要，我得以常往来于全国各地，但凡可以，我都会抽出一天，哪怕只是几个钟头，到地方去做实地考察。我目睹了空袭给人们留下的伤痛，也见证了人们在劫后余生之后所体现出的那种冷静、自信和乐观的精神，他们的眼睛并没有被伤痛充满，反而带着笑意，这意味着，他们已经全然将自己融在了另一个超出一己问题、跨越人类所能企及的高度和广度的事业中了。在这样的眼神里，我看到了一种精神力量——不屈不挠的民族精神，和经过几百年传统意识传承下来而生发出的、经由自由意识发展所酝酿出来的那种精神。此时此刻，世界历史正发生着巨大的改变，在这样的转折点上，我们必然能在这种精神的鼓舞下担负起自己的使命，使我们的子孙在谈及我们时，说不出半点儿不是来。”

* * *

在这段时间里，奇特的巫术战也以其特有的方式逐步在战争中发挥着作用。就这一点而言，我已经在先前的著作中描述过有关它开始制造时的一些情况了，比如，某些新式武器是如何被创造出来的。过去，我们也曾想过，对于尚未被证实出来的雷达，科学家们一定能对其承诺给出一个令人满意的答案。就这一构想，我们早在 1937 年秋天的时候就重新订好了大不列颠的空中防御计划。1939 年 9 月，我们拥有了五个雷达站，守卫在泰晤士河的河口，这是我们所具备的海岸雷达网络中最早的了。当年，就是它们看着张伯伦先生所乘坐的飞机起航和返回的，随机出访海外的还有我们维护和平的使团们。随后，我们又建造了十八个这样的雷达站点，分布在敦提至朴次茅斯之间，它们自 1939 年春至 1945 年，开始了全日制眺望任务，七年来未曾停歇。它们就像狗儿一样，协助空袭警报部门为我们守护着家园，有了它们，即便是在战争时期，我们也不必担心遭受重大的生产危机，民防工作人员也因此卸掉了不小的工作担子。在过去，操作高射炮的士兵必须长时间在自己的岗位上待命，而自从有了雷达站，他们的工作也变得不难么难挨了。此外，在人员和飞机损耗方面，它们的作用也不容忽视，倘若没有它们，我们的战斗机队就必须得执行巡逻任务，尽管他们每个人都十分优秀，但毕竟力量薄弱，用不了多久就会因频繁执行此类任务而耗尽实力。不过，它们目前尚不能在夜间阻截敌人，若想达到此目标，仍需在精准程度上做出努力。可在日间的对敌战斗中，它们的优势就显现出来了，我们可以凭借它们的侦测，将战斗机先部署在适当的高度和位置上，从容等待敌机，由此，它们在日间的战斗中就发挥起了决定性的作用。当然，能够取胜还少不了观察站从旁协助，一旦敌机低空朝我们攻来，它们便会预警，尽管从获得警报的那一刻到敌机出现的时间很短，对我们来说已是很有益的了，所以，雷达站与观察站里的这些新设计出来的技术[①] 装备配合使用时，所做的贡献也就更大了。

* * *

德国在 1941 年对射束战又有了一些改进，尽管如此，我们还是能够

---

① 我们把这些新的技术设备秘密称之为 C.H.L. 和 C.H.E.L。——原注

做到干扰他们的射束。下面，我举一例以说明。5 月 8 日夜里，德国计划空袭我们在得尔比的罗尔斯－罗伊斯工厂和诺丁汉城，但我们成功地将其目标给扰乱了。原本，其射束的方向是得尔比，但因被我们阻扰而未能得手，不过，诺丁汉还是遭到了空袭，直到昨天仍有小火没被扑灭。由于没有命中目标，他们又朝贝尔沃山谷实施了轰炸，而诺丁汉到这个山谷和到得尔比在距离上是差不多的。这次，我们的死伤结果并不像德国人在他们的公报上说的那样，炸毁了罗伊斯工厂，其实他们只是将二百三十枚爆炸威力极大的炸弹及数量不少的燃烧弹投在了空旷无人的原野中，根本没有靠近得尔比，而我们也没有造成人员伤亡，只是损失了两只小鸡而已。

敌人最后一次猛烈的空袭发生在 5 月 10 日，在飞临伦敦的敌机上，装载了大量的燃烧弹，使伦敦变成了一座火城，且全城两千多个地方都处在大火之中，自来水管道也被炸毁，约有一百五十个管道受袭，此时，正好又赶上泰晤士河储水量不多的时候，没法儿将火势迅速扑灭。到了第二天早上六点传来报告说，仍有几百个地方被大火焚烧着，其中四处直到 13 日夜里才脱离危险。在整个闪电战中，破坏性最大的夜袭就属这一回了。我们损失了五个码头，七十一处要害地区被击中，在其中，半数的工厂被炸毁。一连几个星期，我们的火车都无法正常运转，敌人几乎毁去了所有的火车站，只有一个还有运输能力，等到直达线路恢复通行，已经是 6 月初的事了。在这次空袭中，我们的伤亡人数超过了三千人次。再有，这次的空袭也有一定的历史意义：其一，一颗炸弹就毁了我们的下议院，这是多年也难以修复的，好在当时那里空无一人，也算是极大的幸运了。其二，在夜间战的斗争中，我方炮队打下了十六架敌机，整个冬天的巫术战，就这一次的战果最大。

当时，我们并不知道敌人就此将停止攻势。凯塞林于 5 月 22 日将空军司令部挪到波森去了，因此到了 6 月初，敌人就将所有的空军力量都转移到了东方。对我们来说，再次面临战事已经是三年后的事情了，直到 1944 年 2 月，迫于小型闪击战的威胁，伦敦当地的民间防卫组织才再次投入战事，接着，又得应对敌人的火箭及飞弹。1940 年 6 月至次年同期，我们在这一年中累计伤亡人数达九万四千二百三十七人，其中有四万三千三百八十一人丧生，五万零八百五十六人身负重伤。

敌人一直没有注意到防守的重要性，作战时，不是以雷达配合高射炮攻击，就是集中精力搞些攻击力大的新发明，比方说，射束研发。1941 年，待他们缓过神来的时候，已经有好几个月都过去了。一直以来，英国也一样在搞科技研发。曾经，我们斥巨资委托航空学校去找适合轰炸的地方，而在雷达的使用方向上，我们则侧重于防守。待到对射束有了一定的把握，同时各种情况也都变得对我们有利时，就该把方向放在对德国雷达设施的研究上了，这样，等到再展开反击时，清除障碍就容易多了。我们首次找到德国的一个供其侦察机使用的雷达站是在 1941 年的 2 月间，差不多就在拍照取证的同时，它也发出了电波警报。该标本出现在离瑟堡不远的地方，我们发现了它之后，便出动了谍报员，在空中边寻找边拍摄下在欧洲区域内、敌人占领的西海岸部分中，有没有相似的雷达站点。皇家空军准备在 1941 年的年中对德国发起一次大规模的夜间袭击，因此，倘若不明晰对方是如何安置自己的防御设施的话，就无法取胜。他们部署的防御设施跟我们大抵相同，把重头都放在雷达上了。

对敌人建立在海岸上的雷达装备做了一番研究之后，我们接着就回归到探讨德国是如何使飞机进行夜间战斗防卫及如何铺就战线的问题上来了。他们的防御战线呈带形展开，横跨了一片广大的区域，从石勒苏益格-荷尔斯泰因一直延伸至比利时，包括德国的西北部及荷兰。尽管我们双方都在研发新设备上做出了努力，但它们并没有在 1941 年的最后那几个月里有什么作为。曾经，德国的轰炸机部队妄求依计划安排的那样，用一个半月的时间攻下俄国，然后再回到西欧战场，倘若成功，那么在对不列颠实施空袭时，就会有不少新建立的射束点来辅助攻击了。这些新的射束点中都配备了功率强大的送波机，且都是沿着英吉利海峡创建的，这样，他们便可借由这些射束站点来攻破我方的干扰，直捣目标所在地。当然，当他们的轰炸机执行这样的任务时，肯定会遇到麻烦，即：我方的新送波机会在射束战中予以回击，不但会继续干扰他们的轰炸机，还能躲避其新型射束技术发动的攻击，且有夜间作战机型的雷达功能。俄国因为越来越有可能参与到战争中来，如果是那样，就势必会展开一场射束对抗大战，所以我们和德国都没有轻举妄动，虽然双方都在无线电领域耗费了不少心力，却暂时都没有将它投入战争。

*　　*　　*

5 月 11 日，正好是个星期天，我正受邀在迪奇莱过周末，就在前一天晚上，敌军空袭了伦敦，于是我接连不断地从消息中得知那里受到了怎样严重的攻击，可对此，我只能是有心无力，于是就随款待我的主人的心意，开始看马克斯兄弟领衔主演的一部喜剧。观影期间，我离开了两回，出去问询这次伦敦遭空袭的事，得到的结果是，那里形势严峻。我接着看电影，也算放松一下。过了一会儿，秘书跟我说，有一通电话是找我的，对方自称要代表汉密尔顿公爵与我对话。我和公爵是私交，目前他人在苏格兰东部，正作为战区司令指挥作战，我觉得很奇怪，想不出到底有什么重要的事不能过了今晚再说。可电话那头的人指定要跟我马上对话，言及事情将对内阁造成非常重大的影响。我没有直接与他对话，而是让布雷肯先生先打探了一下情况。也就几分钟，他便回来跟我说，那位公爵要对我报出一个令人震惊的消息，于是我便派人把他请了过来。他刚见到我，就赶紧说，他不久前曾与一名德国战俘鲁道夫 · 赫斯进行了单独会面。在介绍自己时，那人是这么说的：“我想，赫斯人在苏格兰！”这还真令人震惊，而事实上，报告也证实了确有其事。

一开始他说他叫“霍恩”，不过这个谎言直到他抵达临近格拉斯哥的一所陆军医院后就被拆穿了。原来，他是自己驾驶着飞机从奥格斯堡飞来的，当时身上穿着德国空军中尉特有的军服，降落的时候，由于使用的是降落伞，所以受了点儿轻伤被送往医院。没过多久，他几经辗转被送进了伦敦塔，而后，又被带往另一处英国拘留德国战俘的地方，直到1945年10月6日。当天，在纽伦堡囚室，他遇到了昔日的一些战友，他们都是侥幸在战争中活下来的战俘，不过，迎接他们的将是胜利者的审判和处决。

有关他此番逃亡的事，曾使英、美、俄，特别是德国为之震动，甚至还有人为此写书。可一直以来，我都不怎么重视这事，因为就整体事态的发展而言，也太微不足道了。我在这里将把个人认为的实情写出来，内容如下：

希特勒非常赏识年轻而俊朗的鲁道夫·赫斯，很快，赫斯就成了其帷幕中的亲信之一。赫斯对希特勒是极为崇拜的，对世界问题中颇受争议的地方也极为关注。过去，他常常有机会单独与希特勒用餐，或者再多那么两三个人，而且希特勒在处理公务之余，与他碰面的次数也最多，因此，他所崇拜的对象的内心世界，他比谁都清楚。他知道，希特勒憎恶苏俄，因而热切地希望毁掉布尔什维主义，大部分国家他都看不上眼，却唯独很佩服大英帝国，并渴望与之亲近。不过，他与希特勒的密切关系渐渐因战争局势的变化而疏离了，跟希特勒同桌用餐的人越来越多，在他所在的那个几经甄选才能进入的大权在握的圈子里，三军的指挥首脑、外交官员及高级长官也时常获准加入进来，这让身为副元首的赫斯失去了往日的光辉。他认为：在如今的形势下，行动才是硬道理，可不能再当游戏了，抛开党的旨意又如何？

赫斯此番逃亡德国的事，并不是毫无价值的，我们应该在衡量时给他打个折扣，因为，尽管其想法过于简单，却并非出于恶意，也并不卑劣——受战争影响，他自觉不能如以往那般做心里崇拜着的那位元首的知己了，所以不免开始妒忌起来，而这种心情又对其性格造成了影响。在他看来，尽管那些将领及他人得以在这个圈子里与元首保持紧密关系，并会同在一个饭桌上用餐，可他们的影响力只局限于他们本身能够起到作用而已，还不能跟他比，而他鲁道夫一人就足以做出超出他们总和的贡献，因为他对元首的忠诚是无人能敌的，没有人能像他那样，使元首心宽，并为之带去莫大的政绩。他决心去英国，说和两国关系。他想的是：牺牲我一人的性命没什么，我是在为这种伟大的理想而舍命，多叫人高兴呀！

针对欧洲的时局，赫斯是这么考虑的：英国之所以没能在战争中得到实质上该有的权益，是因为有一群政见粗浅的战争贩子从中作梗，而丘吉尔就是这群人的代表。他们违背了英德建立友好关系的政策，甚至还夺去了英国联合他国共同致力于打击布尔什维克主义的事业。不过，但凡有他鲁道夫在，情况就会有所不同了，唯有他，能够更进一步地接近英国腹地，将希特勒关切英国之事告知英王，并使之相信。如此一来，盘踞在岛国的邪恶团体就会消失殆尽，无法继续发挥其政治影响力，也再不能给那个地方带去不幸，并制造无谓的灾祸了。连法国都已经臣服于德国，英国又怎能独自存活呢？他们海上的交通马上就要被德国阻断了，而工业也即将被德国的空袭破坏，连城市也行将覆灭。

可是，谁该是他要找的人呢？豪斯霍费尔，是他在政治方面的参谋，那人有个儿子[①]，与汉密尔顿公爵相熟，而那位公爵恰好身居要职，正是英国皇室的庶务局长。如此人物，可能总有机会与英王一同用晚餐，而他和英王之间必定也有着紧密的关系，能够推心置腹，故而，通过和这个人取得联系，就肯定能直接和英王联系上了。

---

① 布雷希特·豪斯霍费尔，卡尔·豪斯霍费尔之子，其父创造了“地理政治学”，是一名德国纳粹。1936年第一次见到汉密尔顿公爵是在奥林匹克运动会上，当时，公爵正进行空军力量的研究工作，主要是对德国及俄国的空力进行比对。1944年，布雷希特·豪斯霍费尔被处决，原因是，纳粹党怀疑他参与了谋杀希特勒的阴谋活动。——原注

* * *

过了几日，德国的某家报纸刊载了一则公告，上面写着："党员赫斯认为，凭借他个人之力就能使德国和英国间的关系得到和解，显然，他是在自己的梦里活着……最终，这位空想家成了自己幻象的祭奠者。但这并不影响德国本身要继续这场战役的事实。"此事使希特勒陷入了尴尬的境地。假如我信赖的年轻外交大臣，盗取了"烈焰"机飞往德国，并用降落伞降落在希特斯加登广场，我也会同样尴尬。赫斯手下的几个副官被纳粹党人抓捕到，也算是找个理由泄愤了。

首相致外交大臣　　　　1941年5月13日

1. 对于如何安置赫斯先生，就目前而言，比较方便的做法是：将他视为战俘，故而内政部无须负责此事，而应让陆军部接管。不过，他不是一名普通的俘虏，就像其他纳粹首领，很可能是一名犯有严重政治罪的战犯，等到战争结束后，他得和他的同党们一并接受控诉，并剥夺其享有法律保护的权利。因此，这时候他所做出的忏悔将会使他在日后受益。

2. 在这种时候，应该将他严密地隔绝开来，不能距离伦敦太远，得找一个合适的房子关起来，并且，要想办法探查到他的内心活动，以便获取有用的信息。

3. 对于他的身体健康及生活的安适度，我们应予以保护，不剥夺其获取食物和娱乐的权益，也可以向他提供书籍和文具方面的帮助。此外，严禁有人去探望他，不能让他有机会接触外界，除非得到外交部的相关批准。负责看护他的人，应做特殊安排。在他被隔绝期间，不得读报或是接触无线电。我们不应该对其进行人格上的侮辱，对待他应像对待其他被我们逮捕到的敌军要将那样。

首相致亚历山大·卡多根爵士　　1941年5月16日

1. 对于三次会见赫斯所谈及的内容，请即刻写成一篇摘要，此外，请留心我为下议院已经写好的那篇未发表的声明中所提出的诸重点，这些关键点也应在摘要中被特别呈现出来。随后，我会另行将一份说明性的电报附于其上，再一并交给罗斯福总统。

2. 对于陆军部提出的意见，我已做了批复：马上在奥尔德谢特准备好拘留他的地方，今天晚上就把他带到伦敦塔去。

前海军人员致罗斯福总统　　1941年5月17日

外交部代表跟赫斯会见了三回，并做了交流。

第一次与赫斯谈话是在5月11日晚至次日凌晨，所涉及的内容大抵围绕着三个部分，主要是他以笔记作为蓝本所引发的一长串言论。其一，将三十年来英国和德国的关系做了一番汇总，主要是说德国为什么一直是正确的，而英国为什么老是不对。其二，他重点表达了德国一定能获胜的原因，包括：他们的潜艇与空中所使用的武器能够越来越有默契地配合在一起运作了；德国人都士气高昂，坚信必定能够取得最终的胜利；他们举国上下都一心一意地拥护着希特勒。其三，主要是大致讲述了一下如何解决问题。他表示，元首从未对英国有所不满，英国应当将原属于德国的海外殖民地归还给他们，除此之外，一切都不会有什么变化，只要这一点能够实现，他所开出的交换条件，仅仅是可以获得在欧洲自主活动的自由。不过，还要附加一个前提，那就是希特勒不会跟英国的现任政府进行谈判。显然，他的如意算盘是，想诱导我们背弃我们的同盟国，而他们则可以暂时保住其在海外的大部分领地。

当外交部代表对他进行提问时，对于希特勒能自由在欧洲行动的话题，他表示出疑问，俄国是被列在欧洲范围内，还是亚洲范围内。他本人的答复是："亚洲。"但随后，他又做了补充，即俄国必须满足德国提出的某些条件。不过，对于德国将对俄国发起攻击的传言，他没有承认。

通过此番谈话，赫斯给人的印象是这样的：一方面坚信德国是最终的胜利者，另一方面，也知道这需要很长的一段时间才能实现，在这期间，肯定会有很多人因此而丧命，并伴有大量物质财产的流失。他可能认为：假使他找到了能够提早结束战争的办法，并使德国人相信有这种前提，那么战争就有可能不必打下去了，而人们也就无须再忍受苦痛的折磨了。

5 月 14 日，外交部代表第二次与赫斯进行了会谈，这次，他主要谈及了两个重点内容：

1. 不管使用什么样的和平决议，方案中必须顾及两点：其一，德国必然会支持拉希德 · 阿里[①]；其二，德国人不会允许英国人踏足伊拉克。

2. 就英伦三岛而言，除非岛上的所有供应都瘫痪了，不然德国必然不会停止借助空军战斗的潜艇战。就大不列颠帝国而言，如果它不因英伦三岛的投降而降服于德国的话，那么德国将不会停止对大英帝国的封锁，即便饿死最后一个生命也不会解封。

第三次与赫斯进行会谈是在 5 月 15 日，他忽然提到了你的国家，言语间透着鄙薄之意，并认为你们不会在很大程度上给予我们战争援助。除此之外，就没有别的有价值的信息了。这次谈话使我特别留心到一点，他似乎觉得自己已对你们的机型和生产状况了如指掌，可事实上，他还没有对此形成较深的印象。

---

① 拉希德 · 阿里，即拉希德 · 阿里 · 盖拉尼（Rashid Aali al—Gaylani1892—1965），曾于 1940 年 4 月发动政变，在亲德派的帮助下，首次出任伊拉克首相。他在任期间，与德国交往频繁，并积极致力于推进把英国驱出伊拉克的行动。——译注

赫斯看上去身体健康，也没有过激的情绪，一点儿都没有寻常精神病人的那些病兆。他声称自己的此番行动，并没有让希特勒知道，完全是出于个人意愿。倘若他所言不虚，那他不过是想联系“和平运动”的人，好使他们能够在他的帮助下将现任英国政府整下台。倘若他没有精神方面的问题，且说的都是实话，那就太叫人宽慰了，从种种迹象来看，德国的情报部门显然是愚蠢透了。我们并不会折磨赫斯，不过，他和他的此番历险也不能在报纸上被描述得过于夸大了，别忘了，希特勒犯下的罪状不胜枚举，而他也当负有一定的责任，况且，他本人还很可能是一个战犯，日后必须得接受同盟国政府的一致裁定。

以上所阐述的事情，总统先生，仅供你参考阅览，而在英国，我们的意思是，要让它见报，并且一连刊登几期，好让德国人无从知晓我们真正的用意。我们这里的德国战俘军官闻此消息后，心里都不踏实。所以，我觉得德国方面的武装部队要是知道了，也肯定会忧心的，唯恐他透露了什么。

赫斯在对大夫们讲解自己此番出走行动的动机时所说的话，完全不具任何意义。5 月 22 日，在给他的大夫的报告中，他称：“对于德国在 1940 年对伦敦实施的大规模空袭，他感到十分厌恶，一想起孩子们和他们的妈妈就觉得心里很难过，这让他想起了自己的妻子和孩子，于是就更感到憎恶之情难以言表，于是，他想，若是自己飞到英国去，找到那里为数不少的反战派就容易多了，然后由他出面讲和就可以改善战争带来的痛苦了。此外，他还强调了一点，这么想并不是为了一己私欲，而是受到一日胜过一日的理想主义理念的指引。”[①]

---

① 出自《鲁道夫·赫斯案件》P2，编撰人里斯。——原注

“他动了这样的念想时，刚好也听到了卡尔·豪斯霍费尔的话，他们的情感在一定程度上十分契合，因此，他深受感染。与此同时，他通过豪斯霍费尔了解到，汉密尔顿公爵是个说话办事很在理的人，对于这种蠢笨的大肆杀伐行径想必也是十分憎恶的。另外，豪斯霍费尔跟他说，自己曾三次在梦中见到他了，每次都梦到驾驶着飞机飞往不知名的地方。赫斯听后，觉得这样的人会如此说，肯定预示着某种神旨——作为一名和平的使节飞往英国，与身在那里的汉密尔顿公爵会面，并借由他的指引见到乔治国王，这之后，就可以推翻英国现任政府，使那些主和政府代表来接掌权位了。他坚决不想与当权‘集团’有任何瓜葛，原因是，他们势必不会叫他如愿以偿。不过，在众多政治家中，到底要与谁为敌呢？他自己也不清楚，看来，他对我们的政要人物缺乏起码的了解，不知道其中任何人的名字或地位……赫斯交代了此次计划的全过程，包括：他是如何与维利·梅塞施米特取得联系的，如何借由对方提供的便利，以及，他又是如何得以在德国的境内进行远航飞行练习，为出离德国飞往英国做准备的，这之后，他又交代了自己是如何启程的。他否认自己有任何同谋，称航程都是他自己一手制定的，他有足够的能力安排好航线，并确保飞行无误，因此，所降落的地点仅偏离目标敦加发尔十英里而已。”①

* * *

西蒙勋爵受内阁之命于6月10日接见了赫斯。其间，赫斯说道：“元首后来给英国下的定论是，这个国家不明事理，所以便依照海军上将费希尔勋爵所制定的行为准则采取行动了，即：‘傻子才会在进攻的时候还讲究温和斯文。一旦决定要打，就应该狠狠地打，能攻击哪儿就攻击哪儿才是。’不过，我们元首不到万不得已，是不愿意下令让空军和潜艇联合发动攻击的，这一点我可以保证，因为这么做他也十分难过。对英国发动

① 出自《鲁道夫·赫斯案件》P18—P19，编撰人里斯。——原注

了这样的战争，使人民为此付出沉痛的代价，他也深表惋惜……元首曾表示，即便我们取得了胜利，并且可以对战败国提出苛刻的条件，也不应该那么做，我们毕竟曾期望与那些国家达成协议。”由此可以看出，赫斯主要想的就是：“我觉得英国是不了解真实的情况，一旦知道了，达成协议是很可能的事。”希特勒其实是个非常慈善的领袖，要是英国得知了这点，必然就会遂了他的心意。

* * *

我们曾多次运用医学手段对赫斯的心理进行过详究。他确实得了精神病，已经到了精神分裂的程度，妄求通过提升自己的权贵、地位，通过精神上膜拜领袖而寻求内在的宁静，事实上，他不止有精神上的问题。他自认为深谙希特勒的心理，并强烈地相信自己是对的。因而觉得，若英国的想法与他们一致，不就不用再承受什么苦痛了吗，至于达成双边协议将是多简单的事呀！那样的话，德国以自由之身就可以在欧洲随便行动了，而英国人只在大英帝国境内才可以活动自如！此外，还有两个次要条件是英国必须得履行的，那就是：属于德国的殖民地还须予以归还，驻伊拉克的英军须撤离出去，与意大利讲和并结束战斗。他的想法是：英国实际上已经无路可走了，倘若不答应开出的这些条件，“就算不情愿，也迟早得接受”。针对这事，西蒙勋爵的答复是：“我觉得，其论点不会被英国内阁接受的，你也了解，英国人从不缺乏勇气，且不愿屈于胁迫！”

很快，德国就会发动对俄国的攻势，现在已经开始大肆筹备起来了，可奇怪的是，赫斯却对此没有透露半分，他与希特勒交往甚密如何会不知情？不然，他就是明知故犯。对于赫斯跑到英国这件事，苏联政府方面显示出了极大的兴趣，并推测出很多种可能性，不过，事实上都是不准确的。当我于三年后二度出访莫斯科，见到斯大林的时候，发觉他很有兴致跟我聊起此事。用餐时，他问我赫斯抵英之事的原委到底是怎样的。我将该书中写成的情况简略地说给他听，可他的反应使我觉得，他认为，在这次的事件里，英德之间很可能曾合谋对俄国不利，并就此进行了有计划的部署或是详谈，不过最终没有成行。对于像他这么精明的人也会糊涂至此，真是太让我意外了！我听到翻译官清晰地告诉我说，他并不相信我说的都是真的，于是我又让我的翻译官把我的回复转述出来：“我希望，我在说明已知范畴内的事实时，能够为人所接纳。”我的回答显得十分不自然，斯大林听后只是亲和地笑了笑。他说：“我所听到的来自我们特工的消息，也不见得就是事情的全貌，即便我就在俄国本土。”听他这么一说，我也就不再往下说了。

*　　*　　*

我在追忆起整件事时感到很轻松，因为不必对赫斯负有什么责任，不管是他当下所受的罪，还是已经得到的教训。我觉得，在道义上，不管希特勒身边的这个德国人铸成了多大的恶，也算是为自己赎罪了，用他发自于仁慈的激进行为做忏悔。赫斯此番来到这里，无人指使，完全是出自本意，虽然不是带着命令来的，其性质仍类似于特使。所以，我们在看待此人此事的时候，不应该以犯罪的视角来看，而应该站在医学的视角去衡量。

第四章　地中海之战

马耳他岛异常要紧——海军上将凯斯计划进攻班泰雷利亚岛——计划延后——1月10日，我国海军与德国空军展开对抗战——“光辉”号航母丧失战斗能力——“索斯安普敦”号的沉没及“格洛斯特”号遇创——派出空军援助马耳他岛——德国军队决心对马耳他岛进行攻击——总督多比——2月9日，海军上将萨默维尔发动对热那亚的袭击——在马耳他岛执行支援任务的守军——我们的潜艇行动及成果——一支敌人的运输船队被我们消灭——2月6日，班加西被我方军队攻下——全然占有昔兰尼加——艾登和蒂尔带着使命前往中东——2月12日，我给韦维尔将军发去了函电——他给我的回复——给外交大臣的指示——2月15日，我给史默兹将军发去了函电——外交部事宜由我主持——2月20日，我给艾登先生发去了函电——同一时间，艾登先生也发来了电报——威胁着苏伊士运河的水雷——2月21日，艾登先生做了报告——他去了雅典——2月22日，他提出一份报告——希腊不会放弃战斗——希腊对英国派遣军队增援的意见表示接受——增兵援助希腊一事得到战时内阁的赞同——前途犹未可知

马耳他岛自纳尔逊时代就如同守卫英国安全的哨兵般，忠实地驻守在狭长却至关重要的中部地中海长廊之中。近来，它在此次战争里所发挥的战略作用较之以往更显重要。如今，我们主要的任务都得仰赖于它——大批量的军队需安置在埃及，执行运输任务的船队需随时往来于地中海，以及得设法阻挡住敌人增派援助的黎波里的部队。与此同时，德国现代化新式空中武器对我们冲击很大，不仅仅威胁着马耳他岛——我们主力舰队的基地，更打击了我们有效地保有沿着狭窄海域所占据的制海权，倘若没有这些武器装备，要应对敌人就不会如此困难了。原本，我们可以自由地航行在地中海海域，且可随时切断这一交通，令他国无法使用。可如今，敌人正频繁地借由意大利诸港口发起攻势，致使马耳他岛危机重重，常常遭到反复多次的空袭，这样一来，我们自然不能再将它作为我们主力舰队的基地了。因受到敌人空军的威胁，要想使我们的运输船队穿越突尼斯海峡，或是马耳他的其他海峡都变得极其困难，风险随时存在，难以估量。如此，我们不得不将航程拉长，绕行好望角。同期，我们若是不出动战列舰，不顶着风险和危机与敌人占尽优势的空军部队作战的话，那么在地中海海域，我们就只能束手束脚，给敌方以可乘之机了，令他们得以保有一条输送补给的稳定线路，向的黎波里源源不断地输送部队和物资。

距离马耳他岛差不多一百四十英里的地方，是意大利处于西西里岛和突尼斯之间的属地，西部海峡的咽喉所在——班泰雷利亚岛。此岛防守相当稳固，也正因此而为人们所熟知。在岛上，设有一机场，极具战略意义，敌人若想进入突尼斯或是的黎波里航线，就不得不仰仗这个据点。倘若我们能够得到它，将有益于我们在马耳他岛四周部署空军，以便掩护海上作战。就此，我于 1940 年 9 月请凯斯海军上将来制订计划，预备用新编的一支突击队，直取班泰雷利亚岛。对于这个计划，我们是这么构想的：先派出一支运输船队领航，这支船队须具备极强的防守能力，然后，令两至三艘运输军队的战列舰随之出航，等到敌人被运输船队吸引的时候，便暗中让运送军队的战列舰改变航路，以出其不意之势直取班泰雷利亚岛。该作战计划又被称为“车间”计划，三军参谋长也渐趋赞同它的可行性。

凯斯对该计划十分看好，并投入了极大的热忱，他甚至说，要亲自率队亲征，也顾不得什么海军上将的名号了。

对于拿下班泰雷利亚岛一事，事实上我和我的幕僚都认为没有太大难度，不过，自打马耳他岛让我们倍感压力后，就不得不质疑一下保住这个战利品究竟能否做到了。然而，1940 年 12 月 28 日，我还是做出了指示，内容如下：

首相致伊斯梅将军，转参谋长委员会

对于“车间”计划的价值，我经过再三斟酌后，仍旧认为是很高的。不过要想成功，还需要使它更加完善，并且得等待适合的时机再采取行动。要是此事可行，那么其效果将是惊人的：在地中海海域，我们能一举提升战略地位，更为重要的是，我们的商船和运输队也可借此顺畅地通行在突尼斯海峡及马耳他海峡一带了，航运能力亦将随之加快并提高不少，这是至为关键的一步。可要是意大利被德国人接管了，那么德军肯定也会一并接管“车间”计划中的岛屿，不但会利用它来扰乱我们的海上运输交通，还可能会凭借它来抵挡我们的军事打击，那样的话，我们就会陷入困境，从而使事态变得更为紧张。

三军参谋长马上就这一问题开始研究起来，而新年的时候，我也再次就该问题提出了指示，内容如下：

首相致伊斯梅将军，转参谋长委员会　　　　　　1941 年 1 月 13 日

1. 德国空军进驻西西里岛如此顺畅，很可能预示着，地中海中部的战局开始恶化了。为“光辉”号巡航舰及这类战列舰配备上空雷投掷器势在必行，这一点从敌军已经成功地俯冲轰炸了我们的“光辉”号和两艘巡航舰就可以判断出来。为什么“光辉”号没能装上两个空

雷投掷器，我并不清楚，不过，有关部门应加紧安排这件事，使海军方面能够尽快使用上经过改良且适用于海上作战的空雷。此外，我们也需要投入更多的高速飞机，以便与敌人的俯冲式轰炸机在海上周旋。还有，"敬畏"号航空母舰为适应作战需要，确实很有必要配上"格伦门式"战斗机，在它抵达地中海之前，我们应设法为其装备六架这样的机型。

2. 德国人要是在班泰雷利亚岛安顿下来，就很可能会动用其强悍的俯冲轰炸机部队，到那时，整个海峡便会被他们封锁起来，这是令我非常忧心的事。套用一句老话"及时补上一针，就不用事后多补九针了"，这话用在这件事上非常合适，再次印证了老话所言不差。

3. 如今，事态已然发生了很大的变化，比以往更为艰难和急切，我们很有必要再一次就"车间"计划进行审核，要是德国人比我们先在班泰雷利亚岛驻扎，那么计划将更难实施了。故而，希望有关部门能在一周之内修订好这一计划，务必使其完善到精确无误的状态，此外，在什么时机实施该计划也应提早定好，而要不要去尝试执行，则需容后决定，得看时机和方式方法是否都安顿好了。

4. 对于"车间"计划，我还是确信它事关重大。

大家对此事已取得一致意见，定好自 1 月底开始实施，不过，鉴于要处理其他事务而没能赶上。后来，我于 1 月 18 日早上参加了在契克斯召开的会议，会上第一海务大臣及参谋长们发表了自己的意见，而我对他们的意见也表示了赞同，即：将行动时间往后顺延一个月。原本，我是想借着此次会议将行动按照预先定好的日期展开，可我和其他人最后都认为这么做并不妥，一来，还有更要紧的事情等着我们处理，二来，突击队员们也还未达到行动标准，需接着训练。当时，凯斯并没有参与会议，他在听闻消息后感到很失望。行动延迟，也使得"车间"计划化作了幻影。德国空军早就在 1 月底之前的那一大段时间里就入驻西西里岛了，因此，战局也就跟着一下子全变了。这个战利品所随带的价值看来是与我们无缘了，这一点毫无疑问。1942 年，我们要是可以拿下班泰雷利亚岛，一方面，我方的运输船队在冲出敌人的阻截，朝着马耳他岛行进的过程中，就能避免不少优秀的战列舰陨落了，同时，也能更大程度地扰乱敌军向的黎波里挺进的航线。另一方面，德国的空中力量很可能会压制住我们，从而占据优势，届时，我们在马耳他岛将面临更为复杂的防务情势。

我深感班泰雷利亚岛是我们所急切需要把握住的战略要地，然而，说什么都晚了。现在，摆在眼前的问题有很多。等班泰雷利亚岛真正为我们所有时，已经是 1943 年 5 月的事了：一方面，德国和意大利在突尼斯的军队被我们消灭了，另一方面，在艾森豪威尔将军的命令下，我们的一支登陆部队抵抗住了敌军的猛攻，才最终夺得了这个战利品。尽管这一次，我们在事前也没有必胜的把握，但就实力而言，已经非常强大了，因此，尽管打得艰苦，却损失寥寥。

* * *

1 月 10 日那一天，我国海军头一回与德国空军展开了激烈的交战。当时，我们的舰队正在执行一连串的掩护任务——一支运输队从地中海西侧驶过，另有其他载有补给物资的船队由东侧驶向马耳他岛，此外，还有规模不大的各类运输队正行驶在去往希腊的途中。10 日早间，“豪侠”号驱逐舰正带着护送主力的舰队执行任务，在通过马耳他海峡境内时，不慎碰触到水雷，没过多久，敌人的侦察机便尾随其后。到了下午，德国就派出了轰炸机队猛烈地攻击我们，他们盯上了“光辉”号，对其进行了密集的轰炸，当时，这艘新型航母的指挥官是博伊德上校。“光辉”号共受到三次空袭，其间，六次被巨型炸弹打中，由于损伤严重，不幸起火，舰上有八十三人遇难，六十人重伤。幸好当时这艘战列舰上有装甲甲板，不然很难抵挡住敌人的攻势，也幸亏战列舰上还配了战斗机，有至少五架敌机被它们打了下来。到了晚上，空袭更加猛烈了，博伊德上校下令，将没法儿使用舵机的“光辉”号开进了马耳他岛。

当天夜里，我们的主力舰队将在海军上将坎宁安的带领下，护送运输船队自马耳他岛南面向东驶过，过程中并未遭遇敌军拦阻。然而第二天，“索斯安普敦”号和“格洛斯特”号巡洋舰就没这么幸运了，敌军的俯冲式轰炸机在它们行将抵达马耳他岛东岸的时候，展开了空袭。事前，我们并没有发现这些借着阳光掩护而袭来的轰炸机，好在“格洛斯特”号最终还是保住了，虽然承受了一弹，却只受到了轻微创伤，并未起火，可我们却失去了“索斯安普敦”号，敌人击中了它的机舱，火势猛烈无以抢救，只得任其葬身大海。结果，虽然运输船队成功抵达了目的地，可我们的舰队却损失惨重。

遭受重创的“光辉”号停在马耳他岛，这让德国人深感不安，非要毁了它不可。然而，我们在马耳他岛驻扎的空军力量也不容忽视，早就实力大增了，所以，跟敌人斗一天，也能打下他们十九架飞机来。1 月 23 日晚间，虽然停在船坞中的“光辉”号再次被击中，却仍旧重新起航了，当敌人苦苦寻找它的踪迹时，它早已离开。两日后，“光辉”号到达了亚历山大港。

德国这时候从西西里岛派出了不少于二百架飞机投入战斗。仅1月份，就轰炸了马耳他岛五十八回，自此，截止到 5 月末，除了中间曾简短地停火了一阵，每一天，他们都会轰炸三四次。不过，在这期间，我们的人力和物资也都有所增加：1941 年 4 月至 6 月，萨默维尔海军上将曾出动了其 H 舰队，先后六次把飞行小队送到了马耳他岛的航线中，数量可观。同一时期，自西侧也陆续有飞机抵达机场，它们是：“旋风式”战斗机二百四十架，和为数不多的其他机型。此外，我们还得到了从东侧运送来的增援部队和补给。6 月，敌军又发起了一次十分猛烈的轰炸，我们在这次战斗中成功地打退了他们，自此，马耳他岛才终于被保住了。然而，灾难并未就此止歇，1942 年它再度来袭。

在马耳他岛担任总督的是多比将军，他是一名军人，更是一位出色的总督，各层级军民都因他的决心而受到了极大的鼓舞。他在指挥作战时，会热情地宣扬宗教精神，这每每会叫人联想起戈登将军，甚至有些时候，还能令人回想起古老的“铁骑兵”和“严肃同盟者”。

首相致身在马耳他的多比将军　　1941 年 1 月 21 日

我本人，并代表战时内阁，向你致以最衷心的感谢。你的守卫军及居民在海军的帮助下，特别是在皇家空军的帮助下，显示出了大无畏精神。在这次保卫战中，你们奋勇抗敌，不畏德军和意军的攻击，战绩突出，给人留下了难忘的印象。英国民众，事实上，整个大英帝国上下每天都在关注着马耳他岛上的奋战，我们都坚信，你们所付出的艰辛一定会收到回报，成功与荣耀必将与你们同行。

* * *

地中海一带战事吃紧，战局日渐扩大，我们打算尝试着与敌军在意大利本土作战。听说此时的意大利人，已士气大减了，若这时候就在他们的土地上发动攻击，那么其士气必定会在原有基础上大大削减，这也正是我们所希望的——要尽早消灭意大利。海军上将萨默维尔勇敢地于 2 月 9 日发起了对热那亚港口的袭击，当天，由他指挥的包括“威慑”号、“马来亚”号及“谢菲尔德”号在内的 H 舰队，突然现身热那亚附近海域，一连半小时对热那亚实施了猛烈的轰炸袭击。同一时间，飞往里窝那和比萨的战机也自“皇家方舟”号舰起飞，准备轰炸目标地，另外，在斯佩西亚海面上还埋伏下了我们的水雷。这次出其不意的突袭非常成功，除了在热那亚海岸炮台遇上了敌人的回击，便没碰上什么阻碍，那里的火力几乎对我们不起作用。不过，我们安排在港口上的设备，以及不少船舶都受到了冲击，损失惨重。此外，萨默维尔的战列舰只能借着低矮的云层做掩护撤离，好在敌人的舰队在撒丁岛西面搜查时并没有拦截到他。

* * *

德国人的兴趣点此时显然是放在了地中海上，所以，即刻派兵增援马耳他岛势在必行。

首相致伊斯梅将军，转参谋长委员会　　1941 年 2 月 6 日

尽管在苏达湾，英国设立了自己的加油站从而提升了敌军打击马耳他岛的难度，可我还是希望能够尽快多派一个营前往增援，好使我们的整体实力提升到七个营。如今，意大利在非洲已全面失利，所以，从派去埃及的兵力中拨出我们所需要的这个营应该不成问题，难就难在如何安排舰队输送过去。针对这个问题，人们会有这样的疑问：输送一个营和两个营能一样吗？这和面包房的车子运送面包是一样的道理：如果一次只送一个面包未免太浪费资源了，要是有其他的面包也可以一并运送，干吗不一起放进一辆车里一趟送完呢？对于这一点，还请考虑清楚，切莫在这事上耗费时间。

* * *

过去，敌人一直都在给利比亚驻扎的隆美尔部队输送船只补给，而到了 4 月初，我们已经有实力加大对敌军的打击力度了。对于这一行动，我们的主要力量来自于由马耳他岛派出的潜艇。随着战争的发展，它们的行动范围在扩大，所取得的成功也是一步步稳扎稳打逐渐加大的。马尔科姆 · 汪克林海军少校在此次军事活动中表现突出，他的英勇事迹和战绩为他赢得了维多利亚十字勋章。不过，他在受封后的第二年，便壮烈牺牲了，而随他一同消逝的还有他的“支持”号舰艇。尽管如此，马尔科姆·汪克林榜样的力量并没有就此消亡，在承接他未尽之事的人们的心里，他永

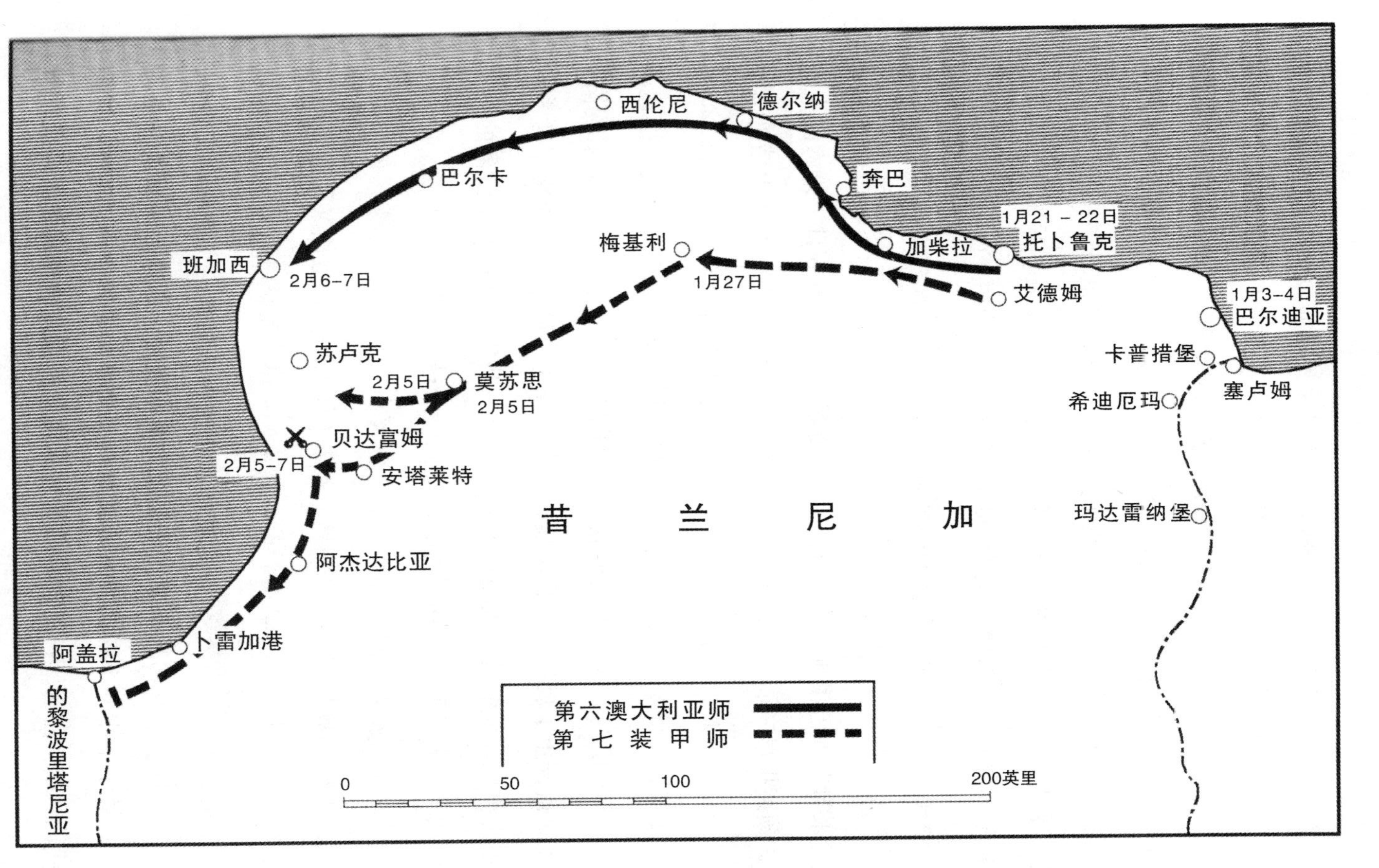

西伦尼
德尔纳
巴尔卡
奔巴
1月21－22日
托卜鲁克
梅基利
加柴拉
班加西
2月6–7日
1月27日
艾德姆
1月3–4日
巴尔迪亚
苏卢克
卡普措堡
2月5日
莫苏思
2月5日
塞卢姆
希迪厄玛
贝达富姆
2月5–7日
安塔莱特
昔兰尼加
玛达雷纳堡
阿杰达比亚
阿盖拉
卜雷加港
的黎波里塔尼亚
第六澳大利亚师
第七装甲师
0
50
100
200英里

自托卜鲁克进发

远是英雄。

我们的一支战斗舰队于4月10日向马耳他岛行进，它是由四艘驱逐舰组成的，麦克上校在战列舰“加弗斯湾”号上担任这次袭击敌方运输队的总指挥。仅仅一周，他们就获得了惊人的战果。事情的经过是这样的：一天晚上，月光皎洁，敌人的三艘驱逐舰正护送着五艘运输船向南航行，麦克上校的舰队与敌人的这支运输船队相遇后，便展开了一场近距离的恶战，混乱中，在场的船舰全部被毁，只这一次行动就使敌军一万四千吨重要的战略物资沉入海底。尽管“莫霍克”号驱逐舰因中鱼雷而不得不放弃，但“莫霍克”号上的舰长及官兵多数都被救了出来。

* * *

来自非洲沙漠地区的好消息一个接着一个：2月6日，第六澳大利亚师比预期提早三周就攻进了班加西。我们的第七装甲师奉命阻截抵莫苏思海岸公路，当时该师有一个坦克旅的兵力，他们于2月5日天刚亮的时候就行动了，其间翻越了多处错综复杂的不平之地，之后，也成功抵达了莫苏思。5日晚间，约五千人组成的敌纵队中了我们设在贝达富姆的路障，不多时就停止了反抗。次日早晨，这条公路上又陆陆续续地来了几支敌人的主力纵队，他们备有大量的坦克，随后，我们与之展开了激烈的斗争，整整用了一天的时间。到了傍晚，他们已经被打得焦头烂额了，在二十英里的公路上，随处可见其乱糟糟的车辆停在上面，如此一来，他们因正面受阻，很快就被我们攻下了侧翼。2月7日天刚亮，他们又发起了最后的一次攻势，动用了三十辆坦克投入战斗，不过，反抗并没有成功，最终，伯根佐利将军只得率众投降。

就这样，尼罗河集团军只用了两个月的时间，就推进了五百英里，其间，灭掉了不止九个意大利的师级部队，并成功俘虏了十三万人，所截获的武器包括：四百辆坦克和一千两百九十门大炮。至此，我军成功地攻下了昔兰尼加。

*　*　*

虽然我们取得了如此多的胜利，却仍得为中东的局势担忧，不论是军事方面，还是外交方面，问题繁杂而严峻，况且，有待韦维尔将军处理的事情已经够多了。鉴于此，国防委员会于2月11日召开了一次会议，在会上决定将外交大臣和帝国总参谋长蒂尔将军派遣到开罗去，以便更好地帮助解决中东问题。

首相致韦维尔将军　　1941年2月12日

1. 在最近的这场战斗中，你真是赢得漂亮，而且攻下昔兰尼加的速度简直太叫人震惊了，为此，请让我表示最衷心的祝贺。依你的意思，我已经嘉奖了奥康纳和克雷两位将军。

2. 昨晚，国防委员会对时局进行了分析：一、美国给出的供给进展顺利；二、日本对我们的态度日趋恶化，很显然，不久就可能对我们发起攻击；三、敌人极有可能想在我们的土地上开火，这是毫无疑问的。形势就是如此，看来我们势必得把在地中海一带的各战略计划确定下来了。

3. 在图卜鲁格，你已经建立好了一道侧翼，以保埃及安全，对此，我们十分满意。过去，我们曾跟你谈到过今后的主要任务，那就是优先援助希腊和土耳其，或者仅支援其一，不过，倘若你可以轻松拿下班加西，同时又可满足欧洲战场的需要，那自然是最好不过的了。如今，令我们深感欣慰的是，你已经先于预期三周攻下了班加西，然而，我们先前所下的指示不会因此而改变，事实上我们确定指示照旧，也就是说，现阶段，你的首要任务还是援助希腊和土耳其，或者仅为一方提供援助。这样的话，你便没有必要把心思放在为攻打的黎波里而排兵布阵的事上了。不过，对的黎波里发起佯攻可以牵制住他们的兵力，所以，只搞小规模的佯攻的话，对我们还是十分有利的。故而，在班加西站稳脚跟是你当前需要做的，此外，你还要尽力将可以利用的兵力全部都集结到埃及三角洲那里，等到需要的时候，便可一并调至欧洲战场了。

4. 希腊及土耳其方面始终认为，若是接受我们所提供的技术援助部队肯定是得不偿失的：一方面派过去的部队数量不多，难以将主要问题都处理掉；另一方面，还会吸引来更多的关注，甚至引得德国跑来干涉。可事实上，德国方面已经越来越明显地日渐加紧了干预程度，如今，他们随时都可以出面横加干涉了。倘若这时候，土耳其连同南斯拉夫向保加利亚发出通知，表达希望与之结盟，并一同对抗德国向南挺进的危机的意愿，而保加利亚方却拒绝的话，那么这两个国家就会马上出兵攻打它，以便在其南进的方向建立起一道屏障，如此一来，德军就必须得调集多于当前在罗马尼亚驻扎的兵力了。我倒是不觉得希腊和土耳其会这么做，这么好的机会要是错过了，低地国家灭亡的历史悲剧就会重演。

5. 希腊，我们的同盟国，还在奋勇抗击着敌人，我们首先应当考虑到这一点。要是他们被打败了，或是在意大利方面的胁迫下被迫与之合作的话，那就很可能无法再顾及我们的利益，而将其空军及海军的战略要地供以德军使用了，到那时，土耳其势必面临着难以估量的危险。然而，倘若英国此时能够援助希腊，使其能多争取几个月的时间，抵挡住德军的进程的话，那么土耳其就很可能在这种情况下出面投入战斗。所以，我们应尽全力想出对策，让希腊人同意我们的建议，即：将那支保卫埃及的战斗部队派到希腊去，此外，我们还应定出详细的计划，使人力、物力能够及时到达这支部队手中。

6. 对于我们的这项事关重大的建议，不清楚希腊方面将是何态度。对于德军会借由保加利亚向它们发起攻击一事，目前也还不清楚希腊方面将采取什么样的方式抵抗。不过，我们可以先做出假设，并且也有理由这么想：希腊方已有自己的行动计划，预备通过阿尔巴尼亚调兵，建立起防护山口及保加利亚边境沿线和附近区域的防护网。在阿尔巴尼亚，他们不会乘胜追击，因为他们的右翼将因此处于危难之中，而对于他们来说，这无异于将后方暴露给了敌人。倘若希腊人果真自己部署好了，那我们应该尽最大的可能去支援他们——进驻希腊，与共同的敌人展开斗争，并借此拉拢土耳其人及南斯拉夫人一同投身到对付德国人的战斗中去。现在，你需要马上将计划和日程拟定好，同时，开始准备航运所需的一切事宜。

7. 这项任务非常紧迫，但我们无意表示攻占罗德岛可以延后。

8. 我们现已派出外交大臣和蒂尔将军往开罗去了，他们将协助你展开各项工作，以便使我们在军事及外交各方面的举措能够相互配合，圆满地完成任务，这样，在巴尔干应对德军就会顺畅得多。他们的行程安排是这样的：2月12日动身，14—15日抵达。在开罗，待你对整体形势检查完毕，并将准备工作全部督查过之后，自然也得跟他们会合，一同到雅典去。另外，倘若可以，就从雅典出发，再去趟安卡拉。在这次行动中，我们希望可以达成以下目的：竭尽所能地增援希腊四个师级部队，时间要短，方式方法要适当。在这四个师中，应涵盖：一个装甲师、希腊机场所能容纳的最大限度的增援空军和供应得上的所有军需用品。

9. 在这里，我们无法就一些问题发表指示，还需要你跟希腊方面的统帅就实际情况在当地自行处理，比如：希腊方面的哪几个港口可供我们使用、哪条战线是我们应当力保的、希腊人所据守的战线是哪条。

10. 要是我们跟希腊人不能取得一致的意见，无法谈妥一项具有实操意义的军事协议的话，这种情况一经发生，我们就必须在这艘破船里找点儿可用的东西了。克里特岛必须得守住，无论我们将为此付出什么，同时，争取获得一切可作为空军基地的希腊岛屿。此外，进军的黎波里一事，也可以重新打算起来，不过，这就好比是输了马赛后的一点安慰品罢了。我们相信，土耳其人肯定会忠心地站在我们这一边的。

2月12日，韦维尔将军发回了电函，感谢我之前对他的祝贺。对于支援希腊及土耳其问题，自不必说，他早就想到了。在电函中，他说，希望能够增加此前对可调派后备军所预估的那个数字，尤其是这个数字若是能够得到澳大利亚那边政府的首肯的话，就再好不过了。就这一点，在孟席斯总理去伦敦路经开罗的时候，韦维尔将军就与之商谈过了，对方已经愉快地接受了，并表示，十分欢迎我们的外交大臣及蒂尔将军到澳大利亚出访。孟席斯总理还说："我们自当竭尽所能地阻止德国人，使之不能实现在巴尔干的战略计划，不过，要达成目的实属不易，希腊和土耳其方面迟迟下不了决心，而南斯拉夫方面又过于软弱。鉴于港口和船只方面的问题，实在是困难重重，因此，我只能分批次将部队输送过去。"

*　　*　　*

内阁已经正式批准了我所草拟的有关外交大臣所应完成的使命，内容如下：

1941年2月12日

1. 外交大臣在访问地中海战区的这段时间里，代表的是英国王室，所参与的涉及军事及外交方面的事宜皆代表着王室的意思。故而，外交大臣需在必要的时候，通过首相向战时内阁汇报有关情况。

2. 外交大臣此行的主要目的是：以最快的速度为希腊提供援助。故此，他将与中东战区的总指挥、埃及政府、希腊政府、南斯拉夫政府，以及土耳其政府进行洽谈，并与对方达成他认为必须采取的措施。在这个过程中，他自然得将所了解到的情况汇报给外交部，然后，再从外交部或首相那里得知国内方面的计划或意见，如有变动，他会很快知晓。

3. 在军事方面，大英帝国的总参谋长会将意见提供给外交大臣，而外交大臣需确保一点：倘若碰到意见不一的情况，应当将自己的想法向英王陛下呈报。

4. 需要尤其关注以下几点：

（1）需要多少部队驻守在利比亚及班加西西面的边境处？要想使班加西变成我们主要驻扎的边防地和空军基地，需采取何种举措？有关陆上的交通线应尽早搁弃，这一点相当重要，应当重点提出来。

（2）我们期望意大利能够摆脱墨索里尼政权的控制，那么，昔兰尼加将实行何种制度、推行什么政策，才能实现这一愿景呢？

（3）尽快施行罗德岛“下颚”战斗计划。倘若情势所逼，就当让此时驻扎在开普敦的突击队随时做好准备，向目标地开拔，这样就能抢在敌人前面登陆了。不过，主要行动不能因此而受到影响。

（4）将目前在埃及三角洲的人员进行编制，将那里的人员或以师级为单位，或以旅级为单位，编制成有着超强战斗力并且装备精良的作战部队，然后，尽可能快地将他们送往希腊。

（5）我们的人力和物力需要投入厄立特里亚和埃塞俄比亚的战事，完结厄立特里亚之战迫在眉睫，而在埃塞俄比亚消灭意大利势力又必须得有所行动，但不管怎么说，我们应在不影响主要活动的情况下投身埃塞俄比亚的对意战场，也许，我们应该等时机成熟些再行动。

（6）目前，应严格检查在肯尼亚作战的大部队，人数已经高达七万了，尤其是要关注一下在南非服役的师级部队，应把他们派到埃及去。最好通过首相与史默兹将军联络。外交大臣可再一次与史默兹将军举行会谈。

（7）在外交大臣与帝国参谋长和韦维尔将军，以及其他随同官员出访雅典期间，可同希腊政府方面依照当前形势全权代表英国将事情安排妥当。同时，外交大臣必须将所知道的各项情况汇报给英王陛下，其间，应最大可能地争取到政府方面的支援。如遇到紧急事件，可自行判断如何权衡利弊做出决断。

（8）外交大臣将会与南斯拉夫政府和土耳其政府直接取得联系，并把公文的副本提交给外交部，这么做的目的，是使南斯拉夫和土耳其同时参与战斗，或者，至少确保他们会尽力投入战事。所以，外交大臣应该在情况允许的时候，接见驻贝尔格莱德的公使，或者召见驻土耳其大使。有两点他必须牢记于心，那就是：一、我们肩负着战斗使命，应在必要之时与希腊同舟共济。二、到了第二阶段，我们也应该考虑到土耳其人的利益，这一点与希腊的利益相较而言，应丝毫不差。我们当满足希腊和土耳其方面请求我们就空军和火力方面提供支持的要求。

（9）外交大臣的主要任务应放在如下几个问题上：将少量的人力和物力最大化地使用，使其能够实现：在中东的陆军及空军能够完成好上述提到的目标，并且，确保在这个战区的多数重要作战部队都能统一到一个完整的规划中去，使他们得以发挥出全部的效用。

（10）外交大臣应把自己将用于各地方的司令官人选拟定好，并通过首相呈报给英王陛下政府。对此，他自然有资格跟韦维尔将军进行磋商，韦维尔可是深得英王陛下政府的信任。鉴于何人能够受命担任司令官驻扎在希腊是极其要紧的问题，故而，我们希望外交大臣在推举的时候，能够争取到有关部门的认可。

（11）朗莫尔空军上将将会依照该指示中所阐述的那样采取行动，包括指示中的政策、总体精神，以及外交大臣的命令和主张。不过，要是碰上意见不一的情况，外交大臣应当将空军上将的想法通过首相告知战时内阁。援助给希腊及土耳其最大限度的空军部队，是中东空军的主要职责所在，尽管如此，这并不妨碍我们对苏丹和埃塞俄比亚提供援助，并且也与保卫班加西的战斗不相冲突。

（12）外交大臣将会与海军上将坎宁安进行磋商，主要就完成如上各项指示所需的海上行动事宜进行商议，在这方面，他可以向英王陛下发出请求，令王室在运输舰、战列舰等方面按需对其提供进一步的支持。

（13）为了能更好地配合完成上述各指示目标，凡是涉及伊拉克、巴基斯坦，或者阿拉伯国家的问题，外交大臣都可以请求英王陛下政府制定的相关政策予以解决。此外，若有需要，还可以同这些国家直接取得联系，包括印度政府，尽管不能强迫印度政府有所作为，但至少应该令其事务部门对整体情况有所了解。

（14）等外交大臣了解了直布罗陀和马耳他岛的整体局势后，应写成报告呈上来，倘若返回时能途经塔科拉迪，也应当将那里的情况一并汇报给上层。

（15）简而言之，他的任务应该是：收集一切线索，以便解决我们当前所遇到的难题，并且，不断地就所得线索提出可行性方案。倘若遇到紧急情况，不能及时向国内发出请示的话，也可以先见机行事，不用顾忌有什么不妥之处。

*　　*　　*

我觉得，艾登所肩负的任务也应该让史默兹将军知道，而且，我还希望，在去开罗的一行人之中也有他的加入。

首相致史默兹将军　　1941年2月15日

能够提前拿下在昔兰尼加的班加西着实令我们备受鼓舞，有了班加西，埃及便多了一个有力的侧翼。此外，获知你们攻下了基斯马尤，这也同样令我们感到快慰。为今之计，我们应该想方设法对希腊予以支援，并催促土耳其，一定要抵挡住德国行将在爱琴海展开的攻击。倘若在欧洲大陆，我们尽全力做的事情都能得到令人满意的结果的话，那么就应该在败退之余，尽可能地多争取一些可供使用的岛屿。故此，我们已经安排外交大臣及帝国的总参谋长动身往开罗去了，这之后，他们会再从开罗出发，出访雅典及安卡拉，如此一来，就得以同相关方面取得联系，并就建立一条最为坚固的战线进行磋商。在中东，他们或许会有三周的时间停留在那里，届时，请你考虑好要不要与他们见一面。等你向他们发出函电后，还请将副本交给联合王国的高级专员，他们会再转交给我的。

*　*　*

艾登先生出访期间，我将代为处理外交部的相关事宜。当然，这无疑会使我的工作量增多。不过，我自从担任首相后，早就对每天阅览所发来的重要电报及特殊报告习以为常了，而且，还不时地亲自拟定与罗斯福总统和别国政府首脑的要函，若非发生异况，有关接洽外国大使的事情，我都交由常务次官亚历山大·卡多根爵士和政务次官巴特勒先生去代办了。在这一时期里，所有的外交事务已经和军事策略绑在了一起，所以，毫无疑问，我不得不常常关注外交事务，并且尽量参与其中，筹谋运作之法。

首相致身在开罗的艾登先生　　1941年2月20日

1. 得知你已经安全到达，这让我感到很欣慰。为了将第五十师送到你那里，我可是费了好大的气力，现在，我从海运部多要了一些船只，其中还得益于海军部无私的帮助。你所回复的电函令我感到困惑。不难看出，运输船队的编制情形在中东司令部那里是不明朗的……对于这一情况，还望你能够加以说明，因为不论是国内，还是中东方面，都必须知道战场的具体情形和运输船队的真实情况，这一点尤为要紧。在我的印象中，我们供给中东的军队在数量上是非常大的，而且编排无序，很多部队并没有在技术上训练纯熟。像英国第六师，以及澳大利亚第七师就是如此，他们似乎无法在一定的时间内达到训练标准。请你核查这一点，看看我们应该将什么样的装备配送过去才能使他们变成一支能够有效投入战斗的武装力量。在当地从还没有训练好的部队中抽出一些来作为战时替补力量想必不成问题，倘若你可以在别的基础单位中得到具有实际战斗效力的兵力的话，也可以拿来使用，在编制上可以灵活一些。中东方面近来提供了所供养士兵的统计报告，报告上称：自12月31日起至次月同期，所供养的人数增加了大约五万人。既然如此，不能从这些多出来的军队中挑出点儿有能力作战的部队人员吗？倘若我们所供养的兵力实际上只有少量可投入战斗，而这些数量不够的部队还在派至其他战场时不能按期抵达，并且，我们又无力改善这种情况的话，就必然得接受这样的结果：在非洲大陆上的战争中，我们已经倾尽全力了，至于在中东安排下的整体事务，也就只能放在次要的位置上予以考虑了。

2. 在克伦，我军遭遇到了挫败，对此我甚为关注。我们希望，你们能彻底肃清在厄立特里亚的敌军，而埃塞俄比亚的战事，大可缓一缓再解决。在你对空军及其他部队进行部署时，请特别注意这一点——铲除所有在厄立特里亚的敌军。

3. 要是你们觉得冒险支援希腊不过是重复挪威的悲剧的话，就不可能认识到这次行动是十分必要的了。如若不能就该行动做好完备的计划，还请立即告知。不过，想必你很清楚事成之后将会带来怎样的好处。

收到这封电报的时候，恰好艾登先生也发出了一封电报，他在电报中写得很清楚：在战地，相关人员的信念是怎样的；在开罗举行的会议上，他和蒂尔与三位总司令讨论出了什么结果。

对竭尽所能地及早援助希腊一事，我们完全同意。倘若对方也同意接受我们给予的帮助，那我们就有理由相信，这是一个可以使希腊脱离被蹂躏的命运的良机，并且可以一举止住德军向前迈进的步伐。不过，鉴于我们在人力物力方面并不宽裕，况且，空军力量也相对不足，故而无法在有效援助希腊的同时也对土耳其施以援手。

他还在电函中表示，在空军不能提供足以确保行动顺利进行的情况下，并没有足够的把握保住足够掩护萨洛尼卡的战线，也就是能够使我们得以向前行进的那条线路。他紧接着又说：

韦维尔将军是这样部署军事行动的：由训练不足、缺乏装备的一个澳大利亚师级部队和还在培训状态中的一个印度摩托旅，以及一个第七装甲师仅存的装甲旅团承担驻防昔兰尼加的任务。或许，你还能回忆起这个装甲师的情况，他们无论是在人力上，还是装备上，就没有配足的时候。我收到的从地中海战区总司令发来报告中曾对新近的困境有所描述，即：我们无法通过海路向驻在班加西的边防部队输送补给，因为那里的港口已经不能用了，所以，要想使物资输送过去，就不得不通过陆路，自图卜鲁格送达。如今第六师正在编制中，他们将会在罗德岛发挥作用。此外，不能在厄立特里亚未得胜前调拨正在那里战斗的部队。我们确实难以攻破克伦那个地方。还有，在肯尼亚作战的部队，已经批准可以有所消减，而对于南非师的部署也已经准备好了，命令已发出，准许该师撤离，一旦运送的船只备好了，就将其派到埃及去。希望在我回国之前能跟史默兹有一次会晤，商量一下怎么处理这个问题，并就其他事项进行磋商。

如上所述，就最近这段时间，以及稍后的时期里，韦维尔将军可用于希腊的部队情况大抵是这样的：先得到的部队是装甲旅一支、新西兰师一支，该新西兰师如今已增至等同于三个步兵旅的兵力，他们如今都已经准备好了，可以随时作战；然后，他还会得到澳大利亚师级部队一支，还有波兰旅，倘若还不够，我们会增派装甲旅一支，以及附加一支澳大利亚师级部队，为其所用。不过，后勤方面因要承担输送这些部队的任务，难免工作强度会增大一些，在这个过程中，需要临时安排那些多出来的事宜。

当前还不能编排好日程，一方面需要看我们与希腊方商讨的结果如何，另一方面，也要看船只的准备情况如何。要想将如上所说的部队运往目的地，估计最少需要动用五十三只舰艇，而要想争取到所需要的舰艇，还必须得从到达中东的运输船队里想尽办法扣留下来一些才行。此外，我们还必须得小心来自苏伊士运河水雷的威胁，令我们担忧的事情又多了一件。尽管我们正试图采取有效的措施来防止该问题的发生，可在我们所实施的这些举措发挥全效前、在国内送出的物资抵达前，苏伊士运河很可能会出现经常出现的那种状况，即：有五天至十天的时间处于封闭状态。

就个人而言，我得出的结论是：我们应在最近的一段时期里，先将人力和物力尽快地投入对希腊的援助行动，如今，希腊方面正受到敌人的威胁，进行着顽强的抗争，需要得到我们的帮助，而这一点，不论是蒂尔将军，还是诸位总司令都是赞同的。此事过后，我们能给土耳其提供多少支援就说不好了，一方面得看有多少空军部队能够去中东支援，另一方面，还要看有多少人力物力消耗在非洲战场了。

如今，我准备这么安排：将我们现在打算支援希腊的计划告知希腊有关方面，并且催促其注意，只要支援到位就马上接收。倘若希方愿意接受我们的支援，就算要与德军提早开战也甘愿冒险一试的话，对我们来说，就可能赢得了一个绝好的时机，那就是在希腊拥有了一条得以据守的战线。现在，要是我们不将有限的军力集中起来，特别是空军力量的话，那援助希腊一事，势必就不能有效地完成，同时，也没法儿对土耳其方面提供有用的帮助了。

我在该电报里着重了“催促”一词，所以，对它的含义，不应该再理解错了。对于这个词的含义，艾登先生是这么理解的：它并非意指催促希腊方接受英国给予的支援的原则，它指的是，倘若他们决定接受援助，应催促他们尽快接受。

随后我发了回电给他：

首相致在开罗的艾登先生　　　　1941 年 2 月 21 日

我一直都认为你应该先出访希腊，然后再去安卡拉。这是非常重要的事，不然，很可能你会先在安卡拉承诺什么，而令你无法痛快地对处于战斗中的希腊予以帮助。故而，对于你所说的日程安排，我表示完全赞同。

接下来，我再次给史默兹将军致电

1941 年 2 月 21 日

我对你所担忧的事深有同感，土耳其方面的态度很可能受到了俄国方面的不良影响，最不济，它可能也不过是真正意义上想保持中立罢了。我们派去开罗的使者，如今应该为希腊的全盘局势做考虑。至于我，会随时告知你实情的。

艾登先生在同一天又从开罗发来了另外的函电：

目前，我们谈及希腊局势的前景时，不免令人担忧，没人敢说一定能取得胜利，把军队派到欧洲大陆去，跟德军进行战斗，这无疑是一场凶险的赌博。可在伦敦，我们坐下来探讨此事时，已经做好了冒险一试的准备，我们这里的所有人都有着同一个信念——就算失败，也应当与希腊人生死与共，总好过坐视不理。再说，尽管向希腊进军的举措过于危险，可对我们来说，却很可能得到这样的一个好结果：避免希腊举国上下都被德军践踏，所以应以武力遏制德军继续前进。

既然是赌博，我们就得意识到，赌注不可能太小。倘若我们此番不对希腊施以援手，那么就不能寄希望于南斯拉夫会有所行动，以至于土耳其方面的前途也会受此影响。故而，尽管我们所有人都没法儿知道，在未来是否可能不得不倾尽全力投身战斗，但援助希腊一举还是必须进行的。自然，等我们明日见到希腊人的时候，很可能会出现他们不欢迎我们出访的局面。

对于什么人可以成为司令官的事情，我们曾一起讨论过。我和蒂尔、韦维尔三个人都觉得，在司令官的人选中，必须得有一个被希腊人所敬重的人，不但如此，还得有能够左右与之共事的希腊军官的能力。而我们所挑选出的人物，同时也必须是位军人，对于战略战术方面得有资深的经验。如此看来，威尔逊是最佳人选，我们都决定让他来担任司令官，而他过去的职位——昔兰尼加军事长官，则交由尼姆接管，尼姆目前是巴勒斯坦司令官……在这个地方，威尔逊很有威望，民众及士兵都很爱戴他，所以，此番将派往希腊的部队交由他来指挥，正好能让希腊人民感到我们的诚意，觉得我们是在全心全力地帮助他们。

* * *

艾登、韦维尔将军和约翰·蒂尔爵士于2月22日出发往希腊飞去，此外，还有一些随行的官员，他们将会见希腊国王及当地政府，并与之洽谈。晚上，艾登先生一行到了希腊，随即便被邀请走访位于泰托伊的希腊王宫，这是他与希腊人的首次接触。国王见到他后，马上就单独与首相会面一事对他发问，艾登所考虑的是只以斟酌军事方面的事宜为基础与对方磋商，因此，他随即就表示，没有这个必要。因为艾登觉得，倘若我们出兵帮助希腊，那么这当然事关军事事宜，政治方面的事情若被牵扯进来，可能就会坏事了。可国王一再坚持，他也就答应了。在同希腊首相科里西斯的单独会见中，对方向艾登宣读了一份声明，上面总结了一两天前，希腊内阁在讨论会中得出的结论。

鉴于我们的行动基本上是在这篇声明中构建出来的，故现将其内容刊载出来，全文如下：

艾登致首相　　1941年2月22日

在今日与希腊首相会谈前，我从首相那里拿到了一篇声明，下面是其摘要内容：

“1.我的心意是坚不可摧的，并愿意凭此而重申我的立场，作为忠诚的同盟国，希腊人决意与敌人奋战到底，拼尽全力也要继续战斗，直至胜利。我们不仅会坚持抵抗意大利的侵略，就是对德国发起的任何进犯行动，也是如此。

“2.在马其顿，希腊仅有三个师，现驻扎在保加利亚的边境上。由此，一个纯军事化的问题产生了——希腊军要想与德军抗衡，需要增派多少援军？在与英国方面取得联系前，希腊政府虽然通过可靠的情报大概知道，德军在罗马尼亚境内的情况和保加利亚军队动员得怎么样了，可截至目前，唯一知道的只是英国会在一个月内提供哪些帮助而已。当前，土耳其和南斯拉夫方面的意图还不明朗。在这种时候，阁下能亲临中东，对希腊而言，无疑是莫大的帮助，不但使人对局面有了更清晰的认识，还让局势发生了改变，从而使整个局面向着合乎大不列颠和希腊的利益一致的方向发展。

"3. 我很乐意再重申一次，无论在马其顿，希腊能否将敌人击退，无论最终希腊将面临何种结局，都不会动摇它誓死保卫家园的决心，就算是孤立无援，也会一直奋勇地抗争下去。"

希腊政府的这一决定由来已久，早在得知我们能够提供帮助之前，所以，对于这一点，他们希望我们能够明白，而国王本人，是希望在军事会议开始前就让艾登先生知道他们早有此决心了，所以，他们的会谈得以在此声明的基础上达成。

整整一晚，连同第二天，军事会议及参谋会才开完。会后，艾登于24日发出了一封电报，这非常重要。

外交大臣致首相　　　　1941年2月24日

今日——2月23日，我们已经就各项问题与希腊政府方面达成了协议。

1. 我在讨论步入尾声时问希腊政府方面：依照我们所希望的增援人数及条件在希腊驻军，你们是否乐于接受？就在这时候，希腊首相郑重宣布，对于我们的意见，希腊政府方不胜感激，真心愿意接受，并且，已经获准由彼此的参谋人员所定下来的一切具体议项。

2. 我们于今天下午到达希腊后，便见到了希腊国王，随后，国王和我们一起又会见了希腊首相及帕普哥斯将军。我向他们说明了我们所判断的国际局势，又就德国图谋巴尔干国家一事进行了详谈。接着，我又解释了一番，我们是如何决定要尽快倾尽所能支援希腊的，对此伦敦各部门大臣及三军参谋长也全都得出了增兵援希的结论，而对于这个结果，中东战区的各个总司令也是全部认可的。这之后，我们就可以供给希腊的部队详情做了一番举证，并试图阐述，在当前，我们只能做这么多了。不过，将来的事情还不好说，我们还得根据那时候的战况发展形势，以及我们在人力物力方面的状态来定。就目前而言，我可以说，我们为希腊方所提供的部队都会尽职尽责地完成好自己的任务，因为他们全都经过了专门的训练，且有着精良的装备。

3. 希腊首相在再次表示希腊人决意同德国人抗争到底，誓死捍卫自己的家园之后，还是说出了政府方面的担忧，他们怕此番英国援助一事会引来德国对希腊的进犯。他说，鉴于目前尚不明了土耳其及南斯拉夫的态度，故而不得不衡量一下：当前，希腊可战斗的部队和英方所能供以的支援军加在一起，能否真的可以与德军相抗。故此，在希腊政府方面行将承担战争任务前，希腊首相希望，鉴于当下的时局，应令军事专家就英国所提供增援的实情进行周详的考虑。而我则对其坦诚直言，告知其首相的态度将会带来怎样的后果。要是我们因怕触怒德国人而使行动延后的话，那么，等我们有所行动之时，恐怕后果就不堪设想了。

4. 接着，举行了一场军事会谈，与会人员有：蒂尔将军、中东战区总司令、空军司令官，以及帕普哥斯将军。在会议中，他们取得了一致意见，那就是，在瓦尔达尔河以西建立一条奥林匹斯 – 弗里亚 – 埃德萨 – 凯马克彻兰防卫线。这么做的理由是：当前，南斯拉夫方面的态度摇摆不定，唯一可行的防守战线看来就此一条了，而马上从阿尔巴尼亚撤出一批军队也还是来得及的。倘若能够知道南斯拉夫意下如何，我们就可以在内斯多斯河口至贝里斯建立起一条更靠北的战线来防守了，如此，便可暗中保住萨洛尼卡。不过，这必须得到南斯拉夫方面的配合，不然很难守住，希腊军的左翼方向很可能遭到德军的袭击。

随后，他转述了双方经过协商一致认可后得出的行动安排，内容详尽：

此次会谈一直持续了十个钟头，就政治、军事方面的几项重要合作问题进行了探讨……在商讨这些问题时，希腊代表们的态度着实令我们感动，他们非常坦诚，毫不偏私。因此，我可以十分肯定地说，他们此番是下定决心要抗争到底的，并且会倾尽全力，故而，英王陛下政府当不做他选，不管最终结果如何，只管一心一意地支援他们。我们知道前途危险重重，可我们必须坦然接受。

在另一封来电中，他又说：

眼下发生的事情十分要紧，而我们对所采取的方针也确实相信是正确无误的，想必你们不会因为我们没能及时事无巨细地向国内请示而有什么不满，要是我们那样做了，势必会错过最佳时机。

尽管我们面临着巨大的风险，然而，成功也不是没有希望。如今，我们所承担的任务无比沉重，这需要我们投入很多人力和物力，尤其是战斗机……

内阁根据这些经过蒂尔和韦维尔批准的电报，决定对其中的意见全部予以通过。

首相致在开罗的艾登　　　　　　　　　　　　　　　　1941年2月24日

你从开罗及雅典发回的电报，三军参谋长已经览阅，他们非常认可你的建议，你处理得十分妥当。今晚，我已经把所有的问题都上交到战时内阁了，当时，孟席斯先生也在。就像你所希望的那样，你的建议得到了全体成员的一致赞同。但孟席斯先生得先把情况向本国汇报一下，这是自然的。按照我们所设想的那样，估计你已经跟新西兰政府方面就其军队问题达成了解决意向。对于这两个存在困难的地方，你不用担心。所以，现在，一切都已经明确了，我们将一致对你做如下批示，命你："使出全力，前进！"

*　　*　　*

到目前为止，我们不过做了几件事：在埃及三角洲，竭尽所能地集结兵力，使之组成一支最大规模的战略后备军；为向希腊输送援军而做准备，制订了相关计划，准备好所需船只；倘若战局有所变化，不论是因为希腊方采取与我们相反的政策，还是因为发生了什么异况，我们都必须能够应对，并在对我们有利的位置上采取相应的措施。其中也有令人欣喜的事情，那就是：我们通过艰苦奋战，最终还是赢得了在埃塞俄比亚、索马里，以及厄立特里亚的战斗，并且所剩军队的实力依然雄厚，我们已经将他们整合到驻埃及的"机动部队"中了。我们不知道敌人将会采取何种行动，也不清楚与我们交好的中立国家将会采取什么样的态度，故而，未来如何仍无从估量。现实是，摆在眼前的可能性不少，还需要我们做出重要的抉择。尽管目前我们还未将一个师投入战事，可我们一天也没闲着，准备工作已经展开了。

第五章　在非洲的意大利帝国覆灭

在非洲的意大利帝国的缘起与发展——阿杜瓦于1896年遭遇失败——意大利在1911年向的黎波里进犯——墨索里尼野心勃勃——意大利的殖民地发展迅速——华美的堡垒和豪华的军事阵容——“五千年里难求的机遇”——韦维尔新制订的计划——消除苏丹战事——克伦战事僵持不下——桑福德的起义——埃塞俄比亚皇帝再度归国——没有很好地利用肯尼亚军力——史默兹提出对基斯马尤发起攻势——坎宁安建议停火——我们催着赶紧行动起来——拿下基斯马尤——意属索马里战区的闪击战——英属索马里区域全部被收复——攻打法属索马里地区，对吉布提实施封锁——总统对身在埃塞俄比亚境内的意大利老百姓表示关心——抢夺科伦之战——向印度军队表达敬意——将意大利海军逼离红海——追击意军——埃塞俄比亚皇帝重新回到首都——阿奥斯塔公爵降服——埃塞俄比亚的战斗完结

墨索里尼自1940年攻陷法国之后，随即便对大不列颠宣战，那时，不论是在北非还是在东非，意大利帝国都彰显出一派壮丽之景。在欧洲民族国家之中，意大利是十九世纪的后起之秀，由此，自然在工业和军事力量上相对较弱，不过，鉴于人口越来越多，国内困难重重，不得不加入抢夺非洲地区的竞争。在苏伊士运河于1869年开始通航后，意大利就将视线逐步朝非洲转移，渴望通过武力入侵而扩充其领土。过了十六年，他们占领了马萨瓦，也因此，意大利正式将厄立特里亚纳入了自己的版图。此后，归属于意大利的索马里殖民地渐渐壮大起来，连同这些殖民地通往印度洋的各出海口也随着时间的推进有所发展。这两处殖民地归属于意大利的时间较早，而身处这两个殖民地之间的，便是古老的王国——埃塞俄比亚。十九世纪 90 年代，意大利帝国主义扩张运动盛极一时，克利斯比[①] 率领大军朝着这片蛮荒之地进发了，妄图通过占领埃塞俄比亚为意大利争取到大国地位，好为其在欧洲的事务中争取到更多的话语权。然而，他们在 1896 年惨败于阿杜瓦，当时，妄图入侵埃塞俄比亚的意大利军团全军覆灭，而他也被迫下台，自此，意大利只得中止进犯非洲的投机行为。

对于这次的遭遇，意大利人自然是念念不忘。1911 年，它再次轰动了全世界，意大利政府忽然派出军队，越海直取的黎波里。当时，英法双方正好需要借助意大利的力量来牵制德国，以防其对两国逐渐造成难以控制的威胁。次年，土耳其便在巴尔干战役中惨败，无疑又助长了意大利的威势，为其平添了一处建立在北非海岸线上的根据地，尽管并不稳固。在第一次世界大战中，意大利是战胜国之一，故而拥有的黎波里和昔兰尼加实属名正言顺，也正因此，唤醒了它昔日的罗马帝国美梦，很快，这片被征服了的土地就换上了一个新的名字——利比亚。可尽管如此，意大利却要不时地承受来自殖民地的威胁，无疑，占领新地盘，会使人口发生变化，移民增加，而频繁地入侵阿拉伯沙漠地带，并进行殖民统治，势必会遭到当地人民的反抗，对意大利来说，塞努西教团起义就是一个重大的威胁。

如前所述，墨索里尼借由反布尔什维克主义动荡不定的法西斯时局谋

---

① 克利斯比，即弗朗切斯科·克利斯比（Francesco Crispi1819—1901），曾在 1894 年组阁，并力主意大利向非洲扩张，令古老的埃塞俄比亚也在军事打击下不得不纳入意大利的版图之中。——译注

得政治权利时的意大利格局就是如此。随后，意大利便以强国的身份，在向非洲殖民地施行侵略扩张后，继续有步骤地进行扩张行动。在北非，格拉齐亚尼[①]将军的军事化统治有效地控制着生活在那片土地上的人们，他所行使的刑法，严厉而冷酷。虽有起义，却都被无情地镇压了。这一时期，从意大利转移过去的人越来越多，于是，他们便开始开荒，并建起炮台及机场，同时，沿着地中海修建了不少公路和铁道，为此，意大利人没少投入人力和物力。可就在他们只付出却没什么收获的背后，全国上下都在蠢蠢欲动，想要一报当日在阿杜瓦惨败之耻。先前，在所写的书里，我就墨索里尼的果断和勇猛，以及他是如何使英国在有国际联盟撑腰的基础上，仍有力地击垮了它有过论述，而英国那时候表现得瞻前顾后，心意也不够坚决，以至于没能阻止意大利将“一个国家领导着五十个国家”的权威不放在眼里。由过去推及现在，我们可以看出，这些冲突显然与意大利早就想占领埃塞俄比亚有关，也与第二次世界大战为什么会爆发有关。

在法西斯党人眼里，英帝国即将在1940年6月被摧毁，而法国也差不多被打得一败涂地了，这时，在非洲的意大利帝国开始了疯狂的扩张行动。很快，它已将利比亚、厄立特里亚、埃塞俄比亚，还有索马里全都收归自己所有。这么一大片新得的广阔土地，随后便借着意大利税收的补养，以及二十五万殖民过来的意大利人、意大利军队、当地土著军队的庇佑和费尽心思的经营，快速发展了起来。不仅如此，他们还在红海和地中海的港口都设了防。他们的设防情况，很快就被英国情报机构掌握了，港口的设防规模堪比高等级的海军根据地。倘若大英帝国垮台了，正如当时墨索里尼所预计的那样，届时，随之取代英国曾占有的英属索马里地区和

① 格拉齐亚尼，即鲁道福·格拉齐亚尼（Rodolfo Graziani1882 — 1955），曾于早年参加过第一次世界大战，到了第二次世界大战时，他先后担任了驻利比亚意大利总司令和“萨罗共和国”国防部部长。1935年，他出任意属索马里总督。被提拔为上将之后，他曾率领其部众对埃塞俄比亚进犯。——译注

英属东非领地，连同埃及，就非意大利莫属了，再加上其现有属地，意大利，无疑将成为坐拥一片甚为广阔土地的宗主国，这从凯撒那个时代起，还从未再见过如此之大的帝国。这就像一生都悲苦不如意的齐亚诺所说的那样，是“五千年里难求的机遇”。但是，如今这个构建在幻觉之上、曾令人神往的虚拟帝国，顷刻间就要消失了。

*　　*　　*

截止到 1940 年 12 月，对于在东非的意大利人，我们一直以来都是在单纯地防守。进入 12 月的第二天，在开罗，韦维尔将军召开了一次会议，会上，他制定了新的方针政策。尽管他暂时还不打算动用正规军深入埃塞俄比亚作战，不过也很快就会把在 1940 年 7 月 4 日就攻占了苏丹的卡萨拉和加拉巴特的意大利军队给击垮。他原本想要在结束这些规模不大的攻击之后，把绝大多数部队往中东调派，以便能够用于那里的战场。至于埃塞俄比亚，则一方面交由英国军官处理，由英方负责武器支持以及金钱供应，另一方面，埃塞俄比亚的爱国运动组织在接到救助后，会在本土抵抗意军，这样，意大利人将失去在埃塞俄比亚的势力，埃塞俄比亚人民最终也将收复国土。

1941 年 1 月，由普拉特将军指挥的肃清苏丹的战斗打响了。起初，战事发展稳定，没有受到什么阻碍。普拉特原本可用的兵力是第五英印师，这时候又从沙漠西边调派来了第四英印师援助，在 1940 年 12 月，该师曾在西部沙漠的战役中有过很好的表现。另外，我们还派出了六支空军中队来支援这两个师。1941 年 1 月 19 日，在我们的攻击和威胁下，两个意大利师又承受了一次轰炸，这之后，他们决定从卡萨拉撤离。不多时，他们又放弃了拉巴特，最终从苏丹撤军。我们在卡萨拉乘胜追击敌军，一路上都较为顺利，并没有碰上什么严重妨碍我们追击的情况。直至我们到达科伦，敌人在山区里设立了一个特别坚固的阵地，防御设施异常牢靠，并由两个常备师团在那里顽强地守卫着。到了 2 月初，普拉特将军曾多次发动攻势，却没有取得什么进展，于是，他决心就以目前的状态来攻下这个坚固的阵地，也顾不上等候迟迟都未赶到的后勤补给了，他认为，既然已经做好了战斗准备，后勤不到位也是没法儿避免的事。

在这段时间里，我们已经准备好了在埃塞俄比亚境内发动起义的所有工作。起义的核心力量是这样构成的：由准将桑福德担任指挥，由一支囊括了一个苏丹营、部分经过筛选的英国军官，以及一些优秀军士组成的一支规模不是很大的部队来执行行动任务。在这些军官中，温盖特上校在日后所建立的功绩颇为卓越，随着他们成就的增长，很多爱国人士也越来越乐意援助他们。1 月 20 日，埃塞俄比亚皇帝返回了自己的国土，而除了小部分地区外，戈贾姆西边的敌军也慢慢地全都被消灭了。

* * *

人们要是看过本书的前卷，就会知道，在肯尼亚我们有大批军队驻扎在那里，然而，他们长期都没有任何行动，对于这一点，我很不满意。1940 年 11 月，史默兹曾出访了肯尼亚，并敦促我们，应该赶紧对意属基斯马尤港口发动攻势。

我收到了他发来的电报，内容如下：

史默兹致首相　　　　1940 年 11 月 5 日

在肯尼亚视察的那段时间，我走访了大多数的前线阵地，并与坎宁安及其参谋人员一起，就作战计划进行过研讨。那里的士气跟其他地方没有什么不同，都很高涨，形势整体不错，可若是在沙漠里，或是在沙漠周边均不作为，那么时间长了势必会招致危险。倘若在近期有所行动，那么攻打基斯马尤就是最为理想的了——它现在严重地威胁着蒙巴萨，这可是我们重要的基地。相反，我们一旦拿下基斯马尤，并且守住它，那就能使大部队向这片荒漠的北部推行，进而对亚的斯亚贝巴造成威胁。在进攻基斯马尤港口一事上，坎宁安向我们征求更多的军队，因为实际需要恐怕比先前预估的要多，所以，等到船都准备好了，我会马上自南非联邦那里再多给他一个步兵旅。我们需要准备的东西还有很多，轻型机关枪必须赶紧补足，还有用来运送水和运送供求品的车辆。目前，埃塞俄比亚境内的动荡极为严重，若是我们采取南北夹攻的方式，便很可能在夏天就打垮意军，到那时，空出来的大部队就可以抓紧时间参与到北面那个更为要紧的战斗中去了。

史默兹的建议与我的想法不谋而合。现在，已经从开普敦将那支步兵旅输送出去了。所有准备活动都在进行之中，顺利的话，我们就可以在1月份，也就是雨季到来前进军了。正因为知道所有的计划都已经在筹备当中，所以，我才会在看到如下电报时感到震惊：

韦维尔将军致帝国总参谋长　　1940年11月23日

坎宁安的意思是，在12月中，我们应该在肯尼亚的北面组织一系列小规模的攻击，这需要再多支援给他两个西非旅，而要想在冬天展开什么大规模的冒险行动是不可能的。

我们从南非高级专员那里得知，原本，史默兹将军的计划是这样的：1月，展开对基斯马尤的攻势，可虽然已经增派了一支第三南非联邦旅，还是得延至5月才能实施攻势，对此，史默兹深感遗憾。国防委员会于1940年11月25日召开了一次会议，我在会上就此表示质疑：为什么在基斯马尤的行动不是1月，得拖延到5月才能执行？约翰·蒂尔爵士就此回复说，韦维尔将军给他发出了一封函电，说他很快就会把司令官全都叫到一起开个会，而坎宁安将军届时也将会前往，大家可以在会上就半年内的作战计划进行商议。

蒂尔的答复无法令我们感到满意，所以，国防委员会请求三军参谋长对韦维尔将军提出要求，令他详细解释一下这件事，然后再提交一份报告给首相。

随后，我整理了一份备忘录，并将其呈报给陆军大臣和帝国总参谋长：

1940年11月26日

如今，我已知道你们不能在5月前发动对基斯马尤的攻势，并将就对此决定的理由提交一份翔实的报告，同时，我也知道，你们会尽可能地克服这些原因。可是，倘若5月之前不发动攻势的决定确定下来，那么西非旅就不能再驻扎在你们那里了，而须乘第一批空载运输舰到西海岸去，好接替当前在弗里敦驻扎的那个营。

我们对于你们申请保留步兵旅却不叫他们行动起来一事感到很失望。

12月2日，韦维尔所举办的会议结果出来了，即：对在卡萨拉的意大利军队展开进攻、想尽办法也要鼓动埃塞俄比亚举事、只能等到五六月雨季过后才能施行对基斯马尤的打击计划了。

*　　*　　*

驻扎在肯尼亚的部队有那么多人，却什么用场也派不上，我接着对此提出了批评。

首相致韦维尔将军　　1941年1月26日

我对你在21日那天的来电甚感迷惑，原本我所理解的是，你将在埃及三角洲组建一支颇具实力的战略后备军，倘若如此，与我们所发出的指示精神就完全一致。在肯尼亚，已经有一支什么兵种都有的作战部队了，可用兵力达七万人次，而事实上，现在他们什么任务也

> 没有，所以，确实不必增派一个南非师去闲置着。对于这个新编制成的师团，我曾告知史默兹将军，可以暂且不对其目的地予以规定，那是因为，想等运输舰准备好了之后，再看他是否愿意将该师派到北方去，好配合尼罗河集团军作战，这也是经他同意了的。要将一支南非师送到你那里，所需的航程要比从国内送一支师级部队过去节省一半的路程，可你好像并不乐意要这么个南非师。但情形已经很紧迫了，事实上，目前的航运工作举步维艰，并开始对我们运进来粮食和军火造成不利影响了，然而，你却希望我在这种时候为了你而把更多国内的师团调派到遥远的中东去！的确，我是希望能将目前在肯尼亚驻扎的两个南非师派往埃及三角洲，最好在几个月之内就完成，另外，再按照当初说好的那样，把西非旅派到弗里敦去，然后，逐渐让在南非的兵力都在主战场发挥效力。我们决不能让史默兹将军的这个虽然冒险却非常合乎情理的政策泡汤而令他失望。

鉴于国内对韦维尔将军所施加的压力，他最终还是做出了决定，行动将在雨季到来前展开。为此，他动员了肯尼亚司令部，没过多久，就向我们发来了消息，内容如下：2 月 10 日至 16 日期间，我们在内罗毕驻扎的军队有望展开进攻基斯马尤的行动，代号为“帆布”作战计划。这个消息预示着，一场即将在东非战场上展开的行动真正意义上要开始了。1941 年 2 月 2 日，我收到韦维尔将军的来电时，感到十分快慰。在来电中，他说：“我在肯尼亚已经做出了批示，准许大约在 2 月中尝试执行进攻基斯马尤的意见。尽管敌人的战地非常坚固，而我们的补给又限制重重，但行动也很有希望成功……总而言之，我已经发出了指示，让普拉特和坎宁安在未来的两个月之内，尽最大的力量对意属东非进行攻击。”就这样，计划有了转机。事实上，从结果中就能看出这两点：在现场指挥的司令官，显然高估了所面对的困境，而我们从国内对其施压，令他们赶快展开行动是非常明智的。

在朱巴河，有六个旅的意大利军队，再加上六个就地募集而成的队伍据守在那里，而在朱巴河口，就是基斯马尤了。坎宁安将军决定在2月发动大举进攻。2月10日，他就敌人的这支军队做了相应的部署，决定派四个旅团出战。2月14日，我军开始攻占基斯马尤，过程中并没有碰上敌军反抗的火力，他们主要把战场安排在了基斯马尤港口以北，也就是朱巴河对岸的杰利布。到了2月22日，我军分别从敌人的两翼和后方破阵，战果喜人：我们取得了全面胜利，大败敌军，在这次战斗中死亡、被我军俘虏以及往丛林方向逃亡的敌军超过了三万人。至于敌方的空军，则没能参与此次战斗，他们遭到了南非空军力量的猛烈攻击。再往北二百英里，便会到达意属索马里的主要港口，也就是摩加迪沙港了，如今，朝那里推进已无大碍。2月25日，我军的摩托化部队抵达摩加迪沙港，在那里，收获了大批的器材、粮食、衣服以及宝贵的四十多万加仑汽油。另外，还在机场发现被击毁的飞机二十一架。坎宁安将军随即推断，接下来的行动不会遇到什么敌军的反抗，而他所做的判断确实不虚。虽然第一南非师鉴于其他地区战役所需，而只能将一个旅派给坎宁安，令其他部队留守原地，可对他来说，用于进攻的力量也还是够用的。唯一的问题只在距离上，路程太远了，这样，运输和补给就成了关键所在。经韦维尔将军批准，坎宁安决定把下一个进攻方向定在季季加，距离摩加迪沙约七百四十英里。部队经过三天的修整，自3月1日开始，又接着推进。一路上较为顺畅，仅碰上了一些敌军微不足道的反击，而敌人在上空截击的情况也不多，因为他们的机场屡次遭到我们的袭击，已经不能再发挥多大效用了。3月17日，他们到达了目的地。这一系列的战役他们都打得很出色。

首相致韦维尔将军　　　　1941年3月1日

在意属索马里之战中，你们获得了辉煌的战绩，对此，我表示衷心的祝贺。在这一系列漂亮的胜仗中，我军将士个个充满斗志、训练有素，在坎宁安将军的带领下，一次次有组织、有纪律、英勇且威猛地赢得了胜利。英王陛下政府对此表示感激，并嘉许他们的出色表现，还请你代为转达给坎宁安将军，同时，让他把此贺电的内容再传达到他的部队中去。你若觉得将电文公布出来并没有什么不当的话，也可以这么做。

3 月 7 日，你自然得跟史默兹将军就日后的战斗问题商量一下。就像你知道的那样，对于南非的各个师部，我始终还是希望他们都能去地中海沿岸作战的。

韦维尔将军致首相　　1941 年 3 月 2 日

1. 非常感谢你来电庆贺，我已经将它转达给坎宁安将军了。

2. 现在，坎宁安将军正带领着轻装部队往摩加迪沙和多罗北面二百英里左右的费尔弗方向推进，之后，他们将占领意属索马里地区。坎宁安认为，在 3 月 21 日之前进军海拉尔是做不到的，因为补给和运输都跟不上。等到 3 月 7 日，他会来开罗一趟，到那时，我们再在一起讨论未来的战略计划，以及南非各师部如何采取行动的事宜。

3. 关于柏培拉，我已经对亚丁方面发出指示，让他们先侦察情况，这样，只要时机一到，就可以收复它了。

*　*　*

事到如今，我们就能从亚丁出兵支援了。在亚丁，我们有四个驻扎的空军中队，他们除了执行在红海执勤的任务外，也曾袭击过敌人的空军基地，就是从驻扎的核心据点发动攻击，这样，坎宁安和普拉特在他们有力的支持下就能够更好地在战役中发挥实力了。我们的两个营于 3 月 16 日登抵柏培拉，瓦解了驻守在那里的一个旅的敌军，俘获了二百名俘虏，并迅速收复了全部的英属索马里地区，自此，我们就得以借由柏培拉港之便，帮助坎宁安将军接着往前推进。3月26日，驻守在海拉尔的军队投降，他的下一个目标就是重新挺近那里。3月29日，他率众进入了迪雷达瓦，不远处就是从索马里那边过来的铁道。倘若我们可以经由维希法国准许，而使用吉布提港的话，那么补给势必就不成问题了，然而，事与愿违。坎宁安将军为了能够最终拿下亚的斯亚贝巴，便在迪雷达瓦稍事休整，好将人力和物力都备齐了。同年的3月间，他和第十一南非师及第一南非旅一起，从摩加迪沙出发，长途跋涉了约八百五十英里的路途。自从跨过了朱巴河，他和他的部队就接连取得了胜利，其中打死、虏获，再加上溃散而逃的敌军，超过五万人次，而他的部队却在这些斗争中损失很少，伤亡人数不到五百。

随着一个又一个成功的到来，纷争也开始出现了。对于将在吉布提港采取什么行动一事，戴高乐和勒让迪奥姆将军的意见是一致的，都认为应该对其施行严格的封锁政策，然而，韦维尔将军却不赞同，认为这么做会逼得守护吉布提的敌军进行顽固的抵抗。他提出了建议：可以将所需的供应品运入该地，并保证充足，比如，孩子需要的牛奶，这样，人们就不会因此而受苦了；在吉布提港，所有部队均可按照自己的意愿加入“自由法国”军队，剩下的部队，则应撤离该港，到其他的法属殖民地去；对于他们想要借法属索马里铁路来为自己的军队输送补给的问题，我们准备和他们协商解决。不过针对这一点，在国内的我们却有着不同的意见。

首相致韦维尔将军　　1941年4月1日

1. 我们的意见是，你应该凡事以3月25日三军参谋长所发出的那封电报中所规定的政策为准，严格按照上面的内容行事。倘若必须对某部分加以修正，则必须告知戴高乐将军，并与之协商解决。特别需要注意的是，在开始跟法属索马里取得联系的时候，应该让“自由法国”当局出面协调。另外，我们应在同一时期里，尽可能地对吉布提港实施封锁，这是毋庸置疑的。你们不必担心这会让魏刚和维希感到受伤，我们自然会想办法处理好。

2. 英王陛下政府把这里的事务郑重地全权交给了戴高乐将军处理，保证他享有一定的话语权，此外，还为他提供了有力的支持，并愿意助他当上“自由法国”运动的领导人。所以，我对你的希望是：在处理吉布提港封锁的问题时，以及在处理其他诸如此类的问题时，都能够对戴高乐将军的意见给予充分的重视。

* * *

总统曾对意大利老百姓在埃塞俄比亚境内的处境非常关心。

前海军人员致罗斯福总统　　1941 年 4 月 4 日

在这段时间里，我们对斯福尔札伯爵曾提出的有关意大利的非战斗人员的安排的建议做了谨慎考虑。对此，我们是有苦衷的，还希望你能理解。确实，阿奥斯塔公爵预备将斯亚贝巴让出来，率领部队在山区作战，这可能需要几周，也可能得连续数月，而在这期间，将由我们来负责数以万计的老百姓的卫生问题，并确保他们的安危。但是，我们恐怕没法儿完成这个任务，除非不需要再有组织地进行对敌战斗。我们现在正面临着极大的困难，甚至连吉布提港都还没有拿下，目前，铁路运输线已经被敌方切断了，而我们却得争取最大的运输力量来支援正在远征的那些军队。或许，结果会与过去发生在南非战争时期的集中营里所呈现出来的情况相同，一切都在混乱之中，叫人不免悲哀。可若是公爵不再参与战斗，我们必将想尽办法不让悲剧重演，或许还可以使事情得到圆满的解决。按照目前的情形来看，要是在埃塞俄比亚的意军仍旧顽强地抵抗，那么我们势必得将对利比亚战场的支援往后推迟。如今，你也看得出来，利比亚方面有多急迫地需要援军，可要是埃塞俄比亚之战久战不胜，那么不但会使敌人获得军事上的极大优势，我们也即将无法再承受所担负的使命。

首相致韦维尔将军　　1941年5月30日

近期对吉布提发起攻势最为恰当，所以，请你仔细地考虑一下该怎么安排，如：哪种作战部队更适合作战，令法军无法再抵抗？在不影响其他需要的情况下，到哪里可以找到这样的部队？关于何时进攻，还得依叙利亚境内的战况而定，或许，我们与维希政府的关系很可能因此而决裂，又或者，这一行动将使在叙利亚境内的法国军队与“自由法国”联合起来。但是，不管怎样，要想攻占吉布提，只有最近这段时间最为合适。行动前，应该对其实施严格的封锁政策，同时，如果你觉得这么做有利的话，也可以按照自己的意思在吉布提边境把兵力慢慢地集结起来。或许这么做可以免于实战，如果是真的，那将是我们最大的希望了。至于开始行动的具体时间安排，你必须得跟我们商量之后，才能做出决定。

*　*　*

也就是在这段时间里，埃塞俄比亚那边的战斗也有了新的发展。我们无法包抄驻守在克伦的守军两翼，由于他们拼死抵抗，我们只好跟他们硬碰硬地正面交锋。为了这次的正面对抗，普拉特集结好了自己的人力和物力，同时将两个师也部署妥当了，不过，他们只有一条路可走——一条暴露在敌人眼皮子底下的公路，而且一百五十英里之外才是铁路的终点。因此，这大大增加了各种战前准备所需的时间，他得花费几周来筹备，至于给敌人来个出其不意的袭击，那是根本做不到的事。就在这种时候，我们的空军力量为其提供了难以估量的帮助，其中也包括从亚丁前去支援的空军。在这次战斗中，一开始，意大利的飞行员积极地主动进攻，占尽了优势，可等到我们的“旋风式”战斗机前去支援南非战斗机中队后，情况便很快扭转过来了。当克伦战役进行到最后阶段，我们在进行各种筹备的时候，意大利军队在陆、空这两个方面均遭到了袭击。没过多久，就没有能力再阻止我军前进的步伐了。何况，我们双方一开战，前去支援的空军就起到了很大的作用，它们不但扫清了我军挺进中的障碍，还有力地打击了敌军的气焰。这场仗打得很艰苦，我们的伤亡人数在三千人上下。在3月15日、16日、17日这头三天的战斗过去之后，曾有一度，战事有所中断，趁此，我们便得以暂且整编一下。等到20日，韦维尔将军来电告知，战斗又激烈地展开了。尽管敌人损失惨重，可经过一再猛烈的反击也赢了那么一回，不过，暂时不至于被击败。很明显，为了能够保住这个要塞，意大利军是想拼死抵抗了，其空军都忙着投入战斗。我们在伦敦分析，在这场战役中，敌我双方似乎打得不相上下，所以认为应该适时给予增援，可事实上，已经没有这个必要了。25日，双方再次展开攻势，又过了两天，我们冲破了意大利的防线，拿下了克伦。接着，我们又乘胜追击，势不可挡。到了4月1日，我们攻下了阿斯马拉，而8日，驻守在马萨瓦的敌军也投降了，此外，我们还俘获了一万名敌守军。

这次的克伦之战能够取得胜利，主要得归功于第四、五英印师，对于他们在战斗中表现出的英勇无畏的精神，我们应该给予相应的褒奖。

首相致印度总督　　　　1941年4月7日

如今，整个帝国都受到了印度军在厄立特里亚所取得的胜利的鼓舞。对我而言，我在知道他们凭着自身强烈的意愿和韧劲儿，最终将险峻的克伦山地都征服了的时候，想起了很多年前，我也曾参与过的“西北边境之战”，那时候，我曾非常荣幸地与来自印度斯坦各地方的战士一起战斗。现在，我以曾是他们中的一分子的身份，以代表了英王陛下政府的身份，诚请阁下，向他们和整个印度军队转达我们此时的心意，我们在关注着他们所创下的英勇事迹时，感到十分钦佩和自豪。

看完电报，我即刻发出了电报，告知给坎宁安将军和普拉特将军，并对他们以及他们优秀勇猛的部队表示祝贺：英王陛下政府和我对“你们在这次奋战中的表现着实印象深刻，不但及时地取得了如此辉煌的成就，且做出了非常大的贡献”，对此，我们表示衷心的祝贺。

此外，我军在其他方面也取得了很好的成绩，肃清战斗展开得都很理

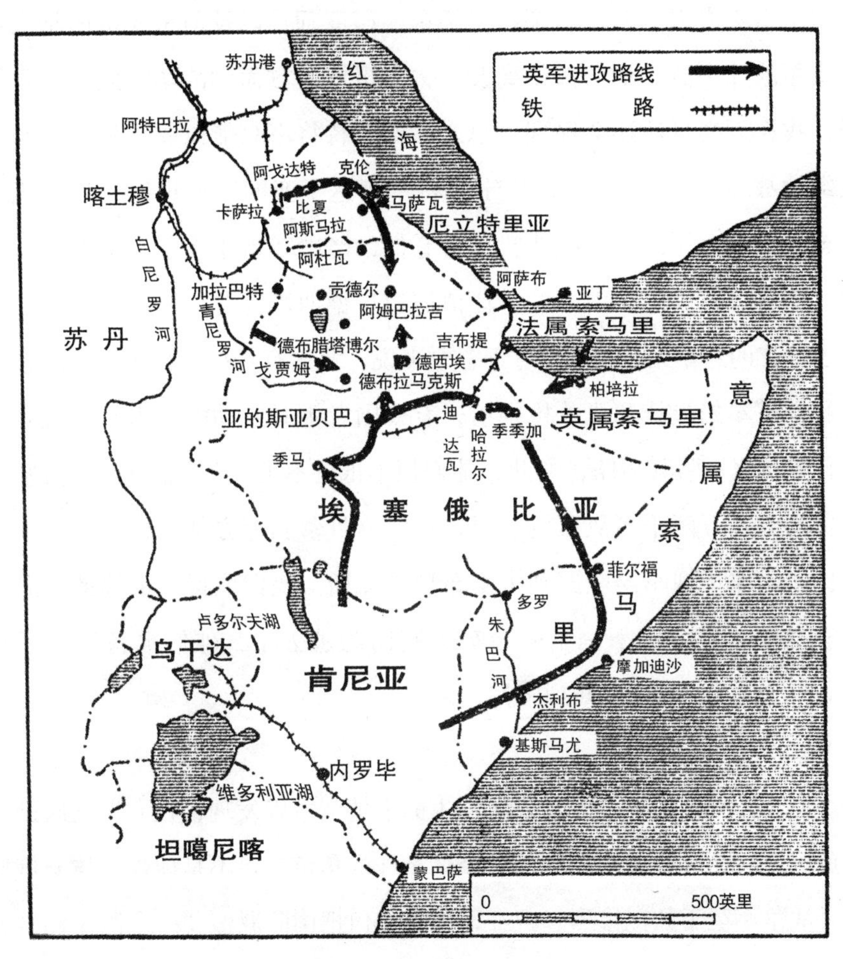

东非1941年之战

想。意大利曾于参战时拥有不少船只和舰队：九艘驱逐舰、八艘潜艇，以及不少小型船只。如今，它们已经不复存在，全都没有抵抗得了皇家海军和海军航空队的攻击。罗斯福总统在4月11日，已经可以这样说："交战水域"不再包括红海和亚丁湾两处了，所以，美国的船只完全可以在上面自由通行。

意大利军在厄立特里亚的残余势力败退后，向南面撤离了二百三十英里，此后，又穿越山区地带去了阿姆巴拉吉，并在那里建立了自己新的阵地。普拉特将军打算跟踪他们，并继续追击敌人。然而这时候，他却不得不失去一些帮助了，包括第四印度师，以及前来支援的绝大部分空军战斗中队，他们都得离开，去支援埃及方面的战场，此事暂且不说，我在下文自然还会提到。总之，普拉特将军只能以剩下的兵力与敌人继续战斗了。4月6日，坎宁安将军到达了亚的斯亚贝巴，尽管机场上剩下不少意军的空用战斗机，可它们已经毁得差不多了，无法再行使用。随后，他派出了南非旅，让他们通过德西埃往北面挺进，好让在阿姆巴拉吉的意军无路可退。对于意军来说，北面有普拉特将军带兵攻击，有我们空军的轰炸和机关枪扫射，有爱国者不时发动的袭击和干扰，还有普拉特将军阻其后路，如此，他们根本抵抗不了多久。截止到4月初，戈贾姆的一万两千名敌军就被温盖特的苏丹营和地方部队、投靠了埃塞俄比亚的非正规军给驱逐到了德布拉马克斯。我们取得了最终的胜利，虏获敌军半数，剩下一半残余势力则向北逃去了，他们准备逃往贡德尔。5月5日，埃皇返回到国都。

* * *

如今，我们回顾一下过去所发生的事情就可以发现，在欧洲此次遭遇的危机之后，墨索里尼充当了一个什么样的角色，要不是他攻击埃塞俄比亚，战争不至于如此惨烈。曾经，他是如何把国际联盟"一个国家领导着五十个国家"的权威如此顺利地不放在眼里的。而这一切，原本不必发生。

我们本可以凭着坚定的信念和积极的行动，让欧洲局势不至于为黑暗所笼罩。不过现在已经没事了，我们在克服了种种磨难、挺过重重危机以后，这个问题也就随之圆满地了结了。我在感怀过去的同时，禁不住也想把自己激动的心情告诉给海尔·塞拉西，于是，便向他发出了一封贺电。

首相致埃塞俄比亚皇帝　　　　1941年5月9日

在获悉皇帝陛下重新回到了首都亚的斯亚贝巴后，我们英国，及大英帝国上下都倍感欣慰。陛下能够重回国都，埃塞俄比亚人民自然是全都沉浸在了喜悦之中。你本是一位合法的君王，理应有权管理自己的国家，可纳粹，那些罪人，却将陛下从宝座上赶了下去，并且还将你驱逐出境，想必陛下还是头一位经历如此遭遇的君王，不过，到了如今，你也是第一位在民众的凯歌声里归来的君王。陛下，你所要表达的谢意，我会及时向帮助过埃塞俄比亚的那些爱国志士，英国高层，英帝国的司令官、将领，以及战士们转达的，并告诉他们，意大利试图通过军事打击来肆意篡夺埃塞俄比亚政权的阴谋已经彻底被粉碎了。此外，请允许我传达英王陛下政府的殷切希望，希望当恶势力从此消失后，埃塞俄比亚能够永享太平，并得到长足的发展。

意大利国王有个堂兄弟，也就是阿奥斯塔公爵，1937年始，国王命他出任意属东非地区和埃塞俄比亚的总督，之后，又从1939开始，任这些意大利属地的军队总司令。阿奥斯塔公爵有着侠义心肠，是个颇有涵养的人，曾在英国留学，迎娶了一位法国公主做自己的妻子。墨索里尼一直都不看好他，出于一些“领袖”自己所认为的理由，觉得公爵太过面慈心软，对于军事上的事也没什么指挥方面的才能。5月17日，阿奥斯塔公爵率残余部众投降，这之后，作为一名战俘，他于1942年死于内罗毕。

战斗在1月打响，从那以后，原本超过二十二万的敌军已经有一半以上的损失，不是被俘获，就是被消灭了，如今，剩下几千人仍旧在埃塞俄比亚山区他们自己建立的阵地中盘踞着。

* * *

当我们致力于消灭在东非负隅顽抗的意大利帝国及其军事力量的时候，其他地方也在同时进行着一些重大的战役。书写到此，关于东非战况的描述也就可以做个了结了。我们一度担心埃塞俄比亚人会把住在亚的斯亚贝巴的两万意大利老百姓都给杀光泄愤，不过，现在已经不必为此而忧心了。等到 7 月，在更靠北的战场，爱国者将四千五百名意大利军人，以及他们在当地集结起来的部队，逼退到了德布腊塔博尔。2 日，敌军向一个英国骑兵营和一个英国连投降。至于在埃塞俄比亚西南部抵抗的敌军，如今也已经全部被肃清了，承担这项任务的是，从埃塞俄比亚首都亚的斯亚贝巴进发的第十一非洲师，和自肯尼亚边境一路朝北推进的第十二非洲师。不过，这一系列的战役进行得并不顺利，不论是气候，还是地形，都对展开肃清敌军的战斗造成了不小的影响，直到进入 7 月的头一周，才将全境之内的四万敌军都消灭殆尽。

在夏季，当最后的战役打响时，刚果土著军队也在比利时军官的带领下，从刚果本土出发，横跨了约两千英里的非洲土地，前去支援，总共俘虏了一万五千名敌军。最后，只剩下贡德尔还没有被攻下了。不过，这最后的一击由于受到了雨季的影响，只得往后拖延，等到 9 月底，雨季过去后，就可以开始收缩我们的包围圈了。11 月 27 日，所有的战事全都结束了，有一万一千五百名意军和一万两千名当地军队被我们俘虏，另外，我们还收获了四十八门野战炮。

墨索里尼曾想凭借武力来征服自己想要得到的土地，并将之建立成一个强大的非洲帝国，然后再将古罗马精神一并移植过去，让民众都对意大利意志唯命是从，可他的这个美梦，自此破灭了。

第六章 决定支援希腊

埃及三角洲在战略上的补充力量——抓住时机，立刻做出决定——我们有撤销原定议程的自由——有望建立巴尔干战线——坎宁安海军上将就海上危险进行论述——2月23日，我发出了给史默兹将军的电函——2月28日，艾登先生与土耳其人进行会谈——关于这次会谈，我的看法如何？——关键在于南斯拉夫——德军侵入保加利亚——雅典局势有变，令人担忧——参谋长委员会提出意见——我对局势的看法，以及我在3月6日发出了给艾登先生的电报——我国驻雅典大使深感心痛——对于希腊，该帮助还是该放弃？——艾登先生发来了慎重且几经审视的复电——史默兹及三军参谋长都说服我们接着行动——3月7日召开的内阁短会和最后所做的决定——新西兰方面的反应——波兰方面的反应——3月14日，我发出了给艾登先生的函电——3月10日，我致电总统

我们到目前为止，还没有担负起什么需要在希腊施行的冒险行动的义务，只是在埃及继续做着大规模的筹备工作，和我在前面章节中提过的在雅典的那次会谈，当时我们与希腊方签署了一份协定。在埃及的工作，只要下个命令就可以停止，况且，不管怎么说，我们在埃及三角洲筹集一支强大的、包括四个师级力量在内的战略后备军，这本身就对我们有利。至于原先我们与雅典商量好的那个协定，希腊人已经违反好几条了，所以，假使我们想要提出解除，也就不必再履行协约中所提到的义务了。尽管我们受到了来自各方面的威胁，可截止到3月初，我还是不觉得紧张，感觉大体上还可以做到游刃有余，毕竟我们还有一支“机动部队”可随时调用。

事到如今，我们必须得做出明确的决定，是否派出尼罗河军团前去希腊支援。结果是肯定的，我们必须得迈出这重要的一步，不单单是因为希腊正处在水深火热的危险境地，也为了日后能够建立起一条由南斯拉夫、希腊、土耳其所组成的巴尔干战线，进而起到抵御德国行将展开的一系列攻势的作用。苏俄也可能会受到牵连，不过，我们目前难以预计影响将会如何。要是等到那个时候，苏联方面的领导人能够察觉到即将有大祸临头的话，那他们也必然会觉得我所做的这些事对他们来说是何等重要了。巴尔干问题不是我们派兵过去就能解决的，对我们来说，只能寄希望于把南斯拉夫、希腊和土耳其煽动起来，与我们联合作战，而要是在我们的指点下，他们能够协同行动的话，那希特勒无疑就只能有两个选择了：要么放任巴尔干诸国不管；要么迎战我们的联合部队，在经历一场大战之后，可以的话，他们随即也好在那里建立一条自己的主战线。可惜的是，在当时，我们哪里知道希特勒已经决心要大规模地袭击俄国了，要是能早一步知道，我们就会更加坚信自己的政策正确无误，大有成功的把握。而在希特勒方面，将会因此扑个两头空，并且他在巴尔干想要采取的主要行动也将为我们的一个初阶行动所打乱。实际的情况就是如此，只是我们那时候无从知晓。或许，有人觉得我们没有做错，最起码，我们比知道的事情多做出不少。目前，我们的目标主要是鼓励南斯拉夫、希腊和土耳其，让他们联合起来作战，而能力所及的就是以支援希腊为己责。就达成此目的而言，在埃及三角洲布下四个师，恰到好处。

*　　*　　*

坎宁安海军上将于3月4日对我们提出了这样的意见：要是尼罗河集团军和皇家空军都调到希腊去的话，肯定会致使海军在地中海犯险，因为这么做的结果就是，在之后的两个月间，我们得不停地忙着运输兵力、物资，以及车辆。对海军来说，驱逐舰将会承担起异常艰巨的运输重担，与此同时，战斗机和高射炮也将在一定的时间里不能全力起到防御作用。到那时，假使德国人从保加利亚发动对我们的空袭，那么在海上和在登陆港口的运输船队，则无疑都会是其攻击的目标。另外，意大利舰队可能也会在海上有所作为，这一点，我们不能不做考虑。当然，驻扎在克里特岛苏达湾那里的舰队可以用来与意大利舰队相抗，可如此一来，又势必无法为运输船队再保驾护航了，而且，还会让通向昔兰尼加的那条补给线暴露无遗。凡此种种情况，很可能反而会使马耳他岛的局势更为吃紧。在我们准备开始大幅度调度军队及运输船队之前，还需小心谨慎地越过苏伊士运河，那里有不少磁性和感音水雷，弄不好就会被击中。坎宁安还提出，应该将所有的进攻计划都往后延一延，其中也包括海空联合攻击罗德岛。届时，他手中全部的人力和物力都将会被借调走，可他仍旧相信，我们做出的决策正确无疑，并且，这样的冒险行动非常值得。我们对进攻罗德岛的计划必须延后而感到很失望，这个岛对我们来说异常重要：它和斯卡潘托岛一样，可以方便地使用距离它们不远的机场，得到机场，将能派上大用场，而这两个岛也是我们至关重要的据点。因此，在随后的很多年里，我们曾数次把拿下罗德岛一事提上日程，可一直以来也没能实现，这一计划始终无法配合其他重要的事件付之于行动。

*　　*　　*

就在这时，我了解到，应艾登先生之邀，史默兹将军在盛情难却之下，正赶赴开罗。于是，我发了封电报给史默兹，内容如下：

1941年2月28日

很高兴你马上就要去会见艾登和蒂尔了。我们这里已经做出了一项重大的决定，尽管要冒极大的风险，可我们已经准备采取行动，那就是，对希腊给予援助，并打算尝试着建立起巴尔干统一战线。等你们会晤结束后，我希望，你能就此事告知你的想法。决定一下，我们就得将支援希腊及利比亚列为必须要高度重视并执行的任务，因此，我希望你能跟韦维尔与蒂尔好好商讨一下，并尽早调派第一南非师"莨菪"到地中海战区去，倘若在任何船只的问题上遇到难题，都可以跟我提。要是我们在东非战场能快速取胜，那么完成其他任务就容易得多了。他们在几周前还说5月前是不可能进军基斯马尤的，可如今，我们已经把摩加迪沙和整个地区都收入囊中了。

* * *

在安卡拉，艾登先生跟土耳其人商谈得并不顺利，他所发回的报告看了令人不安。尽管土耳其人也跟我们一样感到危难当前，可他们的想法却跟希腊人没什么两样，都觉得，在实际战斗中，我们所能供给的军事力量不足以帮助他们解决问题。

艾登先生致首相　　1941年2月28日

今天早晨，我和帝国参谋长、总理、外交部部长，以及查克麦克元帅举行了一次会议，在会上，每个人都表现得真诚而友善，我们就是在此基础上商讨行动计划的。

在会上，大家都十分高兴能够做出及早支援希腊的决定。对于土耳其之战，与会人员一再重复说，他们有着坚定的决心去抵抗德国的攻势，并且还说，德国此番把进攻目标放在希腊，就意味着下一个就会轮到土耳其了。不过，土耳其方面觉得，目前，他们的军力还不足以发动进攻，在没有将缺憾补足之前，没法儿发挥出其最大的作战效果，因而不能在这种时候作战，而等到军队完善之后再参战，才能更好地成就大家共同的事业。

对于德国发起的进攻，土耳其人认为靠自己的实力是有能力也有信心在短时期内抵挡住的，可他们希望，届时，我们可以马上施以援手……他们表示，行动将会与南斯拉夫政府一致，为此，也曾按照我们所邀请他们做的那样，去联系南斯拉夫政府方面，可截止到目前为止，只收到对方的一封回复，且上面并没有做出正面回应。这令他们很担忧，要是土耳其参与到对抗德国的战斗之中，俄国会不会同时发起对他们的攻势呢？

会谈进行到最后，达成了这样的意向：土耳其人应许说，在情况到了必须得参战的地步时，他们必然会战。倘若他们遭到攻击，自然会马上投入战斗。不过，要是他们能在德国进攻之前有准备时间的话，当然不会白白浪费，也就是说，他们会积极备战，以便当他们投身战斗之时，能在大家一同致力的事业中发挥出真正重要的作用。

对艾登的函电，我给出了回复：

首相致在雅典的艾登先生　　1941年3月1日

显然，德国人是想要先践踏保加利亚，然后再空袭土耳其，好借着恐吓土耳其的威势来逼使希腊退出战局，那么，他们接着就可以转而攻向南斯拉夫，好让南斯拉夫人俯首称臣了，在这之后，德国人还要不要攻打土耳其，就得看到时候他们是否有这个便利条件了。

你当前的任务主要就是，鼓动南斯拉夫参战。倘若南斯拉夫忽然向南大举进攻，那么意大利将会遭受最大的打击，这么做，将决定整个巴尔干地区战局的发展[①]。这时候，土耳其要是也同时参战，敌人就没法在几个月里将足够的军队集结起来了，而同时，我们的空军部队也可以在这几个月中得以增长。倘若有望成功，我绝对愿意冒险一试，况且，不管怎么说，也会打几个月的胜仗，所以，应该争取用最快的速度将一切安排妥当。不过，关于希腊方面的事务，我希望你能这么处理：要是最终把包括或许得攻打罗德岛等因素全都考虑在内后，还是不觉得有什么希望的话，就可以让我们和希腊方都摆脱束缚，各自自由采取行动。不过，在没有最后做出决定之前，我们和你仍旧有几天灵活的时间，此间的一切行动，仍按原计划施行。

* * *

关于我们对南斯拉夫政府所做的努力，现在，就让我来记述一下。我们提出的警告是：我们必须知道南斯拉夫方面是如何考虑的，他们参战与否，直接关系着整个萨洛尼卡的防务工作。坎贝尔先生，我国驻贝尔格莱德的大使，于3月2日在雅典与艾登先生会晤。据他所言，现在南斯拉夫人已经对德国人产生惧怕，其内部频频发生争执纠纷，致使政局动荡不安。不过，对我们来说还是有可能说服他们的，我们可以让他们知道我们行将援助希腊一事，这样，他们就有可能接受我们的支援。只是，不论是艾登，还是希腊人，都十分担心此次援助行动会被敌人知晓。3月5日，坎贝尔先生带着艾登交予的一封写给摄政者的密信返回了贝尔格莱德，两人自此分别。在这封密信中，艾登说，德国已经控制了南斯拉夫的命运，如果希腊和土耳其也受到袭击，那么他们将马上参战。形势就是如此，南斯拉夫方面应该加入我们的阵营。此外，艾登还请坎贝尔先生要亲口向摄政者传达如下信息：对于援助希腊一事，英国方面已经做出决定，会尽可

---

① 我是后来加上这些着重号。——原注

能快地派出能力所及的强大部队，在陆空两方面给予支援。所以，要是南斯拉夫方面愿意派出某位参谋员到雅典来的话，英国方面将乐意邀请他进行会谈。南斯拉夫的态度如何，直接关系着萨洛尼卡方面守得住守不住。要是南斯拉夫屈从于德国的威势，那么后果自然不堪设想。因此，我们奉劝南斯拉夫人，还是加入我们的阵营好，如此一来，就多了一个与其一同战斗的伙伴，多了一支来自英国军队的力量。在希腊，我们将倾尽最大的力量来协助其作战，并且，大有希望守住一条战线。

* * *

德国陆军于3月1日抵达并进入保加利亚，而保加利亚方面的陆军，也已经沿着希腊边境行动起来了，部署好了自己的阵地。在保加利亚的帮助下，德军得以向南继续前进。3月2日，艾登先生和蒂尔将军从安卡拉出发，回到了雅典，接着，还举行了一次军事会谈。会谈结束后，艾登向我发来了电报，说情况十分严重。

艾登先生和帝国总参谋长致首相　　　　1941年3月5日

1. 我们到达这里之后，发现这里的气氛和局势都发生了很大的变化，着实令人不安，跟上回来访问的时候已经有了极大的差异。

2. 在上一回的会谈中，帕普哥斯将军曾经坚称，将把全部驻扎在马其顿的部队撤到阿利阿克蒙一线，这是最好的办法，且合情合理。所以，我们就认为，这个行动已经开始进行了。可事实上，他们什么行动也没有。为此，帕普哥斯将军辩解道，在上回的会谈中，双方通过的决议是以南斯拉夫表态为基础建立的，所以，只有收到他们表态的复文才会即刻展开行动。

3. 帕普哥斯将军如今的建议是，在马其顿边境部署四个师的兵力来据守，可事实上，他不觉得这道防线能撑下来，很快也会被突破的，所以，他还建议说，只能确保阿尔巴尼亚战线而已。这么看，他似乎是已经绝望了，事实上，他也承认。

4. 帕普哥斯将军提出：英国方面军在抵达后，应该分批次去马其顿边界战线，虽然，很可能不够及时。他的这个建议与我们之前所商量好的派遣条件全然不符，我们自然没法儿同意。为此，我们已经发出电函，邀请中东总司令到雅典来，在会议中再次协商。3 月 3 日，总司令抵达雅典，事实上，会谈一直都没有间断。鉴于帕普哥斯始终坚持己见，且态度坚决，我们只好请希腊国王帮忙协调。会谈始终进行得不顺利，但国王一直都愿意帮忙，且从头到尾都信心满满，冷静地进行分析。

5. 最终，希腊方愿意投入三个师级力量……

6. 会谈的结果是，我们有三个选择可供考虑：

（1）像帕普哥斯反复建议的那样，同意分批次将我们的部队运送到马其顿边界的战线上去。

（2）在上回的访问中，我们曾依照形势预计希腊方会派出三十五个营，但如今，他们给出的三个师，只有差不多十六至二十三个营的兵力。不过，我们还是可以接受这部分力量，使他们在阿利阿克蒙线发挥效力，并且，在其后方把我们的部队集结在一起。

（3）取消原计划，不再给予任何军事援助。

7. 我们的看法大致相同：第一个选择无疑会造成军事上的变动，容易动摇局面，而第三个选择，则好像一样危害甚大……

8. 由此，在犹豫了一阵后，我们都认可第二个选项。不过，还需附加一条：阿利阿克蒙全线的指挥和调度工作当全权交由威尔逊将军掌管，他接任之时就是立刻履行责任之时。对于这一授权，威尔逊将军也表示认可。

9. 我们的军事顾问就这条战线进行了分析，认为敌人因其险要的形势而容易被阻挡住，在这里，供以敌军选择的通路不多，推进难度大，所以，我们要想阻截和抵御他们，还是很有希望的。况且，就算遇到最糟糕的情况，也还能边打边穿过山野撤退，山野那里非常适合打后卫战。

10. 所有人都认为，在这极其困难的境遇中，我们所做的决定是正确无疑的。尽管两日来的紧张、不安和焦灼难以用言语来宣说，可既然决定下来了，希腊那边的氛围也就明显地好多了。不过，事实对我们来说，仍旧非常残酷。接下来的战役，要比我们在一周前所预估的更为严酷，我们所有的兵力，以及自治领的部队，都将投入战斗。最终，你无疑需要定夺，要不要发出对各个自治领政府的通知……

* * *

我们在伦敦的看法在这时候发生了极大的转变。参谋长委员会觉察到，一切情况的变化都对我们在巴尔干的政策不利，特别是，在这种时候，派遣一支部队去希腊援助是十分不利的。首先，就主要的局势演变而言，我们就遇到了困难：现在，希腊总司令毫无斗志；在十二天前，希腊人就应该履行责任，可他们并没有履行，也就是说，当得知南斯拉夫方面不参与战斗时，他们就应该将部队撤离到那条我们必须得据守的防线上去了，可他们并没有这么做；在这条防线上，希腊方原本应该支援我们三十五个营来据守，可目前数目最多不过是三十二个，而且还都是新编制成的营队，其中并不包括炮兵。另外，我们曾寄希望于，希腊在阿尔巴尼亚前线作战的师级部队能召回几个来协助我们，可“现在，帕普哥斯将军却说，做不到这一点，因为，在阿尔巴尼亚，敌军的人数已经大大超过了我们，而我们已经打得没有余力了”。

随后，三军参谋长就我们当前的困境也做了分析，他们一度希望我们能够在支援希腊之前就对罗德岛发起攻势，至少也是同时进行，可如今，只能等到进军希腊之后才能进攻罗德岛了。如此一来，无疑使空军陷入了两难的境地：一方面无法集中兵力阻止德国前行；另一方面，还要对罗德岛发起“一定规模”的空袭，以保障通往希腊的航线安全无阻。我们所面临的最后一个难题是：此时，苏伊士运河里到处都是水雷，已经被封锁起来了，而我们无法在3月11日之前将之肃清。再加上，我们装载着摩托运输器具的船只在运河以北仅有一半，而其他承载着兵员的船只，还在运河南面，随着时间越来越紧迫，我们的任务也跟着急迫切起来。最后，参谋长委员会又对敌人的动向进行了预估，他们猜测，德国截止到3月15日，会在阿利阿克蒙河一线纠集好两个师级力量，并且到了3月22日，还会再增加三个师，其中包含一个装甲师。希腊军若只能在短时间里将敌人阻截在这一战线的前方，就意味着，要想应对头一波攻进来的两个德国师，我们就只能投入最多不过一个装甲旅及一个新西兰旅的兵力。

最后，三军参谋长给出了结论：“这次行动相当危险，其危险性已大大超出预估。”不过尽管如此，他们还是认为要尊重现场人员的意见，不能对其质疑，因为不管怎么说，现场的参与人员都还是对当前的局势心怀希望的。

*　*　*

周日早晨，战时内阁进行了一场讨论会，到了晚上，我一个人开始在契克斯一遍遍地思考着讨论会上的内容，以及参谋长委员会给出的报告。随后，我向已经从雅典出发，在去往开罗路上的艾登先生发出了一封函电。在这封电报中，我的口气与以往不同，不过，对于自己最终的决定，我将会全权负责，那是因为，我当然知道，假如我确信参谋长委员会给出的建议没有任何问题的话，那么不再启用支援希腊计划是完全可以的，毕竟，执行某个计划要比取消它难得多。以下内容即我给艾登发出的电函详文：

首相致艾登先生　　　　　　　　　　　　　　1941年3月6日

确实，局势在进一步恶化。参谋长委员会已就当前的严重形势做出了评论，对于他们的评论，我将在后面说明。而对于你在2月22日和帕普哥斯达成的那个协议，帕普哥斯将军并未履行，显然，在阿尔巴尼亚，他要想摆脱敌人是十分困难的。参谋长委员会在会中提出了我们当前所遇到的一切其他因素，均对我们不利，比如：得延后对罗德岛的攻势，而苏伊士运河中布满了水雷，已被封锁。这些不利因素致使内阁无法相信，我们在当前仍有余力去帮助希腊挽回被德国蹂躏的命运。要是土耳其和南斯拉夫参战，或者只有一方投入战斗的话，当然就会使情况有所好转，可这似乎是不可能的事。曾经，我们一度试图竭力鼓动巴尔干各国联合起来，一同致力于反抗德国的事业，但我们没法儿及时为希腊战场输送太多的部队。情况就是如此，所以，我们必须得小心行事，决不能极力劝阻希腊方放弃自己认为正确的判断，从而使自身卷入孤立而无望的战斗。如若像你说的那样，将在新西兰和澳大利亚的部队投入比之前更加凶险的行动的话，帝国内部就必然会发生严重的动荡。对于你和参谋长委员会所预估的情况，我们肯定会如实告知各个自治领政府，不过，想必他们不会愿意参战。目前，还看不到任何理由能促使我们取得胜利，当然，我们要是对蒂尔和韦维尔给出的意见予以足够的重视，就不会这么想了。

倘若希腊人自己决定与德军抗战，我们就应该在某种程度上与之同甘共苦，且务必不能让希腊人感到有义务拒绝德国方面所下的最后通牒。不过，德国要是非常迅速就发兵希腊，那么，任凭英帝国有什么强大的部队，也赶不及与之交战了。

但凡土耳其仍旧保持着他们的中立之势，那么我们即使失去了希腊和巴尔干诸国，也绝不至于在重灾之中。我们还可以去攻打罗德岛，以争取更多的优势，并且，还可以将进攻西西里岛的“汇流”计划重新考虑起来，又或者，争取完成攻下的黎波里的计划。此前，曾有来自多方面的劝告叫我们不要支援希腊，他们觉得，我们很可能会带着耻辱被赶出来，这将大大有损于我们在西班牙及在维希的威望，比巴尔干诸国降服德国还要屈辱。可事实上，我们没想过仅凭我们现有的为数不多的部队，就可以使他们不屈从于德国的威势。

倘若情况就是如此，没有什么新问题产生的话，那么，到了明天，内阁会议就有可能会通过我如上所说的建议了。之所以会先致电给你，就是想让你就此情况提前有个心理准备。

对于参谋长委员会对当前严重形势的评论摘要，已经在该电报中予以说明，具体评论的内容还请参看附件。

*　　*　　*

迈克尔·帕拉利特爵士人在雅典，看到我发出的这封提醒他注意的电函之后，甚为心痛。于是，他给已经抵达开罗的外交大臣写了一封电报，他说：

1941年3月6日

1. 就在刚才，我看了首相给你发去的电报，想必我不用再重点说明取消那份事实上是帝国总参谋长跟希腊总司令联合签署的，并且目前正由威尔逊将军亲自经办的协定所带来的影响。原本，希腊总司令和帝国参谋长已经对希腊国王做出承诺，承诺我们有成功的把握，可如今，我们怎么能做出弃对国王的承诺于不顾的事来？我以为，这简直不可想象。不论是希腊人，还是全世界的人，都将会嘲笑我们背信弃义。

2. 实际上，根本不存在“务必不能让希腊人感到有义务拒绝德国方面所下的最后通牒”这种问题，因为，他们早已决定，在必要的时候一定会与德国单独一战。我们的问题只有一个，是支援，还是弃之不顾。

当天，迈克尔·帕拉利特爵士又发了一封电函给艾登先生：

今天，希腊国王跟空军武官说，非常感谢你的出访，并且还说，他决心已定，一定会按照约定的行动计划，将抵抗德国发起的攻势进行到底。他深信，成功在望。此外，他还表示为帕普哥斯将军能与国王政府的信念一致而感到欣慰。最后，他将行动应从速一事做了重点说明，他说，这一点是非常重要的，尤其是要在这段时间里派出够用的空军力量，因为德国方面习惯在一开始就进行空袭，这么做能更好地挫败敌军。一旦德军在开始阶段就失去了空中优势，那么，他们不可战胜的神话就将被摧毁，这要比任何形式的其他事实都管用，同时，举国上下也会跟他一样，相信希腊一定能取得最后的胜利。自从跟你分别后，我就没能再与国王会面了。

接着，他又发了一封电报，说：

威尔逊将军于今天早上跟帕普哥斯将军进行了一番谈话，结果非常令人满意。帕普哥斯的态度有了明显的好转，这让威尔逊将军着实感到高兴。威尔逊将军发现，对方非常乐于帮忙，并且还急切地寻求着各种可行的合作方式。

首相致艾登先生　　1941 年 3 月 6 日

战时内阁在收到你发出的复电之前，暂时不会有什么决定。

艾登先生致首相　　　　　　　　　　　　　　　　　1941年3月6日

1. 我和帝国总参谋长于今天下午跟三位总司令进行磋商的时候，又重新对这个问题审查了一次。我们都觉得，在雅典所做出的决定正确无误，虽然，这么做自然是加重了我们的负担，我们得承受更大的义务，以及冒更大的危险，特别是在我们海军和空军都面临着人数及物资方面不足的情况下。对于希腊方面是如何看待这一问题的，帕拉利特已向开罗发来了相关函电。

2. 之所以发出这封电报，不过就是想向你说明，我们在等候内阁发出指示之前对这个问题是如何看待的。

随后，他又致电说：

我们今晚还会与史默兹将军和总司令们做进一步的探讨，详细的估计结果将会在明天早晨以电报的形式转达给你。

首相致艾登先生　　　　　　　　　　　　　　　　　1941年3月7日

1. 我将会在今天把你久经考虑的复电内容向内阁提出来，而你应该在这段时间里，以最快的速度开始进行准备工作，并且安排好需要调遣的军队。

2. 你和军事顾问蒂尔、韦维尔，想必还包括威尔逊，在将当地的情况及技术要求全都了解透彻，并且对参谋长委员会所做出的备忘录详加考量后，能够对整体利弊全然做出衡量且最终态度坚定地做出决定，令我感到非常感动。

3. 有两件事情尤为重要。其一，我们切不可规劝希腊人放弃自己明智的判断，让他们投身到一场没有希望的战争中去，从而使希腊一国有快速被毁灭的可能，这样的责任我们可担不起。不过，假使希腊人知道我们的军队只能在各种定好的日程里提供有限的帮助之后，仍然愿意与德军生死较量的话，那我们就一定会按照之前所说的那样，与其生死与共。依你所言，并不会发生这样的事，那就最好，我们万万不能让别人说，我们是凭嘴皮子把希腊人卷入战争的，而实际上不能为其提供什么帮助。当然，我由你的态度，由你从雅典发出的函电中确定你对此是知道的。

4. 其二，新西兰的师级部队是承接这项重要任务的主要力量，稍后，过了3月，澳大利亚军也会加入进去。我们愿意冒这个险，并且也不惧怕它的原因，应该从实让新西兰和澳大利亚政府知道，既不是因为英国的一个内阁大臣愿意承担并履行在雅典的义务，也不是因为帝国的总参谋长受所签协议的影响而不得不这么做，真正的原因是：蒂尔、韦维尔和其他总司令一致认定，这一战，机会难得，值得为此而冒险一试。我个人以为，对于我们发去的质疑性函电，你已经从正面予以了回应，其中也包括了这层意思。

5. 到目前为止，你仍旧没有向我们提出除崇高义务之外的、能够说服我们的事实，或者具有说服力的理由，致使我们无法借由你们的依据去跟两个自治领证明这次的行动事出有因，且非常适宜。不管你再怎么忙，也别忘记这一点，毕竟，在军事上，进行精准的估计是不可或缺的环节。

6. 我们的心始终与你在一起，与你优秀的军官们在一起，这你是知道的。

在伦敦，我们于3月7日收到了艾登先生此前说好的报告，即：就此事他们在会中讨论出的详细内容。

艾登先生致首相　　1941年3月7日

你的特使们所发表的意见如下：

1. 对于整个局势的情况，我们已经跟总司令们和史默兹将军重申过了，大家都觉得这一决定非同一般，具有重要的意义，不过，我们同样不觉得之前的判断有什么可推翻的理由。

2. 关于迫使希腊背弃其最初英明的判断一事，根本不存在，他们完全不需要这么做。我们最初在到达泰托伊王宫与希腊首相在会前会晤时，就收到了对方给出的一份书面声明。在声明中，他们早已宣称，对于意大利或者德国发起的攻势，希腊人决心抗争到底，就算是要孤军奋战，也一定会拼死抵抗。希腊政府始终都是抱着这样的态度来参与战事的，只不过不总是有信心罢了，因为，他们不知道结果到底会如何。不过，他们知道，要想获得光荣，从此走向和平，就必须不能让意大利和德国对其边境造成威胁。对此，希腊人只能奋斗到底，不管成功与否都誓死抵抗，不然，他们的下场只能和罗马尼亚一样。

3. 目前，我们已经承担起了对希腊应当履行的义务。早在几个月之前，我们就出动八个皇家空军中队、地面的防务人员，以及高射炮兵，并在那里展开行动了。

4. 我们在利比亚获得了胜利之后，已经空出了不少军队以供调遣，这是全世界都知道的事。要是我们不进一步在陆地上有所作为，对希腊进行武装干涉以拯救其不致崩溃的话，那才是最为不幸的。因为，如若到了这一步，日后也必定会守不住南斯拉夫，况且，倘若我们不想办法阻止德国和意大利军队占领希腊的话，那么，土耳其还会不会坚定地保持中立态度，就不得而知了。当然，我们要是被赶出希腊，一定会丧失威信，可不管怎么说，即便我们在希腊失败了，也比任凭希腊听天由命毫不作为要好得多，对我们来说，损害也会少一点……

就眼前的情况而言，我们都认为应该按照先前所建议的那样，执行援助希腊的方针。

所以，我们都希望自治领会按照原计划派遣军队，且中间不会发生任何问题。此外，我们的力量和敌军差距甚大，要是有办法缩短这个距离，就会更有获胜的把握，尤其是空军方面的差距，必须得设法补上。我们到达这里之后，就空军力量不足一事曾反复提及，因为，我们在这个战场上最为担忧的就是这一点。德国此时正在加派兵力，其攻击力由于增加了从西西里岛和的黎波里调来的部队，以及从巴尔干与多德卡尼斯群岛两处派来的部队而有所增强，再加上，他们是在内线作战，比起我们要方便得多。而我们这边，却没有增长相应的支援量，相反，原本获批前来增援的“战斧式”战斗机因其他重要事情而被削减，这对我们来说，无疑是雪上加霜。在此期间，皇家空军也是在阿尔巴尼亚战斗得疲惫不堪，整日都在和意军交战，而且还得在其他地方与越来越多的德国空军苦苦周旋。

空军方面的战斗在这一战场，显然会有激烈的交锋。因此，朗莫尔希望，将所有可以提供的援助都派给他，对于这次的冒险，假使他的空中力量得以保全，那么绝大部分的危机和困难就都可以迎刃而解了。

我将这一问题在有参谋长参与的战时内阁会议中提出来了，方便在做最终决定时考量。对于此事的发展情况，内阁成员们一直以来都是知道的。虽然就当前情况而言，我们无法分派出超过已经分派的飞机，和已经在输送路上的飞机，但内阁议员们并没有因此而面露难色，或有什么争议。凭我个人的感觉，与会人员，每一个都经验丰富，且经得起任何考验，所以说，他们自然不会受国内政治因素的影响而倍感压力。史默兹在考虑问题时总是深谋远虑，他会站在不同的视角上来看待这些问题，使我们有了更为新奇的看法。最终，我们取得了一致的观念，那就是，所有人都觉得，我们并没有违背希腊人的志愿，没有强迫他们履行什么责任。同时，我们也没有强迫说让任何人按照我们的说法行事才是最正确的。事实上，我们的专家确实有着最高的权威，完全可以自由地在对人员和现场情况充分了解之后，做出自己觉得该做的事。在数次的冒险行动中，我的同僚们都有过多次成功的历练，如今，他们也可以通过自己的经验来得出和我们一致的结果。尽管孟席斯先生身上的担子不轻，且责任特殊，可他丝毫不为所惧。所有的人都投入了极大的热情，纷纷表示，应该早点儿行动起来。虽然此次内阁会议只用了很短的时间，可最终的结果也很快就确定下来了。

首相致艾登先生　　1941 年 3 月 7 日

今天早上，内阁在综合了你自雅典和开罗两地所发的电报和我发去的电报内容之后，对如何展开行动计划进行了研究。三军总参谋长的意见是：既然战地总司令、帝国总参谋长、相关部队上的司令官等，均表示会坚定地执行原计划，那就没有理由不接着依此行事。另一方面，内阁也做出了决定，由你来使这一计划继续实施下去，对此事，内阁将负起全责[①]。澳大利亚和新西兰政府方面，我们会按照这一决定予以告知的。

过了两天，我以个人的名义又发了一封电报，内容如下：

---

① 我是后来加上这些着重号的。——原注

首相致艾登先生　　　　　　　　　　　　　　　　1941年3月9日

1. 对于你在来电中所说的对巴尔干的处理方式，我完全赞同。南斯拉夫方面的态度目前来看，相较于保持中立、闭关自守的可能性而言，他们其实还是大有可能加入我们的。

2. 你在现场停留期间，应该把我们对于安全方面的要求跟埃及总理、法鲁克和有关方面的人员坦诚地进行磋商。现在，德国的间谍已经充斥在罗马尼亚的公馆里了，而且，在苏伊士运河地区，也到处都有敌人的特务在恣意横行，如此种种，怎么能叫人忍受呢？请你务必想出办法来，不能让这些被我们拯救出来的人反过来如此不友善地对待我们。这种情况不能再发生了。

3. 要是史默兹将军离此地不远，还希望你能转告他来我这边一趟，届时，我将非常开心他还能像以往那样，有一个月的时间在战时内阁工作。

4. 我在给你的指示中曾提及要充分利用中东的部队，对此，请你务必予以重视，节约兵力，将他们全都利用好，我就指望你能把这个问题解决好了，所以，请注意，让每个人都发挥出应有的效用。要完成好这一指示，就算是多浪费几天也是值得的。

*　*　*

对于我们所提出的派遣一个师级部队的条件，新西兰方面这时候也做出了回应，表示欣然接受。

首相致新西兰总理　　　　　　　　　　　　　　　1941年3月12日

收到你的复电，让我们都为之大为感动。不管是否能够取得胜利，在新西兰的史册上都是最辉煌的一笔，并且，全世界自由人的子子孙孙，也都会对此举甚感钦佩。

首相致艾登先生　　　　1941年3月14日

1. 在危机伊始直至成熟的这段时间里，你还是留在中东地区最为合适，对此，我已经决定好了。在给你的指示里，我已经点明了令有关方面在政治和军事上协调统一的方式。南斯拉夫方面依旧有望松动，你可能得随时前去会谈。事态在逐步发生变化，所以，土耳其方面也需要有人出面，及时地给予指导，并且适时地鼓励他们。我们是在你一直以来的坚持下才采用了这项政策，对于它的重要性及整体情形，没有人比你更熟悉了，所以，战时内阁在当地所需要的代表人，就非你莫属了，而就我个人来说，也是十分希望你能够留在那里继续工作的。

2. 今天早上，我与西科尔斯基会晤了，并已经就调派波兰旅一事向他求助。对此，他欣然答应下来，不过，他提出了一个要求：对于这个波兰旅，请务必予以重视，它是波兰目前尚还存在着的、为数不多的民族象征之一，所以，不要轻易抛弃它，也不要使它沦落到听天由命的地步。对此，我对他的回复是：我们会给这个旅最齐全的装备，并且，就算让我们自己的爱部去冒风险，也绝不会让波兰旅处在危险之中。他还说："我们跟你们不同，较之你们的几百万大军，我们就仅有这么点儿军力了。"如此说，是希望你能够理解，这些异国的勇士之所以接受我们的要求是为了什么，这一点，还望你和韦维尔将军能够一直铭记在心。

3. 事到如今，我们还没有派出一支英国的师团参与进去，对此我感到深切的忧心，所以，目前，我正在想办法把第五十师派遣过去，随行的还有W.S.第八号运输船队，他们将会在4月22日出发。目前，没有其他可调派的船舰能够担此护航任务，况且特别派出一支运输船队也浪费不了太长时间，不过一周罢了。

4. 我们不知道“格伦式”运输舰[1]到底有没有通过苏伊士运河，因为还没接到韦维尔将军的相关通知，不过，我觉得这事是需要迫切解决的。英国很快就会拿下罗德岛，这一点德国人已经预料到了，所以，也正把部队往出撤，对于这一情况，你应该从得到的情报里看到了，怎么能轻易就接受进攻罗德岛无限期地往后拖延呢？不管怎么样，我们都需要早日将这个岛拿下，成也好败也罢，最终，我们都得将英国第六师调走，因而，你务必要极力敦促并使攻占罗德岛有望在月底前成行。我们可不能让人说我们只会利用他人的军队身陷险境，而自己却什么都不做。

5. 帕普哥斯没有通过召回在阿尔巴尼亚的三四个师去巩固其右面的防线，还希望你能在见到这封函电后说明一下缘由。我听说，意军近来遭受过挫败，德军方面也迟迟没有继续推进他们的军队，所以，帕普哥斯完全可以趁此把军队从阿尔巴尼亚撤出来。以我之见，希腊军队当前所部属的战略异常危险。我相信帕普哥斯此举一定是事出有因，倘若你知道，还请务必告诉我。

6. 倘若南斯拉夫方面乐于加入我们一同作战，自然可以充分地说明，希腊把兵力部署在阿尔巴尼亚是正确的选择，可目前，我们仍旧无法确知南斯拉夫方面的动向。对于南斯拉夫是否可能在阿尔巴尼亚发起对意大利军队的攻势，我想你跟蒂尔已经就此讨论过了。要是他们在阿尔巴尼亚获胜，对他们来说绝对可使利益最大化，不但能够继续维持独立的态势，还可以缴获足够数量的军用装备，而这一切，他们是没法儿通过其他战场及时拥有的。

7. 切不可让德军轻易得到利姆诺斯岛，让他们得以借此把自己的

---

① “格伦式”运输舰：特指三艘有快速运输能力的船舰，专门用于军事行动。对此，可参考本书中第二卷 P410（原书页位置——译注）中的相关内容。——原注

空军基地设立在那里。

8. 我们似乎应该等到取得了克伦战役的胜利之后，再把那里的空军中队撤回来。

9. 你先前发过一封提及朗莫尔有所不满的电报，其中，你似乎忘了提及还有飞机正在运送途中。

我在对空军增援的情况进行了详细的论述之后，又说道：

我之所以想要你在现场多做停留，主要是因为朗莫尔和波特尔都觉得你应该经由道拉各斯回来。另外，还有我在前面说过的那个重要理由。倘若你提早回来，那么你们俩就无法在伦敦至关重要的一周里派上用场，同时，也没法儿在现场发挥作用。你不在的这段时间，一切都进行得十分顺畅，月夜里，我们已经非常成功地把德机给打下来了。希望上帝能够护佑你们一切顺利。

我觉得，我们有必要将计划告知罗斯福总统，并以写给总统的电报来结束这叫人紧张焦虑的一章。

前海军人员致罗斯福总统　　1941年3月10日

如今，该是我们把决定告诉你的时候了。对于希腊，我们的决定是这样的：虽然尝试着从班加西向的黎波里推进确实让人觉得颇为可行，况且，要展开这一行动，我们尚可投入为数不少的部队，然而，我们却一致认为，应当跟希腊人站在一起，共同作战，对我们来说，这是责无旁贷的。希腊人曾向我们表过决心，愿意誓死阻止德国的侵略行径，保卫家园，就算是孤军奋战也决不背弃初心。我们的韦维尔和蒂尔两位将军曾随艾登先生出使过开罗。这之后，韦维尔和蒂尔就他们会晤的情况跟我们有过坦诚的交流，我们一起商量之后，都觉得必须一战，相信对我们大家来说都是一个极好的机会。所以，目前，我们正在将尼罗河集团军中的绝大部分力量都转移到希腊去，并且，努力增加空军方面的兵力。同时，史默兹将军也正在调派他在南非的部队，准备将他们派往埃及二角洲。总统先生，你大可根据我所说的，对此次的风险进行评估。

在这种情况下，关键就在于南斯拉夫采取什么样的行动。这样的军事机会如此之好，恐怕任何国家都没碰上过。假使在阿尔巴尼亚，南斯拉夫人攻击意军后方成功，那么几周之内会发生什么重大的变化就很难判断出来了，因为全盘局势都有可能发生极大的转变，而土耳其方面的作为，也必然会对我们有利。人们认为，俄国方面最起码能重申对土耳其的承诺：保证在高加索不对土耳其施压，又或者，不在黑海与其抗争，尽管俄国是因为害怕才秉持这样的态度。总统先生，我想不用我赘言，你派去的驻土耳其、俄国和南斯拉夫大使所带来的影响至关重要，特别是南斯拉夫大使，他们的作用在这时候都体现出了非常有用的价值，并且，时局也的确会因此而有转变的可能。

在对时局的影响力上，多诺万功不可没。他在巴尔干和中东进行了长期的游历，一直以来都让人为其热情所感染，他既能鼓舞人心，又叫人觉得温暖。当然，游历期间，他也做了很多非常出色的工作。对此，我要向你表示感谢。

第七章　大西洋战役之西部海口一带

1941 年

极度焦虑——德国的潜艇联合飞机一同作战——形势严峻的西部海口一带——我们的应对策略——一场关乎生死的战争——输送上岸的物资减了半成——损失的船舶和拥堵的港口——进口管理委员会在 1 月建立——委员会的工作由枢密院长主持——1 月 28 日，我发了备忘录——2 月 22 日的备忘录——2 月 17 日，原在普利茅斯西部海口地区的司令部迁去利物浦——暴风雨极大程度地损毁了我们比较老旧的船只——1 月 30 日，希特勒的威吓——海军部打捞处——德国出动巡洋舰袭击——南大西洋上的“希尔”号——忽然驶出的“沙恩霍斯特”号和“歌奈森诺”号——我们的八万吨船舶在 3 月 15 和 16 日被打沉——德国于 3 月 22 日在布雷斯特把攻击舰艇藏了起来——希特勒的错误——大西洋战役——大西洋战役委员会——3 月 6 日我发出的指示——德国组成“狼群式”潜艇——战术问题——通过租赁法案——进口预算案于 3 月 26 日被通过——与美国关系亲密——“敦刻尔克”号事件——罗斯福总统施压给维希政府

严重的事一件接着一件地来，最让我们深感不安的是港口和航线问题。我们可以经受得起战斗的胜利或失败，也能接受在冒险中的成功或挫折，对于领土也是一样，得到或是失去也还受得了，可最为关键的是：我们不能失去左右我们全部气力的东西——只有将远洋线路控制在自己手中，并将港口死死地把握住，在船队得以出入自由的前提下，我们才有继续抗争的可能，甚至得以存活下去。在前卷中，我说起过德国占领了一条能够给我们带来危险的海岸线，即从北部的北角起，到南部的比利牛斯山脉的那条海岸线。敌人不断地改进自己潜艇的速度、续航力和活动半径，使它们能够损毁我们由海上所输送的食物及商品，并且还可以凭此，在这条长长的海岸线上从任意港口或是海湾发动攻势。可怕的是，他们的潜艇数量不止眼下这些，正在不断地扩增。1941 年的 1 月到 3 月间，每月产出新潜艇的数量是十艘，没过多久，就以每月十八艘的速度在增长。这些潜艇概括起来有两种：一种是巡航航程为一万一千英里的五百吨型，另一种是航程为一万五千英里的七百四十吨型。

就在这时，我们除了受到德国潜艇所带来的灾难，还同时遭到其远程飞机的远洋轰炸，最为可怕的是，“福克乌尔夫 200 式”飞机也在其中，还好数量不多。敌人的飞机可从布雷斯或波尔多出发，围绕不列颠岛盘旋一圈儿，再飞去挪威补充燃油，到第二天再返回去。相对而言，我们的护航舰明显数量不足，所以只得组建成一支有着四十或五十艘船只的大型运输队，这样一来，就暴露在敌人远程飞机的视野之中了，它们在空中可以轻易地俯瞰到我们的运输队何时出航，或是如何返航的。在这个过程中，他们还可以对我们这些运输船或是某个船舰实施毁灭性的轰炸，同时，也可将船只的方位明确地告知给窥探时机随时能发动起来的潜艇，令其对我进行阻截和袭击。依然是在 12 月间，我们已经开始准备最后的一手，那就是，在默尔西河口与克莱德河口和距爱尔兰西北方六百英尺深之间的水域范围内，铺设上能在水中引爆的网线。[①]

---

① 并没有铺设曾建议过的水雷屏障。详情请参看本书第二册中第三章的内容，P536—537。——原注

同期，我们已经给出指示：重新部署空军海防总队，并对其进行扩充，尽量先提供飞机和驾驶人员。对此，我们的计划是：截止到1941年6月份，使海防总队飞机扩充至十五个中队，并且，预计将在4月末收到的来自美国的五十七架“卡塔丽娜式”水上战斗机，也包括在所增加的部分里。由于南爱尔兰方面不愿为我们提供方便，所以，我们的计划也因此受到了不好的影响。有鉴于此，我们便加紧了在北爱尔兰、苏格兰和赫布里底群岛构建新机场的工作。

各种不利于我们的因素就像上面所提到的那样，仍旧影响着我们，并且越来越多。不过，英国在科学领域、技术革新方面也再次取得了新的成果，再加上两万个工作人员不辞辛劳地将各式各样数量繁多的新设备、新仪器带到我们数以千计的小舰船上，使之能够运用于实际需要。就是因为这样，我们才得以不被敌人的那条磁性水雷绞索给勒死，而有了喘息的机会。尽管如此，由于我们的运输工作得沿着整个不列颠东海岸操作，所以不得不因受限于德军轻轰炸机和战斗机的威压，而无法完成一定数量的海上运输，对我们来说，影响是十分严重的。伦敦港在一战时，曾与我们的生死存亡息息相关，可到了这时，它已经比原来少了四分之三的吞吐量。实际上，英吉利海峡才是主要可用于战斗的水域。如今，我们还存留着的主要商港，都遭到了敌人严重的破坏——默尔西河、克莱德河和布里斯托均遭到了空袭。同时，爱尔兰和布里斯托两处海峡也没能幸免，不是被封锁就是被设置了障碍。面对这种情况，要是放在一年之前，每一个权威性专家都会马上宣称：在这种境遇下，没可能翻身了。的确，这场战斗关乎生死存亡。

我们对保护运输船队的要求很高，也很具体，所以规模上不得不大。我们所采取的保护措施包括了以下方面：护航、变航、消磁电缆的使用、排雷，还有不得行走在地中海航线上等。因此，绝大多数的船只只能延长航行时间，拉大航行距离。与此同时，船只受轰炸和灯火限制的局限，也得停滞在港口几天。迫于上述各种因由，我们无法有效地运行船舶，这样一来，事实上，我们所遭受的损失要比在战斗中承受的损失更大。当然，海军总部肯定会在开始时就注意到，所有船只得以安全抵达港口才是最重要的，并且，应把成功的标准定在沉船量上，沉没得越少，成就自然就越高。可如今，这个标准已经不再适宜作为衡量成败的关键了。现如今，我们都意识到，进口物资的安全到岸量才决定着一个国家的生存状况和战斗行动的状态。在 2 月中旬，我曾给第一海务大臣发去了一份备忘录，在上面说过这样的话："据我所知，我们运载进口货物的船只在 1 月份时还不到去年同期的一半。"

我们所承受的压力一天天地增长，而与此同时，新造的船舶又赶不上我们所失去的。美国方面虽然给予了大批资源，可需要很长的时间才能真正发挥出作用。尽管我们曾在 1940 年春，意外地获得了敌人占领挪威、丹麦、荷兰和比利时后留下的大量船只，可如今这样的意外怎可能重演？对我们来说，这样的事非但不会重来，还得面对更为严酷的事实，目前，我们的很多船只都因受到攻击而损坏了，要想把它们都修复好，就我们的修复能力而言，真是比登天还难。同时，我们的港口越来越拥挤，还一周比一周挤得厉害，已经到了难以应对的地步。到了 3 月初，我们有二百六十万吨位的船只因受袭而损坏，其中，有九十三万吨位的船只坚持带伤工作，一边儿检修一边儿还得装货，此外，不能带伤工作的船只差不多有一百七十万吨位，它们必须等到修理完之后才能继续工作。要是我不用疲于处理这些严重而繁琐的问题，而是真正意义上的采取军事行动的话，肯定会轻松不少，尽管军事行动也不是十分顺利的事，可至少有充满生机的冒险，最起码在行动。对于我们所面对的尚不明朗且无法做出评断的风险，我多希望自己不是淹没在图表、曲线和统计数字里去试图表现它，而是以实际行动，在真正的大规模战争中去体会它！

* * *

我们早在1941年的1月就成立进口管理委员会了，主要的进口部门都在其管辖范围里，该委员会的主席由军需大臣出任。与此同时，我们也成立了一个与之平行的生产管理委员会，主席是劳工大臣。进口管理委员会是为了应对当时进口的形势而成立的，我们需要有一个部门对船只进行改进、组织运输方面的工作，解决在港口工作的工人的问题，以及把劳工组织在一起等多方面的繁复事宜。这两个机构握有大权，其中的人员时常会在一起讨论问题，而我在这时候也会跟他们密切合作，从中协调，让他们能够协同行动。

首相致海运大臣　　　　1941年1月4日

设置进口管理委员会的原因之一就是，这个部门能够对进口的整个形势发展进行研究，所以，我会亲自跟该委员会保持紧密联系，以求能够在必要的时候做出抉择。假如我们能有效地利用船舶、周转船舶的时间和港口，并调动起劳工们的潜力，那么，我希望可以使用的吨位能够超过目前所预估的数目，也就是说，有超过三千三百万吨位的船舶可供使用。与此工作相关的海运部、运输部和劳工部三部，应该积极配合进口管理委员会的工作，而相对的，进口管理委员会也得将这三个部门协调好，共同致力于进口工作。另外，修理船舶的工作目前最为紧要，所以，海军部必须进一步加强在这方面的工作，尽管可能会对建造新商船有所影响，但那也是无可避免的。希望美国的支援很快就能到达我们这里，希望我们的运输船队随着白日延长夜晚缩短的季节来临之期，在重要的支援船舰开始运作后，能够更为安全地行驶在海上。

首相致进口管理委员会　　　　1941年1月23日

1. 根据海运对船舶损失量的估计，我们的年损失量是五百二十五万吨，这个得数的计算起点，是法国溃败那年，其中，也包括我们从挪威和法国两处撤离时所遭受的重大损失。除此之外，还有两种计算方法，比较好的一种是，以月为计，算出平均值，得出的结果是：在1940年度，我们的损失量在四百二十五万吨。另一种方法是，从开战算起，除去军队撤离时的特殊耗损所得出的损失量，这么算的结果是，一年会损失三百七十五万吨到四百万吨船舶。因此，你们不用受海运部对船舶损失量计算估计的影响，也不必以这些数据作为推断将来可能损失的船舶量的依据。

2. 虽说保守谨慎些看的话，这样的损失还是会继续增加，但这并不等于这一数字没有降低的可能，因为，我们会改进使用船舶的方法，驱逐舰也增加了其保护舰队的能力，并在数量上有所提升。考虑到我们还能做出不少努力，我认为，最为可行的办法是，按月平均值来计算我们从开战后所承受的损失量。

我的估计在1941年所发生的事情中有了体现，事实证明，我是对的。

* * *

我在今年年初的时候，把一项特殊的任务交给了枢密院长约翰·安德森爵士，请他编制一套把全部国家经济资源都放到战时体制中去的计划，并将其实际推行起来。

首相致枢密院长　　1941年1月28日

当前，进口管理委员会和生产管理委员会所应该做的，是处理好他们职责范围内的实际业务问题，而对你来说，应该是让你管理下的委员会致力于处理较大的经济政策问题，特别是以你为主要处理人，这一点至关重要，这么做也符合公众舆论的意向，他们对各方面的情况都非常了解。所以，你应该立即开始兼顾整体局势展开工作，召见如经济学家凯恩斯那样的人物来跟你面对面地说明自己的看法。你可以按照自己的需要来要求一些帮手或是有能力办事的人，统计处自然也得包括在内。届时，林德曼教授及其主持的机构也会配合你的工作，并以你要求的方式从旁协助，此外，他还可以在你我之间帮忙联络。对于这个委员会，我希望你能把它领导好，并做出一番成绩来。应该每星期召开一次委员会例会，最好还能再加几次。

就如上问题，请你跟爱德华·布瑞奇斯爵士商量一下，如有补充意见，还请告知。

安德森在做这项工作的时候，投入了其全部的精力，把所有的见解和行政方面的能力全都用上了。在国内，他担任过文官，并且在孟加拉国做过很长一段时间的总督，有着丰富的经验，这一切，都使他对政府部门及公务员制度了然于胸，对这两方面的知识量也非常丰富。因此，他很快就获得了其内阁中的同僚们的信赖，并迅速让在枢密院长主持下的该委员会一举成了重要而有力的部门，不但能够将各部门的意见协调统一，还可使其与整个战时经济政策和谐并进。在这之后，它开始代表战时内阁行使权力，颇有权限，并具裁决权，这些权力不仅应用在执行战时经济政策上，在其他方面也是一样。安德森能够将经济政策及国内战线中的各种问题把握得很好，因而，我也就可以腾出精力来从事军事上的事务了。

* * *

首相致军需大臣安德鲁·邓肯爵士　　　　1941年2月22日

首相希望你能够把随函附加的备忘录及示意图提交给进口管理

委员会，使他们予以关注。因为这些材料至关重要，它们是由我亲自督导，并交由林德曼教授再进行整编而完成的，其中透露出某种目前还无法详解却极为严重的倾向，倘若我们不纠正它，那么不列颠就必定会有存亡之忧，而帝国的战时活动也将会受到影响，面临瘫痪的危险。

我们的船舶尽管还在严重减少，可减少的数量已经降下来了，倘若暂且抛开航行线路的问题，只论吨位总数的话，也没有少太多，可令我感到困惑的是，为什么进口的物资反倒少了不少，这太让人惊讶了。不过，在过去的两周里，这种情况已经好了很多，对此，首相感到十分高兴，并希望这是一个好的征兆，表示进口管理委员会已经取得了初步进展。

我想要了解，进口管理委员会的成员们是否能够进一步提出防止某种致命灾难的措施，故而，希望召见他们，日期是周二下午的五点钟。

* * *

我早在 1940 年 8 月 4 日就提出建议了，要求在西部海口地区的海军部把指挥中心迁到克莱德河去[①]，但因受阻而没能通过。之后，事态有了变化，等到了 1941 年 2 月，海军部才迫于与日俱增的压力而表示认同，就将指挥中心往北迁移达成一致意见后，我们将地点设在了默尔西河。大家都觉得这一选择是正确的，比克莱德河更为适合。等到了 2 月 17 日，诺布尔海军上将便在利物浦走马上任了，开始担任西部海口地区总司令一职。他的合作伙伴是空军海防总队司令鲍希尔上将，他们将一起展开密切的合作。由此，没过多久，新成立的这个联合司令部便开始运作起来，而

① 详情请参看本书第二卷中第三十章的内容，P531。——原注

且，两个合作办公的司令部自4月15日开始，也在海军部的作战指挥下像一件打造精密的武器一样，成了我们的得力帮手。

*　　*　　*

刚步入新年的时候，我们的旧船就被不停歇的大暴雨给破坏了不少，虽然这些旧船舰已经用了很多年，船身大多也因此而不再牢固了，但我们的远洋航线还是非常需要它们。没过多久，也就是在1941年1月30日，身在柏林的希特勒就发表了一次演说，信心满满地威胁我们说：他一定会把我们给打垮的，并且，他的海空联合作战部队已经出动，届时，我们将会被他们从各个方位围困，缺资少粮，到最后，只能卑躬屈膝，降服于他们。他还说："我们将会在春季开始打潜艇战，他们用不了多久就会知道，我们可没整天酣睡不起（现场响起了热烈的欢呼声）。到那时，空军也会加入进去，他们迫于我们全部武装部队的威压，势必得做出某种决定。"

首相致进口管理委员会　　　　1941年2月25日

我听说，近来海军部打捞处的贡献极大，一直努力致力于维持船只数量的工作，已经可以与新建船只的工作相媲美了。1940年8月到12月间，他们所打捞上来的船只共计三十七万吨，而同期，我们新打造的船只则共计三十四万吨。不仅如此，打捞处的工作还在持续进行，所捞获的船只还在持续快速地增多，就以8月到现在来说，他们从每月打捞上来十艘船只，就变成了三十艘左右。

对于他们的卓越成就，我们在这里表示祝贺。要是我们能够想办法在设备上予以协助，并帮他们选择出帮得上忙的好军官的话，我相信，进口管理委员会必定会在措施方面协助打捞处做好工作。

尽管打捞处已经取得了不错的成绩，可我们的修理能力还不足，没法儿充分将那些船只利用起来。对此，我相信你和在你主持下的委员会都在努力，已经在想办法改善了，除了增加修理能力，我想你们也在同时设法利用海外设备修复那些在放弃使用前还勉强可以出航一次的船。

* * *

敌人在这时候，不但对我们施以潜艇战，还用上了有着强大威力的巡航舰，我们因此损失惨痛。我在之前就已经谈过，“希尔”号在1940年11月对我们的一支运输船队进行袭击的时候，打沉了我们著名的“加弗斯湾”号的经过，而1941年的一月里，“希尔”号又通过南大西洋向印度洋驶去，仅用了三个月，就使我们再次损失了六万吨位的船只，具体来说就是十艘船，然后在1941年的4月1日重返德国。我们之所以受到重创，是因为没能像一年前那样做好相应的部署，未能派出强大的舰队像追踪“斯佩伯爵”号那样去应对“希尔”号。1941年1月末，敌人终于修复了“沙恩霍斯特”号和“歌奈森诺”号战斗巡洋舰在挪威战斗时受到的打击，并令它们在北大西洋发起攻击，与此同时，敌人早在1940年12月就闯进了大西洋的“西佩尔”号巡洋舰也已经在布雷斯特隐藏好了，并且在这时候，开始在以塞拉利昂为起点的航道对我们进行袭扰。卢金斯海军上将在一开始指挥“沙恩霍斯特”号和“歌奈森诺”号战斗巡洋舰试行时，才刚驶出，就遇上了英国本土的舰队，差点儿被歼灭，要不是遇上了久聚不散的浓雾，就不可能在不被发现的情况下于2月3日成功脱离，驶过丹麦海峡。也就是在那个时候，“西佩尔”号也离开了布雷斯特，往南去了。

“沙恩霍斯特”号和“歌奈森诺”号战斗巡洋舰在2月8日游弋在哈利法克斯航线上时，通过瞭望，看到了英国的一支运输队正在驶近，于是，战列舰便马上分散开来，多角度地对运输队实施进攻。就在这时，德军突然意外地发现了“拉米伊”号战列舰在担任护航任务，于是，卢金斯上将赶紧依照之前基本训令的指示，马上宣布撤离，因为他曾被要求，当遇到与他旗鼓相当的敌舰时，应尽可能避免与之交火，后来据他所说，所谓旗鼓相当的敌舰指的是，英国方面装有五十英寸口径大炮的任意战列舰。在这个指令下，他始终小心翼翼，也因此而受益匪浅。2月22日，他打沉了我们正在执行出航任务的五艘运输船，这五艘运输船因一时掉队而被他们打沉了。之后，卢金斯担心我们会予以反击，很快就向往南面一些的海域驶离了。3月8日，他又发现了我们的一支运输船队，这次，是由“马来亚”号战列舰护航，从弗里敦驶来，于是，他便召集了潜艇一同作战，对我们的运输队实施攻击，其中被潜艇打沉的运输船，共有五艘。像之前一样，在这个海域打了个照面后，他又撤到西大西洋去了。而后，在那里，他的成就仍旧不小。到了3月15日，我们出航执行任务的一支运输船队又遭到了他的截击，同样还是掉队的船只，这是六艘空油船，结果，他不是将它们打沉，就是干脆给掳走了。3月16日，他再度打沉了15日那批运输队中的十艘运输船。如此，仅仅两天，他就以击沉和虏获的方式，造成我们超过八万吨位级的船只损失。

他接下来又发现了我们从哈利法克斯港驶出的一支运输队，这回是由“罗德尼”号来执行护航任务，不过，卢金斯并不畏惧，他这时候已经有了丰富的冒险经验，正要大干一番。3月22日一大早，他就进入了布雷斯特港。敌人的“沙恩霍斯特”号和“歌奈森诺”号巡洋舰仅在两个月的巡航时间内，就使我们损失了合计十一万五千吨的船只，二十二艘船，不是被他们给打沉，就是直接被掳走。同一时期里，在亚速尔群岛附近，“西佩尔”号曾碰上了我们的一支欲从塞拉利昂回航的运输队，于是，双方展开了激烈的对战，一小时后，我们十九艘运输船中的七艘被其打沉。这之后，“西佩尔”号也不顾幸存船员的死活，往布雷斯特港驶去，并于两天后到达该港。我们的重大损失并不止限于潜艇战，这样的损失对我们来说也是巨大的。另外，即便是我们本土的舰队总司令，也曾只有一艘战列舰可供驱使，因为随着不断出现的这些敌舰的威势，我们只能被迫将原本足以用作战斗使用的主力战列舰全都用在护航方面了。

敌人的“俾斯麦”号这时候还并没有被编入现役战列舰的行列，想必德国的海军部此时还在等待它正式完工，同时，它的僚舰，也就是“提尔皮茨”号，料想也没有制造完毕。对于这两艘大规模的战列舰，希特勒必将让它们在波罗的海待命，这是能发挥出其功用的最好办法了。与此同时，他还开始散布谣言，声称马上就会将它们投入战斗。如此一来，他便可以踏踏实实地自由择机发动攻势了，而不是像过去那样，得紧张地戒备着来自敌人的威胁。相反，对于我们来说，却只能将每艘新打造好的战列舰都召集在斯科帕湾及其周边待命。因此，我们的力量迫于定期检修船只的需要而有所限制，很难确保我们在海军力量上的优势，稍遇突发状况，就可能因余力不足而失势。

*　　*　　*

这一问题真是叫人惊心动魄，令我每日每夜都为之绞尽脑汁。我在这时候，只能把获胜的机会寄希望于我们的战斗力上，希望它能无限量地撑下去，这样，等到我们在空军方面有绝对优势的时候，就可以翻身了。另外，我也希望，我们的处境在有大国加入进来之后，能够发生转机。不过，我们的生命线正面临着致命的危险，让我如何能有一刻心安？庞德海军上将早在3月就把甚为严重的沉船情况报告给战时内阁了，而有关此事的报告数据我也看过，因此，我把庞德叫到了下议院的首相办公处，跟他说：“这件事和其他的事情不一样，我们必须高度重视，它比其他任何事情都重要。我将它叫作‘大西洋战役’。”在称呼上，它与九个月前的“不列颠战役”意义相同，只要出现这个名称，就代表所有有关部门及人员都必须关注潜艇战。

随后，我组建了大西洋作战委员会，以便能更加集中、更密切地关注这一问题，及时地下达命令，并且，也能更好地清除障碍、解决困难，使各有关部门更有效地推进自己的工作。每一周，这个委员会都会举行一次会议，时间一般在两个半小时以上，全部跟此事相关的大臣及高级官员，届时都将列席，同时，也包括军部人员和文职官员。我们所要探讨的问题是，详细地检查全盘时局，不放过对任何问题的探讨，必须将所有问题都彻底解决，不错过任何一个悬而不定的事情，也不使任意问题被搁置不管。1941 年，整个大西洋战役的步骤都能从作战委员会的会议次数中看出来。3 月 19 日至 5 月 8 日期间，会议每周都会照常举行，这之后，间隔有所拉长，变成隔两周一次，到最后，会议举行的次数就更少了。10 月 22 日，我们召开了最后一次大西洋作战委员会会议。

很多机构都在我们的指挥管辖范围内，参与作战的人员包括数以千计实干而忠诚的工作人员，由于他们能够相互配合默契，并多角度地把敏锐的注意力投注在此事上，才使得局面能够呈现出一派新气象。就像我在上一章所表述的那样，3 月 6 日是个令人透不过气来的日子，整个形势一触即发，我们在那时候还没有决定到底要不要派军队增援希腊。可尽管如此，我在决定之前还是先写好了指令——大西洋战役，并将之在 1941 年 6 月 25 日，对下议院的秘密会议成员宣读了。我将把这个文件在下面刊载出来，以便能更好地将这段历史表述清楚。

大西洋战役

1941 年 3 月 6 日，国防大臣发出指令。

德国发出了各项声明，由此，我们得承认，大西洋战役已经打响。从今天开始，在往后的四个月里，我们应当想方设法不叫敌人阻碍我们的食品供应，并让他们与美国方面无法建立起联系。要做到如上两点，我们就应该这么办：

1. 应利用合适的时间及地点主动攻击德国的潜艇及“福克乌尔夫

式”轰炸机。搜索德国的海上潜艇，并轰炸其造船厂及藏匿在船只中的潜艇。在空中打击他们用来袭击我方船只的“福克乌尔夫式”轰炸机和其他种类的轰炸机，或者，将这些飞机在起飞前就消灭在机场上。

2.把飞机弹射机装上船，或者，用别的办法把战斗机发射出去，以便能够和袭击我方船只的敌军轰炸机相抗衡。关于这一点，应该在一周之内找到具体解决的办法并提出来。这些是我们首先要完成的任务。

3. 接下来的工作也要积极地运作起来：关于为将作用于西北海口地区而召集起来的空军海防总队主力，不管是已经批准却尚未运作起来的各项措施，还是正在筹备中的各项措施，此外，再加上为协助东海岸安全而准备由战斗机队及轰炸机队控制这一问题的措施，都应该尽快予以落实。从时间上来看，白日延长，而暗夜缩短，从航线来看，我们采用了新的线路，随着这些变化的发生，很可能在不远的将来，德国潜艇对我们的威胁将会减轻不少。尤其要紧的是，我们将可能有效地应对敌人的“福克乌尔夫式”轰炸机，并且，也不再惧怕可能会现身的“容克 88 式”轰炸机。

4. 在新战役所面临的最为紧迫的这个阶段，非常需要驱逐舰来完成护航任务，因此，我们应马上考虑好，是否需要让现已服役的美国驱逐舰队集中到船坞，进行第二阶段的改装工作。

5. 关于时速在十二至十三海里之间的船只，海军部和海运部应再一次审查，以便重新考虑是否该将它们剔除出去，另外，这类型的船只可否只试航一个时期就投入使用也要再考虑一下。

6. 海军部必须首先对短射程高射炮提出申请，并且，对其他能够恰当地装在商船上的武器也必须提出申请，以便它们可以更为安全地行驶在危险海域内。英国防空部队和有关军用工厂，必须得制造好“博福斯式”高射炮二百门，或者，得造好与其威力相当的其他类型的高射炮，目前，这一指令已经发出。不过，除了这些要求之外，海军部仍需要大量的高射炮、炮手及主炮手，所以，还是需要有高射炮持续不断地提供过去，以便海军部备用。该行动应制订详细的计划，好在三个月内就可以参照实施。

7. 对于我们引以为重的几个主要港口，包括：默尔西河、克莱德河及布里斯托海峡，必须加以防范，将最大的防御能力放在其上，因为，敌人可能随时对它们进行密集的轰炸。一周之内，应提交防卫工作目前状态的报告。

8. 当前，我们的港口里有大量受损船只，有关部门应协调好，加紧处理此事，使这批船在6月底前能够修复完并投入使用，使其运载的净吨数达到四十万吨以上。故而，我们要想达成此愿，就不妨暂且为当前需要而打造商船及海军所用的舰艇。任何新建的、无法在1941年9月前完工的商船，应马上停止建造，原参与建船的工人应转而从事修理工作。对此，海军部也已经同意了，并立即着手从参与打造军舰的工人中，或是从修理军舰的工人里，调出五千人来，让他们不必在其长期施工的项目中继续工作，此外，还应该从长期执行打造商船任务的人员里再调出五千名工人来。

9. 当前，英国港口中的船只周转缓慢，即使是要冒险，我们也得改变这一状况，因此，必须将方式方法简而化之：改善修理方法使进度加速，并采取装备消磁电缆的方法。如能缩短船只在港口进出过程的时间，少用五十天的话，就相当于我们能多让进口物资增加五百万吨，或者，相当于增加进口船只的吨位数达到一百二十五万吨。对于这一工作，海军部已经对驻扎在各个港口的军官做出指示，令他们全力配合此间的工作需要，其中也包括修理方面的事宜。这之后，海军部应该随后就令驻扎在港口的军官们提出工作报告，以便了解工作情况并听取对方的意见。驻扎在港口的官员，有必要举行例会，这样就可以及时在会议中解决所遇到的问题，并就困难进行商讨。

10. 劳工大臣曾召开了一次会议，会上，与劳资方面就关于港口劳工人员相互交流的问题，达成了一致协议。这对于增加总体劳动力切实有效。不管怎么说，应该尽快让更多的劳工去修理船只、建船，以及到船坞厂去工作，因此，得再行抽调四万工人才行。应该就地在港口及造船工厂内加强宣传工作力度，从而使全体工作人员都能认识到自己的工作有多么重要。相反的，就地利用报纸和无线电广播来宣传，是不合时宜的，那只能促使敌人有针对性地加强应对该工作的努力。

11. 运输部应该将到岸的货物随时清理运走，以确保堆积和充斥在码头上的货物能够有所减少。运输大臣在完成这一目标时，可以就任意进一步的问题要求管理委员会主席给予协助。而对于港口的进展情况，运输大臣也应该每星期将之报告给进口管理委员会。此外，为了改善货物在港口堵塞的情况，我们特别从其他港口借来了起重机等设备，因此，倘若小港口需要增加什么新的仪器设备，以及利用船只来进一步加快货物的装卸速度是否可行，外交大臣也同样应把进展情况向委员会呈报。

12. 我们已经组建了一个常设委员会，其成员包括海军部运输处、海运部和运输部的代表，每一天，他们都将在会议中探讨进口管理委员会主席所提出的问题，即当前我们所遇到的障碍或困难，并将讨论结果做出相应报告。以上所说的这些措施，进口管理委员都必须使它们能够相互协调起来运作，关于各项进展情况，应做报告，并每星期呈报给我，这样，我好再对内阁发出请求，令其授权采取进一步的计划。

13. 在国内，我们已经采取了各项措施，除此之外，我们还需最大限度地争取船只在海外港口的周转周期，确保时间够用。因此，我应该特别向相关方面发出指示，而执行指示的人员，也应就其采取的措施及所遇困难提出反馈意见，并呈报上来。

* * *

我在3月6日，这个事务最为繁忙的日子里，又据自己所了解的进口情况写了一份备忘录[①]，人们将能在本卷的附录中看到相关记录，上面记载了关于陆军兵力的具体情形。

* * *

此时，德国方面已经开始启用“狼群”潜艇战术这一新的作战方式，即：几艘潜艇由不同的方向协同出击。敌人这时候通常会夜袭我们，并铆足了劲儿让潜艇疾驰在海面上，因此，距离不够近的话，我们无法及时发现。遇到这种情况，只能靠驱逐舰，唯有它才能全速追赶上敌人的潜艇。

在往后的一两年中，这样的战术正是战斗之关键所在，因此，我们有两个问题需要面对：

其一，如何使我们的运输船队能够避免遭到敌人高速的夜袭？事实上，在这种强度的夜袭战中，潜艇探测器已经派不上用场了。要想解决这一问题，就得提升能够迅速保卫船队的舰艇数量，不仅如此，还要发展有效作用于这种战斗的雷达。另外，倘若不能及时找到应对之法，用不了多久，所蒙受的损失将使我们不堪重负。在开战之初，我们曾成功地抵御了德国潜艇的小规模攻势，也因此而有了些安全感，然而，这是不恰当的。如今，风暴袭来，我们却没有所需的、可以与之相对的科学装备。现在，我们正加紧努力，对这一问题加以钻研，在科学家们倾尽心血的研究下，在海、空两方面人员全力一致的配合下，终于，研究工

① 详情请参看本卷中的附录（4）。——原注

作取得了长足的进展，不过，科研成果所彰显出来的效果很慢，只能一点点地表现出来，所以，我们在一段时期里，仍旧感到十分不安，而损失也从未间断。

其二，我们已经找到了敌人的弱点，那就是暴露在水面上的潜艇，因此，可以利用这一点来进行空袭。我们必须知道自己能够在哪些方面对战局加以把控，这样，才敢于通过诱惑敌人来进行军事打击，如此，也才能够确保在长期的战争中取得胜利。所以，我们当前急需的是空中武器，用以摧毁敌人的潜艇，此外，还需要对海军和空军加以训练，好使他们能够在有限的时间里操作这类武器。等到这两个问题最终解决后，德国方面就不得不再次迫于我们的威胁而采用水下潜艇作战的方式进行攻击了，而对我们来说，也就可以用以往的那些久经考验、已经熟练掌握了的方式去应对他们，尽管那些方法显得老旧些。然而，实现起来并不容易，当我们在这方面有所缓和时，已经是两年后的事了。

邓尼茨海军上将，是德国潜艇舰队的总司令，在第一次世界大战中，曾担任过潜艇长，而此番新的潜艇战术，也就是“狼群”战术，也是由他所发起的。这一期间，积极用这一战术战斗着的，是以凶狠著称的普里恩，以及在德国同样堪称一流的潜艇舰队的司令官。不过，他们很快就遭到了报应。我们的“狼獾”号驱逐舰在 3 月 8 日这一天，打沉了普里恩所在的第四十七号潜艇，潜艇上的其他人员也一同随他葬身大海。又过了九天，第九十九和第一百号潜艇也被击沉，当时，它们正对我们的一支运输船队发起联合进攻。敌人的这两艘潜艇，无一不是由优秀的海军军官带领的，而在德国海军丧失了这三个悍将后，战事也就有了明显的变化。这之后，德国再没有出现任何一个能与之相比的潜艇司令，他们的暴戾和强悍程度远不及此三人。3 月间，我们损失惨重，因敌人潜艇攻击而蒙受的船只损失总计二十四万三千吨，因敌人空袭而蒙受的船只损失总计十一万三千吨，不过，我们也在西部海口这个地方击沉了五艘敌潜艇，所以，在第一回合的大西洋战役中，我们和敌人可谓是打了个平手。

* * *

与此同时，有一件头号要事即将在大西洋彼岸发生。我和霍普金斯在这段时间里，始终保持着亲密的联系。我致电给他，对他所送来的“二十五万支左右的来福枪以及一些弹药现已安全抵达”表示谢意。这之后，我又在2月28日给他发去了一封电报：

不过，我从上一回跟你会晤后，就越来越感到焦虑，我们西北海口地区的船只损失率在日渐升高，而同时，到达英国的船只吨位量又在日益缩减，在我们没见面的这段时间里，这样的情况已经越来越严重了。什么时候租借法案才能通过，还请你让我知道一下。在此期间，情况真是一天比一天紧张。

好在时间不长，我们就收到了从美国传来的好消息，租借法案已经被国会通过了，并且，为此事也跟着着急的总统已经于3月11日亲自批准实施了。霍普金斯一接到消息就立刻先告诉了我，这真是叫人感到欣慰和鼓舞的好消息，我们只需要再多撑一刻就行了，物资很快就会到了。

首相致霍普金斯先生　　1941年3月9日

承蒙告知消息，感谢上帝保佑。情况甚为严峻。向你致以诚挚的谢意。

前海军人员致罗斯福总统　　1941年3月9日

在最为危难的时候，我们得到了你们送来的如此及时的增援。在此，请接受我们大英帝国对你和全体美国人民的祝福。

2月9日，我曾在广播中做过演讲，说：“只要把工具交给我们，我们就可以不负使命。”然而，这句话目前还只是暂时性的说法。尽管已经拿到了“工具”，可还赶不上我们所缺少的，不过，我们肯定会尽力去做的。

* * *

现在，财政大臣需要编制财政预算，我们必须提供1941年德国发动潜艇战这一年的进口预算。我们在3月底已经完成了全部关于方式方法的研究及讨论，因此，我将会向战时内阁提出我的最终意见，包括：海陆空三军的军队性质及其规模；对我们来说，进口物资应当争取多少及货物的性质如何。

进口计划

首相关于进口事宜的备忘录。

1941年3月26日

1. 我们应对1941年的进口数额进行假设，即：假设这一年的额度应该在三千一百万吨以上。若以此为基础来看，我们进口的粮食额就应该在一千五百万吨以上，而贸易部的进口数额就应该是一百万吨。如此一来，军需部的进口指标就只剩下一千五百万吨了，可事实上，计划进口的数额是三千五百万吨，因此，他们根据这个数目得出的实际需要额是一千九百万吨，故而需在此基础上再削减出四百万吨，并且，应该根据这一数字来修正原编制计划。照进口情形来看，应被列为主要削减对象的货物有：黑色金属、木材和纸浆。此外，我们不必像过去那样，把现存的钢铁工业视为必须得全部保留下来的因素，因为，我们如今已经可以从美国那里随意买来钢材了。当前，我们在运送进口物资方面，应想办法用最为集中的方式，走最为便利的航道。在粮食进口方面，也应该采用这个原则。

2. 假如1941年的进口数额不到三千一百万吨，那么没到这个数值的部分则应该由粮食部和军需部暂为提供，即从粮食部核减一吨粮食，从军需部核减两吨军需品。而假设这一年的进口数额比目标值三千一百万吨要多，那么我们也应该相应地按照上面的比例将超出的部分加以分配。不论是哪种假设成立，都要等到今年秋天收成的时候才能知道，所以，届时我们再对整个情况进行重检。

3. 陆军部在看了我写有陆军规模的备忘录后，思考了足足三个礼拜才给出了回复，而我也已经收到了他们的复文[①]。他们指出，在我的备忘录里，没有提及关于1942年之后的事项，而这也是很重要的，应当重新根据事态的演变而进行检查。在备忘录中，我提到了“二百万上下”这一数目，陆军部希望更具体一些，即理解为“二百一十九万五千人”，事实上，他们已经按照这个数值安排下去了，这一希望是可行的。另外，陆军部还建议，我在备忘录中所拟定的装甲师是五十个，而事实上，可以用十二个装甲师外加九个陆军坦克旅来代替那五十个装甲师。关于这一提议，可予以通过。除此之外，也可以对他们提出的另一建议予以批准：在1942年3月，使帝国的陆军总数达到标准数目，也就是五十九又三分之一个“标准师”。最终的结果是：我们自现在算起，直至1942年底，可在征用人力方面节省下四十七万五千人，再加上削减步兵和炮兵的人数，装甲部队的人数还可以再增加一些，那样的话，军需部的负担就会大为减轻，不用再为有关营房、服装及子弹方面的问题忧心忡忡了。

4. 我在1月，曾经把能够说明我国总的陆军规模的珀维斯计划告知了罗斯福总统。对于这个计划，现可按军需部的期望加以调整，使之规定得更为明确。要是重新调整计划，在给出规定的时候，没有什么其他问题的话，应该在调整工作时明示装甲部队的比例调整情况。

---

① 详情请参看本卷中的附录（4）。——原注

不过，需要引起注意的要事是：为我们所需要，且极可能得靠美国才能获取的物资，一律都不能在计划中核减掉，特别是额外的那十个师的装备，务必要予以保留。

5.海军的计划在另一份备忘录中有所涉及[①]，不过，我们在这里只提及关于进口方面的原则，内容如下：

必须将目前留下的三艘“英王乔治五世”号级战列舰全速打造完毕。尚未完工的“先锋”号，是从1943年开始建造的，我们非常需要它，因为到了1945年，它是唯一的一艘能够完工的主力舰船。此外，对于浅水炮舰船我们也十分需要，一艘即可。不过，当前不能再开始建造其他的重型军舰了，并且，在往后的半年之中，也无法提供给海军用作它途的装甲板了，而新的装甲板厂房同样在这一时期里不适宜建造。到了9月1日，进口方面的情况很可能发生变化，届时，我们应当据大西洋战役的情况和美国与战争的关联而重新进行审查。

对于海军部关于装甲板的需求量，可参看限制条件：1941年度，以一万六千五百吨为准，不得超过此规定；1942年度，以二万五千吨为准，不得超过此规定。倘若海军部在限制条件内有需要，军需部便可扩大生产计划，发展生产坦克的规模。

6. 1941年的进口额应当是一千五百万吨，粮食部及农业部要在此基础上一起制订出一项一年半的计划来。倘若有必要，当可将随后半年的肉类储备以我们的牲畜为主，不过，战时食品需多样化地储备起来，所以，还是要以大量的进口食品为主。由于一年半的计划周期较长，容易发生政策上的突变，所以要尽力避免干扰。作为可以利用起来的储备，当作为这期间的调剂因素加以考虑，同时，

① 详情请参看本卷中的附录（5）。——原注

也要注意合理利用所分配到的物资。

7. 在如上所述的限制条件下，应该让英国的空军在人力、物力和所拨物资上，享有优先权，以便他们能够将它们善加利用，尽可能地继续发展壮大。

如上的指示非常明朗，在战时内阁通过了这些指示之后，全部有关部门便都再无异议地依此行事了。

*　　*　　*

自从租借法案审批通过，我们与美国的关系就日渐亲密起来。在我们的压力下，美国方面对维希法国的态度也强硬了不少。最近，德国战斗巡洋舰四处横行劫掠，由他们的这种行径可以看出，德国的军舰威猛有力，极具危险性，用不了多久，“俾斯麦”号还会加入进来。德国很可能会对法国的舰队加以控制，这是我们十分担心的一点。并且，他们还很可能得到法国的那艘以速度著称的“敦刻尔克”号战列舰。

我于是发了封电函给总统：

前海军人员致罗斯福总统　　1941 年 4 月 2 日

1. 有可靠消息向我们传来：停战委员会已经“应允”维希政府，“斯特拉斯堡”分队的所有成员会护送“敦刻尔克”号战列舰从奥兰安全抵达土伦，好“接触武装”。

2. 如此看来，之所以会有这样的调度，必定是为修理的缘故，因此，我们可以依此来做出假设，是德国命令他们这么做的。

3. 对于此次行动给我们带来的危险性，我想我无须跟你多说，德国在海上对军舰进行的袭击，从来都是毁灭性的，足以造成很大的威胁。如今，参与进攻的舰队中又加入了这么艘军舰，确实让我们又遇到了一个不好攻克的难关。倘若海军上将达尔朗是个一诺千金的人，那我们当可指望他发出命令，让可以出海的军舰只从法国本土的港口驶出，来作为最后的计策。不过，要是“敦刻尔克”号处于必须修理不能再运转的程度而已经在船坞停留的话，那么德国人便有了趁机篡夺并拥有“敦刻尔克”号的时机。

4. 这可真是个坏兆头，说不定我们关于达尔朗的最糟糕的预测会得到验证，这实在令人忧心。

5. 过去，你曾借驻维希的大使对法国政府传达了这样的意思：倘若法国能将停在本土港口里的军舰一步步地向北非大西洋沿岸的港口转移过去，那法国非占领区内的粮食问题就好谈得多了。可如今，达尔朗并不是按照你的要求去做的，非但如此，还有意反其道而行。

6. 倘若达尔朗一意孤行地继续这么做，那么，我希望你能够马上对贝当元帅反映出来，达尔朗的行为会导致美国失去对法国的同情之心，并令其不再得到任何救济。而我们当前自身难保，不可能在这种情况下再帮助法国解决粮食问题。不过，在这事上也不是全无希望的，或许贝当元帅能够使他停止行动。若非如此，我们就没法儿退让了，因为这件事对我们来说甚为重要，甚至致使我们不得不宁愿冒着极大的危险，不顾后果，也要想方设法对这艘军舰进行拦截，进而打沉它。我希望你能理解我们这么做的必要性，对我们来说，是一定要走这一步了。

7. 还有一件事甚为要紧，那就是，我们很可能会将曾在先前提到的那个激烈的方法付诸实践，切勿令法国人及其主子发现这个行动计划。

尽管事情十分急迫，可在我还不知道总统如何看待、如何打算之前，还不能有任何行动。

首相致第一海务大臣　　　　　　　　　　　　　　　　1941年4月3日

1. 在罗斯福总统发来复电，表示同意之前，我们还不能进攻“敦刻尔克”号战列舰。如果他没有在其回复中涉及这件事，也可视为是一种默许。

2. 在收到总统的回复之后，要是情况允许，那么，第一海务大臣和掌玺大臣就要进行一次商谈，并最终给出决定，不需要我也参与其中。

3. 就我个人而言，是同意攻击“敦刻尔克”号战列舰的，但可惜的是，成功与否还不能保证。要想成功地攻击一艘被驱逐舰防护严密的军舰，只有十分之一的希望而已。

4. 我觉得这件事对维希政府而言，是不会有过激反应的，因为他们自己也清楚，献媚于德国的这点算计早已为人所知晓。为此，他们可能会利用广播反复向民众这么解释：要是德国前来袭击这艘战列舰的话，它根本无法像其他法国舰队中的船舰一样，能够迅速离开土伦船坞，在这种情况下，只能将其交与德国了。

* * *

第二天，总统发来了复电，在电函中我们了解到，在十天之内，“敦刻尔克”号都会停在奥兰，因此，我们最起码可缓几日再决定要不要出击。4月6日，我们再次接到总统的电函，他说，美国在维希派驻的马修斯参赞已经对贝当元帅发出了请求，要他即刻约个时间面谈。尽管元帅答应了下来，可他对马修斯所说的关于探讨“敦刻尔克”号的问题并不知情，于是，就叫来了达尔朗。见到达尔朗后，他表示，英国人因为想让自己的舰队成为唯一的地中海舰队，当然会传出这样的消息。同时，他也承认，“敦刻尔克”号没法儿在奥兰进行修理施工，所以正要将它调来土伦，并且还说，他铁定不会将“敦刻尔克”号留在奥兰。他曾经跟贝当元帅一起，以个人的名誉为担保宣誓过，不会让法国的军舰被德国人霸占了去，事到如今，他再度以个人的名誉做出保证，“敦刻尔克”号不会立即就从奥兰驶离，并且，再过十天或是一段较长的时间也不会离开，因为，它尚需准备很久才能离港。对于这一点，美国在维希的大使馆人员也认为确是实情，他们还相信，即便这艘战列舰能驶抵土伦也是枉然，因为至少在8月末前，它都没法儿正式投入使用。在马修斯和贝当、达尔朗的会晤中，达尔朗还说了很多有关反对英国的话，对此，贝当表示，会给马修斯一个正式的答复。总统对此表示，贝当元帅对书面文字的领悟能力超强，自然不会只凭记忆做出决定，所以，在更为谨慎细致地研究过文案后，相信他会按照我们所要求的那样，给出保证。

随后，我给罗斯福总统发去函电表示感谢，并表示，我仍然很难不去关注这件事。

前海军人员致罗斯福总统　　　　1941年4月6日

1. 我非常感激你如此热情地干预到“敦刻尔克”号的问题上来。这艘军舰确实难以于三个月到半年的时间里在土伦完全修理好，可我们干吗非得将此事记挂在心呢？虽然达尔朗表示，愿意以个人的名誉作为担保，使“敦刻尔克”号不会为德国人所有，可这样的名誉，本身就是以不名誉来作为名誉的基础的。对于这样一艘停在船坞中的舰船，或者说，正需要大修一番的舰船，大概很难在德国侵占土伦之前得以保全，况且，现场还有德国的军官及特务们一直在盯着它。让我们来回忆一下当初的艰辛：在朴次茅斯和普利茅斯，我们曾费了多大的劲儿才夺取到法国的船只啊！所以，对于我们既定的政策，我们应该坚持到底才对，即：只要是法国的舰船，一律不能从非洲的港口调至在德国管控内的法国港口，也不能调往有可能被德国操控的法国港口，而与此相反的调动行动，则都应当支持。达尔朗要是将“敦刻尔克”号战列舰调到土伦去，难保他不会再把“让·巴尔”号也调出卡萨布兰卡，又或者，会让“黎歇留”号离开在达喀尔的停泊地。所以，我们应该施加压力，并必须丝毫不能放松地坚持下去。因为我们都十分清楚，等到 4 月的某个早上，这艘舰船就会离开，有关的筹备工作也都完成了，因此，这个办法显然最为有效。贝当元帅所知的事情显然远没有卑劣的达尔朗知道得多，想必有半数都不清楚。倘若达尔朗能在你的威压下停止自己的行动，并且你的压力能够在他身上发生效力，那可比届时由我们来处理好多了，而对我们来说，也免去了冒险和进一步采取猛烈打击的程序。

2. 当前的问题是，把这个消息公布出来，是否对阻止达尔朗有所帮助。星期三，我将会在下议院发表一次讲话，你会介意我这样表达吗？届时，我会说：“达尔朗极可能从奥兰将‘敦刻尔克’号战列舰调到土伦投入战斗，这个危险始终都有可能发生。届时，他的行动将导致整个世界的海军力量失去平衡，不但我们本身的利益将受此影响，就连美国的利益，也将会因此而发生改变。现在，美国政府方面已经对贝当元帅提出了抗议，借此，也可算是对维希政府表明了态度——如此做法，完全无法与法国的利益相吻合。当然，英王陛下政府只得将此行动步骤看成一种威胁，即：是希特勒在背后唆使他，以便对我们造成威胁。同时，也会把这个行动步骤看成一种阴谋，即：是达尔朗海军上将所布下的计划中的一环。他这么做，是想要独自控制法国，而此前，他需要靠此来成为德国人的亲信，好做他们在法国的代理人。鉴于当前的情况，英王陛下政府将会对自己的行动自由有所保留，即：当这艘战列舰在行驶时，或者，当它停在土伦港口修整时，有权采取适合的措施。倘若达尔朗果真有所行动，那么英王陛下政府只能深表遗憾了，因为英王陛下政府无意对法国有什么企图，也没有针对法国采取什么政策，不过是想使其脱离德国的摆布，进而帮助法帝国维持其完整性罢了。”这就是我要讲的，不知道你对此有什么意见？我希望你可以私底下解决这事，而不论你将提出怎样的意见，都希望能够告知我。

我于4月9日将这番讲话内容传达给了下议院。“敦刻尔克”号一事也终于有了了结，迫于总统的压力，维希政府只得屈从。过了两天，我收到了总统发来的一份复文，是法国方面的一份正式的复文抄件。

1941年4月11日

4月4日，美国代办向贝当元帅提交了一份备忘录，并令其对如下消息给予关注：有消息称，法国政府在“通过了威斯巴登停战委员会的授权”后，正筹备着要把停在奥兰的“敦刻尔克”号调到土伦港去，但这时候，美国政府的意思刚好与之相反，他们希望法国的海军反方向调动战列舰。在这份备忘中还提到了这样的内容：“要是这样的调动果真施行的话，那么美国政府方面就不能按照自己希望的那样，将尽力支援法国在非占领区内的必要物资这一政策推行下去了，其他合作意向也就更不可能实现了。”

元帅所带领下的政府表示，他们诚恳而无所挂念地愿意承认，的确有让“敦刻尔克”号准备好过一阵子转至土伦的打算，可这项举措完全是他们自己的意愿，是他们在充分行使主权的前提下做出的决定，而不是因为有国外势力的压迫才这么做的，归根结底，是技术原因，而非其他。

1940年，“敦刻尔克”号在7月间遭到了狠毒的攻击，受伤惨重，而在这次的袭击中，有不少法国人都牺牲了自己的生命，对于这件事，美国政府是全都知晓的。

尽管这艘舰船目前还没有丧失行驶能力，不过，要想最终修理好它，却只能在没有水的船坞里才能完成，如此一来，土伦港就成了唯一可去的地方，因为只有在那里，才有容得下这艘舰船的兵工厂，其他北非的兵工厂或是别的法国非占领区内的兵工厂都没有这样的容纳能力。之所以会想法转移“敦刻尔克”号，其实是出于对这一原因的考虑，因此，将它移至土伦港势在必行。尽管如此，美国政府却似乎并不这么认为，他们觉得转移船舰必定含有某种政治因素，所以法国才同意将转移的相关筹备工作往后延一延，直至能够就此问题取得一致协议。法国政府方面希望美国联邦政府能以此了解他们的意图：只要是力所能及的事，法国方面都愿意实实在在地按照已经允诺了的政策去履行义务，好使在非洲的法属领地及法国非占领区内的物资能够得到应有的供应保障。

然而，法国政府答应将修复对法国来说最为珍贵的军舰之一的“敦刻尔克”号的时间往后延迟一事，不但严重地伤害了法国政府的自尊心，在其利益方面，也同样做出了极大的牺牲，因而作为保卫法国海上运输的必要途径也受到了很大的影响，致使其无法更好地发挥出自身的力量在保卫整个法兰西帝国的事业上做出努力。

由此，法国政府方面把希望寄托在了美国政府身上，期望由他们出面到伦敦帮着调解一下，好能使英方政府愿意做出保证，不会在“敦刻尔克”号于北非停留休整的那段时间里争夺法国的合法商船，也就是在法属殖民地、法属非洲的领地、法国非占领地区间往来的那些商船。现在，情况已经很明朗了，法国如今正遭受着饥荒的威胁，对这样的国家而言，曾经允诺过的保护若是失去效用，只能任凭自己的商船受到接连不断的追击或是攻击的话，那么它肯定会动用一切可能的力量来自我防卫的，在这种情况下，人们又怎么能要求它放弃自己的防卫呢?

我们自然不会给出这样的保证。这次罗斯福总统在我们和法国之间的有力干预，在一定程度上缓和了我们和维希法国之间的敌对关系。

第八章　大西洋战役之美国的干预

1941 年

美国的军事支援——参谋人员在华盛顿召开秘密会议——美国发展自己的海军基地——德国潜艇西进——冰岛十分重要——哈利法克斯航道——加拿大皇家海军的发展——在纽芬兰圣约翰斯设置的护航舰前哨基地——损失不断加大——超过八十万吨的船只在三个月间被击沉——美国的援助增加——4 月 11 日，扩大了安全区——海域里的美国边陲——亚速尔群岛——4 月 24 日，我所发出的电报——海军部与海军上将格姆利进行会谈——5 月 27 日，美国总统宣布国家将无限期处于紧急状态——希特勒不敢与美国战斗——德国潜艇遇困——瓦解了敌人凶横的联合战术——6 月，我们开始占据优势——我们迫切地需要更多快速的护航舰和远程飞机以及性能不错的雷达——自船体发射战斗机来应对“福克乌尔夫式”轰炸机——取消每星期公布一次沉船数量——我们在利物浦设置的联合司令部所获得的成就——7 月 7 日，美国攻下冰岛——布雷斯特带来的威胁——作战机构联合指挥——我们损失的，以及紧张努力着的——莱瑟斯勋爵的委任——刘易斯·道格拉斯先生——改善港口内清理积货的办法

现如今，潜艇战已经有了重大的发展变化。我们在 3 月就灭掉了德国打出的三个海上“王牌”，同时，在防御措施方面也取得了进展，如此种种都影响着潜艇战的进程。敌人在西部海口发现战事吃紧时，便朝着更西面的海域转移了自己的潜艇。南爱尔兰不让我们使用他们的港口，并且，我们的船只在那里也无法得到来自空中的保护，因此，我们只是让为数不多的舰船来担任小型舰队的护航任务，进入港口。在通向哈利法克斯的航线里，有四分之三的线路，我们无法给予运输船队以有效的掩护，而只能在差不多四分之一的航程里，由联合王国海军基地出发的护航舰只来护航，才能真正起到作用。一支“狼群式”潜艇在4月伊始的西经28度海域中，袭击了一支运输队，那时候，担任护航任务的船舰还未赶去。战斗进行了很长时间，其间，我们的二十二艘船有十艘被打沉，而德国的一艘潜艇也被打沉了。不管怎么样，我们都得想办法使我们的控制范围有所增大，不然，恐怕用不了几天就无法再存活下去了。

截止到目前，我们仍旧只能收到从大西洋对岸送来的物资支援，不过，作为三军统帅，总统在眼下这日渐紧张的情势下，开始根据自己在美国宪法中说明的那样，按照自己所享有的各项权益做事了，着手向我们提供武装方面的支持。德国的潜艇或是攻击舰艇要想攻进美国的海岸，是总统绝不能容忍的事，并且，他还要使运往大不列颠的军火武器能够确实达到运输路途的一半。总统在早些时候，也就是1940年7月，就曾将一个海陆军师团派到英国，进行了一次双边“探索性会谈”。很快，海军上将格姆利，美国的海军观察员，就对不列颠的态度十分满意，因为他看到，这个国家的决心是如此坚定，誓以坚贞不屈的精神来抵御迫在眉睫的一切威胁，并有足够的能力做到这一点。会后，格姆利海军上将与英国海军部将一同承担起一项任务——把美国的力量更好地集中到以下几点：其一，依照当前行使的政策给予援助，将力量集中于“除参战之外的所有支援上”；其二，美国一旦被卷入战事，便会与英国的武装部队联合起来，加入战斗。

对于大西洋的联合防御计划，两大英语国家从一开始就已经广泛地计划起来了。从 1941 年的 1 月开始，参谋人员就在华盛顿召开了就全盘战况战略部署方面的秘密会谈，并制订下一项把全世界可用力量都联合起来的战略计划。倘若战事延及美洲和太平洋，美国军事首脑便会一致认可最具决定性的战场，将会是大西洋及欧洲战场。希特勒必须首先被击倒。因此，在大西洋战役中，美国都是以这个概念为基础来筹谋援助计划的。为配合联合远洋运输队在大西洋中的需要，已经开始了各项筹备工作。美国军官在 1941 年 3 月出访了大不列颠，以便选择他们的运输队及空军适合驻扎的基地，随后，立即展开了基地打造工程。此间，美国从 1940 年就已经开始的工作，即在英国西大西洋领地中建造基地的工作，也一直在持续进行，且进展的速度很快。运输船队在北大西洋最为重要的基地设在了纽芬兰的阿根夏，在这个基地及联合王国港口的借力之下，美国武装部队便可在“大西洋战役”中将其最大的作用发挥出来了，换句话说，当这些举措在规划的过程中时，就能看出他们将在日后起到多么大的作用。

在哈利法克斯港与苏格兰之间，有一条弧形的航线，而纽芬兰、格陵兰和冰岛都坐落在加拿大和不列颠之间，紧挨着这条最短的航线的一侧。武装部队有了这些岛屿做“踏板”，就可以将整条航线分段控制起来了。尽管格陵兰岛资源匮乏，但我们仍可善加把握其他两岛上的资源。有人曾这么说过：“占领冰岛的人，就能将手中的枪口稳稳地指向英国、美国和加拿大三国。”因此，1940 年，当丹麦惨遭践踏时，我们就在冰岛人认同的情况下，将该岛占领了，而之所以如此，也是应了那句话的意思。如今，我们可再次把它利用起来，以便应对与德国的潜艇战，因此，在 1941 年的 4 月，我们在这里建立了自己的基地，好为护航舰分队及飞机提供有力的平台。现如今，冰岛作为一个能够单独指挥的地区，可使我们扩展自己的海上护航舰的活动范围，也就是说，我们可以在西经 35 度内自由行驶。尽管如此，在西面，还是存在着一个暂时无以堵住的缺口，使我们处于危险之中。自哈利法克斯港出发的一支运输队在5月间，西经41度的位置受到了敌人猛烈的攻击，而当时，我们的反潜艇护航舰尚未来得及赶到，结果，有九艘船只被击沉。

此间，加拿大的皇家海军力量正在增强，不断制造出大量的新式护航快艇准备投入战斗。在这十万火急的时刻，加拿大人已经准备好了，预备在这场性命攸关的战争中承担起自己重要的使命。之前我们损失掉的那支由哈利法克斯港出发的运输队让我们清晰地看到一个事实：若想保护船队顺利到港，必须得确保从加拿大到不列颠一线，全程都有护航舰保护。因此，5月23日，英国的海军部队对加拿大和纽芬兰政府发出请求，希望他们能够允许我们把前哨基地设在纽芬兰的圣约翰斯，他们当下就同意了我们的请求。终于，全航线不间断的护航目标于5月底达成。自此，加拿大皇家海军便开始将人力和物力都投入了保护西段远洋航线运输队的任务，扛起了护航的使命。而我们，则负责保护其他经过大不列颠和冰岛航线的船只。然而，即便是这样，我们也很难以这么少的物资来完成护航使命，因为，我们在这时候的损失也在急剧攀升。德国在3至5月间，共打沉了总计八十一万八千吨船只，也就是一百四十二艘船，其中，属于英国的部分是九十九艘，即有差不多六十万吨位的船只无法再使用了。为了确保自己能够保持这样的战果，德国方面始终保证着自己能在北大西洋有十二艘上下的潜艇在运作，另外，他们还猛烈地攻击了弗里敦附近的海域，企图以此来彻底摧毁我们的防务。结果，德国的六艘潜艇仅在5月间，就在这一海域里打沉了三十二艘船。

* * *

美国总统这时候正在向我们逐步亲近，并且，他有力的干预很快就起到了决定性的效用。他眼见在冰岛设立基地的重要性，于是，也跟我们一样，在同一个月里设立了供美军专用的航空基地。有消息指出，德国已经将自己的气象站设在了格陵兰东海岸，所以，总统在这时候所展开的行动显然够及时。另外，根据其他决定，我们还可将自己在地中海之战，以及在别的交战海域中负伤的商船及军舰，都送至美国的船厂去修整，如此一来，国内本就吃紧的人力和物力便可以马上由此得以缓解，这是十分必要的。4月4日，总统发来了函电，也确实印证了有关船只检修的事。此外，他还在来电中说，已经下拨了款项，用于另外再建造下水场五十八个，并预备打造二百艘新船。

前海军人员致罗斯福总统　　　　　　　　　　　1941年4月4日

1. 就在刚才，我收到了由美国大使代为传达的电报，上面提到了有关船只的事宜，对此，我深受感动，并向你表示感谢。

2. 我们在过去的几周里加强了西北海口一带的护航力量，把德国潜艇痛打了一顿。如今，敌人的潜艇已经向更西面的海域进发了，并且，在4月3日，也就是今早，袭击了我们的四艘船，并在西经29度的海域内将它们打沉了，而我们的护航舰次日才赶到。尽管打败德国的潜艇只在于驱逐舰及护航舰，可仅此，就已经令我们难以周全，深感疲惫了。要是你们能够提供十艘快艇及相应的艇上人员的话，我们就能令其在冰岛驻扎下来，如此一来，我们的运输船队便能从该岛起受到他们的掩护，在其有效的巡航半径范围内得以获得安全保障，并且，还能衔接上我方驻扎在英国的护航舰的管控范畴。在西北海口，远程飞机也是一个非常重要的因素，而这个问题也在解决当中，陆陆续续地，这种飞机正飞向那里。尽管我们如今正日益蒙受着惨重的损失，可我仍旧希望，这样的威胁能够在四周或是六周后有所减轻，届时，我们不在少数的“旋风式”战斗机就会加入进来，一架架地自商船上起飞，承担起在危险水域巡航及护航的任务。

过了一周，我们收到了重大消息。4 月 11 日，总统发来电报告知，美国政府打算扩展自战争初期就定好的安全及巡逻范围，也就是说，从西经约 26 度以西的地方，包括北大西洋的全水域之内，都是他们的安全线和巡逻线。为此，总统提议，要切实利用起自格陵兰、纽芬兰、新斯科舍、美国、百慕大群岛，以及西印度群岛始发的飞机和海军舰船，另外，将来很可能还会扩及巴西。总统叮嘱我们，通知他运输船队的踪迹时，一定要秘密地进行，“这样，侵略国要想在属于安全区域内的新线路西面发动攻势的话，我们的巡逻舰船就好发现他们的舰船或是飞机了”。美国一旦在巡逻时发现疑似侵略国的舰船或是飞机，一定会在第一时间将其所处的位置公布出来。最后，总统还说：“就此，我未必会发表什么特殊声明，不过，很可能会有所决定，发出让海军采取必要行动的指令，这样，时间会证明这个新的巡逻区不是莫须有的。”

我向海军部传达了总统的这封电报，心中的大石总算落地了。

前海军人员致罗斯福总统　　1941 年 4 月 16 日

本来，在收到了你有关大西洋的要电后，我是想要详细地予以回复的。我把消息转达给海军部后，他们都感到非常满意，也很心安，并且，已经就此拟定了一份技术方面的意见书。他们得知两天之后，格姆利海军上将就会过来，所以，非常想要知道是否需要与他就意见书的内容先商量商量再正式发布。至于格姆利海军上将知不知道实情，我并不清楚，不过，这个事情的确很要紧。当前，在西经 30 度的海域上，大约有敌人的十五艘潜艇在伺机而动。显然，若是美国出动水上飞机，从格陵兰前去救援，自然最好不过了，再没有什么应急措施比这更好了。

过了两天，也就是 18 日，总统在 4 月 11 日所发电报中提到的关于东西两个半球的分界线，才由美国政府正式宣布出来。事实上，这之后，美国真实的海域边界线，就是以这条沿西经 26 度而划的界限为边线的。有了这条分界线，美国就将格陵兰、亚速尔群岛，以及英国在美国的领土和临近美国的英国领地都划归到自己的范围里了，而且，这一范围美国不久后又往东延伸了不少，包括冰岛在内。美国方面据此东西两个半球的分界线声明，派出了自己的军舰，在西半球海域内往来巡逻，要是敌人在这个区域之中有什么行动，他们都会把情况随时告知我们。不过，此时的美国还未参战，因此，在这个阶段里，还无法直接保护我们的运输队，故而，英国只得像以往一样，在全线独揽保护运输船队的任务。

这时候，不论是英国还是美国，海军首脑们都对亚速尔群岛上的情况十分担忧。我们怀疑，敌人很可能正在盘算着如何占领这些岛，好用来建立自己的基地，让潜艇和飞机得以方便使用。要是这些临近北大西洋中心的岛屿被敌人占据，将会严重威胁到我们在南面来往的船只，就像冰岛受北面影响一样，处于危险之中。这种情形，英国政府是绝对不容许发生的。葡萄牙政府已经认识到这对于其国土的重大影响，因此，曾紧急发出呼吁，而我们已经制订好了相关计划，并且整编好了一支远征军来回应他们的这一呼声，并尽力使德国不能在这一点上有所行动。同时，我们还有一项计划，那就是：倘若希特勒向西班牙进军，那我们就会进军并攻占下加那利和佛得角两处群岛。不过，远征军很快就没那么急迫地需要前往目的地了，因为，希特勒的目标很明确，他已经准备向俄国动手了。

前海军人员致罗斯福总统　　　　　　　　　　1941 年 4 月 24 日

1. 就你 4 月 11 日发来的函电，我现在就准备详细地予以回复。之所以回复得有些晚，是因为我在等候海军上将格姆利，可他来英国的确切日期一直都没定好。我们的首席海务大臣跟格姆利曾有过一次长时间的探讨，讨论结束后，他对我提了几项建议。

2. 我们在大西洋战役中，除了四周海岸受到敌机的威胁之外，还有两个问题非常重要：其一，德国的潜艇威胁；其二，我们的舰艇遭受着敌方袭击的威胁。

3. 有关德国潜艇对我们造成的威胁，目前有一个疑点。过去，他们在西北海口西经 22 度的位置有所行动，不过，我们也曾阻止了他们。可如今，他们的行动区域有了变化，常在西经 30 度的地方采取行动，不知道这是因为我们过去取得的成就，还是有其他什么原因。

4. 不过，这种威胁在两方面的改善下已经有所减轻了，即：一方面，我们得到了美国支援的驱逐舰；另一方面，我们的护航舰船可以在冰岛加油。就此，我们的护航舰队便可以逐渐加强自身的力量了。

5. 敌人对此可能会有的反应是可以想见的：他们会将潜艇往更西面的海域转移，这对于他们是十分有利的，因为，这样就不用从基地发出潜艇，让它们在距离上跋涉更远了，只需把洛里昂，或是波尔多当作基地启程即可。

6. 据此，对我们来说，下一个会危及我们的海域很可能就是格陵兰以南，西经 35 度往西的地方，而在这个海域之内，我们很难应对敌人。但是，倘若格陵兰基地的飞机在侦察时也巡视这一片海域，意义可就不一般了。对我们来说，此举意味着：一旦发现潜艇的位置，我们便可以对运输船队发出信号，以便其在敌人发现前就变航而不用招致危险。

7. 自弗里敦开始，经过佛得角，再到亚速尔群岛这一海域，是我们应对起来也十分困难的海域。船只在这条航线上的续航力十分有限，因此，我们的运输船队不能超过西面的航线太远。其实，运输船队本不适合在这条线路上航行，现在不过是通过少运货、多配燃料的方式才得以这么做而已。尽管现下我们已经很努力地为其提供相对适合的护航舰了，可在数量上还远远不够。所以，我们要是在空中能得到美国航空母舰的配合，帮助我们的运输船队侦察好其行驶过程中前方一段距离内的情况的话，我们行将受到的威胁就会减轻许多。

8. 美国海军当局要我们告知运输船队的踪迹，这一点是没有问题的。

9. 关于我们的舰艇遭受着敌方袭击的威胁，尤以纽芬兰附近海域为甚，在此，我们的船只只由少数的护航舰守护，而相对的，敌人却有“沙恩霍斯特”号和“歌奈森诺”号两艘战斗巡洋舰在那里伺机而动。因此，要是还能得到从纽芬兰或是新斯科舍额外给予的远程空中侦察支援的话，我们所承受的危险就会大为减轻。

10. 我们希望能够将一艘力量强大的主力战列舰驻扎在新斯科舍或是纽芬兰，以便把所得的任何有关袭击舰艇的活动资料告知给它，从而令其更好地应对来自敌人潜艇打击的威胁。

11. 我们在西经 26 度西面的贸易线内，可能还存在一些敌人会有所行动的区域。另外，敌人为供应舰艇燃料的船只，也极有可能在南大西洋及北大西洋属于我们的贸易航线附近出没。截止到目前，由于我们没有足够的船只来担负起这一海域的巡逻任务，故而还不能有效地在这里侦察敌情，要是我们清楚地知道很快就能侦察到每一个特定海域内的敌情的话，当然就会想办法将一些舰艇安排在附近了，这样，只要敌人的攻击舰艇一出现，它们就能派上用场了。单是在这些海域设置空中侦察，就够敌人闹心的了，况且一旦发生什么，你们的船舰还会随时把情报告知给我们。

12. 据悉，美国和英国的军舰已经商定好了，会彼此秘密地传递情报。

13. 此外，还有一个令我和海军参谋长都越来越感到担忧的问题需要提出来，它与如上提出的问题也有着密切的关系，你自己先参考一下：目前，德国方面正在对西班牙及葡萄牙施压，且日渐紧迫，如此一来，这两个国家很可能会随时降服，而我们也再难使用直布罗陀的停船处了。相反，这对德国人来说却是轻而易举，他们根本不用派出大军去占领西班牙，只需将碍事的炮台收为己有就可以了，这样，便再也没有什么能阻止他们在此停船的问题了，只消派几千个炮兵和技术员过去就行。德国人现在已经有所行动，正用他们一贯的渗透法对丹吉尔进行初步的渗入，所以，敌人的炮兵专员很快就会占据直布罗陀海峡两岸的炮台。

14. 我们已经准备好了两支远征军来应对德国此举，只要西班牙被降服，或是受到攻击，我们便会动用这两支力量。我们预备让其中的一支远征军先从不列颠出发，而后再先后进驻两个速尔群岛中的岛屿，而另一支远征军，则将前往佛得角群岛，这两支军队的行动任务是一致的。不过，自接到行动信号开始，我们需要八天的时间来完成任务，在此期间，德国方面是否也在同一时间有相应的应对之法，还没人敢妄下定论。我们海军的负担已十分沉重，再没有余力常常监视这一带的敌情，你要是能尽快在此地布置下一支美国分舰部队进行善意的巡查的话，将会使我们获益匪浅。或许，此举也能起到很好的震慑效果，令纳粹的攻击舰艇再也不敢在这里活动，如此一来，我们便可在这一带海域中常来常往了，同时，也能收到更多珍贵的情报。

15. 明天晚上，我将会见曾一起有过长谈的福雷斯特尔先生，同时，也将与哈里曼会面，关于默尔西河区域的情况，我们三人得一起好好研究研究，因为这关系到西北海口一带的安危。

*　　*　　*

我们在这一时期里，根据海军部和格姆利海军上将在会谈中商定的结果，与美国商定了详细的有关在大西洋方面，美方给予我们援助的计划。

前海军人员致罗斯福总统　　1941 年 4 月 24 日

1. 我发了电报之后，你们很快便做出了回应，在发出函电的时间点上，我和美国官方几乎是同时从两地发出的，并且，在美国官方发来的电报中，提到了防御西半球的海军计划第二号计划。获悉这一消息，我真是高兴极了，我在去电中所涉及的各意见点，均在其中有所涉及，你们如此之迅速地行动起来，真是令人深为感动。就在刚才，我们收到了一份报告，称：在百慕大东南方向约三百英里的海域里，有一艘海上攻击舰正在从事军事活动。对于我们运输船队的情况，及其他方面的情况，我们会尽可能想办法让美国舰队总司令知道。现在，我国的海军部正密切地与格姆利海军上将保持联络，很快地，有关参谋人员的安排事宜就会有个结果。

2. 在好望角往来的英国船只，是以德国潜艇的活动情况来决定要不要转移航线的，不过，目前使用的线路是西经 26 度往西的那条线路，要是可以一直如此下去，那我们今后就会接着使用下去。

3. 对于美国的海军将在英国西北海口一带备下建立美军基地时所要逐步完成的程序，我们自当十分欢迎……你们的作为，将会极大地影响大西洋战役的成败。

当然，我们一定会对你们的一切行动保密。不过，要是你可以用你能够运用的方式对这方面的情况加以表态或是发出声明的话，那么到关键的时候，土耳其和西班牙便很可能会因此而转变态度，这一点，我相信你也是有所了解的。

总统的政策一出，其影响是深远的。自从加拿大皇家海军和美国的海军肩负起了我们过去所承受的一部分重担之后，我们就更有信心继续在战斗中奋力一搏了。此时，美国已经愈发倾向于加入战争的行列了。而到了 1941 年 5 月末，“俾斯麦”号战列舰也终于行动起来，朝着大西洋海域进犯了，德国的这一行动，无疑使世界潮流的进程都加快了。对于这一段事情我先暂且不提，等到了适合的时候再讲。1941 年 5 月 27 日，也就是“俾斯麦”号战列舰陨落的那天，总统通过广播宣布：“战火正在蔓延，已危及西半球的边缘地带……目前，大西洋战役的战火已由极寒的北极海域蔓延到了被冰雪覆盖的南极大陆。”他接着说道，“要是坐等敌人侵入我们的前沿阵地，就无异于是在自取灭亡……所以，我们的巡逻范围已经有所拓展，将南大西洋和北大西洋海域也包括在内了。”在这次演讲的最后，总统宣布，“国家开始处于无限期紧急备战状态。”

* * *

从我们手里的证据来看，德国显然对美国扩大自身的行动范围深感焦虑。希特勒曾严厉地拒绝了雷德尔和邓尼茨海军上将的请求，不赞成他们所提出的，在美国海岸争取更大活动自由的建议，令他们不可袭击美国编入运输船队的舰只，而美国在晚上出航的、没有照明提示的船队也不能予以进攻。一直以来，希特勒都害怕与美国开战，后果可能是他难以应对的，所以，他坚持不让德国的武装部队对美国展开什么含有挑衅意味的行动。

* * *

鉴于敌人扩大了作战范围，故而势必得在部署力量上有所调整。1941 年 6 月，他们活动在海上的舰艇达到了三十五艘之多，其中用作训练的潜艇还并不包括在内。不过，尽管如此，船舰中有不少是没有下过水的，舰艇上所配备的人员也有不少是新人，而经过训练的乘员比重并不多，尤其是缺乏资深的舰艇长。在新下水的潜艇上，有不少能力欠佳的艇员，他们多数都年龄不大，且缺乏实战经验，这使得他们在毅力上和技能上，都越来越感到吃力。同时，战争范围已然扩大，他们不得不到更远的苍茫大海上去，如此一来，潜艇和飞机便无法再协同作战了，叫人害怕的这种作战方式只得被迫中止。尽管德国的大量飞机并没有经过海上作战的训练，也没有相应的作战装备，然而，他们还是在之前说过的 3 至 5 月间，炸毁了我们共计吨位数达五十四万吨的一百七十九艘船，大多数损失都在沿海一带。此外，其中有四万吨消耗在了 5 月初，那时候，敌人空袭了两次我们停在利物浦的船只，这两次猛烈袭击的经过在前文已经有所提及。所幸，德国人没再对这个受伤惨重的目标进行追击。这一时期，我们在沿海地区总是受到磁性水雷的威胁，它们的攻击真是令人难以防范，不过，我们开展的防御措施，仍能够压制住它们，所以，这些磁性水雷所能取得的胜利是极不稳定的，有时候多些，有时候少点儿。在 1941 年，我们因碰触水雷而牺牲的船只已经大幅度减少。

6 月，我们本土领海上的防御措施以及在大西洋中的防御措施在美国和加拿大的援助之下，已经平稳地发展起来了，再者，在我们的作战行动中，这也向来是我们首先会致力的工作。目前，我们把心思都放在了如何将护航舰的组织工作做好上，此外还有，如何通过打造新式武器和新的装备来配合舰只执行作战任务。在当前，我们急需更多行动迅速且燃料更为耐久的护航舰，同时，也急需让远程飞机的数量增上去，还特别需要具有良好性能的雷达。我们的任意运输船队都需要有飞机能够从船上起飞，这样，便可以在白天对处于攻击我们船队范围内的敌潜艇进行巡视，一经发现，便迫使其潜到水下去，好令其没法儿袭击我们的船队，或者，用信号告知我们的其他潜艇前去现场支援。不过，仅仅通过使用海岸基地上的飞机是远远不够的，所以，在这个阶段里，飞机在海上，只能把力量集中在侦察敌情上，虽然能够有效地找出潜艇，迫使其沉入海下，可在力量上，却不足以发动对潜艇造成毁灭性的攻击，此外，在夜间的效用上，它们会受到很大的限制。空军这时候在潜艇战中，还没有发挥出能够毁灭敌人的强有力的威势来。

不过，我们的空中武器对敌人的“福克乌尔夫式”轰炸机的打击力度还是很大的，在很短的时间里，我们就用装在一般商船上的飞机弹射器，和载有海军人员的改装船舰上所安装的飞机弹射器，将飞机送上天，就此遏制住了敌人的这种轰炸机。我们的战斗机驾驶员在一开始的境遇中非常危险，往往只能靠护航舰把他们从海里捞上来才能保住性命，而如今，他们就像一只只被抛到空中的老鹰，直取猎物的性命，而已经沦为猎物而非猎人的“福克乌尔夫式”轰炸机，则由于碰上了强有力的敌人，再不能像以前那样协助潜艇联合作战了。

* * *

在这几个月里，我们的船只因受到敌人的袭击而蒙受了重大的损失，所损失的船只吨位数记录在下。我们从下表中可以看出，在这场关乎生死的斗争中我们所遭受的不幸损失，以及战事是何等的紧张。

月份	总吨位数（吨）
1月	320，000
2月	402，000
3月	537，000
4月	654，000
5月	500，000
6月	431，000

表格中所显示的4月的吨位数，自然已经包含了我们在希腊附近作战的时候所蒙受的意外损失。

* * *

船只有着怎样的损失，是我一直关注着的事情。

首相致新闻大臣　　　　1941年4月14日

从今天起，不再公布每星期的沉船数目，所以下周二的沉船数就不公布了。要是报界问起，可这样答复他们：往后不再按周公布，改为按月公布了。要是有人评论说我们是因为害怕以周的形式公布数字，欲“把船只损失的情况隐瞒起来”，那就在这种情况下答复对方说，“确实如此，我们就是为了隐瞒”。毫无疑问，敌友两边都会有自己的说辞，不过，最终都得看事实。我们在最近，要忍受的事还多着呢，得准备好忍受比这种评论更叫人尴尬的事。

有关此事的任何质疑，我都会在下议院予以回复。

首相致爱德华·布瑞奇斯爵士、伊斯梅将军和大西洋委员会其他有关成员

1941 年 4 月 28 日

1. 配备了飞机弹射器的船只，我们没打算将其用作普通的货船；这种类型的船只，我们无论如何也没法儿再达到以往的数目，即提升到二百艘。

2. 我们现在有五艘巡逻船都装上了飞机弹射器，它们与“飞马”号正从事着相同的活动。我们现有的十艘在第一批就配上了飞机弹射器的商船也应该及早加入这一活动，并且，在这十五艘装有飞机弹射器的船只的基础之上，当建立一项常规巡逻制度，好对敌人“福克乌尔夫式”轰炸机的活动范围有所把控，或者，也可用于在有敌人的这种轰炸机的海域里，执行保护运输船队的任务。

3. 在这十五艘船里，有些商船或许已经超出了巡逻工作的实际需要，它们比一般的船更大、速度更快，其价值相对也更高，所以，海运部应当及早用一些小一些的船来替代它们。既然已经有别的船替代了配有飞机弹射器的大船，那么这些大船便可用于在弗里敦至不列颠的航路上。不过，每一次往返这一航道，它们都会在两个危险的海域中行驶，所以，这就给从弹射器发出的“旋风式”战斗机以充足的作战机会。

4. 倘若事实上，能够证明这十五艘船只在西北海口一带巡逻是十分有效的，并且，值得增加其数目，那就应当适时地给出意见。另

外，战斗机司令部正急需目前在执行巡逻任务的“勇士式”战斗机，以便将其作用于夜间战斗，因此，应将这些“勇士”退还给战斗机司令部。

* * *

在加拿大和冰岛，我们曾尽自己最大的可能全速发展基地，并使之扩大化，再以这种新的状态来筹谋有关护航的一些工作。对于比较老旧的驱逐舰，我们加大了其装载燃料的数量，也因此，使他们的活动半径有所扩展。联合司令在利物浦成立，这个新成立的部门很快就全身心地致力于这场战斗了。现在，护航舰参与到现役的数量增多了，且随舰人员的经验也有所提升，因此，它们便被诺布尔海军上将正式永久性地编入了由分队总司令指挥下的分队中服役。如此一来，势必要培养的合作精神便自然有了。而所有的士兵，也已习惯通力合作，他们能清晰地明了司令官在工作中的方式方法。这些护航分队的力量与日俱增，办事效率也提升了不少，然而，与此相反，潜艇的作用却在慢慢衰退。

总统在6月，提出了在冰岛建设一个基地的重要决定。双方在商量后，一致同意由美国的部队来替换英国的守军。7月7日，美军到达冰岛，自此，西半球的防御体系便多了冰岛这一地区。这之后，尽管美国并未实际参战，其运输船队就已经在自己军舰的护送之下常常行驶到雷克雅未克，而在这个过程中，外国的船队也可以通过他们的军舰来护航。

* * *

就在这几个月的危险时期里，德国的那两艘战斗巡洋舰却一直都在布雷斯特停着，没有任何动作，照理来说，它们可能会随时再次闯入大西洋，对我们的船舰进行破坏性的袭击。这两艘巡航舰始终停在布雷斯特，想必是被皇家空军轰炸的次数太多了，只能久久地不敢从港口驶出，这么做的效果显然不错。没过多少时间，敌人便改变了想法，觉得还是让这两艘船回到本国的好，可即使如此，他们也只得等到1942年才能实现。不久后，我们的空军任务终于不那么紧张了，一直渴望的喘息机会也终于等来了，因为希特勒正专注于入侵俄国的各项计划，所以，要想筹备这次新的冒险，德国的空军就势必得重新将现有的力量进行分配。也正是因为这样，到了5月之后，德国空军缩小了空袭我们的船只的规模。

* * *

我们对在大西洋战役中的各种已知能够发挥效力的因素做了深入调查，并且，在这方面取得了一定的成果，当叙述到这一步的时候，是值得对其中的几项成果来说明一番的。有一个先决条件对我们十分有利，那就是在大西洋战役的过程中，我们同心协力地进行过许多次决议，并取得了一致意见；作为首相，我一直都受到了同僚们的认可，并得以充分地行使他们所赋予我的权限，这一点对我来说至关重要，必不可少，因为我要在如此之广的行政范围内担任总指挥；对于已经通过的一切决议，我都能够以国防大臣的身份来指导作战机构精准地予以执行。

到了6月末，我在看过海军部提交的材料后，向下议院提交了报告，指出英国的船只在北大西洋被敌机轰炸而受损的情况已明显好转，所受损失下降幅度较大，详情如下：[①]

月份	总吨位数（吨）
2月	86，000

① 根据当前已知数据，1941年来，在下表中所示的五个月里，敌人的空袭造成的包括盟国、中立国和在希腊所遭受的损失，其总体数据情况请参看如下列表：

月份	英国	盟国	中立国	总数（吨）
2月	51，865	34，243	3197	89，305
3月	70，266	36，780	5731	112，777
4月	122，503	164，006	9909	296，418
5月	115，131	21，004	125	136，260
6月	39，301	18，449	3664	61，414
总数	399，066	274，482	22，626	696，174

——原注

3月	69，000
4月	59，000
5月	21，000
6月（截止到当日）	18，000
6月	431，000

本来，我打算按照3月6日所发出的指示进行船只修复，也就是将一百七十万吨因受损而无法使用的船只在7月1日前修复出四十万吨来。不过，我们在这之后有了更宏大的目标，决定将这一指标提升一些，还是截止到7月1日，不过，届时要完成七十五万吨的船只修复量。到最后，我们事实上非常接近这个指标，修复了七十万吨的受损船只。取得这一成就十分不易，在此期间，敌人于5月初就开始不断地空袭默尔西河与克莱德河了。此外，我们还新增了一批额外加进来的待修船只，这些船多来自于过去认为不可能加以修补的沉船，在打捞处卓越的努力之下，它们没有被放弃不顾，而是很快就列入了有待整修的清单之中，对此，我们感到十分高兴，也算是在这方面取得了新的收获。在对各种方法善加利用的情况下，我们的船只也极大地缩短了周转所需的时间，于是，每天就这方面而空出来的时间累加几乎与年实际输入二十五万吨的物资相对等。

我们在处理这些工作的时候，还不得不应对许多繁复的情况。我们时常没法儿将一艘船安排妥当，使其在最便捷的港口上卸货。我们的船只往往装载着好几种货物，这样一来，便需要在多处港口停靠，往来卸货，所以，这一过程在经过沿海一带的时候，就很可能受到轰炸，或是有触碰到水雷的危险，再加上港口本身也是危机重重，很可能随时因受袭而导致暂时性的瘫痪，特别是东海岸那边的港口。我们要想通过伦敦港这一规模最大的主要港口来输送货物，就必定会在东海岸遭遇飞机、快速鱼雷艇及水雷的攻击，致使所派遣的大型舰船处于危险之中，所以，我们只能暂不使用伦敦港。然而，这会直接影响到东海岸港口的使用，令它们无法肩负起全部的职责，因此，西部的利物浦、克莱德河和布里斯托海峡港口就成了代替港，必须承接起伦敦港无法完成的那部分任务。尽管如此，我们还是通过不懈的努力而使伦敦港、亨博河和东海岸更往北一些的港口，得以在这段最为难熬的日子里，不间断地对沿海船只和部分远洋船只保持开放状态。

*　*　*

当这场战斗进行到最顶峰的时候，我发出了一项任命，这是我在战时的任期里所发出的最为主要的同时也是最为幸运的一个任命。在我没有担任公职的那段时间里，我接受了平生第一个同时也是唯一的一个公司职位——因奇卡普勋爵创办的一个公司的分支机构的董事。这个公司的分支机构有很多，在伊比利亚半岛及东方航线那么远的区域也都有分公司。我在任职董事的八年里，常常出席月董事会，并恪守己责。慢慢地，我在参加会议的时候发现了一个杰出的人才——弗雷德里克·莱瑟斯。在他主持下的公司有三四十家，甚至比这还要多，而与我相关的那个公司对他来说，只是其领导下的众多公司里的一个小单位而已，没过多久我就看出来了，他才是联合企业中的核心人物，具有控制整个联合企业的力量。对于各种情况，他都了如指掌，并且深受信赖。我在任职期间，一年又一年地在自己相对渺小的位置上仔仔细细地关注着他。我跟自己说："一旦再度爆发战争，势必就会出现一批卓越的商业领袖，就如同我在1917到1918年所领导的那些在军火部服务的商业领袖一样。而在这里的这个人，会跟他们一样，到那个时候，便会发挥出自己卓越的领导才能来。"

果然，等到1939年的战争开始后，弗雷德里克·莱瑟斯把自己推荐到了海运部，并在那里服役，而当时，我就在海军部，不过，因其有着专属的职务，他并不在我的管辖范围之内，故我与他并无密切的往来。然而，到了1941年，正值大西洋战役最为紧张的时期，我们迫切需要将航运管理方面的事宜，和通过铁路、公路及受袭港口运出供应品的事宜结合起来处理，因此，我便越发地想起了莱瑟斯这个人。1941年5月8日，我前去拜访了他，在经过甚为详细的商量之后，我们决定，将海运部和运输部整合起来，改为一个统一行动的机构，并由他来出任主持工作。为此，我增加了军事运输大臣一职，以便他能够从中获得所需的权限。一般来说，我总是会在跟下议院提出，将大臣级别的位置授予某个多年没在下议院中被提过的人以这样高的权位时，感到踌躇不安。因为，一方面，资深而未能进入内阁的老议员很可能会让新进的人员感到难堪，而另一方面，新人又老是过分担心自己必须得准备发表的演说。故而，我向英王提出了一份申请，希望能够授予这位新上任的大臣莱瑟斯以爵位。

也就是从这个时候开始，军事运输部的所有事务都是由莱瑟斯勋爵来主管的，直到战争结束，在往后的四年里，他的名声越来越响亮。他在国内与三军参谋长及各部相处融洽，并获得了他们的一致信赖，此外，还在这个牵系着重大利害关系的领域里，与美国的要员们建立起了甚为和谐而密切的关系。其中，与莱瑟斯相处得最为亲睦的就是刘易士 · 道格拉斯先生，他曾在美国的海运部就职，之后又是美国驻伦敦大使。莱瑟斯在我处理作战事宜的时候，对我帮助非常大。不论我给他什么样的任务，即便那任务异常艰巨，也鲜见有他不能完成的。我曾好多次在遇到困难的时候亲自恳请他来帮忙，比如：多调运出一个师级力量，或是把该新增的师级部队转移到美国的船舰上，以及突然有什么紧急问题需要处理。对于这类问题，有关部门和人员往往都感觉无计可施，然而，只要有了他，所有的困难便会一下子奇迹般地化解。

* * *

等到了 1941 年的 6 月 25 日，在港口堆积的物资清理工作才取得了叫人欣喜的成果，于是，在这一天，我向下议院的秘密会议做了相关报告，具体情况如下：

虽然我们在港口堵塞方面遇到了很多困难，但我绝不允许以此作为搪塞的借口，事实上，我们正在处理和行将要处理的运输总量仅为战前的半数左右，目前，我们正尽力做好这项工作。曾经，国会特别委员会提出过建议，认为应该在内地为堆积物资建立分类仓库，这样一来，堆积在容易受袭的码头边的货物便可以马上起运。现在，已经有六个这样的分类仓库投入建设了，以便用于西海岸的各个港口。第一个可部分投入使用的仓库要到9月才能生效。目前，我们正在铺设新港至塞文河隧道铁路线所需的双轨，以便把南威尔士的各港口好好地利用起来，如今，已经可以部分使用这条双轨线了。当前，交通运输方面由于负担过重，大大超出了当时建设时所限定的流量，因此发生了拥堵现象，某些严重的拥堵点正是国内西部内地铁线路交叉流通的地方。我们很快就会对这些地方进行疏导，恢复交通。此外，我们在另一方面也取得了很大进展，就是采取在适合的停船处以船边卸货的方式来装卸货物，这在一定程度上减轻了运输压力，并且，当停船处受到敌人猛烈的攻击时，也不失为一种不错的替代法。

目前，我们急需大力增加起重设备，因为，现有的港口若是受到空袭，就没法儿靠港口设施来周旋了，它们要更有弹性地运作，而新的应急港口也急需赶快装备起来。过去四个月里，我们平均每个月的活动式起重机供应量在五十架次，而就5月这一个月里，我们就从英国工厂和美国那里得到了一百三十架这种起重机。

以上述各情形为根据，我认为，现在已经可以请求下议院就之前所发出的命令予以批准，不再按周公布出我们的船只损失吨位数，因为，公布数据事实上并不像报界和国会想象中的那么重要，反而是给敌人提供了便利。就像上面所提到的那样，我在4月所发出的指示里已经表达了这一层意思，而此时，我要说：“我知道，（不再按周公布船只损失）这一举动无疑会出现反对的呼声，不单单是德国人会跳出来嚷嚷，我们国家中的一些爱国人士也会表达出善意的呼喊，既然如此，就叫这些人说去吧。但我们不能不顾及水兵的安危，不能置商船水手们的生死于不顾，我们必须时刻谨记——同胞的性命和祖国的安危都与此息息相关，现在，他们的生命正面临着极大的危险。”

在听到我所做的这些说明之后，下议院开始支持我的想法，看来他们是由此而感到放心了。

我还说了一番话：

要是在1941年秋天，我们可以成功地阻止敌人真正意义上的入侵行动，再加上现在美国对我们承担的义务，那我们今年就基本能挺过去了。我们希望在来年，能够确定自己在空军方面的优势，那样的话，就可以展开激烈的攻势，狠狠地打击德国了，而当初我们在大西洋沿岸诸港口所面临的那种对我们的战略部署十分不利的局面，也将会在一定程度上有所缓解，届时，德国人对欧洲的这些港口便不能再横加控制了。此前，敌人曾把控着大西洋沿岸的各港口及飞机场，然而，倘若我们能阻止他们，或是最起码的，使其不能过多地使用这些为他们所占据的地方，那么等1942年，我们就能依仗得到的大量武器来与之抗衡了。届时，我们自当有理由这么说——比起我们当前所忍受的苦难，以及必须忍耐的磨砺，1942年不论再遭遇什么苦楚，也不会比这更重了。

所以，在我的演讲即将结束的时候，我总结道：

最后，我仅再补充一句。敌人也有着自己必须忍受的磨难，有些困难是很明显的，而有一些，尽管我们并不太明了，他们自己却清楚地知道，这是我们应当牢记的；再者，我们翻看历史就会发现，凡是惨烈的斗争，都有着相同的情势，那就是，以自己顽强的毅力，在一方强势一方劣势的情况下，或者，在力量对等的情况下，通过不懈的奋战，在最后都会赢得胜利。

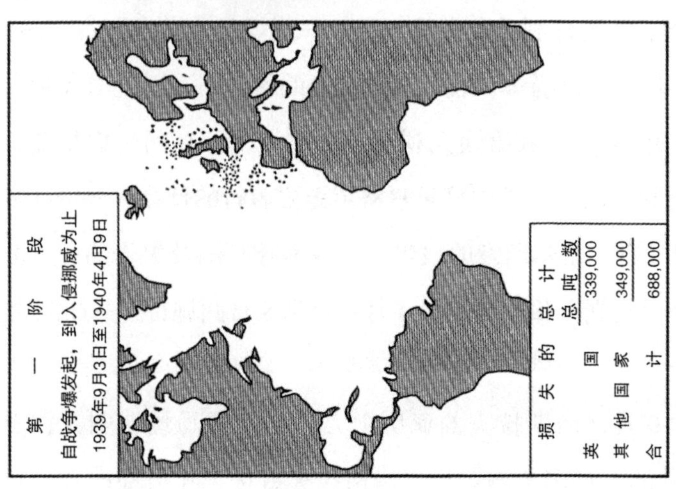

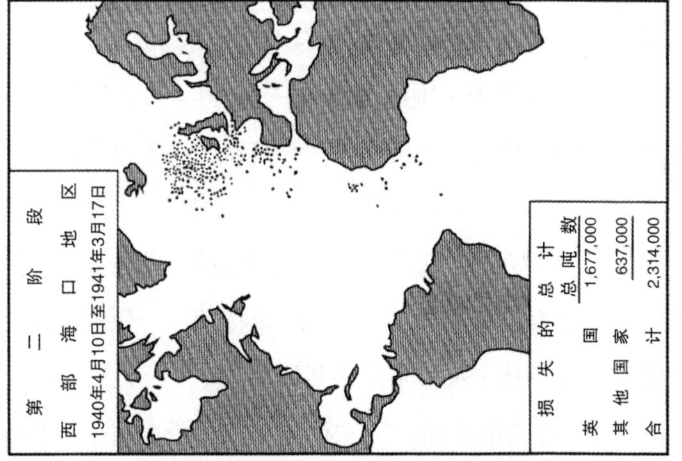

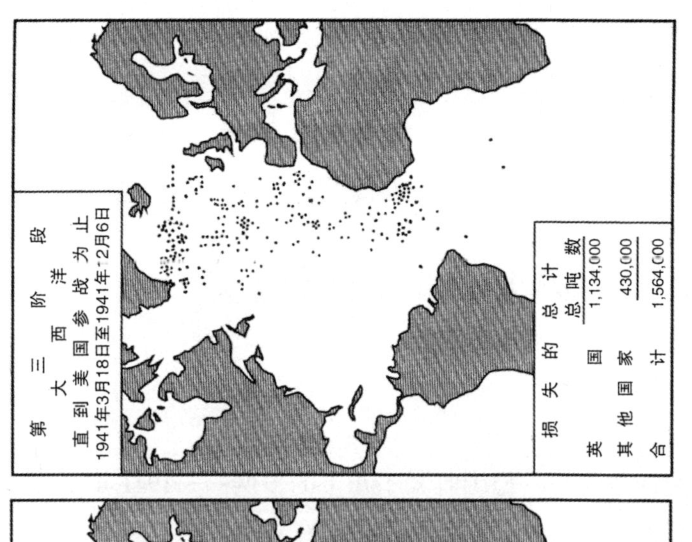

大西洋战役：被德国潜艇在大西洋打沉的商船

第九章　南斯拉夫

南斯拉夫遭遇危险——德国收紧了布下的罗网——1941 年 1 月，多诺万上校领命去了贝尔格莱德——2 月 14 日，希特勒提出了一项建议——保加利亚决定依附于三国同盟条约——3 月 4 日，保罗亲王在贝希特斯登基——南斯拉夫人的抗议——对南斯拉夫人尽力鼓动——3 月 25 日，和德国签署的一项秘密协定——3 月 26 日，我发出了电报——3 月 27 日，在贝尔格莱德发生了一场没有鲜血的革命——保罗亲王被迫卸任——公众激情四射——愤怒的希特勒——他做出毁灭南斯拉夫的决定——他下达了灭掉贝尔格莱德的命令——他发了电报给墨索里尼——德国的计划被搅乱——未能创立巴尔干集团——希特勒威胁匈牙利——匈牙利总参谋长叛变——艾登先生发出警告——4 月 2 日，泰来基伯爵自缢——我对南斯拉夫的希冀——对土耳其抱有的期望——3 月 30 日，我给澳大利亚发去电报——在阿尔巴尼亚，南斯拉夫是有机会的——蒂尔到贝尔格莱德要履行的使命——纷乱和瘫痪——4 月 4 日，蒂尔所发的报告——我所呼吁的及警告的——苏联的态度——“惩罚”作战计划于 4 月 6 日到 8 日间施行——迷惘的熊

1934 年 10 月，南斯拉夫的亚历山大国王在赛马场遇刺身亡，这在此前是提到过的。自国王遇刺后，南斯拉夫就进入了分裂时期。自此，这个国家便日渐难以维持在欧洲的独立姿态了。此外，这一过程还在意大利法西斯的政治敌对态度上，在德国希特勒对东南欧施行的经济植入上，受到了很大的影响，这些因素加重了其无法独立的事态。南斯拉夫内部已经很不稳定了，同时，塞尔维亚人和克罗地亚人又彼此敌对着，这让身处南欧的南斯拉夫几乎耗尽了全部的力量。与此同时，保罗亲王施行的政策又过于绵软，导致这一王国渐渐失去了往昔的声威。麦契克博士是克罗地亚的农民领袖，在他固执的领导下，克罗地亚农民坚决不推行任何与贝尔格莱德政府合作的政策。而另一方面，极端的克罗地亚分子则在海外的基地中，想借着意大利和匈牙利的保护，让克罗地亚摆脱南斯拉夫政府。这一时期，贝尔格莱德政府所奉行的是“现实”政策，不再与巴尔干中的小协约国联合，而是欲得到轴心国的谅解。拥护“现实”政策的是斯托亚丁诺维奇先生，此人曾在1937年3月25日同意大利签署了意大利南斯拉夫协议。次年，从慕尼黑事件看来，他所秉持的态度似乎是正确的。不过，由于塞尔维亚反对党担心德国和意大利将会建立亲密关系，所以与克罗地亚农民一起缔结了同盟，而斯托亚丁诺维奇也因此受到了影响，在国内很快就没什么地位了，最终，他没能通过选举，在1939年的2月被迫下台。

随后，新的首相由茨维特科维奇出任，他和他的外交大臣马科维奇打算对国内日趋扩张的轴心势力进行安抚。茨维特科维奇于1939年8月和克罗地亚人达成了协议，因而麦契克便加入了贝尔格莱德政府。就在这8月间，南斯拉夫收到苏德签订了协定的消息。虽然塞尔维亚人在意识形态上有别于南斯拉夫人，不过，由于受到南斯拉夫人天性的影响，塞尔维亚人向来是偏向俄国的。曾经，这两个国家看到苏联在慕尼黑会议中所体现出来的态度时，都希望东欧的友好团结能够保持不变。可如今，苏德的这项协定似乎签署的是巴尔干各国的命运，将它们一下子都控制在了轴心国的手里。法国在1940年的6月被攻陷，致使身处南欧的南斯拉夫人丧失了自己世代的友邦和庇护者。俄国人妄图占有罗马尼亚一事曝光后，很快地，他们便将比萨拉比亚和布科维纳两处收归已有。德国和意大利于1940年8月在维也纳召开会议，会上，将特兰西瓦尼亚划分给了匈牙利。此时，在南斯拉夫布下的罗网开始收紧。到了1940年11月，头一回秘密走访贝希特斯加登的外交大臣马科维奇，成功地脱身回国。在贝希特斯加登，他并没有代表国家签署什么承担轴心国义务的协定，不过，却在12月12日，与匈牙利这个轴心国的小盟友签署了一份友好合约。

*　　*　　*

这类型的事情很多，让我越来越印象深刻，也使我们开始留心起来。保罗亲王在这种氛围下，决定尽可能地保持中立。不过，令他甚为担忧的是，德国人很可能会受南斯拉夫及其邻近国家的动向的影响，而被刺激得向南挺近，对巴尔干半岛开火。

首相致外交大臣　　　　1941年1月14日

关于从贝尔格莱德发出的电报里所提及的保罗亲王的见解，内阁今天就应该予以考虑。这些电报对我来说是没有影响力的，我的想法不会因此而发生什么变化。韦维尔出访雅典一事应交给希腊人处理，他们有权决定同意与否，同理，德国人将会如何看待此事，会如何予以回应，也应当让希腊人自行断定。

再有，德国人要是想向南行进，是不必找什么理由的。以目前的情形来看，他们已经谋划了很久，正准备将计划付诸行动，可我们现在还想不出，他们在执行的时候会不会因为我们的某项不打紧的行动而加速实施，或是往后延滞。我们手中握有德国人已经采取行动的证据，事实摆在眼前，可保利亲王对此十分惧怕，好像一个被困虎笼的人，只希望别把老虎给惹怒了，可他不知道，此刻，这虎就快要美餐一顿了。

日子越来越叫人担心，1941年1月末，作为罗斯福总统的朋友，多诺万上校领命代表美国政府去了贝尔格莱德，打算探察一下东南欧的舆论所向。然而，他发现，人们在这时候都唯恐自己会受到波及，不敢讲实话，不论是大臣还是政界要员都是如此。艾登先生原打算走访南斯拉夫，却被保罗亲王婉拒了。不过，这时却出现了一个特别的人，那就是代表民族主义的武装部队军官团中的一员——西莫维奇空军将领。他所在的空军司令部建在泽蒙，与贝尔格莱德仅隔一条河。他的司令部自12月起，便成了一个秘密反对黑暗势力的基地，专门致力于阻止德国入侵巴尔干，以及不让南斯拉夫政府把错误的老一套观念再延续下去，以致再发生什么不利于南斯拉夫的事情。

茨维特科维奇和马科维奇于2月14日受邀抵达了贝希特斯加登，随后，希特勒对他们谈及了有关德国的威势及德国必定取得胜利之类的言论，并且，还就柏林与莫斯科间的亲密关联着重谈论了很久。希特勒对他们说，要是南斯拉夫愿意依从于三国同盟条约，那德国在发动对希腊的军事打击时，便不会从南斯拉夫穿过，只要在运送军需品时借用一下公路和铁路就行了。就这样，茨维特科维奇和马科维奇心情无比沉重地回到了贝尔格莱德。选择十分艰难：一方面，要是参与到轴心国之列，就势必会激起塞尔维亚人的愤怒；另一反面，要是与德国开战，就会被克罗地亚人视为不忠。此外，唯一可以成为南斯拉夫在巴尔干半岛上的盟友的希腊，此时也并不安宁，正在和二十多万意大利军队处于激烈的交火状态，并且，还面临着德国方面的威胁，而德军很快就将入侵希腊了，同时，英国方面对希腊的援助也并不靠谱儿，即便有所支援也只是象征意义上的。就在南斯拉夫方面纠结之际，希特勒已经开始筹备从战略上实施包围的行动了，以便令南斯拉夫政府尽快满足他的决定。终于，保加利亚方面在3月1日，还是同意了归顺三国同盟条约，而当晚，德国派出的摩托化部队就抵达了塞尔维亚的边境。当时，南斯拉夫并没有动员起自己的军队，怕这么一来会被德国视为挑衅，可如今，是时候进行最后的抉择了。

随后，保罗亲王于3月4日秘密从贝尔格莱德到贝希特斯加登去走访，结果，在重压之下，只得做出口盟，表示保加利亚的选择就是南斯拉夫的选择。回到国内后，保罗亲王发现，在一次王室会议中，并且在跟军政首脑分别谈话时，都有反对的呼声。于是，他们展开了激烈的争辩，但不论如何，德国已经下了最后通牒，这可是摆在眼前的事实。保罗亲王把西莫维奇将军召唤到自己在山上的寓所，即可以俯瞰整个贝尔格莱德的白宫所在。在那里，西莫维奇将军表示决不投降，但塞尔维亚出于对整个王朝安危的考虑，是没法儿同意这个决定的，不过事实上，保罗亲王已经将自己的国家送上必须承担义务的路径了。

* * *

我身在伦敦，一直都在想方设法地鼓动南斯拉夫，使其愿意抵抗德国的威胁。在3月22日，我发了封电报给他们的首相茨维特科维奇。

丘吉尔致茨维特科维奇阁下 1941年3月22日

阁下：

到最后，希特勒和墨索里尼必定会输得丢盔弃甲、狼狈不堪，这是可以肯定的。如今，英国及美国这样的民主国家已经将自己的决心表达了出来，只要是慎重的、有远见卓识的人，都不会对此有疑义。德国的人口不过六千五百万而已，却野心勃勃、出手狠辣，他们中的大多数现在正忙着镇压其他种族的人们，包括奥地利人、捷克斯洛伐克人和波兰人，此外，还有一些古老的民族也正在饱受他们的洗劫和欺凌。然而，论人口，光是大英帝国和美国，包含他们本国和英属自治领中的人口就差不多有两个亿。在制海权方面，我们的实力是不容置疑的，任何势力都无法与我们抗衡，况且我们已经得到了美国的支援，用不了多久，还会拿下更多的制空权，届时，我们在空中的优势也不容小觑。在财富和技术方面，英国和美国无疑也有着更多更好的资源，其他国家的钢产量加在一起也不及这两个国家的产出量之和。如今，这两个国家已经下定决心，誓与罪恶的独裁者们斗争到底，不让他们再践踏自由，不叫他们阻碍世界向前发展，而这些独裁者中的一个，现在已经被我们彻底打垮，带着满身的伤痕再也不能兴风作浪了。我们都始终相信，不管是塞尔维亚人、克罗地亚人，还是斯洛文尼亚人，都怀着一颗赤诚的心，想要为自己的国家争取自由、独立和完整，并且，也同英语世界的人们一样，对未来抱有希望。要是在这种时候，南斯拉夫人还甘愿重蹈罗马尼亚人的覆辙，又或者，甘愿和保加利亚一样，犯下种种罪行，沦为对希腊蓄意加以伤害的共犯的话，那么，最终迎接南斯拉夫人的，只有永无天日的死亡。尽管现下这么做会使其延迟承受战争所带来的痛苦，然而，无论如何，它都逃不过战争，受苦的日子还在后头。要是到了那个时候，它的军队恐怕再勇猛，也只能不抱希望地孤军奋战了，不但会被敌人团团围住，且得不到任何救援。但是，相反，要是南斯拉夫的军队愿意把握住当前的好机会，那么在其斗争史上，无疑是得到了一次鲜有的良机。因为，一旦南斯拉夫与土耳其、希腊站在一线，并从大英帝国那里得到它最大的支援，那么，德国所带来的灾难就可以全然化解了，同时，还完全有可能与第一次世界大战一样，取得最终的胜利。对于当前世界大势的趋向而言，我相信阁下是了然于胸的。

然而，3 月 20 日晚间，南斯拉夫政府在内阁召开的一次会议中做出了自己的决定——同意投靠三国同盟条约，三位大臣随后便决意辞去自己的职务。3 月 24 日，茨维特科维奇和马科维奇悄悄地从贝尔格莱德离开，登上了远在郊区的一列火车，准备前往维也纳。到了第二天，他们抵达了那里，并与希特勒一起签订了一份协议，对于这次的签字仪式，贝尔格莱德电台进行了专门的广播。于是，这一消息很快就传播开来，在贝尔格莱德，到处都是大祸临头的传言，不论是在咖啡馆里，还是人们私底下的谈论中。

我在这时候发出了一项指示，告诉驻贝尔格莱德公使——我们的坎贝尔先生——应当这么做：

首相致贝尔格莱德公使坎贝尔先生　　1941年3月26日

你千万不要和保罗亲王以及各大臣有什么摩擦，还得不断缠着他们，反复地叮咛询问他们，并争取他们。此外，力求有接见的机会，别让他们吐口说“不行”。死死地纠缠住他们，让他们知道德国对他们的态度是，这个国家肯定得灭掉。要知道，我们已经没有谴责他们的时间了，也没法儿得体地全身而退。同时，一旦觉出政府已固执己见到无法挽回的地步了，就采取相应的办法来取代，对那些迫不得已要采用的办法，你可不要忽视了。你先前所做的各种工作都做得非常好，对此，我表示赞赏。希望你能够再接再厉，无论用什么法子也要做好之后的工作。

*　*　*

西莫维奇身边的不少军官连续几个月都在讨论，要是政府投降，该采取怎样的行动直接对抗德国。为此，他们经过缜密的思考，制定了一个具有革命性的行动方案。在这个方案中，由博拉·米尔科维奇将军充当领袖，他是南斯拉夫的空军司令员，而在能够与他协同行动的百名爱国将士中，还有克尼兹维奇少校，他是一名陆军军官。另外，他的弟弟作为一名教授，也可以帮助他完成使命。曾经，他的弟弟凭借着自身在塞尔维亚民主党中的权位，与各方面人士都搭建好了政治上的往来。目前，只有极少数的军官知晓这个方案，并且都是可靠的人，不过他们的军衔并不高，差不多都处于上校级别之下。他们几乎在全国各地都设置了自己的驻防地，且联络网铺展得很广，主要的驻防地从贝尔格莱德开始，一路延伸至萨格勒布、斯科普里、萨拉热窝等处。在贝尔格莱德，由叛变者所把控的军队包括：不包括团长在内的两个王室近卫军团、一个贝尔格莱德卫戍营、一个连的王宫值勤宪兵、位于首都的部分高射炮师人员、部分士官学校、一些炮兵、部分工兵军队，以及在西莫维奇司令带领下的驻泽蒙空军司令部。

以南斯拉夫首相为首的一行人在维也纳与德国签订了协议并已归国的消息，很快就在 3 月 26 日这一天传遍了整个贝尔格莱德。随后，叛变者们便行动起来了。他们发出了信号，决定在次日，也就是 27 日太阳升起之前，就占领王室所在的府邸及贝尔格莱德的要害之地，其中还包括拿下年纪尚轻的彼得二世国王。很快地，英勇无畏的军官们就率领部队封锁了位于首都郊区的王宫。而就在这个时候，保罗亲王已经离开，坐上了前往萨格勒布的火车，他可以说完全不知道有人会叛变，也可以说，其实他早就什么都知道了。这次的革命斗争完全没有发生任何流血牺牲，如此顺利的革命实属罕见。叛军逮捕了一些高级军官，而茨维特科维奇被警察抓捕后，则被带去了位于西莫维奇的司令部，随后，被迫提交辞呈，下台了。机关枪及大炮已经设在了首都的一些合适地点。等保罗亲王下了火车后，才在萨格勒得到消息，借着年轻的彼得二世国王的名义，西莫维奇已然控制起了政府，并且，还将摄政会议给解散了。这时，萨格勒布的陆军司令请求亲王赶快回到首都来，然而，保罗一到贝尔格莱德就马上被带到了西莫维奇将军所在的办公地。随后，保罗亲王及两名摄政官员被迫同时签字宣布退位。最终，他得到许可，得以有几个小时的时间来收拾停当，于是，他做好准备后，便在当天晚上携眷属离开了贝尔格莱德，前往希腊了。

这个具有革命性质的行动方案的制定者及执行者，是秘密联合在一起的塞尔维亚民族主义军官们，之所以如此，是因为他们的心情与真实的舆论情绪如出一辙，都感到十分愤慨。公众受他们行动的影响，也都热情起来。在贝尔格莱德的街头巷尾，到处都是从各处涌来的塞尔维亚人，他们一遍遍地呼喊着："宁可作战也不签约！宁可牺牲也不被奴役！"人们在广场上跳起舞来，随处可见升起的英国国旗和法国国旗。手无寸刃的群众显示出大无畏的精神，他们勠力同心地高唱起塞尔维亚国歌，到处都洋溢着高昂的情绪。为了摆脱摄政者的监管，年轻的彼得二世国王找到了一个可以脱身的方法——他从楼上顺着一根雨水管道爬了下来。成功脱身后，他于 3 月 28 日在贝尔格莱德大教堂宣誓，场面热烈，欢呼声不绝于耳。群众公然朝德国公使的汽车吐口水，侮辱他，以示不满。一时间，军队所取得的成就令整个国家充满了生气。对于这个民族来说，长久以来就没有什么作为，统治阶层又总是施行本末倒置的顽固政策，整天担心受人迫害，可如今，他们却勇敢地在暴君与征服者的联合打压下，在黑暗势力最为强盛的时期里，毫不畏惧地站起来进行抵抗了。

* * *

对此，希特勒被气得痛彻心骨，一下子震怒起来。一旦有了这种情绪，他便常常会丧失理智，有时候还会在盛怒之下做出什么骇人听闻的恐怖事来。过了一个月，他已经不再那样气愤，心情也稍微平复了一些，因此，在与舒伦堡说话的时候，已经能够这么说了："27 日早间传来消息，说南斯拉夫内部发生了武装政变，在刚听到的时候，真是太震惊了，当时我以为这只是玩笑而已。"不过，他还没有完全平息怒火，他处在愤怒的情绪中时，下达了召见德国最高统帅部将领的指示。接着，先是戈林、凯特尔和约得尔领命前来，随后，里宾特洛甫也到场了。希特勒同将领们举行了一次会议，在会中，诉说了南斯拉夫在这回的巨变后可能展现出的局势。他表示，将来在施行对付希腊的"马瑞塔"军事计划时，得考虑到南斯拉夫这一无法确定的因素，另外，当日后展开应对俄国的"巴巴罗萨"军事计划时，更别相信南斯拉夫会成为一个信得过的助力。希特勒认为，应该对此感到庆幸，毕竟南斯拉夫在他们真正发动起"巴巴罗萨"军事打击前就将本性给显露出来了。这次的会议记录被保存了下来，目前在纽伦堡的档案中存放着。

元首已经下定决心，不管新上台的南斯拉夫政府是否可能会宣布效忠，都要准备好一切，好用军事力量，将南斯拉夫彻底摧毁，让它再也无法以国家为单位继续存在于世。行动前没有必要再在外交上下功夫，探寻相关情况的工作一概免除，同时，也不用正式对其进行最后的通牒。另外，南斯拉夫政府要是给出什么保证，应该予以“关注”，不过，不管怎么说，到日后，什么保证也都是空谈，不足为信。一旦我们的军队准备好了，适合出击的各项举措也完成了，就马上展开攻势。

在对南斯拉夫展开进攻时，将会有用得到意大利和匈牙利的地方，此外，也在一定的范围里需要得到保加利亚的支持，所以，要对他们提出要求，让他们知道，届时，必须对我们提供切实的军事援助。同时，我们也要注意防范俄国，这个任务将交给罗马尼亚方面去办，因此，我们要让匈牙利大使和保加利亚大使知晓这一点。我会在今天就给墨索里尼去电。

以政治视角来说，尤其需要注意：对付南斯拉夫，就应该不带任何感情色彩地狠狠打击，在军事上，就要以闪击战的方式做到一击毙命。如此，才能真正压制住土耳其，未来，也可以在进攻希腊的时候起到对我们有利的震慑作用。到那时，我们不难想象，克罗地亚人一定会在我们发动进攻的时候倾向于我方，而我们也会做出保证，的确会给予他们相应的政治待遇，让他们得以在此后实现自治。此番进攻南斯拉夫，我们肯定会令意大利、匈牙利及保加利亚感到高兴，因为他们同样可以在日后获得我们给出的报偿。我们将把亚得里亚海沿岸给意大利，将巴纳特地区划给匈牙利，再令马其顿归属于保加利亚。依此计划行事的话，所有的筹备工作就得加快速度进行了，我们得准备好强大的部队，以便用最短的时间让南斯拉夫彻底消失……至于空军，当前的主要任务就是开始对南斯拉夫空军在陆地上的设施施以波状攻击，并对贝尔格莱德首都以同样的方式进行轰炸。

希特勒在当天还签发了一项命令，那就是“第25号指令”。

我打算用强行突破的方式，从阜姆和索非亚地区开始，一直推进到贝尔格莱德及其往南一些的区域，好尽快攻入南斯拉夫，这样，我们的目的就达到了，即：以决定性的优势打击南斯拉夫的军队，并将其南部隔离起来，无法再与其他区域取得联系，此外，我们还可以以此来作为进一步打击希腊的德意志军队的战略基地。

我命令你们按照如下措施采取行动：

1. 等到我们把部队都集结起来了，也没有任何天气问题的时候，就开始不分昼夜地对南斯拉夫实施轰炸，目标是所有地面上的设施和首都贝尔格莱德。

2. 要是有可能开始施行“马瑞塔”作战计划，也可以同时行动起来，不过当前肯定无法提前实施这一计划，但应当可以以萨洛尼卡港和蒂奥斯山区作为初步打击的目标。

就在这时，希特勒给墨索里尼发去了电报，他在电报中称：

领袖，鉴于事态发展迅速，我不得不以电报的形式快速向你表述我的意见，对于当前的局势和由此而发的结果，我是这样判断的：

1. 我从开始就觉得南斯拉夫是个危险的不定因素，会妨碍到我们解决希腊问题。站在纯军事立场来看的话，如果南斯拉夫不明确表态，且同时又令我们前进着的左翼纵队受到来自广阔前线上的威胁，那么，德国是绝不会投身色雷斯战事的。

2. 就因如此，我才一度想要尽力拉拢南斯拉夫，真心实意地希望他们能够加入我们的集体，以维系一种互惠互利的合作关系。但不幸的是，我的努力失败了，或许我该早一点着手办理此事，不然就不会像现在这样，没有什么具体的成果了。我今天接到了一份报告，证实了南斯拉夫确实在外交政策上有了骤变。

3. 对于目前我们所面临的局面，尽管有些困难，可我并不觉得极其严重，所以，就我们这边看来，倘若不想出现什么会最终危害到我们全局的障碍的话，就该规避所有的错处。

4. 领袖，我如今诚挚地恳请你，千万不要在今后的几天中，对阿尔巴尼亚施行任何进一步的军事活动。

如今，有一个大好机会摆在南斯拉夫人面前，他们可以凭此来决定意大利军队的生死，而对于这一点，希特勒和我们一样，都很清楚这个机会有多重要。

依我之见，你最好把所有用得上的部队都派往南斯拉夫通向阿尔巴尼亚的那个最重要的山口去，以便加以控制，并做好掩护工作。当然，这么做并不是长远之计，只不过是一种辅助措施，确保在两到三周的时间里不会发生什么危险。

领袖，我以为，你在意大利南部的前线部队应加强一些，看看用什么方式可以切实增强那边的军力，并且能快速地达到这一点。

……领袖，我相信，要是在我们部署下这些举措后没有任何动静的话，那你我二人就必定会取得不亚于挪威之战的胜利。对此，我深信不疑。

这一天，所有的将军都在通宵达旦地起草作战命令。在凯特尔的证词中，我们的想法得到了证实，来自德国方面最大的威胁就是，“从意大利的背后对其军队进行打击”。约得尔也证明了这一点，他说：“在总理的官邸，我工作了整整一晚，整个事实正显示出事情的突发性。到了28日凌晨四点，我将一份备忘录递交给了联络官雷特伦将军——一直是他在我们和意大利总参部之间往来联系的。”我们对凯特尔的证词进行了记录，内容如下：

决定对南斯拉夫实施攻击，就意味着，所有的军事调遣活动及行动安排截止到那个时候，全都被搅乱了，这样的话，原定的“马瑞塔”作战计划也得做出相应的整改。届时，只能在北边借着匈牙利这条路径来派遣新的军队实施计划了，所有的行动，都得临时筹谋才能运作起来。

* * *

匈牙利从慕尼黑会议以来，便一直靠着从德国那里获得的捷克斯洛伐克和罗马尼亚来保持自己的外交优势，并自1920年起，以此来作为扩充疆土的方式，同时，匈牙利在国际中始终争取保持其中立的态势。在外交上，他们一贯奉行这样的政策：战争时期，尽可能地避免与轴心国结成联盟，这样就不用承担什么清晰明确的义务了。尽管在维也纳会议上，匈牙利也曾接受了倚赖三国同盟条约的协议，但它和罗马尼亚的情况相同，都不用在具体环节上履行什么实质性的义务。不论是希特勒，还是墨索里尼，都希望能够在同一时期里控制住所有巴尔干诸国，并不愿看到这些国家之间有什么冲突。为此，他们制定了有关解决特兰西瓦尼亚问题的方案，并逼迫匈牙利和罗马尼亚都同意接受该方案。对于墨索里尼想要攻占希腊的举动，希特勒并不赞同，因为他认为那样的话，英国极有可能插手东南欧的事情。由此，希特勒开始施压给南斯拉夫，要求他们把匈牙利和罗马尼亚视为典范，也像他们一样参与到轴心国集团中来。因此，等到南斯拉夫首相及外交大臣受邀抵达维也纳的时候，他一度认为什么问题都没有了。然而，团结起巴尔干诸国，并将其置于轴心国的势力范围之中的希望，转眼就在 3 月 27 日被粉碎了，因为在贝尔格莱德，戏剧性的事件就那么真实地发生了。

直接因此而受到冲击的就是匈牙利。显然，德国在输送主力部队时，是经由罗马尼亚来完成的，以便对顽强抵抗的南斯拉夫人实施攻击，可对匈牙利来说压力也不小，因为德国的军队要想到达南斯拉夫战场，就必然得在匈牙利的领土上建立交通线路。在贝尔格莱德事件发生后，德国政府做出的头一个反应几乎就是，让匈牙利驻柏林公使马上乘机飞往布达佩斯，以便将随身带着的紧急公文当面交给匈牙利方面的摄政者霍尔蒂海军上将。这份紧急公文的内容是：

> 近来，由于南斯拉夫公然放弃了求得轴心国谅解的友好政策，故而，它很快就会被消灭。大部分德国军队须借由匈牙利行进，不过，主力攻势不会在其边境展开。到那时，匈牙利的军队应该也加入进来，而我们也会同时给予匈牙利因此次所给予的配合以相应的回报，即匈牙利可以收复全部曾经被南斯拉夫占去的土地。事出紧急，希望立即给出正面的回复。①

匈牙利曾在 1940 年 12 月与南斯拉夫缔结过友好条约，因而一直都被束缚着。不过，对于德国提出的要求，他们是没法儿公然拒绝的，不然，德国在发动行将要展开的军事打击时，会把匈牙利也给攻占的。不过，从

① 出自《德国的战争：俄国的和平》，P89，作者：乌莱因·雷维丘著。——原注

另一方面看，德国给出的条件无疑对匈牙利来说诱惑极大，因为，自从特里亚农条约[①]以来，南斯拉夫就占据着原本属于匈牙利南部边境的土地。匈牙利的总理泰来基伯爵，向来都把让国家始终拥有独立的行动自由当作自己所要奉行的法则。他一直都不觉得德国最终会赢得胜利，因此，他在不得不签署三国同盟条约的时候，便怀疑作为轴心国盟国之一的意大利会有保证其独立自主的可能。希特勒下了最后通牒，令他必须背弃之前亲自签署的和匈牙利及南斯拉夫定下的协约。然而，他还未能来得及照做，就被总参谋长捷足先登了——匈牙利的总参韦特将军身上流的是德国人的血，这时候，他已然在匈牙利政府不知情的情况下与德国的最高统帅部私下里谋划好了，并已做出了安排。因此，事实上，有关部队通过匈牙利边境的实施细则是由此而决定的。

泰来基当即对韦特将军进行谴责，指出他的行为实属叛国。1941 年 4 月 2 日，他在晚上接到了一封电报，是由匈牙利驻伦敦公使发出的，据电报所述，英国的外交部已经对他正式提出声明，即：匈牙利要是参与此番德国进攻南斯拉夫的军事行动的话，就势必得做好准备，因为大不列颠随后便会对匈牙利宣战了。所以，匈牙利此时必须得有所抉择，要么明白地不让德国军队通过自己的领地，要么就背弃南斯拉夫，公然与同盟国对立。在这种情况下，进也不是退也不是，于是，泰来基伯爵走上了唯一一条能够挽回其个人荣誉的路。刚过晚上九点，泰来基便从匈牙利外交部离开了，返回到自己在桑多尔宫的府邸。在那里，他先是接了一通电话，根据相关消息，他在电话中获悉，德国的军队已从匈牙利边境穿过了。这之后没过多长时间，他便开枪结束了自己的生命。他用自杀来作为一种赎罪

---

① 特里亚农条约：又称特里阿农条约。1920 年 6 月 4 日，协约国集团和匈牙利霍尔蒂政府在法国凡尔赛的大特里亚农宫里签署了这项条约。随后，匈牙利便丧失了其 72% 的国土面积，其中包括，把斯洛伐克和外喀尔巴阡乌克兰割让给捷克斯洛伐克。——译注

的方式，使他本人及其领导下的人们，都来赎取自己在此次德国对南斯拉夫施行灭绝式入侵时所造的罪孽。尽管在历史中，他得以凭借此举而不至于令自己背负骂名，但无论如何，德国继续前行的步伐不会因此而停止，此番战事所牵连到的后果也无法消失。

* * *

听到贝尔格莱德取得了革命胜利的消息，我们自然感到十分欣慰。过去，我们就曾想，要用尽一切办法在巴尔干地区建立一个同盟国的统一战线，并且，同时也能够阻止希特勒进一步把这些国家全都夺去。如今，在贝尔格莱德所发生的这件事，最起码也是我们付出过程中所取得的一个具体成果。初听这一消息时，我还在发表讲话，那是我第一次作为保守党领袖向党中央委员会进行演说。就在演说前半个小时，我获悉了贝尔格莱德的事，因此，在行将结束的时候，我说：

“我现在要对你们，以及全国人民，报告一个重大的好消息。就在今天早上，南斯拉夫首都贝尔格莱德，发生了一场革命，从此，他们将重获新生。根据我所收到的报告所示，南斯拉夫首相及大臣刚把葬送了国家荣誉和自由的协约签文送出去，便在昨天归国的时候被逮捕了。这是一个勇敢的民族，当他们看到国家因统治者的无能，并在诡诈的轴心国唆使下毫无作为地将国家拱手出卖时，每个人都从心底里感到愤怒，进而在这种情绪下，催动了此番爱国运动。

“据此，当然，我并不是凭空瞎说，而是在收到了确切的消息后才这么说——我希望，南斯拉夫新上任的政府，将会有足够的能力来保护自己的国家，使它获得自由和独立。如此，这个政府在奋勇地进行抗争时，就必定会获得大英帝国所提供的一切可能的支持和援助。而它们自身也自然会从美国那里得到相同的助力，对于这一点，我并不忧虑。今后，大英帝国连同它的盟友，都会与南斯拉夫人民站在一边，风雨同舟，并肩前行，一起致力于同样的事业，直至取得最终的胜利。”

*　*　*

艾登先生已经准备回国了，途经马耳他岛。我在得知贝尔格莱德发起了革命的消息之后，觉得计划应该做一些调整，于是，决定让他先与韦维尔将军一起留在马耳他岛。

首相致艾登先生　　1941年3月27日

由于在塞尔维亚发生了武装政变，事态可能会有所转变，所以，你们留在开罗自然是最为妥当的，好能随时依变化进行探讨。现在正是我们拉拢土耳其的最好时机，并且，还可能把握住这个机会，建立起巴尔干统一战线。有几个问题你看如何解决：召集所有相关人员在塞浦路斯岛或是雅典开个会；在对情况加以了解之后，去贝尔格莱德一趟。同时，我们肯定也还会再接再厉。

我给土耳其总统发了一封函电：

1941年3月27日

总统阁下：

发生在南斯拉夫和贝尔格莱德的颇具喜剧色彩意味的事件，很可能是个绝佳的机会，能让德国无法再进一步入侵巴尔干半岛。确实，就在现在，是时候建立起巴尔干统一战线了，这样德国就再也不能胆大妄为地随意发动攻势。我已经向罗斯福总统发去函电，请他扩大支援物资的范围，令那些在东欧抵抗德国的国家也能从中获益。同时，我已经请求艾登先生和蒂尔将军两人就共同安全一事进行磋商，以便将可能用到的所有措施都先准备好。

艾登现已抵达雅典，同时，我一直在这一日起草要给他发送的电文。

首相致艾登先生　　　　　　　　　　　　　　　　1941年3月28日

1. 在巴尔干，我们需要怎么做？我们想要土耳其做什么？对于这些问题，我们还得好好地再想想，然后才能按照事态的演变进程来实现。

2. 在巴尔干战场上，我们和南斯拉夫、希腊、土耳其已经把七十个师级部队集结在了一起，相反，德国方面集结起来的部队还不及三十个师。所以，有着七十个师级力量的我们这一方，完全可以跟只有三十个师级力量的德国这样说："要是你敢进攻我们这边的国家中的一个，就等于是对我们全部联合国家宣战。"如此一来，德国就只有两条路走：其一，在双方力量严重失衡的状态下，从山区发起攻势，但那里的交通状况十分不利。其二，调集德国本土的大批部队前去支援。然而，他们所遇到的困难并不会因此而有所转变，原因有很多：第一，从时间上来说，新增的支援部队要想到战场援助，得花好几个月的工夫；第二，要想将大批军队都输送到这个战场上来，就必须得先历经很长一段时间来改善交通，特别是修理好那些通往战场的主要交通线路。所以，要是巴尔干上的三个国家能够联合起来出面发出照会的话，那么这一地区就很可能保持住自己的和平，或者，最起码也能拖延德国进军的步伐，使他们在几个月中都无法实施侵略，然而，在这个过程中，必定会错过最佳的进攻时节。而与此同时，同盟军的军力和抵抗能力也会增强，一方面，英国前去支援的部队会越来越多，另一方面，英国和美国的救援物资也会逐步到位。因此，同盟国南斯拉夫、希腊和土耳其只要能联合起来，众志成城，前途必定一片大好，德国便无法再对南侵有所图谋了。我们想要土耳其做的，就是这些。

3. 土耳其要想不卷入战斗，这是最好的机会，如若不然，迎接他们的将会是另一番景象：从各处接到的电报来看，要是南斯拉夫、希腊和土耳其三国不愿团结起来共同抗敌的话，那么德国人就很有可能觉得自己可以先快速地集中起色雷斯的攻击力量，好发起对土耳其的攻势，而暂时不用理会希腊或是南斯拉夫。如此一来，由于土耳其什么事前准备都没做，所以，即将降临的危险就是，敌人会将全部的兵力都集中在对付它身上，而它则因为没有助力，只能孤军奋战。这样的话，结果很明朗，用不了多久，土耳其在色雷斯集结的军力就会在一片混乱的情况下，被德军赶回到查塔尔查防线上去，并且只能退守博斯普鲁斯海峡。而另一方面，不论是南斯拉夫，还是希腊，都不可能再有机会帮它反击，也没有义务通过延长战线来助其摆脱这种威压。

4. 不管现在当权的人是谁，所要做的都一样，那就是，将适当的命令下放出去，即：

（1）就像上面所提到的，当权者应一致发表声明，表示在外交方面的联合，并且，宣布此举不能被干涉。

（2）同时，把土耳其的绝大多数军队都往查塔尔查和亚洲海岸撤离，只留下部分强大的军队驻扎在色雷斯，以便做好掩护及后卫的工作。

如此一来，新的政策就通过坚定地联合在一起、部署下稳妥的撤离战略方案而建立起来了，德国要想在此基础上在色雷斯打赢关键的一战，就必然会被阻止，且不用土耳其发动任何进攻。德军若是不自此退兵，那么势必会与这三个联合在一起的国家僵持在一条绵长的战线上而无以脱离，也就是说，得被困在包括查塔尔查防线—鲁博尔—拿斯托战区—塞尔维亚北部前线的这路战线里。不过，这样的局面很难在短时间内形成。相反，敌人却向来看中快速作战这种方式，这对建立统一战线绝对是非常不利的，且风险极高。要是此事能成，土耳其可谓是真正的获益者，因此，我们自当不用在意他们冷漠的态度，只要努力让他们了解到这一点就足够了。现在，对土耳其而言，最为危险的就是，在色雷斯自行把军队给集结起来了。

5. 对于英国来说，如何才能使以上所叙述的问题和切身利益趋于统一呢？一方面，要是德国在各方面的反对下，仍旧不顾一切地发起对巴尔干的攻势，那我们就势必得使手中的兵力发挥出其应有的作用。另一方面，要是德国方面放话，表示不想使战争扩大到巴尔干一带，并暂时放过希腊、南斯拉夫和土耳其三国的话，我们就得改变策略了，可把部队向中地中海方向转移，也就是说，可以将军队派遣到的黎波里和西西里岛，以及在地图上所看到的如“靴子”一样的意大利版图之中的“脚趾”处，好能在夏秋两季到来的时候，发起强大的对敌攻势。因此，我们就应该像个勇士那样：右手持盾，

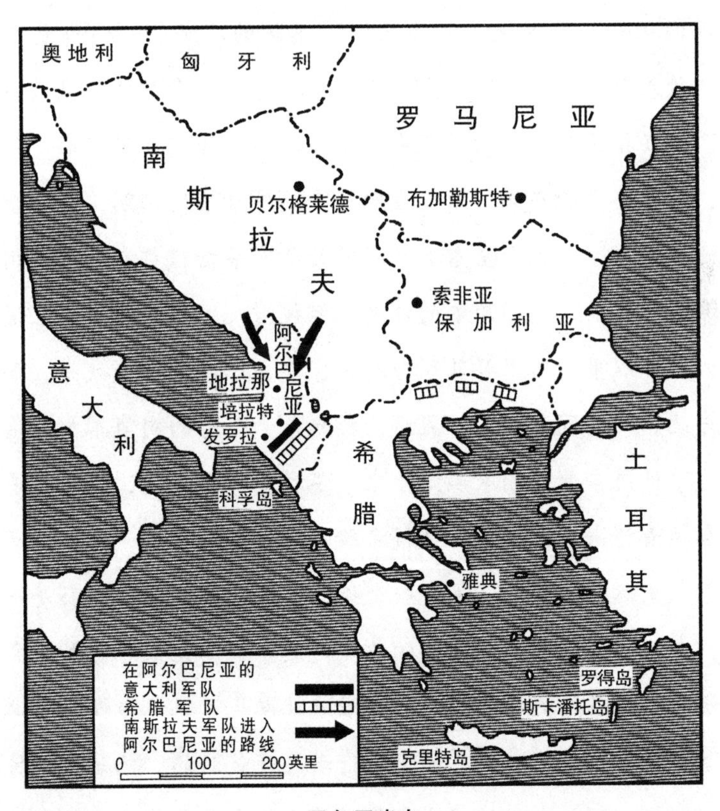

巴尔干半岛

坚决地捍卫自己在中东地区的利益；左手发力，在中地中海区域内，对敌人展开一番中等规模大小却强而有力的猛烈打击。

6. 我们收到不少报告，指出德国已经集结了不少军队驻扎在波兰，并且，同时在瑞典和芬兰策划着什么阴险的行动，因此，倘若巴尔干半岛联合统一战线得以建立，那么德国也很可能会改变初衷，另谋他途，转而对俄国出手了，这个可能性也是极大的。

7. 对于这些意见，你考虑一下能不能用。

我也曾发了一封电报给法丁先生，他是澳大利亚联邦的代理总理。

1941 年 3 月 30 日

我们在一个月前做出往希腊派遣军队的决定时，仿佛是在进行一场徒劳无益的军事冒险，表面上看，就像一个身居高位且肩负重担的人，却在指挥部下致力于完成一个根本不可能完成的任务。然而事实上，贝尔格莱德在周四所发生的那个事件却恰恰证明，这么做是正确的，我们之于巴尔干全盘局势所做的所有举措，都在发生作用，且影响深远。目前，德国原本的计划已经被搅乱了，而对我们来说却是个转机，可以重新与土耳其联合起来，建立巴尔干统一战线。届时，四个与此相关的国家，很可能将汇集起七十个师的同盟军加入这一战线。这事目前自然还尚未确定下来，不过，即便如此，也不难看出，以现在的情势来看，远征军增援希腊的“光辉”行动，正在显示着它本真的意义所在，即：这不是一个孤立起来的军事行为，而是一种原动力，在推动着一个更大规模的作战计划。且不论最终的结果会是怎样，就我们定下增兵希腊一事起，跟着就发生了很多事情，而这些事件，桩桩件件都足以证明，我们的行动无疑是对的。倘若可以将行动往后推一推，那么我们的军力在希腊前线便会更为集中，不至于以零零碎碎、断断续续的方式作战。尽管现在还不清楚结局究竟如何，可我们已经看到了胜利，不但新增了不少战利品，还降低了不少的危险。我目前和孟席斯联系密切，一直在与他沟通此事，希望你也能在这个问题上跟我交流一下。

*　　*　　*

现在，决定已下，令艾登在雅典停留，以便与土耳其人保持联系，另一方面，由蒂尔将军出访贝尔格莱德。摆在眼前的事实是，任谁都看得出，相关国家必须当机立断，及时地建立起一条巴尔干统一战线，若非如此，南斯拉夫便会处于无望之境。不过，事实上，南斯拉夫眼前就有一个绝好的机会：目前意大利军队正处于混乱状态，防守力量十分薄弱，它完全可以在其后方进行打击，一下子就了结了他们。倘若南斯拉夫人的行动够及时，那么在军事打击上，就可谓是成就了一桩大事件。尽管南斯拉夫北部正被敌人践踏着，可他们仍有一线希望，即：从中获取补充自己的力量，将那里的大批军火及装备收为己用，这样一来，就可以转到山区，与敌人继续打游击战了。这一打击行动甚为了得，整个巴尔干局势都将因此而发生转变。对于这一点，我在伦敦看得真切，而与我相伴的其他人也看得很清楚。我们所认为的具有实操性的军事打击行动，也在第 151 页中的插图[①] 中有所展现。

就在这时，蒂尔将军也抵达了贝尔格莱德，于是，我发了封函电给他：

首相致蒂尔将军　　1941 年 4 月 1 日

从各种详细的情况来看，德国已经开始快速地把军队重新整顿了，好对南斯拉夫实施进攻。因此，若是把精力和时间都放在应对德

① 详见英文原版图书。——译注

国上，就势必会错失打败意大利的好机会。所以，南斯拉夫方面应该尽快调集好军队，不顾一切地全力攻打意大利，唯有如此，才能有所成就，即：一方面，从意大利军队那里夺取到更多的装备；另一方面，只有取得对意胜利，才能对后面行将发生的战争产生深远的影响。

多年来累积而成的错误，很难在一时之间被更正过来，所以，在贝尔格莱德人的激动心情平复之后，人人都感觉到事态严重了，他们马上就要迎来一场会招致死亡的灾难，命运就是如此，靠自己的力量是不可能摆脱的。南斯拉夫最高统帅部认为，应派遣戍军在斯洛文尼亚和克罗地亚驻扎，保卫那里的安危，但事实上，此举不过是能在心理上有所慰藉罢了，只能在表面上维持象征意义上的内部团结。他们如今虽然算是把军队给动员起来了，可对于行动计划丝毫没有像样的部署。在贝尔格莱德，我们的蒂尔将军所看见的，只是一个陷于瘫痪状态中的混乱之都。4 月 1 日，他把情况告知给艾登先生，他说：“我虽然尽了全力……你最近还不能到这里来走访，因为，我尚未说服首相予以准许。南斯拉夫首相跟我说，说实话，鉴于对内部时局的考虑，要想使之趋于稳定，就必然不能采取任何会被视为向德国发起挑战的行动。”可这时候，德国已经召集好了所有的兵力，向他们席卷而来。

蒂尔将军于 4 月 4 日发回了一份具体的报告，说明了他此行所收获的一切见闻。报告显示出目前南斯拉夫的状态：对于行将发生的灾难，大臣们仍旧无所作为。他们的情绪和外在表现无不让人觉得，在对德宣战还是言和的问题上，显然还有时间考虑，可以多等几个月再做出决定。可事实上，七十二小时后，德国就会大举进犯了。

蒂尔在报告中写道：

蒂尔将军致首相　　　　　　　　　　　　　　　　　1941年4月4日

走访贝尔格莱德之后，我发现最终的结果是多么令人感到失望，西莫维奇将军说什么也不肯签署协定，但尽管是这样，我还是感动于南斯拉夫领导人的那种反抗精神，他们表示，倘若德国攻击南斯拉夫，或是对萨洛尼卡开战，那他们就必定会与之一战，决不龟缩。今天，将会举行一次会谈，届时，参谋人员会在一起相互交流意见，可能会有好的结果，同时，我希望他们也能一举在对意外事件的处理方面达成一致，并做出合适的计划安排。尽管就算制订好了计划也不会对双方构成约束，可当施行起来的时候，我们也大有希望看到南斯拉夫人的行动。

西莫维奇作为领袖虽说显示出了其精明强干的一面，可事实上，却肯定不会成为一个独裁者。因为，他正因肩负着令内阁保持团结、意见统一的重任，才不敢向他们提议与我们以任何一种形式来签署协约。并且，在没有通报内阁并获取其认可的情况下，他也绝不会私自履行这些协定的。不过，他似乎已经打定主意要与德军展开战斗了，同样，南斯拉夫的伊利茨陆军大臣尽管勇猛而智慧稍逊，却也一样做好了开战的准备……

西莫维奇还想多争取点儿时间，因为南斯拉夫目前还没有完全做好准备，军队还在动员中，要作战的话，还得再集结一些部队才行。此时，由于受内部政治因素的影响，他还不敢先行发起战事，只能等德国有所行动后，再进行反击。他希望德国能暂时不理会希腊，直接从保加利亚攻打南斯拉夫的南部区域……到那时，南斯拉夫人就可以配合阿尔巴尼亚人共同抗敌了，不过，即便如此，他们也不会在德国攻击或侵扰到切身利益之前，就主动发起攻击。

就在这时，我对西莫维奇将军发出呼吁：

首相致西莫维奇将军　　　　　　　　　　　　　1941年4月4日

从我所接到的来自各方面的情报来看，德国正在向贵国推进部队，并且正在快速地把一大批地面和空中的部队聚集起来。这些情报包括：我方驻法国的情报人员发回报告，证实德国的确在调动一大批空军力量；我方在非洲的陆军情报处报告说，德国在的黎波里的轰炸机队已经撤离。从这些资料来看，时间非常紧迫，所以，关于你们所说的争取时间，我实在是无法理解。如今之计，要想取得胜利，保证南斯拉夫的安危，只能先在阿尔巴尼亚取得决定性的胜利，并尽可能地搜罗能够为你所用的大量武器装备，先于敌人获取一定的优势才行。此前，你们的总参谋部曾提出过报告，德国的四个山地师正从迪洛尔区登上火车，等到他们到达了阿尔巴尼亚，你们所要面对的就不只是士气低迷的意大利后卫军了，届时，将会看到完全不同的光景。

我还是第一次有幸向阁下致电，在此，要向你致以最诚挚的祝愿，衷心地希望贵国政府能够取得辉煌的成就，希望这个勇敢的国家在你英明的领导下能够走向平安与独立之路。

*　　*　　*

克里姆林宫的寡头政治，是允许掺杂一点感性成分的，下面举个例子。

发生在贝尔格莱德的民族起义与南斯拉夫的共产党运动无关，前者是自发性的，后者不但人数上少了很多，且并不是自正当渠道取得的胜利，而是在苏联的扶持下发展起来的。一周之后，斯大林等不下去了，也决定站出来表明一下态度。这时候，他的官员正与其他使节举行谈判，其中包括：加弗里罗维奇先生——南斯拉夫驻莫斯科的公使，和贝尔格莱德起义后派去莫斯科的一个使节团。然而，谈判并没有取得丝毫进展。4月5日至6日晚间，斯大林亲自在克林姆林宫里召见了这群南斯拉夫人，他把已经拟好的条约交给他们，只要签个字就行了，因此，条约的手续很快也就签好办妥了。按照条约，俄国愿意尊重南斯拉夫作为一个“独立、有自主权、领土完整”的国家的意愿，并且，俄国会在南斯拉夫遭受攻击的时候，确保自己与之保持“在友好关系的基础上”态度亲和。不管怎么说，俄国此举也算是做出了表态，以示友好。随后，加弗里罗维奇单独留了下来，与斯大林进一步探讨有关俄国供应军需品的问题，两人一直商量到次日早上。然而，正当他们结束讨论之际，德国发起的攻击已然开始了。

* * *

4月6日，德国正式展开“惩罚”作战计划。他们的轰炸机自凌晨起，就从已经占领了的罗马尼亚机场一拨拨地出发，先后抵达南斯拉夫的首都贝尔格莱德上空。然后，一场系统化的空袭开始了，轰炸机贴着屋顶不时地掠过，过程中也不怕遭遇反抗。就这样，这个城市被整整轰炸了三天，几乎被冷酷而残忍的德国轰炸机队给炸毁了。直到4月8日，贝尔格莱德才重获安宁，可这时候，市民不是惨死在街头，就是在瓦砾中丧了命。一场狂轰滥炸、火光冲天的梦魇之后，一万七千多市民为此付出了生命，而动物们则带着惊恐的表情从炸坏了的笼子里四散奔逃。城市中最大的旅馆前有一只受了伤的鹳，它一瘸一拐地慢慢从还在冒着浓烟的建筑物前走过。一只熊跌跌撞撞地迈着自己笨重的腿，缓慢地在这个炼狱一般的城市里走动，它一边儿走，一边儿迷茫地看着这一切，不知道发生了什么。事实上，不只是这只熊感到茫然无措。

至此，“惩罚”作战计划就完结了。

第十章　日本特使

叫人忧心的消息从远东传来——援助香港问题——在日本使馆里的骚动——2月15日和2月20日，我给总统发去函电——日本大使于2月24日的来访——日本大使再度于3月4日前来访问——德国对日本十分担心，怕它与美国陷入纷争——东京所做的三个决定——松冈洋右的任务——3月27日，松冈洋右与里宾特洛甫会面——松冈洋右又与希特勒会面——“思想层面上的共产主义”——4月2日，我给松冈洋右发去函电——松冈洋右出访罗马——松冈洋右留在莫斯科——蓄势待发之际，决定存亡绝续——斯大林热情周到——近卫文麿公爵愿意与美国和解——我收到松冈洋右的回函——日本内阁决定用折中的办法解决问题——松冈洋右辞职卸任——日本希望有办法解决问题——三个向来深谋远虑的帝国失策

刚步入新年，来自远东的消息就传来了，叫人深感担忧。在印度支那，日本的海军日渐在其南部沿海之地频繁活动。根据收到的情报显示，西贡港和暹罗湾两处，都出现了来自日本的军舰。日本政府成功地在维希法国和暹罗间调停，并使它们于1月31日，签署了一份停战协议。一时间谣言纷起，大家都认为日本此番解决东南亚边界上的纷争其实是其行将参战的信号。此时，德国也加大了对日本的施压力度，令其攻打新加坡，好对英国造成威胁。在纽伦堡，战犯里宾特洛甫曾在接受审问时说："因我无法做到跟英国方面讲和，也不清楚采用怎样的军事措施才能实现这个目标，所以，我转而想其他的办法解决，开始唆使日本去打新加坡。总的来说，目标是明确的，我受元首的指示，必须在外交上，用尽办法使英国的地位被削弱，以便最终与之讲和。故而，我们都深信，唯有怂恿日本去攻打英国位于东亚的根据地，才是实现这一目标的良策。"[①]

*　　*　　*

我们驻远东的总司令，也差不多是在这个时候连续发来了几封电报，敦促我们能尽快给香港提供援助。但对他提出的建议，我并不认同。

首相致伊斯梅将军　　1941年1月7日

你的看法根本不对。要是日本真的对我们开战，届时想要以最快的速度援助香港，或是妄图据守，都不会有成功的希望。我们势必会在香港蒙受损失，而徒然将损失加大绝非明智之举。因此，我们非但不应该再多派兵力过去把守，反要减少一些，达到象征性的标准规模就可以了。至于在香港出现的种种纠纷，则须留待日后处理，等到战后举行和会的时候再予以解决便可。我们应该保存实力，避免在容易失手的根据地做无畏的牺牲。想必日本早就在筹谋对大英帝国开战的事了，所以，不管我们在香港驻扎着两个还是六个营的军队，都无法撼动其决定宣战的事实。我倒是宁可从那里再多抽调出些兵力来，不过，这样的话，势必会惹人注意，招致不必要的危险。

等到日后你们就会知道，我并没有固执己见非要坚持这么做，因为，等到真正需要的时候，我还是将两个意大利营派去香港支援了。

① 可参看《纽伦堡文件》第十编，P200中的内容。——原注

* * *

我发现，日本人在2月份的第二周里有异样的表现，不论是身在伦敦日本大使馆中的日本人，还是在日侨居住区里的日本人，都开始骚动起来，显然，他们都很兴奋，还肆无忌惮地交谈着。这之后的几天，我们一直在观察他们的言谈举止，并打探消息。在这段时间里，各种报告纷纷向我传来，看了这些消息，不免让人会这么想：日本政府已经下达了某项通知，所以，他们都毫不犹豫地开始打点行装了。这些人素日里总是很沉默，可如今却变得骚动起来，这令我感觉不安，可能用不了多少时间，日本就会对我们发起突然袭击，正式开战了。考虑到这一点，我觉得还是尽快将所担忧的事让总统知晓的好，于是，发了封函电给他。

前海军人员致罗斯福总统　　1941年2月15日

从一些隐约现出端倪的小事件来看，可能数周后，或是几个月之后，日本就会向我们开战了，不然，也会弄出点儿事端来，好使我们对它宣战。不过，依我之见，这是不足为信的，他们可能只是想在精神上使人产生错觉，实际上是要入侵暹罗和印度支那。但我觉得还是应该让你清楚这件事，一旦发生可能就会带来什么后果，假使我们被日本的海军袭击，那么我们的海军力量就没法儿应对了。尽管，从个人角度而言，我不觉得日本会把一支力量强大的远征军派去新加坡进行围攻，可这并不代表他们不会派兵去攻打荷属东印度区域，以及它附近的任一战略点或油田，那可是他们早就眼巴巴盼了很久的地方，因为有了这些战略点和油田，要想接下来策划大举进攻新加坡一事就容易得多了。此外，澳大利亚及新西兰的各港口、海岸，也可能会受到来自日本的袭击，这让一些自治领深感焦虑，因为，他们如今已经没有精良的部队驻守了，军队已经全都派到中东那里了。这些还不是最让我担心的，我怕的是日本人的攻击舰艇，其中可能还会有战斗巡洋舰参与进去，届时，可能会攻击我们在太平洋及印度洋上的贸易线和交通线。对此，我们虽然可以在这些辽阔的海域再多加派几艘足具威力的军舰，而暂时把可能引起的其他危险置之不顾，可这样一来，我们就只能通过运输船队来进行所有的贸易需要了，那么自然，我们就只得三三两两、时断时续地完成贸易运输任务了。这会直接危及整个国家的利益，不但战时经济会因此而受到相当程度的限制、造成经济上的慌乱，还会严重影响我们原先制订好的计划，即：将部分军事力量从澳大利亚抽调出来，用以支援和强化中东地区的兵力。倘若日本真的这么做的话，这项计划就必然得停滞下来。此外，不论日本将进攻澳大利亚还是新西兰，都会带来极大的危险，对我们而言，肯定得被迫将舰队从东地中海调回，这样的话，势必会造成该区域在军事方面的灾难，而土耳其一方，也会因此而对德国有所通融，为他们在贸易上和石油的供应方面提供便利，将黑海开放给他们。

凡此种种，总统，只要日本的战斗巡洋舰、装载着八英寸口径大炮的十二艘巡洋舰，出现在东方的海洋上，那么，我们的军事活动就势必会受其影响，被削弱不少。要是再加上一条，即日本对位于南太平洋上的两个澳洲民主国家突然发起攻击，进而对其造成严重威胁的话，我们就更没有多少回旋的余地了。

有人按照日本目前的情势分析，认为它会果断地同时对美英两国寻衅滋扰，或是干脆宣战。尽管从我个人的角度来看，它并没有什么优势，可谁也不敢妄下断言。为今之计，只要你能采取行动，让日本不敢同时与英美两国交火的话，那么，这种种可能存在的危险就可以避免了。不过，要是日本只针对我国实施进攻的话，那我们便不得不单方面迎战，到那时将会产生怎样严重的后果，就不好说了。

日本人在伦敦的那场骚动来得快，去得也快，如今，他们又和以前一样，以东方人惯有的那种态度默默地生活着了。

前海军人员致罗斯福总统　　1941 年 2 月 20 日

近来，我得到了有关日本方面的一些好消息。松冈洋右将会在最近一段日子里出访柏林、罗马，以及莫斯科，显然，这是他们采取的一种外交手段，用以掩盖自己要在短时期里对大不列颠动手。倘若日本果真不像原来那样蓄势待发，而是延迟了自己的进攻行动，那么，这很可能是因为惧怕美国，因此，我们应当利用他们的这种畏惧心理。不过，在我们所希望通过的租借法案落实之前，我十分清楚你现下所要面对的困境。此外，上次在与你互通的“私人密电”里所说的，有关日本要是对大不列颠发起攻击，那么我们的海军将受到极大威胁一事，我要说，这个估测将在任何情况下生效。

*　　*　　*

日本大使重光葵先生于 2 月 24 日与我有过一次会面。这次的会谈在当时就被记录下来了。

在会谈中，我把英日间长期秉持着友好关系的情况进行了一番详述，包括英日从 1902 年结成同盟后，我个人和双方在这段时期里的感情是强烈的，愿景也是一致的，没有人希望两国的关系有任何破裂的可能。对于日本之于中国的行动，他们不能期望英国方面表示认同，不过，我们并不反对，只是保持中立的态度来看待此事。在过去，我们曾帮助过日本，让它能在我们的支持下跟俄国作战，然而，这一回，我们并没打算攻击日本，所抱有的中立态度也和之前那次极为不同，这一次，我们只希望日本能够取得和平，并继续繁荣发展而已。并且，我还说，要是日本人在忙着跟中国作战的同时，还想对大不列颠及美国一同作战的话，那真是令人感到惋惜。

重光葵先生回应道，日本并没有想过要与美国和英国开战，不论哪一方的战事，它都不想介入，另外，也并不打算攻击新加坡或是澳大利亚。并且，他还一再声明，在荷属东印度地区，也没企图做什么，既不想攻打那里，也没想占领什么根据地。他表示，对日本来说，唯有一件事令他们感到愤怒，那就是我们对待中国问题的态度，我们这么做无疑是在给中国增加助力，进而使日本要多承受不少困难……面对他的责难，我认为有必要做出适时的提醒：他们得知道，是谁曾背着我们跟轴心国签署了三国同盟条约。对于这件事，我始终难以接受。毕竟三国同盟条约明显对德国更有利，而对日本却并没什么诱惑力，这太叫人感到疑惑了，所以，其中必定还有什么秘密款项是我们所不知道的。再说，如今我已经开始对日本不信任了，等到有什么不测发生的时候，看他们如何解释自己为什么会签署这样的条约。重光葵大使回应说，在签署条约的时候，他们就已经做出解释了，之所以那么做，不过是为了不将冲突扩大化等等。随后，我跟他说，日本与轴心国签署条约，绝对不是正确之举，这么做会极大地危及日本和美国的关系，相反，会促使美国和大不列颠走得更近，成为亲密友人。

这之后，我又重新声明，我们和日本始终保持着友好关系。在整个会谈中，他一直都是一副息事宁人、态度友善的样子，但我们自然清楚得很，在这些问题上他究竟是站在什么立场上来看待的。

我猜想，重光葵先生应该已经把我们会谈的始末都报告给东京方面了，于是，在3月4日开始在备忘录中记下他对我的第二次访问经过。

日本大使今天到访，言辞悦耳，代表日本诉说着他们的愿望。

他说，他们不希望被卷进战事，不希望与大不列颠绝交。对于日本签署了三国同盟条约一事，他表示，那只是出于维护和平才考虑那么做的，并且，那也有利于不将冲突再扩大化。随后，我向他清楚地指明一点，日本签署了这项协约，是否就意味着：其一，日本被授予充分的权利，以便在出现特殊局面的时候可以凭借协约条款来做出解释；其二，日本依照协约所规定的，有义务参战。对此，他没有否认，事实上，也就等于承认了。会谈结束前，我对他所做出的所有保证表示接受，并在最后请他代为转达我对日本外相的感谢。我认为，日本不会在确定我们将遭遇失败之前，主动发起攻势。要是美国与我们联起手来，恐怕到那个时候，日本就不一定会站在轴心国那边，选择与我们交火了。不过，要是它仍旧倾向于与轴心国为伍的话，就真的是蠢透了，因为，他们起码在我们没有与美国协同作战的前提下这么做还差不多。

尽管德国与日本在看待英国问题的理由上，有着很大的不同，可从某种程度上而言，日本人的看法也可等同于德国人的看法。这两个国家都急着想要占领大英帝国，并将其瓜分掉，可在实现目标的过程中，却会以不同的角度去操作。在德国，最高统帅以为，日本当不用顾忌位于太平洋上的美国基地，也不用管他们部署在侧翼中的那些主力战列舰，只要对马来亚及荷属东印度地区开火就行了。因此，他们在2月到3月间，反复敦促日本政府，无须担心美国出面反对，马上对马来亚和新加坡发动攻势就好。美国至今仍未参战，是因为希特勒一直隐忍着，在很多问题上都没有爆发。事实上，我们也确实能看出来，美国的确做了很多事，任凭其中哪一件都很可能突破希特勒的忍耐限度而成为战争的发端。对于希特勒和里宾特洛甫而言，现在最大的希望就是，让日本去攻击他们口中的“英格兰”，这个名字，已经让他们心心念念很久了，但他们只能依靠日本去完成，因为不管怎么样，他们自身是不能与美国产生矛盾的。为此，他们向东京方面做出保证，美国是不敢在其挥军攻打马来亚和荷属东印度时采取行动的。对此，日本的海陆军队将领并不接受，他们要么就是不信这种推论是真的，要么就是根本不在意。依他们之见，在没有攻下美国基地之前，或者，在没有同美国以外交途径达成一致意见予以解决之前就采取军事行动攻击东南亚，绝无可能。

正是在这一时期，日本在复杂的政治背景下，貌似有三个决策浮出水面了：

其一，把日本外相松冈洋右派到欧洲，让他亲自对德国所把握的欧洲整体情况做一番实际考察，尤其重要的是，德国究竟打算什么时候对英国发动大举进攻。另外，英国是否确实把自己的军力都放在海上防御的工事上了，并且，因为受到这方面原因的牵连，即使日本真的进攻属于英国的东方领土，它也没有余力增派部队支援。松冈洋右这个人虽然曾在美国留过学，却是个反美的极端分子。他十分仰慕纳粹运动，同时，也对德国在战斗时的威猛劲头钦佩不已，这时候的他，已经痴迷于对希特勒的崇拜了。或许，他自己偶尔也能觉察到，在日本，他也是这类角色的扮演者。

其二，日本政府已做出决定，准许海军、陆军的军部甩开膀子开始筹谋日后所需的各项军事部署，准备对美国基地珍珠港、菲律宾、马来亚，以及荷属东印度地区展开军事打击。

其三，把以“自由主义”著称的政治家野村海军上将派到华盛顿去，让他与美国方面共同商讨有无全面解决太平洋问题的机会。这么做，既可以把自己掩饰好，又可以看看是否真有和平处理的可能。有鉴于此，日本内阁内部间的对立呼声也就基本平息了，大家暂时取得了一致意见。

* * *

3月12日，日本外相松冈洋右奉命离开，于25日途经莫斯科。那天，他见到了斯大林和莫洛托夫，三人会谈了两个钟头。随后，他告知德国方面的大使舒伦堡，对于此次会谈的详细情况，并称他肯定会亲自跟里宾特洛甫交代的。然而，松冈洋右真正的任务，以及德国人的心思和想法后来很快就被披露出来了，因为，美国的国务院缴获了一份文件，并将之公布了出来。

到了 3 月 27 日，松冈抵达柏林，并本着与里宾特洛甫志趣相合的立场与之进行交流，这一身份立时就受到了对方热情的接待。德国的这位外交部部长还高兴地夸赞了一番日本，说它是个强有力的国家。里宾特洛甫说：

> 现在，德国业已准备对英宣战了，只不过还要做最后的筹备。元首已于去年冬天把必要的所有工作都做好了，所以，今天，德国就有足够的实力进攻英国，不论是在哪里的英国军队。当前，在元首手中所握有的军事力量极其强大，恐怕这在历史上还从未有过：战斗师二百四十个，包括头号突击师一百八十个；装甲师二十四个；空军实力有了极大进展，用上了新式的飞机，在空力的范畴里，我们不但能与英、美两国一较高下，还必定会略胜一筹。
>
> 德国海军在战争伊始，只有少量的战列舰，不过，我们新打造的舰船已经完工了，所以用不了多久，我们便可以在最后一艘战列舰竣工后，将全部的战列舰都正式编入现役舰。这一次的海战不同于往昔，我们不会像第一次世界大战那样，只把海军留在港口，我们会从开战之日起，便直接对敌人发动攻击。或许松冈已经从前几周得到的报告中知道了这件事，即：英、美间的供给线曾被德国的大型战列舰成功地切断了。[①]
>
> 截止到目前，我们并没有用上多少潜艇，尽管如此，还是在每

① 在这里指的是，2 月至 3 月间，德国的“沙恩霍斯特”号和“歌奈森诺”号战斗巡洋舰突然出现在大西洋，并对美国和英国的运输船队展开突袭。——原注

次只动用八到九艘潜艇的情况下，并在空军力量的配合下，打沉了敌人不少船只。仅1月至2月期间，我们就取得了每个月打下敌人七十五万吨船的好成绩，对此，德国方面随时都拿得出相关证明，以示不虚。此外，这里还尚未把流动和磁性水雷给英国带去的惨痛损失计算在内，我们的这种额外收获其实也有不少。等到4月，我们的潜艇还会增多，将是现在的八到十倍，届时，我们就能够把六十至八十艘潜艇全都派上战场，准备持续地重创敌军了。现在，元首已经打算这么应对敌人了，也就是准备采用这样的战术：在开始阶段，只投入为数不多的潜艇，把其他的舰艇作为训练使用，让必要的人员能够以此来得到锻炼，然后再将它们组建成一支大规模的潜艇舰队，这样，在随后的战斗中，便可以一举给予敌人致命的打击。有鉴于此，我们便可以大胆地对未来的战事进行推测：届时，被德国潜艇打沉的船只吨位数肯定会比目前业已做到的数目多，并在一定程度上远超于此。要是果真如此，那么仅就潜艇战这一项，德国就已经握有自己的撒手锏了，绝对能置敌于死地。

事实上，德国在欧洲大陆已经没有什么强敌了，只不过有少量的英国军队尚在希腊驻守着。但是，德国必定会把英国赶出欧洲，决不允许他们在希腊逗留，不论英国人是想在欧洲登陆，还是布下什么固守在此处的军队，都绝无可能。当然，希腊对我们来说也很重要，不过仅处于次要地位，但我们或许有必要通过希腊向地中海地区进军，好进一步获得那里的重要根据地，所以，对于攻占希腊的问题，还需要再考虑考虑，拿下它，将来作战就会容易一些。

意大利在非洲的战事几个月下来都并不理想，原因是，驻守在那里的意大利军并不熟悉如何操作现代化的坦克技术，也没有足够的准备来应对反坦克防御之战，所以，意大利所占据的那些不怎么要紧的军事根据地，很快就被英国装甲师部队轻易攻破了。不过，英军现在已经无法接着往前推进，因为所有前行的道路已经被堵住了。元首已经下令，将德国最有能力的军官派往的黎波里去，而领命前去执行任务的是隆美尔将军，随行的还有其旗下的大批量德军。在的黎波里，我们本来想让韦维尔将军先发起攻势，可事实上，并没有成功。随后，德军和英军曾在前哨的一个根据点相遇，打了几次小规模的阵仗之后，英军便不打算接着攻击了——对他们来说，倘若有一次妄图对塔尼亚实施二次进攻，就必然会全都葬身在那里。此前虽然我们在此地有过劣势，可形势也有逆转的一天，如今，英国马上就会在北非消失，这个速度甚至会比他们来的时候还快。

两个月以来，德国空军在地中海一带取得了显著的成就，英国的船只尽管坚持在这片海域里航行，却遭到了来自我方空军的重创，损失严重。苏伊士运河曾长期处于堵塞状态，然而，这种情况还会继续下去。再这么顽固地坚持航行，对英国来说已经变得非常困难了，绝不是什么有趣的事。

要是我们把欧洲的军事情况做一个汇总的话，就不难得出如下结果：轴心国已在军事范畴内将欧洲大陆控制在自己手里了。如今的德国，拥有一支受其支配的庞大部队，且全都几乎只留作备战之用，也就是说，直到有需要的时候，元首才会发出命令，让他们在必要的时间或地点派上用场。

里宾特洛甫对军事局势发表了一番言辞之后，又对政治方面的局势有话要说：

我可以向松冈透露一个秘密，日本当前跟俄国保持一定的关系实在是很合适的，不过，这还称不上是一种友好关系。原因大致如下：莫洛托夫曾出访过德国，我们便借此向他提出建议，希望俄国也能够加入三国同盟条约，在这之后，俄国的反应不太令人满意，他们的条件叫人无法接受，其中一个条件是：德国须放弃在芬兰的权益，并让俄国于达达尼尔海峡建设自己的基地，此外还有，让苏联可以对巴尔干诸国的局势施加影响，尤其是在保加利亚，要有足够强大的影响力。对于这些条件，元首并没有接受，他觉得，德国不能永远都对俄国如此纵容，对它提出的任何政策都表示支持。德国也得为自己的经济状况做打算，巴尔干半岛是德国非常需要的地方，因而，不能为俄国所把控。由此，德国曾对罗马尼亚做出过保证。而正是此举，最终引起了俄国人的不满。此外，为了得到对自己有利的根据地，德国被迫与保加利亚交往密切起来，建立了亲密关系，这么做的目的是：要从保加利亚把英国人给驱逐出去，让他们再也不能留在希腊。对于这个决定，德国并不情愿，可如果不这么做的话，就没法儿打赢这场仗。而俄国对此事，也很不看好。

情况就是如此，德国和俄国虽然表面上看起来没有什么冲突，关系正常且恰当，可事实上，有那么一段时期，一旦俄国人逮到机会，对德国的态度就显得不怎么友好。比如，前几天，他们在发表对土耳其的声明时就是如此。德国对此早有觉察，发现斯塔福德 · 克里普斯爵士担任驻莫斯科的大使之后……俄国就开始暗地里，有时甚至是公开的，与英国往来联系。目前，德国正对这两个国家给予密切的关注，看它们会有什么样的举动。

接着，里宾特洛甫又说：

在私底下，我是知道斯大林的为人的，所以，我觉得斯大林不会冒险做什么，不过，对这一点，我也并不确定。目前，身在东欧的德军已经做好了准备，只要时机到了，随时都可以行动起来。倘若有一天，德国处于被德国认为是一种威胁性质的立场的话，那么元首便会下令把俄国消灭掉。对于两国交战的结果，不论是德国人还是元首本人都深信，德国必然会以绝对的优势在武力上打败俄军，并且连同其整个国家一起销毁，一旦德国对苏联进行军事打击，那么不出几个月，就不会再有名为俄国的这一大国存在了。不管怎么说，与俄国签订协约并不是元首唯一希望的事，他主要还是希望借助于俄国国防军的力量。

然而，苏联此时所产生的潜在危险也不容忽视，任何反对的呼声它都不放在眼里，反而接着在国外宣传自己的共产主义思想。这些会使人误入歧途的宣传活动，苏联不但打算在德国展开行动，还打算传播到法国、荷兰和比利时的占领区去。当然，德国是不怕的，这还算不上是一种能够对其有所撼动的危险。不过这种宣传鼓动会在他国造成怎样的影响，松冈不是不知道。对此，德国外交部部长引用了一个例子，俄国在占领了一些波罗的海国家后，仅仅一年之间，知识分子就都消失了，随处都是令人恐惧的景象。由此，德国已经开始有所防备了，不能让俄国以同样的方式危害到自己。

另外，还有一个现实问题，那就是，德国必须得确保后方稳固，才能与英国做最后的交锋。所以，德国无法容忍俄国可能对其造成的任意威胁，更何况在以后还可能更为严重。现在，德国一心想要快速战胜英国，在这段时间里，它希望不会再有任何阻碍其行动的事情发生了。

德国外交部部长在当时，就是以这样的言辞在这种场合下表达上面的意思的，因此，松冈无以抵赖，只声称自己对内情并不知晓。

接着，里宾特洛甫又重复说道：

胜利肯定将会是轴心国的，不管怎么说，它们已经不可能会失败了。英国最终也必然得接受失败的事实，只不过时间早晚罢了。到底英国将会在何时承认，我现在自然还预测不出来，或许用不了多久，这还要看事态在往后的三四个月中是如何发展的，不过，今年就使英国宣告投降也是极有可能的事。

里宾特洛甫最后又说起了美国：

要不是罗斯福始终让丘吉尔感受到希望，英国肯定一早就不再负隅顽抗了，可目前还很难说清楚罗斯福真正的图谋是什么。但不管怎么说，英国从美国那里获得的军火支援还暂时派不上什么用场，等到真正发挥效力的时候，恐怕都是很久以后的事了，即便英国人挨得到，那些从美国运去的飞机也可能会存在质量问题。一个置身战争之外的国家怎么可能打造出高水平的飞机呢？到目前为止，德国的飞行员一直把截获到的美式飞机叫作“垃圾”。

里宾特洛甫还说：

美国是三国同盟条约中第一个要对付的目标，主要是对其起到震慑作用，让它不敢参与到战争里。而英国，是德国建立新秩序的主要障碍，是德国的大敌，也是日本的大敌，同时，更是轴心国一致要对付的目标。

接下去，里宾特洛甫又往下说：

经过一番缜密的思考，元首以为，日本要是做出决定，尽早主动与英国作战，那将会有利于德国。比如：在大家都没发现异样前，就快速攻下新加坡，如此一来，就直接决定了英国的生死，他们也会随之被迅速消灭。在和英国进行对战的时候，要是日本果真能这么做的话，那么，罗斯福必然会深陷困境。要是他因此而决定对日宣战，那就必须得面对一个后果：在菲律宾的问题上，日本将会比他们获得更为有利的机会。此外，罗斯福可能得在美国的声望受到这么重大的损失之前，反复考虑很久。而相反，日本却会因为攻占了新加坡而提升自己在那部分东亚地区的地位，占据优势。届时，才是真的做到“当机立断，速战速决”。

* * *

吃过午饭，希特勒与松冈会面，会谈中，元首以自己的方式对松冈诉说着德国从战争伊始直到现在，在军事上所取得的一些重大胜利，包括：德军先后将六十个波兰师、六个挪威师、十八个荷兰师、二十二个比利时师、一百三十八个法国师和十二三个英国师，全都给赶出欧洲大陆了。敌人要想在这个时候对轴心国进行意志上的反抗，已无可能。接着，在讲到英国在船只吨位上的损失时，希特勒说：

真正意义上的潜艇战不过才刚开始而已，从这个月开始，英国将在随后的几个月里损失更多的船只，其程度肯定会大大超过当前。不仅如此，虽然英国一直反复声称自己在空中的成就有很多，可实际上，德国已经在这方面取得了绝对性的优势，在接下去的几个月里，德国空军将加大其空袭力度。再有，德国所施行的封锁政策已见成效，从目前英国的粮食配给上看，已经比德国更严苛了。而这当然还不算完，战斗仍将继续，我们将发起对英国的终极战斗。

希特勒一直在夸夸其谈，松冈在一旁始终听着，随后，他表示了自己对元首的谢意，感谢其如此真诚地与自己谈话。松冈说，对于希特勒的观点，他大致都是认同的，不管是在日本，还是在别国，只有强大而有力的领袖才能制服那些在知识界享有威望的人。要是日本能够觉知这个千载难逢的机会，就应该毫不犹豫地采取行动，否则，便会与之彻底失之交臂了。对此，他也曾向皇族中的两个亲王有所解释，跟他们说明，要想一次性地把筹备工作做足，是不可能的，适当犯险也是必然的事，毕竟，迟早日本还是得发起进攻。但在日本的那些政治家，总是犹犹豫豫，拖着下不了决心，且或多或少地在看着英美的态度采取行动。然而，不管怎么说，他本人的希望自然是尽早发兵，只可惜，在日本掌权的人并不是他，不过，他肯定会从中游说，尽可能地让那些能够控制局势的人愿意听取他的意见，并且，只要他努力，肯定会实现的。但就目前而言，他还不能代表日本帝国本身的立场下什么定论，也不敢担保日本会有什么作为。等他一回国，必定会在这些问题上加强注意。尽管在义务上，他承担不了什么，可仍会尽力去做。这些意见都很重要，应当予以保留。

这之后，松冈又说起了他途经莫斯科时的事。他再度见到了斯大林，并与之进行会谈，起初，他不过是想礼节性地访问一下莫洛托夫，可俄国政府提出建议，让他最好还是会见一下斯大林与莫洛托夫两人。于是，松冈与莫洛托夫一起谈了差不多十分钟，又跟斯大林说了二十五分钟的话，其中包括因翻译而耗费的时间。在与斯大林会晤期间，松冈表示：

尽管在政治和经济上，我不相信共产主义能起到什么作用，但日本人在精神上是奉行共产主义的，可如今，在精神上奉行共产主义的日本式理想已经覆灭，取而代之的是西方自由主义理想、个人主义理想，以及私利主义理想。在意识形态上，日本内部的斗争很激烈，那些想要重归日本式旧理想的人都相信，最后的胜利必然是属于他们的。一心阻止施行“新秩序”的主要代表是盎格鲁—撒克逊人，等大英帝国被摧毁之后，日本和俄国之间的矛盾也就随之消失了。到那时，盎格鲁—撒克逊人将会成为日本、德国和苏俄要一致对付的敌人。

斯大林想了一会儿，对他说，苏俄与大不列颠从未和谐与共过，今后也不会。

*　　*　　*

3月28日至29日的柏林会谈持续进行着，且其中的一些重要意向没有什么变化，即：首先，德国人竭力劝说日本去攻打英国；其次，德国和俄国之间没有建立可靠的关系；最后，德国承认，希特勒急切地希望不与美国发生任何摩擦。

对于德国是不是还像先前那样在不列颠登陆，以及德苏关系问题，松冈没有得到明确答复。松冈还提出一个问题：他回国途径莫斯科时，是该深入地谈谈政治问题呢，还是点到为止？里宾特洛甫通过翻译回答道：“最好还是局限于礼节性访问。”[1]

*　　*　　*

这次的柏林秘密谈判，属于机密性会谈，我自然不清楚其中的实质及其性质，可在我心里，却着实体会到，它至关重要。就在这时，松冈让日本大使去欧洲大陆与他会面，我便想趁此机会让日本大使代为转交我对松冈提出的一些反面建议。崇光先生不可能对英、美两国心怀敌意，一心与我们开战，否则他的伪装能力就太匪夷所思了。崇光先生郑重地收下我的信件，表示一定代为转达。然而，他没有成行。我只好把信以电报形式发

① 参看《梦想与现实》P301中的内容，作者科尔特。——原注

给了我国驻莫斯科大使，让他在西伯利亚转交给松冈先生，松冈会在归国时路过那儿。

丘吉尔致松冈洋右先生　　　　　　　　　　　　1941年4月2日

我认为，有几个问题是日本帝国政府及人民值得关注的，故此，恕我冒昧地提出来：

1. 德国现在并没有掌握制海权，在空中，它也无法没白天没黑夜地对英国加以控制，如此看，等到1941年的春夏，或是秋天，它难不成就能对大不列颠实施攻击，并且占有它了？德国会尝试着这么做吗？日本难道不认为，应该等这些问题都明朗化的时候再采取行动，才符合自身利益吗？

2. 现下，大不列颠及美国早已投入战时生产，将自己所有的工业都致力于此了，在这种情况下，德国靠猛烈地攻击英国船只，就真能阻止美国方面的援助抵达英国的海岸？德国的攻击程度是否确能达到这样的效果呢？

3. 美国会如何看待日本加入三国同盟条约一事？它是更可能参战，还是更不会参战呢？

4. 假如美国站在大不列颠一边参与战事，日本却与轴心国为伍，那么作为同样说着英语的两个国家所加起来的海军实力，不是会有足够的优势先把在欧洲的轴心国灭掉吗？这之后，再联合起来共同把精力放在日本身上，届时，难道日本还能保全吗？

5. 意大利之于德国，到底是助力还是障碍呢？说意大利有威力巨大的舰队，是不是确有其事？它过去就浪得虚名，现在这名声难道就比往昔要小吗？

6. 英国空军可否在1941年结束前将实力提升至德国之上？到了1942年底呢，又可否远超德国？

7. 尽管德国的军队及秘密警察一直以来都对许多国家施加压力，可时间长了，那些国家的人会怎么看待德国呢，会越发喜爱，还是越发厌恶？

8. 美国的钢产量在 1941 年将会是七千五百万吨，而与此同时，大不列颠则可产出约一千二百五十万吨的钢铁，两国加起来，将会有接近九千万吨的钢产量，这会是真的吧？要是像上回的大战一样，德国最终还是败了，那么，七百万吨钢产量对日本而言，够独自应战用吗？

从如上这些问题中，日本方面可以从答案里找到自己的论断，以免将自身陷入大灾难之中，同时，也可适时地与两个西方的海上强国改善关系。

在执笔的时候，我很开心，至于写得好赖，现在倒是也不怎么在意。

* * *

松冈此刻去了罗马，在那里与墨索里尼和教皇见了面。返回柏林之后，他又在 4 月 4 日，与希特勒会面，关于他那时候跟希特勒的谈话记录，本由德国保管着，不过，我们现在已经拿到手了。他跟希特勒说，墨索里尼之前曾跟他说起过有关希腊、南斯拉夫及北非的战斗情形，并且，还提及了在这些战斗中，意大利所承担的任务。最后，他谈到苏俄及美国方面的事。“领袖”跟他说，人必须明确地对敌人何等重要有个概念。当前，美国是首要劲敌，苏俄却只能次之为二。“领袖”其实是想用这样的思路来告诉松冈：必须对处在首要位置的美国谨慎防备，不能得罪。另外，对于可能遇到的不测，人都必须事前做好全面准备。对于“领袖”的这种看法，松冈表示认可。

* * *

松冈曾乘坐西伯利亚铁路回国，过程中，在莫斯科暂留了一周。其间，他跟斯大林及莫洛托夫进行了几次会谈，时间都不短。有关这些会谈的记录只有一份，而我们之所以能够拿到手，是因为舒伦堡。自然，这位德国大使所知道的事情也是有限的，取决于俄国人和日本人乐于告诉他的那部分。从记录来看，日本特使并没有完全相信德国所说的实力，不管德国方面所述的威力是确有其事，还是被夸大了，他都有所保留。在松冈的脑海里，深深地记住了对德国领导人谨慎地对待与美国的摩擦所应保有的那种态度，所以不免有所顾虑，而他也在与里宾特洛甫会谈时，从对方的言辞里发现，苏德关系已经很紧张了，在这两个国家之间早已出现裂痕，且越发严重了。不过，我们现下还不敢妄下结论，不清楚他在苏德方面与其新的东道主说到什么程度了。可即使是这样，我们也还是可以肯定这一点：通过种种机会，松冈目前已经能够在一个有利于他的特殊位置上总览整个形势，而斯塔福德·克里普斯爵士也接到了我的电报，并将有着诸多问题的那封信交给了他。这之后，松冈感觉自己更倾向于亲近莫洛托夫，而非里宾特洛甫。目前，日本正处在关键时刻，列强们是强盛还是衰亡都在此一举了，对此，德国的要求是，果断地对英国宣战，并采取相应的步骤，决不回头，而要是这么做的话，日本便很可能不只是对英宣战，而是在对英语世界宣战了。俄国对日本的要求则不同，它只是要求日本别轻举妄动，观察观察再说。很明显，松冈并不相信英国确如德国所说的那样，已经快不行了，而苏德关系到底会变成什么态势，他也无法明确知晓。照现在的情况来看，他并不想让国家贸然采取什么果断的攻击，再者，也没有这个权力。不过，在他而言，如果能签订下中立条约就最好了，最起码可以获得更多的机会和时间，这样，很多现下无法辨明的事情，一定会随着时间的推移而露出端倪的，过不了多久，也肯定会水落石出。

松冈正是出于这样的考虑才在4月13日准备在莫斯科告别舒伦堡时，用一种虽严谨却不郑重的口气说，在会谈的最后，已经说好了要订立日本和苏联的中立条约，且“在当地时间今天下午两点钟的时候，极有可能就签署下来”。对于萨哈林岛的问题，双方本来都有争议，不过现在，大家都各自表示可以退一步。对此，他对德国大使做出保证，不会因为签署了这项条约就对三国同盟条约有所影响。接着，他还说，英国和美国的新闻记者都曾报道过他此番去莫斯科会谈的事，并均报道说，他已经全然败了，可如今，他们必须得承认，日本所采取的政策业已获得了极大的成功，而这也必定会对英美产生影响。

舒伦堡对当日松冈在火车站准备离开莫斯科返回日本时的情况做了记录：当时，斯大林安排了送行仪式，场面和和气气的，一片团结友好的氛围。火车因鸣放礼炮而晚了一个小时，自然，不论是日本人还是德国人，此前都毫不知晓。后来，斯大林与莫洛托夫也亲临了现场，并十分友好地向松冈及其同胞致意，祝福他们旅途愉快。随后，当着大家的面，斯大林找到了德国大使。舒伦堡说道："他找到我后，一下子就揽着我的肩说：'咱们得一直保持友好关系，你如今该竭力往这个目标上努力。'"接着，斯大林又转而去找德国的陆军武官。在确定找对人后，他对武官说："我们不管何时何地都是你们的友人。"舒伦堡还说："毫无疑问，斯大林是有意招呼我和克雷布斯上校的，诚心要让大家都来关注我们。"

斯大林的友好拥抱完全只是做做样子，因为他从到手的报告里想必肯定已经了解到一些事实了，知道在俄国的边境处，已经有大批德军做了大规模的部署。而与此同时，这种情况也已经被英国的情报员觉察到了。这时，距离希特勒发起对俄国的攻势只有十周的时间了，要不是希腊和南斯拉夫那边的战事未了，恐怕希特勒五周后就会攻打俄国。

* * *

4月末，松冈的欧洲之行就算是结束了，他返回了东京，到机场迎接他的是首相近卫文麿公爵。公爵跟他说，日本当天就考虑要与美国取得太平洋地区的谅解，不知道是否可能。然而，这个想法完全背离了松冈的意思。尽管他心里不清楚德国最后能否取得胜利，可总的来说，他还是倾向于相信德国的。如今，日本已经签署了三国同盟条约，又与俄国结下了中立条约，在这样的情况下，松冈不觉得还有向美国示弱的必要，在他看来，美国肯定会分身乏术，不能在大西洋上应对德国的同时在太平洋上与日本交火。所以，这位日本外相发现政府中人士的心与他的心没往一处使的时候，便开始强烈地表示反对，可他的反对意见并没有被采纳，相反，日本已经下定决心，坚持要在华盛顿与美国进行谈判，同时不将实情告知给德国方面。美国曾把一份照会文本送交给了日本，内容涉及：美国将会着手解决中日矛盾，在中间帮忙调和，继而全面地处理好太平洋问题。5月4日，松冈亲手将这份照会文本交给了美方，不过，这项议案存在着一个障碍——美国提出，日本得先撤出中国。

* * *

松冈收到我给他写的信时，正身在莫斯科，等到他登上西伯利亚的火车准备归国时，才做了回复，随后，这封回函直到他回到了东京才发出，不过，从内容上看，什么意义也没有。

松冈先生致温斯顿·丘吉尔先生　　1941年4月22日

阁下：

我的欧洲之旅刚刚结束，一回来就希望能够赶快告知阁下知道，我在莫斯科，于4月12日晚间时分收到了斯塔福德·克里普斯爵士递交的一份文件，是一封信的副本。他说，原函件是1941年4月2日从伦敦发出的，现已寄到东京去了。

对于贵国政府曾对我们的大使提供的各种便利，在此致以我最诚挚的感谢。可惜他未能如期在欧洲大陆与我会面，对此，我十分遗憾。阁下，还请你相信，我们的外交政策不会草率而定，必定是在没有偏颇的前提下，对所有的事实都经过相当谨慎的衡量和审查才制定出来的，因此，所有局势中可能会遇到的因素都会予以考虑。我们的外交政策一直坚持着其所为之努力的目标，那就是，最终要实现“八纮一宇”的理想之境，这是我们伟大的民族目标，也是日本民族共同的心愿。奉行“八纮一宇”的理想，就是说，日本人有着一个一般意义而言的和平概念，即：在这一和平的概念里，没有一个民族会被外族统治、压迫或是剥削。一旦制定下这样的政策，我们便会坚决地将它贯彻到底，当然，过程中我们也会谨慎对待，因势利导，顾及细节变化。我想，阁下对此也是知道的。

忠实于阁下的仆人　松冈洋右

*　*　*

没过多久，松冈及其在日本政府中的同僚就不得不接受他口中的“没有偏颇的审查”了。事情的经过大抵如下：希特勒入侵俄国后的一周，也就是6月28日，在日本举行了一次内阁和皇室成员间的会议。会上，松冈因对希特勒，对德国发起攻势的图谋并未事先知晓而颜面全无，威信扫地，不过，他还是力主站在德国那边。可此举遭到了多数人的一致反对。他发觉，自己的地位已经被削弱了，且再难挽回。最终，日本政府选择用折中之策：对军备加以扩充；德国和俄国交战期间，按照三国同盟条约中的第五项行事，因为在这项条款中规定了，执行该条款时，对俄国是不起作用的；将日本马上就会与“亚洲的布尔什维克主义”宣战一事秘密地告知给德国方面，并在此援引日俄间的中立条约，好借此在德苏之战中全身而退。除了这些，日本政府还一致决定：继续发展在南洋的事业，完全占领印度支那的南部地区。松冈对于这些决定是完全反对的，他还是想要让人们同意与德军一起作战，故而，他把自己的演说写了下来，刊印入册，并企图将这些小册子散播出去，但被日本政府禁止了。于是，他在7月16日提出辞职。

尽管日本并无追随德国的打算，可并不表示其政策就是温和的，在日本的公共事务中，温和派的势力还远没有那么大的影响力。目前，日本方面正在抓紧提升武装部队的力量，准备将基地建立在印度支那的南部地区，这么做，显然是在为下一步攻打英国及荷兰位于东南亚的各属地做铺垫。按当下拿到的情报而言，在日本主持大局的人恐怕已经确定了一点，那就是，不管是美国还是英国，都不太可能插手日本进军印度支那南部及东南亚两国属地的计划，他们已经没有余力采取措施抵抗了。

自此，我们可以从如上的叙述中了解到，这场涵盖了全世界的戏剧依旧在上演，而此刻，德国、俄国和日本，这三个向来深谋远虑的帝国，却在暗中谋划着会使自己陷入困境的策略，并犯下了足以危及其安全的过失。在德国，希特勒一心一意要跟俄国交火，这必然决定了他最终会走向毁灭。在俄国，由于斯大林始终没有注意到灾难很快就会发生在自己的国家，又或者，他是低估了自身所能承受的限度，从而使整个俄国都陷入了困苦之中。而日本方面，可谓是确实错失了实现春秋大梦的好时机了，暂时就算它曾经有过吧。

第十一章　沙漠侧翼　隆美尔　图卜鲁格

沙漠上的侧翼事关重大——韦维尔将军的部署——3月2日，他做出了对时局的估计——2月12日隆美尔到达的黎波里——他下定决心发起攻击——一位杰出的将领——阿盖拉是门户所在——我们没有足够的实力——3月17日，韦维尔和蒂尔亲临视察——3月26日，我向韦维尔发出函电——他的回复——昔兰尼加的情形——3月31日，隆美尔开始攻击阿盖拉——我们的装甲部队失利——4月2日，我发出一封电报——德国的兵力叫人意外——从班加西撤离——尼姆和奥康纳两位将军被俘虏——图卜鲁格至关重要，必须据守——韦维尔将军的决定——德国军队拿下制空权——4月14日，我发出指示——4月16日，我向总统发去函电——韦维尔将军的解释

我们之所以付出全部的努力，要在巴尔干建立统一战线，完全是为了要保住北非上的沙漠侧翼。或许，这支侧翼应该部署在图卜鲁格，可由于韦维尔将军快速地往西行进了不少，再加上我们又攻下了班加西，所以，昔兰尼加已经全都在我们的控制之下了。出了昔兰尼加，就是阿盖拉海域，也是这片地区的门户所在，尽管在海上，它只占很小的范围。此时，不论是伦敦当局还是开罗当局，都提出了一致意见，现阶段最要紧的任务就是不顾一切地在阿盖拉据守，此番军事行动比以往任何一次都要重要。

韦维尔考虑到，现下，已经在昔兰尼加把意军都给消灭了，而敌人要重新把军队调集起来还需不少时间，他们毕竟得奔波不少路途，因此，从今往后，在一定的时间里，这个重要的沙漠西面侧翼便不需要太多兵力了，代以少量军队即可。同时，他的部队征战已久，现在也可以用一些训练不足的军队与之交换一下了。对于整个局势而言，沙漠中的侧翼足具影响，是至关重要的存在，因此，我们不管怎么样都不能使它由于希腊、巴尔干的战事而受到任何影响，不能令其有丝毫的亏损或是威胁。

2月末，英国的第七装甲师曾撤往埃及进行休整，并做了新的装备调整。这支部队早已名声显赫，在过去，曾有过卓越的功绩，可如今，部队所用的坦克因为奔波了不少路途而耗损不少，很多都已经不能再用了，而那些老兵也在战斗中承受了不少伤痛的折磨，部分人员已经退出队伍了，但所幸的是，这支装甲师的核心力量尚存，其中不乏经验丰富、久经磨砺的战场精英，并且，还都擅长在沙漠战斗。我们很难在其他地方找到像他们一样优秀的士兵，所以，要是不设法保住部队中的这种无以替代的核心力量，不提供由英国派出的经过系统训练且充满活力、富有生气的官兵来提升其整体实力，不将我们能够搜罗来的最好、最精良的新式坦克或者配件输送到他们手中的话，将是多么让人遗憾的事啊！要想让第七装甲师重新实力充沛地投入战斗，并且始终有力地存在着，就必须如此。

几周后，我便发觉第七装甲师已经没有足够的力量来保卫重要的沙漠侧翼了，就在这几周之中，我们曾做了一些其他要紧的决定。因此，第七装甲师的防务工作便交由一个装甲旅级的第二装甲师的援助部队来接管，而第六澳大利亚师的位置则交由第九澳大利亚师接管。新投入工作的这些部队，均未接受过系统的训练，更差劲的还在后面，马上就得去希腊支援的几个师级部队都还不在编制的标准线上。所以，欠缺的部分已经从这些替换部队中抽调走了，也就是说，这些部队除了缺乏训练外，还缺乏足够的装备和运输器具，由此，他们在部署上和机动性方面都不免受到波及。

以这样的情况继续推进的话，势必会供给不足，而一个澳大利亚旅已经因此而撤到图卜鲁格去了，我们在那里有一个摩托化旅，是由原印度骑兵旅组建的，这支队伍才刚完成编制，正在接受培训。

* * *

就在此时，三军的参谋长官开始关注起情报人员提供上来的材料。他们在2月27日，曾发出了一封给韦维尔将军的电报，警告他："目前，德国的装甲部队及空军均已到达的黎波里塔尼亚，所以，我们也应该开始相应地做出准备，对于如何处理埃及和昔兰尼加两处的防务工作问题，我们想要听听你的看法，请通过函电简单予以说明。"

随后，韦维尔将军发回了一封复文，显然是经过反复而深入的思考才写下来的，内容如下：

1941年3月2日

1.从近来所得的情报看，支援的黎波里塔尼亚的部队已经陆续到位，其中包括意大利的两个步兵师、两个摩托化炮兵团，再加上德国的装甲部队。这部分装甲部队初步估计的话，差不多应该不超过一个装甲旅团。现在看来，还并未发现汽车运输队抵达过的痕迹，所以，可以以此判断出，敌人在运输工具上还是不足的。不过，我们在空中侦察时发现了一些敌人的机动车出现在的黎波里通往锡尔特的公路上，数量比先前多了。

2.要想从的黎波里到阿盖拉，需跨越四百七十一英里；而从的黎波里到班加西则需行进六百四十六英里。可我们所能使用的，只有一条公路而已，此外，还要考虑到水源问题，因为距离的黎波里四百一十英里之外，一路上都没有什么可用水。敌人除了会遇到这些问题，还有上面谈到的交通工具不足的问题。这样一来，目前他们就暂时无法对我们构成威胁了。就算他们前来进犯，也只能以一个步兵师，连同一个装甲旅的兵力行动起来，还要在三周之内走在这唯一的一条公路上。另外，要是他们有机会调来其他的一个装甲旅，那么，或许他们会让这个新调派的装甲旅通过洪和马拉达，再翻越沙漠，对我们的侧翼进行攻击。

3. 在阿盖拉，敌军或许会在巡逻时有小规模的进攻，以试探我们的实力，要是知道我们当前力量不足，便会朝阿杰达比亚前进，用以推进其前哨的登陆地点。不过，敌人想要通过这少数的兵力就把班加西给抢回去，我倒觉得不大可能。

4. 到最后，敌人或许在发起大规模进攻时动用两个德国的师级部队。这个师级力量，再加上一到两个步兵师，也就是敌人所能动用的最大军力了，而在的黎波里地区，他们也只能做到这一步。在此过程中，他们还要面临航运中的危险、陆上交通和水源的限制，以及气候条件带来的影响，因为马上就要热起来了，所以，直到夏季结束之前，他们都无法策划最后的大规模侵袭。相反，我们应在海上积极攻击敌人的运输队，并在空中干扰敌人在的黎波里的行动，这样，或许可以延缓他们最后采取行动的时间……

目前，意大利空军已不能对昔兰尼加构成威胁了，但在地中海方面，德国军队却已经稳稳地站住了脚跟……我们的交通线路上，可能会出现德国的伞兵部队，这样，他们便可以联合装甲部队一同作战。不过，近日来敌人所发动攻击的规模并没有显示出他们会这么做，所以，我估计他们还用不上伞兵作战。但是，他们日后发动最后的攻势时，极有可能真的派出伞兵部队与其他部队联合行动。

* * *

就在这一时期，世界舞台上出现了一位新人——埃尔温 · 隆美尔，德国的军事史中必然会在将来为其大书一笔，他是德国的一名杰出的武士。此人生于1891年11月，诞生在位于腾堡省内的海登海姆地区。童年的时候，他一直身子很弱，九岁前，一直是在家里读书，而后，才上了当地的一所公立学校，校长正是他的父亲。到了1910年，他长大了，当上了符腾堡团的见习军官。等他到旦泽军官学校接受训练时，教官们对他的评价已经变成了：尽管身材不高大，却非常壮实，不过在智力上没有什么过人之处。埃尔温 · 隆美尔参加过第一次世界大战，在阿尔贡地区、罗马尼亚及意大利都参与过战事，其间，虽两次负伤，却仍取得了辉煌的战绩，因而也是最高级别的铁十字勋章和战功勋章的获得者。一战结束后，他被任命为团级军官，并兼管参谋部事宜。到了这次大战，他一开始就被任命为元首行营的司令长官，负责指挥波兰之战，随后，又被任命为司令长，负责指挥第十五军的第七装甲师，这一师级部队在当时又被称作"幽灵"，作为先锋，是它帮助德军闯进默兹河的。1940年5月21日，在阿拉斯，英国军队进行了反攻，那时候，隆美尔曾险些被俘。这之后，他曾统领着手下的师级部队通过拉巴西，并接着朝利尔前进，只可惜，只差一点点就可以切断英军的大部分军力了，其中还包括由蒙哥马利将军所率领的第三师。倘若他那次的突袭成果再多一点，又或者，他的部队不因德国最高统帅部所下达的命令而被控制了的话，也就成功了。"幽灵"部队在当时可是能征善战，他们一度跨过了松姆河，并一路沿着塞纳河直驱鲁昂，与那里的精锐部队作战，也曾迅速有力地攻破了法国军队的左翼力量，还有，他们在离圣梵勒利不远的地方，令大批的英法联军成为战俘。"幽灵"部队是第一个进入英吉利海峡的德国军队，当我们刚将最后一批部队转移出去，隆美尔就率军攻进了瑟堡港，随后，该港上的部队表示投降，其中也包括法国军队，而隆美尔则就此接受了这三万人的投降请求。

1941年，埃尔温 · 隆美尔凭借其立下的诸多战功，当上了德国派到利比亚作战的那支军队的司令长官。于是，他便在2月12日，亲自率军到达了的黎波里，准备与那个国家[①]——昔日的盟国——开战，此前正是因为与该国的对抗，他才拿下了诸多卓越的功勋。在那个时候，隆美尔负责指挥由意大利军方司令所统帅的一个德国分遣队，队伍中的德国军士正在慢慢壮大。当时，意大利军队方面原本只想求得守住的黎波里塔尼亚，可他却认为应该马上争取准备好发动攻势的行动。刚到4月，意大利的总司令便告诉他，不经同意，德国非洲军团便不许有进一步的行动，总司令是想以此来打消他继续征战的念头。但他直接表示反对，对总司令提出抗议："身为德国将领，就得因时因势，按需给出指令。"他还声称，"没有理由"因为供应方面的问题而让行动停滞。自此，他请求在行动上享有充分的自由权，并得到了批准。

在非洲之战中，隆美尔充分发挥出了他的才干，在指挥机动部队作战方面，他绝对是个能人。还有一项才能是他特别擅长的，那就是，某场仗刚打完，他就能马上将部队整编好，并令其投入新的战斗中去，再打出漂亮的成绩。可见，他绝对是个杰出的军事博弈家，不但能够在任何时候都把握好供应方面的问题，还从不畏惧任何困阻，这些在他看来，都是不必放在眼里的事。一开始，德国的最高统帅部并没有对他有什么限制，只是让他自由地去做该做的事，可鉴于他做出来的成绩实在太过令人惊讶，于是，开始有意识地加以控制了。隆美尔是个会把激情投入战斗中的人，会排除万难，奋勇前进，我们一旦遇上他，就等于碰到了灾难，可没少受苦。1942年1月，我曾在下议院公开表达了对他的赞扬。我提起他的时候，说："我们的对手十分厉害，他很勇猛，又善于作战，如若可以，我们先不提因为战争而引发的损害，单就这个人而言，绝对是个卓越的干将。"尽管这番话引得众人责备起我来，可我还是觉得他确实当得起这么说。同

① 那个国家：指的是意大利。一战时，埃尔温·隆美尔曾与意大利交战过。——译注

时，他也确实值得受到我们的尊敬，因为，身为一名对德国效忠的军人，他后来却对希特勒的行径深感憎恶。1944 年，他参与了德国的一次密谋行动，想要除掉这个以暴政统治德国的疯子，将国家和人民从苦难中解救出来，可最终，他也因此而丢掉了性命。当残酷的战争以现代民主为政治背景实施时，就谈不上侠义之举了，肯定难成气候，根本没有公平可言，只有冷血的大肆屠杀和公众的意图而已。尽管我出于敬意公开表达了对隆美尔的赞美，被人认为是不合时宜的，可我对此一点儿也不后悔，亦不想收回这份敬意。

* * *

我们在伦敦，打算以韦维尔将军于 3 月 2 日所发的函电内容为基础，来部署进一步的行动安排。看来，整个局势的核心所在就是阿盖拉的那条隘路。要是敌人把阿杰达比亚给拿下了的话，那我们在班加西和图卜鲁格以西所设下的根据地就危在旦夕了。摆在他们面前的只有两个选择：其一，走通往班加西的那条沿海公路，并试图穿越那里；其二，走那些可以直接通往梅基利和图卜鲁格的沙漠中的小路，这些路在绵延二百英里长、一百英里宽的沙漠之中，把突出来的沙漠地带给切出去了。在 2 月份，我们也曾走过第二条路径，正因为如此，才成功阻截了意大利从班加西撤离的数千军队，并且俘获了他们。而这一次，要是隆美尔也这么选，这么对付我们，那也没什么可稀奇的。我们只需将阿盖拉的门户给守护住，就不用担心敌人会以相同的方式来欺骗我们了。不过，我们还不能在这里做好布防工作，原因有两个：一个是图卜鲁格承担了过重的向外运输的任务；另一个是班加西，鉴定结果显示，那里的港口仍旧无法使用，所以，尽管地形不错，可我们的防御相对薄弱。

这场战役的决定因素在于对地形的熟悉程度，以及是否具有在沙漠条件下作战的经验。在过去，我们曾多次快速地推进，取胜也不难，每一次都能彻底地完成任务，因而这一回，我们忘记了紧紧把握住战略要领才是至关重要的。可尽管如此，即便守不住在阿盖拉的门户，我们也可以通过装甲方面和质量上的优势，而非人力在数量上的优势，通过与敌人可以一较高下的空军实力，来取得这场沙漠之战的胜利，毕竟我们的军队还是很有活力的，人员配置也十分精良。但现实情况是，目前我们在安排上，却一样也不符合上述要求。我们的空军并没有足够的实力与敌人对抗，而装甲部队也不足以打败敌军，这一点我会在后面加以解释，此外，我们在图卜鲁格以西的军队，还没有完全训练好，而且装备也不够。

韦维尔和蒂尔两位将军在 3 月 17 日亲赴昔兰尼加视察。他们坐着汽车经过安塔莱特，继而到达了阿盖拉。蒂尔一路查看，马上就发觉，在阿盖拉和班加西间的这片荒漠中设防是件难度极大的事。次日，他在开罗写了一封电报，发给了身在国内的帝国副总参谋长。他说，事实很明显，自阿盖拉和班加西往东，也就是夹在盐田之中的那片广阔无垠的沙漠，非常适合装甲车辆在上面行驶，所以，在类似的条件下，使用力量强大的装甲部队比较容易取胜，不过，在这里，步兵就派不上什么用场了。要想在这种沙漠地区作战，补给自然存在困难，但显然对防守的一方有绝对优势。蒂尔还说，目前，有关防守方面的难题，韦维尔将军已经开始着手处理了。

听说，这位帝国的总参谋长在路上曾碰上过澳大利亚的参谋人员，他们是莫沙黑德将军的部下，总参谋长跟他们有过短暂的谈话，他表示：军队怕是马上就会“上演血流成河的惨剧了”，还说，“不光在这一个地界”。[①] 但第二句跟对我们说的不一样。

* * *

从发生在 3 月的种种越发明显的迹象来看，德军正试图从的黎波里向阿盖拉进发。3 月 20 日，韦维尔将军在报告里说道，目前，昔兰尼加边

---

① 此处可参看《韦维尔勋爵》P355 中的内容，作者科林斯少将。——原注

境上的局势令人担忧，敌人好像准备在此发动一次进攻，不过，在范围和数量上似乎会有所节制。要是我方前哨部队被击退，不能在此继续驻守的话，那我们将失去班加西南面的据点。这里是草原，没有任何遮挡，失手就意味着，我们再没有什么合适的根据地能遏制敌军了。不过，敌人碍于后勤补给问题，是无法发动第二次这类攻势的。

于是，我发了封电报给韦维尔将军：

首相致韦维尔将军　　1941 年 3 月 26 日

对于德军火速奔向阿盖拉，我们自然十分关注。他们向来都是这么做的，但凡没有遇到反抗，便会全力往前推进。我猜，你现在已经准备好了，正等着这只乌龟伸长脖子探过头来，然后用刀一下子把它的头砍成两半吧。的确，我也认为他们有必要知道知道我们的厉害了。目前第七装甲师在什么位置？情况怎样？请你务必将所估测的意见告诉我。至于你之前向史默兹将军提的要求，即从第一南非师中抽出一个旅的兵力一事，我认为太正确了。此外，第二南非师也应当迅速加以落实。3 月 22 日，我们的英国第五十师已经出发了……

韦维尔将军随即做出了回应：

韦维尔将军致首相　　1941 年 3 月 27 日

1. 目前，在阿盖拉还没有大批德军出现的迹象；若是有军队的话也是意大利军队，或许德国军队是增加了那么一些。

2. 在昔兰尼加，我们确实冒着很大的风险，这一点我必须承认，因为在拿下班加西之后，我们要想最大限度地支援希腊就不得不如此。那个时候，我对形势的估测是这样的：可以暂且不管在的黎波里塔尼亚驻守的意军，德国方面看到意大利海军其实并无实际用处，估计就不会将大批的装甲部队往非洲遣送了，所以，我只安排了少量装甲部队留在昔兰尼加，此外，还有一个没有完全训练好的澳大利亚师级部队。

3. 自从我们开始承担起对希腊的义务之后，更多德国增兵的黎波里的证据就纷至沓来，并且，他们还同时对马耳他岛实施了空袭，看来，他们是想以此来阻止我们，不让我们从马耳他岛实施对的黎波里的轰炸，而我此前对轰炸的黎波里还给予过很大的期望。另外，德国还空袭了班加西，致使我们的供应船只无法使用那里的港口，徒增了不小的困难。

4. 目前的实际结果就是：在昔兰尼加，我们的兵力一点儿也不雄厚、坚固，得不到装甲部队的支援，而我们在那一地形上对此又是迫切需要的。第二装甲师中的两个旅分别驻守在昔兰尼加和希腊。第七装甲师还在返回开罗的路上，由于缺失备用坦克，所以不得不耗时维修。对我们来说，在往后的一两个月中，恐怕形势会大为不利，不过，敌人那边也有不少麻烦事要处理。事实上，敌人并没有他们所说的那么多，我相信那纯属夸大其词。但我目前确实不敢轻易调配已经为数不多的装甲部队了。

目前，我们正在为支援昔兰尼加一步步地部署下去……对我而言，运输是需要着重处理的困难。

接着，韦维尔又说了一番话，以做补充，给我们的感觉是，他所关心的，比当前遇到的问题还要丰富：

印度师在克伦前线得胜，这是他们最为卓著的一个成就，虽然损失惨烈，可他们还是非常高兴，目前，我刚从那里返回。昨天，海拉尔降服，所以我已经通知了坎宁安，命他从此地向亚的斯亚贝巴继续挺进，而普拉特也应从速进入阿斯马拉。

*　　*　　*

3月31日，隆美尔发起了对阿盖拉的攻势。上面给尼姆将军的指示是：一旦敌军逼近，就跟他们打拖延战，随后，往班加西附近撤离，过程中要尽可能地掩护好班加西港口，如有必要，在撤离前毁掉该港口。所以，按照指示，尼姆将军于两日后，率领阿盖拉的装甲师撤离了，事实上，这支部队后来只剩下一个装甲旅及前来支援的一支部队。与此同时，敌人的空军实力的确比我们要强大很多。当然，意大利空军起不到多大作用，可德国空军就不同了，他们启用了大量的飞机，包括：战斗机一百架、轰炸机和俯冲式轰炸机一百架。4月2日，韦维尔将军报告说，德国的一个殖民地装甲师袭击了我们驻守在昔兰尼加的前哨部队。“就在昨天，几个前哨根据地因此被破坏了，尽管现在还没有严重的损失，可尼姆将军对装甲旅所用的车辆非常担心，它们被破坏的情形令人担忧。而我目前调不来更多的装甲部队了，最起码也要等上三四周的时间，所以，我向他发出了警告，一定要至少保存住三个旅的实力，就算这意味着我们的大部分军队必须撤离，就算甚至不得不全部撤离班加西。”

之前韦维尔将军曾做出过自己的估测，以此为根据，我推断，敌人没有那么大的潜力，还能继续这么攻击下去。

首相致韦维尔将军　　　　1941年4月2日

按目前的形势来看，必须尽快切断德军推进昔兰尼加的步伐，只要在推进的过程中令其有一点儿挫败，就会使我们的威望影响深远。以放弃阵地的方式来达到战略上的目的，并不是不可能的事，可要是真的撤离班加西，无疑会令人非常难过。在这条漫长的沙漠之路上，敌人一直没有充足的水源，并且，海岸公路又如此之长，我真搞不懂他们怎么可能在疲于奔波的情况下，还保持着充足的兵力。事实上，我并不觉得他们在攻入昔兰尼加之后，还能维持这样的状态。所以，要是能灭了向你进攻的一小部分敌军的话，往后的一段时间里，你便可以轻松面对了，相反，要是敌军得以接着推进的话，你的胜利果实恐怕就会被他们窃取了。在你身边，有没有类似奥康纳、克雷那种能够应对此类边境问题的人？

4月2日，支援我们第二装甲师的部队遭到了五十辆敌军坦克的袭击，被赶出了阿杰达比亚，只得往阿杰达比亚东北方向三十五英里外的安塔莱特境内撤离，而第二装甲师则接到命令，向班加西附近撤退。在德国军队的打击下，我们的装甲部队一下子陷入了混乱，损失十分惨烈。从前线发来了最后的电讯，我们获知“已经下达了将班加西港口进行破坏的命令”。4月3日，韦维尔将军飞到了前线，回来后，对那里的情况做了报告，他说，德国的装甲部队比我们的装甲旅更强大，我们的大部分装甲旅已被他们打得七零八落了。如此这般，班加西以东和东北方向上的澳大利亚第九师就会失去左翼方面的保护。“也许，有必要让他们也撤离了。”韦维尔还说，鉴于在利比亚的敌军过于厉害，所以，不能让澳大利亚第七师到希腊去，他们应该到沙漠西部支援。目前，英国第六师只能当作后备力量了，还尚未装备齐全。“这样一来，只能推迟进攻罗德岛一事了。”就此，敌人仅用一次攻击，且还仅仅是发生在一天之间的事，我们的沙漠侧翼就被完全破坏了，也就是说，决定一切的基础已经不复存在。不仅如此，我们准备派往希腊支援的那支部队，本就没有什么实力，而在此次战斗中，更是被消减得差不多了。另外，我方空军本应实现夺得罗德岛的任务，可如今，这个在爱琴海的重要作战计划中的关键环节被阻断了。

现已正式下达撤离班加西的指令。支援装甲师的部队也已经派遣到北部去了，以便掩护从4月起就开始撤离的澳大利亚第九师接着顺利往出撤。与此同时，为了防止敌人有意破坏我们的撤离行动，我们还对第三装甲旅做了安排，要他们到梅基利去。此外，我们又把印度摩托化骑兵旅中的两个团从图卜鲁格给调了出来，好令其火速赶往那里，予以支援。

* * *

新的形势着实令人猝不及防，为此，我真是心急如焚，于是，在当天就迫不及待地给艾登先生发去了电报。他人还在雅典。

首相致艾登先生 1941年4月3日

1. 已经做好部署撤离班加西，但形势不容乐观，德国一旦占据了那里的机场就极有可能马上展开行动，不让我们有机会再使用图卜鲁格港口。应尽可能想出办法，如何才能用战略战术将敌军给切断。请告知：命令所规定的具体撤离目标，是哪个根据地？澳大利亚第九师采取了怎样的方式撤离？撤了多远？3月2日，韦维尔曾在他的来电中表示，西翼可保安全，你能不能回想起他都提到过哪些支撑这一观点的论据？

2. 失去阵地并不可怕，重要的是不能滋生出以下的想法来：德军太过强大，我们无法与之对抗，只要他们出现在战场上就肯定会逼得我们往后撤退数十英里。在整个巴尔干地区以及土耳其，这样的想法会造成最为糟糕的影响。请你务必赶回开罗一趟，把事情全查清楚了。我们与德国鬼子之间，早晚会大战一场，不管怎么样，战斗都不可避免，所以，应尽可能制订好妥善的行动计划来，想想如何调动我们的军力才好。敌军正在前进，而我们能不能从海上对其背后加以攻击呢？这样一来，是不是就可以截断整条沿海公路了？要是可以，就算不能再进攻罗德岛，也要不惜代价照做不误。

随后，身在开罗的艾登先生，做出了回应：

艾登先生致首相　　　　　　　　　　　　　　1941年4月5日

今天晚上，我和蒂尔将军安全到了开罗，现已见到了韦维尔和特德，并展开了一次深入的探讨。不过，朗莫尔并不在其中，他此时还在苏丹。

一番讨论下来，我们得出了一致的结论：德国安排德意军队努力在昔兰尼加推进，应该旨在牵制我们，目的是，日后能够顺利地对巴尔干诸国发起攻势。目前，埃及方面已经受到了极大的威胁，而敌人的行动不难想象，他们肯定会最大化地利用既得机会，因此，即便结论是这样，也丝毫不能减轻埃及的危险，间接的威胁依旧十分严重。然而不幸的是，德国刚采取行动，就取得了超乎于预期所想的那种成就，而且，还可以继续努力……

* * *

韦维尔将军此番赶往前线，是为了说服奥康纳接任司令一职，当时，这位昔日的将领伤势还未痊愈，所以，他向总司令提议，战争还未结束，最好别在进行到一半的时候换人，最好还是让尼姆继续任职，而他可以从旁协助尼姆，并会把自己对于当地的认知都贡献出来。对于他的意见，韦维尔认为可行。结果，这次商定出来的办法并未切实落实，或者也可以这么说：只执行了很短的时间。

4月6日晚间，我们的大部队撤出班加西。同时，澳大利亚第九师也正沿着海岸公路向东撤离。这时候，尼姆和奥康纳两位将军怕交通不畅，便没有和其他部队一起挤着走，而是同坐一辆汽车沿着一条小路走，并且，没有随身带着守卫人员。突然，他们在黑暗里被堵住了去路，车窗外伸进了德国巡逻兵的手枪，在这种时候，他们唯一的选择就是，不向这一队敌人的巡逻兵投降，英勇就义。尼姆将军是我国的优秀将领，曾是维多利亚勋章的获得者，而奥康纳将军也是位杰出的司令官，不管从哪个方面来看，他都是我们中经验最丰富、成就最高的人，尤其擅长沙漠作战。可如今，我们永远地失去了这两位勇敢又卓越的陆军中将，真是令人深感痛心。

在开罗，韦维尔、艾登、蒂尔、朗莫尔和坎宁安几位将军于4月6日召开了一次会议，一起商讨应据守在哪里更为合适。会上，韦维尔将军最后决定，要是有可能，就一定要据守在图卜鲁格。他一向是想什么就马上去做什么，因此，4月8日一早，他就跟澳大利亚的莱维拉克将军启程飞往图卜鲁格了，之后，他留下了莱维拉克，让他暂时留任司令官，而艾登和蒂尔两位将军那边，也即将带着收集来的情报返回国内。此刻，战时内阁正等着他们回来汇报有关雅典和开罗方面的情况。

韦维尔报告说，在撤退的时候，澳大利亚第九师看上去还算顺利，可他们没法儿将二千四百个意大利战俘也一并带上，所以，只好将他们扔在巴尔卡了。同一天，他又发来了电函，他表示，在西部沙漠，局势已经发生了变化，情况非常糟糕。敌人这时候已经沿着沙漠之路进军梅基利了，而我们这边却没有与之相抗的战斗力，第二装甲师遭到了敌军的空袭，不少机件受到了破坏，并且，车辆又损失了不少，而第三装甲师则完全派不上用场了。

我于是赶快致电给他：

首相致韦维尔将军　　　　1941年4月7日

我相信你一定能守住图卜鲁格，因为那里有意大利军队曾构筑的永久性防御工事，最起码也要坚持到挺不住了为止。若非敌人派去威力强大的炮队，这个工事应该能助你守住那里，不过，敌人要是果真这么做的话，也是没办法的事，只能撤离了。敌人要能用几周的时间进行到这一步，也就太令人意外了。他们若是先攻占图卜鲁格，进而挺进埃及，绝非易事，必定得冒相当大的风险，因为我们会实施海上援助，扰乱并威胁敌军的交通线路，所以，你应该不做他想，死死地守住图卜鲁格。见到这封电报后，请告知你的想法。

4月8日，韦维尔启程往图卜鲁格飞去，随即做出指示，命令军队必须守住这个要隘。到了下午太阳落山的时候，他准备乘机回开罗，但就在返回途中，飞机的引擎坏了，于是，他们只能迫降在黑暗之中。在着陆的时候，飞机也被撞坏了，他们只能走出来，在他们眼前，是一片广袤无垠的沙漠，他们无法辨认自己身在何方。这位总司令当即做出决定，将随身带着的密件全部都给销毁了。然后，他们就在那里等，过了很久，才见到远处有车灯的亮光。从车上下来一队巡逻兵，在靠近他们的时候粗声粗气地大声讲话，气势吓人，所幸，这队人是英国的巡逻兵。韦维尔突然失踪了六个小时，这让身在开罗的人员无不感到惊慌失措，这是必然的。

韦维尔总司令到了开罗之后，马上就回复了我的电文。他先详细地描述了一下部队的有关情况，然后说道："我还是感到十分焦虑，虽说敌人刚刚进行了一系列的初步行动，需要做必要的修整，可留给我们的时间不会太长。图卜鲁格后方并不安全，交通线路不但过于漫长，且差不多是完全暴露着的，此外，整个交通尚处于混乱状态，所以，我认为，它并不适合做我们的要隘。"

在这封电报里，只看最后一句话，并没有明确说明还要不要据守在图卜鲁格，所以，我跟三军参谋长为此召开了秘密会议。经过商讨，我起草了一封给韦维尔的电报：

首相及参谋长委员会致韦维尔将军　　　　1941年4月10日

现在，我们都在等你做出对全局的估测。在这段时间里，我们的看法你也应该是十分清楚的。在这种时候，我们认为，要是不做长期抵抗就失去图卜鲁格这么重要的根据地，后果难以想象。而在海上，我们尚有一条安全的交通线路。对敌人来说，尽管有着很长的一条防线，可要是没时间将其部署好，也一样不堪一击。图卜鲁格要隘一旦守卫住了，那么即便能够攻击敌军交通线的只有少量的装甲车，也一样能够遏制住敌军，逼得他们不进行一次突袭就别想通过图卜鲁格。相反，假使你不再守卫这处要隘，转而使部队奔波二百六十英里撤到马特鲁港去，也要面对相同的困境。因此，我们一致认为，在图卜鲁格，你应当坚持反抗敌军，直到守不住为止。

然而，会议还未结束，我们就得到消息，韦维尔已经做出了最后的决定，要全力守护图卜鲁格。他是这样说的："我的建议是，应该据守在图卜鲁格。我们需要一支能够驻守在巴尔迪亚到塞卢姆之间的部队，将其机动性提升到最大，这样就可以用以保护我们的交通线了，同时，也可以进行适当的攻击，当敌军攻打图卜鲁格的时候，他们可以趁机攻向敌人的侧翼，或是后卫。至于马特鲁港一带，应该照原计划布置好防线。在有限的时间里将兵力布置到位，计算起来十分困难，只有做到了，才能在发起战斗时，规避被敌军分别歼灭的风险。现实情况是，我们的军力十分有限，尤其不足的是，机动部队、装甲部队、反坦克炮，还有高射炮。这一战，就比谁更会争取时间了。"

在得到他的消息后，我们自然就没有发出之前拟好的那封电文，不过，我还是发了一封电报给他，内容已经变成：

首相致韦维尔将军　　　　1941年4月10日

对于你将在图卜鲁格据守的决定，我们真诚地表示赞成，并且，一定会全力提供援助。

* * *

我方沿海岸公路撤向图卜鲁格的部队，一路上还较为顺利。不过，从内地撤离的部队却遇到了困难，截止到 4 月 7 日，只有第二装甲师司令部平安到了梅基利，不过，却完全联系不上其他所属部队了。这个司令部与印度的两个摩托化团曾于前一日发现被敌军给包围住了，好在他们及时打退了敌军。此前，敌方曾两度对他们发了最后的通牒，要他们投降，而其中的一次通牒，还是由隆美尔亲自签署的。在这次的交锋中，我们有不少士兵都冲出了包围，并且还俘获了一百名德军，可我们绝大多数士兵还是被迫退回了营房，最终不得不投降。第三装甲旅也失去了联系，目前，他们只有十二辆坦克还能使用，不过，因为汽油不够用，只得先前往德尔纳了，然而，这支装甲旅于 4 月 6 日的晚间行进到德尔纳的时候，不幸中了敌人的埋伏，全军覆没。德国的空军在这几次战斗中，一直占据绝对优势，极大程度地确保了他们的成功。4 月 8 日，还是晚间的时候，澳大利亚部队抵达了图卜鲁格，并且及时获得了支援，此时，正好澳大利亚第七师也从埃及通过海路去了那里。4 月 12 日，敌人派出了先头部队，对巴尔迪亚发起了进攻，其中包括：一部分德国轻型装甲师、意大利的一个装甲师和一个步兵师，等等。不过，这一次，他们的目标只是巴尔迪亚，并没有涉及去突破埃及的边境防线。

敌人方面，正凭借着他们的重型装甲车和摩托化步兵对我们实施打击行动，一方面，他们向图卜鲁格四周急速推进，另一方面，则朝着巴尔迪亚和塞卢姆前进不少。同时，其他的部队也在迅速行动，对我们在图卜鲁格的防御工事进行攻击。而我们这一边，目前驻守在那里的守军是：澳大利亚第九师、澳大利亚第七师中的一个旅团，以及为数不多的几个装甲部队，他们也曾取得一些成绩，包括：敌人发起了两次进攻，但均被他们击退了，并且，他们还摧毁了几辆敌人的坦克。当前局势已经发生了极大的变化，有些将领被敌军俘虏，韦维尔只好依据时局而重新做出部署，将指挥系统改组为：由莫沙黑德将军负责图卜鲁格要隘，由贝雷斯福德 · 皮尔斯将军负责贝雷斯福德地区，由马歇尔·康沃尔将军负责指挥埃及军队，而戈德温·奥斯汀将军则负责巴勒斯坦。

这位总司令还说道：“要是时间允许，让我能真正实践上述的编制的话，那么，我们的情况就会跟去年秋天差不多，只不过，这回多了个累赘，还要负担图卜鲁格。不过这一回，我们的空军要是不能起作用，地上又承受着过重的压力，恐怕没法儿像去年抵挡住意军的攻势那样，也能抗住。依我看来，在图卜鲁格，没有几个月是无法解困的……显现，目前让人非常担心的，就是埃及方面的态度了。暂不谈希腊方面会发生什么，但对我们而言，往后的几个月里，怕是十分艰难了。”

* * *

前海军人员致罗斯福总统　　　　　　　　　　　　1941 年 4 月 13 日

尽我们最大的能力去保卫尼罗河流域，是我们的使命，这是情理之中的事。目前，我们已经输送了五十万人过去，有些可能还在路上，随带的，还有大量的军需用品，我们是肯定要不计代价地保卫尼罗河流域。另一方面，我们也一定要稳稳地守住图卜鲁格，要将它视为对我们来说意义非凡的桥头堡，可将敌人阻截在间道之中，防止他们挥军埃及，而不能把它单纯地看成是一个防守根据地。至于敌人在地中海中绵长的交通线路，我们同样要予以重视，出动海军和空军对其进行阻截或干扰。这场仗，最终会花落谁家，还犹未可知，只能等结束的时候才能见分晓了，不过，这肯定得多费些功夫。敌人暂时还无法发起大规模的进攻，他们的陆路交通长达八百多英里，其中不乏诸多困难，若是不用几个月的时间来解决的话，是不可能展开较大攻势的。对我们来说，就算最终守不住图卜鲁格，只能撤离手握制海权的这片海域，也不必害怕，因为其他可用作战略阵地的根据地已经建立好了。由此，我认为，我们还可以把握当前的局势，并且，也有希望获胜。刚返回的蒂尔和艾登两位将军也这么认为。

就在这个时候，传来了图卜鲁格前线的消息，胆大妄为又强硬顽固的敌人头一次遭到了我们有力的打击。

韦维尔将军致陆军部　　1941 年 4 月 14 日

利比亚。在图卜鲁格，我军于 4 月 14 日早晨，将二三百名德军收为战俘，据他们称，他们的部队在我方炮火的打击下，已经溃不成军了，一直以来，他们都没有足够的水，粮食也十分紧缺。在被我们击败后，这些军人很多都哭了，由此来看，对方肯定没什么士气可言。

他们会哭，大概是因为他们过去太不可一世了！

首相致韦维尔将军　　1941 年 4 月 14 日

战时内阁听闻你的消息都非常高兴，请将他们的祝贺转达给每一个投入这次战斗的人，这真是一场最为成功的战役。图卜鲁格，打得真漂亮！还请不要把图卜鲁格视为“累赘”，它应该被当成重要的出击港口来看待，这一点，我们都认为是非常要紧的。对于图卜鲁格的外围地区，你能不能派些运输工具不足的精锐部队帮着一起把守呢？如此一来，就算我们空不出两个澳大利亚旅团，最起码也能弄出一个，这些力量将可成为图卜鲁格要隘中的总后备队伍，并且也可称为潜在的攻击力量。

*　　*　　*

到此，不论是埃及边境，还是图卜鲁格，暂且像是已经稳住了，因此，我对全盘时局进行了仔细的考虑后，发出了给参谋长委员会的如下指令：

首相兼国防大臣有关地中海战争的指令

1941年4月14日

1. 总的来说，德国攻向昔兰尼加和埃及的部队，要是能够陆续获得从的黎波里港口和沿海公路输送的补给的话，就肯定能凭借其强大的装甲部队占据优势，从而对我们实施打击，那样一来，后果将不堪设想。相反，我们要是能够切断德国从意大利和西西里岛起布下的通向的黎波里的交通线路，并且不停地干扰贯穿于的黎波里和阿盖拉间的那些沿海公路中的交通网的话，就可以有力地攻击他们，令其惨败。

2. 如今，切断敌人在意大利和非洲之间所有海面上的交通是一件切为重要的事务，而这件事，就交由坎宁安海军上将来担任总指挥了，他将率领英国的地中海舰队，充分运用海上潜艇来执行此次任务，并尽量争取利用空中打击和潜艇联合作战的方式。不过，在执行任务的过程中，应以切断敌人的交通线为目的，即便我们的战列舰、巡洋舰或是驱逐舰在过程中受到了严重打击，以致覆灭，也得在必要的时候做出牺牲。另一方面，我们要设法摧毁的黎波里港口，不能令其再度投入使用了。为此，应采取接连轰炸的方式，或者，配以封锁和布下水雷这些举措，来防止敌人占领该港，不过需要小心的是，不能因为布置水雷而影响到对该港实施封锁或是炮轰这里。在打击过往非洲的敌方运输船队时，我们的巡洋舰、驱逐舰以及潜艇，应在获得协助后采取行动，届时，海军航空队和皇家空军就能前去支援了。不管怎么说，都不能让一支敌人的运输船队逃走，如若发现有漏网敌船，即被视为海军方面惨败。能不能在这条航线上阻止敌人进行运输，关系着整个英国皇家海军的威信。

3. 应适当提升坎宁安海军上将指挥下的舰队的实力，好完成如上目标。德国要是用俯冲轰炸机来袭击我们的话，也不必过于惧怕，因为我们可以用“纳尔逊”号和“罗德尼”号来抵御这种轰炸，这两艘军舰均配有很厚的装甲甲板。为了能更好地实现目标，应当把握时机，只要可以，就抽调西面地中海里的一些巡洋舰、布雷舰和驱逐舰来支援这一海域。是否启用“百夫长”号来封锁港口里的船只，还应即刻研究出结果来。我们一定要有效地对的黎波里港口实施封锁，就算是以牺牲现役的一艘战列舰为代价也一样要做到。

4. 等增援力量到达坎宁安海军上将那里之后，他便应该有能力组建出两个实施炮轰的分舰队了，并开始接连不断地对的黎波里港进行轰炸，尤其是在确定地知道那里停有船只或是运输船队时。

5. 在马耳他岛，应该配备极为恰当的海军，因此，我们应该派遣一部分海军前去驻扎，此外，那里的空军力量也应该配合驻防海军的行动，为他们做好掩护，这样，我们便可控制地中海海域的整条交通线路了。配合驻防海军作战的空军，应依据机场的承载量来做相应的调整，所用机型应是最新式的，所发挥的实力，应来自最为优异的战斗机，如此，才能在战斗中显示出我们的最大力量。就飞机的具体使用上，应优先考虑战斗机，以用于掩护在马耳他岛的驻防海军，其次才是向的黎波里实施轰炸的轰炸机。

6. 为保卫马耳他港口安全，我们应尽可能地选择在不同发展阶段的火箭推进器来发射火箭，尤其是要恰当地运用为海军而进行改进了的那种发射方法，来发射快速空雷。

7. 最为重要的是的黎波里港，而那条位于的黎波里和阿盖拉间的有着四百英里长的沿海公路也非同一般，其重要性仅次于前者。因此，应当令那些从“格伦式”战列舰下来，又改乘特制登陆艇抵达地面的部队，在这条公路上对敌进行持续性的干扰性袭击。而集结在埃及的突击队及其他军队也应配合这一行动，且要令他们放开了去做，力求把敌人阻挡在这一路径上。同时，还应该仔细研究从海上登陆时所需要的特殊根据地，哪里对我们最为有利，以及如何展开夺取据点的行动，届时，就可以即刻行动起来了。在实现此目标的同时，我们很可能会遭受必要的损失，这一点无可避免。不过，我们可以利用小股兵力展开干扰敌人的行动，如若可以，等到适当的时候，过阵子再让他们回来。此外，还可以考虑少量输送一些轻型的或中型的坦克，它们上岸后，可在那条公路上沿路对敌人的汽车队进行扫荡，那些车队的价值比其身价要高出很多，因此，我们须凭借坦克力量快速地将其消灭。总的来说，只要有切实可行的方法就要加以应用，必须得持续地扰乱敌人在这段公路上的活动，即便要损失一些，也在所不惜。

8. 上面提到的几点均属当前需要紧急处理的事项，敌人在空军方面将会比目前更为强大，特别是，如若他们像预料的那样，会成功攻占希腊和南斯拉夫，那我们就更要加紧了。所以，在这样的情况下，坎宁安海军上将就必须得尽快展开行动，而不是干等着战列舰过去支援，同时，也不能将“格伦式”军舰加以扣留，等到日后攻打罗德岛时才使用。

9. 曾经，我们下定决心要拼尽所有力量保卫住图卜鲁格，可这并不表示将“据守”视为“防御”，我们所采取的相应措施是为了袭击敌人在此的重要交通线路，因此，是要把图卜鲁格视为我们的一个相当重要的桥头堡或是攻击港口来看待的。我们应该派出步兵和装甲战车予以相应的支援，好使在图卜鲁格的军力能够灵活持续地对敌人的侧翼及后卫进行打击。要是能让一部分没有运输工具的部队去外围防线驻守，那他们就极有可能变成一支机动部队，不但可以成为守卫该要隘的后备力量，还可成为一股打击敌人的力量。要是我们可以诱惑敌人发动一次规模较大的行动，比如对图卜鲁格进行围攻，那他们就不得不将补给和重型炮队输送到战场。而敌人增加了负担，对我们来说却将是最为有利的取胜时机。

10. 此前，韦维尔将军曾在战斗力上压倒了敌军，而现在特别要紧的是，要尽快恢复这一优势，将敌军的小股突击队全都消灭掉，而不是让他们有机会对我们进行干扰或是乘胜追击。只要与敌人的巡逻队遇上，就应该果断出击，并且，要放开了运用我们的巡逻部队。在保卫大不列颠的计划里，有这么一条：乘装甲车或是摩托车行动的英国小分队或是步兵，一旦遭遇敌人，应马上做出反击，不论是用炸弹还是用炮弹，都要火速对敌人的坦克进行攻击。切为要紧的是，一定要与敌人展开战斗，哪怕只是一次小的交锋，因为这样一来，敌人就不得不消耗掉一部分弹药，而对他们来说，供应弹药可不是件容易的事。

11. 我们的皇家空军应充分地利用起来，让他们去袭击敌人的交通线路，或是对其战车汇集的地方进行攻击。这样做能够带来怎样的意义，恐怕我不说你也是知道的。

所有这些，说起来不难，做起来可就没这么容易了。

* * *

随后，我将自己所掌握的情况又告知了总统。

前海军人员致罗斯福总统　　1941 年 4 月 16 日

希腊将会怎样，我现在还无法断言，况且，在欧洲大陆，德国所拥有的巨大军事武器力量，我们从没有小瞧过。

我个人倒不是十分担心利比亚至埃及那一带的局势，因为，敌人的兵力我们还能估计个差不多。在这一带，他们的兵力大致如此：殖民地装甲师一个，也许再加上一个普通装甲师；坦克约有六百至

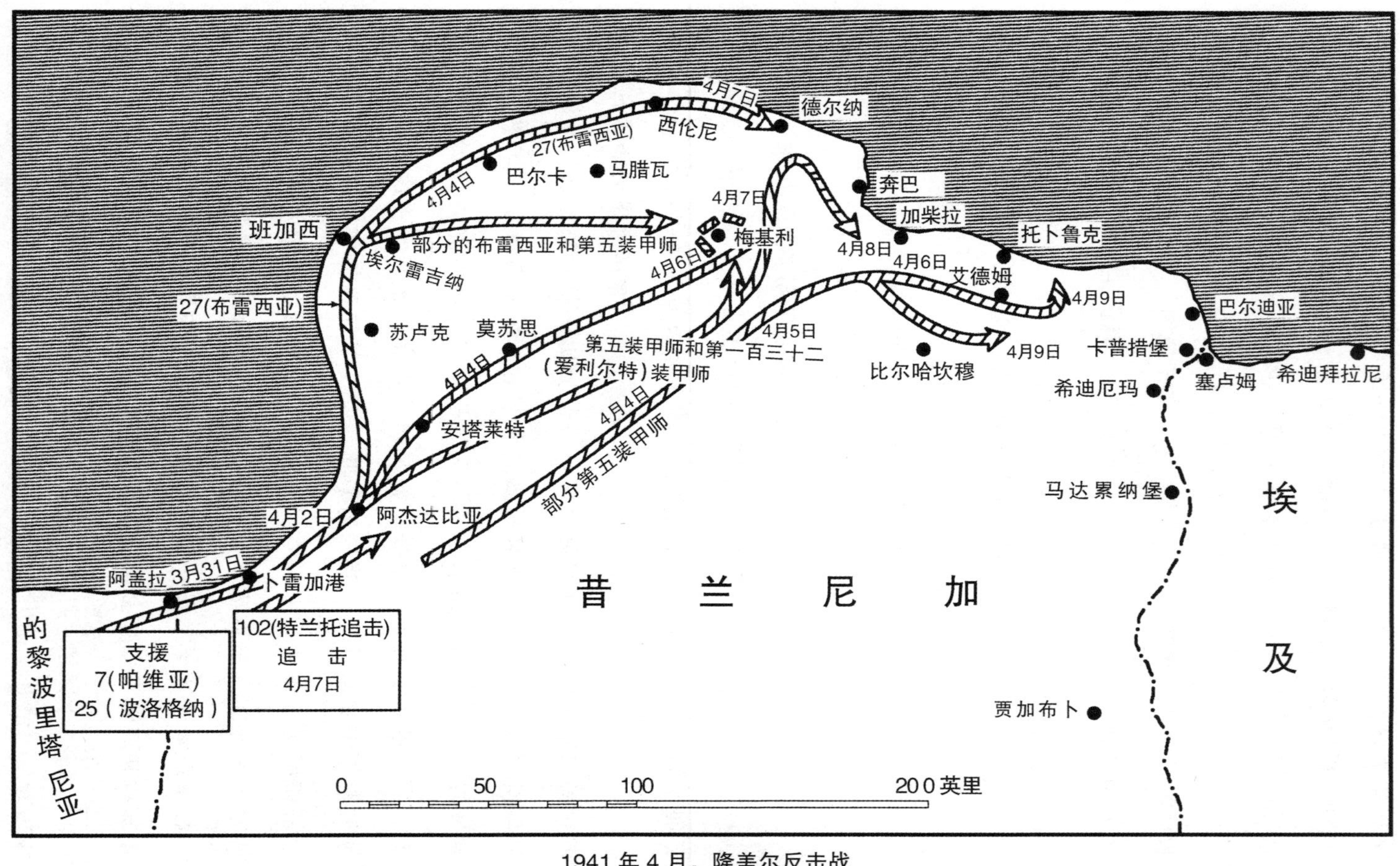

1941 年 4 月，隆美尔反击战

六百五十辆，不过，已经有不少被打坏，或是不能再用了；在昔兰尼加，只有包含在德国装甲师中的几个营，目前还未见有德国的步兵现身。交锋中，我们曾俘获了一些战俘，据他们交代，这些敢于冒险的部队当下正面临着补给困难，不论是汽油、粮食、饮用水，还是弹药，在供应上都非常紧张。此前，敌人对我们进行攻击的时候，我们的不少装甲部队车辆还在抢修之中，尚不能参与战斗，而现在，我们自然得想办法让它们恢复战斗能力。在中东，我们还有五十万上下的兵力，现在，也正将其中的一部分派往埃及支援。我认为，必须重视图卜鲁格，将它视为我们的桥头堡，或是重要的出击港。另一方面，我们的空军正在加强，因此，我并不觉得敌人在这方面是占据优势的。而与此同时，我们的地中海舰队也获得了不少有力的支持，并会竭尽全力地切断敌人海域内及海岸上的交通线。当然，我们要对付的不只是德军，还有来自意大利军队的威胁。此外，另有新的威胁正在临近，我们相信，德国可能正从西西里岛派兵，打算将其第三个装甲师部队运送到战场中来。

4 月 14 日到 15 日，德军对图卜鲁格发动了一次小规模的攻势，不过没有成功。我认为，这不是个小事件，因为，我们在这次的激战中不但击退了敌人，而且在人员与设备上的损失也小于对方。通过这次的战斗，一些敌军成了我们的俘虏，一些则阵亡了，他们失去了一部分坦克及飞机，尝到了初次失败的苦果，由此，就算再继续下去，也讨不到什么好处。相反，我们在这段时间里获得了显著的成就，成功地切断了敌人在中地中海上的供给线。4 月 16 日，也就是今天凌晨，我们的四艘巡航舰自马耳他岛出发后，发现了敌人的大型运输船队及驱逐舰，他们的阵营是：主要的运输船队，由德意两国的五艘大型船只组成，船上载满了军火及机动车，而此番随行护航的是意大利的三艘驱逐舰。相遇后，我们便展开了激烈的攻击，随后，我们将敌运输队及护航舰一网打尽，但相应地，也付出了一艘驱逐舰作为代价。现在，我们的实力具体是怎样的还属于军事秘密，不便透露。

*　　*　　*

事情突然有了变故，我们刚想在希腊展开一系列的冒险活动，就传来了来自沙漠的噩耗，我们的沙漠侧翼失手了。在此后的一段时间里，我们都不知道导致这一灾祸的原因到底是什么，因而，战事也不得不暂且搁置。有关这件事的经过，我想，必须得让韦维尔将军进行合理的解释才行，但又怕增加他的思想负担，故而，一直拖到4月24日，我才致电询问，并提出这一要求。

首相致韦维尔将军　　　　1941年4月24日

有关阿盖拉和梅基利两处的战况，我们仍在耐心地等待消息。在这几次战斗中，我们损失惨重，第三装甲旅没有战斗力了，而一个摩托化骑兵旅也失去作用了，可以说，精锐部队都不能再作战了，显然，我们这回的失败十分惨重。所以，我们急需了解事情的始末，好能尽可能地理解你那里的困难，并处理我们当前自己的困境。还请告知问题所在，不敌对方是因为：作战部队少？我们在策略上有什么不济？没有敌人的战术运用得好？听说我们破坏汽油库的时机不对，太过提前了，是因为这个原因吗？你应仔细地询问幸存者，他们肯定能将这个关键性的一战凑出始末来，将它们整理好，使之成为一篇完整的报告。要知道，你若是不告知我们整体情况的话，就没法儿进一步得到我们的支援了……

4月25日，我收到了韦维尔将军的复电。他说，相关的高级军官们都差不多失联了，因此，无法判断他们采取了什么行动，也不清楚他们的作战动机是什么，鉴于此，他必须得小心行事，不能使他们受到什么不公平的责难。韦维尔将军向来行动果决，如今，他更是马上就扛起了这个担子。

就在同一天，韦维尔将军又发来了一封电报，这次，他对此番战役有了个总结性的汇报。他说，此前，他曾注意过，要想在这片沙漠地带取得成功，就得让第二装甲师司令部和第三装甲旅尽可能地花时间熟悉气候和地形，以便投入沙漠地区作战。在敌人开展大型攻势之前，他一直都希望能争取一个月左右的时间来适应环境，先与敌人在边境上有一些小规模的战斗演练那就最好了。然而，事实上这一希望没能实现，他们尚未安顿下来就遭到了攻击，这可比此前经过参谋人员按照时间和空间所得出的作战日期提前太多了，也就是说，敌人比预想的早两周就展开行动了。好在，敌人的实力没有超出韦维尔的估测。战前，韦维尔曾想，敌人极有可能以有限的兵力挺进阿杰达比亚，而从收缴来的文件及被俘人员的供词来看，敌人确实本来也是这么打算的。如今我们已经知晓，一开始就取得了这样的成就，连敌人自己也没有想到，而他们之所以能够乘势而起，则是因为我们的第三装甲旅早早地就被不幸消灭了[①]。对于敌人从阿杰达比亚那边过来的军队，可以肯定，是在匆忙中临时编制而成的，我们手上有足够的证据可以说明这一点。这支部队包括：小纵队八个，含德国和意大利两国的部队，不过其中的几个纵队已经得不到来自后方的支援，已脱离了后方供给，他们只能凭借飞机来获取物资了。

同样，我们也临时编制了一支部队——第三装甲旅，包括：一个巡逻坦克团，但在机械装备上并不精良；一个轻型坦克团和一个中型坦克团，

① 此处可参看《隆美尔》一书，德斯蒙德·扬著。作者在书中提到了隆美尔，他在战斗初期表现得非常勇猛，取得了不少的战果，连他的上司和作者本身都觉得太出乎意料了。——原注

其中，中型坦克团的装备还是通过收缴意大利方面的装备而配备成的。昔兰尼加之战结束后，就我们尚存的装甲战车而言，我想我可以这么说：要是支援希腊的军队能够配以装甲战车，那么我们的这个旅，便是最好、最优秀的精英级作战队伍。要是该旅能够获得重视，在确保其实力的情况下，并将其视为一支能够作战的队伍长期地予以安置的话，那么它足可以应对任何意料中的攻击。

事前，我对我们主要依赖着的那个巡逻坦克团缺乏足够的了解，事实上，就在德军筹划着要发动攻势的前夕，我才认识到，该巡逻坦克团所持有的机械装备其实非常糟糕，部分坦克在没开到这里来之前就是坏的，其他坦克中又有不少都存在着机件方面的缺憾，因而在刚开始的战斗里就被敌人给毁了。这种情况似乎也同样发生在第二装甲师身上，他们即将向希腊进驻一个巡逻坦克团，但该团的情况亦好不了多少。面对德国在全部坦克上都装有大炮的阵势，我们显然无法以轻型坦克与之相抗。而那个中型坦克团，也就是通过收缴意大利坦克装备而筹建的那支新的团，这时候也还不能马上投入战斗，因为，他们还来不及熟悉这些得来的坦克要如何操作。

我对装甲师曾发出过如下指示：当敌人以占绝对优势的兵力进攻我们时，我们应保存实力，逐步后撤，然后等敌人因供给不足，力量又难以补充时，才是我们借以反攻的好时机。

可事实上，这个指示并不正确。与其后退，倒不如马上展开反攻，最起码还能立刻对敌军有所重创，令其无法马上再展开什么别的行动，这样一来，或许也就能真正地阻止住他们的进攻了。然而事实与此相反：在撤退的时候，第三装甲旅由于器械上的损坏，再加上又失去了补给，结果几乎没做出什么反应就全都被打败了；在这样的情况下，第二装甲师司令部也拿不出什么办法来扭转乾坤，因为他们此前完全没有沙漠作战的经验。这次的失利，还有一部分原因在信号员身上，他们显然毫无经验……

开战的第一天，我就去前线进行了视察，发现这里必须得有一个擅长沙漠作战的老指挥官，于是就致电把奥康纳将军给招来了，令他协助尼姆来领导这里的战事。然而，就在两位将军往后撤退的时候，一伙突破进来的敌纵队巡逻兵把他们给抓走了。

这就是这次悲剧事件发生的大致情况，当然，我要负起主要责任。因为，我在指挥第二装甲师司令部和第三装甲旅进行撤退的时候，显然犯了错，可我仍希望不要过早地下定论，应等相关的主要人员对这次作战行动提出更为翔实的报告及解释后再论判。他们此时的处境很糟糕，困难重重。

尽管如此，我军却始终保持着高昂的斗志，即使在撤退时，在混战中，也依然如此。在这里，到处都是从容抗敌、沉毅坚强地与敌人展开斗争的事迹。

我回复他说：

首相致韦维尔将军　　1941年4月28日

十分感谢你做的这一报告，将有关西部边境上的战况大致都表述给了我们。看来，我们好像运气差了那么一点儿。今后，我希望我们可以挽回一些损失。愿你诸事顺利。

第十二章 希腊之战

3月28日，我方海军在马塔潘角附近的海面上取得了胜利——我们向希腊派遣了部队——从帕普哥斯将军那里传来的消息叫人失望——敌人的空军飞机比我们的皇家空军飞机要多——德国发起进攻——4月6日，德国对比雷埃夫斯港发动了毁灭性的攻击——南斯拉夫惨遭践踏——而后降服——危险降临到我们的左翼——帕普哥斯将军提出撤军的建议——朝德摩比勒撤兵——4月17日，我致电给韦维尔将军——希腊首相自杀身亡——4月18日，我做出指示——敌人被拦截——仍要寄希望于德摩比勒阵地——4月21日，决定撤兵——4月24日，希腊投降——重演纳姆索斯那一幕——发生在纳夫普利昂的惨剧——皇家海军所取得的成绩——我军救出了五分之四的人员——希腊人的精神光芒并没有消失，依然骁勇善战——总统的估计深明厚慈——5月4日，我发了复电给他——5月3日，我在广播里的演说

3月将尽时，我们从种种迹象中不难看出，意大利的舰队很快就会有大动作了，他们的目标或许就是爱琴海。因此，坎宁安海军上将决定，令我们的运输队暂时在安全的地方避一避，而他另有安排。3月27日，坎宁安海军上将在薄暮中乘着“沃斯派特”号战列舰离开了亚历山大港，随行的还有“勇敢”号与“巴勒姆”号战列舰、“敬畏”号航空母舰，以及九艘驱逐舰。到了第二天，他们便会与在克里特岛驻扎的海军中将普里德姆 · 威佩尔所指挥的一支轻型舰队会合，这支舰队是由四艘巡洋舰和四艘驱逐舰组成的。此前，普里德姆 · 威佩尔曾接到指令，要于3月28日在克里特岛南面与总司令的舰队会合。就在28日这天，太阳刚升起来，我们就听到了一个消息：一架飞机自“敬畏”号起航后，发现了四艘敌人的巡洋舰及六艘驱逐舰，它们此刻正往东南方向行驶。接着，到了七点四十五分的时候，我方巡洋舰中的旗舰“猎户座”号也发现了敌舰。于是，双方当下就展开了一场恶战，在意大利的舰队中，光是备有口径为八英寸的大炮的巡洋舰就有三艘，而在英国的巡洋舰中，却都配的是口径在六英寸的大炮。半个小时过去了，敌我双方陷入了胶着状态，但就在这个时候，敌人选择了撤退，我们立刻便派出了巡洋舰一路追踪。时间又过去两个钟头，这时，我们的旗舰“猎户座”号发现了一艘敌舰——“维多利奥 · 威尼托”号战列舰。两船当时相距约十六英里，“维多利奥·威尼托”号率先做出了反应，向“猎户座”号开火。这一回，形势发生了逆转，敌舰队坚持猛攻，而我们的“猎户座”号则带着巡洋舰往英国的主力舰队方向撤离。与此同时，从七十英里开外，全速驶来了前去支援的英国作战列舰队。随后，我们的一个袭击小队便从“敬畏”号航空母舰上出发了，准备前往现场对意大利的战列舰实施空袭。遭到打击后，敌舰马上就转而往西北方撤离了。

这边的敌人刚刚撤去，我们的侦察机又在舰船队伍的北面一百英里左右的地方发现了一队敌战船，它们包括：五艘巡洋舰和五艘驱逐舰。这时候，“维多利奥 · 威尼托”号战列舰已受到严重的创伤，之前它被“敬畏”号航空母舰不停地攻击，随后又遭到从希腊和克里特岛沿岸这两处基地飞来的飞机不间断的轰炸，航速已经降了下来，只能以十五海里以内的航速行驶了。到了晚上，我们准备实施第三次轰炸，飞机依然是自“敬畏”号上起飞，发现敌人启用了舰船上的所有高射炮进行反击，目的是使受伤的“维多利奥 · 威尼托”号能成功脱离。此刻，我们的飞机还不打算硬闯敌人的炮火线，却打中了“波拉”号重巡洋舰。受到打击后，它便停下来靠岸了，没有再参与战斗。夜色更深了，坎宁安海军上将决心乘胜追击。为了把敌军已经受创的战列舰和巡洋舰彻底消灭掉，他决定甘冒风险，让主力舰队，包括驱逐舰，主动出击，打一场夜仗，以求不叫敌舰有机会得到自本国的海岸基地起飞的飞机的掩护，不叫它们逃到那个安全的范围去。坎宁安趁夜追击，朝着两艘正在飞驰的意大利巡洋舰发动了突袭。这两艘巡洋舰分别是“阜姆”号和“扎拉”号，船上都装载着口径为八英寸的大炮，此刻，它们正想要赶往“波拉”号所处的位置予以支援。我们的战列舰“沃斯派特”号和“勇敢”号距离意大利的“阜姆”号巡洋舰很近，船上装载着口径为十五英寸的大炮，我们开动船舰使之成偏舷状态，所有的大炮都朝着“阜姆”号齐刷刷地开火，很快，它便被打沉了。此外，我们还有三艘战列舰对“扎拉”号敌巡洋舰展开了围攻，终使其葬身于火海之中。

这之后，坎宁安海军上将下令撤军，他怕时间久了就难以在黑暗之中分清楚哪些是敌方的、哪些是我方的舰船了，而对于已经受创的“波拉”号巡洋舰及其两艘护航的驱逐舰，坎宁安则留下了驱逐舰去对付。此后，驱逐舰发现了“波拉”号的踪迹，并一举将之打沉。英国舰队在这次夜战里可以说是非常幸运，由于把握住了时机，并没有什么损伤。直到 29 日早上，我们派出的飞机都没有找到“维多利奥·威尼托”号战列舰的踪迹，因此，大批舰队便全都返回了亚历山大港口。如今，我们在各地的战事都正吃紧，而此番在马塔潘角附近海面得以取胜，无疑是件可喜可贺的事，它来得那么及时，以至于从此之后，便没有什么人能够再挑战英国在东地中海海域中的制海权了。

* * *

我们派往希腊的军队，若以登船前后来说的话，其阵容为：第一批次是，英国第一装甲师、新西兰旅，及第六澳大利亚师。这部分军队，之所以得以装备齐全，还都是靠占用其他中东部队的武器。接下来，第二批次准备派往希腊的部队是，波兰旅和第七澳大利亚师，这部分部队将在3月5日出发。我们的计划是，令他们在阿利阿克蒙防线据守，也就是从阿利阿克蒙河口起，途经弗里亚和埃德萨两地，再到南斯拉大边境的直线距离。届时，我们的部队将会与在这条防线上驻守的希腊部队会合。这批在前线驻守的希腊军的阵容大致如下：第十二师，及其下属的六个营和三到四个炮兵连；人数不及师级部队的第十九师——这个师是一支摩托化师，除了人员不足之外，其训练也相对不完善；此外，还有六个从色雷斯过来的营级部队。我们的部队将与他们共同组成一支名义上包含七个师的部队，届时将统归威尔逊将军领导。

原本，帕普哥斯将军所承诺给出的希腊军，应该是五个精锐的希腊师级部队，然而，现在看来，这个数字明显低于他给出的那一承诺。[1] 正当我们向希腊增兵之际，希腊军队中的大多数，差不多有十五个师，正身在阿尔巴尼亚，与他们久攻不下的培拉特和发罗拉对峙着。3月9日，意大利军队对他们发起了攻势，但被打退了。除此之外，希腊部队还有三个师和一些边防军在马其顿待命，但帕普哥斯将军却不愿把他们召回来，结果，德军又发动了一次进攻，这一次，双方交战了整整四天，希腊部队没能取胜，全都被消灭了。接着，希腊的第十九摩托化师赶去救援，却也无济于事，反倒一并被德军给收拾了，不是丢了性命，就是四散逃亡。

在希腊，我们的驻守空军力量明显不足，3月时，只有七个飞机中队驻守在那里，能够作战的飞机也不过八十架而已，此外，还因降落场地不

① 对此，帕普哥斯后来在做出解释的时候，一再声称，最初之所以承诺会派出五个精锐的希腊师据守阿利阿克蒙防线，是有前提的，那就是，同南斯拉夫政府之间澄清关系，待局势明朗了就派军，可两边一直都没有清楚表态，故而，没有此先决条件，他不能履行承诺。——原注

足和信号联系不稳的问题，在行动上受到了极大的影响。尽管到了 4 月，我们已经派了为数不多的飞机过去支援，但论起数量，我们的皇家空军还远不及敌军。在这仅有的七支中队里，还有两支正在阿尔巴尼亚前线奋战，剩下的，则得到了从埃及调派来的两个善于夜战的“韦林顿式”轰炸机中队的增援，不过还要应对其他战场的作战需要。然而，他们的对手非同一般，是德国的一支包括了八百多架战斗机的空中力量。

德国方面，第十二集团军接到命令准备对南部南斯拉夫及希腊发动攻击，这支集团军包括十五个师，内含四个装甲师。而执行由南向雅典进攻的任务的军队是，这十五个德国师中的五个师，其中有三个是装甲师部队。按照当时的情况分析来看，阿利阿克蒙阵地最为薄弱的地方就是左翼了，要是德军从南部南斯拉夫向这里推进的话，就势必会拿住这一弱翼，将其包围住。可我们并不知道在这一点上能够与南斯拉夫方面达成怎样的配合，事前，我们很少接触他们的参谋部，不论是希腊人，还是我们，都不清楚他们是怎么制订防御计划的，也不清楚他们准备得怎么样了，可我们仍然寄希望于南斯拉夫人，希望他们在敌人势必会经过的那段麻烦的地带能够将其困住一段时日。可事实上，我们的希望在日后被证实是根本没有依凭的。当时，帕普哥斯将军根本不认为把军队撤出阿尔巴尼亚，到阿利阿克蒙阵地来抵抗敌人的围剿是可行的，他觉得，这样一来，肯定会致使士气一片低迷，况且，希腊方面军在运输工具上，一直都不得力，又没有良好的交通，怎么有能力输送这么多部队呢？因此，他认为，等到敌人都兵临城下了再大举撤离，是怎么都不可能发生的事。然而，待到日后他再想改变初衷时，却为时已晚。3 月 27 日，也就是在这样的背景下，我们的第一装甲旅向前线进发了，几天之后，新西兰师也出发了。

* * *

德军在 4 月 6 日凌晨发起了攻势，一方面开始向希腊和南斯拉夫进攻，另一方面，又同时在雷埃夫斯港口进行猛烈的空袭，当时，我方派遣军的运输队还在这里卸货，就这样，停在港口码头上的“弗雷泽氏族”号英国船被敌机击中，其上所负载的二百吨烈性炸药立时便被引爆了，不但船身发生了爆炸，连整个港口都差点儿毁于一旦。不能让这样的惨剧再度发生了，于是，我们便只得改用其他类似的港口及小一些的港口来起卸军需用品了。敌人仅用了这一次袭击，便使我们付出了惨痛的代价，我方和希腊方，共损失了十一艘船，所失去的吨位数高达四万三千吨。

在这之后，敌人的空袭就越发猛烈了，而盟军仍旧只能在这样的情况下维持由海上输送补给的方式，至于抵挡敌人的空中威胁，暂时还没有什么好法子。要想改善海面上的局势，关键还在于能否控制住敌人在罗德岛上的空军基地，然而，我们目前难以抽调出足够的兵力来实现这一目标，因此，在这段时期里，就不得不损失一些船只了。幸好我们近来在马塔潘角海面上获得了及时且重大的胜利，就像坎宁安海军上将在捷报里说的那样，意大利舰队经过这一战，已经尝到了教训，今年之内怕是都不敢再轻易出击了。事实证明，如果意大利舰队在这个阶段仍旧能够积极地投入战斗的话，那么我们的海军将根本不可能在希腊完成任何一项使命。

此时，德军除了集中火力对贝尔格莱德实施轰炸之外，还在南斯拉夫边境上集结了大量的部队，准备兵分多路攻向南斯拉夫。在南斯拉夫，参谋部认为，克罗地亚和斯洛文尼亚防线才是最为重要的，决不能失守，一定要将整条边界线稳稳地守住，至于意大利方面的后卫军，参谋部则并不打算在此刻就一击了结了他们。在南斯拉夫北部部署的四个南斯拉夫军团很快便碰上了敌军，不但遇到了德国的装甲纵队，还有准备前往萨格勒布的德意联合军队，此时，匈牙利军已经穿过了多瑙河，正等着接应该装甲纵队，因此，那四个南斯拉夫军团并没有做什么抵抗就往后撤退了。随后，南斯拉夫的主力军也在如此大的威压下迅速地向南撤去，于是，4 月 13 日，德军顺利进驻南斯拉夫首都贝尔格莱德。与此同时，在保加利亚，里斯特将军也集结好了一支德国第十二集团军，并已经向塞尔维亚和马其顿两地整装出发了。4 月 10

日，这支队伍到了莫纳斯蒂尔和亚尼那，自此，南斯拉夫与希腊之间的军队往来就被他们给阻断了，而身在南部的南斯拉夫军队也随之被击溃了。

*　　*　　*

当南斯拉夫已经无力抵抗，行将灭亡时，我方驻贝尔格莱德的公使坎贝尔先生，与我们的守军一起也撤离了贝尔格莱德。就在这时，他请求给出下一步的指示，因此，我很快就发了这封电报给他：

首相致英国派驻南斯拉夫公使　　1941 年 4 月 13 日

1. 由于在上次的战斗中，我们的空军力量根本派不上真正的效用，所以，我们无论如何都不会再将英国海面的军舰、英美商船、运输船队派往需要穿过发罗拉，向亚得里亚海北面行驶的区域里了，我们不能再眼看着船只被敌机打沉却无力令空军有所作为。目前，可以使用的飞机都已经通过比亚克空军中将交给南斯拉夫参谋部作用于南斯拉夫战场了，再没有可以加拨的飞机。我想你应该没有忘记此前发生的事，是南斯拉夫方面不给我们机会去协助他们，也是他们，不愿意与我们签署一份为共同利益着想的计划。不过，现在不是抱怨的时候，这对双方都没有好处，因此，你应当好好琢磨一下，以现在的情况来看，应该如何与他们谈，糟糕的状况还能否有所改善，可改善到何种程度。

2. 我们始终想不通：南斯拉夫的国王或是政府，为什么要远离自己的国土呢？在这片广袤的土地上，不是还有着连绵的群山，和那么多英勇的战士吗？显然，德国坦克可以通过公路和小径开过去，可要不派出步兵，他们是如何也不能使塞尔维亚军队屈服的。这样的话，完全可以趁机将他们消灭掉。自然，年轻的南斯拉夫国王及大臣应在这一点上想办法做点儿什么。不过，英国方面还是会时刻愿意帮助国王及为数不多的随同人员。要是他们逼不得已要离开祖国却找不到飞机的话，我们倒是乐意在科托尔或者那附近的某地派潜艇去接应他们。

3. 塞尔维亚方面军中的任意部分，在有效防卫山区时，可以通过陆路来得到我们的军需用品。除此之外，就只有一个法子了，那就是通过莫纳斯蒂尔，跟驻扎在阿尔巴尼亚的希腊军联系上。如此一来，他们既可以投入保卫希腊的战役，又可以分享到我们共同的需要。要是不能成功，便应让战斗人员尽可能地撤离，退到附近的岛屿，或者撤到埃及去。

4. 你在那里要接着努力鼓舞他们，尽可能使南斯拉夫政府和军队燃起斗志，可以跟他们提一下上回在塞尔维亚的战斗，以激励他们这一次也很可能会化险为夷的。

不过，后来才有了南斯拉夫的游击战。1941 年 4 月 17 日，南斯拉夫停止了对抗，投降了。[①]

*　　*　　*

由此，希腊人最大的希望一下子随着这突如其来的崩溃而破灭了，可见，这无疑是德国采用“逐个击破”方式的典型范例。不过，错并不在我们，因为，我们曾经一直极力促成联合行动，却终未成功。在这个时候，

---

① 英国皇家空军“森德兰式”水上飞机自科托尔载着国王彼得撤离了南斯拉夫。罗纳德·坎贝尔先生及其下属曾到达了亚得里亚海岸，但于 4 月 18 日均被意军捕获。我们得知后，曾设法搭救。一周之后，英国派出了“摄政”号潜艇，令其开往科托尔湾，结果艇上人员发现，科托尔已经被意大利军队占领。随后，英方与意方进行谈判，意大利派出了一名人质到我们的潜艇上来，而同时，我们也自潜艇上派出了一名军官去意大利军那里进行谈判，让他们放了英国的外交团。就在双方谈判之际，三架“斯图卡式”俯冲轰炸机出现了，它们朝着“摄政”号潜艇投放炸弹、进行机枪扫射，艇长和艇上人员立时便受伤了。接着，我们的潜艇逼不得已，冒着枪林弹雨从海岸开到了海面上，并冲出布雷地带。最终，外交官员及其部下均被遣送至意大利予以扣留。直到 6 月，我们再次通过交涉，才与意大利政府达成一致，依照国际惯例来解决此问题，外交官员及其部下也是这时候才被遣返回国。——原注

前途在我们看来，已经异常凶险了。

我们目前的状况是：英国的第一装甲师早在德军入侵希腊时就已经到达了瓦尔达尔河；而新西兰师，也已经到达了阿利阿克蒙河附近；在他们的左侧，有希腊的第十二师及第二十师；同时，第六澳大利亚师的主力部队很快也会过来。等到 4 月 8 日，情况就已经很明朗了，在南斯拉夫南部的部队已经抵挡不住，很快，阿利阿克蒙阵地左翼就面临着极大的威胁。鉴于局面已然如此，我们曾做出反应，令一澳大利亚旅团火速出击，将敌人堵在去往莫纳斯蒂尔的通路上，紧接着，派出第一装甲旅前去接应他们。尽管破坏了敌人前行的必要公路，皇家空军通过几轮的轰炸也起到了一些作用，但敌人前行的步伐只是受到了一定的拖延，并未被阻止住，4 月 10 日，他们开始进攻我们侧面的守卫力量。当时，气候恶劣，我们历经了两日的苦苦战斗才终于将敌人的攻势给阻止住。

威尔逊将军眼见西边就只剩下希腊的一个骑兵师还能与驻扎在阿尔巴尼亚的军队保持联络，便在这种情况下做出了一个决定，令一直在重压之下的左翼部队往科扎尼和革拉文那两地撤离。直到 4 月 13 日，该行动才算全部完成，不过，希腊方面的第十二师和第二十师却在这个过程中已经渐渐失去效用，开始崩溃了。自此，只有我们的派遣军还在前线孤立奋战。新西兰师在 4 月 14 日也被召回去了，用以在北面奥林匹斯山的一个险峻山口把守，同时，这个师级部队的一个旅，还肩负着掩护通往拉里萨方向的一条主干道。这一期间，敌人虽然猛烈地出击过很多回，却并未取得胜利。可情况仍未好转，威胁着威尔逊左翼的力量还在，所以，威尔逊将军决心向德摩比勒撤离，并与帕普哥斯商量此事。帕普哥斯表示赞同该决定，并且，他在此期间曾提出过建议，觉得英军早该从希腊撤出去了。

首相致在雅典的威尔逊将军　　　　1941 年 4 月 13 日

在希腊西部军队与你的军队之间有一个缺口，德军很可能会利用它向南挺进，那样的话，他们自然将会把你所在的阿利阿克蒙阵地团团围住，不仅如此，再围困住那些驻扎在阿尔巴尼亚的希腊全军也不是没有把握的。幸好，我看到了希腊第二十师和骑兵师将会前往那个缺口，并将之补上，真是令人高兴。不过让我费解的是，为什么希腊西部的部队下不了决心返回希腊呢？据说，帝国总参谋长对这点已经反复多次地说过了，却都没有效果。不管怎么说，我愿你在此难忘之际，能够诸事顺利。

此外，我还听说，在目前的情况下，国王还不打算离开希腊，这个消息同样让我感到开心。国王的此举定会在史书上留下光辉的一笔。不过，如若他迫于无奈，只能单独或是与其他任何希腊军撤离希腊，那我们也必然会从塞浦路斯岛给予相应的支持，并设法帮助他们到达塞浦路斯岛。况且，我们在岛上可以得到从海陆而来的补给，若是有一支希腊的精兵把守这里，对大家也都有利。

在这之后的几天里，发生了不少具有决定性的事情。4月16日，韦维尔将军发来电报，他说，威尔逊和帕普哥斯两位将军曾见面会谈了一次。帕普哥斯将军说，现在希腊军队正顶着巨大的压力，再加上敌人的空袭，已经面临着严重的后勤问题了，因此，同意将部队往德摩比勒阵地撤离，随即便展开了行动。此间，帕普哥斯将军再次建议，应立即让英国部队撤离，不能再让希腊的破坏程度一再加深了。威尔逊的意思是，应先占下新的阵地再立时采取行动。于是，韦维尔做出指示，令威尔逊只可在必要的时候继续让部队撤离，但凡希腊方面军还抵挡得了，就应该与之协同作战。而我们这里也已经下达了指示，令一切前往希腊支援的船只立即返回，船上不得搭乘任何新增人员，也不得再增加任何物资，不论是正在装载的还是已经上船的人员或物资，均须立即卸下来。此时，他所预想的是，我们在希腊的部队撤到船上之前，想必希腊政府应该已经正式向他发出请求了。此外，他认为，仍可守住克里特岛。

这消息来得虽严重，却也在意料之中，不过，我还是即刻就回复了韦维尔将军的来电。

首相致韦维尔将军　　　　1941年4月17日

1. 帝国的军队在希腊前线到底境况如何，你没有报告给我们。

2. 希腊军队的总司令希望我们能撤离希腊，我们当顺应其意，免得他的祖国因战乱而造成更大的灾害。帕普哥斯届时会发出请求，而威尔逊将军或者帕拉利特[①]在接收后，应与希腊政府取得联系，并获得他们对该请求的许可。一旦获得了这一许可，便当即刻撤离，不过，该撤离行动不得妨碍我军与希腊军联合撤到德摩比勒阵地的那一行动。关于物资方面，你自然得想办法尽可能地抢救出来。

3. 你对军队进行新的部署时，当尽力为据守克里特岛做好相应的准备。因为这里将会成为希腊部队中的精英们，及希腊国王和政府所必须站稳脚跟的地方，而我们必当竭尽所能为克里特岛提供支持，把防御工作做好。

4月17日，威尔逊将军乘车出发，从提佛前往泰托伊王宫，并在那里与国王、帕普哥斯将军和我们的大使进行了会面，主要是一起商讨有关撤退的事宜：怎么撤、按照什么顺序撤离。最终，大家一致认为，唯一可行的计划就是，将部队撤到德摩比勒一线去。对于这道防线，威尔逊将军还是有把握的，他深信自己能够做到暂守此线。另外，希腊政府表示，他们若要离开，也得再过一周才行。

之前，我曾提及希腊的首相科里西斯先生。梅塔克萨斯逝世后，他

① 英国驻希腊的公使。——译注

当即成为继任者。这位总理的私生活全无瑕疵，其本人头脑清晰且信念坚定，不过除了这些个人气质之外，却并不适合担任这样的职位，因此，在国家存亡之际，他显得力不从心，难以担当大任。结果，他的选择与匈牙利的泰来基伯爵并无二致，均做出了了结自己来赎罪的决定，就这样，他于4月18日自杀身亡。对于这个人，后代子孙在回忆起来的时候，当多少生出些崇敬之情来。

*　　*　　*

越是在这种时局不稳的情况下，越应当尽力将各项工作安排得稳稳当当的，把事情按照急缓前后的程度依次都给处理好。朗莫尔空军中将的空军已经相当紧张，他请求给予下一步行动指示。于是，我向三军参谋长提出指示建议，经他们一致同意，我按照原文的内容向中东的各位司令致电传达一下。

参谋长委员会致各位总司令　　　　1941年4月8日

首相兼国防大臣指示如下：

我们所展开的各项工作都必须认真以待，所有事宜均不可弃之不理，所以，在这种情况下，很难将其中的急缓大小划归精确，不过，下面提及的几点，均可视为具指导性的参考意见。

1. 目前，整个大英帝国最为关注的要事就是，如何把新西兰军、澳大利亚军和英国的军队从希腊援救出来。

2. 当前，在图卜鲁格，军需用品还能再撑两个月，所以，安排船只出入图卜鲁格的时间可以安排在：撤出希腊最为紧张的那段时间之前，或是等不那么紧张了之后。

3. 掩护军队撤离和支援利比亚之战是两回事，你们应该分开来处理。不过，它们也极有可能不可避免地会赶在一块儿，因此，要是它们之间起了冲突，就将利比亚战事优先考虑，争取获胜。

4. 伊拉克方面的战事，暂时不用担心，目前一切都进行得比较顺畅。

5. 起初，克里特岛的功用只是放置各种从希腊抢救出来的物资，所以，关于那里的防务工作，还得留到日后再进行全面的规划部署。在岛上驻扎的军队应在这段时间里注意防备敌人实施空袭，不要集中兵力，要尽可能打分散性的游击战，一旦发现入侵的敌方伞兵，或是通过空运而到达地面的敌军，就举起刺刀与他们战斗。

将上述情况做一归总，大意就是：放在首要的是，争取利比亚之战的胜利；其次是顺利从希腊撤出部队；再次，若非为胜利所需的必要条件，应按照可能的便利条件来随时安排图卜鲁格方面的航运工作；而后，不能不顾及伊拉克问题；最后，克里特岛上的防务工作，可留待日后部署。

*　　*　　*

敌人现今差不多都被拦截在坦波谷、奥林匹斯山口，还有其他各地，而我们的军队必须全部从狭窄的拉里萨瓶颈穿过，因此，撤退到德摩比勒，无疑就成了一件非常困难的行动。威尔逊将军料想，其西翼将遭受的危险最大，故此，布下了一个旅团在卡拉巴卡来应对。然而，真正面临威胁的却不是西翼，而是东面的坦波谷和奥林匹斯山口。幸好，在奥林匹斯山口有第五新西兰旅驻守，他们拼死守卫了三日，这是甚为必要的。不过，坦波谷的情况比之更为危险，因为德军要想抵达拉里萨，必然会经过这一最短的线路。起初，在这里把守的只有第二十一新西兰营，随后一个澳大利亚旅也赶去支援了。他们在坦波谷同样守护了三日，这同样至为重要，因为全军要想穿过拥挤的拉里萨，没有这点儿时间肯定是不行的。

尽管敌人的空中优势强过我们十倍，可他们在 4 月 13 日之前都没法儿将其充分地发挥出来，因为，恶劣的天气并不适合他们发动任何攻击。可到了 15 日，天刚亮的时候，他们便向位于拉里萨附近的机场发起了猛烈的空袭，我们仅存的飞机几乎都被炸毁了，剩下的飞机便都被急召回去了，由于途中并没有适合着陆的地方，故而所有的飞机都直接返回了雅典。接下来的16日至17日两天，阴云密布，敌人没有大规模地发动攻击，然而，随后的天气又转好了，因此，德军便又出动了大批的空军实施轰炸，不间断地空袭我方正往德摩比勒开动的人军。但是，敌人的进攻也并非全然顺利无阻，在一次发生于雅典附近的战斗中，我军打下了二十二架敌机，由此，我们也损失了五架"旋风式"战斗机。

我们的这几场后卫战打得非常漂亮，通过我方官兵坚决的拼杀和灵活的部署，德军来自各方面的猛攻都被适时地阻挡住了，并且损失惨重。我们最终还是拿下了德摩比勒阵地，不过这项任务直到4月20日才得以完成。该阵地从正面而言，是非常稳固的，然而，我们还需要对海岸上的公路严加防范，以防从优卑亚岛而来的敌人借此入侵。但这还不是最重要的，当极力阻止敌人朝德尔法前进，这项任务才是最为要紧且十分紧迫的。好在德国的部队在这一线展开得并不快，因而对该阵地并未造成过严重的威胁。20日当天，希腊军在阿尔巴尼亚前线投降。

尽管如此，我却没有放弃希望，想要稳稳地占据德摩比勒阵地。在古代，这里曾发生过不少举世闻名的战役[①]，难道千百年过去了，如今，就不可能再有不朽的奇迹发生了吗？

首相致外交大臣　　　　　　　　　　　　　1941年4月20日

倘若据守在德摩比勒阵地的将领们都觉得，再在那里坚持两三周还是没有问题的，并且，希腊军也还可以继续战斗或是保持住战斗力的

---

① 希腊德摩比勒是一个易守难攻的狭窄通道，一面临海，一面布满了陡峭的山崖，是个难得的隘口，俗称温泉关。要想从希腊的北部到希腊的中部，就必须得经过这里。历史上发生在这里的战役有不少，举世闻名的有：公元前480年，波斯人在此发动对希腊人的战争；公元前279年，希腊人在此抵抗入侵的高卢人。——译注

话，那么我相信，并且越发相信，我们只要征得自治领方面的认可，便肯定会支持他们继续坚守阵地。而倘若敌人在遭受惨重的损失之后，还会使我们的撤离行动受到极大的阻碍，那我就无法相信了。相反，我们一旦将敌军的空中势力控制在希腊范围，那么在利比亚的局势就尚可稳住，并且，还能使我们争取到更多的时间，把坦克多输送到图卜鲁格一些。要是我们果真能够进行到这一步，且将图卜鲁格阵地死死地把住，我想，届时我们甚或可能有足够去支援埃及的力量。可在当前，从希腊撤军是我非常不愿看到的结果，倘若没有其他因素，只有英国的军队，倘若是否留在希腊全由军事理由做主的话，我只要听到威尔逊将军说可继续战斗，便会极力想办法令他战斗到最后一刻。关于撤军，我认为不管怎么说也应在明天举行完内阁会议再论，在答应撤离前，还是该先正式地提交给各个自治领，让他们也商量一下。自然，我们的军队到达新的重要阵地后是否又发生了什么情况，我还不甚清楚。

韦维尔将军于4月21日向希腊国王提出，请告知希腊军方面的情况，还有，希腊军是否可以马上补充上德摩比勒阵地上的左翼力量。国王对此疑问的回复是，现在，已经来不及将任何有组织的军队在敌人能够进攻之前派出去了，无法在短时间内给予英国在德摩比勒阵地的左翼添加兵力。于是，韦维尔将军跟国王说，如果是这样的话，那么他本人就有责任马上展开行动，去营救那部分尽快登船离开。对此，国王表示赞同，看起来，他也早有这样的打算。在与将军交谈中，国王还表示非常遗憾，为自己令英国军队陷入如此之境而感到抱歉。随后，韦维尔嘱咐国王说，对此，一定要绝对保守秘密，并且，要尽一切可能，安排恰当的举措令撤退的部队顺利登船，比如：在雅典城之内，应尽可能保持井然有序；尽可能延迟国王及政府往克里特岛迁移的时间；希腊驻守在埃皮鲁斯的部队，应尽可能地据守，并且，不能给敌人机会，令其可以从四面聚集，好趁机沿着科林斯湾的北岸行进。国王对此表示认可，并允诺会极力予以协助。可到头来，所有的承诺都成了空谈。因为 4 月 24 日这天，在德国巨大的威压之下，希腊只得投降。

*　　*　　*

1940 年，我们曾不得不将部队从海上撤离，而当今，这样的事再度发生了。就一般意义而言，要想使五万多人有组织地从希腊撤出来，简直是难如登天，可我们的皇家空军，却还是圆满地做到了。该行动由两位将军与陆军总司令部一起指挥领导，这两位将军，一位是在船上部署

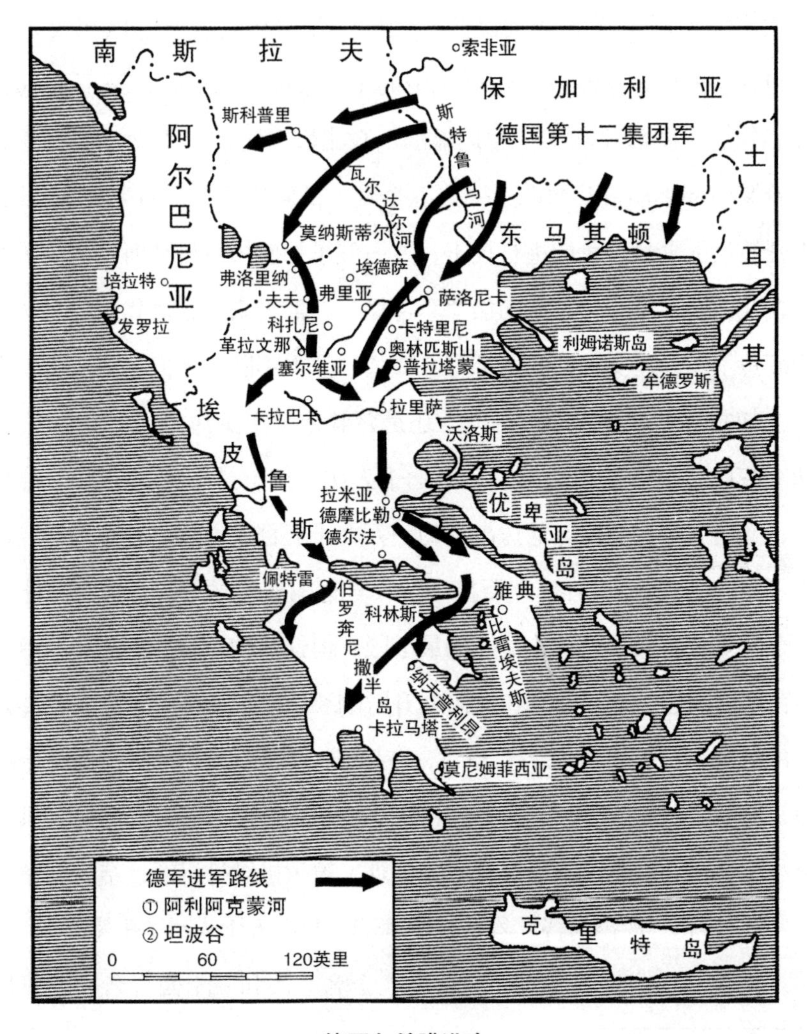

德军向希腊进攻

安排的普里德姆·威佩尔海军中将，而另一位，则是在岸上发布指令的贝利·格罗曼海军少将。不管怎么说，我们在敦刻尔克之战时，是占有制空权的，然而，在希腊全然地拥有制空权的却不再是我们，而是德国人，所以，他们可以出动大量飞机来轰炸港口，并接连不断地袭击我们正在撤离的部队。鉴于此，只有到了夜里，我们的部队才好登船，而白天，在海滩等待的部队就危险了，必须尽可能地避免被敌人的飞机发觉。这一幕，曾在纳姆索斯[①] 发生过，然而，从规模上而言，却是它的十倍。

坎宁安海军上将非常重视此次行动，几乎将其所有部队都投入其中了，包括：六艘巡洋舰及攻击舰队中的十九艘驱逐舰。4 月 24 日晚间，坎宁安率领着这些舰船和十一艘运输舰、攻击舰，再加上不少小舰艇，展开了在希腊南部小港口及海滩上一连五个晚上的救援行动。自 4 月 26 日起，敌人开始投下伞兵对我们进行攻击，并占领了那座横跨科林斯运河的重要桥梁，自此，德军就开始大量向伯罗奔尼撒半岛涌进来了，而我们的军队本就已经疲惫不堪，还要继续向南部海滩撤离，敌人不断对他们实施攻击，无疑是雪上加霜。不过我们通过努力，还是营救走了不少兵力：4 月 24 日至 25 日两个夜晚，我们共输送出了一万七千人次，代价是两艘运输舰；到了 26 日晚，又自五个登船据点输送出了约一万九千五百人。然而，惨剧终究还是发生了，在纳夫普利昂湾，“斯拉马特”号运输舰不顾危险，努力使能上船的人全都安全登船，以求人员达到最上限，但这样的冒险并不妥当，由于该舰停留的时间过长，导致它在太阳初升时刚要出发，便遭到了敌人俯冲式轰炸机的轰炸，最终沉入海底。当时，“钻石”号和“25”号驱逐舰马上赶去营救，“斯拉马特”号上七百多名士兵大部分都被救了上来，然而，只过了几个小时，这两艘驱逐舰也没有幸免于难，被敌机给打沉了，结果，“钻石”号、“25”号和“斯拉马特”号这三艘舰船，只有五十人活了下来。

在卡拉马塔附近的海滩上，还有八千名官兵和一千四百名在那里避难

---

① 该处可参看英文原版图书，P580，第一卷的第三十六章中的内容。——译注

的南斯拉夫人，于是，28日至29日，我们又派出了两艘巡洋舰和六艘驱逐舰前去搭救。最先得到指令前往的是一艘驱逐舰，主要负责登船的相关事宜，结果，发现营救行动有大半都得放弃，因为敌人当时已经将整个镇子都给占领了，很多地方还起了火。不过尽管如此，我们还是进行了一次反攻，并先此将德军给赶了出去。然而，需要搭救的人员过多，我们尽管动用了四艘驱逐舰上的所有小艇，却只能从东面的海滩上救出四百五十人左右。同时，在这一天的晚上，我们的“阿加克斯”号会同三艘驱逐舰也在救人，有四千三百人因而自莫尼姆菲西亚被救了出来。

通过如上所述的几次搭救行动，我们的撤离工作也就进行得差不多了。在那之后，我们又用了两天的时间从各个岛屿上，从海面上的小艇里，救上来一些分散的小股士兵。最后提供给那些没能救出来的人以帮助的是希腊人，他们不顾生命危险，用了几个月的时间，又救出了一千四百名官兵，让他们得以自行返回埃及。

* * *

最终，到底有多少名陆军成功撤离，还请参看下表：

军队	敌人发起攻击时，我方驻希腊的军队（人）	撤退到克里特岛的军队（人）	撤退到克里特岛后，又撤退到埃及的军队（人）	直接撤退到埃及且包含受伤人员在内的军队（人）
联合王国	19，206	5，299	3，200	4，101
澳大利亚	17，125	6，451	2，500	5，206
新西兰	16，720	7，100	1，300	6，054
总计	53，051	18，850	7，000	15，361

现将我们所损失的情况，也列一表以明示：

军队	损失人员（人）	损失人员所占总损失人数的百分比（%）
联合王国	6606	55.8

澳大利亚	2968	25.1
新西兰	2266	19.1
总计	11840	100

我们总计营救出了五万零六百六十二人，几乎是原先派到希腊战斗的部队人数的百分之八十，其中有皇家的空军人员、数千名塞浦路斯人、巴勒斯坦人、希腊人，以及南斯拉夫人。之所以能够取得这样的成就，还要归功于我们的皇家部队及盟国商船队上的船员们，是他们凭借着勇敢的精神和纯熟的功夫，不畏惧敌人残酷的打击，不屈不挠地坚持完成自己的工作，才得以将损失降至这种程度。自 4 月 21 日起，我们就开始撤退，敌人直到整个撤退行动结束时还在袭击我们。在这个过程中，我们由于空袭而损失了二十六艘船只，其中希腊方面的船只就有二十一艘，还包括五艘用来施救的医护船。剩下的五艘，均来自荷兰和英国。在这次撤离行动中，英国的皇家空军曾为减轻撤离压力，从克里特岛派出了一支配合行动的海军航空队，但面临敌人压倒性的空军优势，未能发挥出多大作用。不过，尽管如此，我们自 11 月开始就派去希腊支援的为数不多的空军中队，却在此次行动中建立了杰出的战功，它们拼死打下来二百三十一架敌机，投下了共计五百吨的炸弹，最终，有二百零九架飞机毁于这场撤离行动，其中，在空战中损失的飞机，有七十二架。尽管这次我们损失惨重，可将士们所取得的战功却是无可比拟的，绝对是值得令人效仿的榜样。

英国就是在这个时候，接管了那支希腊海军，虽然规模不大，却是一支精明干练的海军力量。4 月 25 日，逃往亚历山大港的一艘巡洋舰、六艘现代化驱逐舰，以及四艘潜艇均安全到港。随后，在地中海之战中，希腊的海军屡屡取得了奇迹般的胜利，再建功绩。

* * *

倘若人们在这篇具有悲剧色彩的故事中，留下了大英帝国及其军队并没有获得来自希腊盟友的军事帮助的印象，那么，还应记住下面的这些文字：在 4 月，是希腊人不畏与敌军实力上的巨大差异而与之苦战了整整三周的时间，在此之前，他们已经同意大利军艰苦奋战四个月了，而这个月，是他们最为艰难的一段日子，几乎将所剩的全部精力都耗费在了这里，那是其举国上下仅存的一点力量了。然而，到了 10 月份，他们又忽然遭到了敌人的攻击，并且在人数上比对方要少一半，战斗开始的时候，他们将入侵者打了回去，在这之后，他们开始了反击，将敌军又逼退了四十英里，直至令其退回到阿尔巴尼亚境内。整整一冬的时间，他们都在和比他们人数多又有较好装备的敌人在山区这样的地形中短兵相向，而对于驻守在西北部的希腊军来说，情况相当困难，他们不但缺乏运输工具，还没有可以快速行进的公路，无法与德军进行最后的抗争，以至于对于德军对其侧翼及后方发起的新一轮强大的攻势无力做出抵抗。在这场长期而艰苦的国家保卫战中，他们的实力就这样一点点地在勇猛的奋战中耗尽了。

我们和希腊人之间并没有相互怨怼，希腊人始终以其崇高的态度对待我们，友善地与我们的部队保持友谊，并施以援手。不论是雅典人，还是从其他地点撤退的人，都十分在乎将来可能拯救他们脱离苦海的人的安危，甚至比珍视他们自身的安危来得更深切。希腊人依旧崇尚武力拼搏的精神，依旧散发着闪亮的勇敢之光。

* * *

写到这里，在希腊，我们所做的所有冒险行动中的重要环节就都真实地记述完了。在一切尘埃落定之后，人们自然可以轻易地通过精神或是道义来选择自己最为恰当的立场，知道应当以什么样的角度来评断。而我所写下的这篇记述文章，是依据当时的实际情况来描述事件的，并且，也对当时所采取的行动过程做了写实的记录，待将来一切都明朗了之后，便可判断出它的真伪，而等我们最终老去，不复存在的时候，历史也会对此有个定论的，它会理智、公允，且意味深长地做出评断。

对于此间所发生的一切，包括：希特勒和墨索里尼施加给希腊的残暴恶行、我们拼死所进行的抵抗、所有官兵为将所有人从魔爪中抢救出来所付出的努力，都肯定深深地打动了远在美国的人们，特别是他们的那位伟大的领导人，也一定为之感染了。因为，这个时候，我曾与总统互通过一次电报，我们沟通了很多事情，对于东地中海地区，他是这么看的：

在希腊，你所做的一切不但非常有益，且体现出了非凡的勇气。德国方面要想获胜，就必然得将人力和物力全都集结起来，那样的话，也就必然得承受惨痛的损失，而对于你们来说，尽管在领土上被敌人占去不少，可相对而言，让敌人也蒙受了不小的损失，也算是一种补偿了。

依我之见，我相信你一定能够打赢这场持久战，这是十分必要的，因为，在事前，你已经节省下了不少兵力及装备，并将他们都派去希腊支援了，这种打击敌人的方式，不但适应于希腊战场，同时也可以作用于东地中海，包括北非及近东一带的其他战区。另外，即使有再度需要从别的地方撤离的情况，也不足为惧，在现阶段的战争中，那只会成为将英国的战线缩短，而使轴心国的战线拉长的一部分而已，其目的始终不变，那就是逼着敌人只能投入和消耗更多的人力和装备。我觉得，在这段时期里，不论是英国的舆论方面，还是整个美国的公众舆论，全都越发意识到了一点，那就是：你即便有可能在东地中海不得不再从一些地方撤离，却依然能够牢牢地控制住局势，绝对不会使大规模的溃败或是投降之事发生。这同时也令我感到十分满意，不管怎么说，你们的海军依然控制着印度洋及大西洋海域，仅凭这一点，就会使你们最终获得胜利。

随后，我给总统发去了复电，不过与他的这封胸怀宽广的来电相比，恐怕人们会认为我的回答与之并不相配。不过，出于我自己的感受，我个人认为，一方面，自己受目前局势的捆绑太重，另一方面，又对美国此时正在高涨的情绪有了更清晰的了解，所以，我在回复的时候，把重点放在了对未来的种种看法上。

前海军人员致罗斯福总统　　　　1941年5月4日

收到来自你的友好的来电后，我坚信，不管是什么样的挫折，暂时性的也好，严重的也罢，你都有决心支持我们，直到最后胜利的那一天，绝不动摇……

然而，尽管如此，我们也决不能太过自信了，觉得即使失去埃及和中东地区也不会有什么重大影响。事实上，这样极有可能使大西洋及太平洋陷入更大的危险之中，而且，战争势必会因此而延续更长的时间，届时，甚至会因此而引发军事上乃至其他方面的危机。不论在何种情况下，我们都应当战斗到最后一刻。有一点，我们必须谨记——在这个战场上的结果，很可能会直接影响到西班牙、维希法国、土耳其及日本诸国的态度。因此，我对你关于即使失去埃及和中东地区也无碍，终究是为了打一场海上持久战而做的必要准备而已的看法，无法认同。假如在敌人的侵略或逼迫之下，整个欧洲及亚洲、非洲的绝大部分地区全都被纳入了轴心国的体系当中的话，要想再仅凭英伦三岛、美国、加拿大，以及大洋洲诸国来对抗这一庞大的集团军，就太难了。到那时，战争无疑会更加艰难，时间也必定会拖得更长，并且，再想获胜，希望就太渺茫了。故此，你若不尽快采取行动，现在或是过不多时便积极地投入战斗，那么等到其他各方面的力量都涌动起来的时候，我们就会处于极为失利的境地了。总统先生，我相信你不会因为我向你直言心中的话，而生出什么误会，所以我想说的是：依我看，现在不论是土耳其，还是近东或是西班牙，都渐渐滋生出了悲观情绪，而唯一能够使这一趋势发生决定性逆转的力量就是，美国方面能够马上做出决定，参与到战争中来，并加入我们这一边。要是此事可行，我自当保证，在你们的军火足以震慑全局之前，我们肯定会在地中海的海域内把持住局面。

在埃及及其前哨据点图卜鲁格和克里特岛，我们已经是冒着极大的风险为之而战了，而现在，我们还是决心为之奋战到底，就算要为此流尽最后一滴血，争取最后一点土地，也在所不惜。就我个人来看，虽然此刻再想派出坦克和飞机予以援助已经是相当困难的事了，可我相信，最后的胜利，依然是属于我们的。对我们来说，每一个前哨根据地都是这场战役的关键所在，直接决定着是否能够取得最后的胜利，然而，我们已经不能再失去任何一个这样的据点了。

我们深切地希望你能够在维希法国方面使力，尽可能通过拉拢和打击的方式，争取到最大的利益。现阶段，唯有你才能阻止德国，令他们无法侵入摩洛哥。倘若他们未曾遭到阻止而占领了那里，那么，他们届时便再不需动用陆上的部队了，因为很快，他们就可以从空中向达喀尔输送军队了。

我知道你将会在广播中发表一篇新的演说，现在，我正焦急地等候着那一刻的到来，因为我很清楚，它将是至为重要的转机。

最后，我要向你致以最诚挚的谢意，在船只及油船补给方面，是你给予了我们至为重要的援助，感谢你采取的各项举措。另外，我还要感谢你为了我们共同奋斗的事业所做的各方面的努力，谢谢你愿意挺身而出，将自己每一分无私的、正义的帮助都给予了我们。

* * *

前一晚，我曾在广播里做了一番演说，希望能够借此将英语世界中的人们的心声表达出来，并且，也希望能够将那些足以使我们的命运发生改变的事实，就其重要的部分，一一加以说明。

欧洲、非洲，以及亚洲，此间正处于事件频发的阶段，我们在对发生在这些国家的事情进行统观时，不免心怀忧虑、忐忑难安，不过，从另一个角度而言，我们却不能因此而丧失了自己的判断力，进而随着事件来影响情绪，使得悲观无助感蔓延开来，或是被吓得没了主意。相反，等我们冷静下来，用理智的视角来看待所面临着的各种困境时，就有可能回忆起那些我们曾战胜过的困难，自然地，新的信心就会从心底里萌生出来。就当前所发生的所有事件来看，还没有一件比得上去年，我们在1940年所经历的那些事情比之当下而言，可是严重和危险得多了。而在未来，东方的问题很可能会更加严重，但全都不及此间正发生在西方世界的。

上一次，我在对你们进行演讲的时候，曾经提到过罗斯福总统在给我的信中所亲笔写下的朗费罗的几句诗，这一次，我还想引用几句这位诗人的词句，不过，它们没有先前提过的那几句那么有名，可它们用在今晚却最为恰当，且十分中肯，因为，我们的命运就像诗句中所描绘的那样。我相信，不论是在这里，还是其他英语世界的人们，不论是我们的国家，还是其他向往自由的国度，所有的人都抱有同样的念头。

“疲惫的浪花无力地兀自击打着岸边，

“这时候，它好似再也无法前进一步。

“远处，水流汇集成小河和小水湾，正慢慢地注入其中，

“它们已经默默地聚在一起，变成了一片汪洋。

“晨曦之光再度莅临人间，

“它穿透东窗，缓缓地绵延开来；

“还有那冉冉而升的朝阳跟在后面，款款而至！

“待看西面，大地早已满覆金光。”

第十三章　的黎波里和“老虎”计划

由沙漠之战到海上战斗——坎宁安海军上将所担心的事——我们有必要对的黎波里进行攻击——用其他方式取代难以炮轰的情况——第一海务大臣的强烈建议——坎宁安海军上将的回电——4月21日，行动获得了成功，且未发生流血事件——坎宁安海军上将的强烈主张——大家都是功臣——我对坎宁安海军上将做出解释——美国方面的支援——韦维尔带来了叫人难安的消息——4月20日，我发出了一封备忘录——经国防委员会批准，决定通过地中海输送坦克三百辆——4月22日，我对驻守在图卜鲁格的军队提出了严厉的批评——隆美尔将军获得了援军的支持——“老虎”送达——辉煌的战绩——将坦克输送到克里特岛去——我希望“老虎”计划得以继续施行——韦维尔没有极力请求

在前面，我已经提过非洲沙漠侧翼的崩溃将会带来怎样的后果，同时，侧翼失守也预示着我们再难夺得罗德岛，但是，不拿下该岛，我们就无法顺利地与希腊进行交通往来。在希腊进行军事活动本就危险，现在又将多出一重障碍，我们受到的影响自然就会更大。当然，我们也知道，原本这样的军事行动就不大有可能成功。如今，我们应该在对沙漠里发生的事情进行描述的同时，也说说在海上都发生了什么事情。将部队派到希腊去支援，致使东地中海承受了莫大的压力，这些是有目共睹的，可这还不是东地中海舰队所承担的所有任务，不过是其中之一罢了。坎宁安海军上将从 4 月 10 日就觉察到，自己处境堪忧——隆美尔忽然来犯，率领着他的装甲部队狂傲地逼近我方阵地。因此，他曾提醒过我们：

> 到了下个月，倘若德国能够穿过地中海，将自己的部队输送到北非战场的话，那么他们最起码就可以将直到马特鲁港在内的全部区域都把控住了；要是这样的事情果真发生了，那么我们在亚历山大港的舰队基地，还能否在其使用轰炸机空袭且伴随着战斗机护航的情况下得以幸存，就很难说了。唯一的办法就是将的黎波里港毁去，不然，德国方面极有可能会实践这一计划。不过，将的黎波里港以炮击之法来炸毁，我个人认为并不可行，因为：一方面，我们的作战列舰队可能会因此而处于危险之中，另一方面，此举不一定能产生很好的效果，不一定就能引发对我们有利的影响。因此，值不值得这么做，还有待考虑。我的观点是，用接连空袭的方式来摧毁的黎波里港……所以，我认为，当即刻将远程轰炸机派往埃及，好完成这项使命，并且，任何事都不应该妨碍这项使命。或许，这样的任务得费时不短，但它所带来的结果却非常有意义，我们能否维持在东地中海上的力量就全有赖于此了。在此，我要特别重申一下有关时间的问题，当从速执行，这非常要紧。

老天，在埃及，仅用短短的几周就组建起一支远程轰炸机队来毁掉的黎波里，且起到实际效果，这绝非易事。不过，目前，自海面发动炮轰，不仅操作起来很有效果，还很经济实用，这也在我们力所能及的范畴之内，看来，唯有这个办法行之有效了。而我也同时感到，尽管我方的舰队承担了巨大的保卫希腊的使命，可对于埃及保卫战来说，这个方法也确能发挥作用，为之贡献出我们的一份力量。

* * *

关于需不需要毁掉的黎波里一事，海军部和坎宁安海军上将进行了一番激烈的争论，双方各执一词。第一海务大臣十分确定，美国方面有总统出面给我们提供援助，因此便提出，坎宁安海军上将须率领其舰队在最为险要的海域中，对的黎波里实施炮轰，这是代替轰炸机轰炸港口的最佳办法，并且也能解决空袭会遇到的实际困难。此举在我国的海军史上，实属罕见。

海军部致地中海舰队总司令　　1941 年 4 月 15 日

显然，不果断地采取必要的举措，很难平定中东方面的局势，因此，我们在经过透彻的分析研讨后，取得了一致的观点：单单使用空袭的方式来摧毁的黎波里，怕是无法有效地阻止敌人的那些主要的增援部队，他们还是会经由这一港口将支援的军队运送到利比亚去的。所以，要想真正阻止敌人，就须使的黎波里遭到严重的损坏，让德军再难恢复交通，并且，要他们必须费时费力地把精力都消耗在恢复交通措施上。基于此，我们的看法是：布下层层水雷，将它们安置在的黎波里港及通向此港口的必经航线上，如此一来，才能达到我们的目的，不过，这项举措可能不会马上见效，所以，也不能干等，还需趁早另谋他途。

至于其他的途径，我们认为，共有两个选择可供参考：其一，炮轰的黎波里港；其二，想办法将的黎波里港口封锁起来。

对于你提出的意见，海军部的各位长官也都表示认可，炮轰港口的方式确实不一定起效，甚至，就连使敌人运送援兵的速度快点儿降下来也做不到。所以，我们经过商议后，做出了决定：你须得在炮轰该港的同时，对其加以封锁，务必使这两种方法配合在一起使用，也就是说，当封锁的黎波里港的船只靠近该港，距离上行进到可直射范围内时，就开始执行炮轰任务。

经过缜密的考虑，我们一致认为，用来执行该任务的最合适的舰船是“巴勒姆”号一级战列舰，及一艘“C级”巡洋舰了。

当然，要你接受“巴勒姆”号一级战列舰来出任此次任务，无疑是很难的，你一定不会舍得。可在我们看来，在目前的情况下，派出几艘其他的舰船不但一样会在炮轰的黎波里港时受到严重的创伤，还很可能无法取得令人满意的效果，与其如此，还不如以一艘性能卓越的军舰为代价，而收到确实具有实际价值的成果。

我们之所以决定下达这样的指令，所要传达的意图实际上是：让勇敢无畏的坎宁安将军相信，所有身在白厅的人，都对事态在今后可能造成的规模有所了解，且一致相信，越是在这样危机的时刻，就越得舍身甘冒风险，做出必要的决定。然而，坎宁安海军上将在得知我们的建议后，难以接受牺牲掉“巴勒姆”号这类的顶级战列舰，于是强烈地提出了抗议。

地中海舰队总司令致海军部　　1941年4月15日

我十分清楚海军部的各位长官及英王陛下政府，做出以牺牲“巴勒姆”号这样的战列舰来达到将的黎波里港彻底毁去的决定，是经过了相当缜密的思考的，可我却认为，这么做，需得满足下列条件方能实施，不然仍旧不值得：其一，须得胜券在握；其二，即便取得了成功，也得确实能发挥出实际效用。然而，此二者，我觉得目前都还尚未具备。说起靠此来取得胜利，依我看，就算将该舰开到适当的距离，也不一定有十分之一的把握获胜。即便我们能按计划摧毁的黎波里港，也业已失去了一艘顶级的战列舰，而失去它，无疑会助长意大利海军的士气，让他们仅凭这一点就猜到我们实际所处的境遇，知道在我们看来，昔兰尼加的局势已经到了很难控制的程度了。因此，若是行动没有成功，或者，只是在某些部分算是成功了，那么这种对我们十分不利的影响就会变得更甚，届时，我们还得被迫再从大西洋战役中调集替代这艘战列舰的其他舰艇。

之所以采取这些行动，我们无外乎只是让敌人不能再使用这个港口了，可它毕竟还可以作为卸货之地，而敌人，就算用不了它，也还是会想办法以其他的法属港口来输送军队。

在如上的观点中，还不包括我所考虑到的其他关于人员方面的问题。在“巴勒姆”号和那艘将派去的“C级”巡洋舰上，将承载近千名官兵，届时，他们必然也会随着舰船的牺牲而失去生命，然而，艇上的人员对自己所执行的任务并不知情，却要白白搭上性命执行该行动，况且，我对他们能否撤离船舰，并不抱多大希望。[①]

我认为，要“巴勒姆”号在不带掩护的情况下执行这样的任务，是得不偿失的，毕竟所能争取到的成功，是如此渺小，与其这样，我倒宁可倾我所有的作战列舰队全力迎战，冒再大的风险也在所不惜。

鉴于上面所阐述的缘由，我的意见是：海军部的各位长官应重新考虑之前所做的决定，并对该决定质疑，看是否有不妥当之处。我希望长官们能以我所涉及的观点为基础，另行判断此举的可行性。

在收到舰队决定对的黎波里实施炮轰的消息后，我们都深感欣慰，对于该请求，海军部即刻就同意了，虽身在伦敦离战场甚远，却也愿意替他分担些责任。4月21日，太阳初升之时，坎宁安将军便率领舰队现身在的黎波里附近的海面上了，包括：“沃斯派特”号、“巴勒姆”号、“勇敢”号三艘战列舰。“格洛斯特”号巡洋舰和其他驱逐舰。接着，炮轰的黎波

---

① 倘若某艘船被用来封锁某个地方，或是用来做了结自己给敌人带来重创的纵火船，那么当其靠近目标时，就不能在船上保留过多的人员。——原注

里港的行动便展开了，足足用了四十一分钟。在攻击的过程中，海岸上的大炮在前二十分钟完全没有做出回应，敌人肯定没有料想到会突然遭到炮轰，所以，这次的行动绝对称得上一次成功且全然的奇袭，敌人甚至连空军也没用上。我们不但没有遇上任何来自敌方空军的抵抗，连一艘船都没有被打中，全体英国舰船在撤离时十分顺利。同时，我们所获得的成就也非常显著，在炮火的打击下，敌人停留在港口之中的船只、码头和港口上的设施全都被打得很惨，一座存放汽油的库房起了火，连同它周围的房子也燃烧起来，所以说，敌人的损失是巨大的。

对于此次行动，我们后来收到了坎宁安海军上将发来的电报，他说："今天也就是星期一，早上五点钟，我方舰队在距离的黎波里港一万一至一万四千码的射程距离内，对该港实施了炮轰，时间长达四十二分钟，堪称一次奇袭，这着实令我们感到意外。我想，德军没有及时回击，可能是在其他战区奉命行动呢……我会在日后的报告中告知，我对这次采用炮轰之法是如何看待的。"

很快，这位总司令便再度发来了电报，在这第二封电报中，他甚是激动地表达了他对于此次行动的感想。

地中海舰队总司令致海军部　　　　1941 年 4 月 23 日

我们都意识到，当前所做的任务已经超出了我们所能承担及履行的能力范围。

在此，我想清晰地表明我的态度：对于令地中海舰队去炮轰的黎波里的战略部署，我仍旧持反对意见。能够幸免于难，不是因为我们有足够的能力，而是因为德国的空军力量正在其他地方忙着执行任务。尽管我们此次的奇袭行动进展顺利，可整个地中海舰队费时五日才达成了这一目标，但是，如若发动一支自埃及而来的力量，让重型轰炸机队前往轰炸的话，可能仅用几个钟头就够了，而我的舰队却在该行动中承受了莫大的危险，依我之见，是非常不值当的，况且，还因而放下了其他一切同样在当前被视为紧急的任务……

从大西洋将“纳尔逊”号和“罗德尼”号调出来，投入地中海舰队中，目前我还不觉得这事有实现的可能。相反，我倒是觉得空军部似乎有意要将责任推给海军来承担，事前他们本应与海军一起参与行动，可事实上，他们并没有履行责任，给我们提供帮助。

依我看来，这件事情做得不错，它显示了双方高级海军将领所做出的努力和辉煌战绩，日后，人们在读到海军史的时候，一定能感同身受地体会到，在这紧要时刻，我们大家在执行这项行动时所承受的这种非同一般的压力。通过此次行动可以看出：一方面，或许真实的情况是，海军总司令在我诚心赞同海军部部署的情况下，决意冒险完成任务，却并不认同这是必要的行动。尽管从结果上看，我们没有损失什么，可这并不代表他们在立功的同时，完全没有过失。另一方面，对于整个世界正在发生的重大事件，除了在国内的我们之外，再没有什么人能够衡量出其中的主次、轻重、急缓了，当然，我们也理应为结果承担责任。我对于第一海务大臣之前所采取的行动，到现在还依然确信那是正确无误的判断，不过，我的看法是，他应当做出最为详尽的解释，让地中海舰队的总司令明白，为什么一定要执行此项行动，并且对他说明，战争的整个局势站在亚历山大港的角度来看，所呈现出的是怎样一种更为广阔的相貌。

首相致地中海舰队总司令　　　　1941 年 4 月 24 日

1. 我希望你知道，地中海舰队绝不可以违反的一项重要的原则就是，将切断意大利和非洲间的所有交通作为第一要务。

2. 我知道你的顾忌是，使用飞机去轰炸的黎波里比你在海上实施轰炸更为恰当，却未能这么做，对此，我深感遗憾。其实我们应该早点儿看出这一点，不过，现在再说也于事无补了，但也没有什么可后悔的，况且，实际上，我们已经取得了应有的效果，且不论是舰船还是艇上人员，均未因此而受损。对于这样的结果，我丝毫也不感到惊讶，因为，尽管德国控制了所有在非洲的那些重要据点上的炮台，可你们打了那么长时间，他们却在二十分钟后才回击，这就是最好的证明，也就是说，敌人不可能顾及其所有的控制点，让它们总是处在戒备之中，所以，我的猜想是，封锁计划一定可以在这样的情况下进行。

3. 有关在空中对你们实施援助的问题，我想说：在不清楚真实情况的状态下，你应当先把情形搞明白。我从空军参谋长那里得来的消息是，五百三十吨炸弹，也就是你们投向的黎波里的炮弹的重量，若换成空军来完成这项任务，就意味着：其一，派遣一队“韦林顿式”轰炸机中队从马耳他岛出发实施轰炸，所需时间要长达近十一周；其二，倘若派遣一队“斯特林式”轰炸机中队从埃及出发前去，则需花费三十周。

……

5. 空军部并没有权衡兵力部署的职责，他们不过是在执行我们定下的决议罢了，而真正在部署各个战区间的部队人员安排的，是我主持下的国防委员会，因此，此事与空军部无关。我从11月就开始想方设法地把飞机经由各渠道送至中东，为此，我们冒的风险不小，损失惨重，尤其是一支战斗机中队，在他们向着马耳他岛飞行的时候，有三分之二都被打下来了，因而葬身大海。同时，“暴虐”号也做出了相应的牺牲，被迫搁置下其原本在大西洋需要执行的任务，转而一而再再而三地往返塔科拉迪。在此期间，我一直在想办法试图给你最大的支援，也一直对你的成就大加赞扬，所以，我诚挚地希望你能够相信，在中枢，我们始终在尽自己最大的能力排除万难，以期能够勇敢地做出最为全面的决定。

……

7. 你不理解我为何要从大西洋抽调“纳尔逊”号和“罗德尼”号投身地中海舰队，那么我就来告诉你，之所以要这么做，是因为在我看来，俯冲式轰炸机极有可能会袭击你们，我担心这会变成事实，而这两艘军舰都配有装甲板，非常适用于配合你的行动。不过，是不是真能抽调出它们还不能确定，要视大西洋局势而定。你已然是一位高级的军事将领了，所以，我可以将目前的实际情况透露给你。从很早之前，我就一直与罗斯福总统有着长期而密切的联络。如今，在西经 26 度以西的绝大部分海上区域，他也已开始承担起巡逻任务。具体的情况是，美国的大西洋舰队有大量可在水上作业的飞机，对于该巡逻计划，他们从 4 月 24 日夜里就开始施行第一阶段的行动了，也就是说，美国军舰巡逻的航线是沿着我们的护航舰队所行驶的路径展开的，只要发现海上行驶着攻击舰、潜艇，便会尾随在后，照他们的话来说，就是“追踪”，同时，每隔四个小时，他们就会在广播中向全世界公布一次它们的具体位置，以明码公告。他们还表示，要是有必要的话，可将广播的频次再提升一些。我希望你不要将这件事贸然地宣布给更多人，不宜让人们突然知晓此事，而应使大家慢慢顺着它的发展程度渐渐看出来，所以，这件事我只是秘密地让你一人知晓而已。美军的支持无疑使海军部所承受的重担减轻了不少，并且还为其行动提供了非常大的便利。不过，自然也会轻易地引发更有决定性意义的事件。据此，你就不必在当前这样的时期里，过于担心大西洋方面的事宜了，当可将力量集中起来，全力切断敌人在的黎波里和昔兰尼加等处的所有交通，让他们无法与非洲建立起联系。此间的我们，也会想尽办法支援你的。这关系着埃及之战，是你需要谨记的切为重要的任务。

8. 之所以将全部实情向你累累赘述出来，一来，是因为我十分敬佩你所取得的诸多成就，二来，是因为你需要帮助的地方还有很多，三来，是因为你的舰队不得不冒着诸多危险执行任务，对此，我非常理解。我这么做还有一个理由，那就是，你所担负起的职责确实重大至极。

* * *

我们最终的目的不会变，一定要取得在西部沙漠中的胜利，不管怎么样，也要从这次的失败中重新挽回我们在埃及的地位，必须赶在隆美尔发展起更为强大的势力之前，将他的部队消灭掉，决不能拖到敌人新的、强悍勇猛的装甲师都在前线汇集了。所以，我在此有必要再插入一段，以做详述。在整个事件中，我所承担的责任更直接，比平素的压力更大。在这次的沙漠战中，韦维尔将军的侧翼几乎失去了所有的装甲车。4 月 20 日正好是星期天，当时我正在迪奇莱，在接到韦维尔将军发给帝国总参谋长的电报时，我还在床上坐着办公。从这封电报里可以很明显地看出，韦维尔将军的处境异常艰难：

韦维尔将军致帝国总参谋长　　1941 年 4 月 20 日

虽然目前在昔兰尼加的局势已经有了改善，渐趋好转，可我对将来的情况进行展望时，还是会感到心下难安，这种心情会在很长的一段时间里都不能平复，因为我没有足够的坦克力量，特别是没有巡逻坦克。就像你已经了解到的那样，装甲部队的力量直接关系到此次沙漠之战的成败……在昔兰尼加前线，敌人最少有一百五十辆坦克分布在战线之中，并且，中型坦克就占了总数的一半。这些坦克目前有大半都被安排在了巴尔迪亚至塞卢姆一线，不仅如此，倘若敌人不再为补给所困，那么极有可能正准备继续推进。我目前的情况是：在图卜鲁格，还有一支装甲部队，不过力量很弱，因为这支部队是由巡逻坦克、步兵坦克和轻型坦克混合搭配而成的；在马特鲁地区，我只有一支巡逻坦克中队……到月末的时候，我所能调集出的装甲部队不会太多，有希望参与到帮助马特鲁地区展开防务工作的最多只能是一个巡逻坦克团和一个步兵坦克团，且此两个团都欠缺一个中队。或许到5月，我能再通过工厂得到三十至四十辆的巡逻坦克，这样，就可以再组建一支部队了，不过，力量自然还是很弱。另外，我可能还会得到些步兵坦克，不过数量当然不会太多，万一敌人在亚历山大港附近突然发动什么攻击，这些坦克或许还能在港口近郊起到些作用，因此可以先将它们部署在那里，提前做好防御安排。我知道，在希腊的那些坦克是不太有可能收回来的。在这段时期以及之后的很长一段时间里，恐怕我也收不到任何前来支援的坦克了。

接着，他又补充说：

有新的消息传来。

本来，按照我的猜测，德国的另一支殖民地师级部队在月初抵达了的黎波里，那么他们很可能在月底就会投入战场，然而目前，我们已经认出来了一些敌人的部队。就在刚才，我收到了一个情报，着实让人十分担忧：据这份报告透露，从近来的种种迹象看，登陆的黎波里的，很可能是一个装甲师，而非殖民地师。倘若果真是这样，那么这里的情况就相当严峻了，因为，一个装甲师就意味着，他们手里有着包括一百三十八辆中型坦克在内的四百辆坦克。要是他们的补给不再构成问题，对我们来说就麻烦大了。对此我还无法详细说明，待我将此叫人担忧的消息进行更深入的研讨后，再去电告知你们。[①]

就在同一天，韦维尔将军又发来了一封电报，这次，他对坦克的实际情况做出了详尽的说明。

可以料想的是，一方面，等到5月末，只能派出两个团的巡逻坦克给埃及，要是坦克被摧毁，是没有其他备用坦克可以补上的。另一方面，目前已经到达埃及的兵员都很优秀，且都经过了严格的训练，完全可以将其加以整编，变成六个坦克团。按照当前的情况，就我分析来看，步兵坦克在沙漠的战斗中优势不大，速度不够快，活动范围也不够大，因此，除了这种坦克，我们也非常需要巡逻坦克。请帝国参谋长务必全力提供帮助，派更多的巡逻坦克来援助我们。

看了他发来的这几封电报，我感到十分吃惊，于是，下定决心做出回应，也顾不上海军部的反对了。我让一支运输船队直接穿过地中海向亚历山大港前进，船上装载了韦维尔将军所需的所有坦克。此外，我们还有一支运输船队马上就要出发了，准备绕道好望角，船上承载着大量为支援所用的装甲车辆。为了能让这些坦克尽快抵达目的地，我决定，令该运输队中的高速舰船载着坦克，到了直布罗陀就分航行驶，好抄近路，如此一来，就可以提早四十天抵达。当天中午，住在离我不远处的伊斯梅将军前来拜访我，我便借此机会写了一份备忘录，是以个人的名义写的。写完后，我便请他马上带着它代为转交给身在伦敦的三军参谋长，并同时替我说明一下，之所以采用这样的步骤，是因为我对此事高度重视。备忘录的

① 韦维尔将军对这份情报的估计，从后来的实际情况来看，远没有这么严重。——原注

内容是这样的：

首相致伊斯梅将军，转参谋长委员会　　　　　　　　1941 年 4 月 20 日

1. 韦维尔将军近来发了几封电报，请一一过目。要是有可能，我们必须不计代价地把这些援助韦维尔的装甲车送到他手里，因为这关系着中东战事成败的最终走向，关系着我们是否会失去苏伊士运河，关系着大批在埃及组建起来的军队是否会被击溃，或者陷入无秩序状态，还关系着美国是否会断开通过红海与我们建立的合作关系。

2. 明天，即 4 月 21 日，星期天，我会在午间召开一次会议，并做主持，与会的人员将包括三军参谋长、海陆空三军的各位大臣。届时，我们将即刻行动起来，并开始收集相关情报。

3. 要想达成此切为重要的目的，就只有一个办法——派出 W.S. 第七号运输船队里的那些能够运送坦克的高速舰船，让它们载着坦克走地中海一线直达亚历山大港口。韦维尔将军在发来的电报中，已经明确表示，缺乏的是坦克而非人员，所以，我们必须得冒险将这些车辆送到他那里，就算过程中不得不失去全部或是一部分，也在所不惜，哪怕只能将一半车辆送过去也是好的，起码局面会因此而改观。在派出去的这五艘运输舰上，装有包括十四辆其他坦克在内的二百五十辆步兵坦克，鉴于韦维尔将军的请求，应当尽可能地想办法增加运送巡逻坦克的数量。据我所知，要是舰船只可多逗留一天左右的话，就意味着能再多装上二十辆坦克，如此一来，到 4 月 23 日早晨，这些运输坦克的舰队就该启程了。

4. 载有人员的运输船本应绕道好望角，不过，要是帝国总参谋长下达了更改航路的指示，也应临时做出调整，依照命令行事。

5. 日前，我已经向海运部提出要求，让他们赶在 23 日前想办法再找两艘运输舰，这两艘舰船在载运能力上要与其他运输舰的速率一

致，且不必考虑其他需求。倘若海运部能够找到这样的舰船，就应当马上再从国内挑选出一百辆巡逻坦克来，要在最优秀的装甲师中挑选。不过，想必让这些坦克在热带作战还是非常合适的，但还谈不上能安装上那些特殊的"适合在沙漠战斗的"装置。

6. 今天，海军部及空军部就应该对此事进行研究，然后制订出相应的计划来，好让这支有着重大作用的运输船队能通过地中海到达目的地。对于此次行动，自然不能抱太大的希望，但尽管如此，我们也必须得冒险一试，只是，到了那个时候，可能马耳他岛业已有了增援的部队，因为届时，在蒙巴顿海军上校指挥下的驱逐舰，以及别的海军已经作为增援的力量抵达马耳他岛了，或者，他们也可能会与运输船队在同一时间启程。对敌人来说，他们的俯冲式轰炸机哪里知道我们的运输船队上装载着什么，况且，还有不少目标需要它们盯着呢！

7. 这件事决不能耽搁，尽量多争取时间才是最要紧的，因此，如果可能的话，请制订好相关的日程安排，然后交过来。从4月23日启程开始计算，要是能以十六海里的时速行驶的话，那么就需要差不多八天的时间，可按十天来预估，如此一来，提供给韦维尔将军的有效援助就可以在5月的头一周内送达了。整个计划都必须严守秘密，切勿让除高级人员之外的人知道，运输船队中的那些载有坦克的舰船为什么会在直布罗陀岔开行驶，对此，应告知每一个在运输船队上的人员，这么做是为了绕行好望角。

伊斯梅带着我的备忘录到伦敦的时候，正好三军参谋长在开会，收到我的备忘录后，他们便展开了研讨，直至夜深了还在继续。起初，他们并不赞成我提出的这些观点，因为，运输车辆的船舰在驶入海峡的头一天里和离开马耳他岛之后的早间十分，肯定会遭遇敌人的俯冲式轰炸机，所以，它们要想躲过袭击，安全地从地中海通过，实在是没有多大希望，况且，它们行驶在这些危险海域时，我们在海岸基地驻守的战斗机并不能提供相应的保护，这些海域都不在飞机的航线范围内。有人在会上提出：在国内，剩余的坦克力量太过薄弱，已经在危险的边缘了，要是此时又有坦克在海外损坏或是被击毁，那么势必海外部会提出增援，如此一来，坦克作用于本土的力量就很难集中了。

不过第二天，当国防委员会召开会议时，庞德海军上将表示，同意让运输船队驶过地中海前去支援，看来，他对我提出的建议是认可的，这让我感到十分满足。此外，空军参谋长波特尔空军中将也在会上表示支持，他说，将会想办法派出一支“勇士式”战斗机中队来加强掩护马耳他岛一带的舰船的安全。随后，我再次提出请求，希望委员会愿意多追加一百辆巡逻坦克给这支运输船队，就算因此而晚两日启程，我也是心甘情愿的。不过，此事遭到了蒂尔将军的反对，他认为，本土目前正缺少防御坦克，此时再抽调会威胁到本土安危。大概十个月前，也就是 1940 年 7 月，他曾经赞成我们从仅存的少量坦克中抽出一半来，装载到船上，然后绕道好望角送到中东战场上去，不过，现在已经时过境迁了，想到这里，我得承认，他所提出的理由也是合情合理的。

就如读者所知，由于我们已经做了适当的部署，所以我并不觉得敌人在 1941 年 4 月的入侵会有多危险，会带来什么严重的影响。事实上，我们如今也知道了当时的想法没有错。最终，在会上，被我称为“老虎”计划的行动通过了，决定按此计划部署下去。本来，应该再追加一艘装载着六十七辆第六型号的巡逻坦克的舰船与运输船队一同前往沙漠，可我们虽然尽力想办法了，却还是没法儿赶在启航前将坦克全部装完，所以，这第六艘船便没能与运输船队一起出发。

* * *

这个消息太令人开心了，我一分钟也不想耽误，马上就告知给了韦维尔将军。

首相致韦维尔将军　　　　　　　　　　　　　　1941 年 4 月 22 日

1. 我在前几天一直在极力争取为你运送所需的援助物资，其中包括性能最为卓越的三百零七辆坦克。现在，我们正将它们装到船舰上，准备通过地中海送到你那里，大概在 5 月 4 日前后抵达，届时，你就能够收到了。在这次运送过去的坦克中，第四型号和第六型号的巡逻坦克将有九十九辆，还有第六型号巡逻坦克所需的零配件，另外，步兵坦克也运过去了，总共有一百八十辆。收到这样的消息，我相信你肯定会十分开心的。

2. 通过你 4 月 18 日的电报，我知道你目前有足够的兵力来编制六个团，且这些人员都是接受过坦克训练的，所以，我们便选择了就近的航道将车辆先派送给你，没有让人员跟着这批船队走，而是让他们按照此前定好的方案，绕道好望角随后前往。不过，这个行动可能会临时做出调整。

3. 对于这些物资，你就按照一贯的联系途径接受即可，包括：

（1）正装上船的坦克说明书，坦克零配件说明书，具体的使用方法都在上面了。并且，之前你所接收到的那些坦克若有需要，也可换上这次发送的配件，它们是相匹配的。

（2）各种为配合沙漠作战所必备的配件的安装说明书。

之前，让我们意外的是，享负盛名的第七装甲师竟然全军溃败，这次，希望你能马上做好筹备工作，收到物资后，便逐步稳扎稳打地开展下一步行动计划，力求让所有人员、装备、物资在克雷的带领下，再创佳绩，取得胜利。

4. 等你看到详细的通知，就应该马上将拟定好的计划告知我们，让我们知道你将如何将这些车辆尽快投入战斗。当然，我没法儿保证这些车辆一定能躲过敌人在海上的袭击，但倘若它们顺利地闯过去了，那么往后就全看你怎么用了。德军到了6月末就应该不会在昔兰尼加逗留了。

5. 如今，除了我们这里的极少数人知道这些车辆是从哪条航道上送到你那里的，再无人知晓，所以，对此，你也应当做好保密工作。你预备将车辆投入战场时，可在过程中放点儿风声出去，就说支援的车辆正通过绕道好望角往你那边输送。这样一来，你一旦收到了坦克，便有机会给敌人来个措手不及。愿你那边一切都进展顺利。

* * *

正当所有的事情都在进展时，我们开始担忧图卜鲁格那里的情况了。24日，韦维尔发来报告说，空军在战斗机的问题上面临着严峻的困难。所有派遣到希腊的"旋风式"战斗机都完了，而近来敌人又对图卜鲁格实施了空袭，因此，在这里驻扎的绝大多数"旋风式"战斗机不是被击毁了，就是损坏了。空军中将朗莫尔在这样的情况下提出，将一个战斗机中队驻扎在图卜鲁格市区里是不妥当的，只能招来更大的损失。所以，在图卜鲁格，我们不可能在组建成战斗机队的主力军完成之前占有空中优势了，而敌人却必定会在此前享有绝对的领空权。不过，我们的守军还是在早上阻挡住了敌人发动的一次进攻，不但歼灭和打伤了不少敌军，还俘获了一百五十名战俘。

我对于这一时期人们所抱有的情绪，必须提出严厉的批评，我们并没有失败，没必要总是感到忐忑，更无须悲观绝望。

首相致帝国总参谋长　　　　1941年4月22日

有一点我们必须谨记，那就是被包围的军队要高出围攻军队数量的三到四倍。我们并不反对他们想打得更舒坦些，可也必须得小心谨慎，断不能使自己受困于一支力量不大的小部队，以至于不能去攻打敌人的交通线了。我们希望你能善用自己手中的一百门大炮及所有的这些大批量的军需用品，让你的二万五千名士兵能够充分发挥出力量，守住这个防守坚固的地方，将那四千五百名从七百英里外赶来的敌军都阻挡住。就算来的是德国部队，相信你也能守住阵地，硬抗下来，再说，并非只有德军包围着图卜鲁格。我在这里所引用的数字是根据陆军部提供的资料。不管怎么说，在与敌人的力量做比对时，我们决不能自暴自弃。

*　　*　　*

没过多久，韦维尔将军告诉我们，隆美尔那边已经获得了援军，增援的部队很快就会到，听到这个消息，着实令人感到揪心。在通过地中海的时候，德国的第十五装甲师曾有些许损耗，他们或许会在4月21日前完成登陆。目前，我们的军队已经认出了几支他们的部队，有些业已出现在图卜鲁格对面，在卡普措堡也可能现身过。从我们俘获的敌军口里得知，德国的第十五装甲师，目前在运输补给品的问题上仍旧没有足够的车辆，而我们通过观察那些到达的黎波里的船只发现，他们尚需运来二十一艘船的物资才足以装备完全，也就是说，平均起来，得在每艘船上都装载上五六千吨的物资。倘若这个师级部队要往东部地区继续深入，那么届时，他们就需要凭借别的在班加西和昔兰尼加附近的小港口来解决补给问题了。现在，我们已经能通过一些迹象看出，敌人对班加西港口使用的频次增多了，不过，要想获得足够用的补给品，最少也得再花上十五天的时间。倘若这一设定是成立的，那么等过了6月中，敌人的第十五装甲师、第五轻摩托师，以及爱利尔特师和特兰托师[1]，就会进发了，很可能不会等到7月，如此的话，就比我们先前估计的时间提早了两周。

① 爱利尔特师和特兰托师均为意大利军队。——译注

接着，韦维尔将军又补充道：德军的种种行动确实总叫人意外，不敢保证他每次都能有能力判断出敌人的动向。比如说，敌军从昨晚就向塞卢姆地区挺近了，可他们的补给根本不能跟上，以此来判断的话，这是很难办到的事，本不该发生却发生了。

我们也曾拥有过班加西，但未能把它作为一个有用的基地来加以善用，可相反，德军自从占领了它之后，却令其发挥出了如此大的效用，实在是让在国内的我们十分失望。

* * *

在之后的两周里，我一直都又焦急又担心，把注意力都集中在了“老虎”计划上，忧虑着它的命运。对于第一海务大臣所承担的风险，我始终未曾小瞧过，当然，我也十分清楚，海军部也都在为这件事揪着心。前去支援的这支运输船队包括“威慑”号、“马来亚”号、“皇家方舟”号和“谢菲尔德”号，担任护航任务的是由萨默维尔海军上将所指挥的H舰队，5月6日，它们通过了直布罗陀海峡。此外，还有另外几艘支援地中海舰队的舰船，它们是：“伊丽莎白女王”号、“水上水神”号巡洋舰，还有“斐济”号，这几艘舰船的时速都在十五海里。5月8日，我方遇到了敌人频繁的空袭，不过都顺利地将他们打退了，期间，击毁了七架敌机，并未有什么损失，不过，8日当天夜里，在驶入突尼斯海峡附近时，“帝国颂歌”号和“新西兰之星”号触发了水雷，结果“帝国颂歌”号因爆炸而起火，很快就葬身大海了，好在“新西兰之星”号依然可以跟着运输船队继续行驶。

萨默维尔海军上将在船队到达斯可基海峡入口后便返回了直布罗陀海峡，自此，也就与运输船队分开了。不过，他另外派出了六艘驱逐舰来补上缺失的护航力量，同去增援的还有“格洛斯特”号巡洋舰。5月9日，坎宁安海军上将瞅准时机，在下午，赶紧向马耳他岛运送了一支运输船队，此后，在距离该岛南面五十英里的地方见到了“老虎”运输队，并与之会合。在这之后，他就带着所有的船舰前往亚历山大港了，过程中再没再损失什么，最终顺利到港。在展开这一系列的行动时，他们还分别在 5 月 7 日和 10 日，以轻型舰队趁夜炮轰了班加西两次。

我一直对这支运输船队寄予厚望，在得知它们已经安全地通过了突尼斯海峡，并由加强后的地中海舰队加以护卫后，感到丨分欣慰。此事虽然还未尘埃落定，但我又想到了克里特岛那边的形势。这个时候，我们已经收到确切消息，知道德国很快就会发动大规模的攻势，采用空投部队的方法来攻打克里特岛了。我认为，要是让德国人得到岛上的机场的话，他们必然会加以善用，而增援的力量就将持续不断地为他们带去动力。同时，我还想到，阻止敌人进犯并非难事，或许能扭转乾坤的，不过是十几辆步兵坦克。所以，我向三军请求，看他们是否能够考虑一下，同意抽出一艘“老虎”运输队中的船只，令其中途向克里特岛支援，好将几辆步兵坦克卸在那里。这对保卫克里特岛十分有利，而我的那些富有经验的同僚也很赞同这一看法，不过尽管如此，他们还是觉得，更改航程的风险太大，极有可能会失去船上余下的宝贵资源，因而不建议这么做。所以，5 月 9 日，我对他们的看法做出了回应，提出：要是他们“认为，让‘拉蒙特氏族’号到苏达湾去太冒险了，那么也可以选择让这艘船在到达亚历山大港口时，卸了货就走，马上将十二辆坦克运送过去，或者，也可以交由其他船来装运送达”。我的建议被采纳，他们立刻以此下达了指令。

5 月 10 日，韦维尔将军发来了复电，他说：“现已想办法把六辆步兵坦克及十五辆轻型坦克送到克里特岛去了……要是进行得顺利的话，用不了几天就可以送到了。”

* * *

对于“老虎”计划，我一直都很看重，因此，自然希望它能再创佳绩。当时，我似乎并没有意识到此计划的影响力，其实，它已经在很多方面都造成了压力，而我显然负有主要的责任。我个人认为，做出通过地中海来输送增援力量的判断，从实际情况而言，确实正确无疑，但从另一个角度来看，却并不为我在海军界的朋友所认同，他们认为，之所以成功主要是因为运气太好了，而且天气也帮了大忙。对海军部来说，尽管这一回我们取得了胜利，可并不代表他们就乐于通过这种频频涉险的方法来达成任务。于是，就我而言，所面临的阻力就变得异常严峻了。之前，我曾想把争议的事项都呈报给内阁来决断，但出于韦维尔将军的态度，我无法找到依据这么做，他不但没有据理力争地提出请求，还对我的意见激烈地表示反对，所以就造成了这样的结果：坦克并没有一次性地运往目的地，其中的五十辆巡逻坦克及五十辆步兵坦克是稍后由另一支运输船队送到的，他们绕航了好望角，从时间上看也晚了不少，直到 7 月 15 日，这支运输船队才抵达苏伊士，在港口停泊了下来。

这时，又有很多事情发生了，不过，也不全是坏事。

第十四章　伊拉克哗变

1930 年英国与伊拉克的条约——“黄金方阵”——从印度而来的援军——对哈巴尼亚进行攻击——航空院校勇敢地提供帮助——韦维尔将军不想派出军队——他的顾虑不少——国内的态度十分坚定——传来了哈巴尼亚方面不错的消息——伊拉克军队全面崩溃，四处逃亡——5 月 9 日，我发了封电报给韦维尔将军——他发回复电——“哈巴尼亚部队”抵达——希特勒于 5 月 23 日下达了指令，却迟了一步——进军巴格达——拉希德 · 阿里出逃——有效地控制住伊拉克占领区——摄政王再次回到巴格达——严重的危机只用较小的代价就被勉强化解了——伦敦和开罗两边的意见未取得一致

英国和伊拉克在 1930 年的时候就定下过条约，在该项条约里规定：我们可以在和平时期享有条约中的那些权利，此外，还可在巴士拉附近及哈巴尼亚拥有属于自己的空军基地，并可随时将军队和军需用品送到基地去。该条约同时规定：在战争时期，我们在输送武装部队方面，可获得诸多便利，其中包括有权在战时享用铁路、河道、港口和机场。伊拉克在战争爆发后就与德国断绝了外交上的往来，不过，并没有对其宣战。此后，意大利也投入了战争，但这一次，伊拉克政府并没有坚决表态，甚至，没有与其断开关系，所以，导致巴格达的意属公使馆成了轴心国主要利用的对象，在那里肆意展开宣传和鼓动反对英国的活动，其间，还获得了有利的援助，那就是，利用解说耶路撒冷伊斯兰教法典的官员们。这些官员是从巴勒斯坦逃出来的，之后，获得了在巴格达避难的自由，当时战争还未爆发。

英国的威望在法国溃败之后，自轴心国停战委员会在叙利亚建立后，就一下子大不如前了，我们对此十分担忧。但对此，我们却无能为力，因为其他地方正值用兵之时，我们无法在这里采取任何军事行动，所以，只能尽力应对得当。到了 1941 年的 3 月，形势开始变得更糟了。拉希德·阿里本就与德国串通一气，此时，由他担任总理，自然对我们十分不利。他一上任，就伙同名声显赫的三位伊拉克军官开始筹谋着策划军事行动，这帮人组成了名曰"黄金方阵"的阵容。阿卜杜尔一直是一位亲英的摄政王，此时，他从巴格达逃了出来。

如今，最为要紧的是，要保证守卫住伊拉克在波斯湾的巴士拉港口，对我们来说，它现在比任何时候都要重要。所以，我发了一份备忘录给印度事务大臣，内容如下：

首相致印度事务大臣　　1941 年 4 月 8 日

过去你曾提过，也许能为中东再从边防部队里抽出来一支师级部队。目前，伊拉克方面的局势已经有所变化，趋于朝不好的方向发展了，因此，我们必须得保住巴士拉地区。在那里，美国想要建起一个规模较大的、专门装配飞机用的基地，好将相关物资直接输送到那里的港口区，而且，这一想法越来越急迫。照目前来看，战争显然会往东延展，因此看来，该计划非常有实施的必要。

对于这项计划的可行性，你肯定会加以研究，而我准备马上将此事告知三军参谋长。此外，奥金莱克将军也已经有了再调出一支军队的打算。

同一天，埃默里先生也向印度总督发去了电报，表达了同样的意思。随后，里斯戈勋爵及身为总司令的奥金莱克将军也马上表达了自己的看法，他们提出，可将一个步兵旅及一个炮兵团调往巴士拉，目前，这两支部队中的绝大部分官兵已然上船，准备前往马来亚，而余下的部队很快也会抵达。步兵旅和炮兵团在4月18日到达了巴士拉，并得到了前一天通过空运而送往舒艾巴的一个英国营的掩护，过程中没有遭遇到敌方的反抗。接着，我们又向印度政府提出请求，希望他们允许把定好送去马来亚的那两个旅的兵力，火速输送到巴士拉去。

首相致伊斯梅将军，转参谋长委员会和相关的各个方面

1941年4月20日

应将部队尽早派到巴士拉去，最起码也应该急速将业已应允的那三个旅的兵力运送过去。

首相致外交大臣　　　　1941年4月20日

派遣军队到伊拉克的主要意图是，将一座庞大的装配基地建立在巴士拉地区，这一点，应该对基那汗·康沃利斯爵士[①]加以说明，并应对他进行解释，告诉他，当前，除了在哈巴尼亚发生的事情之外，凡是内地的事，都该放在次要位置来处理。为了不发生流血事件，我们是根据条约中所规定的权益来行动的，因此，这次的登陆，我们并没有违反规定。不过，这并不代表我们不会使用武力来确保登陆成功，在必要的时候，我们必须得这么做。条约并不能保证我们在巴士拉拥有这项权益，因此，除了依据条约来保证我们的地位，也应根据战争

① 基那汗·康沃利斯爵士：英国驻巴格达的大使。——原注

所引发的新形势而做出相应的改变。我们不能在输送兵力到巴格达的问题上，或是在借由伊拉克向巴勒斯坦援助兵力的问题上，做出什么保证，因为，当前的伊拉克政府并非实至名归，而是有人凭着武装政变篡夺了权力而建立起来的伪政府。真实的情况是，在精神上，伊拉克国家已经从本质上侵犯了我们理应通过条约所享有的权益，因此，我们不会承认这样的政府及国家有让我们做出保证的权利。至于基那汗·康沃利斯爵士，也没有必要私自解释什么，免得使自己受困其中。

据此，我们的大使告知拉希德 · 阿里，等到 30 日，我们的运兵船还会到巴士拉来。对此，拉希德 · 阿里的回复是，已经抵达巴士拉的军队要是不离港，就不能再出现新的登陆行动，但我们依然命令奥金莱克将军继续让部队完成登陆任务。本来拉希德 · 阿里还一直寄希望于德国，希望他们能派飞机或是空运部队来支援他，可到了这一步，他也只好采取行动了。

起初，他所采取的对敌行动是，攻击我们的空军训练基地，也就是我们建立在伊拉克沙漠中的哈巴尼亚空军基地。4 月 29 日，我们刚从巴格达空运英国的妇女和儿童共计两百三十名到哈巴尼亚。在营地驻扎的英国军队总共只有两千两百余人，其中仅平民就超过了九千人。所以，那所航空学校在一时之间就成了我们非常重要的一个根据地。斯马特空军少将是那里的指挥官，为了应对与日俱增的危机，他及时地做出了勇敢的行动，采取种种措施来加强根据地的防御工事。

在过去，航空学校里的飞机能使用的并不多，有一些型号已经过时了，还有一些是训练用的，不过，现在已经空运去了数量不多的一些“斗士”战斗机，所以，我们完全可以在那里编制一个包含各类机型的飞机中队，以十二架飞机来组编的话，可生成四个中队。29 日，英国的一个营级部队也由印度空运来了。目前，我们的外围工事还不够扎实，不过只是用铁丝网将七英里长的防御网给拦起来了而已。伊拉克的军队在 30 日从巴格达赶来，暂且驻扎在一座可以俯瞰到机场和兵营的高地之中，离我们还不到一英里。没过多久，他们又从巴格达调来了不少增援部队，兵力升至九千人，还配上了五十门大炮。随后的两天，我们与他们展开了谈判，但是根本没有结果。最终，战斗在 5 月 2 日的黎明时分爆发了。

* * *

刚一出现危险，韦维尔将军就表现出了消极情绪，他不乐意过多地承担此间的责任，并说，他会着手筹备安排，尽可能地让人认为：在巴勒斯坦，我们正准备展开行动，将大批军队集结在一起，或许，伊拉克政府会因此而受到影响。依韦维尔将军之见，他无法在短时间内抽调出更多的军队了。至于这支部队，最起码得再等一周的时间才能出发，而失去了这一力量，在巴勒斯坦，我们的兵力就更弱了，无疑会使处境变得更加凶险，再加上现在已经有人在鼓动叛乱了，情况堪忧。他还说："我曾三番五次地提醒过你，我们不能在目前这样的情况下把巴勒斯坦的兵力抽出来，投入支援伊拉克的部队中去，我也一再地规劝过你，我们应该避免与伊拉克产生任何纠纷……现在，我的部队已经在各个方面都处于紧张的状态中了，怎么能够轻易从中再抽出一部分来白白投入不会有什么好结果的行动里去呢？我绝对做不到。"

我们在叙利亚的兵力，也一样十分吃紧。此前，中东战区的各位总司令就表示，在伊拉克，我们要是不在澳大利亚军重新装备起来之前就履行自己的义务的话，那么最多只能往叙利亚调运几支部队而已，包括：一个机械化骑兵旅、一个炮兵团和一个步兵营。对于德国派至叙利亚的部队，我们怎么能单凭这几支部队就应付得来呢？况且，派遣军队过去，还需要维希法国方面积极地进行抗争才行。要是我们下定决心进军叙利亚的话，派遣英国的军队前往才是首选，如若换成"自由法国"的部队，那势必会引起他们的愤怒和不满。

5 月 4 日，我发了封电报给韦维尔将军，告知其我们有关伊拉克问题的决定。

首相致韦维尔将军　　　　1941年5月4日

在伊拉克使用武力在所难免，因为在巴士拉我们必须得建立起一个规模较大的基地，并将这里的港口控制在我们手中，好在必要的时候保证能够获得波斯石油。

在爱琴海上，德国的空军已经占据了领空上的优势，因此，通过伊拉克抵达土耳其的交通线路就显得尤为重要了……就算我们不派遣军队到巴士拉，伊拉克方面的局势也会和哈巴尼亚当前的局势一样，他们已经受到了轴心国的唆使，最终，我们还是得被迫强行在巴士拉登陆，而不顾伊拉克的反抗，如此的话，将会丧失一个重要的机会，那就是，在没有抵抗的情况下建立一座桥头堡……要是土耳其方面出来调停，我们自当领受，但不能做出让步。当前，首要的任务就是保证埃及的安全，不过，我们仍需倾尽所有力量来拯救哈巴尼亚，并且将通向地中海的输油管控制在手。

要是船只方面的安排没有问题的话，奥金莱克将军表示，可以继续派遣增援部队，在6月10日，他完全可以再将五个步兵旅及其附属部队运送过去。他如此敢作敢当，令我们觉得甚为满意。而另一方面，尽管韦维尔将军最终还是选择了听命行事，可毕竟是在心不甘情不愿的情况下这么做的。5月5日，他发来电报跟我说："从你发来的电报看，你对实际情况考虑得太少了，而现实才是最重要的。"当前，他正在把自己的军队集结在一起，不过心里却怀疑：这点儿军力是否真能将哈巴尼亚解救出来，又或者，倘若12日这支部队赶到了，可哈巴尼亚方面会否同意让他们登陆呢？韦维尔还说："我认为，现在必须得负责任地提醒你，尽管得使用最为严厉的言辞，我的看法是：伊拉克方面的战事不能一拖再拖了，不然将会直接导致巴勒斯坦及埃及的防务受到严重的波及；另外，拖下去的话，也会对政治方面有所影响，届时，后果必定是难以估量的；而且，最近的两年间，我一直绞尽脑汁，力求避免基地内部发生难以控制的暴动局面，可伊拉克的战事这么拖下去的话，恐怕会引起这样的事情真的发生。所以，我必须再次提出强烈的请求：你得尽快与对方谈判，以解决这一问题。”

韦维尔将军所持的观点，我是并不赞同的。

首相致伊斯梅将军，转参谋长委员会　　1941年5月6日

对于韦维尔和奥金莱克两位将军发来的电报，要马上予以考虑，在今天中午用餐之前，应在下议院把报告交给我。

需要注意的相关事项如下：

1. 在来电中，所涉及的军队力量看起来并不弱，可他们为何还会认为，凭借这样的部队是难以与伊拉克军相抗衡的呢？对此，你们作何感想？在巴勒斯坦，骑兵师始终无所作为，按照自以为是的理由逗留在那里，且在此期间，竟然没有组建起哪怕一支基本的机动总队！

2. 还没有到12日，为何驻扎在哈巴尼亚的军队要做出让步？从当前所收到的报告看来，他们实际上并没有多少损失。就在昨晚，他们的步兵还在发动攻击的时候成功地击退了敌军，而且报告里还提到，敌军一看到我们的空军现身，就马上不再继续炮轰了。因此，空军方面应该多想想，如何对在哈巴尼亚的军队提供帮助，并且重新燃起他们的士气。是否可以从埃及再空运些步兵前去支援呢？做得到吗？应该对战地指挥官下达指令，让他们坚守阵地，至死不屈。

我们真的需要按照韦维尔将军在来电中所提出的建议去与对方谈判解决问题吗？事实上，我们的预想是：很可能伊拉克人最终会因为德国人的教唆而要求我们必须撤离巴士拉，又或者，他们会要求我们的部队必须听他们的，将大部队分成各个小队，然后从伊拉克撤离到巴勒斯坦去。我方驻巴士拉的高级海军军官则认为，要是我们的部队

输在这里，或是投降，最终必定会难以收场。对此，印度政府方面也是这么看的。我对韦维尔将军表现出来的态度甚为担忧，我们在西面的侧翼已经禁不住敌人的威胁了，而他，想必也遇到了同样的遭遇，也就是说，东面的侧翼也受到了敌人攻势的影响，全都意态消沉了。我觉得，他似乎已经疲惫不堪了，尽管有大批军队可用，且大批运输船队也即将送去支援所需的坦克、配件和人员，可他依然不愿抽调出几个营级部队，连几个兵也不行。

我们应该以积极的态度支持印度总司令的建议，认真考虑是否向巴士拉提供支援。

*　　*　　*

中午，我在参谋长委员会的支持下，召开了国防委员会，并将所有的问题都在会上提了出来以供大家思考，一起商量如何解决。众人表示出了极大的决心，一致决定要将如下指令发布出来：

参谋长委员会致韦维尔将军及其他有关人员　　　　1941年5月6日

你昨天发来的函电国防委员会已经考虑过了。我们接受谈判应该是有前提的，如果伊拉克方面愿意做出让步，并且保证轴心国不会在日后暗中谋划着在伊拉克有所作为的话，我们也可通过谈判来解决问题。然而，目前的形势是，拉希德·阿里早就与轴心国串通一气了，此间按兵不动无非是在等轴心国提供帮助，等到获得了援助，他必定会对付我们的。不过，由于我们的军队已经抵达巴士拉，所以他不得不在轴心国尚未准备好的情况下就与我们交手。所以，我们若能把机会牢牢地抓住，就可以果敢地放开一战，将局势扭转过来。

故此，三军参谋长决定尽早为你派出你在电报中所需要的部队，并向国防委员会说明此事，后果将由他们一力承担。随后，国防委员会下达了指示，应告知斯马特空军少将：助援很快就会送达到他那里，不过，在尚未抵达之前，他所要做的就是，坚守在哈巴尼亚，直至最后。现阶段，我们应该竭尽全力地使用空军，让它们能在伊拉克之战中支援我们的部队，当然前提是，保障埃及的安全。

* * *

就在这时，几支空军中队从哈巴尼亚的那所航空学校起飞了，与从波斯湾顶端的舒艾巴出发的“韦林顿式”轰炸机一起，向处在高地的伊拉克军发动了空袭。对方也做出了抵抗，以大炮攻击我们的营地，同时，他们也投入了飞机力量，不断地对我们的军事阵地进行扫射，并投射炸弹。当天，我们在战斗中也损失了二十二架飞机，不是被击毁了，就是被打伤了，死伤超过四十人。敌人的炮火虽然来势凶猛，但我们的飞行员仍坚持予以进攻。好在，敌人的步兵没有扩大进攻的范围，所以，我们慢慢地压制住了他们的炮火。事实上，在我们实施空袭的时候，敌方的炮手们便已经被吓怕了，甚至到了一看见我们的飞机从空中飞过，就马上放弃守护炮台逃命而去的程度。于是，我们便善加利用起了对方的这种惧怕心理，打从第二天起，就派出一部分空军力量与伊拉克的空军作战，并空袭他们的基地。5 月 3 日的夜里和次日晚上，我们在地面的巡逻队也从哈巴尼亚出发了，准备对敌人的防线发起攻势。随后，到了 5 月 5 日，在我皇家空军一连四天的空袭下，敌军终于还是扛不住了，便在当天夜里撤离了高地。于是，我军继续乘胜追击，又与敌人展开了一场大战，战斗进行得十分顺利，我们抓住了四百名战俘，并收缴了他们的十二门大炮、十六挺机枪，还有十辆装甲车。过程中，我们发现了一支前来支援的敌纵队，他们是从法卢贾赶来的，不过，在他们还未抵达的时候就已经被我们发现了，因此，我们派出了四十架飞机，将其一举歼灭在了路上。所以，直至 5 月 7 日，被围困住的哈巴尼亚所处的危机，就算是解决了。另一方面，埃及曾派出战斗机来援助我方守军，而英国的妇女和儿童也均已平安离开，乘机往巴士拉撤离了。此外，伊拉克空军虽有差不多六十架飞机，却基本上都已经被我们消灭了。好的消息一桩桩一件件地纷至沓来。

首相致斯马特空军少将　　1941 年 5 月 7 日

由于你的坚持，由于你所做的行动表现出色，目前，大局势也已恢复到从前了。你所做出的一切辉煌的斗争，我们始终都在关注，日后，我们也一定会全力帮助你，尽可能地送去你所需的一切援助。希望你能够继续努力，再创佳绩。

*　　*　　*

首相致韦维尔将军　　1941 年 5 月 7 日

哈巴尼亚的局势照目前来看已经大为改善了，若当前在伊拉克积极果断地采取行动，或许就能够直接粉碎伊拉克想要反叛的意图，而不必等到德军派出增援力量才付之行动。当然，德军完全可以直接乘坐重型轰炸机前往支援，可这么做效果终究是有限的，它们能够供应上的物品不过只能在短时间起到作用，并不足以打持久战。我们应该在当下就狠狠地打击他们，这样一来，就可以在德军派援军到来之前先挫挫他们的士气。要是已经将在鲁特巴和在哈巴尼亚的敌军消灭了，那么我认为，我方纵队便可将巴格达拿下了，又或者，尽可能地趁着胜利之势，多取得些成绩。至于如何煽动部队和政府有关方面的政策，我将会再发电报告知。

韦维尔将军已经给三军参谋长发去了电报，内容如下：

韦维尔将军致三军参谋长　　1941 年 5 月 8 日

在今后的几个月里，伊拉克政府方面的作为不会有利于我们，所以，我认为在这样的情况下，你们应该认清现实，在那里，我们只能采取极为有限的军事行动。依我看，尽管巴士拉可受到从印度派遣的军队的保护，然而，要想继续向北推进，还需获得当地百姓及部队的配合才行。此外，从巴勒斯坦派去的援军当可解哈巴尼亚之困，并保住通向巴格达的交通，这样，就可以有效地防止伊拉克再度进军哈巴尼亚。不过，要是遭到敌人的反抗，就不能进驻巴格达，也不能在那里据守……不然，很可能在不相干的地方卷进重大的军事纠纷里。因此，我的建议不变，要尽可能地使用一切办法争取以政治渠道来予以处理。

尽管，我对韦维尔将军的为人十分信任，知道他行事稳妥且正直忠义，不过，还是给他再次施压了。

首相致韦维尔将军　　1941 年 5 月 9 日

1. 5 月 8 日，你曾发来过有关伊拉克问题的电报，目前国防委员会已经对此进行了考虑。从我们获得的情报来看，目前拉希德 · 阿里及其同党，已经陷入了绝望的境地，不过，尽管是这样，你也还是应该继续与他们斗争到底。应该让目前停留在巴勒斯坦整装待发的那支机动纵队，按照你之前所提出的进军日期出发，要是可能的话，最好越早越好，不管是在鲁特巴还是哈巴尼亚，都应当积极地投入对敌斗争之中，与他们周旋到底。等到这支机动纵队和哈巴尼亚的军队会合后，你就应该马上尽可能地因势利导，果断地向巴格达进攻，要是情势所迫，你甚至可以效仿德军一贯的做法，就算牺牲掉一支小部队，也要争取险中求胜。

2. 我们与拉希德 · 阿里还说不上谈判的事，在此之前，他必须得马上对参谋长委员会在电报里所示的条件予以接受才行，否则，即便谈判，也不过是在拖延时间，无非是想等德国援助的飞机抵达罢了。我们的一致看法是，目前你若是将一部分地面部队撤出来以增援伊拉克的话，是不会马上就招致你在西部沙漠可能遭遇的问题的。在这两方面，空军也应该竭力做到全都有所照顾。至于特德空军中将，应将我们在伊拉克采取军事行动所需的空军，尽早派遣过去，除非你那边也非常需要他们，也就是说，要是在西部沙漠，你确实已经遭到了敌人的打击，或是你必须马上展开行动攻势就只好先留用这些空军，否则，特德空军中将就不能拒绝该项任务。

我希望韦维尔将军能够安心一些，因为事实上，我们没有扩大军事活动范围的打算，不过是在当下需要这么做罢了。

伊拉克未来的情况如何，你不用现在就担心起来，对你来说，当下最为紧要的任务就是，在巴格达建立起一个友好的政府来，并且，燃起斗志，勇敢地击退希德·阿里手中的那些部队。我们在现阶段，还不打算与任何顺着巴士拉溯河挺进的军队产生什么争斗，也并没有下达任何攻占基尔库克或是摩苏尔的指令。总的来说，伊拉克现有的独立地位，我们无意打破，同时，就该问题，你所提出的建议，我们也已经按其做出了明确的指示。不过，采取行动依然是至为切要的，也就是说，那支机动纵队必须火速进发，好建立起巴格达与巴勒斯坦间的有效联系，这件事至关重要，德国方面的军队很可能马上就会抵达，所以，一刻都不能耽搁了。我们的希望是，机动纵队在10日就进发，好能赶在12日就到达哈巴尼亚，当然，希望届时仍能保住哈巴尼亚。

真实的情况是，哈巴尼亚确实守住了，此外，他们的成就还不止如此，在其他方面也取得了成功。我们相信，你已按日程规定的那样有所行动了，也相信你必定会督促他们抓紧时间火速展开行动。

对于我们之前数度提出的要求，韦维尔将军以其勇敢的行动做出了回应。13 日，他在报告中说道：“我在‘老虎’计划中所增援来的坦克到达之前就已经下达了指示，令当前全部的坦克都投入戈特的军队里了，并且，令其攻打身在塞卢姆那里的敌军……要是我军在西部沙漠上的行动进展顺利的话，我便会想办法尽可能地增援巴勒斯坦方面，好能在伊拉克采取相关行动……对于伊拉克问题，我们应该尽可能迅速地把那些难缠的问题都给解决了……目前，我正把精力全都放在强化克里特岛的防御工事上，好能在敌人马上就要攻来之前，抵御住他们的攻击。另外，我在今天下午，见到了喀特鲁，并与其就叙利亚问题进行了探讨。”

* * *

“老虎”计划中所提供的援助在这时候，已经安全地送至亚历山大港口。就此，我真心希望，不论是在克里特岛、叙利亚，还是在西部沙漠，结果都是让人感到满意的。然而，这些相互间有着众多关联的冒险，最终还是有着各自不同的命运。

首相致奥金莱克将军　　　　1941 年 5 月 14 日

1. 你行将出发去巴士拉与韦维尔会面，我知道后感到非常欣喜。等你到了那里，他就会向你说明“老虎”计划及保卫克里特岛的“炙烤”战斗计划的详细情况了。在利比亚，假使我们能够一战即胜，那么，不论德国人还是伊拉克人，都会打心底里改变对伊拉克的价值判断。

2. 我们要感谢你此前为巴士拉所做的一切努力，在那里，能集结起来的印度部队当然是越多越好了。不过，我们认为在当前，要是交通情况不好的话，还不可以让小股部队继续推进，更不能让大军贸然地向北进发去攻打巴格达，当然，不能希望向基尔库克及（或是）摩苏尔两地进发了。在知道“老虎”计划和“炙烤”战斗计划进行到何种情况之前，还不是考虑此问题的时候，所以，我们只能在现阶段把重心放在两点上：一个是在巴格达尽可能地想办法建立起一个友好的政府，一个是在巴士拉全力建造一个最为强大的桥头堡。我们如今还很难控制住叙利亚的形势，不过，在那里，当可让“自由法国”人放开手脚采取行动。打败在利比亚的德军是最为重要的大事，它直接关系到全局的成败，因此，在这件事没有完成前，我们还无法考虑将来的事。等这事有了结果，其他的一切问题也就好办多了。

* * *

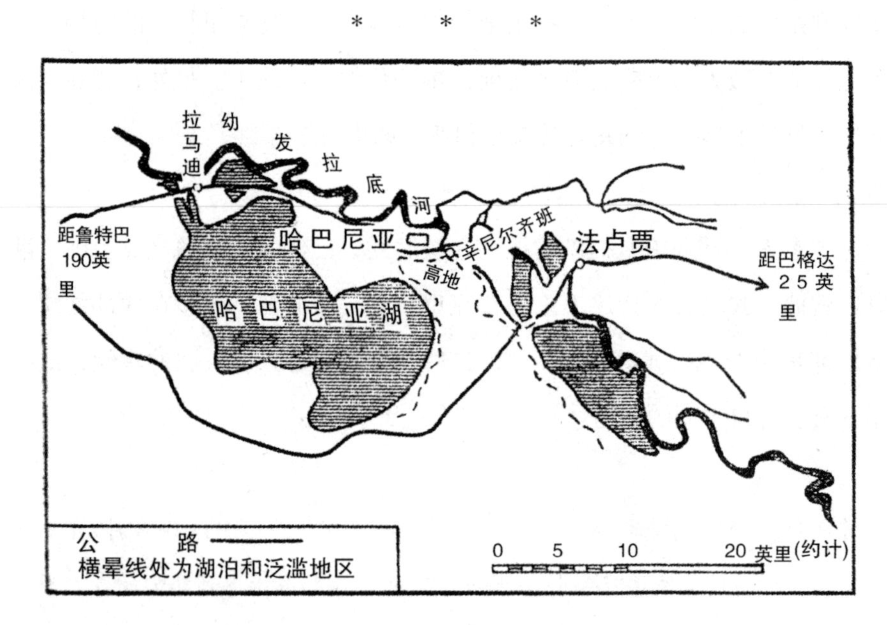

哈巴尼亚—法卢贾

在这段时间里，尽管在克里特岛上我们也遇到了一些严峻的困难，但这些事件并没有太大的危险。不过，我最好还是先说完发生在伊拉克的事情，再讲述那些发生在克里特岛上的故事。

前来支援我们在伊拉克作战的“哈巴尼亚部队”，是一个摩托化旅团，他们是从巴勒斯坦那边过来的。5月18日，该旅团的一部分部队率先抵达了哈巴尼亚，他们将作为先头部队继续攻打在法卢贾的敌军，此时，这些敌人正据守在横跨幼发拉底河的大桥之上。到了这一时期，我们的敌人已经不单是伊拉克人了，因为，5 月 13 日，德国的第一批飞机业已飞抵摩苏尔机场。自此，我们的空军就必然得向德国飞机发起进攻，并且，不能让德军将从叙利亚得到的补给通过铁路运送到战场上去，这项任务非常艰巨。5 月 19 日，这支率先抵达的部分“哈巴尼亚部队”和原先驻守在哈巴尼亚的地面部队发动了对法卢贾的攻势。不过，碍于泛滥的洪水，他们无法从西侧直接接近敌军，因此便派出了小股纵队去切断敌人的退路，令他们穿过法卢贾上游的一座飞桥，让敌人的守军无路可退。此外，还另外派出了一支空运部队登陆，好将通向巴格达的公路给阻挡住。原本，我们是希望通过这一行动和空中袭击来打击敌人，好让他们一个旅的部队全部降服或是被打败，可结果，还是不得不从地面发起攻击。在河的西岸，我们本来有一支带步枪的小队在执行守护桥梁的任务，以便防止敌人对那座重要的桥梁加以破坏，如今，他们接到命令，要继续向前突进，结果，任务进行得很成功，过程中并无任何伤亡。最终，敌人向我们屈服了，而我们也虏获了三百名战俘。过了三天，敌人又发起了一次反攻，但被我们的军队给打退了。

为了最后向巴格达发起攻势，我们曾用了好几天的时间来筹备，其间，我方的空军采取了有效行动，令在伊拉克北部机场中的德国空军无法展开行动，粉碎了他们的目的。随后，一支意大利的战斗机队赶来，可仍旧是无功而返。在这次轴心国空军总队和伊拉克部队协同作战的战役中，担任德国方面指挥官的是布隆贝格陆军元帅之子。此人刚到巴格达，便在登陆的时候中了一枪，因为他的盟友判断失误而误伤了他的头部。随后，费尔米将军取代了他的位置。这位将军尽管顺利地着陆了，可对于战事始终也还是无力扭转。5 月 23 日，希特勒发出了指示，预备来势凶猛地在这里做出一番成就，费尔米接到指令便开始执行该项任务，不过，一切都已经来不及了，轴心国在这时，已经失去了干涉所有事务的时机。

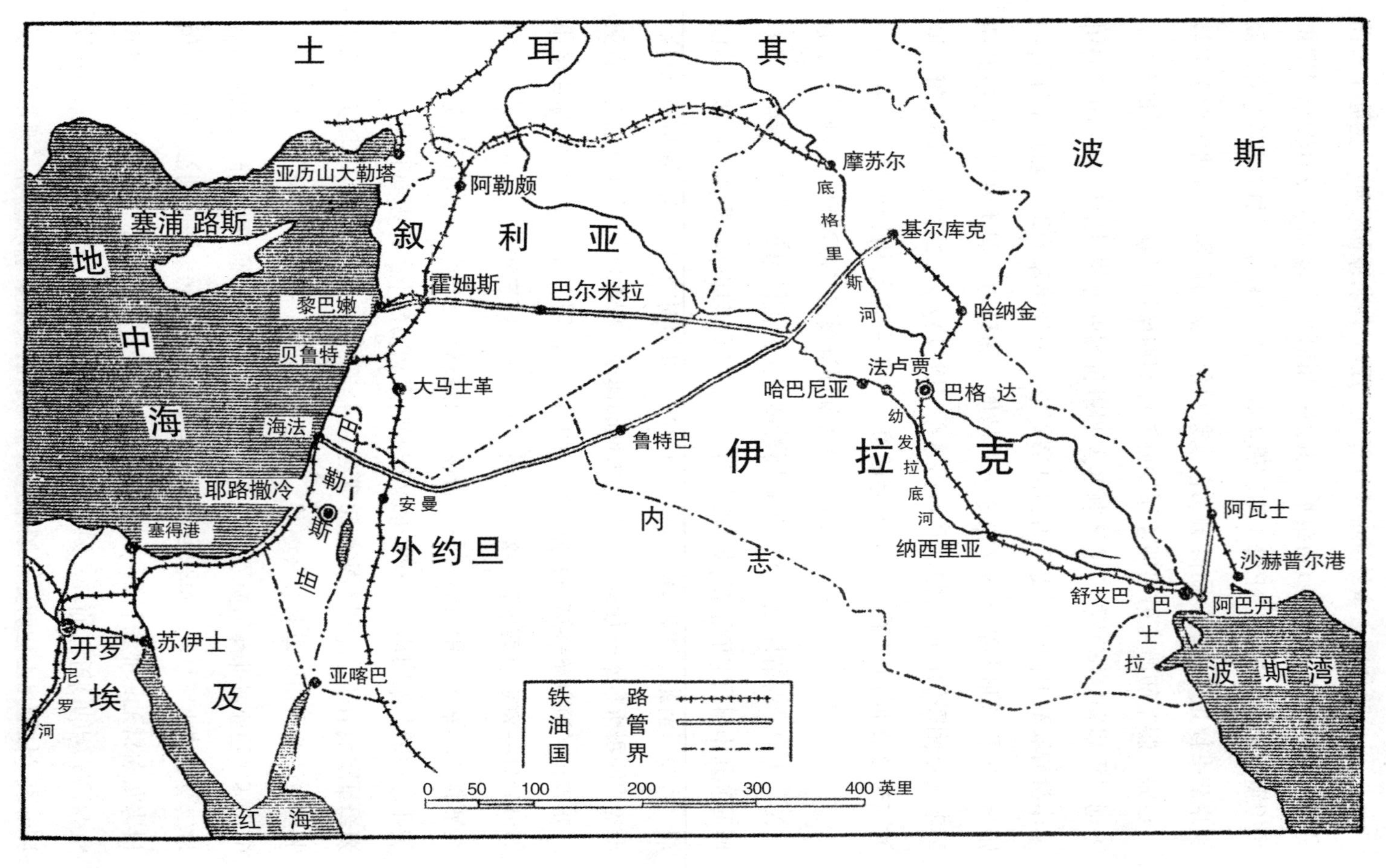

土耳其
波斯
地中海
塞浦路斯
亚历山大勒塔
阿勒颇
叙利亚
霍姆斯
巴尔米拉
黎巴嫩
贝鲁特
大马士革
海法
巴勒斯坦
耶路撒冷
安曼
外约旦
塞得港
开罗
苏伊士
尼罗河
埃及
亚喀巴
红海
摩苏尔
底格里斯河
基尔库克
哈纳金
法卢贾
哈巴尼亚
巴格达
鲁特巴
伊拉克
幼发拉底河
内志
纳西里亚
阿瓦士
沙赫普尔港
舒艾巴
巴士拉
阿巴丹
波斯湾
铁路
油管
国界
0
50
100
200
300
400 英里

叙利亚及伊拉克

希特勒发出了第三十号指令，事关中东问题

1941 年 5 月 23 日

战地大本营：

我们在中东的天然盟友，就是阿拉伯人的自由运动，要想在伊拉克煽动叛乱，这一点是尤为要紧的，因此，应当设法促成叛乱，并将这种情绪延伸到伊拉克境外去，好使那些与英国互成对立的力量得以加强，并在这里阻断英国方面的交通干线，将其部队和船只牵制住，这样，他们在别的战区的力量就会被削弱不少。有鉴于此，我决意派兵援助伊拉克战事，并通过这一方式来推动中东方面的战争继续发展下去。不过，有些问题现在还无法最终判定——能否在未来的某一个时期里，通过联合苏伊士运河那里的攻势，彻底摧毁英国在地中海和波斯湾的海上霸权，以及，通过何种努力才能达成此目的？

我军自 5 月 27 日晚间，开始进军巴格达，但部队行进得非常缓慢，因为洪水四溢，而且，敌人炸毁了多座灌溉沟渠上的小桥。不过，5 月 30 日，我们的先头部队还是到达了巴格达近郊。尽管我们的部队人数并不多，在城里，也还有一个师的伊拉克军队，但希德 · 阿里及其僚党还是一看见我们就害怕得手足无措了，因此，他们当天就与其他策划者们连日向波斯逃去，包括：德国公使、意大利公使和耶路撒冷的前伊斯兰教法典解说官等人。到了第二天，也就是 5 月 31 日，我们与伊拉克签署了停战协议，摄政王复位，而新的政府也成立了。不久后，我们的陆军及空军部队便占领了所有伊拉克境内的重要据点。

德国本想通过在伊拉克煽动反叛，而以较小的代价来换取对这片广大区域的控制，到了这种地步，也就彻底以失败而告终了。印度军能够在 4 月 18 日就登陆巴士拉，显然正逢其时，如此一来，希德 · 阿里就不得不在

一切都未能部署好的情况下就马上行动起来。尽管形势对我们有利，可我们的部队毕竟人数有限，到底还是要与时间赛跑。此间，我们能够取得成功，主要还是得到了航空学校的力量，是他们不顾一切勇敢地保卫了哈巴尼亚的安危。就德国方面来看，他们本可以在这个时候，利用手里的那支可随时调派的空运部队占领叙利亚、伊拉克和波斯，并将它们宝贵的油田也收归旗下，而希特勒也本可以将势力往更远处的印度延伸开去，并示意日本方面的协助，然而，就如我们马上可以看到的那样，他最终并没有这么选择，而是将手中最为杰出的空军力量转而用于他处了。军事专家通常都会这样悉心教导人们：要把最为优秀的兵力用在具有决定性意义的战场上。此番教导确实说得大有深意。不过，等到真的面临战斗时，这个原则就与其他的原则没有什么不同了，都会为实际情况和当下的形势所左右，不然，就不需要做什么精细的部署了，简单地按照原则操作就是。不过，那样的话，原则本身就不再是门高深的艺术，不过是一部用来实际操练的军事法典罢了，而把死条文来作为基础的话，就不可能将千变万化的局势加以审视，并平衡好利害关系，从而做出明智而精准的判断了。事实上，在中东，希特勒确实是错失了良机，不能再通过较小的代价来换取最大的战果了。尽管在大不列颠，我们的处境已经到了相当拮据的程度，可这一次，也总算是没有白费功夫，而是用有限的兵力使自己免除了危机，不必担心受到更大的影响，或者，承受什么再难补救的遗憾。

有一点我们决不能忘，那就是：韦维尔将军由于中东方面的紧张局势而承受了来自多方面的重压，而此次伊拉克的叛变活动，不过只占了其中很小的一部分而已，至于其他方面，还有很多问题有待解决，比如：德国很快就会攻向克里特岛；在西部沙漠，我们计划攻打隆美尔的部队；埃塞俄比亚及厄立特里亚两地的战争；在叙利亚，我们当需及早做好准备，防止德军前去进犯等。同样的，我们在从伦敦看地中海的全盘局势时，也不可能顾及全世界范围，不过是看到了所要面临的诸多问题中的次要方面罢了，在这些世界级的次要问题中，有代表性的主要是这几个：来自德国侵入的威胁、潜艇战、日本的反应。要想解决这些问题，冲破层层阻碍，就必须发挥出战时内阁的力量，使之紧紧地团结在一起，不论是政治首脑还是军事要员，都应彼此互为尊重，并且在处理重大事件时保持意见一致，而指挥战斗的各职能机关也得顺利地展开工作才行。自然，在此过程中必然会有所牺牲，甚至是惨烈的损伤。

叙述至此，读者可能已经感觉出来了，英国的战时内阁及三军参谋长与驻扎在开罗英勇奋战、全力完成作战任务的总司令，有了日益不和谐的关系。在国内，主要是我来主持领导部门的决策，因而对现场负责人给出的决策，有好几次都是我直接从白厅予以否决的，比如，在先前，就没有让他独自按照自己的判断来做出决定，而是直接包揽了下来，命令其必须对哈巴尼亚给予支援，并且，对于他曾屡屡提出的建议，比如，希望我们能与希德·阿里通过谈判来解决问题，或是设法让土耳其有关方面出面调解，我们都一一否决了。在极短的时间里，我们就大获成功，而且事情也有了个比较完满的结局，照理说最高兴、最欣慰的人，当属韦维尔将军本人了，可不论是他，还是我们，都因为有了中间插入的这么几档事而有了心结。

与此同时，奥金莱克将军给我们留下了深刻的印象，在争得了印度总督诚挚的认可下，他正如我们所期望的那样，很快便向巴士拉派遣了一个印度师，而且，在向我们支援印度军一事上，更是当机立断，马上就同意了。我们都感觉，这样一个处事热情、充满生机的人，肯定在日后还会发挥出更大的潜力，他的才干会远胜于此。我们对他的认识到底是不是真的，随着事件的发展就会慢慢知道结果了。

第十五章　克里特岛遭遇险情

克里特岛上的形势——防御不足，部署失当——在开罗的指挥机构肩负着重任——国内方面及战地均认为应当保住克里特岛——我们收到了准确情报——4 月 30 日，韦维尔将军对克里特岛进行了视察——由伯纳德 · 弗赖伯格担任司令——5 月 1 日，我发了封电报给坎宁安海军上将——想办法为空军提供支援——韦维尔和弗赖伯格不再心存希望——弗赖伯格发出了一封写给韦维尔将军和新西兰政府的电报——5 月 2 日，韦维尔将军的电报——新西兰方面担心自己的部队处境堪忧——5 月 3 日，我给弗雷泽先生发去了函电——无所畏惧的弗赖伯格——德军封锁了克里特岛的领空——我们的空军力量少得可怜——德军计划实施攻击——“科罗拉多”及“炙烤”作战计划——屏息凝神地等待中——幽默的韦维尔将军——我对史默兹将军说明了情况——战争一触即发

我们在地中海的所有事项中，克里特岛不论是从论证的结果来看，还是从其在时局中演变的情况来看，都具有极强的战略意义，它无疑是我们关注的焦点所在。若是可以将苏达湾作为我们的军舰基地，或者成为我们可以补给燃料的地方，那么我们就完全可以有效地掩护马耳他岛。此外，如若在克里特岛，我们能够建立起稳固的防空设施，那么我们海军就可以发挥出优势，充分地作用于战场，将所有从海路来犯的敌军都消灭掉。不过，我们也应把目标放在意大利的要塞罗德岛上，它距离我们只有一百英里，且拥有广阔的机场，机场中的各项设施也非常牢固。我们从今年的年初起，就把拿下和攻占罗德岛视为目标任务了，目前，我们已经从英国调出了海军基地的机动保卫队，并派其前往中东战场了，这样，我们就可以按所需情况来考虑驻扎在罗德岛，或是苏达湾了。海军基地的机动保卫队，共有五千三百多人，他们均接受过非常严格的培训，并且装备优良，是一支杰出的作战部队。此外，一方面由两千多人组成的突击队在莱科克上校的指挥下，已经从好望角绕航，抵达了中东战场，另一方面，英国的第六师已经在埃及完成编制，这两支部队即将会合，可组成一支足以攻下罗德岛的作战部队。不过，随着事态的进展，我们只得迫于压力而延迟了该行动。在这段时间里，要是德国方面出动飞机，往罗德岛去的话，那克里特岛无疑就危在旦夕了。为了应对突发状况，目前，我们并没有派遣海军基地的机动保卫队按原计划前往中东战区，而是让他们在亚历山大港听候指令，同时，也并没有安排他们去罗德岛予以协助，不论是夺取还是据守该岛。此外，在苏达湾建立防御设施，以及补充守卫规模的工作，也并没有交给这支机动保卫队来负责。

当前，我们正在克里特岛陆续展开各项兴建设施的行动。想必读者已经知晓，有关在苏达湾设防的指示，我已经发出过很多次了。甚至，我还曾经用到过这样的说法——苏达湾就像是“第二个斯科帕湾”[1]。时至今日，占领苏达湾已经快半年了，可在这个港口，我们能做的还只是装备了

① 斯科帕湾：位于英国苏格兰地区的最北端，在奥克尼群岛境内的半封闭水域里。曾是英国皇家海军重要海军基地，而英国就是因为占据了这里，才控制了北海一带。它在整个一战及二战中都起到了至关重要的作用。——译注

一支力量比较强的高射炮队而已，即便如此，已经是以牺牲其他要紧的需要为代价而做到的了。此外，中东的指挥部也尚且不能扩展机场规模，他们既找不到当地可以用来营建机场的劳工，也无法在其他地方找到适合做工的人员。在盟国拥有希腊的时候，要想举兵到克里特岛驻扎是绝对做不到了，即便是令强大的空军驻扎在那里的机场，也无可能。不过，目前还是应该先把各项准备事宜做好，等到援军抵达的时候，就能够有地方驻扎了，或者，用以接待派遣来的军队。可是，目前我们对此并没有制订出什么计划来，当然，也从未想办法推进该项行动。因为，我们总共在这半年当中更换了六名司令官。本来，中东的指挥部应该对克里特岛所需的防御条件进行更为翔实的研究，使其足以应对来自敌人从海上或空中的袭击，但没有一个人事先想到要在岛的南面，也就是斯法基亚或是廷巴基建立港口，这一点即便不能做，也最起码应该事先筹备出几个便于登陆的设施才对。然而，没有一个人事先想到，为了方便从埃及发兵支援克里特岛的西部，应当修建好一条公路，好能联通起苏达湾和机场。开罗和白厅两边应当承担起这样的责任：没有透彻地研究问题，没有很好地贯彻实行指令。

我一直都没有体会到问题的严重性，直到我们在昔兰尼加、克里特岛和沙漠地区均告失败，才真正懂得了韦维尔将军所在机构所背负的担子是多么重，相反却没能获得多少帮助。不过，他已经尽力了，只是所拥有的战斗机构实在是没有什么力量，所以，当四五个战役同时展开的时候，他便真的力不从心了——这么一大摊事务堆在眼前，又如何应对得来呢？

* * *

克里特岛在德国将希腊征服了之后，就成了希腊国王及其政府可以最后安身的地方了，同时，也成了包含着各类兵种的部队的一个重要的藏身之地。当然，德国对该岛也正有觊觎之意。它对我们而言又何尝不重要呢？把它作为埃及和马耳他岛的前哨根据地自然是最好的了，因此，我们同样非常看重这里。尽管我们当下因为失败和困顿仍处于混乱之中，可即便如此，我们所有的责任人，包括国内的，或是在战地上的负责人，都在克里特岛的问题上看法一致，大家都认为应当据守该岛。4 月 16 日，韦维尔将军发来了电报，他说：“我认为，我们当守住克里特岛。”第二天，他再次发来了一封电报，说：“我们已经准备从希腊撤军，去守卫克里特岛。”

*　*　*

一直以来，戈林都在致力于营建并扩展一支强大的空投部队，这样，他们就可以进行大规模的着陆行动了，德国的那些热血而忠心的纳粹青年，看到此举自然觉得再称心如意不过了。我们在分析怎样防御德军入侵本土问题的时候，曾考虑过德国的伞兵师在战场所起到的作用，这样的一支军队，称得上精英部队，能够在战场中发挥出很大的作用，不过，要想付诸实践，最起码也得拥有在白天短暂的制空权才行。德国方面无法在大不列颠这么做，因为，他们在拥有制空权上毫无可能。然而，在克里特岛，情况就对我们十分不利了。不论是在巴尔干，还是在爱琴海，德军都在空中享有优势，不但获得短时的制空权不成问题，就算是长久地享有这一权利，也并无不可，而如今，他们就是利用了这一点，来充分作用于战场的。

我们的情报机关在这次的战争中所获得情报，比以往的可信度都要高，且相对具体。据情报显示，在占据了雅典之后，德国方面的有关参谋人员都表现得喜不自胜，得意忘形到忘了应当像往常那样保守军事机密，而相对的，我方的驻希腊谍报人员反而始终没有懈怠，积极勇敢地开展着自己的工作。到了 4 月的最后一周，我们收到了从可靠的渠道所传来的重要情报，知道了德国下一步会采取怎样的行动。事实上，只要是有心人，自然会根据德国方面近来的举动而留意到他们可能会如何策划行动：第十一空军集团军有调动的迹象，并且，相关人员的情绪都很亢奋，在希腊港口，德国人正在疯狂地把小型舰艇都收集到自己手中。因此，种种情况都指向了一点：很快，德国就会从海、空两方面对克里特岛发起攻击。我经历过数不清的战役，不过，没有一次像这回，一门心思地苦苦研究和权衡证据，或是全身心地扑在这些问题上：确定我们的总司令们是否已经对敌人马上就要发起的攻势有着深刻的印象，知道规模大小，并且，确认好在战地执行任务的将军们已经接到了相关指令。

我国的联合情报委员会于4月28日举行了一次会议，他们做出了有关敌人行将攻击克里特岛的预估，判断出了敌方计划中可能实施攻击的规模与性质，委员会成员一致认为，敌人的行动已经刻不容缓了，将会同时出动空运及海运部队攻打克里特岛。在巴尔干诸国，德军可能已经收集到了远程轰炸机三百一十五架、双引擎战斗机六十架、俯冲轰炸机两百四十架，以及单引擎战斗机两百七十架，为的是能够用在战斗所需的任何情况下。战斗开始时，敌军可能会先在头一次攻击的时候，空投三四千名伞兵或是空降部队，然后从希腊实施每日两到三次的突击，并从罗德岛发动三到四次的突袭，发动这些攻击的时候，他们均会以战斗机来掩护行动。敌军在军队和船只方面都很充足，因此，不需要等到空运部和海运部抵达再开始行动，在此之前，他们就会猛烈地轰炸克里特岛，并从海上实施进攻。得知这些情况后，我们马上就发出了电报，告知在开罗的司令部。而我也在当天向韦维尔将军亲自发出了函电，着重重申了时局的紧迫。

首相致韦维尔将军　　1941年4月28日

从我们收到的有关情报看，似乎德国有意马上就举兵向克里特岛进攻，派遣空降部队及轰炸机队攻打该岛。在克里特岛所驻扎的部队情况，以及你准备如何应对敌人，还希望能够告知我们。这次的行动是个绝好的机会，我们可以趁此歼灭敌人的伞兵部队。对于克里特岛，我们必须守住。

起初，韦维尔将军并不认可我们的意见，他不觉得敌人在现阶段的主要目标是克里特岛，而认为这是德国人的一种计策，有意散播谣言诱骗我们，好施行原本已经决定了的计划。不过，尽管是这样，他却依然保持着平日里处理军务时的那种精神，马上就充满精力，灵活而迅速地开始部署军队了，并且，还亲赴克里特岛筹备行动。在其复电里，我们可以看到他在那时候所了解到的情况。

韦维尔将军致首相及参谋长委员会　　1941年4月29日

1. 克里特岛在4月18日就可收到我们所发出的警告，即：德国的空降部队很可能袭击该岛。克里特岛目前的情况是：除了原先就长期驻扎在这里的三个步兵营、两个重型高射炮中队、三个轻型高射炮中队和海防炮队之外，从希腊最起码也撤离了三万士兵驻扎在此地。当前所做的工作是，将这批士兵组织起来，安排他们在克里特岛的重要地点做好防御工事，理想之地有：苏达湾、干尼亚、雷西姆农和伊拉克林。那里的士兵斗志比较坚定。我们所能使用的武器情况是：以步枪为主，并有为数不多的轻型机关枪。另外，为了守护机场、看守战俘，我们还将希腊的部队进行了编制，组成了几支新兵部队。

2. 等到5月的前两周，海军基地的机动保卫队就会到克里特岛来支援了。

3. 明天，我会亲自对克里特岛进行视察，等回来之后，会马上上报情况。

4. 德国方面真正的计划是什么，可能连他们的军队都不知情。他们通常会以一种计划来掩盖其真实的计划，也就是说，没准儿进攻克里特岛并不是他们的主要目的，实际上叙利亚或是塞浦路斯岛才是他们想要拿下的目标。

过去，我曾向帝国总参谋长建议过，让伯纳德·弗赖伯格将军出任克里特岛的驻军司令，随后，帝国总参谋长将此意见告知了韦维尔将军，韦维尔马上就做出了回应，表示赞同。

我和弗赖伯格是老相识了，很多年前就认识了他。在一战的时候，他还是一名新西兰的青年志愿兵，我第一次见到他时，他拿着一封给我的介绍信，跋涉了很远才来到英国，时间大约是 1914 年的 9 月份，我在海军部召见了他，他恳请我能给他个职务。而我在那个时候，正忙着创建英国的皇家海军师，没过多久，就推荐了他。过了几天，他得到了任命，成为一名“胡德”营中的海军中尉。其后，他建立了许多丰功伟绩，在此就不赘述了。凭借着一次又一次在前线立功，用了四年的时间，他便升任到了旅长。1918 年夏季，德军发起了攻势，就在这最紧急的时刻，他被任命为总司令，负责守住巴叶尔的那个正面缺口，当时，其手下所拥有的力量几近一个军。他傲人的成就究竟是怎样的我无须多说，光看他所获得的奖章就知道了——维多利亚十字勋章，及两条装饰着金线的殊勋勋章。

唯一可以与弗赖伯格比肩的就是卡尔东·德·维亚尔了，他们都是在战火中成名的人物，尽管浑身上下因战争而布满伤痕，却丝毫没有打击到他们的精神或是肉体，因而，这两个人都绝对担得起我们所赠送给他们的称号——“对炮火毫不畏惧之军士”。

我曾在 20 世纪 20 年代，与伯纳德·弗赖伯格一起生活在一座位于乡间的房子里，一天，我想见识一下他身上的伤痕，于是，提出了这一请求。当他脱下衣服露出伤痕时，我总共从他身上数出了二十七个伤疤，和一些至今仍清晰可见的非常深的伤口。除了这些伤，到第二次世界大战时，他身上的伤痕又增加了三处。他自然会将它们解释成：“子弹差不多都是从这边打进来，又从那边出去，所以说，要是被一颗子弹或是弹片打中，肯定就得有两处伤了。”我曾想在 1940 年 9 月给他一项新的任命，让他拥有更大的权限，可当新的战争打响时，我改变了主意，因为能够胜任新西兰师师长的人，没有比他更合适的了，而他自己也乐于请缨而往。如今，他的好机会来了，此次担任司令官对他来说，具有决定性的意义。弗赖伯格最为人所称道的特点就是，不管上级将他派至哪里，给他配备怎样的部队，他都会抱着必胜的决心为英王及国家而战，并且，围绕在他周围的人，也都能感受到他的那种精神，誓死也要意志坚决地顽强战斗。

在国内，我们也会全力协助那些在前线背负重大使命的司令官和部队。

首相致坎宁安海军上将　　　　1941 年 5 月 1 日

1. 目前，我们已经做出决定，将近来反复在行动的事继续下去，也就是说，会在空军方面尽力设法给予你们支援，届时，你们将会收到比以往更多的支持力量。我们的计划是：将新增加的一百四十架“旋风式”战斗机和十八架“海燕式”战斗机装载到舰船上，然后送至你那里，负责运送的船只包括“皇家方舟”号、“阿尔戈斯”号、“暴虐”号和“胜利”号，同时，也会派出相应的驾驶员随机过去。等到 5 月 25 日，我们希望抵达中东的飞机应包括：“旋风式”战斗机六十四架、“海燕式”战斗机九架。5 月 23 日，我们还同时会派出二十五名战斗机驾驶员去塔科拉迪，好快点儿把“旋风式”和“战斧式”战斗机输送到战场去。我们之所以用如上所提及的航空母舰来运送飞机，是因为，它们可以选择通过塔科拉迪到埃及的这条航线，如此一来，运输能力便会大大增加，并且，也能转而用来多运输些“战斧式”和“旋风式”战斗机，此外，也应多输送一些“伯伦翰式”轰炸机。有关轰炸机的增援情形，我们可能会另发电报告知你。

2. 这一次，海军干得非常漂亮，又一次将陆军成功地救了出来，我们五分之四的部队人员也都因而成功撤离。为此，我要向你表示祝贺。

3. 我们如今一定要在克里特岛及马耳他岛上竭力一战，即便保卫它们非常困难，也得冒这个险。看目前的情况，敌人很快就会大举进犯克里特岛了，而马耳他岛对我们来说也十分重要，完全可以将其作为我们小型舰队的重要基地，好通过这里袭击并扰乱敌人的交通线路，使之无法顺利地前往利比亚。这次的行动虽然风险很大，但从美国方面日渐改善的态度及其给予我们的海军协作来看，这么做确实很值得。“老虎”计划经由你制订，确实稳妥而周全，成功在望。

4. 不过，当前我们希望你能将这项任务放在最为切要的位置上，即：不能让任何敌方军用物品经由海上运送到昔兰尼加的各个港口上去，并且，要尽可能地让这些港口全部无法再使用。我们只要听说敌人又把宝贵的机油通过船只不断地往港口输送，就感到十分忧心。保卫埃及的这场大战，就像韦林顿公爵所说的那样，是一场“难分伯仲”的战斗。不过，要是你成功地将敌军的补给线给切断了，并且，我们也能够依照计划，通过“老虎”计划及“美洲虎”计划，为你和韦维尔将军送去支援力量的话，相信在中东，我们的部队很快就能重新占据优势地位了。

愿你诸事平顺。

*　　*　　*

然而，弗赖伯格和韦维尔两位将军，却并未心存幻想。

弗赖伯格将军致韦维尔将军　　1941 年 5 月 1 日

敌军要是发动进攻，以我目前现有的兵力，很难抵挡得了。因为，只凭地面部队，是难以守住阵地的，必须有大量的战斗机参与进来才行，另外，也得让海军方面提供支援，好阻止住敌人由海上发起的攻击。经过在希腊的战斗，如今的这支地面力量已经十分薄弱了，一门大炮也没有，用来掘壕的工具也太少，车辆亦少得可怜，还有，不论是装备还是弹药也都不能满足战时所需了。尽管如此，在这里的部队也还是可以战斗的，并且，人们也愿意继续与敌人战斗下去。可要想把敌人打退，还得海军和空军通力给予支持才行。

要是我在上面所建议的支援部队因为某种原因而不能马上调派至此的话，那么我希望，保住克里特岛一事应即刻做出新的考虑。我认为，应当告知新西兰政府，当前我所拥有的这支师级部队中的大部分兵力的境况，因为，我的职责在给我的委任状上是有这样的规定的。

随后，他又告知了他的国家政府，说道：

1941 年 5 月 1 日

我认为，将克里特岛上的军事情况上报是我的职责所在。当前，伦敦方面已经做出了决定，要不顾一切守住该岛。陆军部已经估计出了有关敌军进攻的大致规模，从我收到的他们的估测结果来看，要想据守这座岛，必须得到海空两方面的支持。但截至当前，还未发现任何调派海军的迹象，敌人若是从海陆侵入，并没有相应的海上应对力量，而我们在岛上的空军力量也极其薄弱，不过六架“旋风式”战斗机和十七架旧式的飞机而已。我们的部队目前仍然愿意，也可以一战，可毕竟在希腊之战后，损失了不少物资，我们一门大炮也没有，又没有足够的掘壕工具，车子也不多，另外，不论是装备还是弹药，都不能满足战时储备所需。我在此希望向政府重点提出：目前新西兰师的绝大部分军队，正处在十分严峻的境况里，我认为，对于伦敦当局，你应该向他们的高层施加一些压力，不然，就派遣相应的人力和物力到克里特岛去支援，又或者，对据守该岛直到最后的这项决议重新考量，否则我们很难达成目标。同时，我已经将此事电告给了身在中东的总司令，他也是知道我的意见的。

韦维尔将军致帝国总参谋长　　1941年5月2日

1. 目前，敌人在克里特岛占据着空军优势，因此，我们的海陆空三军就在防御该岛的问题上遇到了困难。不论是运输港口还是机场，都在克里特岛的北面，所以，若是使用频繁的话，敌人便可以轻易地获知我们的行动。另外，在该岛，只有一条沿着北海岸呈东西方向的公路可以使用，但我们其实也不方便使用它，因为这条公路就在敌人的眼皮底下。

2. 该岛在南北方向上，没有一条可供使用的状况良好的公路，而在南岸，也无可停靠的港口。尽管我们可以在时间允许的情况下将它们建好，可我们的运输工具太少了。

3. 我们必须将该岛居民所需要的粮食大量地运送进来。敌人若是在我们无法提供战斗机掩护的情况下，对各个城镇实施猛烈的轰炸，那么，我们所面临的就不止战斗问题了，还会面临政治方面的冲突。

4. 当前，我们在这里的守军包括：英国的三个正规营、新西兰的六个营、澳大利亚的一个营，以及由希腊撤出来的部队所编制而成的两个混合营。其中，新编制的这两个希腊营，从人员上和装备上而言，还有诸多欠缺的地方。我们一门大炮也没有，另外，高射炮队尽管已在加强之中，但规模太小。因此，我们最少也得增加三个旅团及众多的高射炮部队，才能有效地守住这座岛。

5. 在空军方面，截止到当前，该岛上还未有一架新式的飞机。

6. 从希腊撤出来的部队目前状况不佳，他们大多并未受训过，且尚未武装起来。

7. 所有的困难正在处理中，要是时间够用，相信可以解决它们，不过，空防上的问题总归是极难解决的。

新西兰政府方面自然很担心自己的那个师级部队，不过，我已经向新西兰政府做出了解释。目前，新西兰总理正在前往英国的路上，已经到达了开罗。对于当前其军队在克里特岛上的情况，我也告知给了这位弗雷泽总理先生。

首相致新西兰总理　　　　1941 年 5 月 3 日

1. 在希腊的战斗中，新西兰师始终英勇奋战，且还能于撤退时，在最为要紧的时候保持秩序，顺利地撤到了克里特岛，对此，我感到十分高兴。此次克里特岛之战，我们自然会竭尽全力想办法把他们重新武装起来，尤其是会设法把所需要的大炮运送过去。在大炮方面你们无须担忧，韦维尔将军对此有着雄厚的实力。要想保卫埃及，克里特岛之战就必须要取得成功。此前我曾建议韦维尔将军将守军司令一职任命给弗赖伯格，而他已经同意了我的看法，这让我感到十分安慰。我们一定会尽全力去支援他的，还请你不必担心。

2. 我们已经收到情报，过不了多久，敌人就会通过空降部队来进犯克里特岛了，同时，或许还会由海路发起进攻。届时，我们一定会派出海军力量，竭力阻止他们。相信敌人通过海上攻击该岛的规模不会太大，而新西兰军若是果真碰到空降而来的敌军，也正好能如愿以偿，因为那样一来，新西兰军就会与敌人展开一场近身搏斗，而这对敌人来说是十分不利的，他们不能再在这样的情况下使出自己赖以取胜的坦克或是大炮了。在克里特岛，敌军若是成功登陆了，那么将会有诸多的困境等着他们，这只不过是个开始而已，战事终将如何还说不好呢。在这座岛上，山峦连绵起伏，到处是茂密的树林，正适合你的大军充分发挥出自己的实力，好好地大干一场。事实上，就算是实力不足，我们的增援速度也定然会比敌人更快，何况目前已经有三万多军队驻守在该岛上了。

3. 不过，可能进攻克里特岛只是敌人的一个幌子，他们真实的目标很可能是想穿过该岛，然后向东方进军。我们的空军力量已经很有限了，而且，所要担负的重任又不少，因此，在调派它们的时候不得不小心谨慎，得将方方面面都考虑到，以防发生意外。之所以说当前没有足够的空军，并且有限的空力都身负重担，不是没有原因的。不过，这原因并不是源于我们没有在这段时间里增加人力和物力，以及储备量，也不是源于我们没有做出努力，想尽一切办法派它们到中东去支援，而是因为，凭借现在能利用上的航路和派送方法来运送飞机和驾驶员到现场，确实在实际操作上困难重重。但你大可不必忧心，我们自当竭尽全力将我们的空军输送到前线去，并且，就在此时此刻，我们也正在为此努力，而所做的事情是具有深远影响的，不过自然也危机重重。目前，中东方面在各项安排上都需要得到空军的支持，而该问题则须交由各总司令来妥善处理。我希望以一个月左右的时间就能扭转中东方面的情况，让它向好的方向发展。

4. 在希腊，当新西兰师撤离时，新西兰举国上下尽管既着急又担心，却全都将这种情绪按捺在心里，表现得冷静又稳重，这让在此期间也为之担忧的所有其他人都为之钦佩。这个新西兰师重创了在希腊的敌军，而我们按照对希腊的承诺付诸行动后，也顺利地自希腊撤离。结束了战斗，整个帝国甚感欣慰。

弗赖伯格丝毫也不惧怕敌军的进攻，当时，他并不相信敌人会出动大规模的空降部队，也不担心这一点，他所担心的是，敌人会从海上有组织地发动大规模的袭击。虽然我们在空军的力量上没有什么优势，可毕竟还可以寄希望于海军，将敌人阻截在海上。

弗赖伯格将军致首相　　　　　　　　　　　　　1941 年 5 月 5 日

我不清楚何为畏惧；对于敌人会派出大规模的空降部队前来进犯，我是一点儿也不担心的。我已经安排下了一切，并认为我的部队能够抵挡住这样的袭击。不过，要是届时敌人的海运部队与空降部队联手对我们发动攻势的话，情况可就大为不同了。所以，我担心的是，敌人会在我将大炮及运输工具运送到前线之前就联合这两股力量发起攻击，要是那样的话，我恐怕就难以应对了。不过，就算如此，但凡海军方面能够支援我，相信也不至于打不赢。

在我们尚未获得足够的装备、运输工具，及添加数量有限的战斗机之前，恐怕会有一段防御力量单薄的时期，不过，等资源一送到，我们就可以守住克里特岛了。不过，即便是在我们的力量如此薄弱的时候，人们的战斗激情也没有减弱，他们个个急着要再跟敌人大战一场，就像当初在希腊战斗的时候那样，别让我们碰到敌军，否则，定会劈头盖脸地狠狠打击他们。

新西兰官兵对于英国的媒体，包括广播公司及报纸上的报道有所怨怼，因为，它们在报道希腊后卫战时，未曾提到过新西兰官兵的成就，对其所做出的重要表现和勇敢的行动只字不语，也难怪将士们会生气了。

我在得知新西兰官兵心里的怨气后，便马上想办法平复他们的心情。

首相致韦维尔将军　　　　　　　　　　　　　1941 年 5 月 7 日

要是你没有别的意见，就请把下面的这篇函电传达给弗赖伯格将军：

“在千古不朽的希腊战场上，身在大不列颠的所有人，都曾心怀感激与敬仰之情密切地关注着新西兰师，看着他们是如何建立起种种崇高的功绩的。对于此次战役的情形发展，我们也是逐步才了解了一些，直到现在，我们也并未全然了解。不过，随着时间的推移，我们也就得以通过战地报道越来越多地知道了现场所经历的情形，因而也就越发明白，在你们为之奋斗的这项光荣的使命中，你们所打下来的功绩是多么重要，多么令人称道。不论是整个大英帝国，还是以英语为母语的那些国家，人们在说起新西兰这个名称的时候，都会禁不住为之肃然起敬。现在，我们的心与你们同在，愿上帝庇佑你们。”

* * *

受克里特岛地形地貌的影响，我们确实很难做好防御工作。在这座岛上，只有一条公路可供使用，且在北海岸那边，所以，在公路沿线所部署的据点，就很容易被敌人袭击，而各据点也无法做到联合起来建立防御体系，只能单凭每一据点自身的力量来据守。因此，敌人一旦对这条公路下手，切断我们各部队间的联系，并且派重兵驻守在此，那我们就很难通过随时调派中央后备军来解除某个据点所遭受的危机了。除了这条公路，就只剩下一些小路了，不过，纵观南北岸，可以使用的也就是从南部海岸通向北面的斯法基亚和廷巴基那边的几条小路了，不过，并不适用于摩托化运输车辆。刚开始，军事领导人并未意识到这是十分显见的事，直到他们清醒地认识了现实情况才开始想尽办法将支援部队向岛上输送，并且把所需补给及武器也尽可能地输送上岛，尤其是战时所需的大炮，可这时候再行动起来，已经来不及了。德军自5月的第二周起，就出动了空军力量，它们从希腊和爱琴海上的基地启程，飞往克里特岛，并马上实施了有效的日间空中封锁，接下来，每一艘来往于克里特岛的船只就成了它们的进攻目标，并且，敌人还把重点放在了北岸，因为在那里，才有切实可用的一个港口，所以，对它封锁得更为彻底。我们在5月的前三周里，一直在设法给予援助，总共派遣出的重要武器达两万七千吨，可真正上岛的不足三千吨，因此，余下的物资只得再运回去，然而，在返回的过程中，我们又损失了不止三千吨。我们目前的空防力量是这样的：三十七英寸口径可移动的重型高射炮十六门、“博福斯式”轻型高射炮三十六门、防空探照灯二十四架；在各个机场分布着九辆步兵坦克，不过只有半成新，另外，我们还有轻型坦克十六辆。

5月9日，海军基地派出的差不多两千名机动保卫队员到达了克里特岛，包括重型高射炮队和轻型高射炮队各一队，他们一登岛便马上被派去加强苏达湾那里的防御了。这只是机动保卫队中的一部分，本来他们其余的三千人也可以支援克里特岛的，但目前埃及还需要这些人员。此外，我们还得考虑岛上的六千名意大利战俘，因此，原本就倍感压力的防卫工作做起来就更困难了。

我们的守卫军在克里特岛的首要任务是，把力量集中在保护登陆点上。因此，我们部署了两个英国营和三个希腊营去守卫伊拉克林；让第十九澳大利亚旅和六个希腊营守卫雷西姆农周边；派出了两个澳大利亚营和两个希腊营去守卫苏达湾附近区域；此外，还令一个新西兰旅驻扎在马里姆的机场附近，又叫其另一个旅守卫在它的东面，届时好随时相互接应上。除了这些守军，我们还有一些来复枪队，他们是从希腊撤出来的新编制而成的部队。不过，希腊营没有剩下太多兵力，而且尚未装备完全，手中只有一些杂牌来复枪，且弹药不足。此次参与保卫克里特岛的帝国部队，总计两万八千六百人。

要不是因为我们在克里特岛没有强势的空军力量，德国怎么可能策划发动大规模的攻击呢？5月伊始，我们的皇家空军在克里特岛上的情况是这样的：“伯伦翰式”轰炸机有十二架，“旋风式”战斗机有六架，“斗士”战斗机有十二架，“海燕式”战斗机有六架，“普鲁斯特式”战斗机有六架，后二者均隶属于海军航空队，不过，并不是所有的飞机都能够作用于战场，我们只能启用半数而已。这些飞机目前分散安置在三个地方：其一，雷西姆农小型机场；其二，马里姆机场，这里只能停放战斗机；其三，伊拉克林机场，各种类型的飞机均可在这里停放。我们的空军情况就是如此，然而与即将投放到克里特岛的敌空军相比，我们所拥有的实力不过是他们的一个零头罢了，绝对优势并不在我们这边。相关方面也都清楚地知道这一点。我们的空军确实不占优势，因此，5 月 19 日，也就是德国发起进攻的头一天，我们已经把在岛上停留的全部飞机都转移到埃及去了。在这个时候，不论是战时内阁、三军参谋长，还是在中东战区的总司令们都十分明白，当前唯一可行的办法只有一个，要么就继续作战，尽管眼下我们处于劣势，要么就尽快从该岛撤离，要是赶在 5 月初采取行动，也还是行得通的。然而，我们所有人都决定要迎敌作战。战役结束后，我们在回顾的时候，才有了不同的看法。从我们那时所知道的情况分析，虽然我们确实在方方面面都没有足够的力量抗敌，然而，我们离最后的胜利也并不远，况且，就算不能得胜，也会因此次战斗而在其他方面得益，它将产生的深远影响是具有更大的意义的。想到这里，我们当感到问心无愧，尽管我们这一次冒着极大的风险而战，且付出了一定的代价。

*　　*　　*

克里特岛之战打响后，我们才知道德军的进攻计划，现在就让我们来具体说一说。德军方面负责执行这项计划的是第十一空军军团，它是由第七空军师和第五山地师所组成的，另外，他们派出了第六山地师负责接应。投入战斗的空降部队有一万六千人，其中绝大多数是空投到克里特岛的伞兵部队，其余的七千人兵力，则由海上登抵该岛。除了这些兵力，敌人还派出了第八空军军团做战斗支援。在这场战斗中，敌人所投入的作战飞机总共有一千二百八十架之多，具体情况如下：有两百八十架轰炸机，有一百五十架俯冲轰炸机，“梅塞施密特 109 式”轰炸机和“梅塞施密特 100 式”轰炸机共有一百八十架，此外，还有四十架侦察机、一百架滑翔机，以及五百三十架“容克 52 式”运输机。在海上，德军会通过两支由希腊轻帆船[1]整编而成的运输船队来输送一批军需用品及海运部队到战场上来，这支从海上过来的船队会得到他们空军的掩护，不过也仅止于此，并没有采取其他的护航行动。过不了多久，我们就会知道它们的命运走向了。

敌人的空降部队打算在三个不同的地方展开行动，它们是：在东边的伊拉克林，在中部的雷西姆农、苏达和干尼亚，以及在西部的马里姆。而马里姆自当是他们最为重要的目标。敌人在进攻之前，总体而言是这么安排的：先是准备投出一千磅重的炸弹来轰炸我们的地面设施和防空设施，时长约一个钟头。然后，让主力部队乘坐滑翔机直接抵达地面，或者，还会让他们使用降落伞着陆。接着，再派出运输机把增援的部队运来。敌人全盘作战计划中的重中之重，就是要夺下马里姆机场。因为，倘若不拿下该机场，那么伞兵作战部队就只能投放到距离机场数英里外的乡野之中，而仅仅空投些伞兵是远远不够的，他们还须依靠运送军队的飞机把第六山地师也给带过来才行，这就需要利用机场来往返了，这样一来，每架飞机便可运送四五十个人，一去一回也方便得多。他们当时必须得快速有效地占领马里姆飞机场，不然，飞机只能着陆而无法返航，又如何能持续不断地输送大批计划中的基础作战部队呢？

* * *

在表示克里特岛时，我们开始使用暗号——“科罗拉多”，而在说明德国部队进攻时，我们也采取了新的表示方法，他们的进攻已被形象地称为“炙烤”。

每一天都令人备受煎熬，我们只是在为其他事情烦心时，才稍微能从这种焦虑和不安中转移一点。随着时间的推移，距离德军进攻的时间越来越短。

---

① 希腊轻帆船：双桅型帆船，如今常以摩托来推动。——原注

首相致韦维尔将军　　1941年5月12日

我们最少还需要十二辆步兵坦克支援打击“炙烤”作战计划，此外，还需要能够懂得使用它们的老操作员。对于我们的这项请求，请予以考虑。

首相致韦维尔将军　　1941年5月14日

从我手头的各种情报来看，5月17日之后，敌人就可能随时找一天展开“炙烤”作战计划了。照目前的情况而言，敌人的每一步行动都是计划好的，他们为了执行他们的作战计划，已经全都部署妥当了，且考虑得甚为周详。因此，我希望为了能守卫好“科罗拉多”，你已经做好了充分的准备，足够用的防御力量也已经部署妥当了，并且，我希望大炮、机关枪及装甲车辆，也已经送到原先驻扎在那边的部队手中了。不过，敌人极有可能会延迟行动，因为要策划这么大规模的战争，计划必定会定得十分繁复，所以从时间上讲，很可能会有所延误。因此，要是你们现在就把援助的军队送出来，还是来得及的，况且，届时就算敌人得到了某个据点，这些力量也足以赶得及迎战第二回合的战斗。在克里特岛，敌人尚不能通过其惯常所仰赖的机械化优势来打击我们，而我们又的确比他们更容易获得援助，因此，我非常期待在这次的战役中，我们杰出的作战部队能有机会与敌军硬碰硬地打一场肉搏战。对于战斗的细节问题，想必你已经跟坎宁安海军上将商议过了，而空军方面的作战计划，我想，你与特德在顾及其他的任务的情况下，也应该已经商量出合适的应对之策了。那么，预祝你一切都能顺顺利利的。

首相致韦维尔将军　　1941年5月15日

我感觉，马上就要攻打“科罗拉多”的敌军，在兵力上会非常般实，而空降部队的数量恐怕会相当多，这种感觉越来越强烈。另一方面，我相信所有能派到岛上支援的军队已经全都上岛了。

即便是在这样的非常时期，韦维尔将军说话还是那么幽默。

韦维尔将军致首相　　1941 年 5 月 15 日

1. “科罗拉多”正在尽可能地完善装备，以防止甲虫肆意来犯。近来，已经输送了不少增援力量，包括：六辆步兵坦克、十六辆轻型坦克、十八门高射炮、十七门野战炮，以及一个营级部队。此外，我当前还在筹备，准备再派出一支约由一个或是两个营组成的小型部队前往支援，坦克也会再送一些过去，这些部队将会作为后备力量在“科罗拉多”的南岸上陆。同时，我也在考虑波兰旅，他们也可留作增援力量使用，不过，不好解决的一个困难之处就是，如何使增援的军力登抵“科罗拉多”。

2. 5 月 12 日，我与坎宁安和特德就“科罗拉多”问题进行了探讨，随后，召开了一次三军参谋会。在会上，我们极力要求，大家得商量出个计划来，好使相互之间能够配合起来行动。

3. 尽管守住“科罗拉多”极其困难，再加上德国向来都会试图用闪击战来摧毁敌方用来增援的各项措施，但我们不会为此屈服，不论是负责指挥作战的意志坚定的司令官员，还是斗志昂扬、勇敢坚强的军队，每个人都情绪高昂，准备好好大干一场。所以，我相信敌人不久后就会意识到，事实上他们所筹谋的“炙烤”作战计划，反倒是烫手的山芋，不是轻易能吃到的。

韦维尔将军致首相　　1941 年 5 月 16 日

就在刚才，我收到了弗赖伯格发来的电报，内容如下：

“我刚去现场视察完战地的防务工作，并从最后一站返回来了。目前，岛上所有的防御计划均已完成。通过此次视察，我发现，各个地方的官兵全都做好了准备，士气高昂，使我备受鼓舞。此外，我们将防御工事都加大了，并尽可能地在阵地上布下了铁丝网。如今，我们已经将四十五门野战炮安置妥当，也将所需的弹药都备好了。在机场，我们以两辆步兵坦克来做防备，而运输车辆也已经抵达，正在下拨给各个部队。我们将用已经收到的第二批‘莱斯特式’坦克来巩固伊拉克林地区的防卫工事。基于这些努力，尽管我还不想显得过于自信，可我还是觉得，我们的实力已经足以让敌人见识见识我们的厉害了。相信若是能得到皇家海军的助力，守住克里特岛就不是问题。”

首相致地中海战区总司令　　1941年5月18日

要是我们能够成功地抵挡住敌人的“炙烤”行动，那么全世界的格局都会受此影响的。因此，这次的战斗必定会使其他的各战场都为之震动，它具有深远的意义，并具有重大的决定性影响，我希望你们在战斗时能够一切顺利，唯愿上帝庇佑你们。

首相致弗赖伯格将军　　1941年5月18日

得知你们已经全面部署好了坚固的防卫工事后，我们都感到十分开心，同时，也很高兴地知道了我们的增援部队已顺利登岛。决定命运的时刻临近了，我们每时每刻都心系着你们。我们都笃信你及你手下勇猛的士兵肯定能在这场战役中取得成功，并立下不可磨灭的功勋。同时，皇家海军也一定会拼尽全力前去助援的。要知道，你若是能取得所据守之地的胜利，那么整个世界的局势便极有可能因此而受到深远的影响。

我把我的看法说给了与我有着密切联系的史默兹将军。

首相致史默兹将军　　1941年5月16日

1. 对于你所提出来的军事方面的建议，我还是像以往一样赞许有加。近来，我一度对韦维尔将军的薄弱之处采取了有关行动，因此，在西部沙漠战区，我希望我们可以在往后的几周里通过大规模的攻势取得一些成功。现在，我们预计敌人很快就会向克里特岛发动大规模的攻击，且已经按其计划全都部署好了。倘若我们在西部沙漠和克里特岛都获得了胜利，那叙利亚和伊拉克问题就好解决得多。此间，我们正在想办法把最有实力的空军力量都调至中东战场，相信到了今年夏天，地中海之战的胜利就是属于我们的了，并且，我们还将保证尼罗河流域及苏伊士运河的海上安全。目前，罗斯福总统也积极地参与进来了，他正在设法往苏伊士运送供需用品。此外，对于向地中海沿岸挺近的南非军队，我们非常乐于见到他们前去帮忙。

2. 更叫人忧心的是西面地中海的形势，好在西班牙没有为德国的威压所吓倒。等时机成熟，我们会在合适的时间告知达尔朗，让他知道：倘若维希方面愿意派出飞机对直布罗陀进行轰炸的话，那我们就不会对法国实施轰炸，非但如此，我们还会给维希的那些卑劣之徒点儿颜色看看，不管他们跑到哪里，我们都会追着轰炸他们的，直到消灭干净为止。直布罗陀港口可能不能再使用了，而这一点我们一直都在关注，并且已经竭力设法予以安排了，我们会进行最为周到的准备，以扭转这种可能性。有关西非方面的事务，或许美国会乐于做进一步干预，尤其是参与到达喀尔的问题中去。

3. 最终，大西洋战役顺利地展开了。5月，希特勒曾想要达到最为严密的封锁程度，不过并没有如愿以偿，相反，在过去的半年里，我们的运输船队却屡屡在很多个月里都表现出色，有着不错的战绩。

相信，在大西洋战役中，我们肯定还能源源不断地获得美国持续增加的援助的，并且，我个人始终坚信，我们的地位会在年底前，在各个十分要紧的方面都得到一定程度的提升。看得出来，为了弥补1942年所损失的船只，美国正在筹备当中，所以，我认为，他们越来越趋向于做出参战的伟大决定了，时间不会太长。不过，对于这一点，我们还是先别太期待的好。

4. 希特勒看来是把力量集中在对付俄国上了。目前，他正在将部队、装甲车及飞机持续不断地从巴尔干以北、法国和德国本土向东推进，因此我认为，向乌克兰和高加索发起攻势对他来说最为有利，这样，就可以保证其谷类和汽油方面的供给了。当前，他要是计划这么做，恐怕无人能阻拦，可我们仍旧心怀希望，希望一段时期之后，我们便可以从他的背后给予其致命的一击，让他的国土彻底沦陷。我深信，上帝也会助我们一臂之力，将纳粹政权消灭殆尽的。

5. 国王告诉我，5月24日，他会专门致电给你，祝你生日快乐，而我在此也想送出对你的祝福。

就这样，克里特岛之战行将开始。

第十六章　克里特岛之战的经过

德国的空军军团——5月20日，德军发起攻势——在雷西姆农和伊拉克林两地据守——5月23日，马里姆沦陷——海军加入战斗——德国的运兵船队被击毁——坎宁安海军上将在海军付出了沉重的代价的情况下，依然将全部力量投入战斗——失去“格洛斯特”号和“斐济”号——“凯利”号和“克什米尔”号被击沉——坎宁安海军上将在电报中称战况危急——弗赖伯格将军在报告中称战况危急——成功无望——5月26日，我方决定撤兵——悲苦地执行任务——营救在伊拉克林的守军时发生的惨剧——坎宁安海军上将做出决定，继续撤离——德军对克里特岛上的民众施以暴行——他们所付出的代价——不值得的胜利，得到的还没有失去的多

克里特岛之战，不论是从战时的各方面来看，还是从其他方面而言，都是前无古人后无来者的战役。在整个战争史中，这还是头一回大规模地投入空降部队进行作战。战时，希特勒青年运动的那种激情在德国空军军团的行动中表露无遗，并且，在这种激情中，还鲜明地展现出了一种想要复仇的条顿精神，是的，1918年的失败燃起了他们对报仇的渴望。降落伞部队人人勇敢无畏，忠心不二，且都经历过高密度的培训，他们由内而外所散发出的那种强而有力的决心，那种即便牺牲也要荣耀德国，使其称霸世界的祭奠式的奉献精神，正是身为德国男人所应具备的一切的精髓所在。然而，他们的对手也同样优秀：这些士兵，人人身具满满的自豪感，其中的一部分人，是从世界的另一边不远万里地聚集到这里的，并以义勇军的身份投身战斗，为了自己的祖国英勇奋战，也为了自己心中的正义和自由事业而浴血抗战。在这一章里，主要讲述的就是这两类军人是如何展开殊死搏斗的。

德国人将所有可以调派的兵力都投入了这一役。对于戈林来说，最大的空军成就莫过于此了。1940 年，要是英国丧失了本土领域内的制空权的话，那么德国就很可能以这支部队前去英伦三岛实施攻击，可他们终究没能如愿。同样，他们原本也很可能将这支部队作用于马耳他岛，可也被我们给躲过去了。从德国空军军团接到命令开始作战算起，已经过去了半年零一个月，而他们的锋芒也渐渐地显露出来了。长久地等待之后，戈林如今终于可以命令他们向敌人发起进攻了。双方交战伊始，我们对德军的降落伞部队的情况尚不清楚，不知道他们具体派出了多少人。或许，第十一空军军团只不过是六个空军军团中的一部分而已。直到又过去了好几个月，我们才终于搞明白，原来只有一个空军军团前来作战，就是第十一空军军团。如果把德国比作一把长矛的话，那么这支部队就是这支矛的矛锋了。我们即将展开对这支部队的描述，读者很快就会知道它开始和完结的过程，也就是说，从胜利走向消亡的进程。

* * *

5 月 20 日的早晨，战斗打响了。德国曾发起了那么多的战争，然而，哪一次都无法与这次相比，他们在这次的战斗里，更加无所顾忌，也更加冷酷无情。他们头一个目标就是马里姆机场，这也是他们开始进攻的重点所在。一开始，敌人就以最为猛烈的炮火轰炸和用机枪扫射这个机场的周边据点，长达一小时，这种猛烈的程度是从未有过的。因此，我们的大部分高射炮就在炮火的打击下几乎立马就起不到任何作用了。轰炸还未止歇，敌人又马上派出了滑翔机，陆续自马里姆机场西侧着陆。接着，敌人又出动了飞机，在上午八点钟，开始在马里姆和干尼亚之间的那个区域投放伞兵，大批伞兵从三百英尺到六百英尺高的空中登抵克里特岛。整个上午，敌机一架接一架地飞来，将包括四个营的一个兵团投放到了岛上，到了下午，他们又投放了一个团的兵力。在整个投放兵员的过程中，他们全然不理会伤兵，也不在意有多少架飞机因此而做出了牺牲。在马里姆机场和它的周围，德军的着陆伞兵遇到了第五新西兰旅，双方展开了攻击与反攻击之战，此外，这支新西兰旅的其他部队还同时在东边策应着。敌军只要发现了我们，就会马上采取行动，投放出大批量五百磅重的炸弹，有的炸弹甚至有一千磅重。敌人在白天实施的轰炸非常猛烈，以至于我无法在这种时候进行反击——我们单凭两辆步兵坦克反抗，根本就没有成功的希望。不论是在海滩上、丛林里，还是在被烈焰充斥着的机场上，到处都是敌人派来的滑翔机和输送军队的运输机，它们有的安全着陆，有的则当场撞毁在地面上。德国方面仅在第一天就在马里姆和干尼亚之间的区域，和附近地带投放了总共五千多名伞兵。不过，他们并未讨到什么好处，我们的新西兰作战部队也积极地做出了回应，以猛烈的炮火予以还击，并且，与之拼死展开肉搏战，敌军因而遭到了极大的损失。此外，只要是落在我方防御区内的德国伞兵，基本上全都没命了，多数都为我们所击毙。当天，我们在天黑前始终控制着机场，可入夜后，这支营级部队就因人数太少不足以再驻守机场而撤到了支援部队所在的防御据点了。与此同时，尽管新派去了两个连的力量，却已经来不及再发起保卫机场的反攻攻势了。好在这个时候，我军凭借着自身的火力，仍可保有机场的控制权。

第一天一大早，敌人的飞机就在雷西姆农和伊拉克林两地开始大举空袭，到了下午，又接着将伞兵投放下来，仅此两地，就分别空投了两个营和四个营的兵力。一场激战即将开始。不过，尽管遭到敌人的空袭，又面临着敌军人数不断增加的压力，我们在太阳落山时仍握有两处飞机场的掌控权。此时，一些小型的空降部队并未停止着陆，陆陆续续地出现在被烈火席卷的雷西姆农和伊拉克林两地。经过这一天，德军的伤亡非常惨重，所以对我们来说，这一天的战果还是非常叫人满意的，如果不算上马里姆那边的情况的话。不过，也不能开心得太早，德军所派来的那些全副武装的将士，已经在各地区开始自由行动起来了。仅第一天，德军的攻势就已经远超英国司令部于此前所预估的威力了，同样，敌人也没想到我军的反攻会如此猛烈。

对于当天的情况，我们所获得的报告是这样的：

弗赖伯格将军致韦维尔将军　　　　1941 年 5 月 20 日下午 10 时

我军在这一天里，是承受着巨大的压力在苦苦战斗的。不过，我仍然深信，不论是雷西姆农和伊拉克林两地，还是马里姆机场及两座港口，都还在我们的掌控之中。我现在不能错误地把情况看得过于乐观，毕竟守住这些区域的希望非常渺茫。当前战场上的情况是这样的：战斗进行得异常激烈；大量德军死在了我们的攻击之下；交通状况糟糕；敌人猛烈地空袭干尼亚，情况堪忧。所有人都在这次的战斗中意识到，这一仗关乎我们的生死，因此，我们一定会拼死战斗，直到最后一刻！

到了第二天，敌人又接着发起了进攻，天空上又出现了一架架敌人的运输机。尽管我们不断射出大炮并密集地使用迫击炮而保住了马里姆机场，却无法阻止敌军的运兵飞机陆续登抵机场及位于机场东侧的崎岖地面。在这片地区里，最起码有上百架飞机在着陆时被撞毁，可尽管如此，还是不断地有飞机一架接一架地飞来，看来这一回，德国的最高统帅部是不惜一切代价也要取得胜利了。当天晚上，我们又进行了一次反攻，这一次，敌人被我们赶到了机场的边缘地带，可转天，德国的空军又在白日的天空中现身了，所以，我们没能将已经攻下的地方守住。

等到第三天，马里姆机场已落入敌手，并被他们妥善利用起来，因此，陆陆续续地又飞来了不少运送兵员的飞机，一个钟头内，约有二十多架运兵机在机场着陆。对整个战场而言，敌机借由机场得以往返输送援军，就决定了他们渐渐占据了主导地位。照此来看，估计敌人利用这几天及随后而至的一段较短的时间里，就能运送来总计六百余架运兵机，它们将会顺利抵达该机场，尽管还是会发生不少因着陆而损失的情况。敌军越来越多，而我们的压力也随之大大增加，所以，我们不得不在这样的情况下放弃大举反攻的计划，遂令第五新西兰旅后撤到差不多距离马里姆十英里外的地方去。至于干尼亚和苏达湾两地，则暂无变化，而截至目前，我们仍然握有雷西姆农。当下，敌人的飞机正陆续在伊拉克林机场的东侧降落，那里逐渐形成了他们的一个根据地，且范围仍在不断地扩大。5 月 20 日，敌人的首次攻势就算是结束了，这之后，德国的最高统帅部下达了一项指示，命令军队不再对雷西姆农和伊拉克林两地实施攻击，转而把主要的兵力集中到苏达湾地区去，准备展开对那里的攻势。

* * *

我们接到了空中侦察方面的报告，报告称，在爱琴海上发现了希腊轻帆船。5 月 20 日，坎宁安海军上将下令，让一支轻型舰队向克里特岛西北方驶去。在这支舰队里，有两艘由金海军上将负责指挥的巡洋舰，它们是“水上仙女”号和“珀斯”号，此外，还有“坎大哈”号、“努比亚”号和“金斯顿”号，而“朱诺”号驱逐舰也会随同前往目标地。

我们预计意大利舰队此时也会参与进来，于是，在克里特岛的西面，海军少将罗林斯部署下了一支有着强大威力的舰队来监视敌情。由罗林斯所指挥的这支舰队包括：“沃斯派特”号和“勇敢”号两艘战列舰，以及八艘担任此次护航任务的驱逐舰。5 月 21 日，敌人猛烈地空袭了我们的舰船。一天之中，先是“朱诺”号驱逐舰被打中，遂于两分钟后沉入大海，其间死亡人数巨大。其后，“阿加克斯”号和“猎户座”号巡洋舰也被打伤，不过，仍然可以继续战斗。

21日当晚，疲惫的将士们看见北边一片火光，照得天空分外明亮，由此，大家便知道，那是我们的皇家海军在与敌军交火。此时，德国的运输船队正承载着第一批海陆攻击部队驶往克里特岛，他们奉命孤注一掷，冒死也要夺取胜利。从下午传来的报告中看，敌人的小型船只已经一批一批地距克里特岛很近了，见此，坎宁安海军上将马上令其轻型舰队向爱琴海驶去，好及时阻止住德军，不让他们顺利趁夜入岛。夜里十一点半，德国的运兵船队被哥伦尼海军少将所指挥的舰队截在了距离干尼亚北方十八英里处的海域内，哥伦尼所率领的舰队包括：“代朵”号、“猎户座”号和“阿加克斯”号巡洋舰，及四艘驱逐舰，而敌方的运兵船则主要由轻帆船组成，并辅以鱼雷艇来担任护航任务。在此番战斗中，英国的船舰花费了两个半钟头来捕捉它们的猎物，最终，德国载满了作战人员的十二余艘轻帆船和三艘轮船，全部被我们消灭了，估计当天晚上葬身大海的德军怎么也得有四千人。

* * *

21日，金海军上将率领着一支舰队整晚都在伊拉克林附近的海面上巡查，这支舰队包括：“水上仙女”号、“珀斯”号、“加尔各答”号和“卡莱尔”号巡洋舰，以及三艘驱逐舰。到了22日清早，它们便开始分头到北面海域巡查了。一开始，他们发现了一支敌人运载军队的一艘轻帆船，并将其打沉。随后，这支舰队便朝米洛斯岛靠近。只过了几分钟，他们便看见敌方的一艘驱逐舰出现在北面，除此之外，还有五艘小船，随即，双方开始交火。在这之后，他们又发现另外一艘驱逐舰正在投放烟雾，而大批轻帆船就在这片烟雾的后头。事实上，这批轻帆船只是敌人输送兵员的一部分，而我们在这时候已经成功地阻截了他们的另一支重要的运输船队，上面同样载满了作战人员。对于金海军上将所遭遇的这批运输船，我们的空中侦察队也已经把情况告知给了坎宁安海军上将，然而，金海军上将没能及时证实这一消息，直到一个多小时之后才得以确认无误。

金海军上将的舰队从22日清晨起，就一直处在敌机的轰炸之下，尽管到目前还没有一艘船舰受损，可船上的弹药已经快要消耗殆尽了，而原本航行时速应为二十一英里的“卡莱尔”号，也因不停歇的航行及对敌斗争，变得疲惫不堪了，如今，只得将速度放慢下来。这个时候，金海军上将并没有意识到，其实再努力一下就能获得战利品了，他认为，要是再向北部海域深入的话，整个舰队恐怕就保不住了，因此，他下达了往西撤离的命令。总司令一收到他的撤离信号就赶紧对其发出了指令，命令他：

> 不要撤退，一定要坚持努力，确保你的船队在可以收到信号的距离内航行。在克里特岛，我们的陆军正寄希望于得到海上的帮助，切勿令他们失望。一定要设法阻止敌军，且不能使其有机会登陆克里特岛。

这时候再想将这支敌运兵船队消灭掉，已经太迟了，他们已经掉转了航向往回折返，并分别朝着四散的岛屿驶去。如此一来，我方便只能眼睁睁地放过这五千名德兵，没能让他们像前一拨同伴那样沉入大海。事实上，敌人的这些运兵船队几乎没有任何防御能力，且在通过这些海域时，也并无制海权或是制空权，而德国当局之所以下达了这样的指令，只能说明两点：其一，1940年的9月，他们很可能会在北海海域及英吉利海峡展开大规模的行动，其二，对于自己将会面对怎样强大的抵抗势力，德国方面并不清楚，当然，他们自然不知道他们得为自己的无知付出怎样的代价，牺牲多少人的性命。

* * *

尽管金海军上将几经下达了撤退的指令，却还是没能使在自己领导下的分舰队逃离魔爪，撤退的时候，敌人猛烈地对他们实施了空袭。要是此前他向敌人的那支运兵船队发起攻击的话，损失情况会是一样的。在这之后的三个半小时里，敌人一直不间断地轰炸他所在的舰队。期间，“水上仙女”号和“卡莱尔”号旗舰被打中，受到了损伤，而“卡莱尔”号上的舰长汉普顿海军上校也在轰炸中牺牲了。罗林斯海军少将立刻率领着一支船舰前去接应，他所指挥的这支舰队只有“沃斯派特”号和“勇敢”号两艘战列舰，此外，还有“格洛斯特”号和“斐济”号两艘巡洋舰，以及七艘驱逐舰，这时，他正携舰队从西面穿过安蒂奇提拉海峡赶着增援金海军上将的舰队。两支舰队于下午一点十分会合。“沃斯派特”号战列舰在抵达金海军上将所在位置的那一瞬，被飞来的一颗炸弹打中了，结果，该战列舰右舷处的大炮一下子就被炸毁了，分别是四英寸口径的大炮和六英寸口径的大炮，致使舰船的速度被迫慢了下来。敌人趁机已经逃远，而我们的这两支分舰队也在联合后，往西南方撤离了。

坎宁安海军上将十分坚定地誓要将从海陆前来进犯的敌军全都拦截在海上，而他事实上也用行动证明了这一点，在这几次海上的战斗中，他勇敢地投身在了这项事业上，他向来是个雷厉风行的人，而这一回，自是将自己视为宝贝的舰船毫不犹豫地投入了海上冒险，打算义无反顾地与敌人抗争到底，即便要押上整个东地中海海域的制海权作为赌注也是一样。在这次战役中，他表现突出，特别得到了海军部的赞许。这一回，不只是我们在残酷的斗争中下了极大的赌注，德国方面的指挥部门一样是下了血本。经过整整两日的海上作战，敌人再没通过海运部队把自己的兵员送上岛，直到该岛的命运已成定局也是如此——他们在海上被我们给打怕了。

* * *

我们的海军在 5 月 22 日至 23 日，遭受了极大的损失。先是罗林斯海军少将所指挥的分舰队中的“猎犬”号驱逐舰被敌人炸沉，接着，金海军上将便作为如今已经联合起来的两支舰队的总指挥，令手中的其余两艘驱逐舰赶去救出“猎犬”号上的幸存者。敌人的空袭越来越激烈，他下令，让“格洛斯特”号与“斐济”号巡洋舰去抵挡。如此一来，整个舰队的行动就慢了下来，而敌人的空袭也就拉长了许多。到了22日的下午两点五十七分，金海军上将接到报告，“格洛斯特”号与“斐济”号上的高射炮马上就要没有炮弹了，因此，他遂令这两艘巡航舰相继撤离。过了二十分钟，敌人的炮弹多次打中了“格洛斯特”号，致使其马上就停止了运转，舰艇上到处是升腾的大火，而船员早已牺牲在了上层的甲板上，随处可见他们的尸首。然而，“斐济”号只能眼睁睁地看着这一切却无力帮助，于是，只能独自驶离，结果又和其他的船队失去了联系，而此时，它的燃料正在慢慢地消耗殆尽，因此只得选择与随行的那两艘驱逐舰直接返回亚历山大港。然而，在其前往亚历山大港的途中，敌人的轰炸机编队并没有放过它，仅在三个小时之中，便对其实施了近二十次空袭。“斐济”号这时候已经没有可用的重型高射炮的炮弹了，只能死扛，而不幸的是，就在这个时候，它没有发现敌人的一架“梅塞施密特109式”轰炸机正穿云而过，朝它逼近，结果再次受到了猛烈的打击。经这一击，船身立时不稳，开始朝一侧倾斜，好在它仍然可以航行，并保持在每小时十七海里的航速上。然而，它还是没能支撑太久，敌人又发动了一次空袭，而它也终于在三颗炸弹落下后伤了要害，不能再继续航行了。到了晚上的八点一刻，它再也无法支撑住了，整个船身开始倾倒，没过多久就沉没了。不过，“斐济”号上的七百八十名官兵，有五百二十三人为随行的两艘担任护航任务的驱逐舰所救，并在天黑之后安全地回到了基地。

* * *

与此同时，在其以西二十英里的地方，我们的舰队也遭到了敌机反复多次的袭击，在这个过程中，“勇敢”号战列舰被打中，好在伤得不重。到了下午四点，海军上校路易斯·蒙巴顿勋爵也率领着舰队从马耳他岛出发了，准备加入舰队与敌人展开战斗，他此番所乘坐的是“凯利”号驱逐舰，同时还带来了最新式的四艘驱逐舰。他的这支由五艘驱逐舰组成的小舰队还是我们刚派往中地中海支援的船队。傍晚时分，他接到命令，率领驱逐舰去找寻“格洛斯特”号和“斐济”号上的幸存者，然而，总司令又命令他：趁着天黑，当令这些驱逐舰去克里特岛北岸一带的海域巡查。于是，他做出了一项虽然正确却着实叫人悲痛的决定：放下慈善的搜救工作，转而投入巡查。在整个战争中，这样的决定早已不是头一回了。于是，22日当晚，蒙巴顿勋爵就一直率领着驱逐舰在干尼亚一带海域里巡视。而这时候，麦克海军上校也同蒙巴顿一样在通向伊拉克林的航域里巡查，他所乘坐的是“加弗斯湾”号，此外，还有三艘驱逐舰随同执行该项任务。巡逻时，“凯利”号驱逐舰击毁了一艘满是敌军的轻帆船，并使另一艘敌船因受到攻击而着火。驱逐舰一直巡逻到天亮才开始向南方退去。

到了夜里，坎宁安海军上将才获悉了战况的总体情形，也知道了“格洛斯特”号和“斐济”号两艘巡洋舰的损失状况。他发现，在亚历山大港发布处转达信号信息的时候，出现了抄录方面的纰漏，因此，他所看到的记录显示，不管是巡洋舰还是战列舰上的高射炮，都急缺弹药。所以，他才在凌晨四点下令所有舰队撤到东面去，可事实上，战列舰上的弹药并不匮乏。事后，坎宁安将军说，他在当时若是能将事情搞清楚的话，肯定不会做出撤退决定的。而若是他没有下令撤退，那么到了次日早上，舰队便很可能躲过另一场灾难。我们现在就来说说整个事件是怎么回事。

23日天刚亮，“凯利”号和“克什米尔”号便全速绕航克里特岛，从它的西侧撤离了，结果在这个过程中遭到了敌人猛烈的袭击。所幸的是，尽管遭到了敌人的两次空袭，这两艘舰艇却并未受伤。但到了上午七点五十五分，敌人的一支空军编队就追上了它们，这支有着二十四架俯冲式轰炸机的空中力量很快就打沉了这两艘舰船，造成二百一十人死亡。这时，幸好“基普林”号驱逐舰离它们不远，及时地赶去救助，在敌人不间断的轰炸中，从海里救出了两百七十九名官兵，也包括路易斯·蒙巴顿勋爵在内。即便如此，“基普林”号还是抵挡住了敌人的攻势，没受什么创伤。次日晨间，“基普林”号在行驶到距离亚历山大港五十英里处时用尽了燃料，当时，整个舰船上载满了人，正在这时，接到命令前来迎接的舰船发现了它，并将其顺利地拖入了港口，中间没有再遇到什么危险。

* * *

就这样，5月22日至23日，我们的海军在这两天的战斗里承受了巨大的损失，包括：失去了两艘巡洋舰，被打沉了三艘驱逐舰，我们将在很长的一段时期里都无法再正常使用“沃斯派特”号战列舰，“勇敢”号战列舰受重创，另外，还有不少舰船伤势较重。可尽管如此，克里特岛的海上防御依然是非常稳固的。我们的海军没有辜负大家的期望，他们确实做到了在克里特岛之战结束前，决不让任何一名德国人上岛。

不过，此时的地中海总司令并不清楚自己所取得的成就有多大。23日，他发来了一封电报，说：

地中海总司令致海军部　　1941年5月23日

在过去的四天里，我们所经历的战斗根本就是地中海舰队与德国空军之间的一场比试……我认为，怕是得承认我们在克里特岛沿海的作战是一场失败的战斗了，事实上，我们所承受的损失太大了，以这样的情况看来，付出如此惨痛的代价来换取不叫敌人的海运部队对克里特岛实施攻击，是极不对等的，而这一点，我们必须正视。结果太糟了，我们只能接受。就像我一直以来所担心的，敌人享有绝对的制空权，而我们根本无法与之抗衡，在海上，我们又只能在一个受限的区域里作战，这对我们十分不利。再加上天气不好，正赶上地中海一带最不稳定的时候，所以，在这种敌盛我衰的情况下，我们只能等候时机，伺机而动，并且要在运作兵力上极其小心谨慎才有望取胜……

英王陛下的“敬畏”号航空母舰已经受到攻击而受到了极大的创伤，也许这还算是好事，我担心的是，它如今搞不好已经葬身大海了。

海军部接到电报，马上就做出了回应：

海军部致地中海总司令　　1941 年 5 月 23 日

倘若这次的战斗只是如你所说的那样，是地中海舰队与德国空军之间的一场比试的话，那或许我们也只能按照你的意思，限制海军舰队的一些行动了。可事情不仅是这样，我们还要为守卫克里特岛而战。因此，要是舰队能够在我们驻守在克里特岛的陆军们成功降服敌人全部的空降部队前，阻止敌方通过海上把援军和补给送上岛的话，那或许我们驻扎在该岛的陆军将士们便可以顺利地抵挡住敌方海运部的攻击了。所以说，眼前最为紧要的任务就是：在最近的一两天里，不惜任何代价，竭尽全力阻止敌方的海运部队登岛，哪怕还要损失一些舰船也必须阻止他们上岛。在执行该任务的过程中，你所遭遇的极大困苦，海军部的各位长官都非常理解。

正当克里特岛上的战事叫人万分焦急时，我给罗斯福总统发去了一封函电，电文如下：

前海军人员致罗斯福总统　　1941 年 5 月 23 日

克里特岛之战打得极其惨烈，我们没有在有效起降航道内可使用的机场，因而不论是执行防卫任务，还是巡逻舰队的行动，都无法派出空军从旁协助。今天，我们的两艘巡洋舰被打沉了，另外，还有两艘驱逐舰也沉入了海底。现在，我们正在打击大批量的德国顶尖部队，且最少打沉了一支敌方的运兵船队。

随后，我又给韦维尔将军发去了一封电报：

首相致韦维尔海军　　　　　　　　　　　　1941 年 5 月 23 日

我们必须获得克里特岛之战的胜利，哪怕敌人已经占据了有利而稳固的根据地，我们也必须将此战无限期地进行下去，这样一来，敌人就必须把主要的攻击力放在这一战场上而无暇旁顾了。由此，你最起码也能多争取到一些时间来动员更多的“虎仔”[1]，且能更好地将西部沙漠的局势给把控住。在克里特岛上的战事若是得以继续，那么塞浦路斯岛上的安全也就有了保障。我们希望，你可以每晚都尽可能地增援克里特岛。你能不能通过多运送到岛上一些坦克，好让岛上的部队能够将被敌人夺去的机场再收归已用？目前，敌人的损失也不小，能够使用的顶级部队想必已经快用尽了，时间拉得越长，他们越难以支撑。下面的这句话是我说给弗赖伯格将军听的：“你正在进行的这一光辉的战斗，吸引着全世界人的目光，全盘格局的走向将会因此而发生转变。”

对此，参谋长委员会也是一致认可的，并且给各总司令发出了如下指示：

1941 年 5 月 24 日

在克里特岛，尽管我们所遭遇的困难十分大，然而敌人那边的情况也好不到哪儿去。就我们从敌人那里获得的情报看，只要我们能

① “虎仔”：按照“老虎”计划，通过地中海运往中东的坦克。——译注

坚持到底，他们终有一日也会有力量都用尽的时候。因此，看来对我们来说，目前最要紧的就是，以最快的速度派遣最为强大的支援力量上岛，好使在岛上的敌军等不到有力的支援时，便已被我们消灭了。对于这次的战斗，你是知道其重要性的，所以，风险再大也要冒险坚持，好争取到最终的胜利。

对于海军部于23日发出的电报，坎宁安海军上将发出了如下复文：

地中海舰队总司令致海军部　　1941年5月26日

1. 决定爱琴海战斗的主要因素，并非对遭遇损失的担忧，而是得避免那些相对而言并不利于我们却会造成舰队方面的危机的事情，对于这一点，还请海军部的各位长官相信，不必太过担心。据我所了解到的情况而言，在海运方面，敌人就算是往克里特岛上输送了一些军力，也肯定还没有成功地把任何一支具有一定规模的援助部队送上该岛。不过，对于不久后敌人便很可能获得数量可观的援兵的观点，我是非常赞同的。

2. 如今我们对于行将遭受的损失，已经能够凭借足够的经验来做出判断了。仅仅三天的时间，我们就遭受了巨大的损失：敌人打沉了我们的两艘巡洋舰和四艘驱逐舰；一艘战列舰受伤，无法在几个月内恢复并投入战斗；两艘受到重创。这样的损失倘若再经历一次的话，那么东地中海上的制海权，恐怕就再难把握住了。

3. 敌人要想输送兵力和补给，其实不见得非得通过海上运输。他们虽然在海上损失了一些运兵船，有时候也只得无功而返，可在空运上却丝毫不受阻碍，他们在空军上的力量短时间内还是非常强大的，可以随时输送兵力，并运送补给给那些已经登岛的军队使用。对此，我们却无法予以阻止。在岛上驻扎的部队将士们常常可以看见敌人的

“容克52型”飞机一批批地从上空肆意掠过，而这势必会是一个直接影响着我方官兵士气的重要因素。

4. 我认为应该让海军部的各位长官知道我们当前的情况，我们最近所承担的任务已经极大地影响到了部队人员。如今，轻型舰艇和机械这两方面的力量就快要用尽了，所有的将士和军官也早已疲惫不堪，就快支撑不住了。2月底，我开始奉命执行支援希腊的“光辉”作战计划，打那之后，我们便一直没让这些人员和战列舰有休息的机会，不断地令其投入战斗，而这已将其能量消耗到再难忍受的地步，如今，他们都已经到了极限。然而，任务不但没有完结，反而越发沉重了，再加上还要不断地抗击敌方的空中打击，现在我们所面对的空袭无法与挪威之战的那种空中打击相提并论，我相信，在挪威遇到的打击与此相比，简直是如同儿戏一般。人员不能如此超负荷地使用，而是应在适当的程度内加以善用。

5. 我目前所做的一切，已经大大超过了先前所预估的程度。每天晚上，驱逐舰和巡洋舰都会派往克里特岛的北岸海域执行扫荡任务。过去，我们也曾在马里姆实施炮轰行动，今天凌晨，我们又对斯卡潘托岛进行了一番攻击，当前，还派出了一艘潜艇监视着米洛斯岛附近的情况……然而，之前我所发出的恳求还未见结果，没有收到任何前来支援的侦察机。

6. 我刚写完上述各点，就得到了这样的消息：敌人投放的炸弹打中了英王陛下的“敬畏”号和“努比亚”号军舰，现在它们正在返回港口的途中，还不清楚具体的情况。

对于这位意志坚定的总司令而言，还有更为严峻的考验正等着他去经历，而从之后所发生的一些事情来看，事实上，他也是禁受得起这一系列的考验的。

*　　*　　*

26日，韦维尔将军在收到弗赖伯格的来电时已经是深夜了，在电文里，弗赖伯格表明了情况的严重程度。

弗赖伯格将军致韦维尔将军　　1941年5月26日

不得已，我必须痛心地报告给你这样的情况：我认为，我所指挥的这些用来守住苏达湾的军队，已经到了极限，再也无力作用于战场了。不管各总司令是如何以军事角度来看待的，将会决定如何行动，我们都无法再据守这一阵地了。如今，我们的这支部队在装备上已经极不完善了，同时又因人员的不足而难以机动作战，无论如何，肯定是难以抵挡住敌人在过去一周里所发起的那种密集性的轰炸。此外，我认为，也应该让你知道这支部队目前看来已经绝不可能撤出来了，从后勤给出的看法而言，难以克服重重困难冲出来。要是能马上下令撤离，兴许还有机会让一部分人员登船。一旦这片战区为敌人所有，那他们就很可能会以同样的方式来攻陷雷西姆农和伊拉克林两地，届时，不过是时间早晚的问题罢了。当前，只剩下威尔士团和突击队还可以继续进行攻击，而我们的部队已经全都无法再发起对敌攻势了。倘若你在考虑了中东的整体局势后，认为我们当前最要紧的是争取时间的话，我们自当为此目标而坚持不下火线。不过，若是如此，那我就得好好思考如何更有效地争取时间了。二十四小时之内，敌人很可能就会炮轰苏达湾。死伤还在继续，不断又有新的牺牲。如今我们大多数固定好的大炮已经不起作用了。

我发了封电报给弗赖伯格：

首相致弗赖伯格将军　　1941年5月27日

如今，全国各地的人都在关注你所进行的保卫战，此战光荣无比，人们均报以敬佩之情。据我们所知，敌人目前的情况也不乐观。此间，我们也正在竭力调派支援你的各种力量。

首相致中东总司令　　　　　　　　　　　　　　1941年5月27日

在这场战斗中，克里特岛之战起着扭转大局的作用，故而，希望尽一切可能，继续将援助送到岛上。

*　　*　　*

然而，当天夜里我们就接到了消息，成功无望了。

韦维尔将军致首相　　　　　　　　　　　　　　1941年5月27日

1. 克里特岛上的局势怕是已经到了最为紧要的时刻。干尼亚前线已全线崩溃，而苏达湾方面的战况也是打得艰难，看来超不过二十四小时也行将难守。目前援军已经无法再投入战场了……

2. 参与克里特岛之战的部队，大多数都经历过希腊一役，因此，大抵都禁受过敌人占绝对优势的空中压力的考验。可如今情况有所不同，他们又在该岛上承受了一次苦难不说，且敌人的空袭规模较之过去那次还更为猛烈。连续不间断地作战，且对空袭无以抵抗，即使最为坚强勇敢的军队也最终难以坚守在阵地上，何况在这种情况下，后勤根本没法儿给予支持。

3. 我刚收到了弗赖伯格发来的函电，他说，为今之计，撤离到克里特岛南部的海滩上，是唯一可行的办法，只有这样，才能保住整个苏达湾，我们只能白天潜伏起来，晚上再采取行动。他还说，在雷西姆农那边的部队已经被敌人给切断了，急需补给，而伊拉克林那边的军队显然就快要被敌军给围困住了。

4. 克里特岛如今已经难以据守，恐怕我们必须得面对这一现实，并且，必须尽可能地使部队从该岛撤离。目前，我们由于种种客观因素而没法儿抵挡住敌人如此规模空前的空中打击，在敌人猛烈的空袭下，我们根本无法战斗下去，因此，我们只能在这种情况下选择放弃。

* * *

展开地面作战后的第四日，弗赖伯格就建立起了一条新的战线，即马里姆至干尼亚战区间的一条战线。德国空军因为可以在机场上自由起降，所以在兵力上始终呈增长态势。5月26日这天是一个关键的转折点，在这次的战斗中具有决定性的重大意义。我的那些不得不撤退到干尼亚附近的军队，这时候已经承受了六天的巨大压力，而这种压力一天比一天重。终于，他们已经挺不住了。敌人冲破了通向内地的一段战线，进而开始向苏达湾挺近。由于弗赖伯格司令部失去了与我们的联系，所以，他便在自己职权的范围内，令其部队横跨克里特岛，向南面的当斯法齐亚撤离了。26日当晚，他决定让部队撤离该岛。部队在穿越山区小路时，发生了混战，所幸正好遇到了由莱科克上校所指挥的两支约有七百五十人的突击队伍，他们是在26日这一天，趁夜乘坐"阿布泰尔"号布雷舰登抵苏达湾的。如今，这支队伍，也算是岛上可称作生力军的一股力量了。这支突击队和第五新西兰旅，再加上第八澳大利亚营的残余部队经过合力拼杀，总算是打了一场有力的后卫战，由此，我们在苏达湾、干尼亚和马里姆三地的几乎全部剩余兵力才得以找到撤退到南海岸的路径。

尽管我们在雷西姆农那里的部队被敌人围困在通向内地的一段区域里，且所能使用的补给品和弹药就快难以维持了，可他们还是毅然决然地在阵地上坚守着。我们曾试图将粮食放在摩托艇上给他们补充一些，可无法向他们传达突破包围圈撤至南海岸的命令。因为敌人很快开始收拢包围圈，到了30日，他们最终还是因为粮食匮乏而降敌了。不过此前，残存下来的部队还是最少击毙了三百个敌军，另外，有差不多一百四十人从敌人的包围圈中逃了出来。

另一方面，德军在伊拉克林机场的东面获得了越来越多的兵力，而我们的守军却没有相应的兵力支援。驻守在当地的部队曾得到了一些支援，这些助力来自由阿盖尔人、萨瑟兰人以及苏格兰人、高地人所组成的一支部队。这支部队先是在廷巴基登陆，然后一路与敌人拼杀又前进至伊拉克林，最终和当地守军会合在了一起。而就在这个时候，海军赶来了，及时地给予了增援。

* * *

在保证大部队撤离时，我们必须得再度承受巨大的损失，而这惨痛的经历，我们不得不再次面对。对于我们的舰队而言，将要执行的任务是异常艰巨的，在敌机猛烈而不间断的攻击下，在已经承受了多重繁累的任务后，它们必须想尽办法让两万两千名官兵上船撤离克里特岛。这些人中的大部分，要从斯法基亚海滩上船，而这片海滩没有任何遮挡，还有，我们的舰船在营救的过程中，不得不穿越一段三百五十英尺长的海域，而在该区域，敌人占据着绝对的优势。此间，皇家空军也在尽可能地想办法予以支援，派出了几架从埃及调来的飞机，它们将前往的目标地，是已经在敌人控制之下的马里姆机场，而它们的任务，主要是不分昼夜地对这座机场实施轰炸。尽管我们的空军在执行这类任务时已经背负了太多重担，可事实上，他们所必须采取的小规模攻击却并没有派上什么实际的用场。另一方面，尽管特德空军中将答应我们，会令战斗机掩护舰船的行动，可他同时也提醒我们要明白一点，那就是，这样的掩护无法贯穿始终，所以能给出的帮助其实并不会太多。

斯法基亚坐落在克里特岛的南部海岸，是一个地处五百英尺高的峭壁下的小渔村，在这里，可以通行的仅有一条曲折蜿蜒的小路而已。部队要想在此登船撤离，就必须得先藏匿在峭壁周边等候召唤。28 日夜里，由阿里斯海军上校所指挥的四艘驱逐舰到达了这里，其后，七百人顺利登船驶离，而已经在此集结起来的大批将士，则通过这几艘舰艇送来的食物得以继续等待。由于在返航的时候，舰船得到了战斗机的有力掩护，因而除了有一艘驱逐舰被打成轻伤外，就再没有什么损失了。此间，藏匿在斯法基亚周边等待撤离的部队还有一万五千人，他们所处的位置极其危险，就在坑坑洼洼毫无遮拦的地面上。同时，弗赖伯格还在指挥后卫队不间断地与敌人拼杀。

此时，另一支舰队也同时出发了，然而，迎接它的却是一场悲剧。这支舰队的任务是前去搭救藏在伊拉克林等候登船的守军，担任船舰总指挥的是罗林斯海军上将。该舰队的阵容是这样的："猎户座"号巡洋舰、"阿加克斯"号和"代朵"号，此外，还有其他六艘驱逐舰随行。敌方自晨间五点起就开始令飞机从斯卡潘托岛起飞，对这支舰队施以猛烈的空袭，直到太阳落山才停止，期间并未间断过。在这段时间里，"阿加克斯"号巡洋舰和"帝国"号驱逐舰差点儿被敌机打到，"阿加克斯"号只得被迫返航，而临近午夜时，驱逐舰才抵达了伊拉克林。他们把藏匿在该地的部队运送到了在外海等候的巡洋舰上，这个过程进行了几个小时，直到凌晨三点二十分才运载完毕，登船人员达四千人。接着，舰船启航，准备返回。三十分钟之后，本已受伤的"帝国"号驱逐舰又发生了事故，舵机忽然坏了，差点儿撞上巡洋舰。这时，时间紧迫，全体船队必须赶在黎明前行驶到南部海域。可罗林斯海军少将却做出一个要命的决定，他下令让"赫脱斯保"号驱逐舰折返回去，带走"帝国"号上的全体官兵和其他船员，然后再将那艘驱逐舰打沉，而他自己所乘坐的那艘军舰则必须将速度降至十五海里每小时。如此安排的话，"赫脱斯保"号就得载着九百名士兵与他在黎明之前会合才行。但现在，距离先前定好的时间已经过去一个半小时了，等到太阳升起来时，他才往南折返通过卡索斯海峡。虽然此前曾经部署好了行动，令战斗机掩护舰队，可最终他们没有得到这一援助，其中一半的原因在于时间上的改动，飞机在抵达时并没有发现舰船。然而敌人的轰炸从早上六点又开始了，直至下午三点才结束，而这时候，该舰队距亚历山大港还不足一百英里。

最先遭创的是“希尔伍德”号，早上六点二十五分，一颗炸弹打中了它，因此，它便无法再跟着护航船队一起撤离了。罗林斯少将认为，必须得令其自生自灭了，随后，他做出了这一决定，事实证明，他的判断是正确的。“希尔伍德”号最终向着克里特岛海岸靠近，敌人俘获了多数艇上人员，好在他们都幸存了下来。随后，更为糟糕的事情接踵而至。在这之后的四个钟头里，“代朵”号巡洋舰、“猎户座”号巡洋舰和“诱敌”号驱逐舰相继被敌机打中。整个舰队开始减速行驶，以每小时二十一海里的速度继续航行，好在尚可向南结队而行。不得不说，当时“猎户座”号上的情况着实叫人不寒而栗。一颗炸弹打下来，从舰桥之间穿了过去，不算船员的话，艇上尚有一千一百名部队人员，当这颗炸弹下落到下甲板时，挤在一起的人一下子就被炸死了两百六十人，另有两百八十人因此而受了伤。在这次空袭中，舰长巴克海军上校殉难了，而他所在的这艘舰船因遭到严重的攻击而着起了大火，最终，火势凶猛，船舰再难保住。中午时分，两架海军航空队的“海燕式”战斗机赶来支援，舰艇上的人员见此才稍稍平复了一些心情。尽管皇家空军派出的战斗机已经千方百计地搜寻遇难船队了，可仍然找不到它们的下落，不过，它们在执行任务的时候也曾多次与敌机交火，过程中，最少歼灭了两架敌机。29 日，剩余的所有船舰都在晚上八点抵达了亚历山大港口。我们在这个时候才知道，在伊拉克林等待营救的守军，有五分之一非死即伤，要么就沦为了战俘。

* * *

此前，我们已经知晓开罗的各总司令所承受的诸多压力是何等之重，这些压力主要来自两方面，一方面是国内政界的压力，一方面是军事方面的压力，而这些压力中的一大部分，就如我们所看到的那样，又转嫁给了果断发出命令的我们，和与敌人交战的部队。不过，韦维尔将军及其同僚在经历了 29 日所发生的诸多事情后，不得已要决定如下问题该如何处理：

使我们在克里特岛作战的部队撤离，到底还需要投入多少力气？对此，空军是指不上了，而陆军此时还在生死一线之中，那么能够担负起救援任务的就只有海军了，然而，他们经过轮番行动早已精疲力竭，而且还被炸弹攻击得身上都没有一块好地儿了。坎宁安海军上将认为，越是在这种危难时刻，就越不可弃陆军于不顾，否则也有违我们国家一贯的传统。他说道："海军方面只需要三年的时间便可打造出一艘军舰。而重建一个新的传统，却需要三百年的时间才能完成。我们应该接着前去搭救岛上的人员。"最终，还是决定继续营救岛上人员，不过，做出这一决定是非常艰难的，冥思苦想之后，又与海军部和韦维尔将军商讨了一番，这个决定才算是定下来了。29 日凌晨，我们运出了近五千名部队成员，不过，等候救援的人还有很多，在船队到达之前，他们就在通向斯法基亚的各个路口等着，等待的过程异常危险，他们若是在白天稍露行踪，就会立刻被敌人发现，进而受到敌机的轰炸。不管怎么说，此番决定让海军再度冒着天大的危险前去营救，从情感上和结果上来说，都是正确的。

救援行动在 28 日的晚上开始运作起来，金海军上将率领着一支舰队驶向了斯法基亚。该舰队由"月神"号、"加尔各答"号、"珀斯"号、"考文垂"号、"格朗盖尔"号攻击舰和三艘驱逐舰组成。到了 29 日晚上，顺利登船的人员差不多有六千人，在这次行动中，"格朗盖尔"号登陆艇的作用最大。次日凌晨三点二十分，运载结束，舰队开始往回返，尽管在 30 日这天，舰队曾被敌人攻击了三回，可除了"珀斯"号巡洋舰的锅炉房被打中之外，其他舰船均没有受创，全都安全地返回了亚历山大港口。行动之所以能进行得如此顺利，皇家空军派出的战斗机可谓立了大功，尽管投入的数量不多，却多次在船队返航的过程中击退了敌机发起的攻势。当时，大家都认为 29 日晚到 30 日晚的救援行动是我们所需要努力坚持的最后一次了，可就在 29 日晚的那次行动中，我们意识到事实上情况没有我们想的那么严峻。所以，转天晨间，阿里斯海军上校再度率领着四艘驱逐舰又返回了斯法基亚，途中，有两艘驱逐舰必须掉转船头回去，可阿里斯还是坚持带领着“内皮尔”号，及海得拉巴王子及其人民所送与我们的“尼赞”号驱逐舰继续向斯法基亚驶去。最终，又有一千五百多名士兵被救出，成功地登上了这些舰船。随即他们便驶了回来，在这个过程中，两艘驱逐舰均遭到了敌人的袭击，险些中弹沉没，好在尽管受了点儿伤，却仍可平安回航，到达亚历山大港口。就在几日前，希腊国王和英国公使在经历了一番艰难险阻后，已经平安地一同撤离了克里特岛。当天夜里，驻守开罗的各总司令下达了指示，令弗赖伯格将军乘机从该岛撤离，结果他也平安地转离了。

5 月 30 日，我方下达了最后努力搭救岛上残存部队的指令。下达命令的时候，还以为在斯法基亚残留的军队不会超过三千人，可最终得到的消息却并不是这样，事实上，在岛上等候撤离的人员多于此预估数不止两倍。31 日清晨，金海军上将又一次偕同舰队前往克里特岛，这一次，他所率领的舰队包括：“月神”号、“阿布泰尔”号及其他三艘驱逐舰。岛上所有等候撤离的人员是不可能全都运送回来的，可坎宁安海军上将还是下达了命令，让舰船尽可能多地把士兵都安排上去。与此同时，海军部那边也收到了通知，告知其这次趁夜撤离的行动是最后一次了。6 月 1 日凌晨三点，全部登船行动进展顺利，所有舰队准备往回返。结果，近四千名部队成员被成功地带离了克里特岛，最终平安地到了亚历山大港口。但我们还是损失了一艘巡洋舰——“加尔各答”号接到命令前去接应进港船只，结果在离亚历山大港不足一百英里的地方受到了敌人的攻击，被炸沉了。

在克里特岛上的某些地方，不止五千名英国及大英帝国的部队人员被遗留在了那里。对于这些人，韦维尔将军是准许他们向敌人投降的。可他们中的大多数人并没有投降，而是分散在了各处，在这片多山且绵延一百六十英里长的岛上，这些人及希腊的士兵，有一部分得到了当地村民的救助。可敌人并不想就此放过他们，只要知道有居民藏匿了士兵，就会将其残忍地杀害。结果，敌人残暴地报复了这些无辜的农民，勇敢的农民们或二十人一

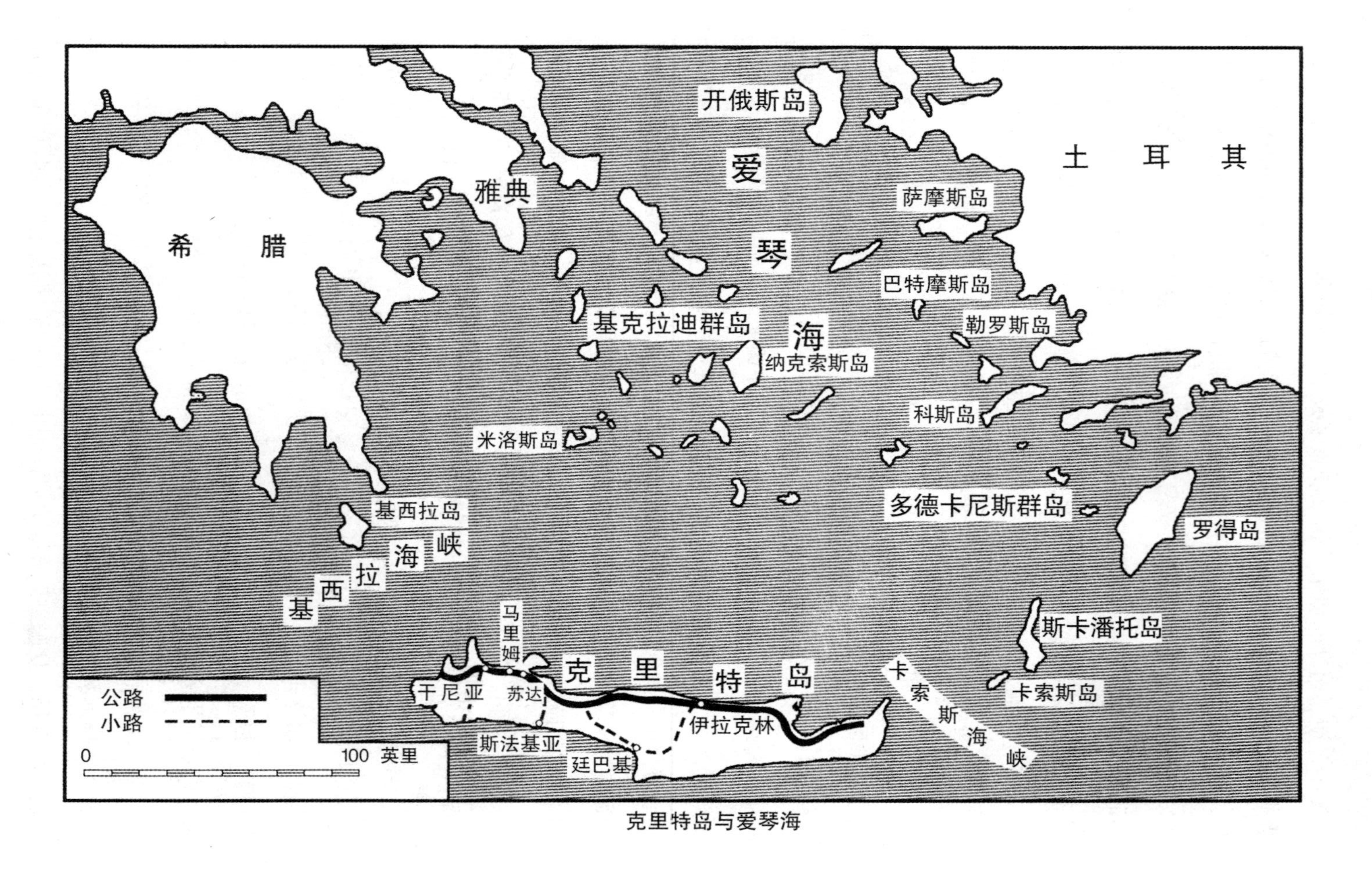
开俄斯岛
土耳其
希腊
雅典
爱琴海
萨摩斯岛
巴特摩斯岛
勒罗斯岛
基克拉迪群岛
纳克索斯岛
科斯岛
米洛斯岛
多德卡尼斯群岛
罗得岛
基西拉岛
基西拉海峡
斯卡潘托岛
马里姆
克里特岛
干尼亚
苏达
卡索斯岛
卡索斯海峡
公路
小路
伊拉克林
斯法基亚
廷巴基
0
100 英里
克里特岛与爱琴海

拨，或三十人一拨，均被枪决了。1944 年，也就是三年之后，我因此而向最高军事会议提出了一项意见：对于在克里特岛所发生的罪行，理应在当地审判那些罪犯，而不在那里的刑事被告人，也应当遣送到当地接受审判。最终，我的意见还是被采纳了，而那些有待偿还的血债，也算是有了个结果。

*　　*　　*

我们成功送至埃及的总共有一万六千五百人，这些人几乎全是来自英国及大英帝国的部队人员。在这之后，各种突击队又发动了几次冒险行动，因此，又有千人左右获救。在这次的战役里，我们的损失情况是这样的：约有一万三千人死亡、受伤、被俘，近两千名海军非死即伤。自克里特岛之战打响至今，根据统计得出了这样的结果：在马里姆和苏达湾两地，新增了四千多座德国人的坟墓；在雷西姆农和伊拉克林两地，也多了一千多座属于德军的新冢。此外，还有大量死于海里的德军，不过具体数字已经无从得知了。战后，那些因伤而在希腊医院治疗的德军也有一部分没能救活。通过这些资料统计，估计敌人的死伤总数应该超过了一万五千人，除了人员伤亡，在战斗时，他们的运兵飞机不是被打伤，就是整个被摧毁，差不多损失了一百七十架运兵飞机。然而，他们在此次战斗中为了取胜所牺牲掉的东西，可不是死伤多少能计算得清的。

*　　*　　*

克里特岛之战的意义并不仅仅是抢夺有利的战略根据地，它还是一个最好的实例，证明只要不畏困苦、坚持不懈地抗争下去，就可以获取具有决定性意义的战绩。我们在那个时候，根本不清楚德国方面到底会派出多少伞兵师力量。可事实上，要不是因为有了克里特岛一役，我们还不会清楚地了解到，守卫该岛即是为守卫自身国土安全的必要准备，随后，本书亦会表述这一点。在这一战之后，我们的目标就有所变化了，准备建成一个足以与四至五个类似德国空军这样勇猛的空降师相匹敌的空中力量，事实上，我们后来也跟美国一起实现了这一目标，且规模更甚于此。然而，事实表明，德国其实只有这么一支空降师，即戈林的第七空降师，可它早已在克里特岛之战中被击溃了，其中有五千多名最无畏的精兵牺牲在战场上，由此，整个德国空降师的组织架构也就不可救药地随之解体了，在这之后，便再没出现过什么类似的有效组成形式。尽管在争夺克里特岛时，我们陷入过无序状态，体会过无力感，并在最后也没取得什么战果，可参与到斗争中去的人，包括新西兰军队、英国军队、英帝国军队和希腊军队，等等，他们或许都意识到了一点——在一个十分重大的事件中，他们都曾为之努力过，且发挥了一定的效用。此事件绝不能说不重要，它在最为关键的时候，使我们免除了巨大的隐患和忧虑。

最终，在克里特岛，戈林并没有捞到什么好处，尽管取得了胜利，但损失更大，究其原因，是他做了错误的选择。要是他把投注在该岛的武装力量放在攻占塞浦路斯、伊拉克、叙利亚，甚或波斯的话，那么他必然能够轻而易举地拿下这些地方，因为这些国家本就优柔寡断没个主意，是不会花大力气让部队进行抵抗的，而他则正好可以蹂躏他们。可结果，他却选择与大英帝国的勇士们来一场殊死搏斗，且几乎以肉搏战为主。多么愚蠢！这么做无疑是把诸多大好的机会全都错过了，还损失了再也无法弥补的军队。由此，德国方面失去了最为优秀的勇士，因而再也无法让拥有强大威力的空降部队及跳伞部队投入即将发生在中东地区的战事中去了。

我们手中正握有第十一空军军团的一份“作战报告”，而第七空降师就直接隶属于该军团。在我们进行克里特岛之战的部署时，现在想来曾受过多少严厉的指责，又进行了多少回自我批评啊！我们回顾这些时，不妨也听听对方是怎么说我们的，说得很有意思。德国人称：“在克里特岛，英国的地面部队超出了我们的预估，几乎是我方作战部队的三倍。早在我们到来前，他们就在该岛的各作战区里费尽心思地做好了十分精细的防守准备……防御工事全都被巧妙地遮掩了……我们在情报方面十分匮乏，没有准确地判断出敌情，致使第十一空军军团在进攻时受到了巨大的威胁，且伤亡惨重。”

对于那些说不上名字的朋友，我想冒昧地在此引用德国人在审讯我方战俘时所说的一番话，现如今，德国的这份审讯报告的记录在我们手中。他们是这么说的：

> 我们得说，英国军队在作战时，尽管遇到了不少困难，可他们的精神及士气并没有受此影响，不过，可以看得出来，他们仍旧无条件地信任丘吉尔。

*　　*　　*

理论上讲，经过克里特岛一战，再加上撤退时的损失，我们的海军必然会在地中海的控制力上受到相当大的影响。3 月 28 日，我们总算是通过马塔潘角一役，把意大利的海军给暂时赶回到他们的港口去了。可如今，又平添了不少新的损失，我们的舰队力量又被削减了不少。克里特岛一役过去后，坎宁安海军上将所剩的舰船就不多了，目前仅剩下尚可服役的战列舰两艘、巡洋舰三艘，以及驱逐舰十七艘。此外，在埃及，还有九艘正在修理中的巡洋舰和驱逐舰，而其他待修理的船舰则只能离开亚历山大港到可以修理它们的地方去。这些尚未修理的船舰包括："沃斯派特"号、"巴勒姆"号等几艘军舰，以及坎宁安海军上将的"敬畏"号航空母舰，此外，还有几艘军舰待修。我们必须尽最大可能赶紧派出增援的舰队补上空缺，好平衡敌我之间力量不均的状态，因为在战斗中，我们失去的巡洋舰有三艘，而驱逐舰也损失了六艘。可我们接下来还要说到我们即将面临的事情，尚有更为不幸的事在前方等待着我们。在意大利方面看来，如今可是最为有利的时机，他们大可趁我们不得不面对困难的这段时间，发起对我们已不稳定的东地中海海域的制海权的挑战，并由此而挑起更多的麻烦让我们疲于应对。他们是否真的会把握这种机会，现在还说不好。

第十七章　“俾斯麦”号的命运

大西洋危机——5月21日，“俾斯麦”号和“欧根亲王”号出海——丹麦海峡——身在契克斯的我正焦急地等候消息——5月24日，“胡德”号被打沉——“俾斯麦”号向南驶去——“欧根亲王”号脱逃——鱼雷在午夜打中“俾斯麦”号——5月25日，找不到“俾斯麦”号的踪影——该舰复于26日被发现——燃料不足——“谢菲尔德”号和“皇家方舟”号——“俾斯麦”号失控——维安海军上校所领导的驱逐舰队——5月27日，“罗德尼”号开火——我提交报告给下议院——人人都是功臣——我给罗斯福总统发去了电报

目前，希腊战线早已全面失手，西部沙漠之战还在继续，大局未定。而在克里特岛，我们因激战而暂处劣势，但就在此时，大西洋也马上就不太平了，德国和英国的海军即将展开一场角逐，这次的事件将波及深远。

我们不但要与德国的潜艇不停地交战，还受到其海上攻击舰所带来的伤害，这种海上攻击，致使我们损失的船只吨位数超出了七十五万吨。现在，敌人的“沙恩霍斯特”号和“歌奈森诺”号两艘战列舰，以及“西佩尔”号巡洋舰正停靠在布雷斯特，并辅以拥有强大火力的高射炮来保护。没有人清楚它们会在什么时候采取行动，因此，它们可能随时会阻止我们在贸易航线上的往来。到了5月中，诸多迹象都在显示一点，那就是德国新打造的“俾斯麦”号战列舰可能马上就会参与到战争中来了，并且，与它相伴的还有“欧根亲王”号巡洋舰，这艘巡洋舰所配备的都是口径在八英寸的大炮。在大西洋，这些带着强大威力且速度超快的船舰一旦行驶在广阔的海域上，并协同作战的话，那么对我们的海军力量而言，无疑是最大的挑战。

在“俾斯麦”号战列舰上所装载的大炮总共有八门，每一门的口径都在十五英寸，它是海上分量最重的装甲军舰，并且，在打造它的时候，并没有按照条约所限定的条件来操作。这艘舰船的速率与我们最新式的战列舰难分高下，可在排水量上，却超出了我们近一万吨。5月里，希特勒曾视察过该战列舰。见到它之后，他说：“你就是德国海军的骄傲。”

危险将至，总司令托维海军上将为此而对舰船进行了新的部署：新打造的“英王乔治五世”号战列舰，“威尔士亲王”号和“胡德”号战斗巡洋舰均停在斯科帕湾；“威慑”号和“皇家方舟”号在萨默维尔海军上将的带领下，在直布罗陀港待命。此时，其他几艘舰船正在执行任务：新打造的“胜利”号航空母舰和“击退”号正忙着护送运兵船队，船队上的两万多人要赶去中东。“罗德尼”号和“拉米伊”号正航行在大西洋上，执行护航任务。而不管它们中的哪艘船舰单独碰上“俾斯麦”号，都极有可能被打沉。在哈利法克斯港，“复仇”号行将出航。与此同时，还有十一支船队正行驶在海面上，或是行将出航，在这些船队中，有一支运兵船队，它正冒着巨大的危险航行，要是碰上敌人猛烈的攻击，恐怕就会致使大批生命葬身大海了。在北海的每一处海口，都有我们的巡洋舰在巡逻，而在空中，我们的侦察队也在密切地关注着挪威海岸上的动静。目前，海上的气氛已然是剑拔弩张了，可形势却尚不明朗，因此，与我一直保有亲密联系的海军部看出了问题，敏感地察觉出敌人已经盯上了我们散布在各海域中的商船，他们意识到将有大事发生了。

我们在5月21日拂晓收到消息，得知有两艘巨大的战列舰驶离了卡特加特海峡，并伴以强大的舰队来掩护。晚些时候，我们又得到消息，“俾斯麦”号和“欧根亲王”号均已在卑尔根峡湾停靠，而这两艘船也被证实确实是拂晓时离开的那两艘。从这一事实不难看出，形势十分急迫，重要的军事活动马上就要展开了，于是，所有大西洋方面的指挥机构开始火速备战。海军部所奉行的原则尽管保守，却是绝对正确的，他们决定：将力量集中在应对敌人的攻击舰队上，而运输船队，甚至包括那支重要的运兵船队则暂时无暇顾及，只能任由他们在海上冒险了。22 日，午夜刚过不久，“胡德”号、“威尔士亲王”号和六艘驱逐舰就从斯科帕湾离开了，它们要去掩护正在格陵兰岛和冰岛之间巡逻的“诺福克”号和“萨福克”号。“诺福克”号和“萨福克”号两艘军舰所巡查的是丹麦海峡，在那片海域中，海面寂静无声，且全都被冷冰覆盖着。“曼彻斯特”号巡洋舰和“伯明翰”号接到的命令是做好防卫工作，主要负责冰岛和法罗群岛之间的那片海峡的安全。总司令则可直接随调“击退”号和“胜利”号机动作战。至于那艘运兵船队，也已经从克莱德湾起航了，经批准，它们可仅在驱逐舰护航的情况下继续航行。

5 月 22 日这一天是个星期四，叫人难以忘怀，诸多情况接踵而至，着实叫人忧心。先是北海的上空阴云密布，然后便下起了雨，虽然在如此恶劣的天气里是不适合飞行的，可在奥克尼群岛的哈特斯顿那里，还是有一架海军飞机起飞了，它在敌人猛烈的炮火中穿行，最终飞抵了卑尔根峡湾，并坚持完成了侦察任务。它发现，敌人的那两艘舰船消失了！当晚八点钟，托维海军上将得知了这一消息，便立时登上了“英王乔治五世”号，并率领着“胜利”号和四艘巡洋舰以及七艘驱逐舰赶往北海西侧，他们必须在此处拿下一个中心地，好随时应对敌人的行动，这样一来，不管敌人出现在冰岛的哪个位置，他都可随时为其巡洋舰保驾护航，使其顺利地完成巡逻任务。次日一早，他便能够与“击退”号在海上会合了。海军部判定，敌人的舰船极有可能试图穿越丹麦海峡。

当晚，我接到了报告，几分钟之后，便向总统发出了一封电报：

前海军人员致罗斯福总统　　　　　　　　　　　1941年5月20日

昨天，也就是5月21日，在卑尔根，我们发现了一些船只停在那里，它们是“俾斯麦”号、“欧根亲王”号和其他八艘商船。当时由于云层过低不适宜空袭，所以我们并没有采取行动。可今天夜里，我们却发现它们都已经离开了。因此，我们有足够的证据证明，敌人是想在大西洋发动大规模的攻击，好消灭我们的舰船。要是我们无法搜索到它们的去处，相信你的海军肯定能做到，并会告诉我们它们在哪里。目前，我们已令“英王乔治五世”号、“威尔士亲王”号、“胡德”号、“击退”号航空母舰、“胜利”号，及附属船只前去追踪了。若你得到相关消息，还请告知，我们自然就可以顺利地完成使命。

事实上，早在二十四小时之前，“俾斯麦”号和“欧根亲王”号就从卑尔根驶离了，这个时候，它们已经到达了冰岛的东北海域，并朝着丹麦海峡行驶。在它们所行驶的海面，到处是漂浮在一起的冰块，因此，可以通行的海峡流域只有八十英里宽了，这里几乎为浓雾所覆盖。23日临近晚上，“萨福克”号和“诺福克”号先后在北方看见正在驶来的两艘军舰，当时，这两艘敌舰正擦着一片片流动的浮冰边行驶，其上空并没有云层遮掩。于是，我们的舰船便赶紧把观测报告告知了海军部，而海军部最先接到的是来自“诺福克”号的报告，然后，他们便马上将报告换以密码的形式，广播给了所有相关方面。猎物已经找到了，于是，我们展开了追击行动，所有的舰队都被派往目标物的所在海域。总司令的旗舰率先加速西行。“胡德”号和“威尔士亲王”号为能在次日凌晨从冰岛的西侧把敌舰给截住，进而进行打击，也将方向重新调整好了。海军部对萨默维尔海军上将下达了一项通知：令其负责指挥H舰队，这支舰队包括“威慑”号、

“皇家方舟”号和“谢菲尔德”号巡洋舰，并让整个舰队提速往北而行，好掩护那支运兵船队，此时，这支船队刚穿行了一半多的爱尔兰海岸。通知上还说，萨默维尔也可以选择参与到战斗中去。接到通知的时候，萨默维尔的舰队早已点起了火，准备随时出发了，24日凌晨两点，他便率领H舰队从直布罗陀离开了。从后来所发生的事实来看，这支舰队自出发起，就已经决定了“俾斯麦”号的命运。

*　　*　　*

5月23日，星期五，我去了契克斯，在那里，我与艾夫里尔·哈里曼、伊斯梅将军和博纳尔将军在一起，直到星期一。目前，克里特岛上的战事正是吃紧的时候，因此，这又是一个叫人不得安宁的周末。在郊外的官府里，自然不缺秘书，什么类型的这类人员都有，并且，要想联系上海军部里负责执勤的人，或是别的至关重要的部门里的人员，直接打个电话就可以了。据海军部估计，到了破晓，“俾斯麦”号和“欧根亲王”号两艘敌舰就会穿过丹麦海峡了，届时，“威尔士亲王”号、“胡德”号，以及其他两到三艘巡洋舰便会行动起来，令对方不得不战。目前，依照此次行动的总计划，全部舰船都已经朝现场驶去了。我们一直都在紧张地等待着消息，前半夜很快就在担惊受怕中过去了，而我直到两三点钟才去睡觉。

我在差不多早上七点的时候被叫醒，最怕听到的消息还是传来了——“胡德”号被敌舰炸沉了！这可是我们速度最快的一艘主力舰！尽管“胡德”号从构造上来讲比较轻盈，可在它上面，却装载了八门口径在十五英寸的大炮，再者说，它还是我们最为珍视的宝贝军舰之一。因此，我们得知失去了这艘主力舰时，都感到无比心痛。可我知道，在现场，我们的其他船舰正在逼向“俾斯麦”号，准备从各个方向袭击它，所以我相信，它要是不掉头往回返，朝北回到本国，那么用不了多久，它就会被我们给打沉。我径直走向位于走廊尽头的哈里曼的屋子，刚碰面，我们就同时说道：“‘胡德’号被打沉了，可我们定会叫‘俾斯麦’

号沉入海底。”之后，我又返回了自己的房间，由于太累了，便很快睡着了。过了一会儿，也就在差不多八点钟的时候，我又醒了，因为我的私人秘书主任来到了我的房里，他身上还穿着睡衣，原本周正而一脸严肃的他，此时也显得十分紧张。我问他：“咱们打中它了没？”他回答道：“还没，连‘威尔士亲王’号也从战场上跑了。”这个消息真是叫人太失望了。由此来看，难不成“俾斯麦”号已经掉头向北方的本国折返了？而这是我一直以来最担心的事。当时都发生了什么，如今我们才都清楚地知道。

*　　*　　*

23日到24日晚所发生的一切原来是这样的：当夜，天公不作美，飘下雨雪，“诺福克”号和“萨福克”号还是在这种恶劣的条件下追击敌舰，任凭对方如何闪躲，它们还是紧盯不放，并且，这两艘舰船还持续不断地把敌舰及我方舰队的位置通过发送信号告知给其他的船舰。天渐渐亮了起来，北极的上空不再为黑暗所笼罩，这时候，已经可以清楚地看到，在往南十二英里处的地方，“俾斯麦”号正朝着南方前进。不多久，一股浓烟就从“诺福克”号的前左舷部升起来。此时，在肉眼所见的范围内也能看见赶来的“胡德”号和“威尔士亲王”号。于是，一场不是你死就是我亡的殊死决斗即将上演。“胡德”号此时已经可以借着越来越亮的天色判断出敌舰的所在位置，它们正航行在西北方向，距我方船只十七英里的海面上。得知敌舰的位置后，英国的船舰便马上开始投入战斗。早上五点五十二分，“胡德”号向敌舰开火，当时它与敌舰的距离在两万五千码。随后，“俾斯麦”号也开始反击，并打中了“胡德”号，结果，该舰因中了一颗炮弹而导致其口径在四英寸的大炮起了火，火势蔓延的速度令人不敢想象，很快，舰艇的中央部分就被火苗覆盖了。而与此同时，我们的舰船已经全部加入了战斗，在这样的攻击下，“俾斯麦”号自然也中弹了。到了六点，不幸突然降临在“胡德”号身上，当时，“俾斯麦”号刚将第五次排炮发射出去，这艘舰船便忽然爆发了一连串的爆炸，船身一下子被分成了两截，只不过几分钟的时间，整个船舰就随着一片浓烟沉入海涛中了。“胡德”号上下一千五百多人之中仅存活了三人，舰艇上所有的官兵全都牺牲了，这之中也包括莱斯洛特·霍兰海军中将和拉尔夫·科尔海军上校这两位杰出的将领。

“胡德”号的残骸在海面上四散开来，“威尔士亲王”号赶紧掉转方向躲避，边躲边继续与敌战斗，目前，敌我双方还难分上下。很快，“威尔士亲王”号被“俾斯麦”号上的炮火击中，仅仅几分钟的时间里，它就被“俾斯麦”号上的四枚炮弹打中，这些炮弹均出自口径在十五英寸的大炮，四枚炮弹中的一发打在了舰桥上，立时就把舰桥给炸毁了，守在那里的人员自然受到冲击，伤亡惨重。就在这时，船舰尾部的下水区也被打穿了一个窟窿。船上剩下的人不多了，而利希海军上校则是这少数人中的一个，他很快做出决定，不再与敌人拼杀，因此，该舰船在一片烟雾中离开了现场。可“威尔士亲王”号虽在这场战斗中受了重伤，但“俾斯麦”号也好不到哪儿去，实际上，它在水下的船身也被打中了，两枚重型炮弹均对它造成了一定程度的伤害，其中，有一枚还击穿了它的油槽，因此，它开始不停地漏油，后果严重，并且速度也已经减慢了不少。随后，德国司令官令其向西南方继续前行，我们可以清楚地看到，“俾斯麦”号所行之处留下的一条油痕。

现如今，只有“诺福克”号巡洋舰上的威克·沃克海军少将担当得起指挥任务了，他必须在这个问题上做出抉择：要么马上投入新一轮的战斗，要么先把敌人给牵制住，然后等总司令率领着“英王乔治五世”号和“胜利”号航空母舰前来参战。在这里，问题的关键所在，还得视“威尔士亲王”号的情况而定。直到一周前利希海军上校才在报告中称，这艘舰船“可用以战斗”，因此，它服役的时间还非常短。如今，它受伤不轻，原本装备在舰上的十门口径在十四英寸的大炮已经有两门无法再使用了，因此，以这样的伤情而言，是否能再与“俾斯麦”号一较高下就很难说了。

所以，威克·沃克海军少将决定，不再继续作战，就密切关注敌人的动向好了，而他在这时候做的选择是正确无误的。

*　　*　　*

要是“俾斯麦”号能在一开始，在获得了足以令自己一下子为大众所知的胜利的时候，就满足于当下所拥有的战果的话，还不算是糊涂。仅仅用了几分钟的时间，它便把我方最为优秀的皇家海军中的一艘战列舰给摧毁了，因此，它大可因功而返，此后，必定以其此战的声威及不可估量的潜在攻击力而给各方造成压力，毕竟，我们尚猜不透这些因素可能造成的危害，也无法做出什么深入的解释。

此外，我们如今都已经十分清楚，“威尔士亲王”号已经将“俾斯麦”号打得漏油了。如此一来，它又怎么可能再图谋我们在大西洋上执行任务的商船呢？如今，它不过只有两条路可选：其一，带着已有的战绩乘胜而返，这样，或许还能图谋东山再起，再来重创我们；其二，接着作战，不过，这肯定会是条不归路。最终，“俾斯麦”号上的司令官选择了后者，决定与我们死战到底。他之所以如此决定，唯两个原因可以解释：其一，在胜利后，便得意扬扬起来；其二，是依照已经定好的命令行事的。我将会在十点前后与我的美国朋友[①]会面，而这时候，我早已知晓“俾斯麦”号的动向，它正向南方驶去，所以，现在我大可谈论一下这次海战最终的结果了，且心里升起了一种新的信心。

每一天，我都要花费大量的时间来工作，不断地通过专用电话来及时处理问题，或是将那些络绎不绝的事关军事方面、外交方面及谍报情况的电报加以审阅。可终日忙于工作，一心扑在要事上，这于我而言又何尝不是一种巨大的慰藉？如此一来，我就没有多余的时间放在顾虑上了。可在我心里，还是始终无法放下这件事：如今，“俾斯麦”号正在向

① 这里的“美国朋友”指的是哈里曼。——译注

南方疾驰，它的载重量高达四万五千吨，它身形巨大，它在任何攻击下几乎都不至于覆灭，而现在，我们的运输船队已经成了它的猎物，再加上还有“欧根”号，正不顾危险地侦察着它的动向。我们的这些运输船队，我想，保护它们的战列舰应该都已经离开了，在这次追击的过程中又确实得放弃保护它们，想必它们现在已经到爱尔兰的南面去了，可上面还承载着我们所有最为宝贵的战士。好在萨默维尔海军上将此刻正在全速靠近它们，马上就要到达运兵船队和危险水域的中间位置了。我赶紧向在海军部执勤的人询问，问他们有关距离和时间上的情况到底是如何了，而看过他给我的报告后，我才安心了不少。尽管我们的运兵船队只能以差不多每小时十二海里的速度前行，可就我们所知，“俾斯麦”号的航速在每小时二十五海里，不过，它们之间的距离还是非常大的，并且，我们只要能死死盯住“俾斯麦”号，就不怕不能将其逼到绝境上去。但是还有几个问题需要解决：要是在夜里，我们又找不到它了可如何是好？它会驶向哪里呢？对它来说，尚有余地可选，可对我们来说，却早已四面楚歌了。

周二，下议院的议员们将在一起召开会议，可届时，他们必定会情绪低落。下议院在5月10日被炸毁了，如今，所有人都不得不凑合着挤在一所教堂的屋子里，距离被毁的下议院不远。在我们面对狂风暴雨时，这里确实算是不错的避风港，只不过各项设备都只得凑合着用了，常用的诸如办公室、吸烟处、食堂等，都只能将就着。我们时常能听到空袭警报，而渐渐地，议员们的生活必需品也不够用了。等到周二再开会的时候，他们恐怕很难听得进去这样的话：我们尚未报“胡德”号之仇；敌人袭击了我们的运输船队，其中被攻击到的几支舰船很可能已经牺牲了；“俾斯麦”号已经逃走，或许已经返回了德国，或许抵达了法属占领区的某个港口；克里特岛沦陷，且撤离时不免造成重大的伤亡损失……我肯定，要是我们能让他们相信，事实上我们并没搞砸什么，他们就是最为忠诚且英勇

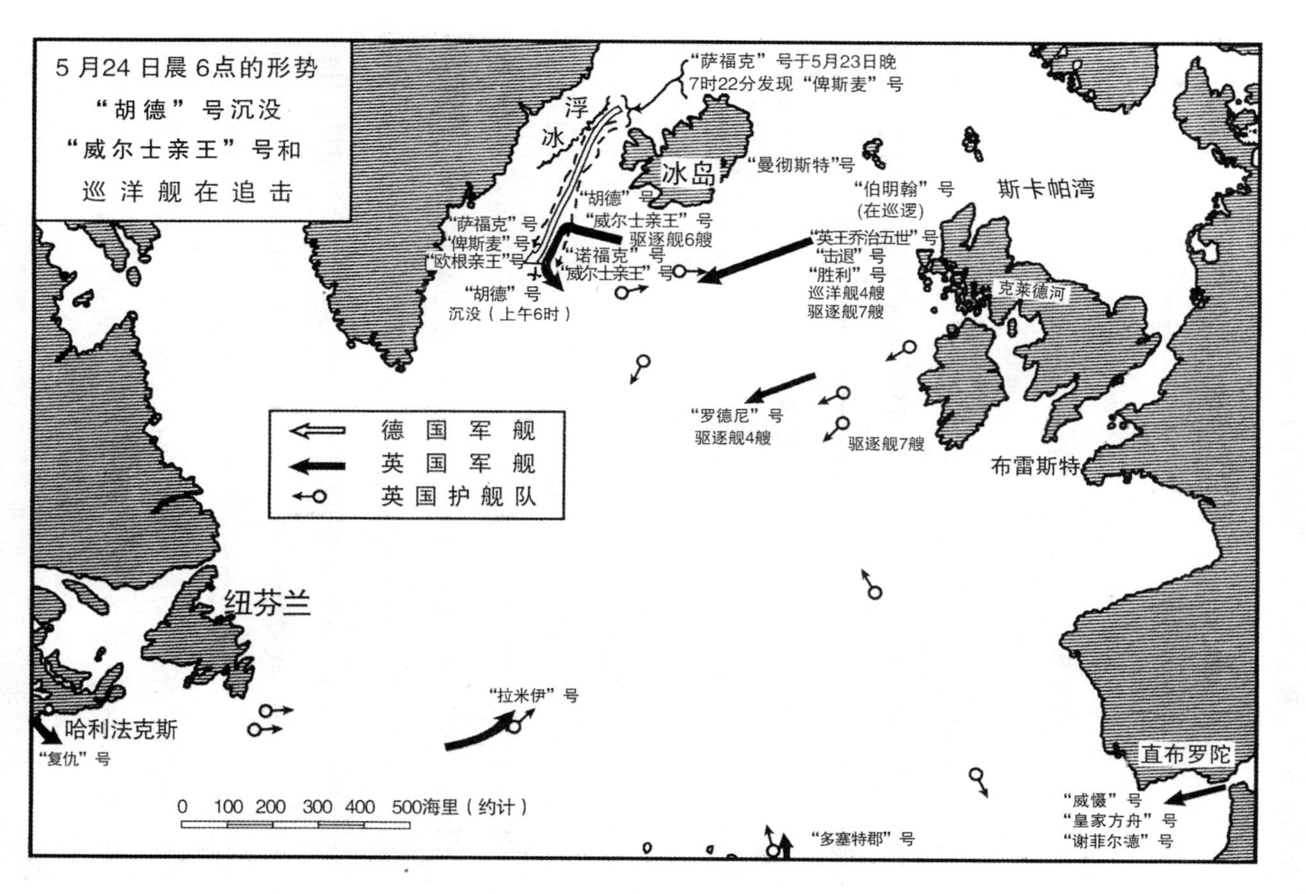

5月24日晨6点的形势
"胡德"号沉没
"威尔士亲王"号和
巡洋舰在追击
德国军舰
英国军舰
英国护舰队
浮
冰
冰岛
"萨福克"号于5月23日晚
7时22分发现"俾斯麦"号
"曼彻斯特"号
"伯明翰"号
(在巡逻)
斯卡帕湾
克莱德河
"英王乔治五世"号
"击退"号
"胜利"号
巡洋舰4艘
驱逐舰7艘
"罗德尼"号
驱逐舰4艘
驱逐舰7艘
"胡德"号
"威尔士亲王"号
驱逐舰6艘
"诺福克"号
"威尔士亲王"号
"萨福克"号
"俾斯麦"号
"欧根亲王"号
"胡德"号
沉没(上午6时)
布雷斯特
直布罗陀
"威慑"号
"皇家方舟"号
"谢菲尔德"号
"多塞特郡"号
"拉米伊"号
纽芬兰
哈利法克斯
"复仇"号
0 100 200 300 400 500海里(约计)

追击"俾斯麦"号

的。不过，能说服得了他们吗？在我的美国客人眼里，我似乎看上去一副怡然自得的样子，可装装样子，强颜欢笑并不难。

*　　*　　*

24 日，几艘英国的巡洋舰及“威尔士亲王”号整天都跟在“俾斯麦”号后面，继续监视着它和随同它一起航行的船舰。托维海军上将乘着“英王乔治五世”号远远地行驶在后面，不过，根据所接到的信号，25 日早上九点，他希望可以投入战斗。于是，海军部便将全部舰船召集在了一起。“罗德尼”号当时还在东南方向，距离目标地尚有五百英里，不过，它接到命令，要抄近路赶过去。“拉米伊”号接到的指示则是与那支准备返国的运输船队分开，转而朝敌方舰队的西面行驶。海军部还令“复仇”号从哈利法克斯出发快速抵达现场。各个巡洋舰摆开了阵势，以防敌舰逃向北方或是东方。而这个时候，萨默维尔海军上将也率领着自己的舰队出发了，他要从直布罗陀一路往北赶过去。尽管在海上，什么事情都有可能发生，可我们依然开始收紧布好的罗网。

24 日晚，大约六点四十分，我们与“俾斯麦”号有过一次短暂的交锋，当时，“俾斯麦”号忽然掉转了方向，向一路追击它的船舰开火。事到如今我们才知道，当时，它之所以这么做是为了让“欧根亲王”号有机会先逃走。随后，这艘舰船便马上提起速度往南行驶，并在海上补充了燃料，十天之后，它便在没有任何阻碍的情况下顺利地抵达了布雷斯特港口。托维海军上将为了施行一次有效的空袭，好使敌人的舰船不得不放慢速度，而派出了“胜利”号，并让该舰先在前面行驶一段距离。这艘船舰是最近才正式投入使用的，有一部分舰船上的飞行员还是新手，尚没经历过什么战役。到了晚上十点钟，“胜利”号派出了船上的“旗鱼式”鱼雷飞机，于是，九架飞机便在四艘巡洋舰的掩护之下起飞了。它们必须飞行一百二十英里，且全程都在恶劣的天气状况下飞行，天上飘着雨，云层很低，再加上还得始终逆着强风来执行任务。负责指挥这九架鱼雷飞机的是埃斯蒙特海军少校，在两小时之后[①]，通过“诺福克”号上的无线电导航找到了“俾斯麦”号的位置，然后，马上就勇敢地冒着炮火与之展开了战斗。其间，它们所投出的一枚鱼雷打中了敌舰上的舰桥下部。可在“胜利”号上的人此时所担心的是，这些飞机将如何返回到船上。因为，天色已晚，海面已经为黑暗所笼罩，再加上海上大风刮得异常猛烈，且阵雨还未止歇，大家被雨水浇得连眼睛都睁不开了，此外，更叫人担心的是，飞机上的驾驶员还都是新手，即使是在白天，也还做不到熟练地降落在甲板上。况且，在这个时候，用来引导它们平安降落的指示灯也不能用了，这是在暗夜里唯一可以为它们指明途径的了。所以，为今之计，要想使这些驾驶员能够靠近船舰，只能把所有的探照灯及信号灯全给打开，如此，也就顾不上周围是否有德国的潜艇了。好在大家全都表现得十分优秀，经过努力，全部飞行员都安全地在这样的雨夜里返回到了船上的甲板处，所有人都为之开心，为之安慰，而我，也非常乐意描述这样的事迹。

次日一早我们的船舰就要与敌舰再战了，现在它们已经做好了准备，可海军部对此战的希望又落了个空。25日，过了凌晨三点不久，突然，“萨福克”号追踪不到“俾斯麦”号的动向了。这艘船舰曾通过雷达巧妙地在敌舰左后方跟着，可这时候，全体船舰都失去了方向，只能一直先向南行驶，等到了德国潜艇频繁出没的不安全海域时，不得不小心躲闪前行，而这种行进的方式，自然会导致不幸的事件发生。“萨福克”号也许是因为成功地在很长的一段时间里都可能通过雷达装置而捕捉到“俾斯麦”号的动向，所以不免有些太过自信，才跟丢了“俾斯麦”号，他们认为它重新向内航行时，便又会重新找到敌舰。然而，“萨福克”号再度掉转船头回到西面的时候，还是没有找

① 当时，展开攻击的实际时间，应该是在太阳时间的晚上八点。因为英国的船舰在那时候所用的，是比格林尼治时间早两小时的双重英国夏令时间。此外，它们那时所处的位置，已经距离格林尼治子午线非常远了，在子午线的西面，因此，时间在它们的钟表上所显示出的，当比太阳时间提早四小时左右。——原注

到敌舰的踪迹，它已经超出预想，不在我们所设想的那条航路上了。那么它去哪儿了呢？向西，还是赶紧把船头掉转，去了东方？找不到“俾斯麦”号，所有人都在一时之间着急起来，并且，这还意味着所有业已集中起来的力量全都白费了。天刚亮，“英王乔治五世”号就开始按照自己所相信的那样，在西面搜索敌舰的踪迹，因为，它判断“俾斯麦”号应该是去了北海，所以就掉转船头往东去追了，与此同时，其他的舰船也就都跟着去了。然而，海军部却不这么认为，觉得“俾斯麦”号必定是投奔了布雷斯特，可惜这个判断等到晚上六点钟才得到了确认。于是，海军部立刻下令，让全部舰船向更南面的航道搜索追击。可不管怎么说，在找不到敌舰的这段时间里，我们曾陷入过混乱，并且耗损了一段宝贵的时间，而经这么一耽搁，敌舰便得以偷偷越过警戒线驶入安全海域了，并且，在确保自己安全的情况下，远远地甩开了我们。到了晚上十一点的时候，它已经行至英国旗舰所处位置以东的海面上了。如今，“俾斯麦”号上的油槽已经被打漏了，因此不得不考虑燃料告急的问题，要想加油就得回到本土，然而，它仍须先面对“罗德尼”号才能归国，可惜的是，装载着口径在十六英寸大炮的“罗德尼”号，此时也正行驶在东北方，并在下午时分跑到“俾斯麦”号前面去了。原本，我们把希望都放在了这一天，可到头来满是磨难和失望。不过，我们还有一线生机，那就是正从南面迎风疾驰而来的“威慑”号、“皇家方舟”号和“谢菲尔德”号巡洋舰，从它们当前所处的航线上，已经可以逼近敌舰了，正好前去截击。

从行动起来到5月26日的早晨，已经过去四天了，我们的船舰一直都苦苦地航行在广袤的海域之中，燃料告急，已经不得不引起注意了。因此，正在追击敌人的几艘舰船必须得将速度降下来。形势已经很明了了，我们在这样的情况下，在无边无际的海面上所付出的努力，恐怕就要落空。然而，到了上午十点的时候，我们其实已经不抱什么希望了，可“俾斯麦”号还是被逮着了。这次发现它踪迹的是原驻扎在爱尔兰厄恩湖的“卡塔丽娜式”远程轰炸机，此前这些轰炸机在得到海军部和空军海防总队的

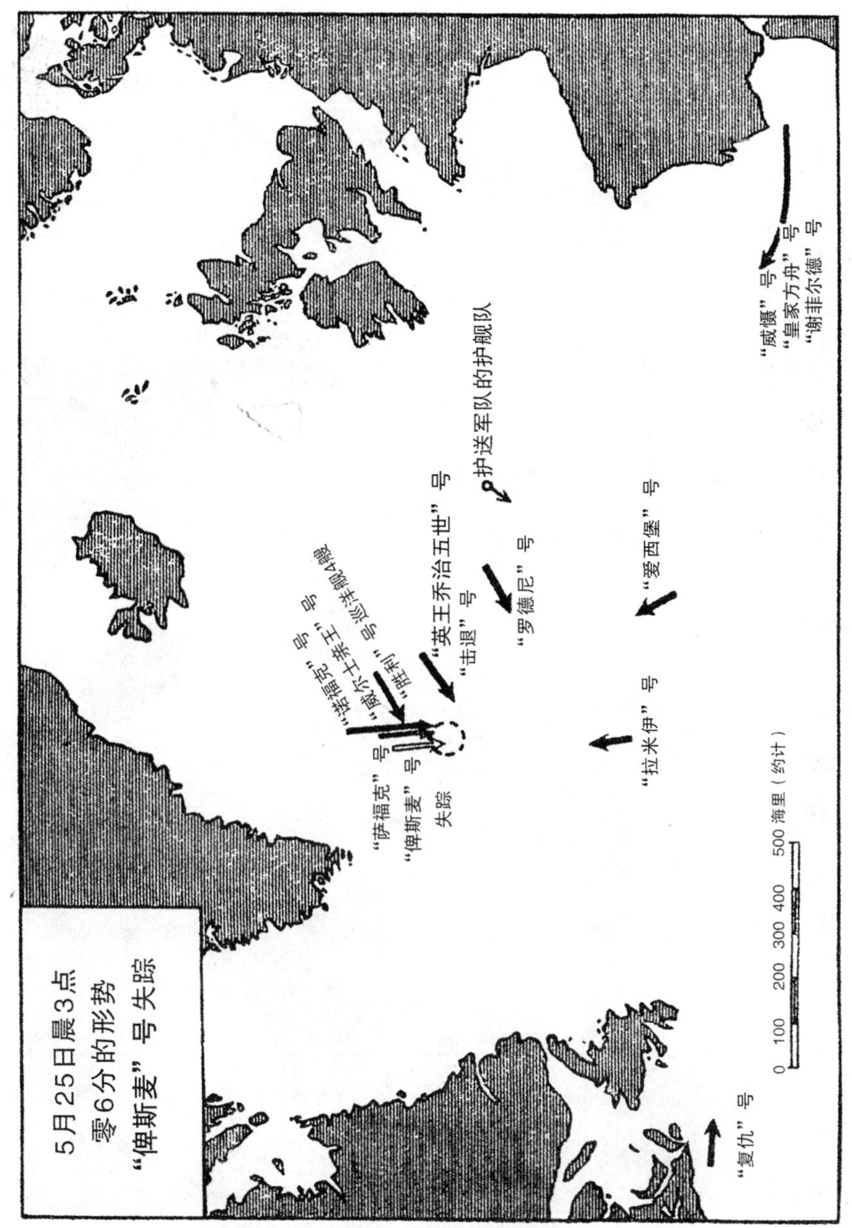
5月25日晨3点
零6分的形势
“俾斯麦”号失踪
“诺福克”号
“威尔士亲王”号
“胜利”号巡洋舰4艘
“萨福克”号
“俾斯麦”号
失踪
“英王乔治五世”号
“击退”号
护送军队的护舰队
“罗德尼”号
“拉米伊”号
“爱西堡”号
“复仇”号
0 100 200 300 400 500 海里（约计）
“威慑”号
“皇家方舟”号
“谢菲尔德”号

追击“俾斯麦”号

5月26日上午
10点30分的形势
"俾斯麦"号被海
上飞机发现
0 100 200 300 400 500海里（约计）
"威尔士亲王"号
"加拉提亚"号
"曙光"号
（去冰岛加油）
"胜利"号
"肯尼亚"号
"萨福克"号
"英王乔治五世"号
"诺福克"号
"爱丁堡"号
"罗德尼"号
"俾斯麦"号
上午10时30分
护送军队的护航队
"威慑"号
"皇家方舟"号
"谢菲尔德"号
"击退"号
（去纽芬兰加油）
"拉米伊"号
（与护航队重新会合）
"多塞特郡"号

追击"俾斯麦"号

命令后，就开始执行搜索任务了。在派出的轰炸机中，有一架恰好发现了正在逃向布雷斯特的“俾斯麦”号，当时，它还差七百英里就要进入港口了。可很快，这架轰炸机就被它给打伤了，而线索到此便又断了。好在两架从“皇家方舟”号舰船出发的“旗鱼式”鱼雷飞机又找到它了，时隔不算太长，尚未超过一小时。再度发现它时，它与“威慑”号还隔着一段相当长的海域，并且也不在德国空军可以掩护的范围之内，也就是说，他们无法派出飞机从布雷斯特前去支援。不过，仅靠“威慑”号还不足以与“俾斯麦”号抗衡，还须等与“英王乔治五世”号和“罗德尼”号会合后再采取行动，而它们此时还被敌舰抛在身后很远。好在就在这时，维安海军上校还在“科萨克”号上[①]，并已经带领着其余四艘原先奉命去保护那支运兵船队的驱逐舰赶去了。这些舰船在离开船队后，便跟着维安继续向前行驶。此前已经描述过，维安海军上校曾救出了英国在德国“埃特马克”号攻击舰上的那些被俘人员，也因而名声大作。他先是接到了一架“卡塔丽娜式”飞机所发出的信号，因而得知了“俾斯麦”号所处的地点，然后，便在新的命令还没有下达给他的情况下，就马上跑去追击敌舰了。

所有的船队都争着往前赶，不免发生新的混乱局面。萨默维尔海军上将唯恐放跑敌舰，所以着急地驶向北方，此前，他曾将“谢菲尔德”号先派去接近敌舰，好能一直跟踪它的踪迹。然而，对此行动毫不知情的“皇家方舟”号也采取了行动。它派出了飞机前去攻击敌舰，可飞机上的雷达将所有的飞机都引向了“谢菲尔德”号。它们准备进行空袭，并投放了炸弹，好在并没有打中。“谢菲尔德”号及时躲开了飞来的炸弹，并且没有予以回击，因为它知道轰炸机怕是弄错了。[②] 随后，飞行员满怀愧疚地停止了轰炸，返回到了“皇家方舟”号上。与此同时，“谢菲尔德”

---

① 此处可参考原版图书 P506。——译注

② 其中的一架飞机向“谢菲尔德”号发出了“送你一条鳟鱼赔罪，真是太抱歉了”的信号。——原注

号再次跟踪到了“俾斯麦”号，且紧紧盯住不放。26日下午，“皇家方舟”号上的十五架“旗鱼式”鱼雷飞机刚飞回来便再度起飞了，它们距离敌舰不远，还不及四十英里，因此没再错过目标。“谢菲尔德”号不计前嫌，始终在为它们指明敌船所在的方位，于是，这十五架飞机便勇敢地对敌展开了猛烈的攻势。此次袭击任务结束的时候，已经到了晚上九点半。我们敢肯定，敌人确实被我们的两只鱼雷给打中了，兴许还中了第三只鱼雷。负责追踪敌舰的一架飞机发来报告说，曾看见“俾斯麦”号在打转，转了两圈才停下，如此来看，它怕是已经失控了。此时，维安海军上校所率领的那几艘驱逐舰也渐渐逼向了敌舰，随后一整晚，它们都在四周围困着已经受了伤的“俾斯麦”号，只要逮到机会，它们便会向这艘敌舰发射鱼雷。

* * *

我在本周一的晚上去了一趟海军部，准备到作战室看看海图，好知道现场是如何布置作战的，隔不了几分钟，就能收到一批战报。当时，军需署长弗雷泽上将也在，我便问他：“你都在这儿忙什么呢？”他回复道：“可能会有需要修理的东西，我在这儿先等着。”很快，时间又过去了四小时，我要走的时候，看了看庞德海军上将及其下属的各位杰出的专家，看来，他们都十分肯定，“俾斯麦”号终将走向一个结果，这已是不争的事实。

事实上，德国的司令官金斯海军上将也不再抱着侥幸心理了，他在临近午夜时写的报告中说道：“已经无法操控船舰，但我们势必会战斗到底，直到用尽最后的弹药。元首万岁！”尽管“俾斯麦”号仅差四百英里就可到达布雷斯特，可它在当前的情况下也做不到了。就在这个时候，德国尽一切可能地把救援力量送到了现场，不但派来了实力强大的轰炸机队，还派出了疾驰而至的潜艇。在德国的潜艇中，有一艘已经没有鱼雷可放了，它在报告中称：“皇家方舟”号曾近距离地从船身掠过，就在可袭击的范围内。与此同时，“英王乔治五世”号和“罗德尼”号也在逼近。对我们来说，最叫人担忧的就是燃料了，因此，托维海军上将做好了一个决定，即：要是在午夜前还不能逼使“俾斯麦”号把速度大幅度降下来，那就只得停止追击了。随即，我建议追击行动继续，而第一海务大臣便依据我的观点而对他发出了信号，一定要追击到底，就算是最终不得不使用拖船带回船舰也要这么做。不过，我们在此时已经得知，其实“俾斯麦”号已经驶向了一条错误的航道，但其主炮仍旧完好，所以，托维海军上将随即又做出了一个决定：等到次日一早，便要逼得它不得不战。

西北风在 5 月 27 日黎明时刮得正紧。上午八点四十七分，“罗德尼”号开始对敌舰开火，随后，过了一分钟，“英王乔治五世”号也开火了。很快，英国的军舰就打中了“俾斯麦”号，而片刻后，它也开始回应，朝我们开火。其实身在这艘德国军舰上的人早已困顿乏力，历经了四日的激战，早就已经快昏睡在岗位上了，可在这么短的时间里，他们还是精准地打出了炮火。“罗德尼”号曾差点儿被“俾斯麦”号所发射的第三排炮弹打中，幸好炮弹落在其前后位置并未受损，不过接下来，英国的军舰便很快占了上风，以不可抵挡之势猛烈地攻击敌舰。又过了三十分钟，“俾斯麦”号中的绝大多数大炮就偃旗息鼓了。它的舰身中部开始冒火，整个快速地倾向左边。就在这时，“罗德尼”号超过其旗舰，在距离敌舰不到四千码的位置处开火，用密集的火力打向“俾斯麦”号，直到十点五十分，它已被打得不轻，舰桅也掉了，整个舰船再无还手之力。海面上波涛汹涌，它冒着火光在其中上下翻转。可它如今尽管已经起火冒烟伤势严重，却还是没有沉没。

* * *

我到十点必须得向下议院做报告了，于是，我在教堂的房子里开始汇报特里特岛之战及具有戏剧性的追击“俾斯麦”号的行动。我在报告中说：“事实上，今日天刚亮没多久，英国派去追击‘俾斯麦’号的战列

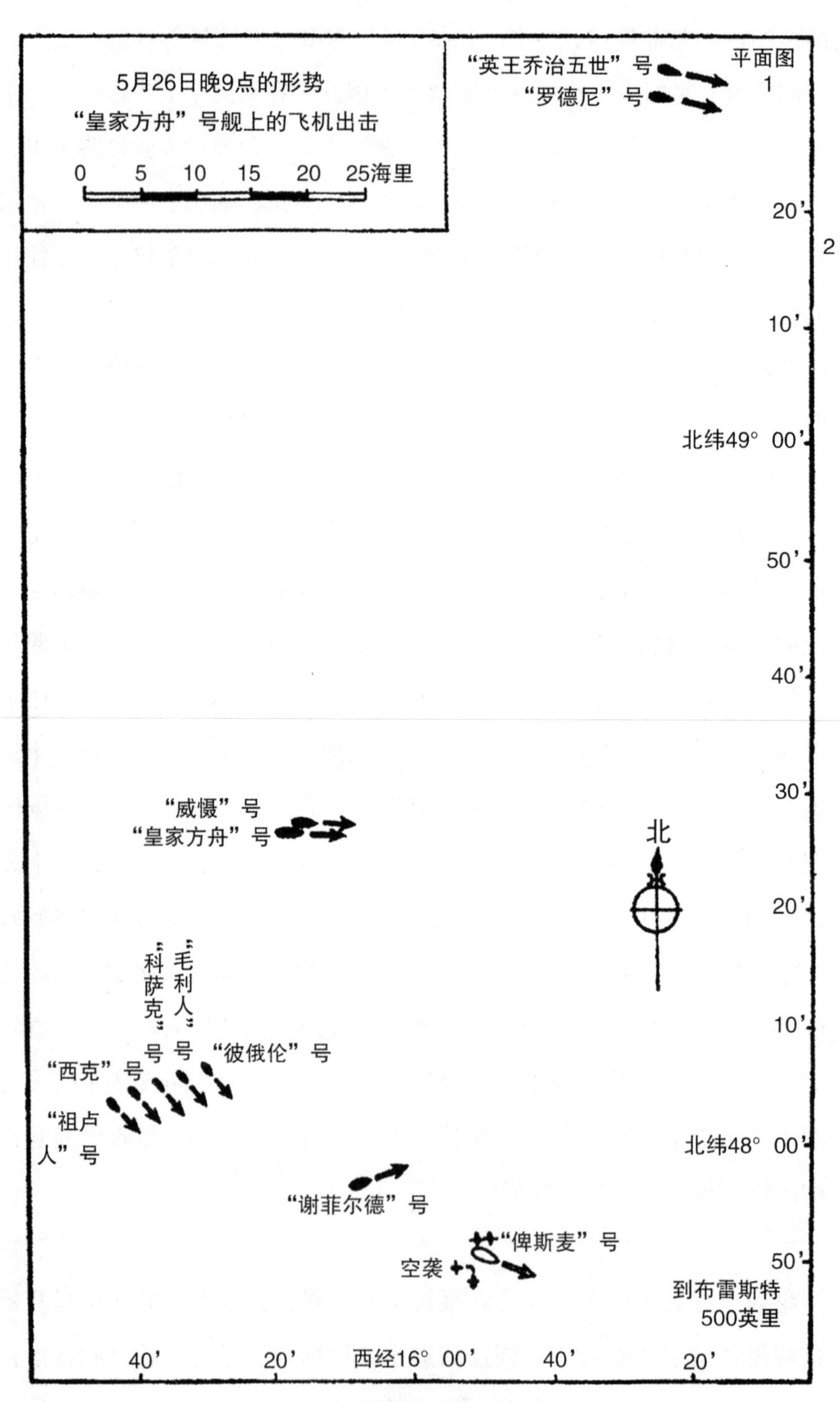
5月26日晚9点的形势
“皇家方舟”号舰上的飞机出击
0 5 10 15 20 25海里
平面图
1
2
“英王乔治五世”号
“罗德尼”号
20'
10'
北纬49° 00'
50'
40'
30'
“威慑”号
“皇家方舟”号
北
20'
“科萨克”号
“毛利人”号
“彼俄伦”号
“西克”号
“祖卢人”号
10'
北纬48° 00'
“谢菲尔德”号
“俾斯麦”号
空袭
50'
到布雷斯特
500英里
40'
20'
西经16° 00'
40'
20'

追击“俾斯麦”号

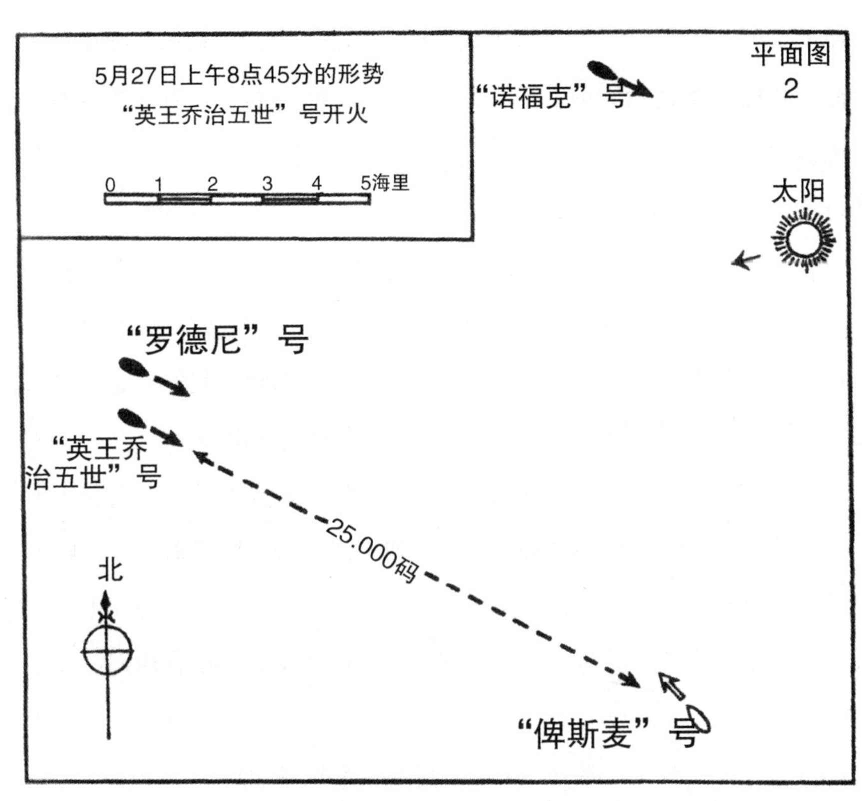
5月27日上午8点45分的形势
“英王乔治五世”号开火
0 1 2 3 4 5海里
平面图
2
“诺福克”号
太阳
“罗德尼”号
“英王乔
治五世”号
25.000码
北
“俾斯麦”号

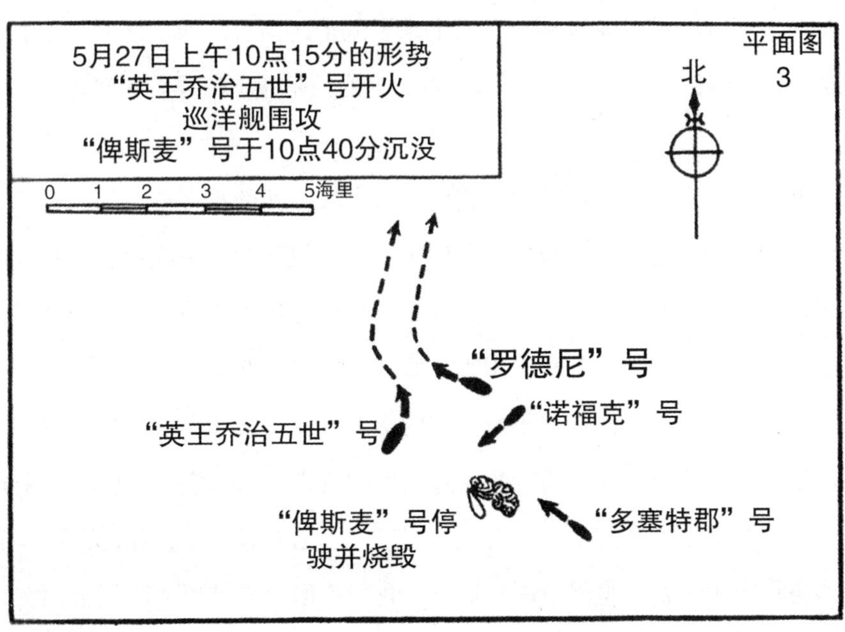
5月27日上午10点15分的形势
“英王乔治五世”号开火
巡洋舰围攻
“俾斯麦”号于10点40分沉没
0 1 2 3 4 5海里
平面图
3
北
“罗德尼”号
“诺福克”号
“英王乔治五世”号
“俾斯麦”号停
驶并烧毁
“多塞特郡”号

追击“俾斯麦”号

舰便再次展开攻击。此时，敌舰早已无法还击，也无法获得任何援助了。目前，我还不清楚我们炮轰的结果，不过，‘俾斯麦’号看来并没有在炮火中被打沉，我们将会使用鱼雷尽快消灭它。我料想，我们正在为此展开行动，时间不会太长。尽管我们失去‘胡德’号是相当大的损失，可它的敌人‘俾斯麦’号，亦堪称这世上最新型且实力最强悍的战列舰了。”报告完刚入座，我便接到了一张递给我的纸条，这令我又站了起来。在得到下议院允许之后，我接着说道：“新的消息刚到，我们已经将‘俾斯麦’号给了结了。”从他们的表情上看，大家对此都很满意。

最后了结“俾斯麦”号的是“多塞特郡”号巡洋舰，十点四十分，它射出了鱼雷，最终叫“俾斯麦”号底朝天地彻底长眠于海下了，随该舰一同覆灭的还有两千名左右的德国人，包括其舰队司令金斯海军上将。此后，我们开始了搜救行动。有一百一十名幸存者获救，尽管他们已经个个都疲惫不堪了，可被救上来的时候还是一脸的怨怒。一艘德国的潜艇出现在现场，由此英国的舰船只得离开，搭救行动也就没能持续下去。随后，德国的潜艇及一艘气象观测船又救上来了五个德国人。西班牙的“卡那利亚斯”号巡洋舰后来也到了事发地，可看见的只是海上漂浮着的尸体而已。

* * *

就是因为有了这一段插曲，我们才对海战方面的很多要点问题有了更为清晰的看法。在这次海战中，我们了解到，德国的这艘战列舰就其构造而言，就承载了非常强大的力量，同时，只要它作用于战场，我们的诸多舰船势必会遭遇巨大的危机与困难。假使这一次放跑了它，那么，它的存在就会在精神上对我们造成不可估量的影响，并且，还会带来祸及我方舰船的危害，将使我们在物质上蒙受毁灭性的打击。留着它，我们将会受到人们的质疑，觉得我们不一定有能力把控海上的局势。不仅如此，这样的疑惑还将影响至整个世界范围，届时，我们不但会受到更多的损害，在心理上也会终日难安。在这次的战斗中，我们取得了成功，而所有的相关方面都为这份战果付出了自己的努力：先是巡洋舰展开追踪，并引发了头一轮的交锋，不过我们也损失了舰船；然后我们跟丢了敌舰，好在飞机又找到了它，才得以引领着巡洋舰再度按照其指示航道继续追击；再之后，一艘巡洋舰起到了至关重要的作用，指引着舰船载着飞机给敌舰以致命的打击；最终，在这个漫长的夜晚，几艘驱逐舰将敌舰牢牢地围困住，好能使后赶上来的战列舰得以追至现场，彻底将之消灭。在这次费时良久的战斗中，尽管每个人都付出了努力，然而，我们却必须牢记使战况得以扭转的关键所在——要不是“威尔士亲王”号上的大炮使“俾斯麦”号遭受重创，后面还不知道会发生什么。因此，不论是在开始的时候，还是在结束的时候，战列舰及大炮所起到的作用都是至为重要的。

大西洋上的交通危机已经解除，恢复了安定。

28 日，我给罗斯福总统发了一封电报：

前海军人员致罗斯福总统　　　　1941 年 5 月 28 日

“俾斯麦”号堪称军舰建造史上威力最为强大的一艘杰出的战列舰。打沉了它，我们的战列舰才变得没那么紧张了，否则，势必就得为了应付它和“提尔皮茨”号的攻击而将“英王乔治五世”号、“威尔士亲王”号和那两艘“纳尔逊式”战列舰全都安排在斯科帕湾随时待命了。之所以如此，是因为那两艘敌舰可能会在任何时候伺机而动，可我们就被动多了，须得腾出一艘可用来重新装备的战列舰。然而，如今的情况已然有了变化。有关我们是如何战胜“俾斯麦”号的问题，留到日后再告诉你其中的秘密，重要的是，这次的战斗很可能会影响到日本人的态度，而影响的结果对我们肯定是非常有利的。我猜，他们正在重新估量战场上的局势。

第十八章　叙利亚

叙利亚所处的危险——德国特务及飞机抵达——埃及和土耳其两国的反应——达尔朗海军上将跟德国人进行谈判——我们的兵力告急——5月8日，我将备忘录电报给参谋长委员会——5月9日，我发给韦维尔一封电报——韦维尔将军和“自由法国”——韦维尔和参谋长委员会间的误会——韦维尔所做的准备及其顾虑——“出口商”战斗计划——韦维尔的计划经国防委员会批准——6月6日，我给戴高乐将军发了电报——6月7日，我给罗斯福总统发去了电报——开始进军——正待援军的时候，他们就及时赶到了——拿下大马士革——7月12日，当茨将军要求停战——叙利亚之战的结果意义重大

法兰西帝国在海外有着诸多领地，而叙利亚就是其中之一。法属的这些领地在法国政府投降之后认为，其本身应当与法国政府一样，受投降协定的管束，且除了协议，维希当局也一直都在影响着这些领土，尽力不叫驻守在地中海东岸一带的全部法军有机会穿过巴勒斯坦投奔我军。尽管波兰旅加入了我们，可来的法国人少之又少。由于意大利停战委员会在1940年的8月成立了，因此，那些在战斗伊始就被关押起来的德国特务也就被释放了，随后，他们又重新活跃起来。年底，又有很多带着充足经费的德国人来了。他们一到地中海东岸一带，便开始蛊惑阿拉伯人，怂恿他们反英，鼓动他们反犹，致使阿拉伯民族的这种情绪日益高涨起来。我们直到 1941 年 3 月末才开始留意叙利亚方面的局势。多德卡尼斯群岛上本就有德国空军的基地，他们利用这一基地发起了对苏伊士运河的攻势，并且，显而易见的是，他们当可随时攻向叙利亚，尤其可能会派出空降部队。一旦让德国人得逞，令其拿下叙利亚的话，那么不论是埃及，还是关键的运河区域，或是在阿巴丹的炼油厂，都将势必直接受到其空袭的威胁，同时，也将危害到我们在巴勒斯坦至伊拉克的陆上交通线。此外，埃及政界也可能会受此波及，而我们的外交地位，也将在土耳其及整个中东受到大幅度的削减。

拉希德・阿里此前一直在伊拉克策划反英行动，5 月 2 日，他向希特勒提出请求，派遣武装力量予以支持。次日，有关指示就送到了驻巴黎的德国大使馆，指示称：德国需要将飞机及军需用品通过叙利亚送到拉希德・阿里的军队手里，因此必须予以批准。5 月 5 日至 6 日两天，达尔朗海军上将与德国协商，初步制定出了一项协议。该协议规定，输送到叙利亚的军需品，停战委员会尽管可以掌握，但只能留下四分之一，其余的都要运到伊拉克去，并且，在叙利亚，德国空军可拥有随时着陆的权利。相关指示已经传达到了维希高级专员兼总司令当茨将军那里，所以，5 月 9 日开始，到 6 月前，叙利亚机场共接纳了一百架德国飞机和二十架意大利飞机。

对我们来说，就像前面所叙述过的那样，中东司令部需要处理的事物已经到了所能接纳的极限。最为重要的任务是保卫埃及；我们已撤离希腊；克里特岛上的防卫必须做好；马耳他岛面临危机，他们需要我们的支援；埃塞克比亚还在坚持斗争，还没有被全部攻下；如今，我们又得增援伊拉克方面的战事。然而，为保在北边的巴勒斯坦，我们只得尽力，可所能调派的部队也只剩下第一骑兵师了。这支部队本来十分出色，然而其炮队及其附属部队都因为其他需要而被调开了。此时，戴高乐将军认为，就算得不到英国部队的支援，也应该及早令“自由法国”的部队采取行动，进行军事干预，并且他竭力希望就这么办。不过，鉴于此前我们在达喀尔就失败了，所以在前线的韦维尔将军和身在伦敦的我们都认为不妥，让“自由法国”的部队单独去应对局面，实在有些勉强，就算只是用他们来阻止经由叙利亚的德军也很不合适。但尽管我们这么认为，事实上似乎也只得如此了。

尽管是这样，我们也得想尽办法，穷尽所有力量来帮助叙利亚，不能弃它于不顾。韦维尔将军的负担本就很重，我们虽不愿再给他平添压力，可也只能敦促他，叫他尽可能地为“自由法国”军队提供助力。韦维尔于4月28日发来复电，称只能派出一个旅的兵力前去支援。随后，我在该复电中做了批示：“韦维尔将军所提及的旅团及机动部队看来是很有必要的，应尽可能地提早准备好，让他们前往巴勒斯坦边境，然后等新的命令下达后再有所行动。”于是，三军参谋长由此做出了指示：在与当茨将军沟通时，不能说我们肯定会予以支援，但要是攻向他的德军由海上或是空中抵达，那英国方面就会当即尽可能地将援助送到他那里。三军参谋长曾经也跟韦维尔将军交代过有关事宜，令其在空中打击德国可能采取的任何袭击行动。

前途凶险异常。5月8日，我提出了一份备忘录给三军参谋长，内容如下：

首相致伊斯梅将军，转参谋长委员会　　5月8日

内阁将于今日上午开会，因此，我请求三军参谋长能够提供一些叙利亚问题的参考意见。德国是想用为数不多的部队在叙利亚站住脚，好能借此来做跳板进一步占有伊拉克及波斯的领空权，因此，我们必须得防止德国在叙利亚获得任何立足点。至于韦维尔将军，他不用担心东翼所发生的动乱，况且担心也没用……我们不需要对维希政府的态度感到担忧，只需想尽办法提供帮助。

当前我们应该采取何种办法来解决，还请各参谋长能想出个对策来，对此，我不胜感激。

经国防委员会允许，我在5月9日给韦维尔将军发去了一封电报：

首相致韦维尔将军　　1941年5月9日

德国很可能会空运几千名德军占领叙利亚，对此，估计你已经知道这会有多么严重了。从接到的情报来看，我们有理由相信，兴许达尔朗海军上将已经跟德国人商量好了，准备与之合作，助其入侵叙利亚。我们知道你目前的兵力也很吃紧，但没有其他办法可选择，只能尽可能地为喀特鲁将军在运输方面提供便利了。这样，喀特鲁及其“自由法国”的部队就可以等时机成熟后，尽心竭力地行动，而皇家空军方面，也可以全力去应对空降而至的德军。要是有比这更好的法子，还望你能指出来。

5月14日，皇家空军接到命令，准备打击在叙利亚境内的飞机。此外，在法国机场上的德国飞机也被列入此次打击的范围。到了17日，韦维尔将军发来电报说，目前没有多出来的兵力可用，他自己还需要从巴勒斯坦调兵到伊拉克去，所以叙利亚方面就无力再插手了，如今看来也只能叫“自由法国”军队独立承担了，又或者再从埃及那边调遣点儿兵力。不过，他觉得“自由法国”的部队其实也派不上什么用场，还很有可能使形势进一步恶化。他在电报的最后还说，希望若非必须如此就不要让他在叙利亚的事上承担什么义务。随后，参谋长委员会做出了回复，告知其没有别的可行性办法，只能在不妨碍西部沙漠安危的前提下，抽出一支大部队暂为利用了，并且还告诉他，要做好准备，尽可能迅速地进入叙利亚，至于抽调出来的这支大军该由哪些成分组成，则全权交由他来决定。

韦维尔将军在5月21日——德军正试图攻占克里特岛时——下令让不包括驻扎在图卜鲁格的那个旅的第七澳大利亚师准备行动起来，向巴勒斯坦进驻，并且，给新任巴勒斯坦及外约旦司令梅特兰·威尔逊将军以新的指示，令这位月初刚从希腊回来的司令制订好向叙利亚进军的战略计划。

* * *

此间，远在国内的我们一度与韦维尔将军产生点儿误会。韦维尔在看过参谋长委员会的电报后，觉得他们对他并不信任，反倒更相信领导“自由法国”的那些人。所以，他随后给帝国参谋长发去了函电，他说：要是如此，还不如趁早罢免了他总司令的职位。对此，我赶紧做出了回应，向他做出保证，不过，我同时也认为，应该对其说明我们是下了决心要在叙利亚问题上冒风险的，尽管说到底，这一行动还算不上是军事任务，可我们仍决定负起全责。

首相致韦维尔将军　　　　1941 年 5 月 21 日

不论是克里特岛之战，还是西部沙漠战场的成败，决不能为目前叙利亚的事情所影响……

你要是想把英国的军队和准备前往叙利亚的那支“自由法国”军队混编起来，我们都不会反对。不过，就像你曾明确说过的那样，目前，以你的实力还不足以发动任何正规的军事行动，并且，我们在昨天也已经发出了指示，跟你说了我们当前只能先把最好的条件创造好，然后履行 20 日三军参谋长在函电中所指示的事情，对叙利亚进行武装政治入侵。

这封电报里所涉及的政策安排，其实都不是“自由法国”的领导人们的意思，而是有着最高指挥权限的人根据在此间各战区的情况及相关政策做出的决定，因此，我想你会错意了。真实的情况是，我们认为：要是德国人想用为数不多的空军力量，及游客和地方叛变就拿下叙利亚和伊拉克两处，那我们还有什么可怕的呢？我们同样可以以小规模的军事冒险来达成目的，再说，我们也不用担心此次失败会对政治方面造成什么危害。当然，我们会为此负全责。要是你还是觉得执行起来实在困难的话，我们自不会勉强，必然会依你的意愿而进行安排，要是你果真想要卸任总司令一职，我们也不会阻拦。

韦维尔将军在对情况有了一个整体的了解之后，在复电中解释说：有关叙利亚方面的形势，后经证实发现，“自由法国”得到的情报并不准确，因此，他才会在克里特岛、伊拉克和西部沙漠一带急需用兵之际，难以认同再将兵力分散到叙利亚的军事行动上。

韦维尔将军致首相 1941年5月22日

在叙利亚，德国空军已经进驻，并且，他们由此而到运河和苏伊士的距离更近了，比从马特鲁港过去还要近很多，由此，那里的局势叫人非常担忧。不难看出，维希法国怕是已经全然为德国所用了。因此，我在与坎宁安、特德和布莱梅进行了一番详细的思量后，决定增派部队到巴勒斯坦去，我们都认为，没有什么力度的行动是起不到作用的，只有做好准备在叙利亚采取军事打击才行。当前左右着中东全盘局势的，主要是空军的实力及空军所拥有的基地。在希腊，敌人要是获得了自己的空军基地，那么对我们来说，要想守住克里特岛就很难了，而要是他们把空军基地设立在昔兰尼加、克里特岛、塞浦路斯和叙利亚，那么守住埃及就变得更加困难了。对于尼罗河集团军而言，他们的任务非常艰巨：要尽最大的努力逼退在昔兰尼加的敌军，让他们不得不往西撤，还得想办法阻止敌军落足叙利亚，并且，克里特岛及塞浦路斯一定得守住。这个目标按照我们当前的军事实力及空军力量来看，实现起来还是非常困难的。对此，我清楚你也是知道的，并且也在尽可能地想办法准备好所需的必要条件，而我们这边，也正在尽最大的努力来稳住中东方面的局势。尽管我们将迎来几个月的困难时期，可我们依然信心十足。

第二天，我给韦维尔将军发了一封复电：

首相致韦维尔将军　　1941年5月23日

你能发来电报加以说明，十分感谢。我们所有人必须在目前这个最为艰苦的时期彼此支撑，相互帮衬着，并且尽可能地做好自己分内的事情……

在有关叙利亚的问题上，我们对你的建议更为看重，而非来自“自由法国”方面的意思。你最好让戴高乐将军更亲近于你。在这方面，我不知道能不能对你有所帮助，若是可以，还请告知。此间，我们决不能在克里特岛之战中战败，叙利亚问题还在其次。所以，当下怕是只能以中下策来应对了……

有关伊拉克问题，我们则希望在不远之后，能够让哈巴尼亚部队进驻巴格达，并在那边建立起一个摄政政府。

守住克里特岛的希望已经变得日渐渺茫，当它终于难以驻守时，我们便越发地开始关注起叙利亚方面的局势，因为德国很可能对其造成威胁。韦维尔将军已拟定好了有关“出口商”作战计划的框架，并于5月25日以函电的形式告知。“出口商”即我们对叙利亚作战计划的行动暗号。目前，威尔逊将军已做好准备，将会率大军向北挺近，这支大军由如下这些部队组成：第七澳大利亚师、“自由法国”军队、一部分已经摩托化了的第一骑兵师，以及其他所需的某些部队。行动的时间据韦维尔将军猜测，很可能会定在6月的第一周。德国在地中海的东岸设立了自己的空军基地，极有可能会造成非常恶劣的影响，此外，我们还必须得考虑到，他们还很有可能会借道土耳其采取地面上的军事行动，以配合空军联合行动，这一点尤为重要，因为，这两股力量加在一起，后果是难以想象的。不过尽管如此，我们仍得先想方设法在西部沙漠取得“战斧”作战计划的成功，率先取得在那里的军事成果。

内阁委员会在5月27日晚举行了一次会议，在会上针对中东方面的整个时局进行了研讨，随后，我将会议的各项结论归总在了一起，并写在了准备发给韦维尔将军的电报里。

首相致韦维尔将军　　1941年5月28日

……在中东，我们将会以如下情况来决定采取怎样的军事行动。

1. 等敌人拿下克里特岛之后，他们就会利用希腊和克里特岛的西海岸，建立起一条能够直接通往昔兰尼加的交通线路了。要想切断这一线路，就只能在昔兰尼加建立起我们的空军基地，不然，我们还极有可能保不住马耳他岛，不能进一步断掉他们向的黎波里进发的交通线。

2. 即便敌人通过取道土耳其进行攻击，或者再加上叙利亚，也无法仅凭几周就足以发展起来，所以暂时还构不成真正的威胁。

夺取西部沙漠的军事胜利是我们的首要目标，必须在这方面获得决定性的优势，并且，此之一战，我们必须将全部的力量都用在摧毁对方的武装部队上。

与此同时，趁德国的空军力量还没有从弗赖伯格的打击中恢复，先立足于叙利亚，对我们来说也一样重要。鉴于此，我们决定对你于5月25日在电报中所送来的总计划予以批准。

就这样，我们一方面在担心克里特岛难以保住，一方面又得将西部沙漠上的战争作为首要考虑的对象，并把兵力全都集中过去，而同时，我们还得在这种情况下准备展开攻占叙利亚的各种事宜。

我在6月3日，给韦维尔将军发了一封电报：

首相致韦维尔将军　　1941年6月3日

1. 在叙利亚，你想怎么使用地面部队及空军力量呢？另外，波兰旅将会在战场上发挥什么样的作用呢？盼着你能把情况详细地电告给我们。在一开始，看来我们得尽可能地发挥出空军的实力，让敌人知道我们是绝对有空中威力的，因此，就算是老旧的飞机，也一样能够派上用场——在伊拉克的时候，它们就曾起到了很大的作用。

2. 由于克里特岛之战的争议颇多，势必会引来如暴风雨般的指责之声，而我目前就不得不对此进行诸多解释。当前，你不要为此而烦心，只想着叙利亚的事情就可以了，特别是要把心思都放在“战斧”作战计划上。不管外界的指责对你来说是否公平，只要做好了上面这两件事，就是对指责最好的回应了。提供给“战斧”作战计划所需的空军力量，将比你在几个月里所得到的空军多得多，你的优势由此可见非同一般。就像昔日拿破仑说过的那样：“战争就是最好的回答。”愿你诸事顺遂。

5日，韦维尔在复电中告知了其将会使用军队的数量。他说，进军行动将尽力在不引起冲突的情况下进行，在开始，他会从宣传、散发传单及彰显我方军威这些方面下手，要是届时受阻，遭到抵抗，那么他就会发动最大的力量采取必要的行动了。他还说，一直认为需要两个师及一个装甲师才能够拿下叙利亚，或者，需要投入两个师及一些装甲旅。所以，他肯定是这么认为的：不能保证一定能够成功，行动肯定还会受到其他因素的影响，且不论是法国驻军的态度，还是当地军民的立场，都是决定成败的要素。

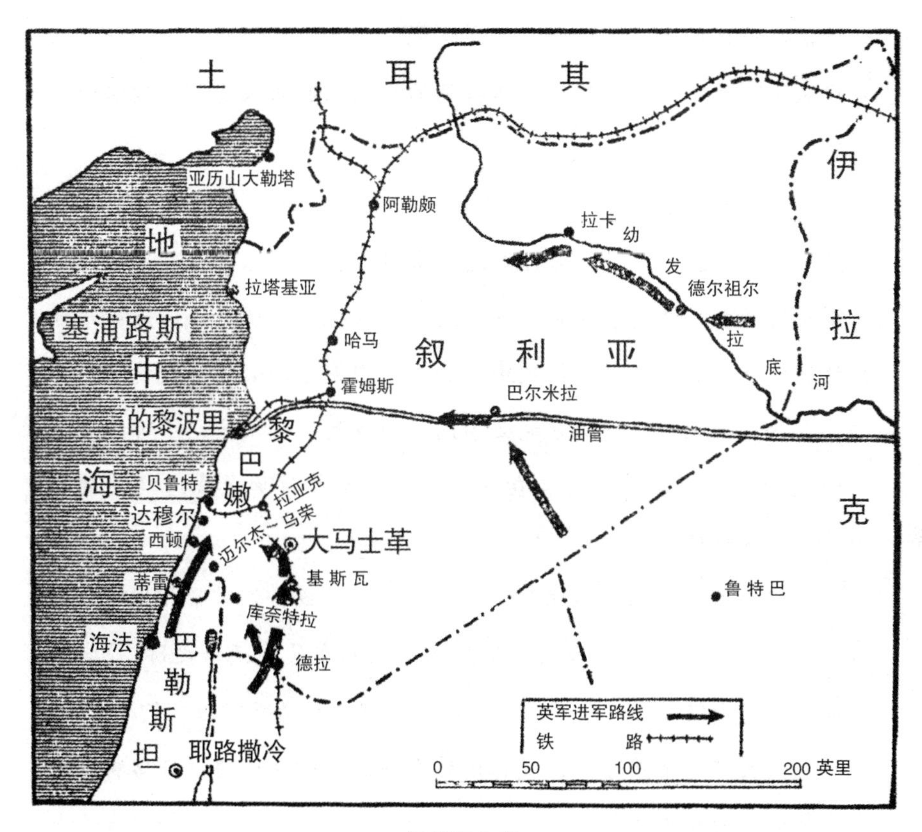

叙利亚之战

* * *

戴高乐将军此时要面对很多难以解决的繁复问题，想到这里，我便在联合军向叙利亚进发之前友好地给他发去了一封电报，内容如下：

温斯顿·丘吉尔致戴高乐将军　　1941 年 6 月 6 日

在地中海东岸，我们即将展开联合行动，我希望这次的合作能够圆满成功，在此，献上我最美好的祝福。目前，我们正尽力给予自由法国的武装力量以最大的支持，希望你看到后，感到满意。我肯定你也会同意我的观点，事实上这次的合作行动，乃至未来将会在中东采取的所有政策，都需要我们彼此绝对信任，并乐于协同合作。在对待阿拉伯人的政策上，我们也一定得意见统一。对我们而言，一直都未曾想从法兰西帝国那里捞到任何特别的好处，也从未想过要趁法国处于悲惨境地时谋取一己私利。

正因为如此，我认为有关让叙利亚及黎巴嫩自主独立的决定，你做得非常好，并且，就像你知道的那样，我觉得保证这项决定能够获得有力的支撑才是最为重要的。此外，我也非常认可这一点：不能在处理叙利亚的问题时，祸及中东局势，中东方面必须得先稳住。不过，在此基础上，我们两方也必须同时关注阿拉伯人民，尽可能地满足他们的期望及情感需求。在这一点上，我相信你是知道其重要性的，并且不会忘记。

我们的心一直都将与你及“自由法国”的战士们紧紧相连。眼下维希政府的行为越发厚颜无耻了，但愿在其发展到顶峰之际，“自由法国”的将士们能够以自身的忠实和英勇的行动来挽回法国的名誉。

局势已经非常严峻了，我恳请你别在这个时候坚持宣任喀特鲁担当叙利亚方面的高级专员。

我还是像往常一样给罗斯福总统发去了函电，把详细的情况告诉了他。

前海军人员致罗斯福总统　　1941 年 6 月 7 日

1. 明天早晨，我们的一部分部队就会进驻叙利亚了，为的是不让德国人继续将自己的影响渗透进去。至于能取得多大成就，还要看当地的法国军队持什么样的态度了。虽然在叙利亚，主要是靠戴高乐将军的“自由法国”军队发挥作用，可他们并不是用来打前站的。因为他正要昭告所有阿拉伯人，以法国的名义发表宣言，即：令其有机会成为自由独立的阿拉伯国家，可以三或一，又或者是三合一的方式来组建。随后，这些国家和法国之间就会形成一种稳固的关系，或多或少就像英国和埃及所签订的条约那样，有了一个能够确保自身利益的保障，就是说，关系一旦建立起来了，就不会再被破坏。届时，喀特鲁将军将会全权代表法国，被称作法国的代表，而不会被视为一名高级专员。

2. 对于行将发生的事情，我不清楚维希政府届时会做何反应，想必到那时，他们不至于做得比现在更糟糕。不过，最可能发生的情况就是，他们会对直布罗陀或是弗里敦下手，实施报复。要是你接着对他们施压的话，我会感激不尽。我们在叙利亚只想取得战争的胜利，至于政治方面，实在是一点儿兴趣都没有。

* * *

为了此番进军叙利亚，韦维尔将军已经调集了所有能够用上的军队，包括：第七澳大利亚师；一部分第一骑兵师；从厄立特里亚刚召集回来的第五印度步兵旅；勒让迪奥姆将军领导下的“自由法国”军队，这支军队由六个营级力量、一个炮兵中队及一个坦克连组成。在空军方面，最初的计划是有限度的，约可使用七十架飞机支援作战。同时，海军及空军也必须先以克里特岛之战为第一要务，尽快前去支援。而在叙利亚方面，为了能够更好地配合作战，我们还抽调出了一些舰艇，包括两艘巡洋舰和十艘驱逐舰，此外，还另派出了一些小型的舰船前去支援。当茨将军所统领的维希大军包括：陆军方面，共有十八个营级部队参与其中，从装备上而言，每个营都备有一百二十门大炮和九十辆坦克，从人数上而言，共有三万五千名兵士投入战斗；空军方面，共投入了九十架飞机；海军方面，则派出了两艘驱逐舰及三艘潜艇，而贝鲁特就是这些舰艇的基地。

攻占叙利亚全境的第一步，就是令这支盟军攻下大马士革、拉亚克和贝鲁特这三个地方。6 月 8 日，进军行动开始了，起初，对方并没有做太多抵抗，因此，没有人能判断出维希军队想要如何打，打出个什么结果。尽管我们所发出的攻击不算是什么奇袭，可有的人依然觉得，在我们的攻击下，敌人只能做做样子，并不会真的拼命抵抗。然而，等敌人清楚了我们的实力，知道我们其实兵力不足时，也就不怕什么了，反而抖擞其精神，英勇反抗起来，不过，即便如此，他们兴许也不过是在维护自身军队的名誉罢了。后来，敌人在“自由法国”军队的东翼进行了反击，开始威胁到“自由法国”军队的交通线，因此，大军便被敌军给困住了，当时，距离大马士革只有十英里。另一方面，澳大利亚师正在沿着海岸公路进发，但因为地势因素而受到了不少阻碍，所以行进得并不快。在库奈特拉，一个英国营遇到了两个营的敌军的反攻，因对方有坦克协同作战，故使我们受了挫。维希军队的驱逐舰曾经碰上了对方的海军，双方有过短暂的交战，可由于敌方舰艇的速度更快一些，被他们给逃脱了。6 月 9 日，在海上又有一次时间较短的交锋，这一回，“加纳斯”号驱逐舰被打中了要害。6 月 15 日，两艘英国驱逐舰被派往西顿执行打击任务，过程中也被敌机投出的炸弹给打伤了，不过，我们的海军航空兵部队也炸沉了一艘维希的驱逐舰，当时它正从海面的西侧朝海岸行驶。

经过头一周的战斗，韦维尔将军便看清了形势，认为十分有必要派出支援的军队。目前，为了使部分已经编制好了的英国第六师中的一个旅得到运输工具，他正在想办法尽快落实，并且，等到六月末，他会再派出一支旅团去支援叙利亚。同时他还准备将“哈巴尼亚部队”，也就是曾参与过巴格达之战的那个第一骑兵师中的一个旅团派往巴尔米拉，让他们从沙漠南部过去，进行攻击。此外，他还下令，让第十印度师中的两个旅去攻打阿勒颇，当时他们正驻守在伊拉克，需要溯幼发拉底河而上采取对敌行动。6 月 20 日起，随着战局的扩大化，我们开始有所收益。大马士革经过三天激战，于 21 日被拿下。在这一战中，要不是第十一突击队勇敢地在海上成功从敌人的后面登抵并做出了有力的攻击，结果还不知会如何，不过，突击队也付出了极大的代价，有四分之一的突击队成员都为此做出了牺牲。在这次激战中，总共有一百二十名士兵非死即伤，而他们的指挥官佩德上校，连同四名军官也殉难了。

经过在7月头一周的战斗，眼看着维希军队就要崩溃了，可当茨将军也十分清楚，自己的力量怕是已经要用尽了。当下还能战斗的人只剩下两万四千左右了，可靠这些兵力，已无力继续抵抗，另外，还能作用于战场的空军力量，也所剩无几，还不到先前的五分之一。维希方面在7月12日上午八点三十分派来了特使，提出停战。随即，我方表示同意，并与之签署了一份相关协议，这之后，叙利亚就成了同盟国的。通过这一次的战斗，敌方共损伤了六千五百人，而我方则有四千六百多人的伤亡。在这段时间里，曾有过一件令人不悦的事。英国被俘虏人员在战斗中是被匆忙送往维希法国的，这样一来，他们很可能在那边被德国人抓住。此事被发现之后，对方并没有做出任何补救，我们只能牺牲当茨将军和其他高级军官，把他们作为人质扣留下来，而换回了我们的那些被俘虏的人员。最终，我们实现了这一期望，所有的战俘都被遣返回来了。

* * *

经叙利亚一役，我们因取得的胜利而在中东极大地改善了自己的战略地位。如此，敌人就再不能妄想从地中海将自己的势力往东面渗透了，而我们也不用再担心土耳其南部边疆上可能存在的隐患了，自此，我们在苏伊士运河上的防线，又向北推移了二百五十英里。如今，土耳其已不怕再遇到敌人的入侵，若是有人来犯，它必定会获得来自一个强国的友好协助。尽管在记述事件发生的始末时，将伊拉克、克里特岛、叙利亚和西部沙漠这四个战场分开来说比较方便，但我们必须牢记一点，那就是，它们环环相扣、紧密相连，且互为影响，正因如此，才促成了不少相互交织在一起又关乎生死存亡的大事。不过尽管如此，我们依然能够看到这样的结果——最终，英国及大英帝国军队一定会在中东取得绝对的胜利，这种胜利并非表面意义上的那种胜利，而是事实意义上的成功。此间的功劳应归属于在伦敦及开罗当局的所有责任人。

克里特岛一战，尽管我们损失极大，可相应地，也摧毁了德国空降军团的力量，令他们的攻击力度减弱了不少。另一方面，我们也成功地压制住了发生在伊拉克的反叛势力，仅凭为数不多且临战才集结起来的兵力，就重新控制住了那片广阔的区域。对叙利亚的征战，实在是为形势所迫，好在该行动确如实际所展现出来的结果那样，我们最终还是阻止住了德国进一步想要进军波斯湾和印度的企图。在此过程中，若是战时内阁及三军参谋长不将各个根据地视为取胜的据点，或者，不叫诸司令员必须按照他们的意志行事，而只为求稳的话，那么在克里特岛一役中，我们只会失去更多，又如何能够换回这场艰苦而理应带来荣耀的战役所值得获得的收益呢？再有，要是韦维尔将军在其疲惫不堪之际，难以再承受新发生的事件及来自我们命令的压力，原本就紧绷的弦就要断掉的话，那么不管是战争的走向，还是整个土耳其的前景便都会受到巨大的影响了，我们难以想象后果将会多么严重。人们经常会说，做不到的事情，别去勉强，也常会说，得做自己把握得了的事情。可这一标准不论是放在生活中，还是战争里，都不是绝对的，凡事都有例外。

此外，在西部沙漠中的战斗还没有记述，这同时也是我及三军参谋长都非常重视的一战。尽管我们并没有在这一战中取胜，但它仍然至关重要，拖住了隆美尔长达五个月的时间。

第十九章 “战斧”计划

一定要打败隆美尔——韦维尔将军的决心——5 月 15 日和 16 日，对塞卢姆及卡普措堡发起攻击——成就有限——一开始，“虎仔”碰上了困境——德国的第十五装甲师到了现场——5 月 26 日，哈尔法亚失手——筹备“战斧”作战计划——对敌人实力的预估偏低了——6 月 15 日，我们发起攻击——6 月 17 日，所有的事情都进展得不顺——隆美尔没再接着攻击——温顺善良的马——6 月 21 日，我发了一封电报——韦维尔将军的工作由奥金莱克将军来代替——必须在开罗移交——一位总监——一份电报——奥利维尔·利特尔顿上尉——任命他来担任驻中东国务大臣——7 月 4 日，我给罗斯福总统发去了电报

在国内的我们，不管是军人还是人民，都没有忘记要打败在西部沙漠的隆美尔军，大家无一例外地认为，此事非常重要。尽管从希腊撤离时发生了惨剧，尽管要平息伊拉克及叙利亚方面的骚乱，我们曾遭遇到了惨烈的战斗，尽管在克里特岛一役中，也造成了一定的伤亡，可这一切若与我们寄予西部沙漠的一线胜利的希望相比的话，就都算不上是大事了。对于这件事，身在伦敦的人的看法都是一致的。

我们的想法与韦维尔将军的意思在思想上是一致的，每天，他自然都会在其他方面碰上不少难以应付的事，可他也觉得，只要使隆美尔的进攻计划被粉碎，进而使图卜鲁格摆脱困境，那么所做的一切就都将是值得的，届时，我们会等到相应的补偿。另外，他也能体会出来，在沙漠侧翼被敌人打散之后，我们要为他补充其所需的装甲车辆是冒多大的风险才做到的。对于“老虎”计划，他十分有信心，因为把近三百辆坦克通过地中海运送给他有何意义，他是十分清楚的。现在，韦维尔将军又燃起了高昂的斗志，准备投入新的战斗，此间，他一直没有忘记那条适用性广泛的标准——就像生活中大家所常说的那样，任何事情都不是绝对的，凡事都有例外，这在战时也同样适用。对于我们都认为是正确的战略概念，事实上也并没有错。在这个时期里，隆美尔身边一直有一个我方的间谍与之密切地保持着联系，根据他提供给我们的确切情报来看，尽管隆美尔握有一定的权力，可所处的地位并不牢靠，且遇到的困难也着实不小。由此，我们了解到，隆美尔只能在有限的范围内做主，没有多少灵活处理的空间，同时，我们还了解到，德国的最高统帅对他的命令分外严苛，令他不能凭着侥幸心理行动，以错失任何得胜的可能。

首相致韦维尔将军　　　　1941 年 5 月 7 日

在战术上，最有可能获胜的是塞卢姆还是图卜鲁格，你可以和自己下属的将军们自由做出选择。不过，要是“老虎”计划进展顺利，成功之后，便可放手一搏了。我会在该计划完成之际，马上下令把用于马耳他岛的“旋风式”飞机给抽调回来，送至你那里。一旦那帮德国鬼失去了主动权，那就没什么可怕的了。我们时刻与你惺惺相惜。

在收到了我们发出的所有情报之后，韦维尔将军便马上想要争取主动采取行动了。尽管克里特岛之战正在最为要紧的时刻，但他依然想抓紧一切时间赶快把隆美尔军给消灭掉，虽然这一时期对他来说已经够紧张的了，然而，他认为，只有趁德国的那支声势夺人的第十五装甲师还未能从的黎波里一路劳顿地全都跋涉到沙漠西部之前，并且，在敌人还未能有效地利用班加西，使之为其提供便利，好更快捷地输送供应所需之前，就先主动下手为强，打败隆美尔才行。所以，他甚至有在“老虎”计划中所定好的坦克投入战斗前，也就是我和他相互报信时所说的“虎仔”送到之前，就发起对隆美尔军的攻击。驻守在西部沙漠的装甲部队在刚进5月的时候，只有两个巡逻坦克中队及两个步兵坦克中队，那时候，他们均驻扎在马特鲁的东南部地区。韦维尔将军希望，可以将这些部队整合起来，组建一支可以有力打击敌人的战斗力量，这样，等到6月初，就可以派上大用场了。如此，他自认为已经看到了一个大好时机，当可在“虎仔”备好前就先发制人。他希望能够给敌人来一次奇袭，让对方在得到第十五装甲师的支援之前就先遭到冲击。

韦维尔将军致首相　　1941年5月9日

我已下令，为了方便在塞卢姆地区展开对敌行动，将目前所有的坦克力量全都提供给戈特的部队。这件事正在筹备当中，相信用不了多久就能实现了。我不会轻易撤销该行动，除非“老虎”计划全然失败。

韦维尔将军致首相　　1941年5月13日

我已下令，让目前所有的坦克都作用于戈特的部队，我想在“虎仔”运来之前就先攻击在塞卢姆地区的敌军。该行动应当火速进行，就这一两天便会展开。对于敌人的先头部队，我觉得戈特还是能应对的。要是这次的行动成功了，那就应该及早考虑下一步的行动，当马上令戈特率军联合图卜鲁格守军采取一致行动，逼退敌军，让他们不得不撤到图卜鲁格的西面去。我本应该等收到“老虎”计划中所安排的一些坦克之后再行动，可我等不及了，得赶在敌人得到支援前先下手为强。

他的看法三军参谋长也是积极认可的，太叫人高兴了，国内外都想到一块儿去了！

空军参谋长致特德空军中将　　1941年5月14日

对于你所估计的情况，参谋长委员会今日已经全然同意了，随后，我和首相又充分地商讨了一番。就总的安排来说，首相是满意的，并且，他得知行将而至的这次如此要紧而又情况复杂的空战是由你来领导的，更是开心极了。

下面将列说几点有关工作的进程，及在每个时间段中所做工作的重点构想，这些观点并不会对你将要采取的行动构成阻碍，相反，会对你有所助益。

1. 不管怎么说，利比亚之战都将在时间及重要程度上位列第一，必须尽可能保证胜利，因为，战斗的结果将直接影响到德国及伊拉克人看待伊拉克时局的眼光。

2. 在伊拉克，我们的目的就是建立一个在巴格达的友好政府，因此，你当全力促成此事，不过，这件事不能影响到西部沙漠之战的胜利。

3. 我们认为，在此期间，德国进攻克里特岛的"炙烤"作战计划所可能展开的时间是，在小规模的利比亚之战之后，在一个规模不会太大的战役之前，而这次发生在西部沙漠的大规模之战是否能够展开，还得视"虎仔"的情形来定。鉴于复杂的军事行动的情况，克里特岛之战，也就是"科罗拉多"作战计划，或许要晚于预估的时间。你当可考虑一下，不过，也不必非得依此来安排自己的行动。

4. 有时候十几个精明的防御措施也抵不上一个显著的成果，因此，有关在伊拉克、叙利亚和巴勒斯坦的筹备事宜，我们大可留待日

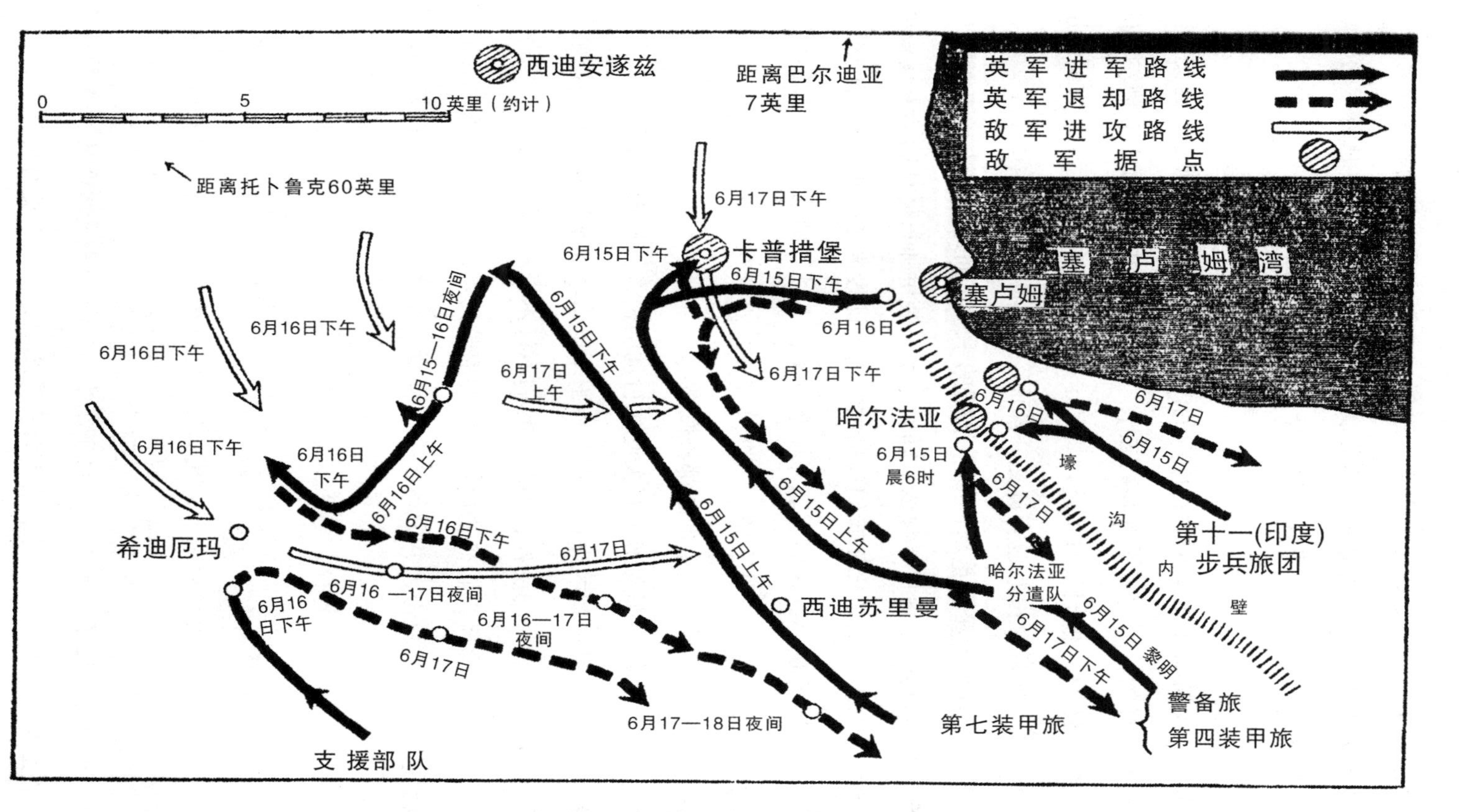
西迪安遂兹
0
5
10英里（约计）
距离巴尔迪亚
7英里
英军进军路线
英军退却路线
敌军进攻路线
敌军据点
距离托卜鲁克60英里
6月17日下午
6月15日下午
卡普措堡
塞卢姆湾
塞卢姆
6月15日下午
6月16日
6月16日下午
6月16日下午
6月15—16日夜间
6月15日下午
6月17日
上午
6月17日下午
6月16日
6月17日
哈尔法亚
6月15日
6月15日
晨6时
壕
沟
内
壁
6月16日下午
6月16日
下午
6月16日上午
第十一(印度)
步兵旅团
希迪厄玛
6月16日下午
6月17日
6月15日上午
6月17日
哈尔法亚
分遣队
6月16 —17日夜间
6月16
日下午
6月16—17日
夜间
6月17日
6月15日上午
西迪苏里曼
6月15日 黎明
6月17日下午
警备旅
第四装甲旅
6月17—18日夜间
第七装甲旅
支援部队
“战斧”作战计划示意图

后再做打算，为更远的将来筹谋。当前，西部沙漠一带的军事行动才是最为重要的，且意义非凡，尽管我们必须得承受来自其他地方的危险，但这里的胜利会证明我们的选择是绝对有价值的。

此时，戈特将军正率军沿着壕沟的内壁上面往西北方前进，这支部队的架构是这样的：第七装甲旅和第二十二警备旅，共配有五十五辆左右的坦克。5 月 15 日，他们攻占了塞卢姆和卡普措堡两地，其后，左方的装甲旅继续进军，准备攻占西迪安遂兹。然而，敌军很快便开始反击了，就在 15 日下午，卡普措堡又重新回到了他们的手中，而此前攻占了这个港口的达勒姆轻步兵营则被打得很惨。随后，第七装甲师只得从西迪安遂兹撤离。当时，敌军动用了远超我们预估的实力，即投入了七十辆左右的坦克力量。尽管当天晚上，我们还能守在塞卢姆，不过等到第二天，我们已经决定好撤兵了，除了将驻军留下来继续守住哈尔法亚，以及西迪苏里曼的壕沟内壁上的隘口外，整个部队都将撤离。

此后，韦维尔将军发来了有关此次行动的报告。从报告来看，他并不乐观：我军在通过最初的进攻把在塞卢姆至巴尔迪亚地区的敌军给肃清了之后，便遭到了敌人的反扑，因此，我们不得不撤离现场而退守在哈尔法亚。目前，尚可确保我们在塞卢姆所设的前哨据点，而驻守在图卜鲁格的部队也进行了一次攻击，并取得了一定程度的成功。我们也一度使敌军受到重创。

首相致韦维尔将军　　　　1941 年 5 月 17 日

1. 对于这次的行动结果，我们还是觉得十分满意的。你在尚未动用“虎仔”的情况下就展开了对敌攻势，并取得了如下战果：使我们的部队向前挺近了三十英里，攻下了哈尔法亚和塞卢姆两地，成功俘虏了五百名德军，还重创了敌方的兵员及坦克。有了这样的战果，就算是以二十辆步兵坦克及一千或一千五百人的伤亡来做交换，也很值得了，所付出的代价并不是太高。

2. 我们也收到了图卜鲁格传回来的消息，战事进展得也不错，尤其是敌军比我们损失更大的消息。看来敌人也确实很忧心图卜鲁格的情况，因此，那里稍有安稳的时刻便马上汇报了显然是叫人满意的报告。如此来看，继续在图卜鲁格作战还是相当要紧的。

3. 敌人为了使局势重新稳住，正在往战场上输送援兵。对我们来说，敌人此举可谓正中下怀，看来，他们想必是没法儿承受如此接连不断的激战了。不论是蒂尔还是我，都清楚敌人的处境，如今他们已经遇到了很大的困难，而长时间的压力必定会使我们看到很好的结果。你肯定能坚守在塞卢姆和图卜鲁格两地，我们都相信你会继续作战。相信敌军在补充兵力方面是不如你的，因此，你大可做一假设，在这两个地方，你可以把强而有力的机械化野战炮队加以充分利用，逼得敌人不得不将弹药全都耗费在战斗中，而我们现已了解到，目前正是对方弹药不足又无以补充之际。我们希望你能在不加重自己负担的前提下，从你的幕僚中挑出一位官员来做一件事——每天晚上发一份详尽的报告给我们，以便我们能够及时获知你的司令部所获得的重要情报及时局的确切情况。要是能够做到，我们将十分感激。此举在当前的时局中自然是非常有必要的，特别是类似西部沙漠之战这种影响着世界格局发展的特大战役正在发生的非常时期里。

4. 收到“虎仔”后，你预备如何将其投入战斗？

韦维尔将军致首相 1941年5月18日

目前战场上的情况是这样的：敌人比我们预想的要强，因此，我们只得退而求其次，稳固地坚守在这里，并等候“虎仔”运达再采取行动。在他们抵达后，我还不想在本月底就令其投入战斗，应给出适应这里的环境的时间，不过，这自然还要看局势如何，暂时不能定下来。敌人当前正忙着在前沿地带把兵力都集结起来，而且很可能会继续挺近。

阿奥斯塔公爵已经投降了，相信这个消息你已经知道了，而事实上，这也算是了结了东非方面的战斗。

*　　*　　*

5月20日，韦维尔将军来电报告说，据信息显示，德国的第十五装甲师中的一个坦克营已经到达了前线。如此，我们便失去了在隆美尔得到支援前而消灭他的机会。虽然我们在“虎仔”运抵前已经做好了准备工作，可要想使它投入使用，还是耽搁了不少的时间，因为我们在收到送达的步兵坦克后发现，许多坦克上的机件都不太好用，且这些“虎仔”需要更多的时间来起卸和装配，另外，它们需要时间来适应沙漠作战，以便更好地发挥出性能。

韦维尔将军致首相　　　　1941年5月25日

感谢你致电给我。尽管我们都能体会到在这里所要担负的使命有多重要，责任有多重大，可要是与你相比，就显得轻多了，你所勇敢扛下的事务可要比我们重要得多……

目前，“虎仔”正处于顺利“断奶”的过程中，不过就算是老虎也得经历“最初长牙时所承受的疼痛”。

我太太曾说：“在我的印象中，身在契克斯的人们有那么几个周日都处在深深的焦虑里，有的甚至十分愤怒，为着眼见坦克已经送达却不能立马作用于战事。”

*　　*　　*

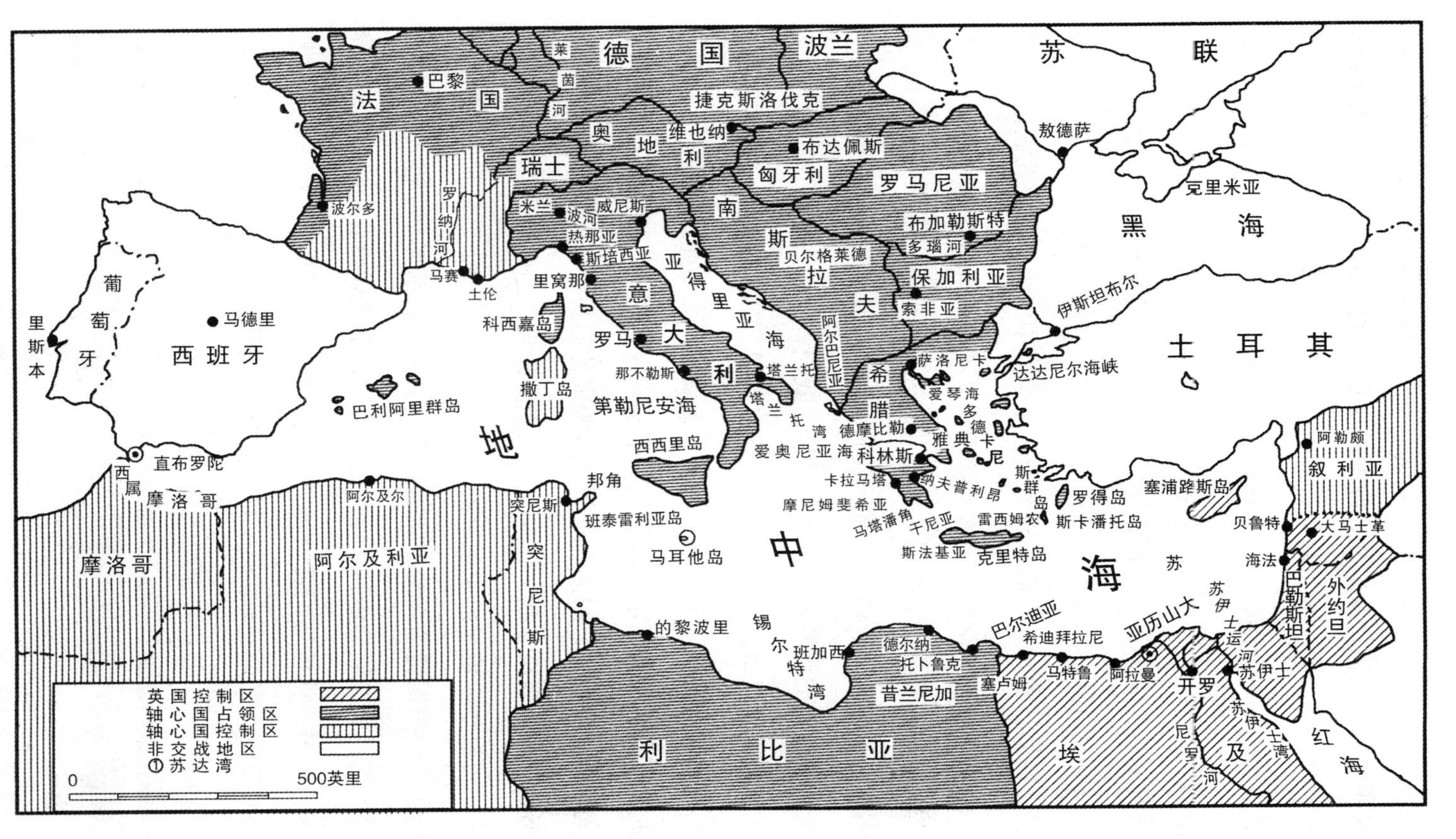

1941 年 6 月 21 日的地中海地区

没过多久，灾难还是来临了。过了一周，我们发现敌人开始频繁地调动起装甲车辆。后来，我们才在收缴的文件里找到原因：当时，为了缓解图卜鲁格的局势，隆美尔正在筹划着对我们发起猛攻，他已下定决心，不仅要攻克并收复哈尔法亚，还要将其作为据点，如此一来，我方在此地的境况就越发艰难了。等到第十五装甲师到达后，隆美尔便将他们中的大部分人员都部署好了，将主力汇集于卡普措堡和希迪厄玛间的边界处，而留下一小支侦察部队去南面驻守。据守在哈尔法亚的部队，是一个由康斯特瑞姆警备队第三营、一个炮兵联队及两个坦克中队组合而成的混合营。我们的边界守军，除侦察巡逻队还在南面据守之外，都已经往后方撤了，且撤出了不短的距离。5 月 26 日，敌人开始进军哈尔法，就在当天晚上，他们便占据了位于隘口北面的高地。拿下该地区对其十分有利，可以据此看清楚全部康斯特瑞姆警备队布下的阵容。我们曾尝试过抢回这一地区，但因遭到了敌人的反攻，而未能成功。次日一早，敌人便发动了攻击，最起码也动用了两个营及六十部坦克发起联合攻势。在如此猛烈的炮轰之后，我们的这支本就人数不足的部队就一下子陷入了困境，而他们又无法与后备军队联合起来抵抗，因为后备军当时距离他们甚远，无法迅速投身于战场，所以，只能当机立断，让这支部队撤离现场。尽管后来他们顺利地撤了出来，可也相应地付出了沉重的代价。目前，我们手里只剩下两辆可用的坦克了，而康斯特瑞姆警备队那边则失去了八名军官及一百六十五名士兵。敌人的目的显然是达到了，于是，他们接下来就想要在哈尔法亚落地生根了。结果，就像他们之前所计划的那样，他们确实在该阵地站住脚了，而对我们而言，三周后就不得不面对这一巨大的阻碍。

* * *

当前，我们依然在筹备“战斧”作战计划，不过其中也有叫人苦闷之处。

韦维尔将军致帝国总参谋长　　　　　　　　1941年5月28日

1. 决定胜败的关键，还得看装甲部队。如今，“战斧”作战计划已经调动起了一切可用的装甲部队。第七装甲师因为受到许多困难因素的干扰，只得将重整工作一拖再拖。要想自马特鲁继续行进还需要时间，最早也要等到6月7日开始，不过，或许会比这个时间再往后延迟一点。

2. 我觉得应该跟你说清楚我是怎么想的：我认为，这回的行动能够使我们收获多少还不好说。我希望我们能够通过此番斗争，将敌人逼退到图卜鲁格的西面去，而后重新与图卜鲁格在陆上建立起交通，并且，我还希望我们可以在一定的范围内尽可能获取更多的胜利。不过，就最近的几回战斗，我们发现，有些问题着实令人感到担忧。在敌人火力迅猛的战斗机面前，我们的装甲车显然无力抵抗，它们太轻了，而且还都没配上大炮，可德国方面有配备着大炮的速度远胜于我们的八轮装甲车，因此，我们无论如何也是抵挡不住的，因此，这就造成了侦察工作的巨大障碍。在沙漠作战，我方的步兵坦克根本谈不上速度，况且，此前已经受到了来自敌方力量强大的反坦克炮的轰击，伤势严重。目前，我们的巡逻坦克与德国的中型坦克相比，无论是在实力上还是在速度上，都处于劣势，而且还有许多技术上的问题有待解决。在这样的情况下，我们没法儿像攻打意大利部队那样充满信心，因为事实上，必须得考虑到我们的兵力并不占优势。上面所提及的因素很可能会对我们所要成就的事有所影响，令我们不得不时常需要装甲部队持续地予以支援，此外，还需要一定量的备用军队。

韦维尔将军在5月31日的函电中报告说，他此间正在忙于第七装甲师的改编工作，不过，在技术上碰到了好些问题。要启动“战斧”作战计划，他认为最早也要等到6月15日才行。同时，他也意识到了另一个问题：要是将启动的时间往后延迟的话，势必会让敌人有机会趁此而通过支援过去的空军对图卜鲁格发起猛烈的攻击，这对我们来说就很危险了。不过，他觉得此事也可以从另一个角度来看：接下来要进行的战斗，基本上会以坦克战为主，因此，他势必要创造机会让那个装甲师取得胜利，所以，争取在等待的过程中获得更多的时间是十分必要的，这样就能“成倍地增加成功概率”。

这个时候，我在静静地等待着将要在沙漠地区展开的攻势，心里既充满希望又感到疑惑，对我们来说，这次的行动将可能改变整个战局的进展，从而使结局变得对我们更为有利。我们另外多耗费了两周的时间来让第七装甲师熟悉运用“虎仔”，因此，我怕德国的第十五装甲师会趁机被输送到隆美尔手里。

此时，我们从获得的情报里得知，德国方面已经将第五轻装甲师和第十五装甲师向昔兰尼加或运入或输送过去了，此外还包括属意的爱利尔特装甲师、特兰托摩托化师和布雷西亚步兵师，并且，在德尔纳还另外备有一支意大利步兵师。另一方面，德国部队中的大多数已经迅速将班加西及其港口投入使用了，也就是说，利用班加西港来为自己输送大规模的补给，而我们却在年初表现得差强人意，这着实叫人担忧。

韦维尔将军发来了函电，他说：目前敌军已将大多数的兵力全都部署在了图卜鲁格前方的战区里，他们有一百三十辆左右的中型坦克及七十辆左右的轻型坦克。我们估计敌人的坦克力量是这样部署的：一百辆中型坦克在前沿阵地，其兵力能与七个德国营及九个意大利营相比。据此，我们当可认为，事实上，敌方三分之二的坦克力量还留在后方，也就是距离边境处七十英里的地方。因此，要是凭借一次袭击就可以让驻守在图卜鲁格的军队拖住周围的敌人的话，那我们在边境的装甲车辆便可在开始阶段就获得优势，即投入一百至一百八十辆左右的坦克力量。但韦维尔并不赞同，他的评论是，此猜测根本不对。当前，可以肯定的是，在这次的边境之战中，德军并未启用意大利的坦克，而是在我们尚未觉察到的时候，将自身的绝大多数的装甲车力量都成功地聚集到前方阵地去了。因此，我们事实上要以一百八十辆坦克之力来对抗敌方布下的二百多辆坦克。

*　　*　　*

6 月 15 日，我们就已开始了“战斧”作战计划，总共投入了差不多两万五千人作战，而担任此次战斗总指挥的是贝雷斯福德·皮尔斯将军，装甲部队方面则由克雷将军领导，另外第四印度师和第二十二警备旅是梅塞维将军负责的。起初，我们所展开的斗争十分顺利。尽管从南北两个方向夹攻在哈尔法亚周围防守的敌人时没有成功，但到了下午，我们的警备旅却拿下了卡普措堡，并俘虏了数百名敌军。接着，该旅中的一部分兵力继续朝西推进，向位于塞卢姆西侧的防御地带挺近，不过进展得并不顺利，被敌军给阻挡住了。相较而言，第七装甲旅的行动就顺利得多了，他们成功地掩护外翼到达了卡普措堡西侧阵地，其间并未与敌军的坦克发生任何碰撞。

6 月 16 日这天，在战场上，形势没有太大的变化。坚守在哈尔法亚和塞卢姆两地的敌军开始抵抗我们的军队，下午，对方发动了威力强大的坦克部队，显然，他们是想从西侧将我们的进攻部队给包围起来。因此，包括装甲旅及援助部队在内的第七装甲师，便都赶去解除危机了。他们先是到达了希迪厄玛的附近，展开了对敌战斗，不过，终因众寡悬殊而不得不再撤回来。由此，原本一个侧翼应该在第七装甲师的掩护下采取主要攻势，可这时候，该侧翼已然十分被动了，危险异常。

次日，也就是 6 月 17 日，整个战场上的形势都出现了问题。当天，警备旅还留守在面对塞卢姆的卡普措堡内，这时候，敌人据称发动了备有一百辆坦克的强大部队，他们直接从警备旅的手里把卡普措堡又给抢回去了。昨晚，一支敌军逼得第七装甲旅只得从希迪厄玛那里撤离，并且接着又往哈尔法亚挺近了，而我们的这支装甲旅当前只剩下差不多二十辆坦克还能用了，故而，他们目前暂且只得先留宿在西迪苏里曼附近。由于那支敌军此举大有要切断我们警备旅的架势，因此，克雷提议，应令第七装甲旅从敌人的南面发起攻击来解除这一危机，此外，还应让此前与警备旅配合完成任务的第四装甲旅在解除该危机后，进攻北面的敌军。然而，第四装甲旅刚出发，便遇到了另一支敌人的装甲纵队，他们是从西侧赶来的，直接威胁着警备旅侧翼的安危。随后，第四装甲旅成功地打退了敌人的攻势，可尽管如此，敌人的力量却一直在增加，我方的压力越来越大，因而，梅塞维对克雷说，步兵极有可能被敌人切断，必须得放弃第四装甲旅才行。

此时，正是决定成败的时刻，韦维尔将军仍旧寄希望于克雷的装甲部队，认为他若是能继续展开进攻，说不定局势便可转变过来了。于是，他乘机飞去了位于贝雷斯福德·皮尔斯将军的作战司令部，随后又接着飞到了第七装甲师的所在位置。结果，他刚一到就听到了一个消息：梅塞维将军认为，不论是在侧翼还是在后方，他的部队都在受到严重的威胁，估计当前所要面对的是来自敌人不下二百辆坦克力量的压力，因此，为避免被敌军困住，应当马上撤离，而该行动，他已经自作主张地将命令发布下去了。事实业已发生，远在沙漠侧翼的韦维尔和克雷也只能予以批准。自此，我方的进攻行动也就没能成功。幸好全体部队在撤退时得到了战斗机的掩护，撤离行动在秩序井然的情况下顺利完成了。此间，我们并未遭遇敌人的穷追猛打，想必部分是因为皇家空军的轰炸机对敌人的装甲部队造成了威胁，一直在猛烈地轰炸他们。不过，或许并非仅此而已。直到现在我们才明白，其实隆美尔当时接到的命令只在守卫不在攻击，他的主要任务就是使大部队休养生息，好在秋天能够一举得胜。因此，要是他现在就从边境穿越过来，对我们紧攻不放，那么，他势必会遭遇严重的损失，而这就与其所接到的指令全然相反了。

尽管使用战斗机来做掩护的战略当可使我军在战场上发挥最大的实

力，效果非常好，但另一方面，却也造成了一定的危险，我们的军力被分散了不说，空军的损失率也因此而增加不少。次日，我们决定将战略调整一下，正当敌人的空军开始强化行动时，我们一方面接着贯彻执行一定程度的掩护任务，另一方面，则令编制更大的部队在大范围内采取对敌攻势。17日，撤离行动开始。敌人的空军共向我们发动了四次颇具规模的攻击，其中，有三次进攻都被我们的战斗机队给击退了，并且，我方的战斗机还联合轰炸机有过多次的低空飞行配合行动，时常对敌纵队进行空袭。显然，这类型的攻击不仅使敌人受到了阻碍，还大大加重了他们的损失。在部队撤离的过程中，飞行员的帮助可谓是巨大的，可尽管如此，也并非一帆风顺，对他们来说，在空中往往很难分清敌我部队，因此曾遭遇了点儿困难。

经过三日之战，我军死亡人数为一百五十人，失踪人数为两百五十人，伤亡总计在一千人。此间，另损失了二十九辆巡逻坦克、五十八辆步兵坦克，其中巡逻坦克方面的损失，大多数是由敌人造成的，而步兵坦克方面的损失，则主要是因为机件损坏导致的，由于缺少运输工具，我们无法将它们拖回来整修。另一方面，据说敌方也损失了一百辆杰出的坦克，当然，是被我们击毁的。自此，我方共俘虏了五百七十名战俘，并埋葬了多名敌方部队人员的死尸。

* * *

尽管与以往发生在地中海一带的数次战斗相比，此番战斗在规模上要小得多，但这次战斗的失败带给我的打击无比沉重。本来，我们若是能够在沙漠之战取得胜利，无疑就会摧毁隆美尔的那些气势汹汹的军队，并且，我们原本也有机会使图卜鲁格脱困，将敌军给打退，逼得他们不得不像来时那样，快速地朝班加西的西面撤离。按照我的想法，我们之所以甘冒危险采用“老虎”作战计划，其根本目的就是为了这一点。目前，我还不知道有关17日的作战经过，不过，结果很快就知道了，所以我去了恰特威尔庄园，准备独处一段时间，什么客人也不接见。随后，我在庄园里收到了报告，得知战事的经过并不理想。于是，我怀着郁闷难抒的心情在幽谷之中踱步，时间过了一小时又一小时。

*　　*　　*

读者要是看过每一封我和韦维尔将军、三军参谋长间所发的电报的话，就会大致知道我为什么在 1941 年 6 月的下半月做出那样的决定。在国内，我们都觉得韦维尔将军已经心力交瘁了，也就是说，我们这是把这匹优良马驹给用到极限了。对韦维尔总司令来说，要同时执行毫无关联的五六个战区中的特别任务，而在这些战区里，战事是时常发生变化的，有时候胜利，有时候失利，对一名军人而言，鲜少有人能碰上这种失利的局面，其中的压力自是不可言喻的。过去，我也曾不满于克里特岛上的防务安排工作，觉得韦维尔可以做得更好，尤其是怪他没有加派少量坦克过去。三军参谋长在他表示反对的情况下，认为应以小规模的进军来夺取我们在伊拉克战场上的胜利，结果，这次行动非常幸运，我们成功地解救了哈巴尼亚的困局，并在这一区域内大获全胜。然而，韦维尔在收到三军参谋长们的一封电报后，感到十分气愤，随后便提出辞职申请，尽管他并没有一再坚持离职，可我也没有对此予以回绝。最后一件事，就是此番的“战斧”作战计划了，对于该计划，韦维尔始终都忠诚地完成着自己的任务，没有枉费我苦心冒险顺利将“虎仔”运送过去。这批前去支援的“虎仔”，无不在地中海上经历了千难万险，然而这种好运气可不是随随便便就能碰上的。对于他这次采取的规模虽小却极有可能发挥出非常重要作用的战斗，及其在战时所展现出来的自我牺牲精神，我自是相当佩服的。此外，他在战场上，还不得不应对广阔的战地，必须得时不时地坐着飞机到处视察，我对他的这种勇气亦感到十分敬佩。不过，这次的战斗就如同先前所说的那样，没有协调完备，尤其是在图卜鲁格，我们本该在此出击口完成好最为基本的合作任务，好打破敌人的攻势。

所有的事情都没有隆美尔冲破了沙漠侧翼重要。此事一经发生，我们原本已经开始准备的各项针对希腊用兵的计划就都泡汤了。尽管着手这些计划也存在着一些无法估量的危险，可回报也非常可观，所以，我们都认为此次西部沙漠之战在巴尔干战役中是切要的一环。我身边的伊斯梅将军每日都负责将谈话内容做好记录，在他的记录中可以看到下面的一段话：

“在中央工作的全部人员，其中也算上了与韦维尔私下交往不错的人及其顾问，大家全都能回忆起这段往事——韦维尔在沙漠侧翼被敌人冲破一事上，所受到的冲击是极大的。由于接到了不正确的情报，导致了一次意外，他完全没有想到敌人会突然发动如此急速且猛烈的反攻。我记得艾登在提及韦维尔的时候，似乎说起过这样一句：‘仅一晚，他便老去了十年。’”而在我的印象里，曾听过有人如此评价此事：“韦维尔刚捧得桂冠，就被隆美尔从他的头上揪下来丢弃在沙漠上了。”其实，这并非那人的真心话，只是因为太难过了才这么说罢了。对于在西部沙漠中所发生的一切，唯有依据本书中所述的有关当时记录下的真实文件来做评断，才是正确的选择，当然，也得同时根据日后所发现的其他有可用价值的证据来判断。不管怎么说，真实的情况就是：我已经下了定论，自“战斧”作战计划实施后，根据实际情况，是时候该做一番人事方面的调动了。

目前担任印度总司令的是奥金莱克将军。他在看待挪威之战中的纳尔维克战役时所表现出来的那种过度看重安全及万无一失的态度，着实令我看不惯，要知道，在战斗时，这两点全都不可能实现，而且，他还老认为，他所提出的条件都是基本条件，所有的事情一旦满足了他所给出的要求才算合格。不过，此人颇有才干且独有一种风度，品格方面也很高尚，因此我对他留有很深的印象。经过纳尔维克之战后，南部战区司令部就由他代为接管了，此后，很多官方人士和与我私下里有来往的人都跟我评价过此人，事实证明，在那个极为要紧的战区里，是他将生命力及严谨的组织力带去了，使之活跃了起来。随后，他又担任起印度总司令一职，人们对他的作为感到十分满意，纷纷口口相传，赞叹有加。我们都曾见到过奥金莱克将军是如何使印度军队火速行动起来，顺利抵达巴士拉的，也曾见到过他一心一意地将自己的热忱全都奉献在了剿灭伊拉克叛乱之事上，因此，我相信，此番将中东的任务交给他，绝对是一次正确的任命，这无疑是使一位生龙活虎的新人担负起了一项困难而繁重的使命。而与此同时，韦维尔也将在印度司令部任职，并在这个大规模的机构中得到一些时间来修整自己，这样一来，等到新的条件及机遇到来时，当有新的刻不容缓的事情需要他来处理时，他的精力估计也就恢复得差不多了。对于我提出的建议，我发现不论是伦敦内阁，还是军界方面的要员，均没有人提出异议。希望读者都还记得，我这个人是从不专断行事的，因此，我每次都会把政界及专员们的意见集中起来，与他们取得一致再做安排。正因如此，我将下面的这封电报发了出去：

首相致韦维尔将军　　1941 年 6 月 21 日

1. 我认为，中东部队由奥金莱克将军来接任最为妥当，目前得出的结论就是如此，让他前去替你领导部队，能够满足一切公众利益。你对部队的领导和指挥从来都有自己的一套，不管是在得胜时还是在面对失败的时候，都是如此，这一点让我十分佩服，而你所获得的那些胜利，将会与你的名字紧紧地关联在一起，铭刻在英国陆军史上，此外，在这次甚为艰难的战斗中，你在获得最后的胜利上，绝对是功不可没。不过在我看来，你已经长时间地在这个最受威胁的战场上负担了过重的担子，所承受的任务已经够多了，因此，这时候需要一位有着不同视角的新人加入进去。要说印度总司令应当由谁来接任，我相信你是最适合的人选了，并且会是最为杰出的总司令官。这件事，我已经问过印度总督了，他对我保证说，在印度，你只要担任了此崇高的职位，并履行自己的使命，就势必会受到印度人民的热情迎接。另外，我再顺带告诉你一点，他本人知道要与你共事之后，用他自己的话说就是，和有着“卓越功绩”的人杰在一起工作，是让自己觉得无比自豪的事。所以，我计划告知国王陛下此事，并提出由你来接任印度总司令一职。

2. 对奥金莱克将军的命令已经下达，他必须马上出发去开罗，相信最慢也会在四到五日间就乘机抵达。等他到了你那里后，你就应该帮他尽快掌握局势，并且，跟他一起就刻不容缓的德国东进问题进行探讨，研究一下如何应对，还有，你们两个人得商量出解决的方案来，看看应该采取什么样的举措。当各种问题都解决得差不多了，你就马上去印度任职。此事在当前还不宜公布出来，等你们各自都抵达了所任职的机构后再说，当先保守这个秘密。

首相致印度总督　　　　1941年6月21日

我已将下面所述电文另行告知给了韦维尔将军，也请你将它转达给奥金莱克将军：

“经过对全盘形势甚为严谨的考虑后，我已经决定好了，准备向国王陛下提出申请，命你来担任英王陛下驻中东方面的总司令。因此，你必须马上动身去开罗接任韦维尔将军的职务。而韦维尔将军则会承接你的位置，担任印度总司令一职。等你到达后，须与他就整体形势进行研究。显然，德国方面马上就会开始向东发展，你二人须一起商量出意见一致的策应之法以阻止敌人继续东进。到达日期确定下来后，还望马上告诉我。新的任职还未完成前，必须绝对保守秘密，不能让人知道有关这次的调动消息。”

韦维尔将军这时候正要动身乘机飞到埃塞俄比亚去，在知道了我的决定后十分平和，一点儿都没有浮躁的情绪，就这样接受了新的任命。而我们后来才知道，他此番若是飞去埃塞俄比亚的话，将会非常危险。帮助他著书立传的作者是这么描述当时的情况的：韦维尔将军看到我发去的电报后说："首相确实应当这么做，在这个战场上，当由一位有着新视角的人来统领，也是时候换个新人来领导了。"英王陛下政府的命令，他将会完全表示服从，并愿意担任印度总司令一职。

*　　*　　*

显然，驻守在开罗的参谋人员太少了，这几个月间我一直对此感到担忧。并且，我也日渐感觉到总司令身上的担子真的是过重了，他已经在尽自己最大的力气去应对那些不必要的事情了。早先，在 4 月 18 日，总司令及其他几位司令官就曾一起提出过请求，希望能够将负担减轻一点儿，同时也希望能够得到一定的帮助。对此，总司令的两名同僚也十分赞同他的意思。"将某种权力机构设立在这里，我们都觉得是一件必须实践的事，如此一来，就可以在英王陛下政府广泛的政策规定范围之内，将一个部门或一个区域及更多的部门或区域中的政治问题处理妥当，所以，该机构将无须针对某部门负责，而是直接对战时内阁负责即可。"艾登先生曾出访过开罗一次，有他在，各司令员都觉得政府就在身边，做起事来方便了许多。可他一走，所有人就都觉得怅然若失了。

海宁将军曾在帝国总参谋长出国的那段时间里负责代为打理他的职务，所以，对战时内阁的程序及整个战争的情况都比较熟悉，因此，6 月 4 日，我下达了一项任命，令其担任我新设置的"总监"一职，这个位置比较特殊，所以，我非常希望关于供应及技术管理方面的事情能够由海宁将军代替韦维尔将军来主办。此外，对于后勤机构的整体检查，我也计划由他来做，要非常精细才好，尤其是那些规模可观的大型坦克修配厂及飞机修配厂，得格外上心。而此间正日益处于发展期的铁道、公路及港口设施亦是如此。这样一来，相关的各司令员就不用再将精力耗费在这些琐事上了，只要专心投入战斗方面就可以了。

如今，突击队中的大部分正分散在各地执行任务，而与突击队一同出发的我的儿子伦道夫也在其中，此时，他已到沙漠服役去了。他的另一个身份是议会的议员，因此，能够接触到的人事非常广泛。他很少给我带来什么消息，可在6月7日这天，我收到了他从开罗发来的一封私人密电。这封电报是由外交部转给我的，我知道，迈尔斯·兰普森爵士，也就是我们的大使也深知此事，并鼓励我儿子这么做。

伦道夫·丘吉尔致首相　　1941年6月7日

在这里，不论是政治上，还是战略上都没有任何一个有能力给予指导且性格坚强的文职官员，倘若一直如此，我真不清楚我们将有什么开始获胜的可能。干吗不让战时内阁中的某个成员来指挥整体上的作战事宜呢？倘若可以，这位调派来的战时内阁人员的身边可能需要为数不多的几个工作人员，除此之外，恐怕还得再加上两个人，此二人需有杰出的能力来配合其工作，负责供应、指导检查、情报管理和宣传这几个方面的调配事宜。在这段时间里，想必有远见卓识的人们都已经觉察到了，这个意见有必要付诸实践，须进行本质上的整改。目前，光是将人员做一番调动显然还不够，已经是进行体制改革的最佳时机了，机缘已经成熟，且对我们十分有利。对于我的打扰，我感到十分抱歉，可从当前的形势来看，我认为确实不容乐观，此间，要想有所成就就必须得立刻有所行动，采取必要的措施了。

的确，我在收到这封电报之后下定了决心。过了两周，我给他回复了一封电文，我说："连日来我都在对你的来电进行反复的思考，你的看法很有见地，也十分有益。"因此，我立马就决定行动起来。

1940年10月曾召开的那次任命会，我曾诚请奥利弗·利特尔顿上尉担任政府的贸易大臣。我在很小的时候，就结实了他，而早在1904年，他的父亲阿尔弗莱德·利特尔顿就是任鲍尔弗内阁在殖民地的事务大臣，年轻的时候还曾当过格拉德斯通先生的私人秘书，这还是爱尔兰自治运动分裂之前的事，阿尔弗莱德·利特尔顿在许多年里都是下议院中的杰出议员。可以想见，他的孩子自然是在政治环境中长大的。奥利弗·利特尔顿曾服役于近卫步兵第一团，一战期间，他参与过多次最艰难的战斗，有好几次都在战斗时受了伤，亦多次获得荣誉勋章。到现在我还能想起，1918年，我曾去医院看望了被毒气弹炸伤的利特尔顿，好在它是在他脚底下爆炸的，然后绵延了全身，所幸没有将他烧死，不过，要是换作一颗稍微常规些的并且更符合战时需要的那种高能点炸弹的话，那他可就没这么幸运了。后来，他退伍了，变成了一个商人，成了一个规模较大的五金公司的总经理。他的才干有多出色我自然是清楚的，因此，不带犹豫地就拉他进入议会了，并且对他委以重任。他在担任贸易大臣期间政绩斐然，联合政府里的各个党派人士都十分敬重他。1914年，他曾对有关分发衣服配给证的事提出了自己的方案，对于他的提议我不大赞同，不过内阁及下院全都认为非常好，在那个时候，这样的提议显然是必要的。虽然在下院中，他还是一个需要多多学习的新人，可不管怎么说，就后来的结果而言，我这回并没有选错人，而我所做的这个非同一般的决定，正是将合适的人放在了合适的位置上。奥利弗·利特尔顿是一个多方位的活动家，因此，在这一时期，我觉得他不管从哪个方面而言，都是战时内阁驻中东大臣的不二人选。这个新职位绝对是史无前例的，而他恰好适合担当此职，同时，军事长官们将会因此而轻松不少，身上大部分的担子终于可以放一放了。我能感觉到自己所想的很快就会被各个政党的同僚们接受。于是，我便发了这样一封电报：

首相致韦维尔将军　　　　1941年6月29日

国王很爽快地下达了任命，将战时内阁大臣的职位交给奥利弗·利特尔顿上尉，他在此前是贸易大臣。另外，国王又任命了比弗布鲁克勋爵为军需大臣。30日，为数不多的秘书将会与利特尔顿上尉一起乘机离开英国到开罗去，等到7月3日，他们就应该到达了。届时，利特尔顿将作为战时内阁在中东的代表，主要负责主持所有中东最高司令部关于非军事方面的事宜，并且负责按照英王陛下政府所定下的政策，快速地解决那些原本需要请示国内才能处理的涉及几个部门或者几个方面的诸多问题。这么做无疑与你在4月18日的来电中所提出的建议相符合，但相较而言，有了进一步的提高。等到下次再发电报时，我会另行论述向利特尔顿上尉发出的指示。

请你将这件事转告给即将抵达的奥金莱克将军，并且，也将之一并告诉迈尔斯·兰普森爵士。在利特尔顿上尉到达其被任命的地方前，还请保守此秘密，切勿让人知晓他的行程安排和所负使命。

* * *

新做的这些安排及因此而产生的行政方面的影响，均与中东总司令有关人事调动的事宜相辅相成，且是最为妥当的。随后，我给罗斯福总统发去了一封电报，就上面所提及的情况，在这封电报中做了最为妥帖的概括。这一时期，总统正在把最要紧的物资输送到该战场上。

前海军人员致罗斯福总统　　1941年7月4日

之所以下定决心变更中东总司令还有其他原因，大致情况如下：

韦维尔总司令的战绩可谓是十分荣耀的，他曾将意大利军全都消灭了，也曾征服了意大利帝国在非洲建立的殖民地，并且还曾凭借着不屈不挠的精神，顽强地与德军抵抗到底，再有，那里的战事打一开始，他就得在同一时间里兼顾到三四个方面的战事及策略上的领导。因而，我确实承认，他绝对是我们最为杰出的将领了。不过，尽管此事不宜公开言说，但我们都深感他已经疲惫到了极点，长期以来，他一直肩负重任，早已累得心力交瘁了。所以，在这种时候，当有一位新人，以其新的视角，精力充沛地活跃在该严重受到威胁的战区里。而能够接任韦维尔担任此职的最恰当的且是最为优秀的军官候选人，就当属目前担任印度总司令的奥金莱克将军了。在尼罗河流域，我们深信有了奥金莱克，就会使这里的防务工作焕然一新，重新获得新的生机及严谨的风气。而与此同时，韦维尔也当会成为深得民心的一位印度总司令。他将会在我方沙漠侧翼移向东方之时，在当前归属于印度的整片活动区域内，帮助奥金莱克熟悉工作。随后，他便会作为印度总司令去领导伊拉克方面的军事活动。

对于此番任命，韦维尔无怨无悔地接受了。对此安排，他是这么说的：他觉得我们做这样的决定非常明智，在中东，确实需要进行这样的人事调动，而且，我们所提出的新主张确实能够解决在中东方面所存在的很多问题，也该有些新的行动了。此外，印度总督方面曾对我做出过保证，不论是印度军方还是舆论方面，都会热情地欢迎韦维尔前去任职，他所建立的光辉战绩使他们乐于这么做。

德国在中东暂时没有发动什么攻势，因此，我们在此时调换总司令刚好是最合适的。在同一时期里，奥利弗·利特尔顿也接到了任命，成为新的国务大臣，此后，他将在这个战区中，代表战时内阁处理各司令员身上所附加的那些处理不完的非军事事宜，其所需要承担的工作事项不少，比如：负责处理与“自由法国”人及埃塞俄比亚皇帝的关系，在行政管理方面负责属我方所占有的敌领土区域，此外，还兼负宣传和经济战等方面的各种事情。对于新设立的总监一职，其活动情况，则交由驻中东的国务大臣负责监管，其中也包括处理当地所有与美国在供应品上出现的问题。

新任总监一职的海宁将军，将会帮助陆军总司令分担一些事项，负责具体安排关于后勤及供应方面的工作。

此番所进行的这些人事调动，我希望能够成为一股强大的活力及助力，大大地有利于我们在中东的一切活动。同时，也希望能够借此来确保我们可以更加充分地将那些从联合王国、大英帝国的海外属地及美国方面输送而来的，且数量惊人的人力或是物力给利用起来。对于所有的这些情况，相信哈里曼自会告诉你的。料想利特尔顿会在7月5日到达开罗。目前，我们正请哈里曼等着迎接他，到时候等情报都汇总起来了，就可以与之做详细的探讨，最终商量出如何接受来自美国方面所供应的物资。

第二十章　苏联自吞苦果

苏联没有估计对——德军部署在东方的行动——前途难以估量——联合情报委员所持的意见——5 月 31 日，参谋长委员会的警告——电光一闪——4 月 3 日，我亲自告诫斯大林——拖延叫人很恼火——“巴巴罗萨”作战计划被希特勒延后两回——集团军的三个军群——努力阻止希特勒及里宾特洛甫——5 月 16 日，我给史默兹将军发了一封电报——斯大林的空想——6 月 13 日，塔斯社发出的广播——里宾特洛甫于 6 月 21 日发了一封电报，这决定了命运的走向——6 月 22 日，正式宣战——舒伦堡——希特勒残暴的政策——在契克斯度假——罗斯福总统做出保证——德军发动攻击——6 月 22 日，我在广播中发表了演说

内米西斯是“负责掌管报复的仙女，她有能力使人失去或减少不该拥有的幸运，并控制人们因幸运而生出的傲慢情绪……而且，她还会惩罚那些十恶不赦的人”[①]。如今，我们应当把苏联政府及其规模甚大的共产党机构的所作所为揭发出来，让人们知道，他们不讲情面的算计，造成了多少纰缪与不真实的幻象，而其对自己境况的了解，又有多天真。命运将给予

① 此处可参看《牛津英语词典》。——原注

西方列强以怎样的结果，他们一点儿也不在意，就算“第二战场”会因此而结束。然而，没过多久，他们又急着开始大吼大叫起来，非要开辟这个战场。早在半年前，希特勒就已经下定决心对他们施行毁灭性的攻击了，可他们对此毫无意识。假使德国正在将自己规模日渐扩大化的大部队部署到东方的消息，他们的情报组织是知情的，并一度提出过报告，那他们也没有在该采取相应举措的时候稍稍留意。如此一来，就在德国肆意践踏巴尔干诸国时，他们却始终坐视不理。1 月，他们本可与英国联手，在英方主动给出援助的情况下，通过建立巴尔干统一战线来共同抵御希特勒的入侵，然而，他们由于太过憎恨西方的民主国家而放弃了这一可能，于是，与其自身根本利益及安危息息相关的土耳其、罗马尼亚、保加利亚和南斯拉夫四国便只能自生自灭，陷入困局了。结果，德国相继占领了三个国家，只有土耳其还未被攻占。

人们所做出的失败的策略都会被战争如实地记录下来，不过，在历史上，像斯大林等人当时所做的那些错误决定，此前是否也有过类似的例子，我们表示怀疑。他们在巴尔干只是无所作为地冷眼以待，放弃了所有的机会，而另一方面，他们对德国将要对自己展开的猛烈攻势亦没有及时地觉察出来。过去，我们向来都认为他们是只为一己私利着想的谋略家，然而如今看来，在现实面前，他们除了自私自利，还傻得要命。抛开俄国的实力、群众力，及其是否勇敢和足具韧性不谈，这些在日后的考验中自然能够彰显出来，现仅从其预见性、战略和政策以及能力方面而言，我们可以断定，在当时的第二次世界大战中，斯大林及其人民委员会全然被骗了。

* * *

1940 年 12 月 18 日，希特勒下令展开“巴巴罗萨”行动，也就是说，他已将进攻俄国的事情都布置好了，包括将部队集结在一起做总体的部署及分配主要的作战任务。在那个时候，德国将总计为三十四个师级部队的全部兵力都部署在了东方战线上。该数目的兵力若想再往上提升多于三倍的量，就势必要有多项计划来支撑，并且也需要一个相对长的筹备时间，因此，在1941年最初的几个月里，他们都在部署此事。同时，德国“元首”因在1941年1月至2月里下定决心要冒险在巴尔干采取行动，故而调拨了包括三个装甲师在内的五个师，令他们自东部出发，前往南部作战。到了5月，德国在东部部署下的部队又增加了一些，达到了八十七个师级部队，此外，他们还有不少于二十五个师的军队在巴尔干被牵制着。德国将自己的兵力如此分散安排，势必会影响到他们在东部集结军力的进程，而就其攻打俄国的重要性及冒险程度而言，这么做显然不够理智。接下来，我们很快就能见到，我们在巴尔干所做出的抗争是如何改变德国方面的这次意义重大的军事活动的，尤其是在南斯拉夫发生的革命事件，德国人因而不得不延后了五周的时间才得以最终发动对俄攻势。德国在冬天到来之前被这么一耽搁，可能会对其与俄国之间的战斗造成怎样巨大的影响，还没有什么人可以准确地估摸出来，不过，我们确实有理由相信，正因为德国方面被这些事情牵扯住了，因而莫斯科的安全才得以保住。

德国在5月和6月初，从巴尔干调集了不少顶尖的师级团队及全部装甲师队到东线去，因此，到了开战之际，他们便有一百二十个师团可参与攻击了，包括装甲师十七个，摩托化师十二个，而在南路集团军群之中，尚有罗马尼亚师六个。与此同时，还有二十六个用于总后备力量的师级部队，他们不是已经集中在一起了，就是正在集结的过程中。因此，德国方面在7月初，最高统帅部就拥有不少于一百五十个师级部队可以参与进攻了，且还获得了主力空军的支持，这意味着有两千七百架飞机会与其协同作战。

* * *

我一直都没想到希特勒一心要对付的是俄国，就是到了3月末，也还是难以相信他要与俄国来场殊死之战，更让我无法相信的是，这场仗眼看就要打起来了。1941 年的 1 月到 3 月间，从我们所获的情报来看，各种详尽的材料都表明了这样一个情况：德国派出了大量军队前往巴尔干地区，且逐渐进驻到巴尔干诸国。在这些肯定将会成为中立国的国家中，全都布置了属于我们的情报人员，他们不但可以自由活动，且可随时告知我们有关德军行动的具体消息，德军要是经由铁路或公路将集结好的大批军队运往东南欧，我们就会及时掌握情况。然而，从收到的情报来看，没有任何德国会攻打俄国的必然关联。在看待这些情报时，所有的消息都可被自然解释成其他的可能：德国如此行动，或许是为谋取其在罗马尼亚及保加利亚的优势而采取的策略，或许是他们企图对付希腊，又或者，是为了与南斯拉夫及匈牙利商定好什么，并与之签订条约。另一方面，从德军通过本国向俄国进攻的动向来看，主要的作战线路就是从罗马尼亚出发至波罗的海这一线，不过，这更难看出什么端倪了。在这一时期，德国还没有结束其在巴尔干地区的战局，而在此阶段，再将自己置身于另一个战场，与俄国交火，在我而言，简直难以置信。

在 1940 年 11 月的柏林三方会谈中，我们不清楚希特勒和莫洛托夫、里宾特洛甫之间究竟主要谈了些什么，并且，也不清楚会后他们所进行的谈判及提出要签下怎样的协议条款。我们只知道，在英吉利海峡，德国不但没有减少与我们抗衡的力量，反而空袭不列颠所用的飞机增多了不少。对于德国将自己集结起来的部队派往罗马尼亚及保加利亚的情况，苏联政府方面始终对此秘而不宣，看来，他们必是已经认可了。我们曾得到情报，证明俄国曾将为数众多的珍贵供需品输送到了德国。显然，所有的情形汇集在一起，不管怎么看都像是德国和俄国已经取得了一致的利益目标，那就是以牺牲我们来做交易，也就是说，希特勒和斯大林打算合力侵占和瓜分英国的东方属地，而他们之间并不打算交火。如今，我们算是弄清楚了，这两国间之所以达成交易，多半是斯大林的意思，他是有目的地与之合作。

我方三军联合情报委员会的一致印象就是这些了。他们在4月7日表示，德国可能计划着要攻打俄国的消息已经风传于整个欧洲，尽管在东欧，德国已经有了大批用于作战的兵力，且可以想见，他们或迟或早都会与俄国开战的，可目前，德国方面还没有到达另外开辟出一条大规模的战争线路的程度。该委员会认为，将联合王国打垮仍旧是德国在1941年里行动计划中的主要目标。截止到5月23日，我们还能从三军联合情报委员会所示的报告中看到，德国很快就要对俄国宣战的谣言已经停止了，并且，报告还提到，据悉，德国和俄国行将再签订一份新条约。他们觉得此二国极有可能这么做，这对于德国是十分有利的，一方面，他们确实在经济上需要更加强大，好能维持打长久战的需要，另一方面，德国要想得到来自俄国的一些必要的帮助，就只能通过两种途径来达成目的，要么对对方使用武力，要么与之签订协议，而在他们看来，德国势必会选择后者，虽然德国对俄国发兵的话，将对其之后与俄国签订条约更为有利。如今，这种威胁当已显现出来了。从种种证据所指向的情况来看，德国在波兰的占领区里已经行动起来了：他们正在那里修建公路、侧线铁路和机场，且大规模地将自己的部队都集结过去了，其所集结的部队也包括了从巴尔干诸国开过去的那部分军队及空军力量。

三军参谋长的眼光比起其顾问们来说，要深远得多，且在判断上，也更为确定。5月31日，他们对中东司令部提出警示："目前，德国正将大批的陆军及空军集中在一起，打算用来对俄国采取武力行动，对于这一点，我们已经拿到了确切的证据。对我们来说，这种威胁是可怕的，德国极有可能让俄国以牺牲我们为代价做出让步，而要是俄方不接受的话，那么德国势必会马上对其发动攻势。"

联合情报委员会到了6月5日才报告说明德国当前在东欧所筹备的军事规模的情况，看来问题将随之而至，所要发生的事情可比签署经济条约严重多了。原因可能是，苏联的军队日渐强大起来，在德国的东部边界上对其造成了潜在性的威胁。不过，对于这两国到底是开战还是缔结协议，他们现在还断定不了。到了6月10日，他们再次汇报了情况，说："等到6月下旬，我们就能知道结果了，到底是战还是缔结协议。"最终，联合情报委员于6月12日提交报告指出："新的证据表明，如今，希特勒已经决意要清除苏联这一障碍了，肯定会对它发起攻势。"

* * *

我向来宁肯把原始材料自行一一览阅，也不用这种集思广益的方式来处理问题，在我看来，合力想出来的办法通常不太令人满意。所以，我从1940年的夏天起，就开始每天让德斯蒙德·莫顿少校来帮我挑选要闻了。一直以来，所有重要的消息我都没有错过，因此，自然就有了自己的见解，并且，这些观点有时会形成得比较早。[①]

所以，1941年3月末，我看到了令人甚为快慰的情报，据从可靠来源发出的消息称，德国的装甲部队正在来往调动，他们主要是通过布加勒斯特到克拉科夫这一线的铁路来调遣装甲部队。从这份情报中可以得知，在维也纳，正当南斯拉夫大臣屈从的时候，德国方面便立马开始调动军队了，当时，他们本有五个装甲师正通过罗马尼亚南调至希腊及南斯拉夫，这时候便马上将其中的三个师级部队往北调遣了，令这三个师到克拉科夫去。而后，随着贝尔格莱德革命的爆发，派遣部队的运输工作就改变方向了，也就是说，德国的那三个装甲师部队又被从北方召回到罗马尼亚去了。他们的动静不小，差不多有六十列火车需要改变运行的方向，并且，还要往回开，怎么可能避开我们在当地的情报人员的耳目呢？

---

① 首相致伊斯梅将军 1940年8月5日

对于这类情报，我不想让各级情报机关先行甄选及摘编。当前，将为我做好这项工作的人是莫顿少校，由他先选出自以为意义重大的情报，然后再呈交给我。所有的情报当向他开放。请将可靠的原材料递交给我，不要副本。——原注对我个人而言，这个情报简直就如同一道能够照亮东欧整体格局的闪电一般。他们如此快速地就将如此之多的准备用在巴尔干的军队往克拉科夫调动，这样安排只可能说明一件事，那就是，希特勒已经图谋攻打俄国，5月里就会采取行动。打这之后，我就感觉他主要想做的事就是这个了。然而，贝尔格莱德突发革命，敌人不得不先将部队召回罗马尼亚，因此，事实摆在眼前，他们只得将攻打俄国的日程安排往后延迟，估计要从5月拖到6月去了。于是，我马上就给身在雅典的艾登先生发去了电报，告知他这个重要的情报。

首相致身在雅典的艾登先生　　1941年3月30日

针对这则情报，我是这么看的：那个坏蛋曾将大批装甲部队和别的兵力集中在一起，打算让南斯拉夫及希腊迫于威势而屈服，他们原打算不动用一兵一卒就令这两个国家因感到害怕而投降，就算两国不能全部拿下，至少也要保证南斯拉夫会投靠他们。而后，等确定南斯拉夫也将成为轴心国的一员时，希特勒便觉得，只要将那五个装甲师部队中的两个师留在当地就行了，对付希腊用他们就足够了，至于其他三个师，则可以调出来用以攻击那头熊。可他们怎么也没想到会爆发贝尔格莱德革命，于是早已勾画出的这幅蓝图便被迫停止了，军队暂时无法继续向北调派。依我之见，在这种时候，他只会想要尽快对南斯拉夫发动攻势，否则就得快速对土耳其使用武力。这么一来，他看上去更会集中火力在巴尔干半岛大干一场，将攻打大熊一事暂且搁置起来。另外，我们可以从德国如此朝秦暮楚地调派部队，再加上发生在贝尔格莱德的政变看出，在东南欧及东欧，德国早已布下了一个非常庞大的计划。截至目前，我们所看到的有关敌人行动的显著迹象就是这样了。对于我的看法，你和蒂尔怎么看？是否也表示同意？在经过谨慎的思考后，还请告知于我。

对此，我希望也能找到适当的方式让斯大林知道，当前，他需要留心自己所要面对的危险，我得先警告他，这样，我就能更好地跟他建立一种亲密的联系，就像之前我跟罗斯福总统间所建立起来的那种关系一样。我写给斯大林的电文十分短小且措辞含蓄。1940 年 6 月 25 日，我曾发出过一封官方电文，为的是斯塔福德 · 克里普斯爵士担任大使时向他介绍一下这个人，而此番再度致电，一方面是希望能够借着事实说话，另一方面，也是希望能够以第一次私人沟通来引起他的关注，从而让他得以深刻地思考这一问题。

首相致斯塔福德·克里普斯爵士　　1941 年 4 月 3 日

给斯大林先生发出的电报我只能交给你了，请代为当面交给他，内容如下：

“通过一位可信的情报人员，我得到了一个消息，绝对真实可靠：3 月 20 日之后，也就是德国人觉得南斯拉夫方面已然屈服在自己布下的骗局中时，便把他们在罗马尼亚的装甲师部队往波兰南部调派了，在这次调动里，他们将五个装甲师中的两个留了下来，而抽调出另外三个去了波兰。但塞尔维亚人发动了政变，于是，他们一得到消息便命令终止行动了。这几个事实都具有重大的意义，阁下当可自行体会其中的深意。”

外交大臣已离开开罗回到了国内，这时候，又另附说明了一些情况：

1. 当你收到这封信后，要是有机会的话，看看能否进一步把这样的看法向对方说明一下，你当可指明：德国在军事上之所以这么部署，肯定代表他们受制于南斯拉夫的事而不得不改变行动计划，也就是说，希特勒目前业已将原先会威胁到苏联政府的行动计划拖延了下来。倘若这是事实，那么苏联政府就应该趁此机会来巩固自身的地位。德国方面推迟了行动计划就意味着，他们的部队是有限的，同时，也意味着，当前成立像是联合战线这种类型的组织会非常有利。

2. 苏联政府方面在地位上要想稳固加强，最显而易见的方式就是，为土耳其和希腊进行物质上的支援，再有，就是借希腊去增援南斯拉夫。通过这样的支援，德国方面便极有可能陷入在巴尔干半岛遇到的困境了，从而直接导致他们不得不一再往后延迟进攻计划，而就目前的各种迹象来看，德国是肯定打算进攻苏联的。不过，倘若不趁现在的大好时机去竭力阻止德国实施其作战计划的话，结果就会是这样：苏联不出几个月就要再度面临危机了。

3. 你自然不可能向对方暗示这样的意思：我们本身需要苏联政府提供帮助；苏联政府方面就算是只为自己，也必须得有所行动。不过，我们事实上是想让他们知道：对于希特勒来说，一方面，但凡能够发起攻击，时间不是问题，早点儿或者晚点儿都是要这么做的；另一方面，就算他当前并未为发生在巴尔干地区所迫切需要处理的问题所扰，也不会因为跟我们在此间交火的这一事实而停止发动对苏联的攻势。所以说，苏联方面这时候所采取的任何具有可能性的行动步骤都会对他造成影响，从而令其无法在现实情况的压迫下如愿以偿，仅凭自己的想法就终结在巴尔干地区的问题。而苏联此时采取行动，与其切身利益也是吻合的。

结果，一直等到 4 月 12 日，我才收到了我们驻苏联大使的回复。他在电报里说，在接到我发去的电文前，已经通过私人的名义写了一封信给维辛斯基。在这封写得很长的信中，他对维辛斯基就苏联在过去的作为做了一番回溯，事实上，他们频频未能阻止住德国入侵巴尔干。并且，他还用最有说服力的言辞告诉维辛斯基，如今只有最后一次机会通过与他国结盟来保障国境内的安全了，要是不想错失这时机，就得赶紧行动起来，施行最为有力的政策，尽力联合起那些如今仍在巴尔干一带反抗轴心国的国家。

他在电文里还跟我说：

要是此刻我把首相的这封简明扼要且语气上还不够强硬的电文交给莫洛托夫，令其转交上去的话，我担心这两封在主旨上重复的电报会对看到的人产生一种不好的效应，对方看到首相的信后，可能就不会对我写给维辛斯基的那封长信引起足够的重视了。我可以肯定，苏联政府方面在十分透彻地明白事实的情况下，一定无法理解这封语义残缺且内文简短的电报所谈论的东西，因为在其中，并没有要求苏联政府明确其态度究竟如何的意思，同时，也没有提出什么让他们行动起来的建议。既然如此，又何苦如此庄重地把电报呈交上去呢？

我感觉必须告诉你这些想法，不然我真担心交出首相的信不能发挥出其应有的效用，相反，还有可能会在策略上造成严重的失误，当然，若你对该建议表示反对，那我自然会马上想办法与莫洛托夫会面。

为此，外交大臣还特意写了一张签呈给我：

有关你所要发出的电报一事，我也认为斯塔福德·克里普斯爵士所说的论点在现阶段这样的新形势下是对的，确当如此。倘若你不反对，我就跟他说，不用这时候就把这电报呈交上去，不过，要是维辛斯基收到他的信之后反应还不错，那他就应该把你在电报里所说的实情跟他说清楚。与此同时，我会请他赶紧发回电报，告知他在给维辛斯基写的信里大致都说了什么，并且在这之后，会将信的全文发给你。

发生了这样的事，再加上过程中所造成的拖延，我倍感烦闷。这是我在德军发起攻势之前唯一一通直接写给斯大林的电报。尽管内容短小，可此番通信的意义却非同一般，再加上它是英国政府方面的头目令其大使亲手转交给俄国方面政府头目的电文，所有的举动都是为了让这封电文发挥出其特殊的重大含义——引起斯大林的关注和在意。

首相致外交大臣　　1941 年 4 月 16 日

我对于写给斯大林的这封私人电文十分重视，不明白它何以遭到拒绝。对于它在军事方面所表达的实质意义，大使并没有及时觉察到。请务必转交电文。

另外还有一则备忘录，内容见下：

首相致外交大臣　　1941 年 4 月 18 日

有关我写给斯大林的那封警告他德国或许会攻打俄国的私人电文，不知斯塔福德 · 克里普斯爵士转交了没有？要知道，我对于这封意味深长的电报非常重视，可到现在还没有消息，真是太叫人感到诧异了！

所以说，18 日，我又让外交大臣告诉大使，务必递交我的那封电报。可斯塔福德·克里普斯爵士那边并没有回复什么，我便只好再次问及缘由。

首相致外交大臣　　　　　　　　　　　　　1941 年 4 月 30 日

不知我的那封电报斯塔福德·克里普斯爵士是在什么时候呈交到斯大林那里的？还请你告诉他，把有关情况汇报给我。

外交大臣致首相　　　　　　　　　　　　　1941 年 4 月 30 日

4 月 19 日，斯塔福德·克里普斯爵士已将你的那封电报呈交给了维辛斯基先生，到了 4 月 23 日，维辛斯基先生通过书面通知告诉了斯塔福德·克里普斯爵士，斯大林先生已经收到了那封电报。

这件事情已经报告给了我，但因为我的失误而没能及时将它给你送过去，对此，我感到十分抱歉。现在，将电文的抄件附在这里。

所附抄件如下：

身在莫斯科的斯塔福德·克里普斯爵士致外交大臣　　1941 年 4 月 19 日

今天，我已经把电报交给维辛斯基了，并请他代为呈交给斯大林。鉴于你在来电里未曾明确提及，是将说明合在一起呈递，还是将其算在我个人的附带说明里，而我此前又在 4 月 11 日曾给维辛斯基发过电报，因此，我在昨天说好的时间里与他见了一面。我认为，最妥当的办法就是不附加说明，再说，这不过是一种重复性的解释罢了。

身在莫斯科的斯塔福德·克里普斯爵士致外交大臣　　1941 年 4 月 22 日

今天，维辛斯基通过书面的形式告知我，他已经把你的那封电报交给斯大林了。

我所要发出的那封电报要是早按我既定的那种方式发出去的话，或许事态就会有所改观了，不过，现在我还不能轻易断言此事。可尽管如此，我还是觉得非常遗憾：为什么就没能依照我的指示行事呢？假使我有机会直接与斯大林联系，那他说不定就不会被击毁如此之多的飞机了。

*　*　*

有关希特勒攻俄的计划，我们直到现在才真正明白是怎么回事。12月18日，他在下达的命令中指出，行动的日期将定在5月15日，可贝尔格莱德发生革命一事彻底激怒了他，于是，希特勒便在3月27日这天又把攻俄行动的日期改在了一个月后，而在这之后，又再次做了改动，将日期推迟到6月22日去了。德国方面到了3月中便开始由其北部地区向俄国的主要前线位置输送部队了，这时候，他们的行动甚至已经开始公开化，并没有进行什么特别的遮掩。可与此同时，也就是3月13日，柏林当局却下达了让俄国考察团的人员们终止在德国境内工作的指令，还将他们都遣返回国了。在德国北部地区的俄国人被告知，只得在该区内滞留至3月25日，同是这个地方，德国业已将其强大的军力集中起来了，并且，等过了3月20日，兵力还会更多，力量也会更强。[①]

苏联方面鉴于德国飞机持续不断地入侵俄国边界且数量越来越多一事，而于4月22日向德国的外交部提出了控诉。此类事件自3月27日起至4月18日，就发生了八十次之多。因此，俄国向德国发出声明："德国要是还令飞机穿越苏联边界，事情可就严重了。"然而，德国回复俄国的方式，就是提出了一系列的反指控，说这么做是为了防范苏联飞机的入侵。

*　*　*

在同一时间里，德国正将其最为杰出的一百二十个师沿着俄国的前线方向呈三个集团军群的形式汇集。在之前我已经提到过，是哪些原因致使龙德施泰特率领的南路集团军群没能获得足够全面的装甲武装。直到最

① 此处可参看《纳粹—苏联关系》，P279中的内容。——原注

近，这支集团军的装甲师部队才分别从希腊和南斯拉夫被召回国内。虽然攻俄的行动一拖再拖，最终定在了6月22日，可这支集团军仍旧迫切地需要整顿及核查，因为在巴尔干之战中，他们的装甲车辆耗损程度不轻。

身在莫斯科的舒伦堡于4月13日回到了柏林。到了28日，希特勒与他进行了一次会晤。在会晤的过程中，希特勒就俄国之于南斯拉夫的态度问题大谈特谈了一番，而舒伦堡曾尽力打算为苏联行动的缘由进行辩解。有关此次谈话的内容都收录在他的谈话记录里了。他称，他难以相信俄国会对德国发起攻击，而在听闻德国很快就要发动对俄国的攻势时，觉得这谣言也叫人太震惊了。希特勒说，事前，他已经得到了塞尔维亚事件的警告，依他之见，之所以在塞尔维亚发生那样的事就是在证明，某些国家在政治方面是靠不住的。不过，舒伦堡却始终没有违背其在莫斯科所发出的所有报告的主旨，就是这时候也一样。他说："我确定斯大林甚至已经打定了主意，要是我们可以在恰当的时机里提出，每年让俄国供出五百万吨粮食的话，他也会尽可能地为我们提供方便的。"[①]

4月30日，舒伦堡返回了莫斯科。此番与希特勒的会面让他一下子如梦方醒，他清醒地意识到，原来希特勒一门心思想的就是要策划战事。有了这种想法后，舒伦堡还曾打算告诫俄国驻柏林大使戴卡诺索夫，让其留意起来，并且，他一直到最后也还是坚持着，想叫苏联和德国之间能够达成和解。

在多数国家的政府部门中，人们经常能够看到一些精明干练的文职人员，而德国外交部的常务次官魏茨泽克就是此类人中的一员。他并非什么手握行政职权的政务官员，因此，就英国惯常的理解而言，这样的人是不必对国家出台的政策担负责任的。如今，他正在接受战胜国所设立的法庭所判处的刑罚，服役七年。尽管是个战犯，可他仍提出过书面

① 此处可参看《纳粹—苏联关系》，P332中的内容。——原注

材料，衷心地劝告其上司。然而，对方却未在那个时候接受他的意见，对我们来说，这也算是幸运的事。对于我上述所提及的会晤，他曾做出过评论，内容如下：

身在柏林的魏茨泽克致里宾特洛甫　　1941 年 4 月 28 日

有关德国和苏联两国的冲突，依我来看可一言以蔽之：要是让我同意在今年夏天就发动德国和俄国间的战争，除非对我们来说，俄国所丧失的每一个城池都在价值上等同于英国被打沉的每一艘军舰。可我相信，对于俄国，我们只可能在军事上成为有实际意义的胜利者，但就另一方面而言，却意味着在经济上沦为失败者。

或许人们会觉得痛击共产主义制度，使之受到致命的伤害，会是件足具诱惑性的事情，且这么做还可以顺理成章地让欧亚大陆上的力量去对付盎格鲁－撒克逊王国及奴才们，然而，真正决定这一计划的因素只应当是，它是否能令英国快速被瓦解。

有两种可能性是我们势必要清楚了解的：

1. 英国的气数已尽。这个假设一旦为我们所接受，那么要是再为自己平添一个新的敌人，就势必会让英国人的士气高涨起来。英国并没有俄国这个潜在的盟友，所以，无法寄希望于俄国来为其提供什么利益。俄国人对于英国的看法，是不希望其快速被瓦解的，而向俄国宣战，也并不会使英国人就此失去作战的希望。

2. 我们要是并不相信英国行将瓦解，就理所当然地会这么想：只要动武，所需要的补给就一定得从苏联的领土上获得。尽管我认为我们势必会成功地进驻莫斯科，且穿越它到更远处，可当遇到像斯拉夫人那种叫人难以忘记的消极抵抗时，我真怀疑我们还能不能确实捞到好处。当前，我还瞧不出俄国有什么能与我们联起手来代替共产主义制度的足具实力的反对派，并且还能服务于我们的此类势力。所以说，也许我们只能料想这种情况很可能会发生，那就是，在俄国的东部和西伯利亚，斯大林制度还会呈延续发展态势，并且，到了1942年春，会爆发新一轮的对敌事件，如此一来，我们要打开那些通往太平洋的门户仍旧是难以做到的事。

德国要是向俄国发起攻击，只能是让英国人得到好处，令其在精神上获得力量。他们会将此事理解为：德国人没有必胜的把握，不能肯定自己就一定能战胜英国人。所以，到那时，我们非但得承认战争要无限期地延长，还可能得面对一个事实，那就是，如此一来，我们其实并没有加速战争结束，反而促使它延续了。

舒伦堡在5月7日这天充满信心地在报告里说：苏联人民委员主席的位置已经从莫洛托夫换成了斯大林，所以，斯大林才是政府的领导人物。

之所以替换领导人，或许是因为在对外政策这方面近来所发生的错误太多了，而这些问题又直接致使苏联和德国间的关系由热转冷了。而在苏德两国的关系方面，斯大林一直以来所努力的方向，都是希望能够建立并维持友好的双边关系。

新入职的斯大林必定会对政府的内政和外交负起全部的责任，所有的举措都将与他息息相关……对于维护及发展苏联和德国间的友好关系，我深信斯大林新入职后，一定会好好地善用其所获得的地位，亲力亲为地致力于此事的。

身在莫斯科的德国海军武官发来了一份报告，在报告中，他也表达了同一个观点："苏德要想合作，斯大林是重中之重。"俄国纵容德国的事情变得越来越多，包括：5月3日，正式对与德国交好的伊拉克拉希德·阿里政府表示承认。到了7日，又将比利时及挪威的外交代表人员从俄国境内驱逐出去，其中甚至还包括了南斯拉夫的驻俄公使。6月伊始，俄国接着又令希腊公使馆的所有人员都离开了莫斯科。俄国这一系列的行动与德国陆军部的经济司长托马斯将军后来所写的文章如出一辙，该将军在其所述的“德国战时经济”的文章中讲道：“一直到临近进攻的时刻，俄国人还在恪守交货的任务，就是到了最后几日，他们也还在紧急地将橡胶从远东用快车发过来。”

我们自然不清楚莫斯科方面的心境是怎样的，对此，所收到的情报尚不完全，不过，我们已经能够一眼就看出德国的目的了，也可以理解他们为何会有此举。5月16日，我给史默兹将军发去了一封电报，跟他说：“看样子，希特勒目前正在将准备攻打俄国的部队全都集中起来。他们接连不断地从巴尔干一带将自己的军力、装甲部队及飞机向北部调遣，并准备将其由法国及德国往东方调动。”可斯大林还是对希特勒政府抱有不切实际的想法，觉得能够维持与对方的友好关系。随后的一个月中，德军一直在紧锣密鼓地进行调动及部署部队的事宜。6月13日，舒伦堡给德国的外交部发了一封电报，内容如下：

适才，我收到了人民委员莫洛托夫所交付的一则塔斯社电讯。电讯里说，今天晚上将会在广播中播出该电讯的内容，而到了明天，各大报纸也会刊载出来。其内容见下：

“英国及别国的报纸早在英国大使克里普斯返回之前，就开始广泛地散播苏德之战近在眼前之类的谣言了，而等他抵达伦敦后，各种谣言就传得更凶了，主要包括以下几个内容：

“1. 在领土及经济方面，或许德国业已对苏联提出了各种要求，且就这方面而言，苏德间也很快就会进行谈判，准备共同签订一项能够加深两国关系的新协议。

“2. 或许苏联方面并不同意对方的提议，所以德国才将其部队集结在了苏联的边界上，好准备向俄国发起攻势。

“3. 可能苏联方面也准备好了要与德国开战，并开始紧张地部署战前准备，将自己的部队集结在了德国的边界上。

“这类谣言虽然看上去太荒唐了，可莫斯科的责任当局还是觉得，应当对此加以说明。显然，这些谣言是来自那些对苏德关系表示反对的势力，他们当然迫切地希望战事越大越好，打得越厉害越好，所以才会策划发动这样一种蠢笨的宣传攻势。”

希特勒当不容置疑地感到满意，他不仅成功地骗过了俄国，还顺利地将自己的意图瞒过对方，并看到了他的受害者竟在最后仍秉持着这样的心理。如此，他自然很得意。

到了最后一刻，莫洛托夫还被蒙在鼓里，着实愚蠢至极，是该将此记载下来的。

身在莫斯科的舒伦堡致德国外交部 1941 年 6 月 22 日凌晨一点十七分

昨天晚上九点半，莫洛托夫在其办公室里召见了我。一开始，他说了说苏联方面有关称说德国飞机屡屡侵犯边界一事，对于此事，莫洛托夫表示，已经下达了指示，令戴卡诺索夫与德国的外交部部长会面商议，随后，他又说了下面这番话：

“从种种迹象来看，苏联政府无法令德国政府感到满意，甚至已经有苏德开战在即的谣言不时地传出，而谣言之所以久久不能平息，是因为德国方面根本没有理睬 6 月 13 日塔斯社的那通电讯，不但什么反应都没有，甚至也未见它被刊载出来。苏联政府方面不清楚德国到底对什么感到不满意。倘若这不满是来自于南斯拉夫问题，那就奇怪了，我们过去已经对此进行过沟通了，且已经得到了解决，况且，这事也早已过去了。”

莫洛托夫对我说，要是我能告知他，当前是什么引起苏德关系这么紧张的话，他必然感激不尽。我答复他说，对于他的问题，我无法回答，对于实际的情况我并不是十分了解，但是会帮他带话给柏林的。

*　　*　　*

不过事到如今，已经是时候了。

身在柏林的里宾特洛甫致舒伦堡　　1941 年 6 月 21 日

1. 看到这封电报后，当马上将手头仍保留的涉密材料全部毁掉。即刻停止使用无线电收发报机。

2. 请马上告知莫洛托夫先生你必须马上与之会面，因为有紧急的事情要告诉他。见到他之后，再请将下面的声明当面向他宣读出来：

"……德国政府宣称，苏联政府没有遵守所应承担的义务，包括：

"（1）苏联方面在暗地里有毁坏德国及欧洲的企图，并且一直没有停止过，甚至还强化了这一企图；

"（2）在外交上，所采取的政策越来越带有反德倾向；

"（3）苏联将自己的军力全都集结在了一起，并令他们在德国的边境上等候指示。

"所以说，苏联政府方面已然将与德国定下的协约给破坏掉了，且马上就要从背后对正处于危急时分的德国发起攻势，因此，元首已经下达了指令，命武装部队尽可能地动用一切手段来消除这股威胁。"

关于这个通知，请莫要与他进行讨论。苏联政府理应使大使馆的人员安全无恙。

俄国大使于 6 月 22 日凌晨四点钟，收到了里宾特洛甫所呈递的正式的宣战书。天刚亮，舒伦堡就在克里姆林宫与莫洛托夫进行了会晤。在德国大使宣读宣战书的过程中，莫洛托夫一直默默地听着，随后，他评价说："战争就是这样的？就在刚才，你们已经出动了飞机来轰炸我们，十几个毫无防备的村子就这样被毁了，你觉得如此对待我们是应当应分的做法？"[①]

如今，塔斯社已经发出了广播，一切都来不及了。艾登先生早已警告过苏联方面驻伦敦的大使了，还能多说什么呢？而我现在不必再以私人的名义做什么努力了，现在再提醒斯大林小心危险也于事无补了。事实上，甚至连美国都在时不常地把更为精确的情报送到苏联政府那里。可斯大林始终固执己见，愚昧地坚信着不会发生如此恐怖的事实，任凭我们中的哪一个都说不动他。

德国估计，俄国在边界上可能集结了一百八十六个师级部队，其中正对着德国前线战场的就有一百一十九个师级力量，可尽管如此，俄军还是被突袭了，军力多半受损。在战场的前沿地带，德军并未发现什么对方准备发起攻势的迹象，且事实上，用来掩护作战的俄国军队没过多久就败下阵来。此时，俄国的机场迎来了一次比 1939 年 9 月 1 日发生在波兰空军身上的那种灾难更大的危机，而德军此番发起的轰炸规模远胜于那一次。等天亮之后，人们再次看到的数百架俄国飞机，已是被炸毁的了，它们还尚未执行什么飞行任务呢。事情就是如此，午夜时分，苏联还在用自己的宣传机器散播着叫嚣仇视英美的言论，而天刚亮，这声音就被德国的炮火

---

① 对于舒伦堡伯爵来说，这是他生平以来在外交事业上所做的最后一件事了。1943 年底，密谋抵制希特勒的德国秘密团体的名单中，出现了他的名字。本来，他因为能单独与斯大林进行谈判，并面对面地与之讲和而获得了特权，有资格在将来出任代替纳粹政权的政府里的外交部部长，且极可能是候选人之一。可发生了 1944 年 7 月一事后，也就是有了刺杀希特勒之案后，纳粹党就将舒伦堡给逮捕起来了。他们将他关押在了德国的秘密警察监狱里，并于 11 月 10 日处死了他。——原注

声替代了。可见，行不义之事的人偶尔也会犯蠢，而独裁者也不一定就永远是对的。

* * *

在记述这个篇章的时候，我必须还得做出以下说明：为了制服新的敌人，希特勒做出了一项极其狠辣的决策，而这个决策在实行的过程中，其实也并不容易。要想按照这一策略行动，需要在那片荒凉的土地上，或者说，得在那片辽阔的业已被毁的地方与敌人决一死战，而战斗是在最为寒冷的冬季里进行的，当时，双方都要承受很大的压力。1941年6月14日，希特勒在会议中下达了口头指令。在这个命令中，他较大程度地规定了德军的行动标准，令他们用残忍的行动来对付俄国的部队及其人民，因此，随后发生了很多赤裸裸的暴行。这一行径在纽伦堡文件中有记载，而哈尔德将军的言辞就是佐证，他说：

> 元首在发动对俄国的攻势之前，曾将与最高统帅部相关联的将领及人员都集中到了一起，召开了一次会议，令大家共同探讨行将展开的有关对俄战事的问题。这个会具体是在什么时间里召开的，我已经记不得了……元首在会中说，我们此番在对付俄国的战斗中，不能使用与西方国家斗争的方法，两者并不相同……他又说，在俄德间的战争中，俄国人根本就是在以命相抗。既然俄国没有在《海牙公约》上签字，那我们便不必依照该公约所规定的条款行事，即不必按公约来处理俄国的战俘……元首还说，在对待所谓的人民委员时，不必将其视作战俘。[①]

凯特尔所说的内容还有：

---

① 此处可参看《纽伦堡文件》中的第六编，P310和后面的几页内容。——原注

希特勒此番所说的主题是，这次的德苏之战，实际上是两种意识形态的斗争，因此，在决战之际还按照国际法而施行那个被我们的军人视为唯一标准的方法来行动，就大可不必了。[①]

*　　*　　*

星期五，也就是6月20日的晚上，我一个人坐车去了契克斯。我十分清楚，也就在这几天，德国就会发起对俄国的攻势了，兴许过不了几小时就会发生。对于这件事，我原打算等到星期六晚上就在广播中做一次演说，当然，我必须得注意自己的措辞，要慎重而为。况且，此时的苏联政府还处于无知盲从的状态，且自视清高，在这种时候，他们只会将我们的警告视为一种企图心，觉得我们其实只不过是因为吃了败仗而想要将他人也拉下水，一同覆灭罢了。在车上，我想了很久，到了星期六晚上，也许此事还未见得能够明朗化，所以，最后我决定将演说日期推后一天。如此，星期六也就在繁忙中过去了，跟平常没有什么两样。

我曾于五日前给总统发去了一封电报：

前海军人员致罗斯福总统　　　　1941年6月15日

从各有关方面获悉的情报，尤其是那些最信得过的消息来看，德国势必要对俄国发起大规模的进攻了。如今，在芬兰至罗马尼亚一线，德国业已将其主力部队都部署妥当了，并且，还将空军及装甲部队也全部都调动至战场。14日，他们的袖珍战列舰“鲁佐夫”号打算驶出斯卡格拉克海峡时，被我方驻扎在海岸的飞机所投出的鱼雷当场打中。想必这艘战船原定是要到北方去的，目的是强化他们海军在北

① 此处可参看《纽伦堡文件》中的第十一编，P16中的内容。——原注

极侧翼的力量。当然，要是此新的战役打响，我们必定会以一定要打败希特勒为原则，对俄国施以援手，尽可能地鼓励他们，并给出一切我们能够提供的助力。

在我这里过周末的美国大使告知了我罗斯福总统的回复：要是德国果真对俄国发起进攻，那么，他当允诺，必会马上公开对“首相或许会发出欢迎俄国成为同盟国之一员的有关声明”表示支持。罗斯福总统的这项承诺是由怀南特先生亲口表述的。

*　　*　　*

到了星期天，也就是6月22日，一早醒来，我就听说希特勒开始向俄国发起进攻了。此前所相信的便由此而成为现实。我对之后所要发表的演说十分有信心，同样，对我们所要执行的任务及政策也没有半点儿疑虑。如今，就差演说稿还没有草拟了，于是，我跟有关责任人说，马上发表公告，今晚九点，我会在广播里发表演说。身在伦敦的蒂尔将军很快就赶到了我的寝室，并带来了更为具体的消息。这位帝国参谋长说，当前，德军业已通过一条广袤的战线向俄国发起攻势了，他们突袭了苏联停在陆地上的大部分空军，而且，看起来势不可挡，仍在尽速挺近。他还说道：“我认为，他们将被成群地包围住。”

这一天里，我一直都在忙着草拟广播稿，没空跟战时内阁一起商量，况且，也大可不必如此，因为我很清楚，大家在看待这件事时，不会有任何异议。6月10日，斯塔福德·克里普斯爵士离开了莫斯科，此刻，他正与艾登先生和比弗布鲁克勋爵一起待在我这里。

*　　*　　*

此周末，恰好是我的私人秘书当值，因此，科尔维尔先生对于周日发生在契克斯的情况记录还是值得一看的。他所写的内容是：

6 月 21 日，星期六

晚饭时间还未到，我便已经抵达了契克斯，而怀南特夫妇、艾登夫妇和爱德华·布瑞奇斯已经在我之前就到了。随后，丘吉尔先生在用餐时说，如今，德国对俄国发起的战争已是不争的事实了，看来希特勒还企图争取英、美两国资本家及右翼的同情，那他可就大错特错了，现在，我们应该对俄国尽可能地提供帮助。怀南特听后说，对于这一点，美国方面也是这么看的。

吃完饭，我随同丘吉尔先生到棒球草场上去散步，他边走边再次说起了这个话题。我于是问他：如此一来，像他这样的反共头号人物不就等于是与他们狼狈为奸了吗？他回答说："不全是如此。我的目的只在打倒希特勒这一点，这样，我往后的人生不就轻松了吗？要是希特勒打的是地狱，我最起码也会替这个魔头在下议院美言几句。"

我在第二天凌晨四点钟被来电惊醒，外交部致电说，德国已经开始攻向俄国。不过，这个消息我并没有马上就通知首相，因为他常说，敌人若不是直接打上英格兰来了，就不要用任何事去打扰他睡觉。所以，我一直拖到早上八点才跟他汇报了此事。他听后，只跟我说了一句："告诉英国的广播公司，晚上九点钟我要广播。"此后丘吉尔先生便开始为演讲稿做准备，从上午十一点一直忙到晚上八点四十分，中间只是跟斯塔福德·克里普斯爵士和克莱勃恩、比弗布鲁克两位勋爵一起吃了个午饭。

*　　*　　*

这次广播演讲，我是这么说的：

纳粹制度的宗旨及原则，就是种族歧视及其难以填补的欲望，除此之外便再无其他。任何人类所犯下的罪行都无法与之相比，他们的种种残暴行径及随之而至的恶劣后果是前所未有的。对于我所说过的话，此间，我也未曾想要收回。不过，与当下展现在我们面前的场景相较而言，这些都不算什么了。往昔所有的一切，包括其罪恶之处、蠢笨之处及其所酿成的悲剧，都已化作闪电，当前，我只看见他们正在为自己的家园努力着，尽力保护着它。我仿佛看到，母亲和妻子都在家乡为他们祈福，希望自己的亲人能够平安，并祝福赡养她们的人、为她们而战的人、保护着她们的人能够平安地回来。对啊，人们常常都会做这样的祷告。我仿佛还看到了成千上万个俄国的村庄，生活在那里的人尽管过着艰苦的生活，可衣食住行都在那里，最起码人间得享的乐趣基本上都有了，年轻的女孩儿们开心地笑着，孩子们在打闹玩耍。可我还看见，纳粹德国的那些战斗机器正朝着这一切疯狂地猛扑过去；随之而至的还有普鲁士的军官们，他们个个身穿华美的军装，腰佩锋刀，踏着当当作响的皮靴朝那里走去；此外，才刚对十几个国家进行过恐吓及压服的专业特务们也去到了那里，都是些狡诈至极的人。我还能看见，大批德军就像蝗虫一样，摇摇晃晃地爬向了那里，他们大都思维蠢笨，接受过培训，只会服从命令且生性残暴。抬起头，我还能见到空中飞行着的德国轰炸机和战斗机，尽管英国人曾多次痛击了它们，可它们仍然宁愿带着伤也要去搜寻那些自认为好捕食的猎物。

另外，我看见还有一小撮暴徒，正躲在这一系列叫人头晕眼花的突袭背后，就是他们一直在谋划着，企图组织并发起这场导致人类陷入极其恐怖危机的行动……

现在，英王陛下政府已做出决定，而我必须马上将之宣布出来，哪怕多耽误一天也不行，我相信，用不了多久，自治领也会赞同这一决定的。这一宣言我在今天是一定要发表出来的，可你们还会对我们即将采取的政策有所质疑吗？对我们来说，只当奉行一个宗旨，我们的目标只有一个且不容更改。我们决心已定，不会因任何事而动摇分毫——将希特勒及纳粹制度全部消灭，让他们再也不会出现。因此，我们拒绝与敌谈判，也必将不会与希特勒，或是他的同党有任何会谈，我们将与他斗争到底，不论是在陆地上、大海里，还是在空中，直到老天都在帮助我们，将其从地球上连影子都不留地清除干净，并使全世界受其压迫的人们都获得解放方才罢休。我们会帮助一切对抗纳粹帝国的国家或是个人，相反，不论是哪个国家还是哪个人，只要站在希特勒那边，便都将被我们视为敌人……这就是我们的政策，同时，也是我们所要宣告的。我们当以如上所说的决心为由，为俄国及其人民提供一切我们所能给出的帮助。此外，我们要呼吁这世上每个角落里的友人及盟国，请你们像我们一样，按照同样的方针行动起来，矢志不渝地与敌人斗争到最后……

这一战，并非阶级斗争，是整个大英帝国及英联邦国家所进行的一场没有种族差异、信仰之分和党派差别的战斗。我不在这里揣测美国会采取什么行动，可我还是要说一句：希特勒要是想通过攻打苏俄，就改变伟大的民主国家的目标，或是令其减少努力的程度，可就太荒谬了，他们的决心岂会因此而有分毫改变？敌人如此做，非但不会削减我们的决心，也改变不了我们的策略，相反，还会使我们更有决心，获得更多的鼓舞，想要一门心思地努力去解放那些受其暴政统治的人。

某些国家和政府在处理此事的时候极不明智，让人家一个个地把自己都给打败了，可要是他们联合起来采取一致行动的话，本可免于非难，且还能让整个世界都不必卷入进来的，然而，如今再对这些不明理的国家和政府说这些已经太晚了。我曾在几分钟之前谈到过，希特勒在冒险攻打俄国时，一定是有什么动机在迫使他，或者说诱惑他，所以才显露出其嗜血和贪婪的那一面，而在这样的暴行背后，一定还深藏着某个尚未显现出来的动机。他希望能够一举将俄国的势力给打垮，好能召集回那些在东欧执行任务的陆空主要力量，倘若此举真能如愿，那他就可以再次攻打这一岛国了。他决定攻打俄国，只不过是第一步，其真正目的是打算向不列颠各岛发起攻击，他心里十分清楚，要是不将此岛国拿下，他就势必会为他所做的罪行付出代价，接受惩处。他希望行动能够在冬天来临之前完成，这是显而易见的，如此一来，大不列颠就会在美国方面给予海空上的帮助之前被其打败了。与岛国一战，他还打算故伎重施，只不过希望通过加大作战规模来取胜罢了，这符合他一贯的伎俩，过去他就是靠这个发展起来的。随后，他所要做的，就是为达到最后的目的而清理障碍了，最终他便会为这目的行动起来了——让整个西半球全都听从他的意志并服从他的制度。要是连这个目的都达不到，即使其他国家都被征服了也是枉然。

所以说，俄国的危机和灾难既是我们的危机和灾难，也是美国的。此时，俄国人要为守护自己的家园全力一战，同样，世界各地的自由人民和民族也要为此而战，这是大家要共同努力的事业。过往的经历是如此残酷，让我们从中吸取教训，努力再努力吧，但凡还有一口气，但凡还有一点儿力气，就一定要同舟共济，将敌人打败。

附　　录

一、缩略语

A.A.guns	高射炮
A.D.G.B.	英国防空委员会
A.F.V.s	装甲战车
A.G.R.M.	皇家海军陆战队高级副官
A.R.P.	空袭警备处
A.T.rifles	反坦克步枪
A.T.S.	（女子）地方支援队
C.A.S.	空军参谋长
C.I.G.S.	帝国总参谋长
C.-in-C.	总司令
Controller.	第三海务大臣兼军需署长
C.O.S.	参谋长
D.N.C.	海军建设局局长
F.O.	外交部
G.H.Q.	总部
G.O.C.	总指挥官

H.F.	本土部队
H.M.G.	英王陛下政府
M.A.P.	飞机制造部
M.E.W.	经济作战部
M.of I.	信息部
M.of L.	劳工部
M.of S.	军需部
P.M.	首相
U.P.	非旋转炮弹——火箭的代号
V.C.A.S.	空军副参谋长
V.C.I.G.S.	帝国副总参谋长
V.C.N.S.	海军副参谋长
W.A.A.F.	空军女子辅助工作队
W.R.N.S.	皇家海军女子服务队

二、密码代号

（带星号标记的是德国的密码代号）

杂技大师：从昔兰尼加向的黎波里进军的计划。

阿卡迪亚：1941 年 12 月的首次华盛顿会议。

* 巴巴罗萨：德国攻打俄国的计划。

战斧：1941 年 6 月进攻塞卢姆、图卜鲁格和卡普措堡地区的计划。

帆布：袭击基斯马尤的计划。

科罗拉多：克里特岛。

十字军战士：1941 年 11 月在西部沙漠的作战计划。

出口商：对叙利亚的作战计划。

* 菲利克斯：德国进攻直布罗陀的计划。

体育家：夺取法属北非的计划。

汇流：夺取西西里岛的计划。

美洲虎：1941 年支援马耳他岛的计划。

光辉：援助希腊的计划。

磁石：调集美国军队开赴北爱尔兰的计划。

下颚：进攻多德卡尼斯群岛的计划。

* 马瑞塔：德国进攻希腊的计划。

桑葚：人工港。

东方：德国试图推翻英国在中东各处地位的计划。

霸王：1944 年解放法国的作战计划。

朝圣者：夺取加那利群岛的计划。

* 惩罚：德国轰炸贝尔格莱德的计划。

围剿：1943 年解放法国的作战计划（后来更名为“霸王”）。

炙烤：保卫克里特岛计划。

* 海狮：德国进攻英国的计划。

加压：调换在图卜鲁格的澳大利亚军队的计划。

超级健将：英美联合夺取法属北非的计划。

老虎：W.S. 第八号运输舰队的一部分穿过地中海的计划。

火炬：英美对法属北非的作战计划。

棍棒：对里窝那的联合进攻计划。

鞭绳：夺取西西里岛的计划。

车间：夺取潘泰莱利亚岛的计划。

三、1941年12月9日，有关英国和德国空军实力的估测

首相兼国防大臣备忘录

1. 战争自一年零三个月前开始至今，德国在各个战场，估计在空军方面所投入的针对各种用途所使用的各类型飞机总数在两万两千架，而英国方面所投入的空军，则在一万八千架。将这两个月也算在内的话，德国空军在4月至11月这八个月的激战期里，曾先后获得了一万两千架飞机，而英国方面，则获得了一万一千架飞机，其中并没有算上那一千架来自国外的飞机。在双方处于胶着战斗的八个月中，彼此在空军力量上都得到了尽可能的扩展，所获得的飞机数量，几乎均等，每个月差不多都能增加一千四百至一千五百架的飞机。

2. 在此半年多的时间里，英国方面的飞机始终在前线保持着约两千一百架的空中实力，且一直稳定在这个数量上。所以，我们在每个月所新生产出的飞机数量刚好可以保证交战期的前线所需量，也就是说，每个月，在激战区都需要两千一百架飞机，而我们刚好可以打造出一千四百架以供使用。对于每月所生产出来的这些飞机，我们可以试着做如下安排：教授练习用的飞机五百架，教练的专用作战机两百架。那么每个月就会有七百架飞机用来如此作战，而这对于激烈的战斗期，是比较宽松的估计了，也就是说，三分之一用于前线的飞机编制因此而被先占用掉了。事实上，我们的轰炸机中队每月所损失的轰炸机数目差不多已经占据了五分之二的前线飞机编制数量，因此，我们所耗费的轰炸机数目实际上要比预估的数目高出一些。

3. 当然，德国比我们的损失还要大一些。5月至8月期间，根据空军部所估计的结果来看，他们因战斗而损失的飞机在三千架，而8月至10月底间，则损失了两千八百架，总计在五千八百架飞机。相较而言，我们

在这段时间里因战斗而耗损的飞机却未及对方的半数。

4. 根据所得到的情报，空军部的空军情报处断定，德国方面截止到5月1日，在前线作战的飞机约有六千架，是我们同时期投入数目的三倍。倘若这个判断真实不虚，且我们的损失比例高于他们的话，那他们最起码会损失两千架飞机，这个数字要是以五分之二来算的话，还会更多。倘若我们估计得没错，他们确实平均生产飞机的数量在一千五百架，且其中用来战斗的飞机在一千一百架的话，那结果很可能是这样的：德国方面在空军的投入上，必定会按照两千减去一千一百架的比率在逐步削减，换句话说就是，在头一个月中，他们至少会有九百架飞机的削减量。战线缩短后，不论是飞机的损失率还是减少率自然也会有所下滑，而历时四个月之后，在整体实力上，肯定要远低于四千架了。

除非德国人事先为避免不测而备下了数额不少的飞机，否则，这个结果就肯定会发生。不过，就其在战争前的飞机产量来说，他们不可能提前生产好备用的飞机。提早生产出战时飞机，不管怎么说也是划不来的，它们总得注意更新换代才行。对一个国家而言，倘若善于安排空军所用的飞机，就必须在战争爆发之时，早早地备下初期所用的各种机型，能够应付头两个月的战事，它们是用来开启战争用的，而日后所需的飞机，只需不断地生产就可以了。

我们应当详细地调查一回，看看究竟在前线编制的飞机，每个月里是因为什么才注销的，且百分比是多少。此外，也应精确地估摸出德国方面及我方作战时可能遭到的损失情况，在做这样的计算时，可先假设，我们与对方在别处算是在比率上一致的。不过，还需留意以下问题：在计算的时候，应当把军官训练班计算在内，并按照相应的训练单位来计算，所需注意的是，德国方面因派往训练机构而取消的飞机数量必定会与我们在相同方面取消的飞机数量一样。

5. 从我们收获的情报来看，每个月间，德国都会生产教练用机四百架，而这样的产量根本难以补足我们的空军情报处所以为的那种损耗，他们觉得，德国空军驾驶员在消耗飞机的数量上是十分可观的。而相较而言，我们所用的教练用机比这还要多出很多，这还没算上直接运往加拿大训练学校的飞机呢。

根据我们对德国战俘情况的分析，早在战前，德国就培训了不少后备飞行员，而在开战后则几乎没有培训新飞行员。要是情况属实，他们真的早已备下数量庞大的飞机，那为何当大规模空战发生的那段时期里，用于战斗的飞机数量没有同比增多呢？这真是叫人觉得奇怪！

6. 当前并没有一个统一的定论，因此，我们一定得想尽办法来搞清楚情况。对于飞机的产量，经济作战部做出了自己的估测，而从前线了解到的情况来看，敌人的空军实力却远远地超过了这一预估量，两者并不统一。不过，德国在敦刻尔克和不列颠战役的时候，这一飞机产量与之在数量上倒是相符合的，在这么对比时，已经算上了地理方面的有利因素。然而，从空军情报处所提供的估计结果来看，却是该数目的两倍。

之所以会发生如此矛盾的结果，估计原因是这样的：

（1）错在经济作战部，他们所估计出的结果低于德国实际产量的两倍。若非如此，就是德国人没有在不列颠战役或敦刻尔克战役时尽力。

（2）相反，德国人可能有意蒙骗了自己的情报组，真实的数字与他们所以为的不一致，前者远低于后者。

（3）我们所言及的部队，仅仅是前线投入的兵力，而德国的情报组所统计出来的数字却包含了其他的军力，也就是说，最起码在他们所估计的数字中包含了三分之一的非战斗部队，也许是把等同于军官训练班的这类力量也给算进去了。

四、军事指令和备忘录

1941 年 1—6 月

首相致陆军大臣和帝国总参谋长 **1941 年 1 月 6 日**

1. W.S. 第五号中的 A 和 B 运输船队都已安排妥当，A 队已经出发，B 队随后也会启航。这次共有五万五千人随航出行，到印度去的有一万两千人，而去往中东的则有四万三千人。其中目的地是中东的那些人里，也包括了补充战斗的部队及特遣队人员，数目在两万两千人左右。此外，还有技术人员两万一千人，及投入补给线的人员和驻扎在基地的军队人员，等等，这之中，海军和空军的人数差不多有四千人。如此一来，中东方面便可获得两万两千名战斗人员加入集团军的力量了，并且，还能获得一万七千人的其他人员。

2. 目前的中东集团军，除在肯尼亚及亚丁有七万左右的兵力之外，尚可看到其实力情况：战斗部队有十五万人，在其补给线中还有四万人的力量，再加上驻守在基地的部队和分遣队两万人，也就是说，共有十五万加六万的可用军力。如今，W.S. 第五号 A 和 B 运输船队的战斗人员、补给线人员和驻守基地的一千人等即将投入进去，那就意味着又多了两万两千人加一万七千人。届时，中东集团军就会有总数在十七万两千人的战斗人员及七万七千人的后勤人员。

3. 中东方面接下来还会获得以下人员：正在装载过程中的 W.S. 第六号运输船队将会有八千五百名战斗部队人员，届时，还会从四千名新兵里抽出两千五百人用作战斗人员，这样一来，战斗部队的总人数将达一万一千人。过些时候机动海军基地那边还会运去五千三百人和皇家空军部队，在后者输送的人员中还包括到开普敦受训的人员。另外，同样会加入中东力量的人员有：七千名海军、两千名“自由法国“军，以及九千名左右的基地驻军和其他分遣队人员。W.S. 第六号运输船队到达中东之后，那里的情况将会是这样：总共会有十八万三千人的战斗部队及八万六千人的后勤部队，也就是说，战斗部队和后勤部队的比例约为十五比七，对此，当有所留意，因为前者与后者比较而言，差距在慢慢缩减。

4.不过，我们应当更仔细地分析一下战斗部队这一块。比方说，据悉，一万四千八百名第七澳大利亚师中的人员不但都没有受训过，大部分还都缺乏装备，而八千五百名骑兵师中的人员也不能参与作战，他们在机械化方面什么进展也没有，不过只能在当地维持一下秩序罢了，其实根本还算不上是战斗部队。这样的情况我还能举出其他例子：在一些部队里，要是看其机动性的效力的话，也一样不能被当成是战斗部队，而这样的部队人员就有六千人左右。如此一来，战斗部队的总人数就不应该也算上这两万九千人，当将十八万三千人的战斗部队人员减至十五万四千人，另外，再把两万九千人加在后勤人员及非战斗人员那一项里，使这部分人员从八万六千人变成十一万五千人才对。所以说，去除掉中东集团军在肯尼亚及亚丁的那七万人，其真实的实力应该是这样的：十五万四千人的战斗部队，以及十一万五千人的非战斗人员——这部分人只能在当地负责维持一下治安。总体来说，非战斗人员和战斗人员比较起来，在比例上显得太高了。此外，还当记住以下这点：每一个师级部队或是旅团都有属于它的一线运输队，且就人们所惯常理解的那样，每一个师级部队或是旅团本身就能以一个独立且自足的军事单位来看，因此，完全可以从战斗部队中再刨去一大部分人。还有一点是我们同样必须牢记的：一切后勤所需、没有通过组编的人员，或是没有战斗能力的人员，都得靠使用英国老百姓的口粮才供应得上，所以，我们必须得通过严格扣除老百姓的口粮才能做到让那些人得到供给，并且，近来还得加大所扣除的数量。还有，我们的船舶为了输送士兵和运输供应物资是经受着极大的考验的，每一个人和每一吨货物都是它们以冒着被敌人潜艇攻击、空中袭击、舰船轰击的危险作为代价换取来的，每航行一次，需先绕行好望角装载，然后再回来，一去一回的过程中还要算上进出港口的时间和装卸所需的时间，这样的话，没有四个月是完不成的。所以说，不管是国内的人，还是身在中东的人，但凡是忠心之人，都应想办法提高战斗部队的人数，并尽可能地使后勤人员及非战斗人员的人数保持在最低限量之内，人们也当有这个责任，而这也是我们所必须要牢记的。行政管理要是能在这一方面把握好机会，就很有可能做出点儿成绩来，而相应地，或许还能对战时经济有着十分有利的影响，这将与打一次胜仗别无二致了。

5.要是上面提到过的W.S.第五号A、B运输船队和W.S.第六号运输船队，的确可以为上面第四段里所说起的非战斗人员给以鼓舞的话，或许可以改善后勤人员太多这一情形，使这两万九千名不能参与战斗的人也成为可战斗的力量，要是真能如此，我也就很欣慰了。具体举例的话，比如：第七澳大利亚师是不是可以以此来获得一些必要的辅助力量？这样，就可以让这些非战斗人员投入军事行动了，而不必局限于维持当地秩序。再比如：可否考虑将那个有着八千五百人的骑兵师变成一支机械化部队呢？这样的话，是不是就可以派出几个旅或是最起码几个团的力量去抗敌了？尽管在当前我们的各个运输船队中的非战斗部队人员，还是在比例上高了一些，且尚待解决，但如若上面的问题能够实现，想必便可明显地让中东集团军可投入战斗的人数提升上去，这样一来，就算晚点儿把第五十师运送过去，也够应对敌军了。或许在这一点上能够有好消息传来，让人松快些。当前，我们正在认真地衡量一个问题：通过W.S.第六号运输船队运送哪支部队才好，是第五十师中的第一旅，还是海军基地的机动保卫队，是不是运送前者更好一些呢？不过计划已经订好，要是此时再做更改怕是会有难度，因为前期的筹备工作已经展开一段时间了。对于这个问题，当须明天（7日）就交给参谋长委员会来考虑，他们在近三个月中基本比较空闲。

6. 如此，就该依当前所建议的那样去行动，准许 W.S. 第六号运输船队出航，该船队所要运送的人数已经减少，在三万四千人左右，或许还不及这么多。到最后，驻守在中东的部队做了如此安排，还是让我十分遗憾的。等所有的部队都通过这些运输船队到达那里后，总共将会达到二十万余人，也就是二十四万加四万二千再加两万人，除此之外，还有七万亚丁和肯尼亚方面的人员，这样一来，将有三十七万余人需要领取口粮及获得军饷。然而，军队固然庞大，能够用以作战的部队却只有这些：第六澳大利亚师、由两个旅团编制而成的一个新西兰师级部队、第四及第五印度师、第十六步兵旅、第二装甲师、两个装备不完全的师级部队——第七装甲师和英国第六师，还包括那些从肯尼亚及亚丁的部队中抽调出来的人员所组编而成的战斗单位，如南非的两个旅、西非的两个旅和驻扎在当地的东非部队。

不久后，我们希望在这些部队之外还可做到如下两点：其一，将上面提到的那两个没有装备完全的部队补充齐全；其二，组成一支英国第七师，这支力量将由那些没有列入分类的人员，以及在后勤部队中能够网罗到的兵员组成，也就是说，从后勤部队中的第七澳大利亚师和一个机械化骑兵师中去寻找可用的兵力。如此一来，就可以获得包括步兵、装甲兵及骑兵在内的十个左右的师级力量了，若是再加上肯尼亚师，便将可获得总数在十一个师级力量的军队了。然而，尽管投入了这么多的部队，却很难在那片辽阔的地方取得多大的成果。

首相致伊斯梅将军，转参谋长委员会　　1941 年 1 月 21 日

昨晚，我们经探讨决定：

1. 由于韦维尔将军已经有了一个突击队，所以，除去一个突击队，三艘“英伦式”军舰及其被指派运送的所有登陆艇和其他突击队，都必须尽可能地早日启程，通过绕行好望角到苏伊士港口去。

2. 余下来要处理的事是：

（1）埃及方面已经有了一个突击队，因此，自然就多出来一个。

（2）“卡伦加”号上业已承载着的突击队。

（3）剩下在国内的突击部队。

对于这些部队，应当马上将其装备完全，并使人数均达到五千，此外，还应以最快的速度接着对这些人进行培训。此刻，造船厂正将新打造好的登陆艇接连地送过来，因此，若是做不到这一点，那么我们将无法供应上登艇的相应人员及艇上所需的必要武器，那是它们进行主要进攻必备的。这支部队必须得重新进行编组，并且人数上也一定要达到五千人，因而，联合作战指挥官一定得留在国内致力于此事。

关于第一、第二部分中提到的目标，希望今天，即21日就能将计划草拟好，并交给我。

3. 已经准许韦维尔将军进军班加西，故应令其知道这一点。同时，还应让他知道，倘若没有发生什么始料未及的困难，就必须得在尼罗河三角洲那里布置下一支能够攻占罗德岛的军队，好能在登陆艇及突击队到达之后完成主要的“下颚”作战计划目标。在这段时间里，他得为及早进攻做好相应的一切筹备工作。此外，还必须嘱咐他，明白了上述的意思之后，就得把何时采取行动、准备让哪些部队作为主力来行动的相关具体安排呈报上来。希望3月1日前就可展开攻势。

4. 在尼罗河三角洲，韦维尔将军还当开始为希腊或土耳其方面组建一支战略后备军，以备不时之需。他的那支野战军在班加西立足，以这一港口作为基地的一个装甲师也巩固下来后，他便得停止使用地面上的交通线路，好能多省下些人力和运输力。

我们要是能将班加西攻占下来，就得让它能够作为设防稳固的海空基地来使用，至于大炮等武器，必要的时候可以从亚历山大港及各个交通线路上获得，选择一些离得近的港口或据点便可以做到。所以说，在将来的两个月，他应当就能组建好一支战略性的攻击部队了，而这支部队，也可以用作“下颚”作战计划的第一批可用之军。尽管能用旅团来编制或许更好，可当前仍希望在短时间里就将这支部队打造成像四个师级部队那种实力的部队。

5. 我们首先得为了顾及希腊那边所要担负的义务来部署空军力量，不过，也必须得配合如上所说的那些行动。就中东空军作战总司令而言，必须接连不断地为使马耳他岛上的力量能够继续抵抗下去而进行援助，不能停止所派出的战斗机增援队的输送工作，这依然要作为其头等任务去完成。随后，“怒火”号将会展开另一次飞行任务，把第三批“旋风式”战斗机给运过去，这一次，将运载四十架，好能成功地完成这些任务。

6. 我们应当筹备一支远征军到地中海西部投入战斗，因此，这支部队当配备两个师级力量，再加上一部分军直属部队，还有整编好了的突击队，如此就更能保障“汇流”和“约克”作战计划了。同时，也方便依形势所需而对韦维尔将军有所帮助。不论是“汇流”作战计划还是“约克”作战计划，都必须进一步地去研究和修缮，使之更趋于完全，相较而言，“约克”计划更具可行性。另外，为了完成这一目标，当委任一名司令官，且过了3月1日后，当力争准备好行动起来。最后，还需要考虑到一点：日后前往中东的运输船队要是与如上计划冲突了该怎么办？这一点，还需要进一步研究探讨并提交相应的报告。

首相致陆军大臣 **1941年1月29日**

1. 你让陆军减少了对英国人力的需求以达成我所提出的建议，对你所付出的这份努力，我表示十分感谢。

2.一个师级部队但凡有一万五千人，就算是配齐了各类兵种，因此，我还是无法理解何以必须得再让三万五千人投入其中。或许为了便于理解，我们可以说，该军队只要包括三个师级力量就可以了。所以，要是依你的计算方法来看的话，就需要十万零五千人来组成这一军队了，其中，编入野战部队的仅有四万五千人。剩下的那六万人还请你罗列成表，告知他们是如何在以下类型的部队之中被安置的，然后告诉我，要说明的类型是：（1）军直属部队；（2）从集团军直属部队中分配到这个军队中的人员；（3）补给线部队。

3. 关于补给线部队究竟是如何来计算其标准的，我也不大清楚。在大不列颠岛上的那些军队，有着数不清的公路交通线可用，且大多数还是高级公路，要是敌人打进来，只需行军七十至一百英里便可走完全程。当然，必要的时候，也得选择使用轨道线路，乘火车由南向北，或是由北向南，从侧面移动较长的一段距离。总之，军队所驻扎的地方，是大不列颠供应基地的核心区域，而全世界也只有这里的铁路网最为发达、最为重要。法国在这件事上，根本没法儿与大不列颠相比，我们在那里的时候，曾把基地设立在了圣那泽尔等港口，由于做出了这样的选择，所以就不得不始终让那条以公路为主的长达五百英里的交通线保持畅通。去年的这个时候，我们曾派出过补给线部队前往法国，第一批过去的那些，为的是支援在法国的那十个师级部队，我想知道，那时的这批补给线部队的规模与当前预备留守大不列颠的补给线部队的规模相比较的话，差异到底在哪里。

4. 我们要是没有对一年之内的情况提前做打算的话，怎么能知道万一发生什么事的话，要如何处理呢？为了防范敌人侵入，我们自然得保证总有十五个以上的英国师级力量在海滩的背后驻守，而他们中的绝大部分只要维持在一个小规模就可以了，用不着像去往法国的英国远征军那么庞大的规模。现在，尽管中东军队因地中海被封锁这一现实情况而只得放缓编制上的进程，可我们不能把其他事情也耽搁了。到了7月，我们应该筹划起这件事：让四个澳大利亚师、一个新西兰师、一个南非师再加上新的南非师①、八个印度师中的六个师及三个英国师或者与之兵

① 本来英国已经有五十七个师级力量，在这之外又新增加了一个师级力量。——原注

力一样的旅团，在尼罗河三角洲安顿下来，或者将之部署在尼罗河上游的沿岸上。另外，还有四个安置在非洲的殖民地师，但这些师级力量与惯常所理解的不同，是不能用作主要战术部队放在战场上的，因为他们其实不需要贴补太多炮兵和技术兵，只是驻防在东非、西非及苏丹的军队罢了，在当地就足可解决补给线部队的问题。对于这四个驻屯非洲师，或者具地方化意味的那些还算不上师级力量的部队，你预计要如何为其分配军直属部队、集团军直属部队与补给线部队呢？还请告知。从各个方面而言，他们都该被称为师吗？

5. 关于尼罗河集团军及其十六个师级部队的事，现在也该说一说了，我们当得看清：一旦占据了班加西，且将其视为一支野战队的基地并坚决地在那里驻守，就会使埃及方面的情况有所改善。届时，国内的治安问题只要交给印度师便可，他们无须作战，就像战斗在法国或者弗兰德的那些英国师似的，甚至，也用不着像守卫在国内的那些英国师那样，实际上，他们只要在有可能发生骚乱的核心区域附近驻扎下来就行了。你预备为这些师级部队配以什么样规模的补给线部队呢？他们该整编成一支军队吗？要是有必要这么做，需要在定额上依照欧洲的标准来为其配备中型炮和重型炮之类的武装吗？

6. 不过，在考虑的时候，我们还是应该这么想：在这一战场上，我们的主要目标应该放在帮助希腊和土耳其，或是其中的某一国上，所以，应当最大限度地令尼罗河集团军中的一支军队投入大规模的军事活动。在南欧，你觉得等到7月时，能有多少个师级部队投入作战？又或者，有多少这样的师级力量可参与其中？按照我的想法，可投身这一战场的兵力大致将会有以下十二个师：那四个澳大利亚师、一个新西兰师、两个南非师中的一个、三个英国师，以及六个印度师中的三个。所有这十二个师的装备，当按最高标准来配备，因为德国人将会成为他们所要面对的敌人，而从进度上来说，他们不得不分批投入战斗。3月底，可能只能让四个师参与进去，其他的师级力量则需等候船只及装备都配合好了之后才能进行战斗。所以，装备的优先等级也就成了需要考虑的问题，包括：十二个用以应付德军的师级部队，当为其配备上最为优等的装备；那些用以在埃及境内防范骚动的军队，或者用来守卫为意大利所占领的土地的军队，则当按照二等标准来为其配备装备，当然比那十二个师所获得的装备差很多了；至于名义上的非洲殖民地师，只要配以最低标准的装备就行了。现在总的情况就是这样，我希望你可以透过这些情况来明晰自己的问题，当然，这还得经过总参谋的详细研讨。对你来说，明确要处理的问题应该是：应使那五个在国内的英国师具有极高的机动性；次等具机动性的部队，当属那十个师级力量，在中东，他们将逐步发展成十二个师，这将会是规模最大的一支军队，如此，才好对付那些在希腊或是土耳其战斗的德国人；四个身在埃及和苏丹等处的师级力量，需使其规模达到中等水平；至于那四个非洲殖民地师，可视当地的情况而定，编制只要按照当地的标准来处理就行。由此来看，总共就有三十五个师级部队了，另外，再算上两个在马来亚服役的印度师的话，就是三十七个师了，如此一来，除了你所拥有的总数在五十八个师级部队[①]的军力外，你尚可运用的还有二十一个师，包括：九个装甲师和尚未做任何安排的十二个英国步兵师。

7. 要如何安顿这十二个英国步兵师呢？情况大概是这样的：在通知下达后，不少于六个英国步兵师便得马上到法属北非战场上去，又或者，西班牙方面对我们仍愿保持友好关系的话，就继续与之合作，自然，这些师无法同时兼顾两个战场。因此，这六个调出的师级部队，将以三个师为一批，分两次投入战斗，不过，碍于航运上的困难，恐怕他们只得逐步作用在战场上了。而他们一经战斗，所要面对的敌人就势必是德国人，所以其装备自然就需配备上最为合适的，按其应当给予的那

① 原有师级部队的总数在五十七个，后又加入了一个南非师。——原注

个标准来装备。不过，需要注意的是，不论是在北非战场，还是在西班牙战场，都用不上重型炮或是大数额的中型炮，要是将他们投入西班牙战场的话，所采用的作战形式，很可能更侧重于打游击战。

8. 有关余下的那六个英国步兵师，我们还无法在将来的数月里为其供以最高标准的那种武装。不过，到了 8 月末，要是供以他们的武装标准能够做到在海外与德军作战的话，那也就可以了。

9. 包括在那五十八个师级部队中的九个装甲师要怎么安置呢？初步的设想是这样的：将其中的四个师级部队留在国内，将其中的两个师级部队作用在非洲西部，他们当可投入那里的两栖作战中，最后的三个师级部队，则安置在中东战场或是巴尔干战场，想来如此分配才是最为妥当的。可以想见的是，只要是派去国外的师级部队，在后勤需要上以及维修工作上，肯定规模不会小，将比接近英国大工场的任意师级部队更大。对于这些差异，你们提前想过吗？

10. 依常理来看，每个月的战争伤亡率在八千五百人次并不算高，其实，若非发生大举入侵这样的事，一般就不可能在数月中展开如此大规模的军事活动。因此，在做预估的时候，这样做似乎更便于操作，也更稳妥些，即：自 1941 年 7 月 1 日开始，重新按照每个月伤亡八千五百人次来计算伤亡率。这样的话，将能节省出六万人次。

11.就一般情况而言，每个月都会因为一些原因而淘汰掉一万八千七百五十人，换一种说法就是，每一年，都有二十二万五千人被淘汰掉，这一数字好像过于庞大了，要是能改善一下英国国内的供应条件及居住条件，会不会好些？还有，要是士兵对自身生活感到更为合适，这一数字是不是就不至于这么高了？……我想弄清楚的是：有多少退役的陆军士兵无法再在其他领域从事战时工作，而不论是何种形式的工作？以月来统计的话，我们的死亡总人数是多少？究竟有多少人丧失了工作能力？有多少退役士兵可以承担起较轻的职务？能够用以制造军火的退役军人有多少？在被淘汰的这些人里，我希望每个月都能调出一万人来从事其他种类的工作，这一点，陆军部需要重视起来，当该部分向国家提出需要人力方面的支援时，也应该自己想办法处理，当需从其弃之不用的人中挑选出尚可从事其他非军事工作的人来，将之作为自己人好好利用起来。当然，问题的本质并没有变，每月必然会产生一定数量的淘汰人员，这么做不过是换了种说法，但不管怎么说，充分利用起可用的淘汰人员，还是甚为重要的。

12. 今后，我认为，英国防空委员会因使用了新的方法及渐渐增长的空中优势而节省出不少可用人员。在进行了详细的研讨后，我们认为，可以在不少地方缩减每一门大炮所需要的人员，过去用在这方面的人数已然过多，并且，当前所设定的警戒状态，在标准上还可以再降低一点。尽管在这些项目上所能节省出的人员不多，所占的百分比也不会太大，可即便如此，只要有一小部分，就必然能缓解当前新投入战斗的人力需要，即：在派出刚加入战斗的高射炮及探照灯所需人员时，能少投入一点。

13. 对于“海滩营”这个概念，我不希望将其单一地理解为一个特定的职位，且只能是那些年轻的、身体素质不错的、有着良好训练基础的士兵来出任的职位。事实上，轮换制度更适合“海滩营”，应要求各个旅在海滩上轮番担任值勤工作，又或者，应使这部分兵员到后方的机动师中去服役。

14. 在上述第十及十一段中曾提及，到了1942年的10月1日，陆军必须按要求使所需兵员减下来，以达到从九十万人中，减少六万，再减少十万，而我认为，通常而言，将净数最终控制在六十九万人是合理的，称不上太多。必须得将淘汰人员补足，同时，也不能停止训练。等到陆军开始紧锣密鼓地投身激战时，就势必需要从民间征集可用的兵力了，同时，也需要从军火制造方面及空袭警备处征集兵源。在今年的这半年里，难得军事活动不多，因此，我深深地期盼，能够在这段时期里将人力方面的需求控制在一定的范围里。

15. 在这个备忘录里提到不少问题，我期待你们随后能把进一步的情况呈报给我，不过，需注意我们的目的，应主要放在增强陆军战斗部队的力量上，因此，要是只是为了如上所说的目标，在总人数的基础上，以削减二十个中等团的人力或是减少四百八十门大炮为代价，缩减出一万八千人的话，那就太让我失望了，又或者，为了余出五千六百人，而削减七个野战团及其所拥有的一百六十门大炮的话，同样令人深感惋惜。所以说，我们在计算被淘汰的人员数目时，就算在日后可能发现并不正确，也应宁肯适当地冒一点儿风险，总好过现在连适合用多少大炮也提不出来。

陆军规模

国防大臣指令

1941 年 3 月 6 日

1. 内阁在 1939 年 9 月批准建立野战集团军的时候，没有考虑到这支有着五十五个师的军队在陆军部的设想中其实是这样的——需要分配人员进去的部门包括军直属部队、集团军直属部队、总部及补给线部队，这些部门均需要相应的人员编制，故此，总共需要的人数是四万两千人，这还没算上各类型的训练机构和驻防军，以及守卫军需库的人员，或是没有划归在野战军的那部分军队。在建立野战集团军之初哪里会想到是如今这个样子？当时所考虑的是，我们的陆军还是能与法国陆军协同作战的，且与上回的那场大战在条件上不相上下，然而，今时不同于往昔，国内为了抵抗敌人的入侵，需要将大部分陆军留下来用作防守。此外，大量军队无法在航运紧张的非常时期里，继续保证将供需品输送到海外战场，尤其是以陆军部要求的那种高标准来输送。

2. 建立野战集团军原定的那五十个师级部队，如今已经增至五十七个师，其中，英国的军队占三十六个，而从海外而来的师级部队则有二十一个，前者的一个名义上的师级力量目前还在冰岛执行任务，而一个英国第六师，也还在冰岛继续完成筹建工作，此外，还有两个装甲师尚在埃及，因此，当前共有四个英国师待在海外。

3. 当前，属于英国国内的陆军战术军队的阵容及人员配比数是：英国步兵师二十五个，装甲师部队七个，目前正在组编当中，只能说其兵力与之相符。前者按一万九千五百人为一师来计算的话，总数就是四十八万七千五百人，后者按照一万四千人为一个师计算的话，总数便在九万八千人，所以，这两股力量加在一起，总计在五十八万五千五百人。在以师为单位的编制之外，还有本土部队总司令所指挥的独立旅十个，它们是：英国的各警备旅、海滩旅二十七个，以及尚未整编完成的营级部队，也就是十四个英国营。每个旅平均算下来，若是以三千五百人计为一旅的话，那么这四十二支旅，或者说等同于旅的部队的人数，就是十五万上下。由此，如上所谈及的英国国内的陆军战术军队，在人数上便达到了七十三万五千五百人。

4. 我们将要给一百八十万国内的士兵配送补给。其中，上面所提到的部队就已占了七十三万五千五百人，剩下的一百零六万四千五百个名额就应该分配给军直属部队、集团军直属部队、总部直属部队、英国防空委员会或训练机构人员、军需库守卫等人员，还有海外军队的后勤人员。

5. 陆军的人力来源必须尽可能取自这一百零六万四千五百人，这将是其主要的人力储备资源，要想提升战斗力，当可想办法对这些人员加以善用，要么克勤克俭，要么灵活运用，还可以通过变更人员编制的方法来获得所需人力。除此之外，陆军也可从每年所招来的十八九岁的新兵中得到一些人员。总之，除非敌人大举入侵，我们不得不动用大量的师级力量，且须维持长期作战的需要，故被迫得承受惨痛的伤亡损失，否则陆军便绝不允许动用大不列颠上的其他人力资源。换言之，陆军当前所拥有的两百万英国士兵，是可以保持住的，但他们是怎么评价这一军力的就不好说了，要看他们能不能在战斗中有效地善用他们了。

6. 同一时期里，最好能将包括陆军坦克旅在内的装甲部队逐步有计划地加以提升，令其达到等同于十四个装甲师量级的额度，倘若能够整编出一个澳大利亚装甲师的话，便可使装甲部队增至十五个师。如此一来，有几个步兵师就可以刨除在外了，届时，英国陆军所拥有的军力可达到十四个装甲师或与之同等的此类师级部队，此外，还有二十二个左右的步兵师。既然规模上是这样，陆军部及军需部就应该依此给出自己的意见。

7. 对于那三个东非师及一个西非师，不必在编制的时候安排给他们高过旅，或是其小型机动部队的那种任务量级的编制单位。

8. 鉴于派遣部队去中东，就势必要借道好望角，因此，我们无法从英国供给大量用来补充中东陆军军力的兵员。所以说，补充中东陆军的军队只能从印度、澳大利亚及南非这三个方面获取，军火可以从美国获得。即便我们能够输送给中东方面一些驻军，也不能期望会超过四个英国师。至于魏刚将军那里，我们也必须加以考虑，鉴于其始终保持沉默，我们也就不必把六个师这么多的军力援助给他了，就算给他一些支援，自然也是出于自觉自愿，乐意把军队按照自己的意图派过去。同时，我们所能支援给西部战线的兵力也不会太多，只能将一支水陆两用的袭击部队派送过去，这支部队将包括八个或是十个多数配有装甲的师级力量。另一方面，我们仍无法在欧洲大陆战区武装进攻德军。

9. 诚如上述所言，通过对全盘形势加以分析及所考虑到的诸多问题，可以看出，英国陆军的主要作用就在于抵挡敌人的入侵，根本不能指望其作为主力去对抗敌军，他们只能在次一级别的军事活动中作用于海外战场，在那里，才能体现出他们宝贵的价值，并使他们充分发挥出自己的能力，创出一番功绩来。再说，陆军不论从组织形式看，还是其特性使然，都是执行此类特殊任务的最佳选择。至于打败敌军这样的任务，自然就只能落在海军和空军身上了，前者有着持久的战斗力，而后者更是至为重要，空军优势所带来的效力必然不容小觑。

10. 上述指令下达后，当需就人力供应、弹药、军需等方面进行估量，看看在这些领域里的反应如何。

首相致韦维尔将军 1941 年 6 月 4 日

1. 长久以来，我一直都在考虑你的事，不知道怎么做才能为你减轻一些关于行政管理方面的担子。你要同时应对四个战役，每一个都得分别进行指挥，并且，还得应对不少半政治性的事宜，加之外交上的事情还有赖你去解决。

2. 我们曾于过去的那九个月中，向你输送过去了除坦克和分配给印度方面的那部分之外的几乎半成的国内总产量。当前，你的五十三万士兵都需要配以口粮；你有五百门野战炮、三百五十门高射炮、四百五十辆重型坦克和三百五十门反坦克炮；1 月至 5 月间，你所接收的机动车辆数，足有七千多；且不谈部队方面，我们单就从年初开始输送的新兵而言，截止到如今，也前后把一万三千人给你送过去了。南部之战早在两个月前就已经结束，所以相应地，部队也应该可以向北转移了，然而，在这样的情况下，你仍表示，很难抽调出一个旅，就算是调拨出一个营也令你感到不好办，且不仅如此，从你接连发来的电报中可以看出，你一直没有够用的运输车辆，急着让我们帮着补充上，还有，由于受到运输车辆的困扰，已经使你的行动大为受限。

3. 我希望可以竭力为你减轻行政负担，这样，就能让你一心一意地去想作战策略和如何付诸军事行动方面的事宜，并将之做得更为出色，取得佳绩。布鲁克将军也是如此，他要在国内统领一支数量庞大的军队，还肩负着训练他们的责任，然而，他还要顾及身后的陆军部及军需部。因此，在此类职务的划分上，我们也必须得让中东方面明确地划定一个界限，可不管怎么说，你身为中东总司令，自然有着对各个战区的最高指挥权。

4. 上面所提及的内容同样可以用在空军及海军航空部队中，除非必须得做出某种改变。

5. 早在数月之前我就希望增援中东的规模能够企及我所设想的那个水平，然而，鉴于航运能力的不足，恐怕还做不到，加之总参谋部及本土部队司令部考虑到，敌人很可能在夏末或是秋季里攻打我们，也很难在这时候痛快地支持援助中东的行动。不过，我们还是希望在形势允许的情况下，再多给你输送一些过去，也就是说，但愿在6月至9月的这四个月当中，将一个步兵师、足以应付所需的新兵、应配给分遣队的物资，以及其他各类待分配之需都送到你那里。因此，你可以考虑一下，是否可以将人员组编成如下所提及的野战部队，好使他们能够早日作用于可能发生在秋季或是冬季时的对敌激战中：

（1）四个澳大利亚师；

（2）一个新西兰师；

（3）第四和第五英印师；

（4）两个南非师；

（5）在当地编制而成的英国第六步兵师；

（6）英国第五十步兵师；

（7）一个可等同于三个英国师的新组建的师级力量。

当前，你所拥有的军力总共应该是十五个师，包括：第七装甲师和第二装甲师，这些你应该已经筹备得差不多了，不是备好了，就是行将完成编制；那支曾接受过训练的杰出的骑兵师，目前正被编制成装甲部队，而这支部队也是你必须善加利用的力量。如此一来，你手下能够调集的部队人员就差不多能达到六十万人了。关于内部所需的安保部队及后勤人员，你当可在不影响机动师部队的前提下，从这六十万人里拨出一些来用。

6. 日后，英印师都会通过巴士拉而进驻战场，所以，我希望届时可以让除必须召回的那个西非旅之外的非洲土著军和白人武装警察，负担起对厄立特里亚、埃塞俄比亚和索马里三地的防守任务。

7. 尼罗河集团军要想在昔兰尼加和叙利亚持续战斗并进一步发展壮大，就必须得在组织工作上比你现有的规模还要大，另外，在修配厂的筹建规模上，也须如此。埃及的修配厂需在整体上提高生产力及生产效率。

此外，还应多建立一些基地，这些基地应设立在像是苏丹港和马萨瓦这样的地方，它们均适合配备一定的港口设施，或许阿斯马拉城和尚未攻下的吉布提港也适合发展这类型的港口，前者有不少建筑设施不错，大可利用起来。在这一时期里，我们也在积极地帮助印度政府，加大其发展进程，因此，我同时也希望，过不了太长时间就可以从印度方面调来最起码六到七个印度师，以及相应的装备。

8. 所以，我建议设立一个由高级军官领衔的机构，这位高级军官将在你的总指挥下以“中东集团军总监”为名展开工作，他手下的僚属将足以应对所需，他们中的大多数人员将出自你目前所拥有的后勤人员。此外，在这个机构中，还会有不少从事文职方面的人员，这部分人的实力将不容小觑且还会慢慢增强，就像之前我提到过的那样，这些文职人员将会替你分担不少工作，其所要做的与布鲁克将军分散给陆军部及军需部的事务差不多。这名高级军官的主要职责是，负责监督和管理后勤人员，其中也算上那些不隶属于战术部队的人员，或是不工作在积极作战区内的军事人员。

9. 罗斯福总统已给我们送来挂着美国国旗的三十艘舰船，除此之外，他此刻又将另外的四十艘船输送给我们了。这次所载运的货物是：美国陆军制造部分配出的另一批轻型坦克，共有两百辆，另外，还有不少别的重要项目。有关这些货物，我稍后会将清单给你。我认为，或许你将来所获得的军需品大多数都会由美国直接从东西两线输送过去，因此，这件事我正在着力去办，争取安排妥当。

10. 现在，海宁将军和飞机制造部的韦斯特布鲁克先生都已经启程，我们准备派他们飞往你那里。随后，陆军部将会另行发一封电报给你，其中有委任海宁将军出任总监一职的调令。韦斯特布鲁克先生的职责是：在海宁将军的带领下发展港口及运输设备；负责接收、维护并修理所有的装甲车和机动车辆；有关皇家空军及海军航空兵部队的同性质的工作，道森空军中将是主要责任人，而韦斯特布鲁克先生则须与之合作共事，其目标就是，将可用的资源统一加以善用。另外，随同韦斯特布鲁克先生一起完成工作的还有顾问人员，他们则主要负责某些专门的项目，比如：运输、发展港口设施，以及建造修配厂等事宜。

11. 对于上面所谈到的各点，等同于英王陛下政府的决定，故此，当予以重视。海宁将军首要的任务就是，对这些指示及政策就地加以研究，你当须与他就如何正确看待及怎样落实这些指示及政策进行探讨。务必在海宁将军到达后的两周之内以电报的形式将报告呈报给国内。希望大家能得出一致的观点，不过，要是意见不一，我也会尽快予以处理。如今，该计划必须逐一执行，在具体落实的时候必须到位，不许发生任何缺乏执行力或是落实不到位的情况。

12. 从美国而来的物资供应在数量上非常庞大，这对我们来说至关重要，要是没有他们送来这些物资，恐怕中东方面就不能按其需要的那样展开大规模的斗争了，因此，我已向罗斯福总统提出要求，请他同意让派来的特使哈里曼先生携其师团成员马上赶赴中东。这位特使一直与罗斯福总统和哈里·霍普金斯先生交往甚密，并且此间，也深得我的信任，我认为，他将会是你无可替代的最佳帮手。随后，他将会带一两名助手去你那里，从他们在此间的表现来看，他们每个人都十分能干且很有干劲儿。如今，最怕发生这样的事：在美国供应物资大批逐次运达的时候，我们却还没有准备好相应的有效措施来接收这些物品，同时，也没制订好用以为将来做打算的足具规模的方案。要是情况果真如此，那可就糟了。另外，美国送来的属于其国内机型的飞机、坦克及车辆都需要专门的工程师和机械师来维护和检修，因此，我们还必须得让美国方面提供一定数量的相关人员。哈里曼特使我就交给你照顾了，一定要格外予以关照。之后，他将会把工作情况汇报给身为国防大臣的我及本国政府方面。

五、海军工作相关指令及备忘录

1941 年 3—12 月

海军造舰计划

我对配备在新式战列舰上的大炮火力向来十分关注，也曾于第一卷就总结了我和海军部发生在 1937 年的一次相关探讨。在那个时候，“英王乔治五世”号级别的战列舰所要配置的火力设计还在接受审核。[①] 依我看，装备在这五艘舰船上的大炮确实是口径过于小了些。在这几艘战列舰之后，我们打算再打造四艘战列舰，然后将口径为十六英寸的大炮装载在其上，这些舰船将成为“雄狮”号级别的战列舰。早在战前，就已经有两艘开始着手打造了，不过，到了 1939 年 10 月却没能继续完成。1941 年 3 月 27 日，我下达了一项指令，又提到了打造这些舰船的问题。当时，我们尚有不少别的任务十分急切，因此，考虑到这些情况，我在该指令中还解释了自己对将来海军打造舰船方面的总构想。

国防大臣指令

1941 年 3 月 27 日

1. 海军打造船只的计划一直贯穿在此次战争之中，没有一处船台是空着的。不过需要注意的是，本年度的这个时期，海军部还是得把总体清单开出来，诚请内阁方面准许他们当前按照所需打造新舰船的政策安排。

2. 毋庸置疑，我们应该最大化地根据现有资源来打造反潜艇战所需的小型舰船，以及用于排雷、反攻鱼雷艇的小型舰只，此外，还有带攻击性

① 此处可参看《从战争到战争》的第九章内容。——原注

的此类登陆用船。不过，本着这样的原则来支撑起造船计划才是最为重要的，即：在设计上力求简单，在施工时尽量要快，还有，所打造的船只越多越好。在时间的安排上，不得超过十五个月来打造驱逐舰。海军部的军需署长告诉我，目前计划里所要打造的四十艘舰船保证能够按期完成，若非迫于来自敌人的阻碍或是不得不停工，则不会有任何变化。

3. 当前，再打造那些无法在 1942 年里建成的重型船舰是不合时宜的，因此，不再列入考虑的范围，如此一来，就意味着，不能再继续打造“雄狮”号、“莽汉”号、“征服者”号及“怒吼者”号了。要是按照此原则来建船的话，那我们在 1940 年列入规划的四艘重型巡洋舰也就不能开始建造了。所以，建船的工作范围便缩小了不少，只需打造其余三艘“英王乔治五世”号级别的战列舰，及三艘在 1941 年时规定完成的轻型巡洋舰即可，据悉，这几艘船舰均可在 1943 年之前打造好。此外，还有一艘已经备好了大炮的潜水炮舰亦可在同一时期内竣工。

4. 在“胜利”号、“无畏”号和“坚强”号舰船都造好之后，我们还无法开展有关新型航母的创建事宜，因为，在此之前，大量的劳动力都集中在修理商船及战斗船舰上，所以，不管怎么说，到 1944 年之前，还没法儿开始建造此类航母。

5. 海军方面可以依据上面所涉及的情形，适当地调整自身对甲板的需求，好使陆军坦克计划能够得到满足，因此，1941 年的生产限度为一万六千五百吨，而 1942 年的生产限度在两万五千吨。当前，还没有必要兴建新的甲板工厂。

6. 在上述所提到的原则中，“先锋”号并不算在内。这艘战列舰目前已经备好了相应的大炮及炮塔，因而，在建造的过程中，只要符合前述规定的甲板供应额度，不超出限制的话，显然应当赶紧将之打造好，预计到了 1943 年的时候，就可以完工了。不管怎么说，它将成为我们唯一一艘可在 1945 年之前建成的主力战列舰。

7. 所有上面所提到的事项，均不能有碍于待延期打造的所有船只的制图及设计工作，尤其是那艘新式航母，必须保障顺利完成此项工作。

8. 由于考虑到必须得集中起力量来修理船只，所以，新的商船在 1942 年的目标产量可有所降低，即：由当前的一百二十五万吨降到一百一十万吨。同时，从现在开始，只要是无法在 1941 年底之前建成的商船，都不能继续运作。在这一方面，我们势必得寄希望于美国，希望到 1942 年，他们能够在建造船只方面给予我们一些支援。

9. 1941 年 9 月 1 日，将会审查我们关于整体重型船舰的打造计划，届时，审查将按照如下依据来执行：其一，大西洋战场上的情形；其二，美国如何对待战事。

首相致海军大臣、第一海务大臣及海军部军需署长　　　　1941 年 8 月 16 日

1. "雄狮"号和"莽汉"号还在草拟的过程中，我对它们的设计特别感兴趣。希望能够告知我，就一般而言，它们在结构和制图方面将可能达到什么样的程度。

2. 最需要注意的就是，不能在这两艘舰船上再度发生那五艘"英王乔治五世"号级别的战列舰曾出现过的那种显而易见的缺憾了。也就是如下所示的这两点：

第一，经反复验证达到合格标准的口径在十五英寸的大炮，现将之缩小至十四英寸。

第二，"英王乔治五世"号级别的战列舰曾因将机场设在了中部而影响了整体结构。但不能因为要保住质量不高的飞机在此起降，就放弃可用的那个原则，即：体现出良好运作能力的且先前成功地作用于"纳尔逊"号和"罗德尼"号舰船上的有关炮廓的原则。

要是舰只的中部长四十尺，那就势必得将极重的甲板设置在这一要紧的地方，但舰船的头部及尾部之间，根据需要，当设置少量的遮掩物品，所以说，采取这种方式是不利于长远之计的，因为，一旦船身中部有这么大的一个空缺存在，就很可能耗费掉一千或是一千五百吨铁甲，使之白白用在不合理的地方。

3. 我听人说起过，将把九门口径在十六英寸的大炮装载在“雄狮”号和“莽汉”号战列舰上的三个三联装的炮塔之中，在这九门大炮中，有六门会直接朝着前方开炮，而在靠船舰最前的位置上，亦将尽可能地放置后炮塔，这正是我所希望的。应当让该三座炮塔彼此最大限度地挨在一起，共同组成一个囊括了烟囱及指挥塔的中央炮廓，而后，再凭借炮塔及分量最重的铁甲掩护船上的弹药库和重要的机器所处之地。倘若可以做到如上所说的这些，那就应该在船底装备上一层六英寸厚的甲板了，它将可在水下延伸开来，要是情况允许的话，应该让它得以直接铺展至舰船的最前端，好能在船头受损后依然不降低船速。

4. 尽管让两架飞机可以同时自一艘战列舰上起降看上去非常先进，可如此一来，就不得不牺牲其他部分的设计优化，这显然太得不偿失了。不过，换一种做法，让一架飞机自如上所提及的有着炮廓的舰船上的后甲板上起降，兴许可以成功，但需要注意的是，不得为了这个理由而在设计上受到严重的影响。无论如何，像“雄狮”号或“莽汉”号那样要紧的主力战列舰，是必须凭借最起码一艘航母或是一艘巡洋舰与之配合行动的，并且，这艘巡洋舰还必须能够使飞机在其上起降。但是，不管在什么情况之下，都不能为了携领飞机而使其蒙受损害。

5. 在当前业已批准的时限之内，我迫切地希望这两艘舰船能够打造完成。不过，应当先召开一次由若干海军军官参与的会议之后再下决定。过去，“阿丽苏萨”号之所以能够在设计上有着令人满意的结果，是因为我在 1911 年冬下达了让海军将领在一起开一次会的指示，当时，就是他们在会上共同商讨出了“阿丽苏萨”号的设计方案。如今再度召开会议，人员上，应包括在“英王乔治五世”号及“威尔士亲王”号战列舰上服役的前任海军军官和现任舰船的司令官。

希望你们也能说说自己的意见。

将九门大炮装备在这个类型的船舰上的三个三联装炮塔之内一事，已经得到了第一海务大臣的证实，此外，他也跟各个司令官商议过其设计方案了。第一海务大臣坚决地认为：炮廓的防御力量丝毫不会削减“英王乔治五世”号准级别的战列舰上的飞机库设置。就这一点而言，当考虑重要的机器所在位置的掩护事宜，而从另一方面来看，这类型舰船的重要机器所在之处，要大大超过“纳尔逊”号准级别的战列舰的所需面积。

对于恢复打造“雄狮”号和“莽汉”号舰船的问题，我们也曾仔细地考虑过，不过，最终还是决定不予以建造了，原因见下：

（1）营建炮塔的时候，会有碍于生产高射炮设备及海防大炮的炮架。

（2）制造铁甲就不能生产出所需的坦克了。

（3）为了制造这个类型的船舰，我们就得转移船厂中的大批劳力。

第三个原因最为重要，这个事实决定了问题所在，也就是说，我们几乎无法在战争期间打造好这些战列舰。所以，此前的决议只得取消。

在这个时期，我迫切地想要知道“英王乔治五世”号级别的战列舰和美国方面的船舰比起来会是什么情况。

首相致第一海务大臣　　1941年9月1日

没有将口径在十六英寸的大炮炮塔装备在那五艘“英王乔治五世”号级别的战列舰上一事，令我追悔莫及，不过如今再谈及此事也于事无补了，不过是在空谈罢了。但鉴于我在过去的三十年里始终思量着这些问题，因此，非常想了解海军部是怎么看待在同一时间里我们的“英王乔治五世”号级别的战列舰和美国舰船相较而言的情况的。

史塔克海军上将对我的回复是：美国方面在舰船上装备了三台三联装的口径在十六英寸的大炮炮塔。我问他，他们有没有超过限额所规定的三万五千吨，他的回答是："在限额之内，但他们放弃了用来更改航向的保留吨位数，也就是说，减少了五百吨。"

请告诉我你们海军部对美国这些舰船的了解情况，此外，还请告知美国方面是怎么安排飞机库一事的，还有，在力量及构成上，"英王乔治五世"号级别的战列舰中是否存在着某些优点可以弥补其在火力方面的缺失。

对此，第一海务大臣给予我的回答是：美国方面在同等级别的舰船上都备有分量较重的主炮，像是"北卡罗来纳"号那样的舰船，不过，他们的副炮却相对轻一些。而英国方面的军舰则都备有分量不轻的保护铁甲，在速度上也比他们要快一点儿。第一海务大臣认为，就飞机而言，美国是将飞机弹射器装在了暴露在外的舰船的后甲板上，这个方式没有我们的好，而英国是将两架飞机装载于飞机库里，位于船身的中腰处。对于这个问题，我们又讨论了两次，一次是我在9月22日所做的备忘录里，一次是10月2日他所发回的信件中。

首相致第一海务大臣、海军部军需署长及海军建设局长　　1941年9月22日

"北卡罗来纳"号美国战列舰和"英王乔治五世"号英国战列舰间的对比：

1. 当知晓我们的船舰在铁甲方面比他们的要重一千三百七十吨，且舰船本身在重量上又比他们的重七百九十吨的时候，我觉得十分开心。因为我对于舰船的坚固性是非常推崇的。我们的舰船有着比较深的装甲带，且舰只的首部特别牢靠，这样做非常好。如今，我们已经能够做到这一步，并且，还能与高速运行统一起来，这无疑令人十分满意。不过，我仍旧很难相信这一点：将飞机场安置在舰船的中腰处而非尾部，从而拉长了炮廓的范围，但并未增加优质铁甲的投入量，同时，也并未有损于舰船战斗和漂浮起来都要用到的那种"炮廓效力"。对于该问题，我希望能在别的文件中深入地探讨一下。

2. 比起美国的舰船，我们的则要更长一些、窄一些，也更深一些，因此，我觉得如此一来我们的船速会比他们的更快。

3.我们没有按照条约所限定的那样造船，而是超了一千七百五十吨，但美国的舰船却没有逾越这个额度，他们在舰只上装载了口径在十六英寸的大炮，就算是比限额超出一些，也不过只多出两百吨。可此事是否属实呢？

4. 不管是在舰船上安装口径在五英寸的二十门高射炮及副炮，还是安装上口径在五点二五英寸的十六门大炮，都不无道理。实际上，为了应对从各个方面而来的空中打击，很多人宁可在舰船上多设置一些炮位。

5. 在对比口径在十六英寸的九门大炮和口径在十四英寸的十门大炮的过程中，我们的心里都很不好受，也可以说，应该感到心里不是滋味。前者的炮弹，每一发有两千七百磅重，九门中可发射的炮弹重量总共就是两万四千三百磅重，而后者的炮弹，每一发则有一千五百九十磅重，十门中可发射的炮弹重量总共就是一万五千九百磅重。那么船舷侧面的炮火差额为八千四百磅。

6. 有一个让人觉得有意思的事情是：在“俾斯麦”号上，德国人选择了安装四个炮塔，这样的话，可以放置两门口径在十五英寸的大炮，相较而言，我们却走向了另一个极致，即选择在舰船上安置三个炮塔，如此一来，就可以在其中的两个炮塔中装上四门大炮，但都略小些。做得最为恰当的，兴许就是美国人了，他们在舰船上装备的炮塔恰恰在我们和德国人之间，如此一来，打击力度也是最为强大的。

第一海务大臣致首相 **1941 年 10 月 2 日**

针对你业已提出的各个观点，我再额外补充几条意见。

“北卡罗来纳”号美国战列舰和“英王乔治五世”号英国战列舰的

对比：

1.“雄狮”号和“莽汉”号沿用了“英王乔治五世”号安置飞机的方法，即在船舰的中腰处为飞机设置所需空间。人们在看到这段长五十五英尺的空地时，可能会产生这样的错觉：空间没有完全用上，还有不少空隙。但事实上，装备在装甲板之下的炮廓被安排得非常紧密，必须以重甲板保护起来的地方和设备都在其中了，包括弹药库、炮弹房及推进设备，它们占据了从最前面的“A”炮塔至最后面的“Y”炮塔间的所有空间。安置在舰船上的铁甲只能作用在这一处，要是挪走飞机，它们也无法另作他途。

2. 对于该点，已经证实确有此事。

3.“英王乔治五世”号打造好了之后，比预计的要重一千七百五十吨。建造之初，我们原打算营建一艘排水量在三万五千吨的舰船，这是符合标准的。然而，在打造时，我们又增加了一些附属物，再加上预估的重量又与实际情况不符，主要是对大炮的估计不够准确，因此，造好后就超重了。

这种情况也许还可能发生在美国打造的舰船上，不过，我们要是在打造舰船之初就按美国方面所选择的船身大小及其所装备的掩护铁甲来操作的话，想必也极有可能将此舰按照标准的排水量，也就是三万五千两百吨来兴建了。

4. 美国方面之所以能够在船舰上安装不少口径在五英寸的大炮，是以放弃了发射近射程的高射炮为代价，才打造成的。

5. 总体而言，我对你的意见还是非常认可的。本来，是想按照“英王乔治五世”号那样，在舰船上设计安装十二门口径在十四英寸的大炮，结果却因为掩护铁甲的问题而放弃了这个方案。为了不增加掩护铁甲，我们只能安置十门十四英寸的大炮了，而这样安排大炮，或许在火力上会强一点。

6. 根据估测出来的情况来看，德国“俾斯麦”号的标准排水量在四万一千一百五十吨，至于美国人，只要他们能按照自己真心实意所喜欢的那样，设计出一艘装备着口径在十六英寸大炮的舰船，就势必能企及像“衣阿华”号那种级别的舰船的排水量了，也就是四万五千吨。